THEA LICHTENSTEIN

Maliande
Im Bann der Magier

Buch

Endlich glaubt Nahim, sein Ziel erreicht zu haben: Seine große Liebe Lehen und er finden wieder zueinander. Außerdem kümmern sie sich gemeinsam um den NjordenEis-Jungen Tanil und haben sogar Unterschlupf bei einem Bauern in Montera gefunden. Da kann es Nahim nicht einmal aus der Ruhe bringen, dass in seiner Heimat Unruhen auszubrechen drohen und der Winter, anstatt endlich zu weichen, immer härter wird. Das ändert sich allerdings schlagartig, als der beim Drachenangriff vermisste Vennis plötzlich vor ihm steht und ihn ein letztes Mal im Auftrag des Ordens um Hilfe bittet. Denn nicht nur in Montera geschehen seltsame Dinge, sondern auch anderswo in Rokals Lande. Über das NjordenEis breitet sich ein unheimlicher Schatten am Himmel aus, und im halb zerstörten Previs Wall ist ein rätselhafter Fremder unterwegs. Oder sind es doch mehrere Fremde, die alle gleich aussehen und die Fähigkeit besitzen, einfach zu verschwinden? Was Nahim und Vennis nämlich nicht wissen, ist, dass zur selben Zeit das Ordensoberhaupt Kohemis und der Elbe Aelaris in Achaten einen Fremden vorfinden. Und dieser Fremde scheint ein und dieselbe Person zu sein. Der Prälatin bietet dieser einen unwiderstehlichen Handel an, der ihr endgültig die Macht über Previs Wall garantieren könnte …

Autorin

Thea Lichtenstein ist das Pseudonym der Autorin Tanja Heitmann, die mit ihren Romanen »Morgenrot« und »Wintermond« viele Leserinnen begeistert. Schon als Kind waren es die phantastischen Romane, die sie am meisten beeindruckten, wie zum Beispiel Michael Endes »Die unendliche Geschichte«. Sie lebt mit ihrer Familie in Norddeutschland und arbeitet bereits an weiteren Romanen. Weitere Informationen zur Autorin unter www.thea-lichtenstein.de.

Von Thea Lichtenstein außerdem bei Goldmann erschienen:

Maliande – Der Ruf des Drachen. Roman (46711)
Maliande – Das Geheimnis der Elben (46732)

Thea Lichtenstein

Maliande

Im Bann der Magier

Roman

GOLDMANN

FSC
Mix
Produktgruppe aus vorbildlich
bewirtschafteten Wäldern und
anderen kontrollierten Herkünften
Zert.-Nr. SGS-COC-001940
www.fsc.org
© 1996 Forest Stewardship Council

Verlagsgruppe Random House FSC-DEU-0100
Das FSC-zertifizierte Papier *Super Snowbright* für dieses Buch
liefert Hellefoss AS, Hokksund, Norwegen.

1. Auflage
Originalausgabe Juli 2010
Copyright © 2009 by Thea Lichtenstein
Copyright © dieser Ausgabe 2010
by Wilhelm Goldmann Verlag, München,
in der Verlagsgruppe Random House GmbH
Dieses Werk wurde vermittelt durch die
Literarische Agentur Thomas Schlück GmbH,
30827 Garbsen.
Umschlaggestaltung: UNO Werbeagentur, München
Umschlagcollage: Anne Stokes/Uwe Luserke und Schlück
Redaktion: Kerstin von Dobschütz
Karte: Andreas Hancock
NG · Herstellung: Str.
Satz: DTP Service Apel, Hannover
Druck und Bindung: GGP Media GmbH, Pößneck
Printed in Germany
ISBN: 978-3-442-46733-4

www.goldmann-verlag.de

BUCH III

There is a darkness deep in you
A frightening magic I cling to.
Snow Patrol

Personenverzeichnis

Das Westend

Der Breite Grat:
  Lasse Trubur und sein Hof

Am Hang – Hof der Familie Trubur:
  Balam und Bienem Trubur, Bauern
  ihre Kinder:
  Lehen, Heilerin und Frau von Nahim
  Tevils, Ordensmitglied
  und Allehe mit ihrer Tochter Alliv
  Anisa aus Montera mit ihrer Tochter Fleur
  Fehan und Sverde, Knechte

Im Westend:
  Damir Rog, Schmied und Mann von Allehe Trubur
  Der Rabenmann Regne

Montera:
  Faliminir und seine verstorbene Frau Negrit, Herr über
  Montera
  ihre Kinder: Lime, Anisa, Drewemis und Nahim, ehema-
  liges Ordensmitglied und Mann von Lehen
  Vennis, Faliminirs Schwager und Ordensmitglied
  Mia, Frau von Vennis
  Dasam, Olivenbauer

Delimor, Verwalter des Ostens von Montera
Golfim, Großpächter und Botschafter Faliminirs

Previs Wall, Hafenstadt:
Narcassia und Osanir, Doppelspitze
Brill und Sippschaft

Orden mit Sitz im Haus an der Klippe:
Kohemis und Maherind, Führung

NjordenEis:
Tanil, ein Kind des NjordenEises
Lalevil, Drachenreiterin und Ordensmitglied
Präae, Drachendame
Kijalan, Botschafterin
Jules, Botschaftsnovize
Belars, Schmugglerin

Westgebirge

in Achaten, der Burgfeste:
Badramur, die Prälatin
Bolivian, Botschafter

Mitglieder des ehemaligen Verbunds von Olomin:
Elbenstämme, u. a. die Weißen Celstiden und die Gahairen
Aelaris, Elbe
Resilir, verschollener Dämonenbeschwörer

Prolog

Der Himmel ist eine Scheibe aus gegossenem Blei, so perfekt, dass nicht eine Schliere darauf zu finden ist. Und darunter hängt der Mond, rund und voll, eine gleißende Münze, deren Prägung längst verloren gegangen ist. Trotzdem ist es eine sternenlose Nacht. Plötzlich taucht ein zweiter Mond auf, einen Augenblick später ein dritter – kleinere blasse Spiegelungen, wie es scheint. Blitze zucken unnatürlich langsam durch die windstille Luft, obwohl nirgends eine Wolke zu sehen ist. Ganz gemächlich frisst sich eine neue Struktur in das Grau des Himmels und hinterlässt ein rot glühendes Netz, wie eine Erdkruste, die kurz vor dem Aufplatzen ist. Die Bleischeibe, unerreichbar weit entfernt, beginnt zu pulsieren, sendet einen bedrohlichen Code aus, den niemand aus Rokals Lande zu entziffern versteht. Nicht, solange der Schlüssel unentdeckt bleibt.

Schwer keuchend kam Kohemis zu sich und setzte sich auf. Mit Not unterdrückte er das Bedürfnis, das Kerzenlicht auf dem Nachtschrank anzuzünden, denn er wollte Maherind nicht wecken, der sich erst in den späten Nachtstunden zur Ruhe gelegt hatte. Obwohl die Vision ihm den Schweiß hatte ausbrechen lassen, griff Kohemis lediglich nach seinem Morgenmantel, bevor er in die kalte Morgenluft trat.

Es war kurz vor Dämmerungsanbruch, und der Himmel zeigte sich nicht in einem erdrückenden Bleigrau, sondern in jenem Dunkelblau, das einen schönen Tag versprach. Die letzten Sterne verblassten gerade.

Um seinen aufgewühlten Geist zu beruhigen, sog Kohemis tief die salzige Meeresluft ein, doch die Vision wollte sich nicht verflüchtigen. Sie war von einer solchen Klarheit gewesen, dass sie hinter seinen Augenlidern aufflackerte, sobald er auch nur blinzelte – als habe sie sich eingebrannt. Obwohl er sich nach diesem erschütternden Erlebnis nach Geborgenheit sehnte, spielte er nur kurz mit dem Gedanken, ins Schlafzimmer zurückzukehren. Selbst wenn er es sich in einem der Sessel bequem machen würde, war es nur eine Frage der Zeit, bis er Maherind mit seiner Unruhe wecken würde. Aber solange er sich nicht sicher war, was er in der Vision gesehen hatte, wollte er sich dem scharfsinnigen Verstand seines Gefährten nicht aussetzen. Also ging Kohemis auf dem Balkon spazieren, der um das Steinhaus herum verlief.

Was hatte die Vision bloß zu bedeuten? Vor einigen Wochen erst war er von einem ähnlich erschreckenden Blick in die Zukunft heimgesucht worden, in dem Rokals Lande in grünem Drachenfeuer versank. Unvorstellbar, und doch …

Derartig in Gedanken vertieft, wäre Kohemis fast in den hohen Schemen gelaufen, der an die Hauswand gelehnt dastand. »Aelaris«, grüßte er freudlos. »Schon zu so früher Stunde auf?«

Im spärlichen Licht der Dämmerung erkannte er, wie der Elbe die Mundwinkel leicht anhob, sogleich jedoch wieder nach unten verzog. Über seiner Stirn zuckte für den Bruchteil einer Sekunde eine schwarze Linie wie ein Blitz. Genau wie Kohemis machte er einen angespannten Eindruck, was nicht recht zu seinem ansonsten so gelassenen Wesen passen wollte.

»Etwas ist heute Nacht in Bewegung geraten«, bestätigte Aelaris Kohemis' Vermutung. Dann richtete er seinen Blick nach Nordosten.

»Du musst nach dort drüben schauen, wenn du die Sonne aufgehen sehen willst. Von einem Elben hätte ich eigentlich erwartet, dass er sich mit solchen Dingen auskennt.« Kohemis klang unangebracht gereizt, doch er konnte kaum an sich halten. Der Elbe war ein lebendes Beispiel für Perfektion – eine Perfektion, die ein Mensch niemals erreichen konnte, ganz gleich, wie sehr er sich auch anstrengen mochte. Deshalb war er es sich einfach schuldig, den Elben gelegentlich zu ärgern.

Schon einen Herzschlag später hatte Kohemis seine neidische Anwandlung vergessen: Im Nordosten geschah etwas Unglaubliches. Dort in der Ferne, wo die mächtige Hafenstadt Previs Wall lag, breitete sich rasend schnell ein grünes Band aus reinem Licht aus, dessen Zentrum vor Helligkeit gleißte. Kohemis begriff instinktiv, um was es sich handelte, obwohl er es noch nie in seinem Leben gesehen hatte: Drachenfeuer. Bevor seine Lippen das entscheidende Wort formen konnten, zerbarst das Zentrum des grünen Feuersturms. Mit einem Mal war alles Licht aus der Welt gewichen.

Kohemis taumelte gegen die Brüstung und wäre bestimmt gestürzt, wenn Aelaris ihn nicht rechtzeitig bei den Schultern gepackt und zurückgezerrt hätte. Kohemis' Mund öffnete und schloss sich, ohne dass er mehr als ein Krächzen zu Stande brachte. Dann gelang es ihm endlich, die entscheidenden Worte auszusprechen: »Ein Drachenangriff! Previs Wall ist von Drachen angegriffen worden ...«

Kohemis' Verstand versuchte zu begreifen, was das bedeuten mochte, aber es gelang ihm nicht. Voller Entsetzen schloss er die Augen und verlor jeglichen Sinn für Raum und Zeit. Er stand still da, unfähig, das Geschehene wirklich zu begreifen. In diesem Moment ging die Sonne auf und beleuchtete fahl eine aufsteigende graue Säule, dort, wo das Zentrum des Drachenfeuers gewesen war.

»Ich kann kaum glauben, was ich sehe«, flüsterte der alte Mann schwach und schüttelte Aelaris' Hände von seinen Schultern.

»Das war erst der Anfang.« Aelaris deutete auf den nördlichen Horizont.

Zuerst verstand Kohemis nicht, was der Elbe damit sagen wollte, aber dann bemerkte auch er den Schatten, der aufzog. Grau wie eine Scheibe aus gegossenem Blei.

TEIL I

Kapitel 1

Der Regen fiel in solch dichten Schleiern, dass Nahim sich keine Sorgen zu machen brauchte, jemand könnte das Glimmen seiner Laterne erblicken. Dafür half ihm das schwache Licht allerdings auch kaum dabei zu erkennen, wo er seinen Fuß hinsetzte. Unter den schützenden Zweigen der Olivenbäume hatte der Lichtkegel gerade noch ausgereicht, damit er nicht über abgebrochenes Geäst und vorstehende Baumwurzeln fiel. Doch nachdem er den Vorhof des Guts erreicht hatte, raubte ihm der Regen auch die letzte Sicht, während der aufgeweichte Boden an seinen Stiefelsohlen haftete, als wolle er um jeden Preis verhindern, dass Nahim sein altes Zuhause betrat. Nicht, dass er allzu lange zu bleiben gedachte.

Dabei machte er sich keine Sorgen, von einer Wache überrascht zu werden. Zwar hatte sich seit seinem letzten Aufenthalt in Montera vieles verändert; so war man nun in manchen Ecken des südlichen Parts von Rokals Lande besser beraten, nicht umherzustromern, wenn man nicht einem Wachtrupp der Familie Faliminir in die Hände fallen wollte. Aber hier im Herzen des Landes glaubte man sich nach wie vor unverletzbar und hatte den aufrührerischen Zeiten zum Trotz nur wenig an der Bewachung des Gutes geändert. Es war typisch für die Arroganz der Faliminirs, keinen Moment lang an der eigenen Unantastbarkeit zu zweifeln. Nie hätte Nahim geglaubt, dass ihm dieser Umstand einmal zugutekommen sollte. Heute Nacht war es endlich so weit.

Außerdem setzt bei diesem Wetter niemand freiwillig auch nur einen Fuß vor die Tür, dachte Nahim, während der Regen endgültig die Kapuze seines Umhangs durchnässte und ihm mit kalten Fingern den Nacken entlangfuhr.

Tastend umrundete er den Vorhof. Dabei behielt er den erleuchteten Eingang des Haupthauses im Auge, für den Fall, dass sich wider Erwarten eine Silhouette abzeichnen sollte. Wenn er dann nämlich nicht sofort das Licht unter seinem Umhang verbarg, könnte es trotz allem ungemütlich werden.

So kam es schließlich, dass Nahim über die Abgrenzung eines Beetes stolperte und bei dem Versuch, das Gleichgewicht nicht zu verlieren, die Laterne fallen ließ. Mit einem Klirren zerbrach das Glas, und die Flamme erlosch. Leise fluchend erhob er sich in der undurchdringlichen Dunkelheit und wartete auf den Moment, in dem sämtliche Fenster im Haupthaus erhellt wurden und die bewaffnete Dienerschaft herausstürmte, um ihn zu stellen. Doch nichts dergleichen geschah. Nach einer gefühlten halben Ewigkeit entspannte er sich wieder und bückte sich, um die Reste der Laterne aufzuheben, damit am Morgen niemand auf die Spuren seines Besuches stoßen konnte. Als sich dabei eine Glasscherbe in seinen Zeigefinger grub, seufzte er lediglich frustriert. Dann suchte er sich unter Mühsal seinen Weg zu den Stallungen.

Es brauchte einen kräftigen Ruck, um den einen Flügel des Stalltores so weit aufzuzerren, dass er hindurchpasste. Das vom nicht enden wollenden Regen der letzten Monate aufgeweichte Holz hatte sich abgesenkt und verkeilte sich im Matsch. Nachdem Nahim ins Innere geschlüpft war, blieb er erst einen Augenblick ruhig stehen und atmete durch. Er liebte den Geruch der Stallungen – Stroh, klammes Heu und den Duft der warmen Pferdekörper.

Obwohl es eigentlich nicht ratsam war, streifte Nahim seinen vom Regen schwer gewordenen Umhang ab und hängte ihn an einen der Haken neben dem Tor. Er tastete nach der Lampe, die dort seit eh und je hing, und nach einiger Zeit gelang es ihm, sie mit seinen vor Kälte klammen Fingern anzuzünden. Sein blutender Zeigefinger war keine große Hilfe dabei. Nahim drehte die Flamme nur wenig auf, denn viel Licht brauchte er an diesem Ort nicht, der ihm nach all den Jahren seiner Abwesenheit immer noch vertraut erschien.

Zu beiden Seiten der Stallgasse gingen die Verschläge für die Pferde ab, aus denen leises Schnauben und gelegentliches Hufscharren zu hören war. Gleich aus dem ersten Verschlag schob ein Fuchs mit einer weißen Blesse seinen Kopf über das Gatter und musterte Nahim. Als er an ihm vorbeiging, machte das Tier den Hals so lang, dass Nahim nicht anders konnte, als stehen zu bleiben und ihn hinter dem Ohr zu kraulen.

»Na, du Hübscher«, flüsterte er, während das Pferd an seiner Manteltasche knabberte, in der Äpfel steckten. »Ganz schön neugierig, könnte man meinen.«

Als das Pferd ein enttäuschtes Schnauben ausstieß, ließ Nahim sich erweichen und holte einen der Äpfel hervor. Behutsam biss der Fuchs den Apfel durch und kaute genüsslich, bevor er sich die zweite Hälfte holte. Dieses junge Tier war voller Vertrauen. Offensichtlich hatte sich an dem sorgsamen Umgang mit den Pferden auf diesem Gut nichts geändert, stellte Nahim erleichtert fest.

Langsam ging er die Stallgasse entlang, wobei er in jeden einzelnen Verschlag hineinleuchtete, während die Vorfreude, die er schon den ganzen Tag über verspürt hatte, mit jedem Augenblick zunahm. Es kam ihm jedoch kein freudiges Wiehern entgegen, das Wiedererkennen verraten hätte. Allerdings standen auch einige Boxen leer, was nichts anderes bedeutete, als dass ein paar Bewohner des Gutes trotz der nächtlichen Stunde unterwegs waren. An diese Möglichkeit hatte er zwar gedacht, als er seinen Plan zu einem Besuch im Stall gefasst hatte, aber einfach auf sein Glück vertraut. Nun hielt er inne und schluckte seine Enttäuschung herunter. Die hinteren Verschläge standen gewohnheitsgemäß leer, sie waren für die Reittiere von Gästen reserviert, weshalb Nahim beinahe umgekehrt wäre. Ein kaum hörbares Scharren änderte seine Meinung im letzten Moment. Vermutlich nur Mäuse, sagte er sich, um die bevorstehende Enttäuschung abzumildern, falls auch diese Box leer sein sollte.

Als er jedoch mit dem schwachen Licht in den letzten Verschlag hineinleuchtete, erkannte er sofort das schwarzweiß gescheckte Fell von Eremis. Das Pferd stand mit gesenktem Kopf da und reagierte nicht einmal, als Nahim den Verschlag öffnete und leise auf ihn einredend eintrat. Hastig hängte Nahim die Öllampe an einen Haken, da er es kaum erwarten konnte, seinen alten Hengst zu begrüßen.

»Eremis, mein Junge, erkennst du mich wieder?«

Doch selbst als er dicht an das Pferd herantrat und ihm eine Hand vor die Nüstern hielt, reagierte es kaum. Verunsichert grub Nahim seine Finger in den Ansatz der Mähne, dort, wo der Hengst immer besonders gern gekrault worden war, musste jedoch feststellen, dass von dem einst ungewöhnlich langen Haar nur strohige Stoppeln übrig geblieben waren. Nun trat Nahim einen Schritt zurück und betrachtete das Tier im dämmrigen Licht. Eremis sah abgemagert aus, und als er seine Hand über das Fell gleiten ließ, fand er Stellen, an denen er sich wundgescheuert hatte.

Während Nahim die ausgeprägte Halsmuskulatur des Hengstes tätschelte, gruben sich Wut und Elend in seinen Magen wie brennende Kohlestücke. Es war ein schwerer Schlag für ihn gewesen, dass er Eremis damals bei seiner Flucht aus Montera hatte zurücklassen müssen. Das schlechte Gewissen hatte ihn so lange gequält, bis er sich gegen jede

Vernunft zu diesem Einbruch entschlossen hatte. Deshalb war er in dieser Nacht aufgebrochen, in der Hoffnung, seinen alten Hengst zu sehen und vielleicht sogar mit einem freudigen Schnauben von ihm begrüßt zu werden. Er hatte fest mit einem lebensfrohen und vor Kraft strotzenden Tier gerechnet, ebenjenem Eremis, den er vor drei Jahren zurückgelassen hatte.

Erst jetzt verstand Nahim, dass er sich an dem Glauben festgehalten hatte, dass es den Pferden hier nach alter Familientradition gut erging. Den gehässigen Charakter seines Bruders Drewemis hatte er dabei unterschätzt. Anstatt sich mit dem stolzen Tier zu schmücken, hatte er es offensichtlich vorgezogen, Eremis verwahrlosen zu lassen. Wie lange mochte der Hengst wohl schon getrennt von den anderen Tieren in diesem dunklen Verschlag stehen?

Nahim biss sich so heftig auf die Unterlippe, dass sie aufsprang. Dafür gelang es dem brennenden Schmerz, den lähmenden Kummer zu durchbrechen. Ohne weiter nachzudenken, hielt er dem Hengst einen Apfel vors Maul, nachdem dieser zaghaft langte. Dann griff er in die Überreste der Mähne und sagte: »Komm, Eremis.«

Nach einem kurzen Zögern setzte das Pferd sich in Bewegung. Doch kaum hatten sie den Verschlag passiert, wurde von außen an dem widerspenstigen Flügel des Stalltors gezerrt. Hastig löschte Nahim die Lampe und huschte in der Dunkelheit zum Tor, bevor der Flügel über den Boden schabte und Lichtschein durch den Spalt fiel. Während Nahims Finger ein Seil packten, das neben den Halftern an der Wand hing, trat ein Stalljunge ein, dem das nasse Lockenhaar wirr vom Kopf abstand. Der Junge pfiff vor sich hin und stieß den Flügel mit einigen Rucken wieder zu, wobei seine Laterne fast ausging. Nahim, der im Schatten stand und das Seil zwischen seinen Händen spannte, bemerkte er zwar nicht, aber möglicherweise würde sein Blick jeden Moment auf den tropfnassen Umhang an der Wand fallen.

Als der Stallbursche Nahim günstig den Rücken zudrehte, brachte er das Seil gegen jede Vernunft trotzdem nicht zum Einsatz. Es war der schmale Rücken eines vielleicht vierzehn Jahre alten Jungen, der nicht einmal annähernd die Kraft barg, um sich einem erfahrenen Angreifer zu widersetzen. Nahim verwünschte sich selbst, als er das Seil schulterte, damit er gleichzeitig dem Jungen den Mund zuhalten und ihm die Laterne abnehmen konnte. Der war über den Angriff so überrascht, dass er kurz zusammenzuckte, dann aber still stand.

»Ganz ruhig«, zischte Nahim. Als er keine Gegenwehr zu spüren bekam, nahm er seine Hand vom Mund.

»Blöder Scherz, Winlief«, sagte der Junge gepresst. »Wirklich blöder Scherz. Dachtest du, ich pinkle mir vor Schreck in die Hosen?« Mit in die Hüften gestemmten Händen drehte er sich um und funkelte Nahim herausfordernd an und ließ im nächsten Moment den Unterkiefer vor Schreck fallen. »Herr Nahim?«, brachte er schließlich hervor.

Nahim nickte und versuchte, die unverhoffte Begrüßung gelassen hinzunehmen. »Ich bin nur kurz hier, um etwas abzuholen. Lass dich also nicht weiter von mir stören.«

Als Nahim an dem Stallburschen vorbeigehen wollte, hielt dieser ihn jedoch am Arm fest. Fast hätte er ausgeholt und dafür gesorgt, dass der Junge ihm keine Schwierigkeiten machte, da bemerkte er im letzten Augenblick die freudige Erregung auf dessen Gesicht.

»Ihr seid wegen Eremis hier, nicht wahr?« Dabei zerrte der Stallbursche an Nahims Ärmel, bis der ihn mit einem kräftigen Ruck entzog. »Das wurde aber auch höchste Zeit! Es ist eine Schande, dermaßen scheußlich mit einem edlen Tier umzuspringen. Eremis steht schon so lange allein, dass sogar Winlief und ich mit dem Gedanken gespielt haben, ihn zu befreien. Aber es gehen ja bereits seit einigen Wochen Gerüchte um, dass Ihr nach Montera zurückgekehrt seid. Darum haben wir es sein lassen.«

Erstaunt zog Nahim die Augenbrauen in die Höhe, doch der Junge ließ sich davon nicht beirren und kramte zwei Säcke hervor, in die er aus einer Kiste Hafer füllte. »Ihr müsst Euch allerdings beeilen. Herr Drewemis und seine Gefolgschaft werden bald zurückerwartet. Deshalb bin ich auch hier, um alles vorzubereiten.« Ungeduldig blickte der Junge von seiner Arbeit auf, weil Nahim immer noch wie angewurzelt dastand. »Wenn Ihr Euch nicht beeilt, werdet Ihr ihnen direkt in die Arme laufen, und dann wird Herr Drewemis das Gleiche mit Euch machen wie mit Eremis. Herr Drewemis weiß nämlich, wie man anderen das Leben schwer macht.«

Augenblicklich setzte Nahim sich in Bewegung, band das Seil zwischen seinen Händen zu einer Schlaufe und legte sie Eremis um den Hals. Nachdem er beruhigend auf das Pferd eingeredet hatte, folgte es ihm tatsächlich, wenn auch nur sehr schleppend. Der Stallbursche stieß das Stalltor auf und warf noch rasch die beiden Futterbeutel über Eremis' Rücken.

»Wenn Ihr Hafer und Heu braucht, fragt beim Bauern Sasimir an und richtet ihm schöne Grüße von Kul aus. Das bin ich.« Stolz pochte sich der Junge auf die schmale Brust.

Obwohl es ihn drängte, das Gut seiner Familie so schnell wie möglich zu verlassen, blieb Nahim stehen und musterte den Stallburschen eindringlich. Das Gesicht würde er sich merken. Dann sagte er »Danke, Kul« und überquerte mit dem Hengst den Hof, stets darauf bedacht, seine zunehmende Unruhe nicht auf das Tier zu übertragen. Aber Eremis wirkte derartig gleichgültig, dass er vermutlich nicht einmal gescheut hätte, wenn Nahim mit einem lauten Schrei über ein Hindernis gestürzt wäre und ihm das Seil um den Hals ins Fell geschnitten hätte.

Sie erreichten die von Pinien gesäumte Allee, die zum Gut der Familie Faliminir führte, da erklang plötzlich gedämpftes Hufgetrappel. Gerade noch rechtzeitig gelang es Nahim, sich mit Eremis zwischen den Baumstämmen zu verbergen. Während die Laternen der Reiter sich mehr und mehr aus der dunstigen Finsternis schälten, dankte Nahim für den beständigen Regen als auch für Eremis' Abgestumpftheit, denn der Hengst ließ sich nicht einmal zu einem Wiehern hinreißen. Ansonsten hätte die fünf Mann starke Gruppe sie gewiss bemerkt, als sie an den beiden dunklen Schemen vorbeitrabte.

Währenddessen suchte Nahims Blick den Umriss seines Bruders Drewemis in der Gruppe heraus, was zwischen den hochgewachsenen Männern, die ihn umringten, nicht weiter schwerfiel. Für einen Moment lang bereute Nahim es, ohne sein Schwert aufgebrochen zu sein. Er hätte viel dafür gegeben, zu seinem Bruder vorzudringen, ihn vom Pferd zu reißen und mit dem Gesicht voran in den Dreck zu pressen. Doch das würde er bald nachholen, versprach er sich. Nun galt es erst einmal, Eremis in Sicherheit zu bringen.

Zum wiederholten Mal versuchte Lehen, sich auf den gleichmäßigen Atem von Tanil zu konzentrieren, in der Hoffnung, dass er vielleicht auch ihr endlich die ersehnte Ruhe bringen würde. Unentwegt prasselte der Regen auf das mit Schindeln gedeckte Dach, so dröhnend, dass sie es kaum noch ertragen konnte. Seit ihrer Ankunft in Montera vor einigen Wochen lauschte sie nun schon diesem Geräusch, und obwohl ihr unablässig versichert wurde, dass es mit den ersten Frühlingsboten aufhören würde, war es von Tag zu Tag schlimmer geworden. Außerdem quälte sie die

Sorge um Nahim, der bei diesem Unwetter unterwegs war, um in aller Heimlichkeit das Gut seiner Familie aufzusuchen. Nun dämmerte es bereits, und er war immer noch nicht zurückgekehrt.

Als Nahim ihr am gestrigen Vormittag von seinem Vorhaben erzählt hatte, nahm sie gerade die Forellen aus, die Tanil – zum Erstaunen aller – nur mit einem spitzen Stock unten beim Fluss gefangen hatte.

Nahim war dicht neben sie getreten, ohne sie jedoch zu berühren. »Es wird ein Kinderspiel sein, ganz und gar ungefährlich. Alle Aufmerksamkeit konzentriert sich im Augenblick auf die östlichen Felder Monteras, dort, wo die Unruhen herrschen. Auf die Idee, dass jemand es wagen könnte, in Faliminirs Gut einzudringen, ist wohl noch niemand gekommen«, hatte Nahim ihr erklärt, langsam, fast tastend, als wäre er sich nicht sicher gewesen, ob es sie überhaupt interessierte. »Ich bringe Eremis ein paar Äpfel, kraule ihn hinter den Ohren und werde mich beherrschen, dass ich kein Fenster des Herrenhauses mit Steinen einwerfe. Wenn ich jetzt gleich aufbreche, bin ich vor Morgenanbruch wieder zurück. Schließlich kenne ich die Gegend wie meine Hosentasche.«

Während Nahim gesprochen hatte, war es Lehen so vorgekommen, als würde sich die Spanne Luft zwischen ihren beiden Körpern jeden Moment entzünden. Allein seine Nähe stürzte sie nach wie vor in ein Gewirr sich widersprechender Gefühle. Zum einen nahm der Drang, ihn endlich wieder zu berühren, mit jedem Tag zu. Sie sehnte sich nach seiner vertrauten Wärme und dem Gefühl, in seinen Armen geborgen zu sein. Zum anderen lagen ihr Damirs Andeutungen über diese Drachenreiterin schwer auf dem Herzen. Dass Nahim sofort den Blick senkte, wenn sie ihn prüfend musterte, bestätigte ihr, dass der Schmied nicht gelogen hatte. Trotzdem wollte es ihr einfach nicht gelingen,

Nahim die entscheidende Frage zu stellen – genau wie er es nicht über sich brachte, ihre Liebe einzufordern.

Dennoch hatte ihr Schweigen nichts mehr gemein mit der leidlich unterdrückten Unzufriedenheit, die sie aufzufressen gedroht hatte, als sie noch im Tal unter Trevorims Pforte lebten. Die Flucht aus dem Audienzsaal der Prälatin von Achaten hatte etwas zwischen Nahim und ihr verändert. Was genau es war, konnte Lehen nicht sagen. Da, wo vorher alle Verbindungen durch Unvermögen und Dummheit durchtrennt gewesen waren, gab es nun einen neuen, sehr zarten Faden. Aber sie fürchteten sich beide zu sehr, dass jeder weitere Schritt aufeinander zu ihn zerreißen könnte. So verharrten sie bloß schweigend.

Deshalb hatte Lehen lediglich gesagt, er solle vorsichtig sein. Sie würde ihn dann im Morgengrauen erwarten. Die Geschichten, die sich die Monteraner über die Familie Faliminir zuflüsterten, verhießen nichts Gutes. »Tanil würde es dir übel nehmen, wenn er am Morgen aufwacht und begreift, dass du ohne ihn zu einem Abenteuer aufgebrochen bist – nur um in Schwierigkeiten zu geraten.« Dabei hatte sie den Blick von ihren geschäftigen Händen nicht abgewendet. Ihre Sorge hatte sie ihm nicht zeigen können.

Jetzt, da sie sich schlaflos von einer Seite auf die andere drehte, hätte sie sich für dieses Unvermögen ohrfeigen können. So geht es einfach nicht weiter!, dachte Lehen und richtete sich derartig abrupt vom Schlaflager auf, dass Tanil sich ebenfalls schlaftrunken aufsetzte.

»Sch, mein Liebling. Schlaf weiter, alles ist gut.«

Lehen gab dem Jungen einen Kuss auf die Stirn und drückte ihn dann zärtlich aufs Lager zurück. Als der Atem des Kindes wieder regelmäßig ging, stieg sie in ihre Stiefel, legte sich ein Wolltuch um die Schultern und schlüpfte unter dem Stoffbanner durch, das ihre Schlafstätte vom Wohnraum abtrennte. So leise, wie es ihr möglich war, trat sie zur Tür hinaus, die eigentlich nicht mehr als ein Bretterverschlag war. Unter dem vorragenden Dach fand sie ausreichend Schutz vor dem Regen, sodass sie dicht an das buckelige Mauerwerk gedrängt stehen bleiben und in die sich langsam aufhellende Nacht blicken konnte.

Irgendwo hinter der nur selten aufreißenden Wolkendecke musste sich der Vollmond verbergen, wenn sie die Tage richtig mitgezählt hatte. Es würde sie jedoch auch nicht verwundern, wenn der Mond bereits wieder abnehmen würde, denn seit ihrer Ankunft in Montera unter dem letzten Neumond hatte sie sich oftmals wie benommen gefühlt, sodass leicht der eine oder andere Tag bei ihrer Zählung durchgeschlüpft sein konnte.

Nahims Heimatland, von dem sie so viele wunderbare Dinge gehört hatte, verbarg sich vor ihren Augen hinter einem einzigen grauen Schleier, als wäre sie nie aus diesem seltsamen Traum aufgewacht, in dem Tanil die Welt, die sie kannte, in Brand gesteckt hatte. Hastig schob sie die Erinnerung an das Flammenmeer, das in ihrem Kind tobte, beiseite – ein weiteres Thema, über das sie nicht mit Nahim sprach, obwohl er dem Jungen sehr zugetan war.

Zum wiederholten Mal fragte sich Lehen, was sie eigentlich in Montera machte. Dabei kannte sie die Antwort längst: Sie blieb an diesem Ort, weil Nahim hier war. Doch reichte das wirklich aus? Für Nahim hatte sich schnell herausgestellt, dass er zum richtigen Zeitpunkt nach Montera zurückgekehrt war, dessen schwierige Situation Lehen erst allmählich begriff – genau wie die Rolle, die Nahim und seine Familie in diesem Land spielten. Nur wo stand sie? Wenn sie nicht bald den Weg zurück an seine Seite fand, gab es keinen einzigen Grund zu bleiben, in einer Gegend, die im Einflussbereich der Prälatin lag. So viel war sie Tanil schuldig.

Mittlerweile war es hell genug, dass Lehen zusehen konnte, wie die Nässe ihren Kleidersaum dunkel färbte. Im Inneren der Hütte waren erste Schritte und Geklapper zu hören, als jemand sich am Feuer zu schaffen machte und vermutlich den Wasserkessel aufstellte. Angespannt wartete Lehen darauf, dass die Tür aufschwang und ein putzmunterer Tanil mit ein paar stibitzten Möhren in der Hand in Richtung Ziegenstall aufbrechen wollte.

Es würde nicht lange dauern und der Junge würde bemerken, dass sie unter Anspannung stand, weil sie sich Sorgen um Nahim machte – und weil sie eine Entscheidung getroffen hatte, nun aber nicht wusste, wie es weitergehen sollte. So etwas ließ sich nicht vor Tanil verbergen.

Mit jedem Tag, den sie gemeinsam verbrachten, hatte sich seine Gabe, ihre Stimmungen und Gedanken zu erfassen, weiter herausgebildet. Wo andere nachfragen mussten, um hinter ihre oft verschlossene Miene zu sehen, senkte Tanil lediglich leicht die Augenlider, als würde er tagträumen. So schaute er sie dann an und zugleich auch wieder nicht, und ihr war, als würde der Junge eine Zwiesprache mit ihrer Seele führen. Damit hatte Tanil zweifelsohne einen Weg gefunden, ihr nahe zu sein, ohne auf die ihn verwirrende Sprache zugreifen zu müssen. Lehen hatte einige Zeit gebraucht, bis sie verstanden hatte, dass der Junge sie zu seinem Fixpunkt gemacht hatte. Selbst wenn er mit den Hunden den Hügel herunterjagte oder mit Nahim auf Entdeckungstour ging, konnte sie einen Nachhall in ihrem Inneren spüren. Auch wenn Lehen es kaum begriff, so wusste sie einfach, dass Tanil gerade lernte, seine ganz eigene Magie zu spinnen. Dieser Gedanke verursachte ihr keine Angst, es fühlte sich vielmehr richtig an, dass Tanil sie auf diese wundersame Weise an sich band. War doch auch er zu ihrem Fixstern in dem um sich greifenden Chaos geworden.

Mit einem leisen Scharren öffnete sich die Tür, und ein schwarzer Haarschopf kam zum Vorschein. Nach einigen gescheiterten Versuchen hatte Lehen sich damit abgefunden, dass Tanils Haare in verfilzten Flechten vom Kopf abstanden. Dem Jungen gefiel es so, da konnte man nichts tun. Verschwörerisch lächelte Tanil sie an und zeigte dabei eine Lücke zwischen den Schneidezähnen, während er eine Hand voll Möhren hinter dem Rücken versteckte.

Lehen schüttelte mit ernster Miene den Kopf. »Du weißt, was Dasam davon hält, Möhren ans Vieh zu verfüttern, das eigentlich in unseren eh schon schmalen Suppentopf gehört. Außerdem ist es die reinste Verschwendung, schließlich sind Ziegen alles andere als Feinschmecker. Wenn du willst, kannst du deine Lederschuhe an sie verfüttern, da du dich ohnehin weigerst, sie zu tragen.«

Obwohl Lehen mit Nachdruck sprach, zeigte Tanil sich nicht sonderlich beeindruckt. Frech blinzelte er ihr zu und wollte gerade an ihr vorbeihuschen, als er mit einem Mal innehielt. Lehen beobachtete ihn dabei, wie er die Augen schloss und angestrengt lauschte. Seine noch kindlich gerundete Nase vibrierte leicht. Dann schlich sich ein aufgeregter Ausdruck auf sein Gesicht, und im nächsten Moment erkannte Lehen zwischen den Bäumen Nahims Umrisse. An seiner Seite führte er ein Pferd – Eremis.

Gemeinsam mit Tanil lief sie ihrem Mann entgegen, mit Mühe ein erleichtertes Lachen unterdrückend. Er war zurück, genau wie er gesagt hatte. Ein Kinderspiel. Doch als sie Nahims ernstes Gesicht und den mageren, geschundenen Hengst betrachtete, verging ihr die Freude.

»Ist Eremis krank geworden?« Sie war mit einigen Schritten Abstand stehen geblieben, denn auch wenn sie Nahims Pferd mochte, so verspürte sie angesichts seiner schieren Körpergröße Unbehagen.

Bevor Nahim antwortete, sah er mit gerunzelter Stirn dabei zu, wie Tanil dem phlegmatischen Tier eine Möhre anbot, die es erst nach einer Weile annahm, als sei es zu erschöpft zum Fressen.

»Krank gemacht *worden* trifft es wohl besser.« Nahims Stimme klang belegt, da er die angestaute Wut nicht durchschimmern lassen wollte. »Meine Familie hielt es für passend, wenigstens mein Pferd zu brechen, wenn sie mich schon nicht in die Finger bekommen können.«

Da sie nicht wusste, was sie dazu sagen sollte, tat Lehen so, als würde sie das Pferd betrachten, dem Tanil nun eine Melodie vorsummte. In den gemeinsamen Jahren im Tal hatte Nahim es konsequent vermieden, über seine Familie zu reden – genau wie seine Schwester Anisa hatte er es für das Beste gehalten, an keine alten Wunden zu rühren. Von daher wusste Lehen über die Bande der Faliminirs noch weniger als über Montera. Während sie die hervorspringenden Rippen des Pferdes zählte, stieg in Lehen kalte Wut auf. Wut auf all das Schweigen, das doch nichts besser gemacht hatte in ihrem Leben und dafür sorgte, dass sie und der Mann, den sie liebte, nur eine Armlänge entfernt voreinander standen und es sich dennoch so anfühlte, als lebten sie in zwei verschiedenen Welten.

»Dasam wird vermutlich alles andere als glücklich darüber sein, dass ich einen weiteren Esser angeschleppt habe«, sagte Nahim in die bedrückende Stille hinein. »Vor allem einen, der weder Milch gibt noch als Lasttier eingesetzt werden kann, weil jeder in Montera ihn dank seiner auffälligen Zeichnung sofort erkennen würde. Außerdem befürchte ich, dass Eremis zu groß ist, um Platz im Ziegenstall zu finden.« Nachdem er einen prüfenden Blick auf das dichte Geäst über ihren Köpfen geworfen hatte, band er das Seil, das um Eremis' Hals lag, an einem Baum fest. »Diese Sicherheitsmaßnahme ist vermutlich überflüssig, denn Eremis wird sich von allein nicht freiwillig bewegen. Es grenzt an ein Wunder, dass ich ihn überhaupt bis hierher bekommen habe.«

Über Nahims heller Haut lag ein gräulicher Film, der gewiss nicht nur der Erschöpfung geschuldet war, und auf seiner Unterlippe hatte sich verräterischer Schorf gebildet. Lehen wusste nur zu gut, dass er dazu neigte, sich die Lippen aufzubeißen, wenn seine Anspannung zu groß wurde. Wie er so unter dem Dach aus Geäst und Blättern stand, durch das nur vereinzelte Tropfen fielen, die Kapuze des Umhangs zurückgeschlagen und das zusammengebundene Lockenhaar glänzend vor Feuchtigkeit, hatte er etwas sehr Verletzliches, das Lehen mehr berührte, als sie ertragen konnte.

»Wenn der Regen nicht bald aufhört«, sprach Nahim mit gesenktem Blick weiter, »werden wir noch in ernsthafte Schwierigkeiten geraten. Der Winter weigert sich in diesem Jahr einfach, den Rückzug anzutreten. Im Gegenteil, es wird sogar immer kälter. Ich habe nicht die geringste Ahnung, wo das noch hinführen soll.«

Als Lehen ihm eine Antwort schuldig blieb, wollte Nahim an ihr vorbeigehen. Im letzten Moment legte sie ihm eine Hand auf den Oberarm. Verblüfft sah er sie an, dann trat er so langsam an sie heran, als wäre sie ein scheues Geschöpf, das er nicht verschrecken wollte. Aber Lehen wich weder zurück noch nahm sie ihre Hand von seinem Arm. Sie lauschte Tanil, der nach wie vor für Eremis summte. Ein sanftes Plätschern von Tönen, ein Singsang, der davon erzählte, dass man alle Zeit der Welt hatte und dass man warm und geborgen war.

Zärtlich, fast zu vorsichtig, legte Nahim seine Arme um Lehen und zog sie an sich. Einen Atemzug lang glaubte sie, die Berührung kaum ertragen zu können, dann schmiegte sie ihre Wange an seine Brust.

✺ Kapitel 2 ✺

Ich weiß nicht, ob der anhaltende Regen ein Geschenk oder eine Strafe ist«, sagte Dasam, während er die Ausrichtung des Stützbalkens korrigierte.

Gemeinsam mit Nahim hatte er diese Stelle im Olivenhain ausgesucht, wo es ihnen mit den wenigen Brettern, die ihnen zur Verfügung standen, gelingen würde, einen Verschlag für Eremis zu errichten. Geschützt vor neugierigen Augen und der Witterung.

»Der Regen macht mir weniger Sorgen als die Tatsache, dass es mit jedem Tag kälter anstatt wärmer wird.« Kritisch betrachtete Nahim den Stützbalken, dann gab er das Zeichen, dass er gerade stand. »Wenn es so weitergeht, werden wir es bald mit Schnee zu tun bekommen. So etwas hat Montera noch nicht erlebt.«

»Nicht nur das Land verändert sich, sondern auch das Wetter.« Dasam stieß ein trockenes Lachen aus, das die tiefen Furchen um seine Augen allerdings nicht berührte.

Der Olivenbauer, bei dem Nahim mit Lehen und Tanil Unterschlupf gefunden hatte, war ein Mann in den späten Jahren, dem man die lebenslange Arbeit unter der Sonne Monteras ansah: eine Haut wie gegerbtes Leder, um die Augen ein einziges Netz Falten, weil er sie stets zukniff, als müsste er gegen Licht anblinzeln. Auf den ersten Blick hätte man denken können, es mit einem ausgezehrten Mann zu tun zu haben. Doch wenn Dasam die Ärmel bei der Arbeit hochschob, sah man sehnige Unterarme, deren Muskeln sich bei jeder Bewegung kräftig aufbäumten. Nicht nur die Sonne, sondern auch die Arbeit an den ausladenden Olivenbäumen, deren Dächer sich wie Fächer ausbreiteten, hatte ihre Spuren hinterlassen. Damit war Dasam ein echter Monteraner.

Nahim hatte schnell begriffen, dass Dasam jedoch noch viel mehr war als das. Für Außenstehende mochte er bloß ein Bauer mit einer Steinhütte inmitten seines Hains im Herzen von Montera sein, der auf eine Familie verzichtet hatte und nur gelegentlich Knechte anstellte, da der Hügel nicht mehr hergab. Ein Mann, der selten den Mund aufmachte, einfach, weil es in seiner Welt nicht viel zu erzählen gab. Doch so einfach war es nicht.

Während Nahim mit Dasams Hilfe anfing, Querlatten für Eremis' Unterstand anzubringen, ließ er sich durch den Kopf gehen, wie seltsam die letzten Wochen gewesen waren. Mit einem wohligen Schauder rief er sich den Moment in Erinnerung, als er mit Lehen in seinen Armen am See unterhalb des Guts seiner Familie aufgewacht war.

Die Erinnerung nahm Form an, und plötzlich berührten seine Hände nicht länger sprödes Holz und den Hammerstiel, sondern Lehens glattes Haar. Klamm, mit einem Geruch nach Verbranntem, und doch wunderschön. Wann war er ihr das letzte Mal so nahe gewesen, wie in dem Moment, da sie auf seiner Brust geschlafen hatte? Voller Vertrauen in ihn … Dennoch war der Zauber schnell verloschen, denn auch wenn der See so ruhig wie eh und je dalag, wusste Nahim, dass sie nicht länger bleiben konnten. Zu groß war die Gefahr, entdeckt zu werden.

Schnell richtete Nahim sich auf, die verschlafene Lehen immer noch in den Armen haltend. Er blickte zu dem Glockenturm hinauf, der sich neben dem Gutshaus in den Himmel erhob, und zu dessen Bruder, von dem lediglich eine Ruine übrig geblieben war. Relikte aus unbekannten Zeiten. Einer Zeit, in der das Land nur von Wildschweinen und Rotwild bevölkert gewesen sein musste, denn die Menschen waren erst vor einem Dutzend Generationen über das Meer hierhergekommen, auch wenn es ihnen oft so erschien, als läge ihr wahrer Ursprung zwischen den Hügeln Monteras.

War dort oben auf der Brüstung ein Schatten zu erkennen? Obwohl sich Nahims Herzschlag überschlug, ging er nicht in Deckung. Ein Regenschauer hatte eingesetzt, und der Glockenturm verschwand fast hinter den grauen Schleiern. Wenn ich ihn dort oben kaum erkennen kann, wie sollte er mich dann hier unten im Tal zwischen all dem Schilf und dem vom See aufsteigenden Nebel sehen?, beruhigte Nahim sich. Trotzdem verspürte er die Gewissheit, dass es Faliminir war, der auf dem Glockenturm stand und auf das herabblickte, von dem er glaubte, dass es einzig und allein ihm gehöre.

Nachdem Lehen in seinen Armen aufgewacht war, hatte sie lange Zeit mit großen Augen auf den See mit seinen ausgedehnten Ufern geschaut. Der dunkle Spiegel des Sees war in Bewegung geraten, unzählige Regentropfen schlugen ein Muster in seine ansonsten starre Oberfläche.

»Wo hast du uns hingebracht?«, fragte Lehen.

Ihren Gesichtszügen wohnte eine kindliche Verwunderung inne, die Nahim berührte, sodass er fast vergaß, sich über ihre Wortwahl zu wundern. Offensichtlich hatte Lehen verstanden, dass er es gewesen war, der die von Tanil freigesetzte Magie genutzt hatte, um sie aus dem brennenden Saal der Prälatin fortzubringen.

Bevor Nahim jedoch antworten konnte, hatte Lehen den Jungen in seinen zerschlissenen Kleidern entdeckt, der bis zu den Knien im Wasser herumlief und gelegentlich mit einer ungeahnten Schnelligkeit hineingriff.

Mit einem Satz befreite sie sich aus Nahims Armen. »Tanil!«, rief sie streng. »Raus aus dem Wasser.«

Der Junge blickte kurz auf und hielt einen silbrig glänzenden Fisch hoch, der sich jedoch sogleich wieder seinen Fingern entwand. Mit einem empörten Schrei versuchte Tanil, ihn wiederzuerlangen und hastete tiefer ins Wasser.

»Nein, halt.« Lehen beeilte sich so sehr, zum See zu kommen, dass sie fast auf den nassen Steinen ausgerutscht wäre. Gerade rechtzeitig fing Nahim, der ihr gefolgt war, sie auf. Zu seiner großen Erleichterung nahm sie seine Hilfe ohne Murren an. »Du wirst noch klitschnass, hörst du!«

»Das ist er doch schon, genau wie wir«, erwiderte Nahim. Dabei spürte er erneut jene Leichtigkeit, die er so lange vermisst hatte. Aber Lehen warf ihm einen wütenden Blick zu, der ihn beschwichtigend die Hände hochheben ließ.

»Wer weiß, was sich unter der Oberfläche dieses dunklen Gewässers befindet?«

Zuerst wollte Nahim spielerisch erwidern, dass sich manchmal Drachen im See verbargen, aber dann dachte er an seinen Bruder Galimir, der als Kind in diesem See ertrunken war. Plötzlich überkam ihn ebenfalls der Drang, den Jungen aus dem Wasser zu ziehen und ihm kräftig die Leviten zu lesen. Was dachte der kleine Kerl sich dabei, Lehen in Angst zu versetzen?

Während Nahim ins eisige Wasser watete, den Jungen unter den Achseln packte und ihn am Ufer einer schimpfenden Lehen übergab, wurde ihm klar, dass die Ereignisse in Achaten nicht nur Rokals Lande verändern würden und ihm eine zweite Chance bei Lehen gewährten. Sie hatten offensichtlich auch etwas in ihm geweckt, das nichts anderes als väterlicher Instinkt war. Erneut wanderte sein Blick in Richtung Glockenturm, dessen Umrisse im stetig zunehmenden Regen kaum noch zu erahnen waren.

Sie mussten fort von hier! So schnell es ging, Land zwischen sich und seine Familie bringen. Die Vorstellung, Faliminir oder einem seiner Brüder in die Hände zu fallen, schenkte ihm eine Entschlossenheit, der sich selbst Lehen nicht widersetzen konnte. Ohne große Erklärungen einzufordern, und obwohl sie alle hungrig waren und froren, folgte sie ihm und mit ihr der Junge.

Nachdem sie bereits einige Stunden abseits der Wege gelaufen waren, fiel Nahim schließlich auf, dass Lehen nach dem Wandeln noch nicht Herrin ihrer Sinne war. Zwar behielt sie den Jungen stets ihm Auge, aber sie durchquerte Montera wie eine Schlafwandlerin. Oft schenkte sie ihrer Umgebung kaum Aufmerksamkeit, als würde sie davon ausgehen, dass sich alles gleich wieder auflöste. Dann wiederum hing ihr Blick unvermittelt an einem feucht schimmernden Olivenblatt fest, als drehte sich die ganze Welt um dieses kleine Ding. Einmal mehr staunte Nahim darüber, wie unterschiedlich die Menschen auf das Wandeln reagierten. Während ihm jedes Mal übel wurde, Vennis schlechte Laune bekam, war Lehen regelrecht verzaubert.

Bei Anbruch der Nacht stießen sie schließlich auf eine Gruppe von drei Männern, denen es trotz des Regens gelungen war, unter einem windschiefen Verschlag am Wegesrand ein Feuer zu entfachen. Während Nahim die Lage abschätzte, schlang Lehen die Arme um den Jungen, wobei sie vor Erschöpfung leicht schwankte. Die Männer sind vermutlich bloß hiesige Olivenbauern, bekräftigte Nahim seine Entscheidung, zum Lager zu gehen und um Gastfreundschaft zu bitten. Denn obwohl sich weder der Junge noch Lehen beschwert hatten, war ihm klar, dass sie alle drei Wärme und etwas in den Magen brauchten. Die Leute am Feuer sahen schlicht aus, so schlicht, dass sie ihn vielleicht nicht erkennen und sich nicht um seine fremdartig und geschunden aussehende Begleitung kümmern würden. Von seinen eigenen nackten, wundgelaufenen Füßen einmal ganz abgesehen.

Trotzdem schnürte sich Nahims Kehle zu, als er in den Schein des Feuers trat und einen »Guten Abend« wünschte. »Meine Familie und ich haben es leider verpasst, auf unserer Wanderung rechtzeitig nach einem Hof für die Nacht Ausschau zu halten. Es wäre sehr großzügig, wenn Ihr das Lager mit uns teilen würdet.«

Tatsächlich gewährte man ihnen Gastfreundschaft – ein karges Essen und Platz beim Feuer, aber vor allem wurden keine Fragen gestellt. Auch die drei Männer wechselten zu dieser späten Stunde kaum ein Wort miteinander, sondern starrten, ihren Gedanken nachhängend, ins Feuer, sodass Nahim sich schließlich an die bereits schlafende Lehen samt Kind schmiegte und rasch einnickte. In Montera mochte der Wandel Einzug gehalten haben, aber diesen Teil des Landes hatte er offensichtlich noch nicht erreicht.

Als Nahim am nächsten Morgen mit steifen Gliedern aufwachte, waren zwei der Männer längst aufgebrochen. Nur der alte Mann, der sich am Abend als Dasam vorgestellt hatte, war zurückgeblieben und drückte dem skeptisch dreinblickenden Nahim einen Becher mit heißem Kräutersud in die Hand.

»Wo sind deine Freunde denn hin?« Nahim hegte den Verdacht, dass die beiden Männer den schnellsten Weg zu Faliminirs Gut eingeschlagen hatten, um ihn an seinen Vater zu verkaufen. Schließlich waren sie bloß ein paar Wegstunden von dort entfernt.

»Ekelim und Frajon sind mit der Dämmerung aufgebrochen, obwohl man die bei diesem dichten Regen kaum bemerkt. Aber sie haben noch einen weiten Weg vor sich zurück in den Osten des Landes.«

Als Nahim das Wort Osten hörte, richtete er sich unwillkürlich auf. Im Osten herrschten Unruhen, in diesem Teil Monteras wehrte man sich am heftigsten gegen die Pläne Faliminirs, so viel hatte er in Achaten herausfinden können. Was hatten diese Leute hier mitten in der Nacht verloren? Und er hatte es versäumt, ihnen einige Fragen zu stellen, schimpfte er sich.

»Du und deine Familie, seid ihr nur auf der Durchreise oder seid ihr auf der Suche nach einer Unterkunft?«, unterbrach Dasam seine Überlegungen.

Als Nahim sich nachdenklich das Kinn reiben wollte, musste er ein Aufstöhnen unterdrücken, denn bei der Berührung durchfuhr ihn brennender Schmerz. Die Schläge des Schmieds hatte er vollkommen vergessen, die Erinnerung an die Qualen in den Kellern der Burgfeste erschien ihm an diesem grauen Morgen wie eine Geschichte aus einem anderen Leben. Umso mulmiger wurde ihm, als er sich auszumalen versuchte, wie sein Gesicht aussah. Vermutlich ein grün-blauer Farbenteppich, der nur von der einen oder anderen Schramme unterbrochen wurde. Kein Wunder, dass der Bauer ihn nicht erkannt hatte. Beschämt blickte Nahim auf seine nackten Füße, dann auf die schlafende Lehen mit ihren zerrissenen Röcken und dem verwahrlosten Kind im Arm. In den Augen dieses Bauern waren sie vermutlich nicht mehr als Landarbeiter, die man davongejagt hatte.

»Ehrlich gesagt, habe ich keine Ahnung, was wir als Nächstes tun werden«, antwortete Nahim geradeheraus. Eine rasch ersonnene Lüge wäre ihm in diesem Moment falsch vorgekommen.

Der alte Mann sah ihn prüfend an, dann verzogen sich seine derben Züge zu einem Lächeln. »Meine Hütte steht in einem Olivenhain, für den sich die Familie Faliminir nicht interessiert, weil der Baumbestand alt und der Hügel zu störrisch ist. Allerdings ist es nicht der schlechteste Ort, wenn man einen Überblick über Montera gewinnen möchte. Zu den Füßen des Hügels liegt nämlich der Kreuzweg dieses Landes. Noch herrscht zwar wegen der Regenfälle Ruhe, aber sobald der Frühling da ist, wird es Arbeit geben. Jede Menge Arbeit für einen Mann, dem sein Land am Herzen liegt. Was meinst du, Nahim, jüngster Sohn von Faliminir?«

Bei dieser Anrede hätte sich Nahim fast den dampfenden Sud in den Schoß gekippt, weil er doch erkannt worden war. Der alte Mann verzog nicht eine Miene. Er hatte ruhig gesprochen, als wolle er ihm die Möglichkeit geben, seine Worte gründlich zu überdenken. Dieses Angebot nahm Nahim dann auch gern an, denn er war sich nicht sicher, ob er Dasam richtig verstanden hatte. Konnte es tatsächlich sein, dass dieser unscheinbare Bauer von den Unruhen im Osten nicht nur Bescheid wusste, sondern auch etwas gegen Faliminirs ehrgeizige Pläne zu tun gedachte?

Unterdessen wachte Lehen auf. Mit hektischen Bewegungen setzte sie sich auf und sah sich um, aber als sie Nahim erblickte, beruhigte sie sich sofort. »Guten Morgen.«

Ihre Stimme klang brüchig, und als Nahim ihr seinen Becher zum Trinken reichte, nahm sie ihn an, ohne ihm in die Augen zu schauen. Auch wenn sie nicht länger jene Distanziertheit ausstrahlte, die ihn damals aus dem Tal vertrieben hatte, so spürte Nahim deutlich, dass sie noch nicht bereit war, ihn wieder als Gefährten in ihre Nähe zu lassen. Zu viel musste noch gesagt werden, und er hatte nicht die geringste Ahnung, wo er anfangen sollte.

Widerwillig wandte er sich dem Bauern zu. »Woher weißt du, wer ich bin?«

»Es gibt nicht viele Leute hier in Montera mit solchen kohlschwarzen Augen. Außerdem kenne ich deinen Onkel – Vennis zählt zu den wenigen Menschen, deren Welt nicht an den Grenzen ihres Hofs aufhört. Er sieht das große Ganze und hält mit seiner Meinung nicht hinter dem Berg. Deshalb war er in den letzten Jahren auch kein gern gesehener Gast auf dem Gut der Faliminirs – in meiner Hütte dafür umso mehr. Er hat mir von dir erzählt.«

Als Vennis' Name fiel, keuchte Nahim auf, sodass Lehen ihm einen fragenden Blick zuwarf. Noch eine frische Erinnerung, die ihn fast um den Verstand brachte. Nur mit Mühe gelang es ihm, sich zu beruhigen, denn Lehen hatte das, was Badramur mit dem Geheimnis der Drachen getan hatte, vor Sorge um Tanil nicht mitbekommen. Er würde es ihr später erzählen. Obwohl … er wusste weder mit Sicherheit, dass Vennis während des Drachenangriffs in Previs Wall gewesen war, noch was genau Präae angestellt haben mochte. Schließlich waren Drachen noch unberechenbarer als das Wetter.

Nahim leckte sich über die aufgesprungenen Lippen und konzentrierte sich auf den Bauern, der ihn abwartend ansah. »Es ist, wie ich sagte: Ich weiß nicht, was als Nächstes zu tun ist. Wenn du uns ein Obdach anbietest, würde ich es jedoch gern annehmen.«

Als Dasam bekräftigend nickte, warf Nahim einen flüchtigen Blick auf Lehen, die aus dem Verschlag ins Freie getreten war, um wieder Leben in ihre Glieder zu bekommen. Obwohl er sich sicher war, dass sie ihn nicht hören konnte, beugte er sich zu dem Bauern hinüber und sprach leise weiter.

»Das ist wirklich sehr großzügig von dir, aber bist du dir auch wirklich im Klaren darüber, was es für dich bedeuten würde, wenn meine Familie davon erfährt? Es dürfte kein Geheimnis sein, dass mein Vater nach mir sucht.«

»Nein, das ist kein Geheimnis. Es war sogar die Rede davon, dass er trotz der ganzen Probleme, die ihm im Augen-

40

blick zu schaffen machen, Golfim nach Achaten geschickt habe, damit er dich nach Hause bringt.«

Nahim zog erstaunt die Augenbrauen hoch. »Du weißt wirklich gut Bescheid über das, was in Montera vor sich geht.«

Und tatsächlich hatte Dasam ihn in den darauffolgenden Wochen in dieser Hinsicht nicht enttäuscht. Während der Wintermonate, wenn es in einem Olivenhain wenig zu tun gab, reiste der Bauer seit Jahrzehnten durch Montera, so unauffällig, wie es nur ein alter Mann kann, der gezwungen ist, sein Öl selbst zu verkaufen, wenn er es nicht zu einem Spottpreis an die Familie Faliminir abgeben wollte. Die Freundschaften, die er auf diesem Weg geknüpft hatte, waren einzigartig, genau wie sein schlichtes Steinhaus auf der Kuppe des Hügels, in dem es oftmals so geschäftig zuging wie in einem Herrenhaus: gegen den Regen und die klamme Kälte in Umhänge gehüllte Bauern, Händler, aber auch Leibeigene und Dienstmägde fanden den Weg dorthin. Oder Dasam brach auf, um sie an einem der vielen Wege zu treffen, die sich um den Olivenhain spannen.

Es hatte nicht lange gedauert, da war Nahim bestens im Bilde über die Veränderungen, die Faliminir nach seiner Flucht vor drei Jahren angestrebt hatte. Zu seiner Erleichterung war es bislang nicht gelungen, Faliminirs Vision eines Monteras, das nichts anderes als der Acker Achatens sein sollte, umzusetzen. Offensichtlich hatte es sich als äußerst kräftezehrend erwiesen, die Grenzen im Osten des Landes gegen Orkübergriffe zu schützen, die nach anfänglich plumpen Versuchen immer ausgeklügelter geworden waren. Die Bauern klagten gemeinsam mit den Händlern, denen mit zunehmender Regelmäßigkeit die Waren geraubt wurden, die sie eigentlich ins Westgebirge schaffen sollten, das unter dem Handelsboykott der Hafenstadt Previs Wall litt. Auch die von Achaten entsandten Sklaven – oftmals noch kindliche Elbenmischlinge, heimatlos gewordenes und ausgesprochen widerwilliges Zwergenvolk sowie verkümmerte Orks, die das Sonnenlicht nicht vertrugen – erwiesen sich rasch als eine Last, die ihren Nutzen kaum aufwog. So war es kein Wunder, dass Badramur dem Abgesandten Golfim bei seinem Besuch in der Burgfeste alles andere als den roten Teppich ausgerollt hatte. Montera hatte seine liebe Not, Achatens Forderungen nach Nahrungsmitteln zu erfüllen.

Als Nahim genug gehört und ausreichend Vertrauen in Dasam aufgebaut hatte, um die immer noch erschöpfte Lehen und den Jungen in seiner Obhut zu lassen, war er zu einer Wanderung in Richtung Osten aufgebrochen. Er wollte die Veränderungen mit eigenen Augen sehen. Denn allen Schwierigkeiten zum Trotz hatte Faliminirs Wille bereits das schöne Hügelland verwüstet. Ganze Haine waren im Osten, wo die Hügel besonders sanft geschwungen waren, gerodet worden, um Achatens Hunger stillen zu können. Weideland und Kornfelder – für etwas anderes schien kein Platz mehr in diesem fruchtbaren Land zu sein. Wenn man einmal von dem ausgebauten Straßennetz absah, das sich wie graue Feuerzungen in das Landschaftsbild fraß. Nach seiner Rückkehr war Nahim ungewöhnlich verschlossen gewesen und hatte Dasams wiederholte Frage, was er nun von Faliminirs Plänen halte, unbeantwortet gelassen.

»Das hier ist ein feiner Platz für dein Pferd«, sagte Dasam, als sie eine Pause einlegten und ihr Werk begutachteten. Ein paar Bretter aus Pinienholz und knorriges Olivenbaumgeäst – mehr hatte ihnen nicht zur Verfügung gestanden. Trotzdem machte der Verschlag etwas her, so wie er, eingebettet zwischen den silbernen Baumstämmen, dastand.

Nahim nickte und wischte sich den Schweiß von der

Stirn, der sich trotz der Kälte angesammelt hatte. Dann blickte er auf den schmalen Weg, der den Hügel heraufführte. Ein Stück weit unterhalb führte Tanil Eremis am Strick umher. Obwohl Nahim von hier oben lediglich seinen schwarzen Zauselkopf sehen konnte, war er sich sicher, dass der Junge eine seiner schönen Melodien summte. Allein dafür hatte er Tanil in sein Herz geschlossen. Ganz entspannt schlenderte der Junge voran und hielt nur an, wenn ein Grasbüschel Eremis' Aufmerksamkeit erregte. Was leider selten geschah, da das Tier weiterhin kaum eine Regung zeigte.

»Manchmal überlege ich, ob ich Eremis nicht einen größeren Gefallen erwiesen hätte, wenn ich ihm gleich in Faliminirs Stall ein Ende bereitet hätte. Es gelingt mir einfach nicht, zu ihm durchzukommen. Ob es hinter diesen stumpfen Augen überhaupt noch Leben gibt?«

Dasam musterte ihn nachdenklich, während er an einem Apfel kaute. »Das braucht Zeit«, sagte er schließlich. »Wenn etwas zerbrochen ist, kannst du es entweder wegwerfen oder es mit Geduld wieder zusammensetzen, auch wenn es dann nicht mehr das Alte ist.«

Einen Augenblick lang war Nahim sich nicht sicher, ob Dasam über Eremis oder vielleicht über seine Beziehung zu Lehen redete. Aber er hütete sich davor nachzufragen.

»In den letzten Wochen haben wir viel darüber geredet, wie es Montera in den letzten Jahren ergangen ist«, wechselte er das Thema, während er sich bereits wieder an dem Gatter zu schaffen machte, dessen Stabilität nicht viel hermachte, aber für Eremis' Temperament wohl erst einmal ausreichen würde. »Vielleicht sollten wir allmählich darüber nachdenken, wie man Faliminirs Umgestaltungswille Einhalt gebieten könnte.«

Mittlerweile hatte Dasam den Apfel bis auf den Stiel aufgegessen und stocherte sich mit diesem nun zwischen den

Zähnen. »Ja, das sollte man wahrscheinlich. Nur bin ich nicht der richtige Mann dafür. Nicht bloß, weil ich zu alt bin, sondern weil es mir einfach auch nicht liegt. Ich höre, was passiert, und trage es zusammen. Aber einen Plan schmieden und in die Tat umsetzen, das ist etwas ganz anderes.«

»Und wer könnte deiner Meinung nach diese Aufgabe übernehmen?«, fragte Nahim scheinheilig, obwohl ihm die Antwort schon schwante.

»Den Menschen in Montera ging es immer gut – das Land wirft nicht nur genug für die hier lebenden Familien ab, sondern so viel, dass damit auch noch Handel betrieben werden kann. Faliminirs Gier bringt alles aus dem Gleichgewicht. Eigentlich ist es die Aufgabe deiner Familie, genau dieses Gleichgewicht zu erhalten.«

Augenblicklich grub sich eine steile Falte in Nahims Stirn. »Ich soll also der Tradition gehorchen. Das soll mein Beweggrund sein, um mich meiner Familie entgegenzustellen? Soll ich dir einmal erzählen, was ich von Traditionen halte …«

Doch bevor Nahim etwas sehr Grobes sagen konnte, hob Dasam beschwichtigend die Hand. »Dein Beweggrund sollte sein, dass du Faliminirs Entscheidungen für falsch hältst und etwas Besseres anzubieten hast. Das, was ich im Laufe der Jahre mühsam an Wissen über Montera zusammengetragen habe, kennst du von Kindheit an – das ist der Vorteil deiner Herkunft. Außerdem bist du in der Obhut deines Onkels aufgewachsen, der in diesen schweren Zeiten leider nicht bei uns ist. Du kennst die Welt außerhalb der Olivenhaine. Wer könnte besser geeignet sein als du, Montera dem Ehrgeiz deines Vaters zu entreißen?«

Nahim schluckte schwer. So gesehen war die Zeit, seit er als Junge an Vennis' Seite das Gut seines Vaters verlassen hatte, die perfekte Ausbildung für diese Aufgabe gewesen. Aber war es wirklich das, was er wollte? Denn es würde nichts anderes bedeuten, als den Platz seines Vaters einzunehmen. »Montera braucht keinen neuen Faliminir«, sagte er ausweichend.

»Nein«, entgegnete Dasam. »Aber einen neuen Herrn, der es in diesen Zeiten zu lenken weiß. Sonst wird es nicht mehr lange dauern und Montera wird bloß der Korngürtel Achatens sein. Die Prälatin neigt dazu, sich zu nehmen, was sich ihr nicht widersetzt.«

Als Dasam am Abend nach der letzten Fütterung die Hütte betrat, schüttelte er sich ausgiebig und schimpfte auf die Kälte. »So etwas haben wir hier in Montera noch nie erlebt. Die Sonne müsste längst wieder die Herrschaft an sich gebracht haben und den aufgeschwemmten Boden trocknen, damit das Leben zurückkehrt. Stattdessen ist es so kalt, dass ich friere, selbst wenn ich alle meine Kleider übereinander trage. Das Wetter ist verhext, anders kann ich mir das nicht erklären.«

»Der Winter schlägt ein letztes Mal zu, bevor der Frühling anbricht. Daran ist doch nicht Ungewöhnliches«, antwortete Lehen und sah Nahim nach Unterstützung suchend an.

Doch der zog die Stirn kraus. »Wenn ich es nicht besser wüsste, würde ich sagen, dass Frost aufzieht.«

»Na und? Bevor die Apfelblüte aufgeht, kehrt der Frost immer zurück, um seine Macht zu demonstrieren.« Lehen konnte nicht begreifen, warum die Männer solch nachdenkliche Gesichter machten. So war doch nun einmal der Lauf der Dinge.

»Lehen, du bist hier nicht im Gebirge, sondern in Montera«, erklärte Nahim schließlich, während Dasam sie verständnislos anschaute. »Hier gibt es keinen Frost. In diesem Land ist der Winter nicht mehr als eine überschaubare Regenzeit. Keine Kälte und bestimmt kein Frost. Dasam hat Recht, etwas stimmt nicht.«

Am nächsten Morgen war Lehen die Erste, die aus der Hütte trat, um Wasser vom Brunnen zu holen. Noch bevor sie die Tür richtig geöffnet hatte, verriet ihre Nase ihr bereits, was sie draußen erwarten würde. Sie hatte genug Winter im Tal unter Trevorims Pforte verbracht, um das leichte Kribbeln richtig deuten zu können: Es lag Schnee in der Luft. Fein rieselte er herab und blieb auf den silbrigen Blättern der Olivenbäume liegen, während sich der Boden noch in seinem dunklen Braun zeigte. Nicht mehr lange, dann würde der aufziehende Frost ihn mit Eiseskälte überzogen haben, und die weiße Pracht würde liegen bleiben.

Während Lehen leise summend den Wassereimer aus dem Schacht nach oben zog, dachte sie über Nahims Worte nach, dass etwas nicht stimmte. Seine Sorge war ihm deutlich anzusehen gewesen. Was konnte nur passiert sein, das eine solche weit reichende Veränderung hervorgerufen hatte, die vermutlich mehr Schaden in diesem Land anrichten würde als die Veränderungen, die die Menschen anstrebten? Plötzlich beschlich sie ein schrecklicher Verdacht, sodass sie sich unwillkürlich die Hände vor den Mund schlug. Mit einem Surren stürzte der Eimer zurück in den Schacht und schlug laut platschend ins Wasser, gefolgt von einem Nachhall.

Tanil, der unbemerkt neben sie getreten war, lehnte sich so weit über den steinernen Rand des Brunnens, bis seine Füße in der Luft schwebten. Er stieß einen Schrei aus, und als die Wände seinen Laut zurückwarfen, lachte er freudig auf. Aus ihrer Starre erwachend, packte Lehen ihn bei den Schultern und zog ihn wieder auf die Beine.

»Was machst du nur immer für Sachen?«, fragte sie den Jungen und streichelte ihm über die Wange. Prüfend blickte sie ihn an, aber hinter seinen tiefschwarzen Augen leuchtete nicht einmal die Ahnung eines Flammenmeeres auf. Und doch … Tanils Magie hatte etwas in Bewegung gesetzt, das sie noch nicht einmal ansatzweise begriff. Vermutlich waren Frost und Schnee in dieser Sonnengegend nicht die einzige Veränderung, von der Rokals Lande heimgesucht wurde.

Nachdenklich betrachtete Lehen, wie sich der schmale Rücken des Jungen hob und senkte, als er den randvollen Eimer mithilfe des Seilzugs wieder nach oben beförderte. Tanil waren die letzten Wochen in Montera zweifelsohne gut bekommen: ein zufriedenes Kind, das sich ohne Zögern in den Alltag auf dem Olivenhain eingefügt hatte, Eremis verhätschelte und Nahim mit bewundernden Augen zusah, wenn er sich ums Brennholz kümmerte oder Dasam zur Hand ging, der sich trotz der schlechten Witterung an seinem Hain zu schaffen machte. Tatsächlich sah es ganz so aus, als wäre das Westgebirge, das die in Tanil schlummernde Magie zum Vorschein gebracht hatte, vergessen.

Trotzdem wusste Lehen es besser. Sie hatte die Geschichte des Dämonenbeschwörers Resilir nicht vergessen, genauso wenig wie den Rabenmann, der Tanil um jeden Preis hatte in die Finger bekommen wollen. Nur war der Rabenmann in der Burgfeste zurückgeblieben und sie somit die Einzige, die wusste, woher Tanils Magie stammte.

Zum wiederholten Male fragte sie sich, ob sie Nahim nicht von ihrem Verdacht erzählen sollte. Allerdings ertrug sie den Gedanken nicht, dass er sich von dem Jungen abwenden könnte, war er doch gerade erst dabei, sich ihm anzunähern. Wenn Nahim zwischen Tanil und Montera entscheiden müsste, würde er das Wohlergehen seines Heimatlandes wählen, und das wäre nichts, was Lehen ihm verübeln könnte. Ihre Wahl fiel anders aus, selbst wenn es bedeutete, dass der ersehnte Frühling ausblieb: Tanil war ihr Kind, sie war die Einzige, die sich immer für ihn entscheiden würde.

Einen Augenblick gab Lehen dieser Überzeugung Raum, sich zu entfalten. Es fühlte sich richtig an, so richtig, dass ihr

Zweifel daran kamen, ob Nahim sich nicht doch für Tanil entscheiden könnte. Vielleicht war es an der Zeit, das herauszufinden. Entschlossen griff Lehen nach dem eisigen Henkel des Eimers und mit der freien Hand nach Tanils, die sich trotz seiner spärlichen Kleidung und der nackten Füße wunderbar warm anfühlte.

Als sie Nahim kurz vor der Dämmerung auf einem Spaziergang mit Eremis begleitete, war sie allerdings nicht mehr ganz so überzeugt von ihrem Plan, ihn auf die Probe zu stellen. Wie Lehen vermutet hatte, war der ununterbrochen fallende Schnee im Laufe des Tages liegen geblieben, sodass ihre Schritte ein leises Knirschen verursachten. Es war in der Stille des Olivenhains gut hörbar, da alle anderen Geräusche gedämpft wurden.

Nahim hatte erstaunt auf ihren Vorschlag reagiert, ihn zu begleiten. Und obwohl sie schon eine ganze Zeit lang dem Weg folgten, damit Eremis Bewegung bekam, hatte er sich immer noch nicht wieder beruhigt. Das verriet allein die Tatsache, dass er ununterbrochen redete – vollkommen untypisch für Nahim, der umso schweigsamer wurde, je wohler er sich fühlte.

»Sasimir, dieser Bauer, der für Faliminirs Pferde Hafer anbaut, zeigt sich wirklich hilfsbereit, aber ich glaube nicht, dass er mir noch lange mit Futter für Eremis aushelfen kann. Die Vorräte werden einfach zu knapp, sodass Faliminirs Leute einen besonders scharfen Blick auf die Mengen haben werden. Wenn sie in den letzten Tagen nicht schon längst alles konfisziert haben. Ich weiß, du wirst es nicht gern hören, aber die Lage spitzt sich mit jedem Tag zu. Ich wünschte mir wirklich, es würde endlich Frühling werden, damit ich Dasam mit seinen Bäumen helfen kann. Es wäre die perfekte Ausrede, nichts anderes tun müssen. Aber so wie es aussieht …«

»Wovon redest du eigentlich, Nahim?«

Nahim schloss kurz die Augen, als würde es ihm schwerfallen, zum Kern seines Anliegens zu kommen. Er hatte geschwafelt, über Monteras Jahreszeiten erzählt, war irgendwie bei der Landwirtschaft und schließlich bei Eremis' schwindenden Futtervorräten gelandet. Zu der Tatsache, dass er eine Entscheidung über ihre Zukunft treffen musste, hatte er, seinem plötzlichen Schweigen nach zu urteilen, eigentlich nicht vordringen wollen. Jedenfalls nicht auf diesem Spaziergang im frischgefallenen Schnee.

»Ich wünschte, wir könnten für immer in diesem Olivenhain bleiben«, fügte er vage an. Er war stehen geblieben und strich mit seinen Fingerspitzen über den schwarzen Fleck zwischen Eremis' Augen, eine zärtliche Geste, auf die der Hengst jedoch nicht reagierte. Oder doch? Verriet seine entspannte Körperhaltung nicht, dass er die Berührung genoss?

Ohne weiter nachzudenken, trat Lehen so dicht neben Nahim, dass ihre Arme sich berührten, wobei Nahim leicht zusammenzuckte. »Warum können wir das nicht?« In ihre Stimme hatte sich eine Sehnsucht geschlichen, die ihr bis zu diesem Moment fremd gewesen war.

Das »weil« lag Nahim bereits auf der Zunge, aber als er ihren Blick erwiderte, schien er vergessen zu haben, was er sagen wollte. Er blinzelte einmal heftig, dann atmete er tief ein und erstarrte. Lehen kannte diesen Blick, obwohl sich etwas Neues eingeschlichen hatte. Einen Herzschlag lang sah sie ihn fasziniert an, dann breitete sich ein Verlangen in ihr aus, das weit über das Bedürfnis, sich endlich wieder mit ihm zu vereinigen, hinausging.

»Lehen«, sagte er leise, wobei seine Stimme fast versagte. »Ich …«

Doch Lehen schüttelt fast unmerklich den Kopf und legte ihren Zeigefinger über seine Lippen. Dann stemmte sie sich auf die Zehenspitzen, um ihren Mund sanft an seiner Schläfe entlangzuführen, über seine Wange hin zu der weichen Einbuchtung an seinem Hals, wo sie das Tuch, das er sich um den Hals geschlungen hatte, behutsam beiseiteschob. Sie glaubte, jeden Augenblick die Beherrschung zu verlieren, besonders als ihre Lippen seinen immer rascher gehenden Puls liebkosten. Ihre Hände, die auf seinen Oberarmen lagen, spürten die Anspannung, unter der er stand. Da war sie sich sicher, dass es ihm wie ihr erging. Wenn er nicht befürchten würde, vor lauter Erregung grob zu werden und damit alles zu ruinieren, hätte er es auch bestimmt darauf ankommen lassen. Sie kannte Nahim gut genug, um zu wissen, dass er seine leidenschaftliche Seite stets beherrschte, und in diesem Moment fragte sie sich, ob es nicht an der Zeit war, dass er sie offenbarte. Während sie verführerisch langsam seinen Mantel öffnete und ihre Finger den Ausschnitt seines Hemdes betasteten, sodass er kaum noch zu atmen wagte, spielte sie kurz mit dem Gedanken, seine Sinnlichkeit herauszufordern.

Unvermittelt suchte sie die Erinnerung heim, als er nach ihrer Ankunft in Dasams Hütte sein Hemd ausgezogen hatte, damit sie die vielen Platzwunden und Prellungen versorgen konnte, die Damir und der Rabenmann ihm zugefügt hatten. Vermutlich hatte Nahim damit gerechnet, dass sie die Liebesmale inmitten all den Verletzungen nicht würde ausmachen können. Aber Lehen hatte nur allzu gut begriffen, woher die bereits verheilten Kratzspuren auf seinem Rücken und die verblassenden Bissspuren an Hals und Brust stammten. Ohne dass sie sich dessen bewusst gewesen war, waren ihr die Tränen in die Augen gestiegen, da ihr Damirs Andeutungen über eine Drachenreiterin in den Ohren klang. Was sie damals nicht berührt hatte, hatte sie in jenem Moment umso mehr geschmerzt. Nahim hatte bei ihrem Anblick zuerst irritiert die Augenbrauen zusammengezogen, dann jedoch, nachdem er begriffen hatte, welche Spuren ihr Zeigefinger wie in Trance nachzeichnete, betroffen aufgestöhnt. Während er sich wieder das Hemd über den Kopf gezogen hatte, hatte Lehen einfach nur schweigend dagesessen, denn sie hatte weder das Bedürfnis verspürt, ihn anzuschreien, noch kühl eine Erklärung einzufordern. Als Nahim dann das Lager verlassen wollte, hatte sie ihn allerdings auch nicht zum Bleiben aufgefordert.

Nun starrte Lehen ihre Finger an, die jene Stelle auf Nahims Brust berührten, wo einst die Liebesmale einer anderen Frau blutrot aufgeleuchtet hatten. Und abermals wollte es ihr nicht gelingen, sich zu rühren.

Nahim, dem ihr Gefühlswandel nicht entgangen war, fluchte leise, dann schmiegte er seine Wange an ihre Schläfe. »Können wir die Vergangenheit nicht einfach ruhen lassen?«

Einen Augenblick lang wollte Lehen nichts lieber als das. Es war schlicht zu verführerisch, alles unter der Decke des Schweigens zu verbergen und einfach so zu tun, als gäbe es tatsächlich die Möglichkeit eines Neuanfangs. Als würden sie sich beide hier in diesem verschneiten Olivenhain das erste Mal in die Arme schließen. Doch um sich für diesen nur scheinbar leichten Weg zu entscheiden, war Lehen einmal zu oft durchs Feuer gegangen.

»Nein, ich will wissen, wie es dazu gekommen ist«, sagte sie. Dabei widerstand sie dem Bedürfnis, Nahims Umarmung abzuschütteln. Sie würde seine Berührung ertragen, genau wie seinen vertrauten Duft, der ihr mehr als alles andere vor Augen führte, was sie beinahe verloren hatte – und was ihr immer noch nicht wirklich wieder gehörte. Sie beide würden sich diese Liebe verdienen müssen.

Nahim presste seine Lippen fest auf ihre Stirn, als wollte er sich gewaltsam vom Reden abhalten. Dann atmete er tief aus und löste sich ein Stück von ihr. »Ich habe nur eine Nacht mit ihr verbracht.« Prüfend sah er Lehen ins Gesicht, und als er begriff, dass sie weder einen Wutanfall erleiden noch sich plötzlich umdrehen und flüchten würde, lockerte er seine verspannten Gesichtszüge und fuhr fort: »Zu diesem Zeitpunkt hatte ich mir eingestanden, dass kein Weg zu dir zurückführt.«

Da Lehen bei dieser Erklärung leise wimmerte, warf Nahim ihr einen verunsicherten Blick zu, und sie nahm sich zusammen.

»Nach allem, was zwischen uns geschehen war, konnte ich zu gar keinem anderen Schluss gelangen, ganz gleich, was tatsächlich in dir vorgegangen sein mochte. Nachdem ich akzeptiert hatte, dass du mich verlassen hattest, glaubte ich, endgültig alle Brücken durchschlagen zu müssen. Diese Nacht sollte mir beweisen, dass unsere Liebe der Vergangenheit angehörte. Aber stattdessen habe ich herausgefunden, dass sich an meinen Gefühlen für dich nichts geändert hat, gleichgültig, ob du dich von mir abgewandt hattest oder nicht.«

Lehen schmiegte sich an Nahims Brust und lauschte benommen ihrer beider Atem, der in weißlichen Wolken davonflog. Als der Sinn seiner Worte langsam durch den Schmerz zu ihr durchdrang, schlich sich ein Lächeln auf ihre Lippen. Anstatt durch Nahims Eingeständnis seiner Affäre gedemütigt zu werden, hatte er ihr eine Liebeserklärung gemacht. Das Wissen, dass er in den Armen einer anderen Frau gelegen hatte und mit ihr – den Spuren auf seinem Körper zufolge – etwas ausgelebt hatte, das er vor ihr verbarg, versetzte ihr unverändert einen empfindlichen Stich, aber sie konnte es ertragen.

»Verzeihst du mir?« Nahim hatte sein Gesicht in ihrem

Haar vergraben, weshalb sie die Frage fast nicht verstanden hätte. Lehen lachte auf, und augenblicklich gab Nahim sie aus der Umarmung frei. Doch als er bemerkte, dass es kein hämisches Lachen war, lächelte er zurück, wenn auch nur zaghaft. »Nun, was denkst du?«

Obwohl sie ein schlechtes Gewissen verspürte, ließ Lehen ihn noch einen Augenblick lang zappeln. »Da gibt es nichts zu verzeihen«, sagte sie dann um Ernst bemüht, denn Nahim machte nicht den Eindruck, als würde er mit einer solchen Antwort rechnen.

»Diese eine Nacht wird also nicht länger zwischen uns stehen?«, hakte er deshalb auch sogleich nach.

»Nein, aber es gibt noch viel anderes, dem wir zwei uns stellen müssen.« Schlagartig legte sich ein eiserner Griff um Lehens Kehle. Auch in Nahims Augen funkelte Angst auf, trotzdem nickte er zustimmend. Dann zog er sie zu sich und suchte ihren Mund. Bei der sanften Berührung seiner Lippen vergaß Lehen alle Sorgen und Zweifel und gab sich dem Gefühl hin, Nahim nahe zu sein.

Bevor aus diesem zarten Kuss jedoch etwas Leidenschaftlicheres werden konnte, stolperte Nahim plötzlich einen Schritt nach vorn, und Lehen wäre vor Schreck fast auf dem Hintern gelandet. Eremis, der es offenbar leid war, im Schnee zu stehen, hatte Nahim kurzerhand einen Stoß mit dem Kopf in den Rücken verpasst. Als Nahim sich ihm nun zudrehte und ihn mit einigen Schimpfnamen bedachte, zog der Hengst herausfordernd den Kopf zurück und spannte die beeindruckende Muskulatur seines Halses an.

»Schau an«, sagte Nahim mit gespieltem Nachdruck. »Da ist ja jemand endlich aufgewacht.« Dann griff er nach dem Strick des Pferdes, legte Lehen einen Arm um die Taille und spazierte weiter mit ihr durch den Schnee.

⚔ Kapitel 3 ⚔

Das Meer war aufgewühlt, sodass der Seegang dem Fährschiff auf dem Weg nach Saliana ordentlich zu schaffen machte. Die meisten Mitreisenden hatten sich in ihre Kajüten zurückgezogen, und auch von den Seeleuten trieb sich auf Deck nur herum, wer einer Aufgabe nachzugehen hatte. Kohemis hingegen machte das stete Auf und Ab wenig aus. Er hatte die ständige Bewegung des Meeres schon immer geliebt, ganz gleich, ob es sich um ein geruhsames Kräuseln oder um bedrohlich schwarze Wellenberge handelte. Auch jetzt war sein Blick auf das Spiel des Wassers gerichtet, obwohl der vom Schneeregen durchsetzte Wind ihm unablässig das Haar in die Augen trieb. Irgendwo hinter den Wolkentürmen verbarg sich der reife Vollmond, aber Kohemis hatte bislang nicht einmal eine Ahnung von ihm ausmachen können. Als wären die Gestirne ausgelöscht.

»Der Kapitän dieses Schiffes schimpft wie ein Rohrspatz.«

Aelaris war dicht an seine Seite getreten, doch trotz der schwankenden Planken musste Kohemis sich keine Sorgen darüber machen, dass sie einander plötzlich berühren könnten. Denn dem Elben gelang es auf wunderbare Weise, mit dem Rhythmus der Wellen zu verschmelzen, sodass man glauben konnte, er stünde auf ruhigem Grund.

Anstelle einer Antwort gab Kohemis zunächst nur ein Murren von sich. Er war mit den Gedanken bei Maherind, der nach dem Drachenfeuer in Previs Wall einen Weg in die entgegengesetzte Himmelsrichtung eingeschlagen hatte. Obgleich Kohemis sich gewiss war, dass sein Gefährte dort zwar auf Gefahr, aber nicht auf Tod und Verderben stoßen würde, traute er seinen ansonsten so verlässlichen seherischen Fähigkeiten in diesem Fall nicht über den Weg. Schließlich hatte er mit eigenen Augen gesehen, wie eine mächtige Rauchsäule über der Hafenstadt aufgestiegen war, jener Stadt, die Maherind im Laufe des heutigen Tages erreichen würde, wenn ihr Zeitplan aufging. Kohemis wagte es kaum, sich auszumalen, was seinen Gefährten und Ordensbruder dort erwarten würde.

»So schweigsam? Spiegelt das Meer vielleicht deine innere Verfassung wider?«, setzte Aelaris zu einem erneuten Versuch an, Kohemis seinem Trübsal zu entreißen.

Mit Not unterdrückte Kohemis eine scharfzüngige Antwort, denn die hätte dem Elben lediglich bewiesen, wie richtig er mit seiner Vermutung lag. Auch wenn er wusste, dass Aelaris die magischen Fähigkeiten seines Volkes verloren hatte, gefiel ihm die Vorstellung, dass irgendein Elbe in der Lage war, in seine Gedanken einzudringen, ganz und gar nicht. Vor allem nicht, weil er es sich dank seiner momentanen Dünnhäutigkeit selbst zuzuschreiben hatte.

»Worauf schimpft der Kapitän denn?«, knüpfte er deshalb an das unverfängliche Thema an, das Aelaris zuerst angeschnitten hatte. »Verzweifelt er immer noch an der Tatsache, einen Elben mit an Bord zu haben, der ihm erklärt, wo er entlangzuschippern hat, obwohl der Mann schon von Kindesbeinen an diese Route befährt? Oder quakt er wieder einmal über das miserable Wetter, das mit jedem Tag miserabler wird, obwohl wir uns der südlichen Küste nähern?«

Aelaris lachte leise, und der Klang löste in Kohemis' Brust ein wärmendes Glühen aus, das vermutlich auch der Bootsjunge spürte, der soeben an ihnen vorbeischlenderte.

»Der Kapitän ist wohl eher verzweifelt darüber, dass ich immer Recht behalte mit meinen Vorschlägen.«

»Ein Westgebirgs-Elbe, der sich wie ein alter Seebär aufführt. Du solltest froh sein, dass er dich noch nicht bei einem seiner Wutanfälle über Bord gestoßen hat. Obwohl das zweifelsohne für manche von uns eine große Erleichterung wäre.« Trotz der scharfen Bemerkung verdüsterte sich Aelaris' Miene nicht, und er machte zu Kohemis' großer Enttäuschung auch keine Anstalten, fortzugehen und ihn wieder seinen Grübeleien zu überlassen. »Du besitzt einfach keinen Stolz, Aelaris. Und dabei heißt es immer, dass wäre das Einzige, worüber das Elbenvolk wirklich in rauen Mengen verfügt«, setzte er deshalb noch einmal nach.

»Kohemis, wenn du wirklich glaubst, mich mit solchen läppischen Bemerkungen wegbeißen zu können, dann solltest du wissen, dass ich durch eine deutlich härtere Schule gegangen bin. Ich verstehe, dass du dir Sorgen um Maherind, diesen Vennis und deinen Jungen im NjordenEis machst.« Bei diesen Worten ließ Kohemis ein aufgebrachtes »Tse« vernehmen, von dem Aelaris sich jedoch nicht beeindrucken ließ. »Aber nicht mehr lange und wir werden in Sahila an Land gehen. Von dort aus sind es nur noch ein paar Tagesmärsche über die Handelsroute Talemis zur Burgfeste. Wie sollten uns abstimmen, wie wir uns dort verhalten werden.«

»Nicht Tagesmärsche, sondern Tagesritte«, korrigierte ihn Kohemis scharf. »Falls du noch niemals auf einem Pferd gesessen bist, gehe ich trotzdem davon aus, dass du auch das Reiten meisterlich beherrschst.«

Ohne Zögern nickte Aelaris, wobei es in seinen tannengrünen Augen belustigt funkelte. »Ich kenne mich mit Pferden aus. Wir haben welche in der Schlacht gegen Achaten verwendet. Es waren ihre eigenen Tiere, die unserem Ruf gefolgt sind. Ein Pferd zu beherrschen ist einfach.«

Mit gekräuselten Lippen zog Kohemis den breiten Woll-schal, der um seine Schultern lag, enger zusammen. Mit einem Schlag war er sich der nassen Kälte und des unruhig buckelnden Schiffsbodens überdeutlich bewusst. Doch das Zerren seines Magens rührte von woanders her: Achaten war tatsächlich nicht mehr fern und mit ihm Badramur, die er ein halbes Leben lang nicht mehr gesehen hatte, obwohl es als oberstes Ordensmitglied zu seiner Aufgabe gehört hat-te, die Entwicklungen ihres Reiches genau im Auge zu be-halten. Vielleicht fiel es ihm gerade deshalb schwer, sich mit dem Gedanken auseinanderzusetzen, bald seiner Schwester gegenüberzustehen. In den letzten Jahren war Badramur ihm immer mehr entglitten, bis sie nur noch die Prälatin der Burgfeste war. Ebenjenem Machtzentrum, das er verdächtig-te, für den Drachenangriff auf Previs Wall verantwortlich zu sein. Wie sollte er seiner Schwester gegenübertreten, wenn sich dieser Verdacht bestätigen sollte?

»Wir können keinen Plan schmieden, solange wir über die Geschehnisse in Previs Wall nicht Genaueres erfahren haben«, sagte Kohemis schließlich bedrückt. Obwohl er den Niedergang Previs Walls in einer Vision vorhergesehen hat-te, hatte sie ihn nicht darauf vorbereitet, was danach kam. Ganz gleich, ob Badramur die Verantwortung für diesen Drachenangriff trug oder nicht, die Machtbalance der bei-den menschlichen Bastionen war zerstört. Kohemis kann-te seine Schwester gut genug, um zu wissen, dass sie dieses Machtdefizit zu ihren Gunsten ausnutzen würde, ohne über die Folgen für Rokals Lande nachzudenken. Badramur war zu geübt darin, sich zu nehmen, was sich ihr anbot.

Plötzlich erschöpft, verlor Kohemis bei einem besonders tiefen Wellental fast das Gleichgewicht. Trotzdem lehnte er Aelaris' angebotenen Arm mit einem gereizten Knurren ab.

»Du solltest dich ein wenig zurückziehen«, schlug Aelaris vor.

»Ich bin kein alter Tattergreis!«

»Wenn du vor lauter Eigensinn beim nächsten Wellental über Bord gehst, werde ich an deine Worte denken und dir meine Hilfe nicht aufdrängen.«

Einen Moment lang fühlte Kohemis sich versucht, dem Burschen eine Lektion zu erteilen. Nur leider hatte er seinen Spazierstock unter Deck vergessen. Mit wackligen Bewegungen, die seinem Stolz einen weiteren Dämpfer verpassten, stieg er den Niedergang hinab. In der Kajüte, die in seinen Augen nicht mehr als ein schäbiger Hundeverschlag war, legte er sich auf sein Lager, ohne die Oberbekleidung abzustreifen.

Aelaris, der ihm schweigend gefolgt war, blieb unberührt vom Wellengang mitten im Raum stehen. Nur den Kopf musste er einziehen, um nicht gegen die Decke zu stoßen. Wider besseren Wissens kam es Kohemis so vor, als würde der Elbe mit voller Absicht auf ihn herunterblicken. Einen Moment lang musterte er die schmale, aber kräftige Gestalt: Aelaris' Kupferhaar, das mittlerweile mit dichten glänzenden Strähnen das Gesicht umkränzte und den Nacken bedeckte, leuchtete selbst im Dämmerlicht der Kajüte. Der ganze Kerl schien vor Lebendigkeit zu leuchten, ein Ebenbild ewiger Jugend. Die schwarzen Linien unter seiner Haut zeichneten sich so gestochen scharf ab, wie es keine der Zeichnungen, die Kohemis den Mitgliedern des Ordens unter die Haut gestochen hatte, jemals vermochte, ganz gleich, wie kunstfertig sie waren.

Überfordert von dem Anblick des Elben legte Kohemis sich einen Unterarm über die Augen. »Du deprimierst mich«, ließ er ihn wissen.

»Mir wäre es auch lieber, ich könnte draußen auf Deck

stehen und zusehen, wie Himmel und Meer stets aufs Neue miteinander verschmelzen, als gemeinsam mit dir in diesem stickigen Loch Zeuge zu werden, wie deine Lebenszeit verrinnt«, erwiderte Aelaris ohne die geringste Gereiztheit in der Stimme.

Über diese Gelassenheit ärgerte sich Kohemis fast noch mehr als über alles andere. Mit einem Ruck richtete er sich auf, was er jedoch sogleich bereute. Die überstürzte Abreise und die Sorgen hatten ihn tatsächlich mehr erschöpft, als er sich einzugestehen bereit war. Hastig warf er dem Elben einen Blick zu, der aber keine Anstalten machte, ihm ein Kissen in den Rücken zu stopfen.

»Trotz deiner kleinen Mängel bist du wirklich ein hervorragender Vertreter deiner Spezies, mein Freund: ein wahrer Ausbund an Überheblichkeit. Kein Wunder, dass man weder die Schönheit noch die Unsterblichkeit der Elben besingt, sondern nur ihren Glauben an die eigene Herrlichkeit. Selbst wenn euch das Westgebirge unter dem Hintern wegbrechen würde, kämen euch keine Zweifel an eurer Lebensweise.«

Anstatt beleidigt oder, so hoffte Kohemis im Geheimen, erzürnt zu reagieren, setzte Aelaris sich auf den Rand des Lagers und blickte ihn an. »Wenn ich es nicht besser wüsste, würde ich meinen, du langweilst dich.«

»Rokals Lande zerbricht unter dem Flammenatem eines Drachen und zerstört damit alles, woran ich mein halbes Leben lang gearbeitet habe, aber ich leide unter Langeweile. Gut kombiniert, Elbe. Spätestens jetzt hast du tatsächlich den Beweis erbracht, dass das Maliande bei dir nicht mehr wirkt. Du bekommst einfach nicht das Geringste von der Welt um dich herum mit.« Kohemis versuchte sich an einem aufgesetzten Lächeln, aber es misslang.

Doch Aelaris schenkte ihm ohnehin keine Aufmerksam-

59

keit, sondern betrachtete nachdenklich seine auf den Oberschenkeln liegenden Hände, über die eine einsame, sich wellende Linie glitt. »Was du über unsere Lebensweise gesagt hast … da hast du Recht. Zumindest mein Stamm, die Gahariren, sind ausschließlich daran interessiert, alles so zu erhalten, wie es seit jeher ist. Jegliche Veränderung bedeutet für uns eine Herabsetzung. Allerdings sieht es ganz so aus, als könnten wir uns nicht länger gegen die Veränderungen stemmen. Weder gegen die, die ganz Rokals Lande betreffen, noch gegen die, die meinen Stamm peinigen.«

Kohemis nutzte die Gelegenheit, als Aelaris wieder in Schweigen versank, um sich unauffällig ein Kissen in den Rücken zu stopfen. Dabei registrierte er, dass von Aelaris der feine Duft von Tannennadeln und Harz ausging, passend zu der Farbe seiner Augen. Schnell schob Kohemis diese Beobachtung beiseite.

»Vielleicht erlebt euer Volk ja gar nicht eine Veränderung, sondern eine Rückbesinnung.« Noch während er sprach, nahm die Vorstellung immer klarere Formen vor seinem geistigen Auge an, sodass er Aelaris mit einer resoluten Handbewegung zum Schweigen brachte, als dieser etwas erwidern wollte. »Das meine ich mit Selbstherrlichkeit: Ihr Elben seid dermaßen in euer gegenwärtiges Gewand verliebt, dass ihr euren Ursprung vergessen habt. Wenn man es genau betrachtet, war die Vergangenheit ja auch nicht ganz so schillernd, nicht wahr?« Doch anstatt auf diese bösartige Anspielung mit einer Zurechtweisung zu reagieren, sah Aelaris ihn nur fragend an. Kohemis zögerte. Konnte das sein? »Wie alt bist du gleich noch einmal, mein Freund?«

Augenblicklich verwandelte sich der fein geschwungene Mund des Elben in eine harte Linie. »Da du dich doch so großartig mit uns Elben auskennst, solltest du eigentlich wissen, dass diese Frage nur von geringer Bedeutung ist, wenn ein Elbe erst einmal ein vollwertiges Mitglied des Stammes geworden ist.«

Nun verzog sich Kohemis' Mund zu einem erfreuten Lächeln. »Das bedeutet dann wohl, dass du noch ein ausgemachter Jungspund bist. Wie erfrischend.« Obwohl er sich selbst ein wenig schäbig dabei vorkam, genoss er es, dem Elben eine Reaktion entlockt zu haben: Aelaris' Wangen färbten sich rot, während wild ausufernde Schnörkel seine Kehle emporstiegen. »Nur nebenbei erwähnt: Ich glaube, ich lerne langsam, die Zeichen auf deiner Haut zu lesen. Vielleicht liege ich falsch, aber sie scheinen deine Empfindungen und gelegentlich deine Gedanken zu versinnbildlichen. Ganz unmittelbar, nicht so ein komplizierter Hokuspokus, wie ihr Elben ihn zelebriert. So arbeite ich übrigens auch, wenn ich die Ordensmitglieder zeichne.«

Schlagartig erreichten die aufgeregten schwarzen Linien Aelaris' Gesicht und wanderten bis zu seinen Wangen. »Könnten wir uns wieder den Veränderungen meines Volkes zuwenden?«, fragte er betont ruhig.

»Verständlich, dass du diesem Gedankengang nicht gern nachgehen möchtest. Es würde ja bedeuten, dass du quasi nackt vor mir sitzt, dich mir offenbarst. Eine erniedrigende Vorstellung, besonders für einen stolzen Elben.«

Als auf Aelaris' Handrücken ein Zackenmuster aufflammte, während er die Hände zu Fäusten ballte, beschloss Kohemis auf den geforderten Themenwechsel einzugehen, auch wenn es ihn einiges an Selbstbeherrschung kostete. Es war einfach zu verführerisch, diesen ansonsten so kühlen Elben in die Ecke zu treiben. Fast war ihm, als könnte sich Aelaris doch noch als geeigneten Ersatz für Tevils erweisen, den er mehr vermisste, als ihm lieb war. Allein der Gedanke an seinen Jungen versetzte ihm einen schmerzhaften Stich.

»Liege ich richtig in der Annahme, dass du keine Ahnung

hast, was deine Vorfahren getrieben haben, bevor sie das Westgebirge zu ihrer neuen Heimat erklärt haben?«

Aelaris warf ihm einen scheelen Blick aus den Augenwinkeln zu. »Der Ursprung der Gahariren liegt im Maliande«, antwortete er schließlich kurz angebunden.

Diese Antwort hatte Kohemis erwartet. »Ja, etwas Ähnliches behaupten auch die Dämonenbeschwörer von sich. Und vermutlich hätten die Orks ebenfalls eine Geschichte parat, die in die gleiche Richtung zielt, wenn sie genug Grips für Geschichten hätten.« Als Aelaris ein verächtliches Schnaufen von sich gab und Anstalten machte aufzustehen, setzte Kohemis schnell nach: »In deinen Worten liegt ja auch ein Korn Wahrheit, denn die Existenz der Gahariren und all der anderen Elbenstämme des Westgebirges liegt tatsächlich im Maliande. Nur die Elben, die sie zuvor gewesen waren, stammen aus den westlichen Weiten der Südlichen Achse. Sie verfügten über eine ganz eigene Magie, die jedoch gemessen an der Macht, die ihnen das Maliande verlieh, rasch in Vergessenheit geriet.«

»Und worin bestand diese ursprüngliche Magie?« Aelaris starrte ihn erwartungsvoll an.

Leider musste Kohemis passen, was ihn unangenehm berührte. »Nun, das weiß ich, ehrlich gesagt, nicht. Es ist ja nicht gerade so, dass die Elben jedem freimütig ihre Geschichte vom Anbeginn der Zeit erzählen. Aber vielleicht kommst du ja bald von allein dahinter, nun, da der Einfluss des Maliandes in dir nach und nach abklingt.« Die Frage, ob Aelaris vielleicht schon etwas bemerkt hatte, schluckte er entschlossen hinunter.

Ohnehin schien Aelaris die Lust an einem Gedankenaustausch verloren zu haben. Nachdem er die vorwitzigen Haarsträhnen hinter die spitzen Ohren geschoben hatte, stand er auf und blieb dann ziellos in der Kajüte stehen.

Kohemis, dem der Anblick des plötzlich so verloren wirkenden Elben überraschend naheging, nestelte unschlüssig an seinem Wollschal, unter dem es ihm mittlerweile recht warm geworden war.

»Ich habe mich, glaube ich, noch gar nicht dafür bedankt, dass du mich auf dieser Reise nach Achaten begleitest. Schließlich hattest du nicht vor, dass Westgebirge so rasch wieder zu betreten. Und vermutlich wird man dir dort auch alles andere als aufgeschlossen gegenübertreten.«

Aelaris antwortete, ohne sich umzudrehen. »Ich habe diese Entscheidung nicht aus einem Pflichtgefühl dir gegenüber getroffen. Dieses Drachenfeuer und der Schatten, der sich am nördlichen Horizont ausgebreitet hat, werfen viele Fragen auf, die sicherlich nur in Achaten beantwortet werden können. Aber da ist noch etwas anderes …« Aelaris warf ihm einen flüchtigen Blick zu, als wolle er nicht das Risiko eingehen, seinen Gemütszustand zu verraten. »Nicht allzu lange nach dem Drachenfeuer habe ich etwas gespürt, ein Nachhallen, das ich jetzt, da es verklungen ist, kaum zu begreifen vermag. Irgendetwas Ungeheuerliches ist im Westgebirge geschehen, etwas, das alles verändern wird, so mächtig ist es gewesen und doch sogleich so zart wie ein Nebelfetzen. Angesichts dieses Erlebnisses kommt es mir unwichtig vor, meinen eigenen Pfaden zu folgen, selbst wenn es mir zuwider ist, auch nur einen Fuß ins Westgebirge zu setzen.«

»Warum hast du Maherind und mir nichts von diesem Geschehen erzählt, als wir uns am Morgen nach dem Drachenfeuer besprochen haben? Wenn wir das gewusst hätten, wäre Maherind vielleicht mit uns nach Achaten gekommen, anstatt nach Previs Wall zu gehen.« Obgleich er über Aelaris' Geständnis bestürzt war, verspürte Kohemis keinen Argwohn. Die Art, wie die Schultern des Elben leicht bebten, verriet, wie schwer es ihm fiel, das Erlebnis in Worte zu fassen.

»Was auch immer es gewesen ist, es war nichts, das Achaten bewerkstelligt hat. Wenn ich es nicht besser wüsste, würde ich sagen, dass ich einen Herzschlag lang von reinem Maliande berührt worden bin. Aber es hatte nichts mit dem gemein, was ich unter dem Einfluss der Magie kennen gelernt habe.«

Der Elbe drehte sich um, und auf seinen Zügen erkannte Kohemis, wie die erinnerte Offenbarung ihn zugleich beglückte und ängstigte. Unwillkürlich schauderte es ihn. Wenn das Erlebte selbst für einen Elben zu groß war, der unzählige Wegstunden vom Westgebirge entfernt war, welchen Eindruck hatte das Geschehen dann bei den magisch begabten Wesen des Westgebirges hinterlassen? Kurz beschlich ihn der Verdacht, dass nichts im Westgebirge mehr so war wie zuvor.

Zum wiederholten Male wanderten Aelaris' Finger über den Scheitel der Mähne, und er konnte spüren, wie den ebenholzfarbenen Wallach ein wohliges Beben durchfuhr.

Um die Gefühle dieses Tieres wahrzunehmen, brauchte er ganz eindeutig kein Maliande. Es war auch nicht notwendig, in die Gedanken des alten Mannes einzudringen. Er erkannte auch so, dass Kohemis mit sich selbst unzufrieden war, ihm aber dafür die Schuld zuschieben wollte. Kohemis ärgerte sich, weil er neben dem Elben auf dessen großem Reittier wie ein Kind auf einem Pony aussah, das trotzig darauf bestand, vorwegzureiten und den Anführer zu mimen. Aelaris sollte das nur recht sein, denn solange Kohemis seinen regen Geist mit solchen Albernheiten wie verletztem Stolz beschäftigte, verfiel er wenigstens nicht in Melancholie. Ein trübsinniger Kohemis war nämlich deutlich schlechter zu ertragen als einer, der nur auf eine Chance lauerte, giftige Gemeinheiten zu verspritzen.

Wenn der schmächtige Mann in seine Grübeleien versank, dauerte es nicht lange, bis auch Aelaris sich dabei ertappte, wie er über fremdes, sprödes schwarzes Haar zwischen seinen Fingern nachsann. Das war so gar nicht die Richtung, in die er denken wollte, genauso wenig, wie an die Frage, ob sie sich wohl ebenfalls in der Burgfeste aufhalten würde. Sollte er es hoffen oder fürchten?

Nachdem er das Westgebirge verlassen hatte, war es ihm zunächst nur darum gegangen, sich selbst einen neuen Platz in der Welt zu schaffen. Aber es hatte nicht lange gedauert und ihm war klar geworden, dass das Zerren in seinem Inneren auf diese Art nicht zum Schweigen gebracht werden konnte. Solange er die Fessel nicht abgestreift hatte, die ihm die Njordenerin names Lalevil auferlegt hatte, würde er nie frei sein. Nach dieser Erkenntnis war es nicht schwer gewesen, ihre Spur bis zum Haus an der Klippe zu verfolgen – nur um zu erfahren, dass sie ins Westgebirge zurückgekehrt war. Das herauszufinden, war schon deutlich schwieriger gewesen, denn Aelaris hatte darauf verzichtet, Kohemis einzuweihen. Doch die Elbensinne waren fein genug, um selbst geflüsterte Worte zwischen den Ordensmitgliedern einzufangen – einmal davon abgesehen, dass der halb taube Maherind Schwierigkeiten damit hatte, die Stimme gedämpft zu halten.

»Schau an.« Kohemis hatte sein Pferd so unvermittelt zum Stehen gebracht, dass Aelaris' Tier überrascht zur Seite tänzelte. »Da vorn beginnt der Pfad, der in die Schlucht führt. Nicht sehr einladend. Irgendwie passt es zu Achaten, jedem Besucher sofort deutlich zu machen, dass man das Herrschaftsgebiet wie ein Bittsteller zu betreten hat.«

Zu beiden Seiten des Weges waren schwarze Obelisken

eingelassen, die gut und gern drei Mann hoch aufragten. Auf gleicher Höhe, knapp unter der Spitze, waren Einbuchtungen in den Stein geschlagen worden, in denen Feuer unruhig im Wind tanzten. Ein Stück weiter vorne konnte man die Zollstation entdecken, deren schwer gerüstete Belegschaft wie eine Schar Krieger kurz vor der Schlacht aussah.

Aelaris blickte kurz auf, die Brauen so eng zusammengezogen, dass sich eine steile Falte auf seiner Stirn zeigte, die jedoch sofort unter einem schwarzen Funkenregen verschwand. Beim Anblick des vor ihm aufragenden Westgebirges verhielten sich seine Zeichen schlimmer als ein Feuerwerk. Seit der dunkle Schemen des Gebirges vor einigen Tagen am Horizont aufgetaucht war, hatte Kohemis keine Gelegenheit ungenutzt verstreichen lassen, darauf hinzuweisen. Wohlweislich hatte er also mehr auf den Weg als auf die näher kommende Burgfeste geachtet, in die sie schon bald einkehren würden.

Während sie auf die Zollstation zuritten, zog Aelaris die Kapuze seines Umhangs tief in die Stirn und war zum ersten Mal froh, dass Kohemis sich stets in den Vordergrund drängte. Er würde noch früh genug mit neugierigen Blicken – und vermutlich noch mehr – konfrontiert werden. Zunächst sah es allerdings so aus, als wollte Kohemis einfach an den Wächtern vorbeireiten, mit derselben Nonchalance, mit der er bislang auch alle anderen Menschen ignoriert hatte, denen sie auf ihrer Reise begegnet waren. Als einer der Wächter jedoch, ein »Halt!« brüllend, auf ihn zustürmte, brachte er seine Stute zum Stehen und warf dem Mann einen ungeduldigen Blick zu.

»Was führt Ihr mit Euch?« Mit der Spitze seiner Pike deutete der Wächter auf die prallgefüllten Satteltaschen, in denen alles verstaut war, was die beiden Reisenden mit sich führten.

»Nun, uns beide. Das seht Ihr ja wohl.«

Der Wächter schien für diese Art von Spott nicht zugänglich zu sein. »Ich meine: Was für Waren Ihr mit Euch führt. Wegen des Zolls.«

»Keine Waren, nur wir zwei.«

»Und womit handelt Ihr zwei komischen Gesellen dann?«

Jetzt konnte Aelaris sich nicht länger beherrschen und schob die Kapuze ein Stück nach hinten, damit ihm Kohemis' Reaktion nicht entging. Der stieß gerade ein »Tse« aus, das allerdings ziemlich atemlos geriet. So viel Herablassung war er einfach nicht gewohnt. Aelaris konnte ein Schmunzeln nicht unterdrücken. Im nächsten Augenblick wünschte er sich jedoch, in Deckung geblieben zu sein, weil der Wächter ihn plötzlich mit großem Interesse musterte. Dabei konnte Aelaris spüren, wie die Zeichen auf seiner Haut zu einem Schutzwall zusammenliefen, hinter dem er sich verstecken sollte.

Nur funktionierte es in diesem Fall nicht. Statt seine Gefühle zu verbergen, offenbarten die Zeichen diesem Mann seine Andersartigkeit. Die Hand um die Pike schloss sich mit einem Mal fester.

»Wir handeln mit unserem Wissen«, ereiferte sich Kohemis unterdessen. »Unseren herausragenden Gedanken, auf denen – das möchte ich hier nicht verhehlen – ein Großteil der Macht der Burgfeste fußt. Denn das, was man anzubieten hat, muss nicht immer materieller Natur sein, werter Herr. Eigentlich liegt alles, was von wirklichem Wert ist, jenseits des Stofflichen.«

Sicherlich hätte er noch sehr viel mehr zu diesem Thema zu sagen gewusst, wenn nicht ein weiterer Wächter dazugetreten wäre, der ihn mit seiner knarzenden Stimme einfach unterbrach. »Ich weiß, was die beiden machen. Habe ich schon mal bei den Schaustellerbuden auf dem Talemis Markt gesehen.«

Der leicht gebeugt gehende Mann legte seinem Gefährten die Hand auf die Schulter, der daraufhin die Pike, die auf Aelaris' Brust zielte, senkte. »Der Kleine geht rum und fragt die Leute, was sie in den Taschen haben. Die müssen dann Schlüsselbunde und anderen Kram hochhalten. Und der mit der Farbe im Gesicht, der aussehen soll wie ein Elbe, also dem sind die Augen verbunden. Na, und der sagt dann, was die Leute hochgehalten haben. Tolle Sache.« Die Zungenspitze des Mannes fuhr hervor, während er nachdachte. »Was habe ich in meiner Hosentasche?«, fragte er Aelaris, wobei in seinen Augen Begeisterung funkelte.

Aelaris verzog kurz das Gesicht, dann tat er dem Mann den Gefallen und schloss für einen Moment die Augen, als müsse er sich konzentrieren. »Einen Schlüsselbund.«

Der Wächter klatschte in die Hände, dann holte er einen dicken Schlüsselbund hervor und schwenkte ihn durch die Luft. »Toll, einfach toll.«

Sein Gefährte, der weniger begeistert schien, räusperte sich. »Verstehe. Ihr seid so eine Art Gaukler, macht diese Elbennummer mit Gedankenlesen und so. Gute Kostüme, nicht so überdreht wie bei dem meisten fahrenden Volk. Wird denen auf der Burgfeste bestimmt gefallen, die Prälatin mag es ja nicht zu üppig. Nur der Möchtegern-Elbe hat zu viel Farbe im Gesicht.«

Kohemis starrte den Wächter ungläubig an. Als der ihm das Zeichen gab, weiterzureiten, brauchte es einen Moment, bevor er die Stute tatsächlich antrieb. Aelaris sah zu, dass er zu ihm aufschloss, den Wächtern noch ein freundliches Lächeln schenkend und eine Verbeugung andeutend.

Erst als sie bereits die Hälfte der Schlucht durchquert hatten, fand Kohemis seine Fassung wieder. »Woher wusstest du, dass dieser Kretin einen Schlüsselbund in der ausgebeulten Tasche trägt? Ich dachte, mit dem Maliande sei dir die Kunst des Gedankenlesens abhandengekommen.«

»Reine Magie«, antwortete Aelaris trocken.

Kohemis ließ ein Geräusch vernehmen, das wie ein unterdrücktes Husten klang. Sein Rücken bäumte sich auf, und die Zügel in seiner Hand zitterten. Dann verlor er seine Selbstbeherrschung und stieß ein schallendes Lachen aus, dessen Echo durch die Schlucht jagte. Schließlich stimmte auch Aelaris mit ein. Er konnte sich nicht erinnern, jemals so laut und ausdauernd gelacht zu haben, und bestimmt noch nie mit jemand anderem zusammen.

Nachdem sie sich endlich wieder beruhigt hatten und Kohemis sich mit einem Taschentuch seine tränenden Augen tupfte, tauchte vor ihnen die steinerne Fassade der Burgfeste auf. So überragend, dass sie gezwungen waren, den Kopf in den Nacken zu legen, um ihre ganze, sich in den Himmel schraubende Herrlichkeit erfassen zu können. Wenn man sich diese Fassade so anschaut, könnte man meinen, die Prälatin zweifle an der Überlegenheit der Menschen, dachte Aelaris, während er die unzähligen in den Stein gemeißelten Fenster und Säulen betrachtete. Warum sonst sollte man so viel Kraft und Lebenszeit für etwas so Erdrückendes aufwenden?

Im Gegensatz zu dem Elben zeigte Kohemis sich ungerührt vom Antlitz der Burgfeste. »Kenne ich von genügend Zeichnungen und Skizzen, das alles hier. Zu einer solchen Geschmacklosigkeit ist wirklich nur Badramur fähig. Ein feinsinniger Stil war noch nie ihre Stärke. Meine Schwester muss immer zeigen, was sie hat.« Nachdem er mit der Hand auf verschiedene Machtinsignien gedeutet hatte, wandte er sich dem aufragenden Granittor und seinen Wachen zu. »Ob wir einfach noch einmal den Gauklertrick anwenden sollten, um an den Wachen vorbeizukommen?« Er schenkte seinem Gefährten ein aufmunterndes Lächeln, doch als er die Zeichen auf Aelaris' Wangen sah, lenkte er ein. »Bei diesem wilden Unwetter, das gerade über deine Züge zieht, werden wir sie wohl kaum täuschen können. Schade, dieses Gauklerstück hätte ich mir gern noch einmal gegönnt.«

Ein Schütteln durchfuhr Aelaris, als ihm klar wurde, dass er tatsächlich gleich durch dieses Tor reiten würde, hinter dem der schiere Fels lag. Nur der Gedanke, dass die Höhlen, aus denen sich die Burgfeste zusammensetzte, nicht von Menschen, sondern von Drachen geschaffen worden waren, spendete ihm Trost. Sehnsüchtig warf er einen letzten Blick in den abendlichen Himmel, dann trieb er sein Pferd an. Hinter dieser Fassade lag nicht nur Gestein, sondern es verbargen sich auch Antworten, auf die er nicht verzichten konnte.

Kapitel 4

Die Tage, seit Maherind das Haus am Klippenrand verlassen hatte, waren äußerst beschwerlich gewesen. Nicht, dass der lange Ritt am Meer und schließlich entlang der gut ausgebauten Handelsstraße in Richtung Previs Wall ihm etwas ausgemacht hätte. Das Wetter war für diese Jahreszeit zwar immer noch ungewöhnlich rau, aber daran war der alte Mann, der die meiste Zeit seines Lebens im Sattel verbracht hatte, gewöhnt. Es war die Einsamkeit, die Maherind zu schaffen machte. Für gewöhnlich war er ganz gern allein unterwegs, überließ sich seinen Gedanken und legte gelegentlich eine Pause am Wegesrand ein. Doch auf diesem Ritt begleiteten ihn unzählige Sorgen und Ängste, die mit dem bleigrauen Band, das am nördlichen Horizont mit jedem Tag an Breite gewann, zunahmen.

Was würde er wohl vorfinden, wenn er in Previs Wall eintraf? Eine blanke Fläche, die nichts anderes war, als die eingeschmolzene Hafenstadt? Eine kristallin schimmernde Senke, wo einst das Meerwasser in die Bucht gelaufen war? In den Momenten, in denen ihn schreckliche Visionen heimsuchten, hoffte Maherind inständig, dass der Angriff wirklich dem Befehl der Prälatin geschuldet war. Denn Badramur war viel zu vernünftig, um den Zugang zum Meer zu zerstören. Vielleicht brauchte sie die Doppelspitze nicht, aber auf den Hafen – und mit ihm der Weg in den Osten der Südlichen Achse – konnte sie unmöglich verzichten. Selbst wenn sie nun über einen Drachen gebot.

Von all den verschiedenen Stämmen, Clans und anderen Kreaturen, die dem Verbund von Olomin angehört hatten, war keiner von solch mächtiger Magie beseelt, wie es die Drachen waren. Jene Wesen, die für viele Menschen in Rokals Lande nicht mehr als ein Mythos waren. Selbst für Maherind, der so viele Geheimnisse kannte und mehr sah, als die meisten Menschen, waren die Drachen immer etwas Unbegreifliches geblieben, als wäre sein Verstand nicht dafür gemacht, sie in ihrer ganzen Erhabenheit zu erfassen. Zwar mochte sich Präae an Lalevils Seite oftmals wie ein verspieltes Fohlen aufführen, das der Welt neugierig bis an die Schmerzgrenze begegnete. Aber diese Unschuld konnte nicht darüber hinwegtäuschen, dass in ihr nicht nur eine unermessliche Magie loderte, sondern dass sie auch zu den ältesten Wesen dieses Landes zählte. Wozu genau dieses Wesen in der Lage war, das würde er nun schon bald herausfinden.

Als er endlich die ersten Gasthöfe erreichte, wurde seine Sorge ein wenig gemildert, schließlich gaben selbst die spärlichen Nachrichten, die bis hierher vorgedrungen waren, Anlass zur Hoffnung. Offensichtlich hatte der Angriff vor allem auf die Residenz gezielt, sodass lediglich die angrenzenden Häuser der Reichen beschädigt worden waren. Allerdings war die Residenz, wenn man den Gerüchten Glauben schenken durfte, vollständig dem Erdboden gleichgemacht worden.

Immer wieder fragte Maherind sich, wo Vennis wohl gewesen sein mochte, als der Drache sein steinversengendes Feuer ausgespien hatte. Dieser Gedanke erwies sich als so hartnäckig, dass er alle anderen beiseitedrängte und Maherind nachts mit vor Müdigkeit brennenden Augen den zunehmenden Mond betrachtete, da der Schlaf sich in diesen Tagen als tückisch erwies. Auch wenn er es eigentlich besser wusste, so litt er dennoch unter einem schlechten Gewissen, weil er Vennis in der Hafenstadt gelassen hatte, während er selbst nutzlos die Zeit im Klippenhaus totgeschlagen hatte.

Der ansonsten belebte Gürtel von Bauernhöfen und kleinen Dörfern, der Previs Wall umgab, lag unter einer Decke feinen weißen Staubes. Auch war er durch jeden Spalt in die Häuser eingedrungen und ließ sich nur schwer wieder entfernen. Je näher Maherind der Stadt kam, umso häufiger hegte er den Verdacht, der Staub, der nichts anderes als die Asche der Residenz sein konnte, habe sich auf den Menschen festgesetzt. Lauter beklommene Mienen und ängstliche Blicke in Richtung Norden, als könnte sich jeden Moment eine schlanke Drachengestalt am Himmel abzeichnen, eine grünlich gleißende Fackel.

Noch etwas anderes gab Maherind zu denken: Je näher er Previs Wall kam, desto voller wurde es auf den Straßen. Knechte und Landarbeiter hatten ihre Bündel gepackt, Handelsleute brachen ihre Winterquartiere frühzeitig ab und sogar einige Bauern boten ihr Hab und Gut feil, das sie nur als unnötiger Balast auf ihrer Flucht behindert hätte. Wie es aussah, zog die Zerstörung der Residenz bereits ihre ersten Auswirkungen nach sich. Maherind war erfahren genug, um zu wissen, dass diese Stadtflucht erst der Anfang war. Das Vertrauen der Menschen in Rokals Lande war nachhaltig geschädigt worden, und Maherind konnte die Ängste nur allzu gut nachvollziehen. Schließlich sprach alles dafür, dass auch er schwere Verluste würde hinnehmen müssen.

Als Maherind schließlich Previs Wall erreichte, traute er seinen Augen kaum, obwohl er auf seiner Reise immer wieder zu hören bekommen hatte, dass die Residenz vollends zerstört sei. Dort, wo sich das prachtvolle Gebäude einst über der Stadt erhoben hatte, war nun nichts als graues Berggestein zu entdecken. Kein einziges Anzeichen wies darauf hin, dass an dieser Stelle jemals ein von Menschen geschaffenes Machtsymbol gestanden hatte. Das Drachenfeuer hatte es ausgelöscht und damit Previs Wall die Krone vom Kopf gerissen.

Zum ersten Mal konnte Maherind ungehindert durch die ansonsten stets belebten Straßen reiten. Wer nichts Dringendes im Freien zu suchen hatte, blieb im Haus. Dadurch wirkte die Stadt, deren Charme sehr vom Treiben auf Straßen und öffentlichen Plätzen lebte, wie ausgestorben. Bereits nach kurzer Zeit war Maherind es leid, den Blick umherschweifen zu lassen, und er ritt selbst an Schänken vorbei, denen er ansonsten kaum widerstehen konnte, und wo er sicherlich auch die eine oder andere interessante Neuigkeit aufgegriffen hätte. Doch die Starre, in die Previs Wall verfallen war, zeigte auch bei ihm seine Wirkung, und die Befürchtung, sich am Ende dieses Tages endgültig Vennis' Tod eingestehen zu müssen, versiegelte ihm die Lippen.

Obwohl es unsinnig war, schlug Maherind den Weg ein, der hinauf zur Residenz führte. Mehrmals musste er dabei bewachten Konvois aus Pferdewagen ausweichen, die Besitztümer zum Hafen bringen sollten. Die Angst vor weiteren Angriffen hatte also auch bei den Familien nicht Halt gemacht, denen diese Stadt Bedeutung und Wohlstand geschenkt hatte. Nicht, dass es Maherind überraschte – die ausgelöschte Residenz war besonders für die Oberhäupter der Stadt ein eindeutiges Zeichen gewesen, dass ihre Tage gezählt waren. Trotzdem hätte er diesen Leuten mehr Biss zugetraut. Aber es dämmerte bereits, und der kalte Wind setzte ihm zu, sodass er sich nicht einmal die Mühe machte, einen der Männer zu fragen, welche Familien vorhatten, die Stadt zu verlassen. Er sehnte sich nur noch danach, den schweren Gang hinter sich zu bringen.

Bevor er allerdings jenes Viertel betreten konnte, dessen

Häuser vom Reichtum ihrer Besitzer erzählten und hinter dem einst die Residenz gethront hatte, wurde er von einem Wachposten zum Anhalten gezwungen.

»Haltet an! Hier geht es nicht weiter«, erklärte ein rundlicher Mann, der eine zu eng sitzende Uniform der Residenzwache trug, und deutete mit der Spitze seiner Pike auf Maherinds Brust.

Mit seiner behandschuhten Hand packte Maherind sich beherzt in seinen Bart, um dem Bedürfnis, diesen lästigen Kerl einfach über den Haufen zu reiten, zu widerstehen. Zweifelsohne stand der Wächter unter großer Anspannung, vermutlich weil er nicht wusste, wie man eine Pike ordentlich einsetzte – oder weil er schon die Erfahrung gemacht hatte, dass nicht alle Berittenen anhielten, wenn man sie dazu aufforderte.

»Es ist spät, und ich möchte noch einen Blick auf das Ausmaß der Zerstörung werfen. Wenn du also bitte beiseitetreten würdest«, forderte Maherind mit ausnehmend höflicher Stimme.

Doch der Mund des Mannes zuckte bloß verächtlich. »Du willst wohl eher einen Blick auf die Überreste werfen und schauen, wie viel du davon auf einem Pferderücken wegschleppen kannst. Außer euch Aasgeiern will doch sonst niemand da oben rauf.«

»Aasgeier?«

Die Wangen des Mannes färbten sich rot vor Wut. »Tu nicht so ahnungslos. Der verdammte Drache hat jeden einzelnen Stein der Residenz von einem Herzschlag zum anderen mit seinem Feuer in Asche verwandelt. Zurückgeblieben sind alle atmenden Wesen und die Dinge, die sich innerhalb der Steinmauern befanden. Aber wenn du plötzlich keinen Boden mehr unter den Füßen hast, hältst du dich nicht lange in der Luft. Die meisten Dinge sind zerstört, und was an

Wertvollem übrig geblieben ist, ist längst gestohlen oder in Sicherheit gebracht worden.«

Das erklärt dann wohl auch, warum du hier allein stehst, dachte sich Maherind. »Und was ist aus den Menschen geworden?«

Der Wächter sah ihn an, als habe er es mit einem Schwachsinnigen zu tun, aber etwas an Maherinds Art sorgte dafür, dass er sich eines Besseren besann. »Sind auch runtergefallen.«

Maherind nickte, woraufhin der Wächter die Pike ein Stück sinken ließ. Doch Maherind ging etwas ganz anderes durch den Kopf. »In wessen Auftrag stehst du hier?«

»Nun, in dem der Doppelspitze von Previs Wall.« Dabei entging Maherind keineswegs die Verlegenheit in der Stimme des Wächters, als glaube er selbst längst nicht mehr an die Macht dieser Autorität.

»Wer stellt die Doppelspitze denn im Augenblick?«, fragte er ruhig, obwohl er sich vornahm, sofort von Faneos abzusteigen und die Antwort aus diesem Kerl herauszuschütteln, falls der sich weiterhin zieren sollte.

Doch der Wächter schien erleichtert zu sein, direkte Antworten geben zu können, anstatt sich um ausweichende Worte bemühen zu müssen. »Osanir ist böse gestürzt, als sich das Gestein der Residenz in Asche verwandelte, und ist noch nicht wieder ansprechbar. Und Narcassia hat, wenn man den Gerüchten glauben kann, die Stadt vor einigen Tagen mit dem Schiff, der Besolus, verlassen. Vorher hat sie noch ihren Vertreter für die Zeit bestimmt, bis die Stadt sich wieder erholt hat und eine neue Doppelspitze wählen kann. Denn dass Osanir noch einmal der Alte wird, glaubt wohl keiner, auch wenn niemand es ausspricht. Wir haben andere Sorgen, jetzt, da die Stadt jeden Augenblick erneut angegriffen werden kann. Sobald ich …«

Maherind machte eine solche unwirsche Handbewegung, dass dem Wächter das letzte Wort regelrecht im Hals stecken blieb. »Narcassias Vertreter – wer ist es, und wo kann ich ihn finden?«

»Der hat Quartier im *Glühenden Pfannenstiel* aufgeschlagen. Das ist eine ganz gewöhnliche Schenke, kenne ich auch. Man könnte meinen, er wolle möglichst weit weg sein von den jammernden Höflingen. Oder er will sich lieb Kind beim gemeinen Mann machen, wäre ja nicht ungewöhnlich, wenn Politikerblut in seinen Adern fließt.«

»Der Name des Mannes«, sagte Maherind, der Faneos bereits wenden ließ.

»Habe ich vergessen, aber es ist so ein hagerer Kerl. Man munkelt, er sehe verdächtig nach NjordenEis aus. Wenn das so ist, braucht er sich gar nicht erst Hoffnungen auf die Doppelspitze zu machen.«

Obgleich ihn die dumme Bemerkung des Wächters schmerzte, kümmerte Maherind sich nicht weiter darum, sondern ritt, so schnell es der abwärts führende Weg im Dämmerlicht zuließ, in Richtung Hafen.

Der *Glühende Pfannenstiel* war eine für Previs Wall typische Gastwirtschaft: Butzenfenster, rohe Holztische, der durchdringende Geruch von verschüttetem Bier und in einer Ecke ein Ofen, der mehr Qualm als Wärme ausspuckte. Es gab sogar eine kleine Bühne, auf der sich gerade drei Musiker mit ihren Instrumenten abmühten, gegen das Stimmengewirr zu bestehen. Was ihnen recht gut gelang, denn es drehten sich einige Paare auf einer notdürftig freigeräumten Fläche, und auch einige einsame Gestalten, die sich an ihren Krügen festhielten, schwankten im Takt der Musik.

Ein gewöhnlicher Ort, doch an dem Mann, der im hinteren Teil an einem Tisch saß, die Wand im Rücken, um alles überblicken zu können, war wenig Gewöhnliches. Vennis' Gesicht war mit unzähligen Schrammen und Blutergüssen übersät. Von seinem Kinn bis zum Kieferknochen verlief eine rot leuchtende Narbe, deren Einstichlöcher noch bestens zu erkennen waren. Trotzdem musste Maherind zweimal hinsehen, um seinen Freund in dem verqualmten Raum zu erkennen, denn Vennis' Gesicht war nicht nur ramponiert, ihm fehlte auch der Bart. Dass es so schmal und verhärmt aussah, versetzte Maherind trotz der Freude einen Stich.

»Sag bloß, das Drachenfeuer hat nicht nur den Stein der Residenz ausgelöscht, sondern auch dein Barthaar verbrannt.«

Maherind hatte sich mit vor der Brust verschränkten Armen neben den Tisch gestellt, an dem Vennis aß. Die altersschwachen Augen zusammengekniffen, schaute er dem jüngeren Mann zu, wie dieser mit einem Freudenschrei aufsprang, bevor er ihn in die Arme schloss. »Schon gut, Junge, beruhig dich wieder. Wirst doch wohl damit gerechnet haben, dass ich hier früher oder später auftauche.«

Endlich ließ Vennis ihn wieder los und trat einen Schritt zurück. Als er sich mit der Hand über den Mund wischen wollte, zuckte er schmerzerfüllt zusammen, als er dabei die Narbe berührte. »Wenn ich Präae jemals in die Finger bekomme, werde ich ihr allein dafür jede Schuppe einzeln rausreißen«, sagte er, wobei seine Stimme jedoch nicht den notwendigen Ernst für eine solche Drohung zu Stande brachte. Zu froh war er, seinen Herrn im abgetragenen Reisemantel, die Augen nun heftig gegen Tränen anblinzelnd, vor sich zu sehen.

Offensichtlich ging auch Maherind ihr Wiedersehen näher, als er zuzugeben bereit war. »Verfluchter Ofen«, schimpfte er und wedelte mit der Hand in der Luft herum. Obwohl Vennis es besser wusste, konnte er einen Kommentar nicht unterdrücken. »Seit wann macht dir ein bisschen Rauch was aus?«

Maherind kräuselte die Lippen, dann zog er sich einen freien Stuhl heran, setzte sich an den Tisch und begann in Vennis' Teller zu stochern. »Geschmortes Lammfleisch … ob es wohl noch mehr davon gibt?«

Anstatt eine Antwort zu geben lächelte Vennis nur und verschwand in Richtung Theke, um mit zwei Krügen zurückzukehren.

»Starkbier, gute Idee. Mir kommt es so vor, als hätte ich seit Wochen nichts mehr in den Magen bekommen. Der Fraß, den man mir auf dem Ritt vorgesetzt hat, hat einfach nichts getaugt.«

»Dir haben die Sorgen um mein Wohlergehen auf den Magen geschlagen, alter Freund. Gib es ruhig zu.«

Maherind gab lediglich ein Murren von sich, das Vennis zum Lachen brachte. Dabei klang ihm sein eigenes Lachen fast fremd in den Ohren, so lange hatte er es schon nicht mehr gehört. »Was hast du eben in den Bart genuschelt?«

»Wenigstens habe ich einen, in den ich etwas nuscheln kann«, erwiderte Maherind schlagfertig wie eh und je, bevor der Teller mit einem Berg Lammfleisch, den ihm eine mit resoluten Ellbogen ausgestattete Wirtsfrau vorsetzte, seine Aufmerksamkeit forderte.

Vorsichtig betastete Vennis sein Gesicht und musste unwillkürlich an Nahim denken. Denn nachdem der Wundarzt ihm den halben Bart abgenommen hatte, um die klaffende Platzwunde nähen zu können, war er gezwungen gewesen, auch den Rest abzurasieren. Das Gesicht, das dabei zum Vorschein gekommen war, hatte ihn nicht sonderlich erfreut, aber zumindest hatten die ausgeprägten Züge ihn an seinen Neffen erinnert – ein bittersüßer Gedanke.

Zwischen zwei Happen sprach Maherind schließlich die

Frage aus, die ihm durch den Kopf ging, seit er begriffen hatte, dass das Drachenfeuer zwar die Steine der Residenz pulverisiert hatte, es aber kein Angriff auf die Bewohner gewesen war. »Präae ist doch nicht einfach einer ihrer verrückten Einfälle gefolgt, oder?«

Vennis lächelte erschöpft. »Ich wünschte, ich könnte glauben, dass es sich bei diesem Angriff nur um einen dummen Drachenstreich gehandelt hat, aber ich weiß es besser.« Ohne Umschweife erzählte Vennis von dem Maliande, das er bei Bolivians Spitzel gefunden und das die Nachricht eines bevorstehenden Drachenangriffs enthalten hatte. »Ich weiß zwar nicht, wie sie es bewerkstelligt hat, aber das Ganze ist Badramurs Werk.«

»Ich habe es befürchtet«, sagte Maherind und schob den noch halb vollen Teller von sich, während er die Faust in den Magen drückte. Auch wenn er es nicht wahrhaben wollte, er wurde langsam alt. Ein bisschen Aufregung und er bekam Magengrimmen. »Darüber werden wir uns wohl noch ausgiebig den Kopf zerbrechen müssen, genau wie über diesen seltsamen Schatten, der seitdem vom Norden her aufzieht.« Bevor Vennis antworten konnte, hob Maherind rasch den Zeigefinger, weil ihm etwas Wichtiges eingefallen war. »Wo steckt Kijalan eigentlich?« Er hatte immer große Achtung vor dieser nach außen hin so unnahbar wirkenden Frau gehabt. Vermutlich weil er besser als jeder andere verstand, was sie aufgegeben hatte, um die Aufgabe als Botschafterin des NjordenEises zu übernehmen.

»Kijalan ist oben auf einem der Zimmer. Sie hat sich beim Sturz ein Bein und das rechte Handgelenk gebrochen. Obwohl sie nicht klagt, müssen es höllische Schmerzen sein. Aber auch ohne die Verletzungen würde ich darauf bestehen, dass sie auf dem Zimmer bleibt. Die Leute reagieren im Augenblick sehr gereizt auf alles, was sie ans NjordenEis

erinnert. Ich durfte in den letzten Tagen auch schon einige unangenehme Erfahrungen machen.« Um Vennis' Mund
breitete sich ein harter Zug aus, dann fiel ihm noch etwas
anderes ein. »Brill und seiner Familie geht es übrigens gut.
Sie waren zu Besuch bei Saris' Familie und werden wohl innerhalb der nächsten Tage zurückkehren. Dann kann Brill
sich mit dem hirnlosen Mob hier herumärgern, ich bin die
Aufgabe jedenfalls langsam leid. Jeder Zweite in Previs Wall
ist krank vor Angst, dass der Drache zurückkehrt und seine
Künste auch am Hafen und der Stadt demonstriert. Die andere Hälfte hat bereits die Flucht angetreten. Im Augenblick
würde niemand auch nur eine Kupfermünze auf die Zukunft von Previs Wall setzen.«

Kapitel 5

Ein weiteres Mal wanderte Tevils' Blick zu Vennis, der Pfeife rauchend auf der Fensterbank ihres Gästezimmers saß und in Richtung Norden starrte. Auch Tevils lag der Schatten, der wie eine bleifarbene Scheibe den Himmel zerschnitt, auf dem Magen. Aber Vennis' Anblick machte vieles von den Sorgen, die ihn in den letzten Wochen gequält hatten, wieder wett. Dabei hatte er sich vorgenommen, ab jetzt jeden einzelnen Gedanken den Angelegenheiten des Ordens zu widmen, nun, da sein Mentor sich nicht nur als quicklebendig, sondern auch als Mann der Stunde erwiesen hatte. Die Previs Waller mochten zwar klagen, dass ein NjordenEis-Mischling, der nicht einmal gewählt worden war, die Geschicke der Stadt übernommen hatte, aber niemand machte ernsthafte Anstalten, ihm seine Rolle streitig zu machen. Dafür hatte dieser zurückhaltende und doch sehr bestimmte Mann die Zügel zu gut in der Hand behalten, als alle anderen Würdenträger der Stadt den Kopf verloren hatten.

Allerdings hatte sich auch Tevils einiges zugutezuhalten: Auf ihrer Reise vom NjordenEis in die Hafenstadt war er es gewesen, der den Mut hochgehalten hatte, während Jules vor Sorge ganz elend gewesen war. Der Gedanke, dass Kijalan etwas zugestoßen sein könnte, hatte ihm ebenso zugesetzt, wie die Vorstellung, Previs Wall könnte der Geschichte angehören. Unablässig war der Verstand des jungen Njordeners darum gekreist, was der Drachenangriff alles an Folgen mit sich bringen mochte – für sein Heimatland, aber auch für die Menschen in Rokals Lande.

»Achaten wird sich dabei überschlagen, ein bewaffnetes Heer in Previs Wall zu stationieren, vermutlich unter dem Deckmantel der Fürsorge. Die werden in Zukunft schlicht den Goldenen Staub beschlagnahmen, mit der Begründung, man müsse weitere Drachenangriffe abwehren.« Jules hatte auf einem Stuhl gesessen, während Schatten im Auf und Ab des Kajütenlichts auf seinem Gesicht tanzten. Er hatte vor lauter Grübeleien wieder einmal keinen Schlaf finden können.

Vorsichtig hatte Tevils sich in seiner Nische aufgerichtet, darauf bedacht, seinen Magen nicht zu wecken, der ihm die Fährfahrt wie immer übel nahm. »Jetzt hörst du mir mal zu, mein Freund. Dieses ganze Gejammer ist für die Katz, denn Präae ist schlicht und ergreifend kein Monster. Sie wird irgendetwas drachenmäßig Dummes angestellt haben, da stimme ich dir zu. Aber das bedeutet ganz gewiss nicht das Ende von Rokals Lande. Diese ganze Verzweiflung, in der du dich suhlst, bringt überhaupt nichts.«

Jules hatte gequält die Augen geschlossen. »Ich hätte im NjordenEis bleiben sollen, so wie es der Ältestenrat von mir verlangt hat. Meinen Leuten dabei helfen, das Rätsel dieses Schattens zu ergründen.«

»Nicht schon wieder diese Leier! Deine Entscheidung, mich nach Previs Wall zu begleiten, war richtig. Die brauchen da jetzt Männer wie uns, nachdem wegen Präae wahrscheinlich alle aus dem Häuschen sind.«

Zum ersten Mal in seinem Leben hatte Tevils bei solchen Dingen eine eigene Meinung gehabt. Trotzdem war es ihm schwergefallen, zu seinem Freund durchzudringen. Nicht, dass es ihn davon abgehalten hätte, es weiterhin zu versuchen. Schließlich war er nicht nur die Stütze seines

Freundes, sondern es gelang ihm auch, ihm Paroli zu bieten, schlicht, weil er einen selbstständigen Gedanken hatte.

Kaum waren sie in Previs Wall angekommen, hatte ein Blick von Jules auf Kijalan ausgereicht, um seine Schwermut abzustreifen. Die Stadt lebte noch, also galt es die Angelegenheiten des NjordenEises zu vertreten, denn dazu war die vom Sturz verletzte Kijalan nicht in der Lage. Bevor er sich allerdings den Previs Wallern gestellt hatte, die seinem schwarzen Haar und den kohlschwarzen Augen mehr als zuvor mit leidlich verhohlener Abneigung begegneten, hatte er Tevils noch ein schmales Lächeln geschenkt. »Ich schulde dir etwas«, hatte Jules gesagt. Tevils hatte bloß leichthin mit der Schulter gezuckt.

Im Gegensatz zu seinem Freund war es Tevils allerdings nicht so leichtgefallen, sich wieder einzufinden. Obwohl er es sich nicht eingestehen wollte, nagte eine Unzufriedenheit an ihm. Als würde es mit einem Mal nicht mehr genügen, hinter Jules herzulaufen oder an Vennis' Seite seine Zeit abzusitzen, bis dieser seine Aufgaben erledigt hatte.

»Wie geht es jetzt weiter, da Brill in Previs Wall eingetroffen ist?«

Es dauerte einen Moment, bis Vennis reagierte. Nachdenklich musterte er den neben ihm stehenden Jungen, dann öffnete er das Fenster einen Spalt und klopfte den Pfeifenkopf aus. Tevils trat ungeduldig von einem Bein aufs andere und wollte bereits nachhaken, da räusperte Vennis sich umständlich. »Was meinst du genau mit *weitergehen*?«

»Na, mit dem Orden, jetzt, da es an allen Ecken und Enden brennt. Wir brauchen einen Plan.«

Für einen Augenblick zuckten Vennis' Mundwinkel nach oben, doch dann setzte er ein sehr ernstes Gesicht auf. »Was haben sie mit dir im NjordenEis angestellt?«

»Warum?«

»Ich habe Jules einen Bengel mit nichts als Holzwolle zwischen den Ohren mitgegeben und einen jungen Mann zurückbekommen.« Als Tevils anstelle einer Antwort nur ein »Äh« zu Stande brachte, musste Vennis doch lächeln, wobei die rot leuchtende Narbe den Mund leicht verzog. »Das ist das erste Mal, dass du Interesse an den Angelegenheiten des Ordens zeigst. Wenn die Lage nicht so bedrückend wäre, würde ich glatt ein paar Flaschen aus dem Keller ordern und darauf anstoßen, dass du deine politische Jungfräulichkeit verloren hast.«

Zwar kratzte der Spott an Tevils' Stolz, da Vennis es jedoch trotz seiner Wortwahl ernst meinte, grinste er ebenfalls. Er war in Vennis' Ansehen gerade gestiegen, so viel stand fest. Als die Tür aufschwang und Maherind wie ein Wirbelwind in die Kammer trat, reichte sein Lächeln von einem Ohr bis zum anderen.

Maherind schaute sie beide an, dann sagte er: »Was habe ich verpasst?«

»Unser Tevils hier hat gerade entdeckt, dass es noch andere spannende Dinge gibt, als bloß Röcken hinterherzusteigen.«

Maherind winkte ungeduldig ab. »Vermutlich haben ihn die NjordenEis-Frauen bekehrt. Alles, wovon man zu viel bekommt, wird einem rasch über.«

»Nein, so einfach ist es nicht«, hielt Vennis belustigt entgegen. »Er scheint sich ernsthafte Gedanken über die Situation des Ordens zu machen.«

»Ja, das tue ich«, brachte Tevils sich ein. »Und deshalb solltet ihr aufhören, über mich zu reden, als ob ich nicht anwesend wäre. So etwas macht man vielleicht bei einem Kind, aber nicht bei einem Ordensmitglied.«

Eine Weile starrten die beiden älteren Männer ihn an, und Tevils konnte ein Blinzeln nicht unterdrücken, obwohl er nicht vorhatte, klein beizugeben. Wenn er jetzt einknickte, würden sie sich bloß über ihn lustig machen, und Maherind würde ihm vielleicht noch den Kopf tätscheln. Anschließend würden die beiden Männer die Köpfe zusammenstecken und sich über Angelegenheiten unterhalten, von denen Tevils keine Ahnung hatte. Aber damit war jetzt Schluss, denn es hatte sich richtig angefühlt, als er sich als Ordensmitglied bezeichnet hatte.

»Selbst ernanntes Ordensmitglied Tevils, was?« Dabei streichelte Maherind sich über den Bart, eine untrügliche Geste dafür, dass seine Gedanken bereits einen Schritt weiter waren. Entmutigt ließ Tevils den Kopf hängen, woraufhin Vennis ihm eine Hand auf die Schulter legte. »Zeit zum Feiern haben wir leider nicht«, fuhr Maherind fort. »Aber wie wäre es mit einer Aufgabe für unser jüngstes Mitglied?«

Augenblicklich hob Tevils den Blick und griff voller Übermut nach Maherinds Mantelaufschlägen, nur um ganz rasch wieder seine Hände zurückzuziehen. »Was soll ich tun?«

»Jemanden suchen und dir ein Bild von ihm machen.«

Mit einem Schlag war sämtliche Heiterkeit aus Vennis' Zügen gewichen. »Hat sich dein Verdacht bestätigt?«

»Bestätigt noch nicht, aber die Hinweise häufen sich. Mein Gefühl sagt mir, dass wir schnell hinter dieses Geheimnis kommen müssen, auch wenn ich nicht weiß, ob es von Bedeutung ist. Dabei gibt es so viele wichtige andere Dinge zu tun.«

»Dein Instinkt hat dich noch nie in die Irre geleitet. Tevils wird die Suche übernehmen. Am besten nimmt er Jules mit, denn wenn mich nicht alles täuscht, könnte sich die Angelegenheit auch für das NjordenEis als wichtig erweisen. Außerdem rennt der Junge zurzeit nur gegen geschlossene Türen. Es ist einfach nicht die richtige Zeit, um wieder diplo-

matische Beziehungen knüpfen zu wollen«, erwiderte Vennis
so resolut, dass Tevils lediglich stumm nickte.

Erneut fuhren Jules' Finger zu der Wollmütze, die er sich von
Tevils geliehen hatte, um seine Haare darunter zu verbergen.
Außerdem hatte er seinen Mantel geschlossen und den Kragen hochgeschlagen. Dabei war die ganze Verkleiderei für
die Katz, denn seine schwarzen Augen, die so markant aus
dem weißen Gesicht stachen, verrieten ihn sofort. Und den
Blick gesenkt zu halten, wollte Jules nicht gelingen.

»Das Ding kratzt«, beklagte er sich zum wiederholten Mal,
und wie zuvor verdrehte Tevils die Augen.

»Dann nimm die Mütze doch ab.«

»Nein.«

»Du bist schlimmer als eine Operndiva.«

Jules ignorierte ihn und konzentrierte sich stattdessen auf
den Eingang eines großbürgerlichen Hauses. Seit einigen
Stunden standen sie beide dicht gedrängt nebeneinander
in einer für die Dienerschaft bestimmte Seitengasse und
waren schon mehrmals von vorbeieilenden Mägden und
Lieferanten scheel angeschaut worden. Lange würden sie
diese Stellung nicht mehr halten können, auch wenn bei
diesem düsteren Wetter nur wenige freiwillig vor die Tür
gingen.

Ohne den Blick vom pompösen Portal zu nehmen, steckte Jules sich einen Zigarillo zwischen die Lippen und machte sich an den Feuersteinen zu schaffen.

»Wenn du jetzt auch noch diese Dinger aus getrockneten
Algen rauchst, kannst du mir auch gleich meine Mütze wieder geben. Außer euch Njordenern raucht nämlich niemand
dieses stinkende Zeug.«

Ohne eine Miene zu verziehen, nahm Jules die Mütze ab
und reichte sie Tevils, der sie sich sogleich über seine rot ge-

frorenen Ohren zog. Als Jules Anstalten machte, die Gasse zu verlassen, hielt sein Freund ihn rasch am Ärmel fest.

»Nun sei doch nicht eingeschnappt.«

»Das bin ich nicht. Ich glaube nur, dass es keinen Sinn mehr hat, dass wir uns hier die Beine in den Bauch stehen. Der Kerl ist längst weg, so lange dauert kein Anstandsbesuch. Ich frage mich ohnehin, was er dort will. Honoratio Vleigerei ist mit den Seinen schon vor Tagen aufgebrochen, um sich eine Auszeit an der Küste zu gönnen. Der ist genau so ein Feigling, wie der Rest der vom Reichtum verwöhnten Bagage von Previs Wall. Alle fliehen jetzt wie die Ratten von einem sinkenden Schiff. Angeblich hat er seine verwitwete Schwägerin zurückgelassen, damit sich die Dienerschaft nicht mit den Wertgegenständen aus dem Staub macht. Komm, wir schauen uns mal die Rückseite des Hauses an.«

Einen Moment lang fühlte Tevils sich versucht, seinen Freund darauf hinzuweisen, dass ihm bei dieser Unternehmung eigentlich die Rolle des Anführers oblag. Schließlich hatte Maherind ihn mit der Suche und Beschattung dieses namenlosen Fremden beauftragt. Doch Jules hatte bereits den halben Platz überquert, und er musste lange Schritte machen, um ihn einzuholen.

Wie auch bei den anderen Herrenhäusern führte ein Dienstbotenweg zu einem Eingang auf der Rückseite, die bei Weitem nicht so schmuck ausstaffiert war. Hier konnte das Personal ein und aus gehen, ohne dass es die Gegenwart der hohen Herrschaften störte.

»Wir hätten uns aufteilen sollen: einer am Vorder- und einer am Hintereingang. Warum haben wir nicht daran gedacht?« Tevils hätte sich selbst ohrfeigen können.

Jules schien sich da weniger Vorwürfe zu machen: »Wer beim Vordereingang reingeht, kommt dort auch wieder raus. So sind die gesellschaftlichen Regeln.«

»Von wegen. Wenn du Recht hast, muss sich dieser Kerl durch den Hintereingang davongemacht haben.«

Tevils konnte vor Wut kaum an sich halten. »So ein verdammter Mist! Dabei war es so mühselig, ihn zu finden, weil kaum ein Hinweis von Maherind etwas gebracht hat. Der Mann ist einfach nicht zu greifen.«

Abrupt blieb Jules stehen und trat seinen Zigarillo mit der Stiefelspitze aus. »Ich habe mich geirrt. Er muss noch im Haus sein.«

In diesem Moment erkannte auch Tevils, dass der Weg in einer Sackgasse endete.

»Jetzt reicht's!« Er war nicht gewillt, dieses Hin und Her länger hinzunehmen. Ohne seinen Freund eines weiteren Blickes zu würdigen, hielt er auf den Haupteingang des Hauses zu. Jules' leises Fluchen, als er ihm nachlief, bestätigte Tevils zusätzlich in seiner Entscheidung. »Du wartest hier am Seitengang, du siehst viel zu auffällig aus.« Bevor Jules auch nur aufmüpfig schnaufen konnte, war Tevils schon die Stufen hochgeeilt und zog an dem schweren Messingstrang, woraufhin ein vielstimmiges Glockengeläute erklang.

Ein junges, streng gekleidetes Dienstmädchen öffnete die Tür einen Spalt, gerade breit genug, dass es hinausschauen konnte.

»Sie wünschen?«, fragte sie unsicher. Offensichtlich kannte sie sich mit den repräsentativen Pflichten von Personal, das die Haupttür öffnen durfte, nicht aus. Der Butler war vermutlich mit an die Küste gereist, auf solche Annehmlichkeiten mochte die Familie Vleigerei sicherlich nicht verzichten.

Tevils deutete eine steife Verbeugung an, dann blickte er sie mit steinerner Miene an, um ja keinen Zweifel an der Berechtigung seines Auftritts aufkommen zu lassen. »Ich bin gekommen, um meinen Herrn abzuholen, der hier zu Besuch ist. Leider habe ich mich etwas verspätet.«

Das Mädchen trat von einem Fuß auf den anderen. »Euer Herr ist schon gegangen … glaube ich.«

»Glaubst du oder weißt du es auch?« Als das Mädchen zusammenzuckte, tat Tevils sein scharfer Ton augenblicklich leid. »Hast du ihn vielleicht zur Tür begleitet? Schau, wenn er bereits fort sein sollte, muss ich ihn rasch finden, ansonsten bekomme ich große Schwierigkeiten. Ich sollte ihn ja hier abholen.«

Verständnis löste Ängstlichkeit im Gesicht des Dienstmädchens ab. Mit unzufriedenen Herrschaften kannte sie sich anscheinend aus. »Ich habe ihn zwar weder zur Tür begleitet noch habe ich ihn gehen sehen, aber meine Herrin hat mich schon vor geraumer Zeit zu sich gerufen, damit ich ihr ein Bad einlasse. Sie war ein wenig aufgebracht nach dem Besuch Eures Herrn.« Kurz blitzte Furcht in ihren Augen auf, als rechne sie fest damit, für diese Anschuldigung abgestraft zu werden. Doch als Tevils nur bekräftigend nickte, fuhr sie fort. »Ich vermute, meine Herrin und Euer Herr sind im Streit auseinandergegangen, darum wird er seinen Weg wohl selbst nach draußen gesucht haben.«

Tevils verbeugte sich zum Dank, dann kehrte er zu Jules in die Seitengasse zurück.

»Wir haben es vermasselt«, stellte er fest.

Doch Jules schüttelte den Kopf. »Dieser Kerl konnte das Haus nicht verlassen, ohne von uns gesehen zu werden. Selbst wenn er sich durch den Dienstbotengang verabschiedet hätte, wäre er uns nicht entgangen. Auch alle Anlieferwege führen zu dieser Gasse. Es kann nicht mal einen abseitigen Kellerausgang geben, denn die Häuser stehen hier dicht an dicht.«

»Meinst du, er hat nur vorgegeben, das Haus zu verlassen und versteckt sich stattdessen auf dem Speicher oder so, um sich des Nachts mit ein paar Wertgegenständen davonzustehlen?«

Jules zog nachdenklich seine Unterlippe zwischen die Zähne, während Tevils sich die Mütze vom Kopf riss, da ihm nach seinem vorwitzigen Auftritt mit einem Mal mehr als heiß geworden war.

»Könnte natürlich sein, aber mein Instinkt sagt mir, dass er weg ist. Außerdem hätte uns Maherind wohl kaum auf einen Dieb angesetzt, da muss mehr dahinterstecken.«

»Na, dann war wohl Drachenmagie im Spiel«, höhnte Tevils. Dass es ihnen nicht gelungen war, diesen Mann erfolgreich zu beschatten, schlug ihm auf die Stimmung. »Unser Mann hat sich einfach von einem geflügelten Freund von der obersten Dachzinne abholen lassen, während wir zwei schlicht gestrickten Burschen die Eingangstür im Auge behalten haben. Anders als mit Magie lässt sich dieser Vorfall ansonsten nicht erklären. Maherind wird begeistert sein.«

»Vielleicht liegst du mit diesem Gedanken gar nicht so falsch.«

»Du glaubst wirklich, hier geht es um Drachenmagie?« Tevils zog seine Augenbrauen so weit nach oben, dass er wie ein erschrockenes Kind aussah.

Jules zuckte mit den Schultern. »Nicht Drachen, sondern nur Magie.«

Unwillkürlich dachte Tevils an die Kunst des Wandelns, die sowohl Vennis als auch Nahim beherrschten. Doch dies war ein wohl gehütetes Geheimnis des Ordens, von dem Jules unmöglich etwas wissen konnte. Außerdem gab es die Vermutung, dass die beiden zu dieser bislang in Rokals Lande unbekannten magischen Fähigkeit aufgrund ihrer Herkunft im Stande waren: halb Monteraner, halb Njordener, eine seltene Mischung.

Und dieser Unbekannte, auf den sie angesetzt worden waren, hatte keinerlei für diese Gegenden typischen Züge gezeigt. Vielmehr hatte Tevils ihn keiner Himmelsrichtung zuordnen können mit seiner gelbstichigen Haut und den wie gemeißelt aussehenden Gesichtszügen. Als wäre das Gesicht eine Maske, von jemandem geschaffen, der das menschliche Antlitz nur vom Hörensagen kannte. Unter dem Tuch, das er sich um den Kopf gebunden hatte, waren einige seidenglatte Strähnen herausgerutscht. Sie waren schwarz gewesen, allerdings nicht von jener Dunkelheit des NjordenEis-Volkes, sondern mit einem schimmernden Blaustich wie Rabenfedern.

Jules und er hatten diesen Mann auf dem *Blaue-Stunden*-Markt gefunden, wo er still auf dem Brunnenrand gesessen und dem Treiben zwischen den Marktständen zugeschaut hatte. Nicht, dass es viel zu sehen gab. Dafür waren die Previs Waller seit dem Drachenangriff zu ängstlich, auch wenn das Alltagsleben notgedrungen fortgesetzt wurde. Nachdem Maherinds Hinweise, wo sich dieser Mann herumtrieb, sich größtenteils als Nieten herausgestellt hatten, war es ihnen dank Jules' vielen Bekanntschaften gelungen, den Tipp mit dem Markt zu bekommen.

Als Tevils den Fremden zum ersten Mal mit eigenen Augen zu sehen bekam, wusste er auch gleich, warum es niemandem gelang, diesen Mann zu vergessen, auch wenn er sich noch so unauffällig kleidete und benahm: Ihm haftete etwas Unwirkliches an, als würde dort lediglich ein Schemen sitzen.

Nachdem er das Spiel des Marktes offensichtlich genug genossen hatte, war der Mann zu einem Spaziergang quer durch die Stadt aufgebrochen. Seine Bewegungen waren fließend gewesen, und irgendwie machte es den Eindruck, als würden ihn mehr Schatten umtanzen, als an diesem son-

nenlosen Tag möglich sein sollte. Obwohl Jules wenig davon
hielt, war Tevils einmal so dicht hinter ihm aufgeschlossen,
dass er nur die Hand hätte ausstrecken müssen, um seinen
dunkel gewebten Mantel zu berühren. Aber stattdessen war
ihm der Geruch dieses Mannes zugeflogen, und Tevils war
wie versteinert stehen geblieben. So roch kein Mensch: die
Schärfe von frischgefallenem Schnee und eine Ahnung von
geschürter Glut, als würde es einem die Nase versengen.

»Wer ist das?«, hatte Tevils mit tonloser Stimme gefragt, als
Jules ihn zum Weitergehen gedrängt hatte, damit sie ihr Ziel
nicht aus den Augen verloren.

»Es fällt mir zwar schwer, es zuzugeben, aber ich habe
nicht die geringste Ahnung. Deshalb sollten wir unseren
ganzen Ehrgeiz daransetzen, es herauszufinden.«

Aller Entschlossenheit zum Trotz hatten sie den geheimnisvollen Mann jedoch beim Herrenhaus verloren. Obwohl
es bereits dunkel war, konnten die beiden jungen Männer
sich nicht dazu durchringen, in das Wirtshaus *Glühender
Pfannenstiel* zurückzukehren und Bericht zu erstatten. Stattdessen liefen sie in grollendem Schweigen durch das Ha-
fenviertel, das nach wie vor das belebteste Viertel der Stadt
war. Zwar mochten nicht einmal annähernd so viele Schiffe
am Kai liegen wie sonst, aber die Anzahl der Seeleute und
Händler reichte immer noch aus, um die Schenken zu füllen.

Je näher sie der Hafenpromenade kamen, desto mehr gewann Jules wieder an Selbstsicherheit und klopfte Tevils
schließlich auf die Schulter. »Wir sehen das ganze Geschehen viel zu schwarz«, erklärte er. »Diesen Mann umgibt ein
Geheimnis. Warum hätte uns Maherind ansonsten auch auf
ihn ansetzen sollen, gerade jetzt, da es tausend andere Dinge
zu erledigen gibt? Dass er einfach so verschwinden konnte, liegt nicht daran, dass wir zu dämlich waren, ihn zu be-

schatten. Da steckt mehr dahinter, und genau das müssen wir herausfinden.«

Tevils presste die Lippen aufeinander. Im Gegensatz zu seinem Freund wollte es ihm nicht so leicht gelingen, die Schlappe in einen vermeintlichen Erfolg umzumünzen. Ihm war vom Orden Vertrauen entgegengebracht worden, und das wollte er auf keinen Fall enttäuschen. Obwohl Jules stets überaus ehrgeizig war, gelang es ihm dennoch, Herausforderungen spielerisch anzunehmen. Tevils hingegen hatte noch nicht die geringste Erfahrung mit solchen Situationen, einfach weil ihm bislang von den Ordensangelegenheiten nichts wirklich wichtig vorgekommen war.

Während Jules weiter darüber philosophierte, was sich hinter dem Geheimnis verbergen mochte, hielten sie auf eine Ecke am Hafen zu, wo alte Taue aufgeschichtet lagen. Seit jeher handelte es sich dabei um Jules bevorzugten Ort, da man von dort aus die gesamte Anlage im Auge hatte. Doch kurz vor dem Tauhaufen packte Tevils seinen Freund grob beim Arm und zerrte ihn zurück in den Strom von Nachtschwärmern, die von einer Schenke in die nächste wechselten.

»Was zum Henker …«, fluchte Jules, aber da erkannte auch er, wer es sich dort auf seinem Lieblingsplatz bequem gemacht hatte: Der Unbekannte hatte seinen Mantel fest um sich gewickelt, die Kapuze aufgesetzt und stierte auf das dunkle Wasser der Bucht hinaus, in dem sich weder Sternen- noch Mondlicht spiegelten.

»Er hat das Haus also tatsächlich verlassen, ohne von uns gesehen zu werden. Nur wie?« Jules fuhr sich mit beiden Händen durchs Haar, bis es struppig abstand. Dann versuchte er gereizt, ein Zündholz an der Häuserwand anzureißen, den Zigarillo bereits zwischen die Zähne geklemmt.

Tevils blinzelte. Er musste kräftig schlucken, bevor er seine Sprache wiederfand. »Ich würde sagen, das hat er so gemacht«, brachte er schließlich heiser hervor und zeigte mit dem Finger auf den Stapel Taue, der nun verlassen dalag. »Er ist einfach verschwunden. Von einem Augenblick zum anderen. Wie ist das möglich?«

᪥ Kapitel 6 ᪥

Selbst wenn Brill und seine vielköpfige Familie den Wunsch verspürt hätten, in einem schlichten Wirtshaus wie dem *Glühenden Pfannenstiel* unterzukommen, um unter einem Dach mit den befreundeten Ordensmitgliedern zu sein, so hätten einfach nicht ausreichend Zimmer zur Verfügung gestanden. Denn Brill hatte von seinem Besuch bei der Familie seiner Frau so ziemlich jeden Verwandten mitgebracht, der eine Waffe tragen konnte. Und Saris' Familie stand ihr in nichts nach, wenn es um die Anzahl der Nachkommenschaft ging.

»Eine ganz neue Form der Privatarmee«, hatte Maherind schmunzelnd gesagt, als Brill und die Seinen mit viel Lärm nach Previs Wall zurückgekehrt waren.

Vennis hatte genickt, wobei ihm die Erleichterung deutlich anzusehen gewesen war, dass er die Bürde, die Stadt zu leiten, endlich abgeben konnte. Außerdem konnte die immer noch gelähmte Bevölkerung einen solchen Paukenschlag wie Brills Auftritt gut gebrauchen. Zu sehr hing das Wohlergehen der Hafenstadt von dem Vertrauen ab, das sie in ihre eigene Stärke hegte. Wenn es nicht bald wieder aufflammte, war es nur eine Frage der Zeit, bis sie Achaten ins Netz ging.

Anstatt in einem Gasthof Obdach zu suchen, hatte Brill kurz entschlossen eines der verlassenen Herrenhäuser beschlagnahmt, deren Eigentümer nach dem Drachenangriff über das Meer nach Osten geflohen waren. Auch wenn die

Besitzer viele wertvolle Gegenstände mitgenommen hatten, so waren doch immer noch ausreichend Möbel vorhanden, um die hohen und weitläufigen Räume zu füllen.

Niemand in Previs Wall stellte Brills Anspruch infrage, provisorisch die eine Hälfte der Doppelspitze zu übernehmen. Er war ein Kind dieser Stadt, auch wenn er lange Zeit eher dem Orden als der Residenz zugeordnet worden war. Wenn Brill diese Verunsicherung bemerkt hatte, so hielt er es jedenfalls nicht für nötig, seine Landsleute darüber aufzuklären, dass er sich zwar sehr mit dem Orden verbunden fühlte, sich in erster Linie aber als Previs Waller sah. Als er nun ganz selbstverständlich die Machtposition in einer Stadt beanspruchte, die auf eine lange demokratische Tradition zurückblickte, vermochte sich ihm keiner der üblichen Bedenkenträger zu widersetzen. Brills erste Amtshandlung bestand darin, die Ordensmitglieder zu einer Lagebesprechung einzuladen.

Als Vennis der humpelnden Kijalan durch den Saal half, die von Brills Familienmitgliedern missmutig beäugt wurde, griff ihr der rothaarige Mann entschlossen unter den Arm und begleitete sie zu einem der Stühle, die um den großen Kamin aufgestellt waren. »Und dein Novize braucht auch nicht draußen im Flur stehen zu bleiben«, fügte Brill mit seiner lautstarken Stimme hinzu, die spielend leicht das hartnäckigste Murren übertönte.

»Na, dann mal los, bevor alle guten Plätze weg sind«, sagte Tevils erleichtert und stupste den jungen Njordener mit dem Ellbogen in die Rippen.

Nach ihrem Eintreffen war er neben Jules in der Vorhalle stehen geblieben, unschlüssig, ob er der Runde beiwohnen sollte, wenn sein Freund aufgrund seiner Herkunft nicht geduldet wurde. Nun bot er ihm mit ausgestrecktem Arm den Vortritt, obwohl Jules für solche Höflichkeiten gerade keinen Sinn hatte. Er war viel zu sehr damit beschäftigt, die Würde in Person darzustellen, als könnte ihm die offene Abneigung der Previs Waller nichts anhaben. Nur vor Tevils hatte er nicht verbergen können, dass seine Hände vor Wut zitterten. Sogar Kijalan würde des Hauses verwiesen werden, wenn es nach der allgemeinen Stimmung ging. Allerdings hatte Brill sich noch nie sonderlich für die Meinung von Leuten interessiert, die ihm nicht das Wasser reichen konnten. Und so saßen die Ordensmitglieder sowie die NjordenEis-Botschafterin und ihr Novize gemeinsam mit dem vorläufigen Vertreter der Doppelspitze beisammen ums Feuer, während Brills Gefolge die Türen von außen schloss.

Missmutig deutete Brill auf die Bretter mit geschnittenem Brot und Käse. »Man sollte es kaum glauben, aber im Moment ist es einfach unmöglich, einen vernünftigen Koch anzuheuern. Die meisten Kerle sind von ihren getürmten Herrschaften genau wie das Tafelsilber mit übers Meer genommen worden. Mein Versuch, den Chefkoch des *Grünen Spechts* abzuwerben, hätte fast einen Bürgeraufstand ausgelöst. Und das, obwohl sich alle in dieser Stadt ansonsten tot stellen.« Brill verzog das Gesicht zu einer Grimasse, wurde aber sogleich wieder ernst. »Kommen wir zum Wesentlichen. Bevor mir hier irgendwer erklärt, was eigentlich genau vorgefallen ist, möchte ich eine Forderung an den Orden stellen: Ihr zitiert augenblicklich Lalevil hierher, damit ich sie öffentlich auspeitschen lassen kann. Das war doch ihr verfluchter Drache, der unsere Residenz in Staub und den ganzen Hofstaat in ein wimmerndes Häufchen verwandelt hat, richtig?«

Anstelle einer Antwort brach Maherind in Gelächter aus. »Du hast wirklich das Zeug zu einem hervorragenden Herrscher, mein Guter. Gebt dem Volk, wonach es giert: einen Sündenbock. Den würde unsere stolze Njordenerin bestimmt auch beeindruckend abgeben bei ihrem Temperament. Spuckend, tretend und übelste Verwünschungen schreiend auf dem Weg zum Pranger. Aber leider wirst du auf diesen ersten Geniestreich deiner Übergangsregierung verzichten müssen. Bestimmt hatte Lalevil ihre Finger bei dem Drachenangriff mit im Spiel, doch sie weilt nun einmal im fernen Westgebirge. Das ist schon Strafe genug.«

Brill hob die Hände, als wolle er sagen: Da kann man nichts machen. Dann ließ er sich von seinen Gästen ganz genau erklären, was in den letzten Wochen passiert war. Aber sie mussten noch weiter ausholen und davon berichten, wie Tevils vor einigen Jahren herausgefunden hatte, dass das Maliande Drachen zugänglich für die Wünsche der Menschen macht.

Dass Badramur dieses Geheimnis vor den Previs Wallern gelüftet hatte, verärgerte Brill mehr, als dass es ihn verängstigte. »Da sitzen wir an der Grenze zur Heimat der Drachen und können es Achaten trotzdem nicht mit gleicher Münze heimzahlen. Als Präae ihr Feuer über die Residenz ergossen hat, ist sämtliches Maliande verdampft – wie durch Zauberhand. In ganz Previs Wall und Umgebung gibt es nicht das kleinste Tröpfchen des goldenen Elixiers mehr. So gesehen hat dieser verfluchte Drache nicht nur die Krone von Previs Wall heruntergerissen, sondern uns auch die einzige Währung genommen, mit der wir es Achaten heimzahlen könnten.«

»So einfach, wie du es darstellst, ist es nun auch wieder nicht«, unterbrach ihn Vennis, der bislang still dagesessen hatte. »Drache und Maliande reichen nicht, es braucht auch einen Menschen, der dem Drachen das Maliande anbieten kann.«

»Ja, aber wir haben doch Tevils, den kleinen Drachenfreund, auf unserer Seite. Stimmt's, mein Bester?« Brill hatte Tevils ins Haar gepackt und zog heftig daran.

»Diese Rachephantasien sind doch müßig!« Jules war auf seinem Stuhl so weit nach vorne gerutscht, als wolle er jeden Moment aufspringen, um Brill an den Schultern zu packen und durchzuschütteln. »Viel wichtiger ist doch die Frage, was Achaten als Nächstes plant und wie wir uns zur Wehr setzen können.«

Augenblicklich ließ Brill von Tevils ab und umfasste die Lehnen seines Stuhls, bis die Knöchel weiß hervortraten. »Was heißt denn *wir*?«

Obwohl Jules bereits zu einer Entgegnung ansetzte, brachte Kijalan ihn mit einer resoluten Handbewegung zum Schweigen. Jules stieß ein Stöhnen aus, so viel Kraft kostete es ihn, sich – konfrontiert mit einer solchen Herausforderung – zurückzuhalten. Aber er gehorchte seiner Mentorin.

»Aus diesem Grund sind mein Novize und ich hierhergekommen. Und wenn ich das richtig verstanden habe, ist das auch der Grund, warum Ihr uns bei dieser Besprechung zugelassen habt: Es ist an der Zeit, dass die Hafenstadt und das NjordenEis ihre Grenzen aufheben und als gleichberechtigte Partner zusammenarbeiten. Wenn wir angesichts dieser Bedrohung keinen Weg zueinander finden, werden wir beide unter Achatens Joch fallen.«

Bei dieser Feststellung entwischte Brill ein Schimpfwort. Im Gegensatz zu seinen Landsleuten hegte er keine Vorurteile gegen das NjordenEis-Volk, aber der Gedanke, die Vormachtstellung aufgeben zu müssen, gefiel ihm deshalb noch lange nicht.

Im Gegensatz zu ihrem vor Zorn bebenden Novizen konnte Kijalan Brills deftige Reaktion zumindest nachvollziehen. »Zwar mag Euch die Vorstellung nicht gefallen, aber

Previs Wall ist nach dem Angriff zu geschwächt, um sich unserem Angebot zu entziehen. Nur gemeinsam haben wir eine Zukunft.«

Brill stieß ein Grunzen aus. »Gemeinsame Zukunft … das sind ja großartige Aussichten. Gut, dass ich mich nicht sofort der Wahl zur Doppelspitze stellen muss. Die meisten meiner Landsleute würden zweifelsohne lieber Badramur persönlich den Goldenen Schlüssel für die Stadt überreichen, als das NjordenEis-Volk als gleichberechtigt anzuerkennen. Da könnte ich ja gleich einpacken.« Trotz Brills ungeschönter Art war ihm anzumerken, dass er dem Vorschlag keinesfalls so ablehnend gegenüberstand, wie er vorgab. Er mochte vielleicht ein Hitzkopf sein, dennoch war er ein geborener Politiker. Und als solcher umfasste sein Denken mehr als die Farben Schwarz und Weiß. »Bevor wir allerdings auf unsere künftige Partnerschaft anstoßen, sollten wir auch über das andere Problem sprechen, das das NjordenEis im Augenblick hat. Oder wie erklärt sich dieser Schatten, der sich immer weiter über den nördlichen Horizont ausbreitet?«

»Die Idee ist zwar kühn, aber ich denke, dass alles miteinander zusammenhängt«, warf Maherind ein, wobei er ein Brett auf seinen Knien balancierte, auf dem er Käsescheiben abschnitt. »Deshalb stimme ich auch mit Kijalan überein, dass es an der Zeit ist, die alten Bündnisse zu überdenken. Und wenn du es auch nicht hören möchtest, Brill: Den Bürgern von Previs Wall wird nichts anderes übrig bleiben, als ihre Eitelkeit und ihre Vorurteile abzulegen, falls sie als unabhängige Hafenstadt überleben wollen. Wenn mich nämlich nicht alles täuscht, war dieses Drachenfeuer auch eine Art Leuchtzeichen, von dem etwas angelockt wurde, das wir nicht kennen.«

Brills Mund schnappte auf und zu, während Kijalan den

Kopf schief legte und ihren Novizen fragend anblickte. Doch Jules' Blick war stur auf das Kaminfeuer gerichtet, seit ihm der Mund verboten worden war.

Nachdem er einen Bissen vom Käse probiert hatte, seufzte Maherind hingebungsvoll, dann stellte er das Brett zurück auf den Tisch. »Der Orden vermutet, dass Badramurs Ansinnen schlichter Natur war. Es ging ihr vermutlich nur um die Zerschlagung des Machtgefüges von Previs Wall. Trotzdem hat das Drachenfeuer unleugbar etwas sehr viel Bedrohlicheres ausgelöst, als lediglich die Zerstörung der Residenz. Kein Mensch kann sagen, was entfesselte Drachenmagie zu bewerkstelligen vermag. Nicht einmal die Elben wissen es, obgleich sie lange vor den Menschen nach Rokals Lande gekommen sind. Wir alle kennen nur Geschichten über das grüne Drachenfeuer, niemand hat es jemals aufleuchten sehen.« Maherind hielt inne und strich sich über den Bart. »Nun, zumindest bis vor drei Wochen.«

»Verstehe ich das richtig: Wir haben jetzt nicht nur ein gerüstetes Achaten vor den Toren der Stadt stehen, sondern auch eine unbekannte Himmelsmacht über dem Njorden-Eis, die dem Ruf eines durchs Maliande gebeugten Drachens folgt?« Mit einem Knall schlug Brill mit beiden Händen gleichzeitig auf die Stuhllehnen, woraufhin alle zusammenzuckten.

Vennis, der ihn am besten kannte, wusste, dass der Wutausbruch nicht mehr als ein Ventil für Brills Entmutigung war. Schweigend goss er ein Glas Wein ein und reichte es Brill, der es dankbar mit einem Zug leer trank. Nachdem der massige Mann in seinen Stuhl zurückgefallen war, legte Vennis ihm eine Hand auf die Schulter, brachte aber kein aufmunterndes Lächeln zu Stande. Dafür bereitete auch ihm das Ganze zu viele Sorgen.

»Solange niemand von uns weiß, was dieser Schatten zu

bedeuten hat, sollten wir eigentlich auch nicht davon ausgehen, dass er zwangsläufig eine Bedrohung darstellt«, setzte
Brill deutlich gefasster nach. »Was denkt ihr Njordener denn
darüber?«

Kijalan lehnte gerade ein Stück Käse ab, das Maherind ihr
anbot. »Diese Frage sollte dir am besten Jules beantworten,
da er selbst im NordenEis gewesen ist, als der Schatten aufzog. Jules?«

Einen Moment lang starrte der junge Mann weiterhin
ins Feuer, dann funkelte er herausfordernd seine Mentorin
an. Tevils, der neben ihm saß und voller Nervosität versucht
hatte, dem Schlagabtausch zu folgen, rückte bei diesem Anblick unwillkürlich ein Stück ab.

Dass sein Freund vor Leidenschaft brannte, wenn es um
die Angelegenheiten seines Volkes ging, wusste er nur allzu
gut. Aber seit seiner Rückkehr aus dem NjordenEis hatte
sich zwischen Jules und der Botschafterin etwas verändert.
Wenn sie gemeinsam in einem Raum waren, schien einfach
nicht ausreichend Platz für beide vorhanden zu sein. Es hatte sich bereits vor dem Drachenangriff abgezeichnet, als Kijalan gezwungen gewesen war, Jules zurück ins NjordenEis
zu schicken, doch nun war es offenkundig: Jules war seiner
Rolle als Novize entwachsen und drängte, seinem Ehrgeiz
entsprechend, an die Spitze. Zwar mochte er Respekt und
Zuneigung für seine Mentorin empfinden, das änderte jedoch nichts daran, dass er sich nicht länger widerstandslos
den Mund verbieten ließ.

»Ist es mir wieder gestattet zu reden?«, fragte er zwischen
zusammengebissenen Zähnen hindurch.

Doch Kijalan ließ sich von einer solchen Geste nicht beeindrucken. »Nur zu«, sagte sie leichthin.

»Ich bin noch nie sehr empfindlich für die spirituelle Seite
unseres Volkes gewesen. Und seit ich das Eis verlassen habe,

um hier in Previs Wall die Interessen meines Volkes zu vertreten, ist es nicht unbedingt besser geworden. Aber auch ich habe diese kaum zu beschreibende Lähmung gespürt, die der Schatten auf uns ausübt. Es würde mich sehr verwundern, wenn von dieser sich ausbreitenden Kraft etwas Gutes ausgehen sollte.«

»Wir vom Orden teilen diese Einschätzung.« Entgegen seinem sonstigen Verhalten saß Maherind vollkommen still, fast andächtig da. Jede verspielte Note und seine in solchen Runden gern offen gezeigte Überlegenheit waren einer Konzentration gewichen, die bei den anderen Teilnehmern eine Anspannung auslöste, die sie bis in die Zehenspitzen fühlten. »Kohemis hatte zwei Visionen, die ihm die Zukunft von Rokals Lande offenbarten: verzehrendes Drachenfeuer und eine bleierne Scheibe, die sich vom NjordenEis aus über den Himmel schiebt, mit der Absicht, dieses Land zu seinem Herrschaftsgebiet zu erklären. Beide Visionen gehören zusammen, wir müssen nur noch herausfinden, wie.«

»Diese Visionen bestätigen also den Verdacht des Ordens, dass uns allen eine größere Gefahr droht, als Achaten sie je heraufbeschwören könnte«, sagte Kijalan. »Kohemis' Visionen in allen Ehren, aber deuten sie auch eine Lösung an? Wir dürfen keine Zeit mit Rätselraten verschwenden, während diese Scheibe – oder was auch immer es sein mag – sich weiter ausbreitet.« Während Kijalan sprach, wanderte ihr Blick von Maherind zu Vennis, ein Beweis, wie stark die Verbindung zwischen ihnen beiden in den letzten Wochen geworden war.

Vennis schenkte ihr ein schmales Lächeln. »Die Vision verrät, dass es einen Schlüssel zu diesem Rätsel gibt, der uns noch verborgen ist. Es wird nun die oberste Aufgabe des Ordens sein, ihn zu finden. Wir werden uns über Rokals Lande verteilen und nach Antworten suchen.«

»Ihr wollt fortgehen, anstatt hier vor Ort zu helfen, wo die Probleme am größten sind?«, unterbrach ihn Jules hitzig.

Der junge Mann war aufgesprungen und zum Kamin gelaufen. Nun stand er so dicht vor den Flammen, dass Tevils das Bedürfnis verspürte, ihn zurückzuzerren, bevor er sich verbrannte. »Jules …«, versuchte er ihn zu beruhigen, doch sein Freund warf ihm lediglich einen beredten Blick zu. Die Richtung, die das Gespräch genommen hatte, hatte offensichtlich tief schlummernde Ängste geweckt, die sich trotz der diplomatischen Schulung nicht länger unterdrücken ließen.

»Nicht mehr lange und diese verdammte Scheibe, wie Ihr sie nennt, wird das gesamte Gebiet des NjordenEises überschatten«, sagte Jules, die Stimme heiser vor Anspannung. »Wenn eine Gefahr von ihr ausgeht, wird der erste Schlag unser Volk treffen. Wie könnt Ihr da so ruhig über mystische Eingebungen eines alten Mannes reden, der seit Jahrzehnten nicht mehr sein Haus verlassen hat?«

»Nun, das ist nicht ganz richtig, da Kohemis im Augenblick im Audienzsaal der Prälatin sitzen dürfte.«

Maherind lenkte die Aufmerksamkeit des jungen Njordeners auf sich, indem er mit seiner frischgestopften Pfeife wackelte und auf die Glut im Kamin zeigte. Widerwillig reichte Jules ihm einen brennenden Span, obwohl er durch die Ablenkung merklich an Fassung gewann.

Maherind blinzelte ihm zu. »Aber du hast natürlich Recht, dass uns die Visionen nur bedingt weiterhelfen. Um ein solch großes Rätsel zu lösen, braucht es schon mehr als einen Blick in die Zukunft. Man braucht Wissen und auch ein bisschen Glück. Und mit einem weiteren Puzzlestück können du und dein Freund uns wohl beglücken. Warum geben wir Tevils nicht die Chance, von euren Entdeckungen der letzten Tage zu erzählen?«

Kaum hatte Maherind die Frage ausgesprochen, sank Tevils auf seinem Stuhl in sich zusammen und hoffte inständig, Jules würde die Zügel an sich reißen und an seiner Stelle Bericht erstatten, wie es seine Art war. Doch sein Freund schüttelte nur erschöpft den Kopf.

Tevils räusperte sich umständlich und glaubte einen grausamen Moment lang, dass alle Anwesenden auf seine rot glühenden Ohren starren würden. »Wir haben für Maherind einen Mann beschattet, der sich in so mancher Hinsicht merkwürdig verhalten hat. Obwohl wir gewiss nicht ungeschickt vorgegangen sind, ist er uns immer wieder entwischt. Er verschwindet so plötzlich, wie er auftaucht. Er mag belebte Plätze, und manchmal stattet er Leuten Besuche ab, obwohl wir nie herausfinden konnten, um was es bei diesen Treffen gegangen ist.«

Als Brill verständnislos mit den Schultern zuckte und Kijalan ihren Novizen musterte, als würde sie an seinem Verstand zweifeln, weil er sich an dieser Aktion beteiligt hatte, flammte in Tevils auf einmal sein verletzter Stolz auf. »Obwohl ich keinen Beweis erbringen kann, möchte ich behaupten, dass dieser Mann die magische Fähigkeit besitzt, zu wandeln. Und er tut es so natürlich, wie wir atmen. Und falls ihr immer noch nicht davon überzeugt seid, dass unsere Informationen von Wichtigkeit sind, kann ich euch noch verraten, dass er nach Maliande riecht, als hätte man ihn darin gebadet. Und zwar nach Maliande, das gerade in den glühenden Tiefen des Westgebirges geschöpft worden ist. Außerdem hält sich sein Schatten nicht an die Regeln des Sonnenstands, sprich: Er führt ein Eigenleben.«

»Was willst du damit sagen?« Brill sah mit einem Mal äußerst interessiert aus.

»Ich will damit sagen, dass Jules und ich einer Art Kundschafter dieser Scheibe gefolgt sind und dass er offensichtlich über Magie verfügt. Stellt sich die Frage, ob das Maliande, das ich an ihm wahrgenommen habe, aus Rokals Lande stammt oder ob er es mitgebracht hat.«

»Blödsinn«, brachte Brill keuchend hervor. »Was du da andeutest, kann unmöglich sein. Schatten oder Scheibe – gut, dass da etwas über den Himmel aufzieht, lässt sich nicht abstreiten. Aber zu behaupten, es wäre eine Macht, also etwas Denkendes und Planendes, das sogar eigene Kundschafter entsendet, ist doch mehr als verrückt. Ist es das, was der Orden als Erklärung zu bieten hat? Dann sollte Kohemis seine Visionen künftig lieber für sich behalten, sonst wird er noch als senil bezeichnet werden.«

»Reiß dich zusammen, mein Freund«, knurrte Maherind, und Brill zuckte so heftig zusammen, als hätte der alte Mann ihm eine Ohrfeige verpasst.

»Tut mir leid, aber allein der Gedanke an eine fremde Macht scheint mir abstrus. Ich kann mich angesichts der angespannten Lage einfach nicht mit solchen Gedankenspielen befassen.«

»Statt zu wüten, solltest du lieber deinen Verstand benutzen«, fuhr ihn Maherind an, der ihm Kohemis' Verunglimpfung übel nahm. »Die Scheibe kann selbst ein blindes Huhn wie du nicht übersehen, und was Tevils uns über den Kundschafter erzählt hat, ist ein Bericht und kein Hirngespinst. Wir haben es mit einer Form der Magie zu tun, von der wir nie zuvor gehört haben. Obwohl es mich, ehrlich gesagt, nicht verwundert, nach all den Veränderungen, die das Maliande in den letzten Jahren herbeigeführt hat: gefällige Drachen, eigenständig denkende Orks und wandernde Elben sind nur einige der Wandlungen. Alles fügt sich nach und nach zusammen.«

»Was fügt sich zusammen?«, fragte Tevils kleinlaut. Eben noch war er stolz darauf gewesen, nicht nur einen wichtigen

Beitrag zur Debatte beigetragen, sondern auch eigenständige Schlüsse gezogen zu haben. Doch nun stellte Maherind alles in einen großen Zusammenhang, der sich ihm nicht erschloss. »Wie hängt denn der Orkclan, der vor Jahren versucht hat, das Westend zu überfallen, mit diesem geheimnisvollen Kundschafter zusammen?«

»Das ist eine wirklich gute Frage«, sagte Brill, dessen Gesichtsausdruck zwischen Verwirrung und Ungeduld schwankte.

»Ja, das ist tatsächlich eine gute Frage.« Vennis schenkte dem Jungen ein Lächeln, das den Stolz widerspiegelte, den er für seinen Zögling empfand. »Und es ist die Aufgabe des Ordens, sie zu beantworten. Denn offensichtlich sind die Menschen von Rokals Lande alle zu sehr mit ihrem Kleinkram beschäftigt, um überhaupt zu bemerken, was sich bei ihren Nachbarn abspielt.«

»Ihr beobachtet diese Entwicklung also schon seit Längerem?« Kijalan war nicht anzusehen, ob sie dem Orden sein Schweigen übel nahm.

»Ja, aber wer hätte denn zugehört? Die Prälatin etwa oder die Doppelspitze von Previs Wall?«, übernahm Maherind die Antwort. »Es ist doch schon schwierig genug, Gehör zu finden, wenn es um die hauseigenen Interessen der Mächtigen von Rokals Lande geht. Die Vermutung, dass das Maliande gerade dabei ist, einen weit reichenden Umschwung herbeizuführen, wäre kaum auf Gegenliebe gestoßen. Niemand, der je Maliande in seinen Händen gehalten hat – ob nun Elbe, Mensch oder Dämonenbeschwörer –, würde sich über die Nachricht freuen, dass es mehr als eine magische Flüssigkeit ist.« Maherind hielt einen Augenblick inne, als er sah, dass Tevils die Hand zum Einspruch hob. »Nun gut, einmal abgesehen von den Drachen, aber die tanzen ja ohnehin stets aus der Reihe.«

»Aber selbst wenn wir unsere Vermutungen frei geäußert hätten, hätte sich dadurch nichts geändert«, fügte Vennis hinzu. »Wir begreifen die Entwicklungen schließlich nicht einmal ansatzweise. Das Maliande hat einen Weg eingeschlagen, und wir können ihm bestenfalls folgen.«

Er raffte seinen Umhang enger um sich, als könnte die Wärme des Kaminfeuers ihn nicht erreichen. Die Ereignisse der letzten Wochen hatten ihn viel Kraft gekostet und im Hinblick auf die Dinge, die ihnen noch bevorstanden, war ihm unwohl zu Mute. Erneut fragte er sich, ob er nicht zu ausgebrannt war, um sich den Herausforderungen zu stellen. Außerdem kostete ihn sein persönlicher Kampf gegen die immer wieder aufwallende Resignation schon sehr viel Selbstbeherrschung. Auf wessen Seite sollte man sich stellen, in diesem Kampf der Selbstsüchtigen, für wen lohnte sich die ganze Anstrengung? Wenn er nicht bald eine Antwort darauf fand, würde er sich einfach in eine Ecke setzen und nicht wieder aufstehen.

»Vielleicht kann ich etwas zur Aufklärung des Rätsels beitragen, obwohl ich eigentlich zum Schweigen verpflichtet bin.«

Mit einem Mal ruhten alle Blicke auf der Botschafterin, selbst Jules, der seit Tevils' Bericht leblos am Kaminsims gelehnt hatte, als ginge ihn all das nichts mehr an, stand plötzlich wieder unter Anspannung. »Wovon sprichst du?«, fragte er. Doch Kijalan richtete ihre ganze Aufmerksamkeit darauf, die Falten in ihrem Gewand glatt zu streichen.

»Ich spreche von einem Geheimnis, das unser Volk von Generation zu Generation weitergibt, und das das Njorden-Eis eigentlich nicmals verlassen sollte. Nur denke ich, dass jetzt nicht der rechte Zeitpunkt ist, ein Geheimnis zu bewahren, dessen Offenlegung uns vielleicht die Rettung bringen könnte. Bevor ich es jedoch erzähle, brauche ich Brills

Zusicherung, dass Previs Wall das NjordenEis-Volk künftig als gleichgestellten Partner ansehen wird, und zwar nicht nur so lange, wie Gefahr besteht.«

»Das ist doch bloß ein Trick, um mir Zugeständnisse abzupressen.« Allerdings klang Brills Vorwurf eher abwägend als ablehnend, und er blickte Maherind fragend an.

Der ließ sich den Ball nur allzu gern zuspielen. »Entweder wir entscheiden uns jetzt, gemeinsam an einem Strang zu ziehen. Oder wir gehen auseinander und ein jeder widmet sich allein seinen Angelegenheiten, so gut er es vermag. Nur befürchte ich in einem solchen Fall, dass Rokals Lande fallen wird – weil die Drachen es mit ihrem Feuer aufzehren oder weil eine fremde Macht Einzug halten wird. Zwar kennen wir deren Absichten nicht, aber es steht zu befürchten, dass es nicht die besten sind. Es hängt also alles von deiner Entscheidung ab, Brill. Wenn es dir das Ganze leichter macht, lass dir gesagt sein, dass eine Zusammenarbeit von Previs Wall und dem NjordenEis schon lange überfällig ist.«

Brill knurrte etwas Unverständliches und fuhr sich mit den Händen durchs rote Haar, dass es in alle Richtungen abstand. »Sieht so aus, als könnte ich mir eine ordentliche Wahl in die Doppelspitze abschminken. Nichtsdestotrotz stimmt es: Die Zeit ist reif für eine Zusammenarbeit. Also schlag ein, Kijalan, bevor ich es mir anders überlege.«

Die Botschafterin erhob sich langsam und trat vor den Mann, der sie fast zwei Kopflängen überragte. Als sie sich die Hände reichten, konnte Tevils nicht länger an sich halten und stieß ein erleichtertes Lachen aus. Er stellte sich neben Jules, der andächtig und ungläubig zugleich auf die ineinander verschränkten Hände starrte, die ein neues Kapitel in der Geschichte von Rokals Lande aufschlugen. »So, jetzt könnte ich einen Schluck Wein vertragen«, sagte er und bohrte dem regungslos dastehenden Freund den Ellbogen in die Seite.

Nun ließ sich selbst Jules zu einem Lächeln hinreißen. »Bring mir ein Glas mit.« Dann steckte er sich einen Zigarillo zwischen die Lippen und reagierte auf Kijalans sofort erfolgenden strengen Blick mit einem entschuldigenden Schulterzucken. Die Botschafterin lenkte ein und ließ ihn rauchen – in einem solchen Moment konnte man schließlich auch einmal großzügig sein, obwohl sie den Geruch dieser stinkenden Dinger zutiefst verabscheute.

Nachdem alle miteinander angestoßen und den beiden Partnern zu ihrer Entscheidung gratuliert hatten, bat Kijalan sie, sich wieder zu setzen. »Die Geschichte, die ich nun erzählen werde, kennen nur die Ältesten unseres Stammes. Sie haben sie von den Drachen erfahren, mit denen wir seit jeher auf einzigartige Weise verbunden sind. Wir hüten sie so eifrig, weil sie den Grund kennt, warum wir Njordener an das Eis gebunden sind.

Die Südliche Achse trägt ihren Namen nicht umsonst. Sie ist tatsächlich die Achse eines Gebildes, das sich unserer Vorstellungskraft entzieht. Das Entscheidende ist jedoch, dass es auch ein Gegenstück gibt: die Nördliche Achse, die Heimat der Magie. Wie ein Pendel des Schicksals kreist sie über der Südlichen Achse, die für sie nicht mehr ist als ein belangloses Gegengewicht aus Stein und Wasser. Die ursprüngliche Magie, deren Heimat in Rokals Lande lag, war für die Magier nicht mehr als ein schaler Abklatsch ihrer eigenen Fähigkeiten und deshalb keines zweiten Blickes würdig.

Und das wäre sie sicherlich auch geblieben, wenn nicht vor Urzeiten Magie von der Nördlichen Achse auf das Westgebirge von Rokals Lande gefallen wäre: Ein Drache, der Inbegriff von reiner Magie, ist auf der Flucht vor den Magiern, die ihn zu bändigen versuchten, schwer verwundet hinabgestürzt und im Westgebirge aufgeschlagen. Dabei ist er durch das Gestein gefallen, bis seine Ma-

gie in die Tiefen des Felsens eingedrungen ist und ihn in flüssiges Gestein verwandelt hat, in dem die Magie des Drachen bis heute weiterlebt.

Diese Magie hat später diejenigen beseelt, die in jene Tiefen eingedrungen sind. Die ersten Kreaturen waren die Drachen, die im Westgebirge beheimatet waren und deren Gestalt wir bis heute kennen. In ihnen lodert die Magie noch am reinsten. Sie sind die wahren Abkommen dieses einen magischen Geschöpfes aus reiner Magie, allerdings gebunden an Rokals Lande, denn dem Maliande wohnt immer eine Spur des Landes inne, mit dem es verschmolzen ist.

Die Magier der Nördlichen Achse waren sich nicht bewusst, welchen Ausweg der verletzte, in die Enge getriebene Drache gewählt hatte. Außerdem trieb die Achse bereits fort, denn nur gelegentlich streifen ihre Ausläufer Rokals Lande.

Viele Jahrhunderte waren vergangen, bevor sich die Nördliche Achse wieder näherte. Da beschlossen die Drachen, Rokals Lande und mit ihm die gesamte Südliche Achse vor den Magiern zu verbergen. Denn in der Macht der Drachen, die ihnen aus der Verbindung der Magie mit Rokals Lande erwächst, liegt eine Gefahr für das Land: Die Drachen lassen sich durch das Maliande leiten und können deshalb versklavt werden – genau das, wonach sich die Magier mehr als alles andere sehnten. Möglichst reine Magie, die sich einem Willen unterwirft.

Um die Magier fernzuhalten, wurde das NjordenEis als Bollwerk errichtet. So kann die Nördliche Achse sich mit ihren gierigen Magiern nicht über Rokals Lande ausbreiten, denn sie stößt gegen eine unsichtbare Grenze. Dafür hat das Urvolk dieses Landes seine Seelen gegeben, die einzige Magie, über die sie verfügten. Sie haben mithilfe der Drachen ihre Seelen an das Eis gebunden. Denn die Njordener sind nicht wie die Menschen, die aus dem Osten hierherkamen, oder wie die Elben und später die Orks, die aus dem Westen nach Rokals Lande zogen. Die Njordener sind genau an dem Ort, von dem sie abstammen. Als Dank sind die Drachen im Njorden-Eis geblieben, als Schutz für den Moment, in dem das Bollwerk eines Tages bersten mag. Dann wird es eines Rufes bedürfen, um die schlafenden Drachen zu wecken.«

Als Kijalan mit ihrer Erzählung geschlossen hatte, herrschte eine lange Zeit Schweigen. Jules stand mit hängendem Kopf da, und es war ihm nicht anzusehen, ob er sich für diesen Mythos schämte oder ob er es seiner Mentorin übel nahm, dass sie dieses Geheimnis offenbart hatte. Maherinds markante Züge waren im Pfeifenrauch verschwunden, während Brill nicht aufhören konnte, sich Wein nachzuschenken, und Tevils einfach nur mit offenem Mund dasaß.

»Dann haben also all die Vorurteile, mit denen uns Njordenern stets entgegengetreten wurde, einen wahren Kern: Wir sind keine gewöhnlichen Menschen.« Vennis' Stimme verriet nicht nur den alten Schmerz, unter dem er wegen seines mütterlichen Erbes immer gelitten hatte, sondern auch zum ersten Mal eine Spur von Stolz.

»Ja«, sagte Kijalan. »Wir sind Menschen, aber keine gewöhnlichen. Es sieht ganz danach aus, als wenn wir einen Punkt erreicht haben, an dem wir unsere Bürde nicht länger verstecken sollten. Schließlich hat unser Volk einen hohen Preis für die Sicherheit der Südlichen Achse gezahlt. Durch die Dummheit der Prälatin ist das Interesse der Magier geweckt worden. Das Drachenfeuer war leuchtend genug, um die Barriere zu überstrahlen. Nun versuchen sie, das Bollwerk, das die Drachen und das NjordenEis-Volk einst errichtet haben, zu überwinden.«

»Dann solltet ihr nicht zögern und die Drachen wecken«, brach es aus Tevils hervor. »Das ganze NjordenEis ist übersät mit schlafenden Drachen, Jules hat sie mir gezeigt. Worauf warten wir noch?«

»Himmel, Tevils!« Mit ein paar raschen Schritten war Jules

zu seinem Freund gelaufen und packte ihn bei den Schultern. »Eine wunderbare Idee, wir stellen uns einfach auf den höchsten Hügel und rufen aus vollen Lungen um Hilfe. Gut, dass wir dich in unserem Kreis haben, ansonsten wären wir wohl oder übel verloren. Einfach rufen, das ist die Lösung!«

Wütend schüttelte Tevils die Hände ab. »In der Geschichte, die Kijalan erzählt hat, kam nichts davon vor, dass man erst zehn Aufgaben bestehen muss, bevor einen die Drachen erhören. Also mach dich nicht über mich lustig, du Wichtigtuer.«

»Nun ja«, mischte Kijalan sich ein. »Ich konnte darüber nichts sagen, weil ich nichts Genaueres weiß. Ich kann dir nicht einmal genau sagen, wie die Barriere funktioniert. Es ist ein Mythos, vor allem der Teil mit den Seelen scheint mir unwahrscheinlich. Viel eher glaube ich, dass unser Volk über eine eigene Form von Magie verfügt hat, die beim Erschaffen des Bollwerks aufgebraucht worden ist. Das Wissen, auf welchem Weg man die Drachen rufen kann, ist uns ebenfalls im Lauf der Jahrhunderte verloren gegangen. Und der einzige Drache, der in den letzten Jahren seine Kreise über das NjordenEis gezogen hat, war Präae, die sich nun ebenfalls zum Schlafen gelegt hat.«

Maherind stieß einen Seufzer aus. »Warum überrascht mich das nicht? Es wäre ja auch zu schön, wenn etwas nur ein einziges Mal einfach wäre. Na, dann wollen wir uns eben gemeinsam den Kopf zerbrechen, wie man einen Haufen schlafender Drachen weckt, bevor es ein anderer tut. Hat jemand einen ernst zu nehmenden Vorschlag?«

Kapitel 7

Vennis zog den Sattelgurt fester, woraufhin sein Wallach mit einem erfreuten Schnauben reagierte. Das Tier war mehr als froh, endlich wieder den Stall verlassen zu können. Zwar wurden die Pferde in diesen Stallungen bestens versorgt, aber Vennis' jahrelanger Wegbegleiter zog einen freien Blick und Bewegung der Enge seines Verschlages eindeutig vor, selbst wenn eine Reise karges Futter und zugige Unterstände bedeutete.

»Freu dich nicht zu früh, mein alter Freund. Das Wetter ist scheußlich, nur Regen, Graupel und Wind. Und einer Sache können wir uns sicher sein: Wenn wir Trevorims Pforte durchschreiten, wird es noch unangenehmer werden.«

Dabei war es Vennis anzusehen, wie sehr er sich selbst auf die anstehende Reise freute. Vermutlich würde er ein Jauchzen unterdrücken müssen, sobald Previs Wall in seinem Rücken verschwand. Und wenn es nach ihm ginge, brauchte er die Hafenstadt so schnell nicht wieder zu betreten. Noch etwas anderes trieb Vennis an diesem Morgen an, sein Gepäck und die Vorräte zügig zu verstauen: Er würde einen Umweg machen und Mia einen Besuch abstatten.

Maherind hatte zwar, als Vennis ihm von seiner Absicht erzählt hatte, etwas von »Liebesdinge fressen nur Zeit, die wir nicht haben« genuschelt, aber dann hatte er innegehalten und Vennis die Schulter gedrückt. »Schließ deine Mia fest in deine Arme. Wer weiß, wie all dies hier ausgehen mag«, hatte er mit ungewöhnlichem Ernst hinzugefügt.

Dass selbst der ansonsten stets zuversichtliche Maherind von Sorgen geplagt wurde, hatte Vennis einen Stich versetzt. Nur brachte es wenig, sich der Verzweiflung zu überlassen, schließlich war die Zukunft nicht in Stein gemeißelt, wie selbst Kohemis immer wieder betonte. Vennis würde sich ganz auf das lang ersehnte Wiedersehen mit seiner Frau konzentrieren, die den Winter bei Freunden an der Küste verbrachte. Und auch die wenigen Stunden, die er bei ihr bleiben konnte, würde er nicht damit verschwenden, sich Gedanken über Rokals Lande zu machen. Maherind hatte Recht, die Zeit war kostbar geworden.

»Ist das etwa schon alles an haltbarem Proviant?«, fragte Tevils mit heiserer Stimme, während er die Beutel des Lasttiers inspizierte. Die letzte Nacht, in der das junge Ordensmitglied gemeinsam mit Brill und seiner Sippschaft Abschied gefeiert hatte, hatte deutliche Spuren hinterlassen: die Augen verquollen, das dunkle Haar zu Berge stehend.

»Dass du in deinem verkaterten Zustand überhaupt an Essen denken kannst, wundert mich doch sehr.« Gerade war Jules in den Stall getreten, eine prallgefüllte Satteltasche über der Schulter hängend. »Nach den Geräuschen, die du heute im Morgengrauen über der Waschschale von dir gegeben hast, gleicht es einem Wunder, dass du es überhaupt auf die Beine geschafft hast.«

Tevils überging diese Anspielung. »Um diese Jahreszeit kann es gut sein, dass Trevorims Pforte noch verschlossen ist. Dann müssen wir wohl oder übel ein paar Tage ausharren. Und dort oben gibt es keine netten Gasthäuser mit Ofen und einer Wirtin, die einem die Langeweile vertreibt.«

»Und trotzdem willst du mich begleiten, das ist wirklich sehr selbstlos von dir«, warf Vennis gut gelaunt ein, während er die Vorräte noch einmal überprüfte und dazu einen leicht wankenden Tevils aus dem Weg schieben musste.

»Ich dachte, Tevils kommt mit, weil er mir die Schönheit seines Heimatlandes zeigen will. Dieses Fleckchen Erde, das nicht einmal einen eigenen Namen trägt.«

Obwohl es eigentlich kaum möglich sein sollte, hatten Jules die unzähligen Gläser Wein, mit denen die Verbrüderung von PrevisWall und dem NjordenEis begossen worden war, nichts ausgemacht. Seine Bewegungen verrieten einen Elan, den um diese Tageszeit nicht einmal Vennis aufbrachte, der sich am letzten Abend nach einer Unterredung mit Maherind und Kijalan auf sein Zimmer zurückgezogen hatte.

Offensichtlich war der junge Mann noch ganz berauscht von seiner neuen Aufgabe als Botschafter: Jules sollte künftig das NjordenEis in Achaten vertreten. Angesichts der Lage war es allen als das Klügste erschienen, nun, da die Njordener als gleichberechtigte Handelspartner anerkannt worden waren. Dass es auch für Jules das Beste war, dem es ansonsten zunehmend schwergefallen wäre, die zweite Geige nach Kijalan zu spielen, sprach unterdessen niemand aus. Das war auch gar nicht nötig, denn Jules war Feuer und Flamme für seine Aufgabe. Der im Norden aufziehende Schatten und die Tatsache, dass die Prälatin alles andere als erfreut über den Besuch eines NjordenEis-Botschafters sein würde, verunsicherten ihn nicht im Geringsten. Selbst der Gedanke, in welchem Ruf das Westgebirge bei seinem Volk stand und was für eine Wirkung ihm nachgesagt wurde, konnte ihn nicht schrecken. Er war ein Mann mit einem Ziel, und er würde die Burgfeste genauso erobern, wie er es mit der Hafenstadt getan hatte. Nur, dass es dieses Mal keine Kijalan gab, die seinen Übermut zügelte.

Es war verabredet worden, dass Jules die beiden Ordensmitglieder ins Westend begleitete, um von dort aus durchs Siskenland nach Achaten zu gelangen. In diesen Tagen war diese Route dem Seeweg eindeutig vorzuziehen, nicht nur,

weil ein berittener Mann auf diese Weise schneller vorankam, sondern weil auch kaum ein ordentlicher Kapitän gewillt war, von Previs Wall aus in Richtung Süden aufzubrechen. Durch die Seeblockade hatte man sich in der Hafenstadt Sahila nicht unbedingt beliebt gemacht. Außerdem lag
das Ziel der beiden Ordensmitglieder ebenfalls im Westgebirge. Zum einen galt es, sich mit Kohemis und Lalevil über
die Vorgänge auf der Burgfeste auszutauschen, zum anderen
wollte Vennis auch in Erfahrung bringen, wie der ehemalige
Verbund von Olomin zu der bevorstehenden Herausforderung stand. Und was vielleicht dran sein mochte an dem
Mythos des NjordenEis-Volkes.

Doch der Höhepunkt bei dieser Reise sollte für Vennis das
Wiedersehen mit seinem Neffen Nahim werden. Wenn es so
laufen sollte, wie er es sich erhoffte, würde es nicht nur bei
einem Wiedersehen bleiben, sondern der junge Mann würde sie nach Achaten begleiten. Zwar war Nahim aus dem
Orden ausgetreten, um ein gemeinsames Leben mit Lehen
zu führen. Aber in Anbetracht der aufziehenden Bedrohung
würde Nahim bestimmt gewillt sein, seine Fähigkeiten ein
weiteres Mal in den Dienst des Ordens zu stellen. Allein der
Gedanke, wieder neben seinem Neffen zu reiten, für den er
wie ein Vater empfand, machte Vennis glücklich.

Nachdem sie ihre Pferde auf den Vorhof der Stallungen
geführt hatten, tauchte Maherind mit einem Marmeladen-
brot in der Hand auf. Unter den dichten Augenbrauen richtete er seinen Blick gen Himmel, der ihm Regentropfen
auf den Kirschaufstrich fallen ließ. »Wie betrunken bin ich
eigentlich gewesen, als ich den Entschluss gefasst habe, ins
NjordenEis aufzubrechen?«

Vennis lächelte lediglich und stellte sich neben Maherind
unter den Dachvorsprung, um wenigstens etwas Schutz zu
finden. »Glaubst du immer noch, dass Tevils nicht hier in

Previs Wall bleiben sollte? Es erscheint mir unklug, den gesamten Orden – mit deiner Ausnahme – im Westgebirge zu versammeln. Badramur könnte auf dumme Ideen kommen, wenn sie uns alle vor Ort hat.«

Doch Maherind zuckte nur mit den Schultern. »Frag mich nicht, warum, aber mein Instinkt verrät mir, dass Previs Wall seine Rolle in diesem Spiel erst einmal ausgespielt hat. Im Westgebirge dagegen gibt es einiges für uns zu tun. Außerdem wird die Entfernung zwischen Previs Wall und Achaten in dem Moment unwichtig, wenn Nahim sich uns wieder anschließt. Was mich an etwas erinnert.« Umständlich holte Maherind einen samtenen Beutel aus seinem Umhang hervor, weil er das Brot nicht aus der Hand legen wollte. »Hier«, sagte er und reichte Vennis den Beutel, den der jedoch nur widerwillig entgegennahm.

»Du ahnst also, was sich darin verbirgt? Man könnte dich glatt als eine Art Maliande-Suchhund benutzen, mein Freund. Nur dass du mit Abneigung statt mit Begeisterung auf den Gegenstand reagierst. Der Inhalt dürfte gerade für ein Wandeln reichen, denn mein Maliande, mit dem Kohemis und ich unsere Gedanken austauschen, rücke ich auf keinen Fall heraus.«

Als Vennis das Gesicht verzog, lachte Maherind und winkte Jules zu, der sich gerade von Kijalan verabschiedete. Von Tevils war nichts zu sehen, seit Jules sich einen Zigarillo angesteckt hatte und sein Freund allein durch den Geruch grün im Gesicht geworden war.

Vennis steckte den Samtbeutel unter seinen Umhang, ohne ihn geöffnet zu haben. »Das dürfte der einzige Flakon Maliande im ganzen Norden sein, nachdem Präae ihr kleines Kunststück an den Vorräten von Previs Walls durchgeführt hat. Wenn Brill davon wüsste, würde er es zum Wohle seiner Stadt sofort beschlagnahmen – Freundschaft hin oder her.«

»Dieses Maliande ist eine Ordensangelegenheit. Denn wenn du erst einmal bei Nahim bist, werdet ihr es verwenden, um umgehend nach Achaten zu gehen. Schließlich sitzt Badramur auf einem See dieser goldenen Flüssigkeit, nachdem sie Previs Wall um seinen Anteil betrogen hat. Kohemis wird schon dafür zu sorgen wissen, dass sie uns ausreichend Maliande überlässt, damit wir dieses Rätsel lösen können. Mit ausreichend Maliande und Nahims Gabe, zu wandeln, werden wir uns den Herrschern der Nördlichen Achse zu stellen wissen.«

Tevils hatte sich zu ihnen gesellt, wobei eine Hand immer noch beschwichtigend auf seiner Leibesmitte lag. Maherinds Worte ließen ihn seine Übelkeit allerdings umgehend vergessen. »Aber was machen wir, wenn Nahim sich weigern sollte, dem Orden zu dienen. Es ist doch kein Geheimnis, dass er das Wandeln mindestens ebenso sehr hasst wie Vennis.«

Maherind blickte ihn verständnislos an. »Unser ganzes Unterfangen hängt von seiner Fähigkeit, zu wandeln und andere mitzunehmen, ab. Wenn wir unser Wissen nicht austauschen können und fest an einen Ort gebunden sind, werden wir den Schlüssel, den Kohemis in seiner Vision erahnt hat, nicht entdecken können. Dann werden die Drachen die Ankunft der Magier verschlafen. Wie sollte Nahim unser Ansinnen also ausschlagen können? Hierbei handelt es sich nicht um einen beliebigen Dienst, sondern um den Kampf um unsere Existenz.«

Nun, da Maherind es so klar ausgesprochen hatte, verspürte Vennis große Erleichterung. Sie hatten die Nebenbühne der politischen Spiele endgültig verlassen. Von nun an ging es ums schiere Überleben, wie Kohemis' Vision und Kijalans Erzählung deutlich gemacht hatten. Trotzdem verspürte er keine Furcht, nur eine große Ernsthaftigkeit. »Lasst uns aufbrechen«, sagte er, und die anderen Männer nickten stumm.

TEIL II

Kapitel 8

Der Frost hatte sich über Montera gelegt und es unter einer kniehohen Schneedecke begraben, in der sich auch nach zwei Wochen kaum Spuren zeigten. Zu schockiert waren die Bewohner dieses Landstriches über die Veränderungen, die über sie hereingebrochen waren. Niemand wollte die schützenden vier Wände verlassen, sosehr die weiße Schönheit draußen auch locken mochte. Man scharrte sich um die Kamine und Öfen, denen es kaum gelang, gegen die bislang unbekannte Kälte anzukommen, und hoffte darauf, dass sich der Zauber bis zum frühen Morgen von selbst aufgelöst haben würde. Doch ein Blick gen Himmel verriet, dass auch der nächste Tag keine Besserung, sondern eher noch mehr Kälte und Schnee mit sich bringen würde.

Es war ein rauer, aber nichtsdestotrotz schöner Winterabend – und das in einem Monat, in dem sich in Montera für gewöhnlich die ersten grünen Knospen zeigten und der vom Regen unansehlich braun gewordene Boden sich in jenes zarte Orangerot verwandeln sollte, für das dieser Landstrich so berühmt war.

Das kleine Dorf, das am Fuß des Hügels lag, auf dem das Herrenhaus der Faliminirs und der hochaufragende Glockenturm standen, lag still da. Der schwache Lichtschein, der durch die mit Holzläden verrammelten Fenster fiel, ließ den Schnee schwach aufglitzern, reichte aber bei Weitem nicht aus, um die verwehten Wege zwischen den Häusern zu beleuchten.

Doch das hatte Drewemis nicht von seiner späten Stipp-
visite bei der jüngsten Tochter des Schusters abhalten können. Als er nun zum Hinterausgang hinaustrat, um beim Verschlag sein Pferd zu holen, schreckte ihn der Gedanke an
einen Ritt durch die frostige Luft nicht im Geringsten. Die
zwei Flaschen Wein, die ihn überhaupt erst ermutigt hatten,
dem Wetter zum Trotz ins Dorf aufzubrechen, taten weiterhin ihre Wirkung, und seine Wangen waren noch gerötet
von der Hitze, die das Mädchen auf seiner Haut zurückgelassen hatte.

Drewemis verspürte eine tiefe Genugtuung bei dem Gedanken, wie dieses vor Angst stumme Geschöpf unter ihm
gelegen hatte, die aufgerissenen Augen unablässig auf die Tür
der Kammer gerichtet, fest damit rechnend, dass sie gleich
aufgehen und der Vater mit einer Lampe in der Hand dastehen könnte.

Als ob Lassandro das jemals gewagt hätte. Der armselige
Handwerker hatte schon vor Wochen beschlossen, die Augen zu verschließen, als Drewemis seiner Tochter das erste Mal aufgelauert hatte. Selbst wenn Lassandro nicht solch
ein ausgemachter Feigling gewesen wäre, was hätte er schon
ausrichten können gegen Faliminirs zweiten Sohn, der sich
in den letzten Jahren zur rechten Hand seines Vaters aufge-
schwungen hatte?

Im Gegensatz zu seinen Brüdern war sich Drewemis nämlich nicht zu schade gewesen, die Wünsche seines Vaters zu
erfüllen. Lime, der älteste Sohn und eigentlich Haupterbe,
war einfach zu dumm und hielt sich verzweifelt an der Tradition fest, die mit Faliminirs Plänen wenig gemein hatte.
Damit hatte er sich selbst ins Abseits gestellt und war nun
nicht mehr als ein Buchhalter, auf dessen Meinung niemand
auch nur einen feuchten Dreck gab. Und Nahim? Drewemis' jüngerer Bruder war seit seiner Flucht vor drei Jahren

wie vom Erdboden verschluckt. Das Einzige, was von ihm geblieben war, war eine Handvoll verrückter Gerüchte, die seit Kurzem wieder aufbrodelten, und sein zurückgelassener Hengst. Jener Hengst, der sich nicht länger in Drewemis Reichweite befand.

Dieser Gedanke ließ ihn sein schlaftrunkenes Pferd hart am Zügel reißen, als es sich nicht sogleich freiwillig in Bewegung setzte. Nahims eigensinniger Hengst war ein Symbol dafür gewesen, dass Drewemis' Zeit endlich gekommen war. Das Pferd war nach Nahims schändlichem Verrat seins gewesen, und er war mit ihm verfahren, wie es ihm gefiel. Niemand hatte es gewagt, Protest einzulegen. Nur sein Vater hatte ihn mit diesem verächtlichen Blick bedacht, der besagte, dass er nicht viel von den perfiden Spielchen seines Sohnes hielt. Dieser Blick war Drewemis allerdings mehr als gleichgültig gewesen, da er seinerseits nicht viel auf die Meinung seines Vaters gab. Ihre Bedürfnisse und Wünsche waren vollkommen verschieden, aber sie waren einander sehr nützlich, und nur darauf kam es in diesen Zeiten an.

Dafür, dass man ihm Eremis hatte hinterrücks stehlen können, hatten einige der Stalljungen bitter büßen müssen. Trotzdem fühlte Drewemis sich keinen Deut besser. Zu viel war in den letzten Wochen durcheinandergeraten, als dass er den Verlust leichten Herzens verkraftet hätte. Wenn es ihm nicht bald gelang, die Unruhen im Osten einzudämmen, würde sein Vater ihm einige seiner Freiheiten nehmen. Bislang war Drewemis trotzdem noch keine Lösung für sein Problem eingefallen.

Der Widerstand der Bauern war wie ein Flächenfeuer: Wenn er es gewaltsam an der einen Stelle ausgetreten hatte, loderte es an einem anderen Ort wieder auf. Außerdem hatten die Sabotageakte, mit denen das Voranschreiten der Pläne, Montera nach Faliminirs Plänen umzugestalten, und der

Handel unterlaufen wurden, eine vollkommen neue Qualität angenommen. Als würden die verstreuten Widerständler nicht länger auf eigene Faust agieren, sondern gemeinsam nach einem bislang noch nicht ersichtlichen Plan vorgehen. Zwar hatten Drewemis' Leute einige der Strippenzieher dingfest gemacht, aber aus diesem verstockten Lumpenpack war nichts an Bedeutung herauszubekommen gewesen. Bislang nicht, dachte Drewemis rachsüchtig, als er den Hinterhof des Schusters verließ. Aber das würde sich schon sehr bald ändern. Sobald dieser verfluchte Schnee verschwunden war, würde er persönlich gen Osten aufbrechen.

Das Blut pulsierte wild in Drewemis' Halsschlagader, als er seine Stute auf der zugeschneiten Straße, die das Dorf in zwei Hälften zerteilte, Halt machen ließ, um aufzusteigen. Doch anstatt sich in den Sattel zu stemmen, blieb er stehen und fühlte dem Zorn nach, der sich wie eine glühende Klaue in seine Eingeweide eingrub. Das durfte nicht sein. Seine große Stärke bestand darin, seine Gefühlsregungen nach außen hin vollständig zu unterdrücken. Wie konnte es nur sein, dass ein paar Habenichtse ihn so in Bedrängnis brachten? Schnee hin oder her, gleich morgen früh würde er aufbrechen und diese Bande lehren, Faliminirs Willen zu ehren. Aber zuerst würde er dieses wimmernde Weibsstück, das er gerade erst in der Kammer zurückgelassen hatte, ein weiteres Mal dafür benutzen, die Glut in seinem Inneren so weit zu löschen, dass er sich nicht vor seinem Vater verriet, wenn er ihm unter die Augen trat.

Gerade wollte Drewemis wenden, da schlang sich ihm ein Seil um die Kehle und wurde zugezogen, bevor er auch nur zu einer Gegenwehr ansetzen konnte. Der Kampf war kurz und aussichtslos. Zu schnell zehrte sein Körper die Luft in den Lungen auf, und er war außer Stande, auch nur den geringsten Nachschub einzuholen. Drewemis sank bewusstlos in sich zusammen, ohne auch nur eine Ahnung zu haben, wer der Angreifer war.

Es war die Kälte, die Drewemis schließlich wieder zur Besinnung brachte. Und der Geruch von stinkendem Rauch, der in seiner wunden Kehle kratzte und ihn würgen und husten ließ.

Wenn ich verbrenne, fragte er sich, wie kann mir dann gleichzeitig so fürchterlich kalt sein? Dann erst begriff er, dass er seitlings im Schnee lag, während in seiner unmittelbaren Nähe ein Feuer brannte. Nicht annähernd stark genug, um Wärme zu spenden – dafür war das Holz zu klamm –, aber genug, um ein Gesicht zu beleuchten, das Drewemis sofort am liebsten eingeschlagen hätte. Nur leider war ihm das nicht möglich, wie er verdrossen feststellen musste. Sein vermisster Bruder, jener seit Kindheitstagen verhasste Nahim, hatte ihm die Handgelenke vor dem Leib gefesselt. Offensichtlich hatte er ihn aus dem Dorf in eine kleine Mulde verschleppt. Ein Stück weiter zwischen den Bäumen konnte er seine Stute ausmachen.

Mit einem Stöhnen setzte sich Drewemis auf und musterte den jüngeren Mann, der dem Blick ohne Scheu standhielt. Vielmehr noch stierte ihn Nahim auf eine anmaßende Art an, die Drewemis schon immer an ihm verabscheut hatte. Als Kind war Nahim mit einer unerschütterlichen Selbstsicherheit gesegnet gewesen, die erst der Tod ihrer Mutter Negrit ins Wanken gebracht hatte. Negrit hatte stets Faliminirs Ansinnen abgelehnt, den jüngsten Sohn der Familie zu einem willigen Untergebenen zu erziehen, der er später als Mann – laut der Tradition – einmal sein sollte. Ihre närrische Mutter hatte Nahims Widerspruchsgeist für Stärke gehalten. In seiner kindischen Anhänglichkeit zu Menschen, die er sich selbst aussuchte, hatte sie die tiefe Fähigkeit zu lieben gesehen und nicht etwa Dummheit, für die Drewemis es hielt. Auf beide Eigenheiten seines Sohnes hatte Faliminir gut verzichten können. Er brauchte einen Sohn, der parierte und sich nicht schützend vor irgendwelche unnützen Dienstboten stellte. Vor allem konnte Faliminir niemanden gebrauchen, der seine Autorität infrage stellte.

Drewemis hatte jeden Moment genossen, in dem Faliminir seinen störrischen Sohn zu bändigen versucht hatte. Als ihr Vater schließlich aufgegeben und Nahim ihrem Onkel Vennis mitgegeben hatte, war die Enttäuschung fast unerträglich für Drewemis gewesen. Wenn er selbst nicht einen solchen Heidenrespekt vor seinem Vater gehabt hätte, wäre er am Tag von Nahims Abreise zu ihm gegangen und hätte ihn gebeten, die Erziehung des jüngsten Sprosses übernehmen zu dürfen. Er hatte sich in so mancher schlaflosen Nacht ausgemalt, wie er dieses bockige Fohlen zähmen würde. Nicht mit offener Gewalt, die sein dumpfer Bruder Lime bevorzugt hätte, sondern auf eine viel raffiniertere Art und Weise. Doch ihm war klar gewesen, dass sein Vater ihn nur angewidert des Zimmers verwiesen hätte, wenn er ihm seine Pläne dargelegt hätte. Also hatte Drewemis stillgehalten, so, wie er es immer getan hatte, bis endlich seine Chance gekommen war.

Dass er nun gefesselt vor ebendiesem Nahim auf dem Boden lag, war der blanke Hohn. Drewemis biss die Zähne zusammen und dachte nach. Wenn er sich jetzt nicht schnell besann, würde Nahim ihm rauben, was er sich in all den Jahren so mühevoll erkämpft hatte. Er müsste seinen Bruder zu packen kriegen, am besten bei seiner Ehre, auf die er sich so viel einbildete.

»Als ich von hinten angegriffen worden bin, hätte ich eigentlich gleich wissen müssen, dass nur du das sein kannst. Das ist es doch, was dir dieser Haufen aus Landlosen, die sich einen Orden schimpfen, beigebracht hat: ein schändlicher Angriff, wenn der Gegner es am wenigsten erwartet. So kämpfen echte Männer nicht«, setzte Drewemis mit rauer Stimme an.

Nahims ausgezehrte, aber nichtsdestotrotz markante Gesichtszüge verrieten keinerlei Regung. Er hockte auf seinen Fersen im Schnee, fest eingewickelt in einen dunklen Umhang und blickte ihn durch das qualmende Feuer hindurch an. Kurz bevor Drewemis seine verächtlichen Worte wiederholen konnte, ließ er sich dann doch noch zu einer Antwort herab: »Ein Kampf Mann gegen Mann? Dafür kenne ich dein Verständnis von Ehre zu gut, Bruder. Du hättest doch, kaum dass ich auch nur den kleinen Finger an dich gelegt hätte, wild um Hilfe geschrien, damit die Dörfler einen Kampf austragen. Und später hättest du dann genüsslich einige bestraft, weil sie dir nicht schnell genug zu Hilfe geeilt sind.«

Drewemis setzte eine sture Miene auf, während der Spott an ihm abprallte. »Natürlich wäre das armselige Pack mir umgehend zu Hilfe geeilt. Schließlich bin ich Faliminirs rechte Hand, das ist heutzutage allgemein bekannt. Überschlagen hätten die sich vor Hilfsbereitschaft. Die wissen genau, was ihnen ansonsten blüht.« Einen Herzschlag später bereute Drewemis bereits seine hitzige Erwiderung. Damit hatte er nicht nur eingestanden, dass er wie ein Feigling um Hilfe geschrien hätte, sondern auch, dass die Ergebenheit der Dörfler nur auf Druck und nicht auf Respekt beruhte.

»Ich denke, in diesem Fall war es besser, niemandes Loyalität auf die Probe zu stellen«, sagte Nahim, wobei ein kaltes Lächeln seine Lippen umtanzte.

Da war sie wieder, diese abscheuliche Selbstsicherheit, die Faliminir ihm niemals hatte austreiben können. Vor Drewemis' innerem Auge liefen unzählige Szenarien ab, in denen er nachholte, was sein Vater unterlassen hatte. In dieser Hinsicht kannte seine Phantasie keine Grenzen. Er würde wissen, wie man diesen Burschen brechen konnte.

»Was mich allerdings einmal interessieren würde, ist, warum du vorhin plötzlich nicht aufs Pferd gestiegen bist.« Nahim rieb sich nachdenklich das Kinn. »Hattest du mich etwa bemerkt?« Anstelle einer Antwort spie Drewemis nur in den Schnee. »Also nicht. Hätte mich, ehrlich gesagt, auch überrascht. Deine Instinkte waren schon immer eher bescheidener Natur. Und wenn man dann noch den Wein berücksichtigt, den du mit jeder Pore ausdünstest … Wolltest du etwa zu diesem unglückseligen Geschöpf im Schusterhaus zurückkehren?« Nahim schüttelte mitleidig den Kopf.

Allein für diese Geste der Verachtung hätte Drewemis ihm die Haut in kleinen Fetzen vom Leib reißen können. Sein Bruder hatte es natürlich noch nie nötig gehabt, sich Gesellschaft für eine Nacht zu erzwingen. »Halt's Maul«, knurrte Drewemis.

Doch davon ließ Nahim sich nicht beeindrucken. »Diese Art von Dummheit scheint sich in der Familie Faliminir eingenistet zu haben. Warum glaubt ihr nur, dass ihr die Monteraner mit Gewalt und Rücksichtslosigkeit unter eure Knute zwingen könnt? Ich wette, wenn du in dieser Nacht noch einmal ins Schusterhaus zurückgekehrt wärst, hätten sie dir mit einem Hammer zwischen die Augen gehauen und deinen Leichnam unten im See versenkt. Man kann Menschen nur bis zu einem bestimmten Grad demütigen und ausnutzen, irgendwann fangen sie an, sich zu wehren. Das solltest du doch mittlerweile gelernt haben, Drewemis. Oder wie erklärst du dir ansonsten die Situation im Osten von Montera?«

»Bei den Unruhen in der letzten Zeit hattest du deine Finger im Spiel, richtig? Das hätte ich mir denken können.

Du mieser Hurensohn lässt keine Chance ungenutzt, um unserer Familie zu schaden.«

Nahim legte den Kopf schief, als würde er sich darüber wundern, dass sein Bruder tatsächlich so lange gebraucht hatte, um hinter dieses Geheimnis zu kommen. »Eure Verbindung zu den Monteranern muss sich ja tatsächlich sehr verschlechtert haben, wenn ihr dort oben in eurem herrschaftlichen Haus noch nicht einmal mehr die umherschwirrenden Gerüchte aufschnappt. Ich bin schon vor einigen Wochen zurückgekehrt. Eigentlich wollte ich dir heute Abend meinen Dank aussprechen, weil du mit deiner Brutalität den Grundstein dafür gelegt hast, dass es mir so leichtgefallen ist, einen Widerstand gegen Faliminirs Willkür aufzubauen. Wärst du nur einen Hauch umsichtiger bei deinen Versuchen gewesen, auch den noch kleinsten Widerspruch auszumerzen, hätte ich bestimmt deutlich mehr Zeit für meine Überzeugungsarbeit aufwenden müssen. Jetzt brauchte ich eigentlich nichts anderes zu tun, als die Wütenden und Unterdrückten zusammenzuführen. Faliminir und du, ihr habt euren Fall selbst vorbereitet.«

Drewemis' volle Lippen verzogen sich zu einem Lächeln. »Nun, da ich die Wurzel allen Übels kenne, wird es mir leichtfallen, sie herauszureißen. Du bist ein Verräter, Nahim. Du hast nicht nur deine Familie im Stich gelassen, sondern du hast dich sogar noch gegen sie gestellt. Schlimmer noch, du hetzt unsere eigenen Leute gegen uns auf. Niemand wird von mir erwarten, dass ich Gnade walten lasse, wenn ich dich erst einmal in den Fingern habe. Ich werde dir deine Seele aus der Brust reißen. Vertrau mir, ich weiß, wie man das macht.«

»Daraus wird leider nichts werden«, erwiderte Nahim ruhig, der die Glut mit einigen dünnen Zweigen fütterte. »Ich bin gekommen, um dir – oder vielmehr Faliminir – ein

Friedensangebot zu machen. Ihr könnt den Osten nicht halten, dafür ist der Widerstand gegen eure Pläne bereits viel zu sehr fortgeschritten. Schon in den nächsten Tagen werden euch Nachrichten von eurem Schergen Delimor erreichen, dass er ein Gefangener auf seinem eigenen Hof ist. Das Waffenlager, das die Aufständischen in ihre Schranken verweisen sollte, ist aufgelöst worden. Falls du also auf die Idee kommen solltest, dein Gesicht in diesen Breiten zu zeigen, solltest du dich nicht wundern, wenn dir eine deiner eigenen Waffen unter die Nase gehalten wird. Allerdings würde ich es nur ungern auf einen offenen Krieg in Montera ankommen lassen. Durch Blutvergießen wäre niemandem von uns gedient. Darum bin ich jetzt hier. Das ist Faliminirs letzte Chance, von dem Wahnsinn abzulassen, den er in seiner Gier ausgebrütet hat.«

»Schwachsinn! Du bist vollkommen verrückt, wenn du glaubst, Faliminir würde sich auf einen solchen Handel einlassen.« Drewemis riss an den Handfesseln, die Wunden, die er sich dabei selbst zufügte, ignorierend. Er musste fort von hier, ehe es Nahim gelang, ihn von der Wahrheit seiner Worte zu überzeugen. Das durfte einfach nicht sein. »Die Familie Faliminir leitet seit so vielen Generationen die Geschicke Monteras, dass niemand mehr weiß, wie es eigentlich dazu gekommen ist. Daran werden auch ein paar lumpige Bauern nichts ändern können.«

»Tja«, erwiderte Nahim. »Dann ist es ja nur gut, dass ich ebenfalls ein Mitglied der Familie Faliminir bin. Von daher bin ich durchaus berechtigt, die Geschicke Monteras mitzubestimmen. Aber ich dachte mir schon, dass du zu verbissen sein würdest, um der Wahrheit ins Auge zu sehen. Darum habe ich dir einen Beweis für meinen Anspruch mitgebracht.«

Nahim holte einen schmalen Flakon aus Kristall unter

132

seinem Umhang hervor, um dessen Hals eine Kordel geschlungen war. Sanft ließ er ihn pendeln, und Drewemis erkannte durch den Schein des Feuers hindurch die goldene Flüssigkeit, die sanft auf- und abwogte, ein feines Glimmen in sich tragend.

Einen Moment nahm ihn der Anblick des Maliandes gefangen, dann musste er hart schlucken. Er kannte diesen Flakon mit der roten Kordel nur allzu gut, da er das Geschenk vor zwei Jahren persönlich als Stellvertreter seines Vaters an den Ostverwalter Delimor übergeben hatte. Es war ein großer Moment für sie alle gewesen: Faliminir, der sich am Ziel seiner Wünsche wähnte, der wichtigste Verbündete von Achaten, der Burgfeste zu werden, Delimor, der sich endgültig zum Statthalter über den fruchtbaren Osten aufschwang, und Drewemis, der als rechte Hand seines Vaters endlich die Freiheiten hatte, nach denen er sich sein ganzes Leben lang gesehnt hatte. Dass Nahim nun ausgerechnet diesen Gegenstand in den Händen hielt, der genau jenen entscheidenden Moment symbolisierte, traf Drewemis wie ein Schlag mit der Peitsche. Doch er starrte seinen Bruder nur hasserfüllt an.

»Ich muss mich übrigens dafür entschuldigen, dass der Flakon nur noch zur Hälfte gefüllt ist«, fuhr Nahim leichthin fort. »Aber ich wollte dich gern aufsuchen, bevor Delimors Bote eintrifft. Den Spaß, dir die Nachricht selbst zu überbringen, wollte ich mir einfach nicht nehmen lassen. Aber es ist noch genug Maliande enthalten, damit Faliminir sich persönlich ein Bild von der Lage im Osten machen kann. Sei ein guter Laufbursche und bring ihm den Flakon, ja?«

Drewemis brüllte auf, Wut mischte sich mit Zweifeln – Zweifeln, die er nicht ertragen konnte. Ungerührt sah sein Bruder ihm dabei zu, wie er sich trotz der gefesselten Hände auf die Beine stellte und auf ihn zutaumelte. Erst im letzten

Moment erhob Nahim sich und wich dem tumben Angriff aus. Drewemis, der in einem Akt schierer Verzweiflung sein ganzes Gewicht nach vorne geworfen hatte, landete der Länge nach im Schnee und rührte sich nicht mehr.

»Richte Faliminir aus, dass der Osten jetzt unter meiner Obhut steht. Mach ihm klar, dass er es dort mit einer Gegenwehr zu tun bekommt, die es in sich hat. Der Orden war bei meiner Ausbildung wirklich sehr gründlich, wie unser Vater sicherlich weiß. Wenn er die Demütigung, von seinem jüngsten Sohn geschlagen worden zu sein, überwunden hat, soll er einen Botschafter zu Verhandlungen auf Delimors Hof schicken. Nachdem in den letzten drei Wochen keine einzige Lieferung mehr nach Achaten rausgegangen ist, wird er nämlich schon bald ein sehr viel größeres Problem haben, als eine Schar aufständischer Bauern: Die Prälatin lässt sich nicht gern hinhalten. Faliminir braucht einen Handel mit mir, wenn er nicht alles, was er besitzt, an die Burgfeste verlieren will.«

Obwohl ihm der Schnee die Haut zu verkühlen begann, konnte Drewemis sich nicht dazu durchringen, den Kopf auch nur ein kleines Stück zu drehen. All seine Hoffnungen zerfielen mit jedem von Nahims Worten ein Stück mehr. Ganz gleich, was die Zukunft bringen mochte, er würde zurückgedrängt werden in sein altes Leben, das nur aus Ausharren und unbefriedigten Wünschen bestand, weil er nicht länger die Macht besitzen würde, sie zu erfüllen, ohne Widerstand zu erfahren. Er lechzte danach, dass Nahim endlich verschwinden möge und ihn in der kalten Nacht allein zurückließ. Doch sein Bruder war mit seiner Erniedrigung noch nicht am Ende angelangt.

»Das ist wirklich eine schöne Stute, die du bei dir hast.« Bei diesen Worten hob Drewemis nun doch den Kopf und sah Nahim an, der ihn kalt angrinste. »Eremis wird sich freuen, ihre Bekanntschaft zu machen. Schließlich hat er viel zu lange auf die Gesellschaft anderer Pferde verzichten müssen. Falls du dir also Sorgen um den Inhalt deines Geldbeutels machst, den ich dir abgenommen habe – der wird auf unserem Weg zurück in den Osten bestens in Heu und Stroh angelegt werden. Als großer Tierfreund wirst du sicherlich froh sein, zu wissen, dass ich – im Gegensatz zu dir – dein Pferd nicht hungern lassen werde. Wir sind zwar Brüder, aber wir sind uns glücklicherweise in keinerlei Hinsicht ähnlich.«

Bevor Nahim zu dem Pferd ging, hängte er den Flakon an einen Olivenzweig. Drewemis hörte, wie die Stute leise schnaubte und das vom Schnee gedämpfte Schlagen ihrer Hufe, als Nahim auf ihr fortritt. Aber seine Augen hingen die ganze Zeit über an dem Maliande, das selbst in der Dunkelheit schimmerte wie ein Schatz.

Kapitel 9

Es war mitten in der Nacht, als Nahim Dasams Steinhaus auf dem Olivenberg erreichte. Während seines Ritts hatte es zu seiner Erleichterung erneut zu schneien angefangen, sodass es unmöglich sein würde, seinen Spuren zu folgen. Drewemis würde ohnehin davon ausgehen, dass er schleunigst in den Osten zurückkehren würde, um sich vor Faliminirs Wut in Sicherheit zu bringen. Doch das konnte warten, heute Nacht wollte er keinen einzigen Gedanken mehr an seine Familie verschwenden. Vielmehr verspürte er den Wunsch, die Zufriedenheit, die sich in den letzten Wochen in ihm ausgebreitet hatte, mit jemandem zu teilen.

Nachdem er die Stute notdürftig bei den Ziegen untergebracht hatte – Eremis wartete auf dem besetzten Hof von Delimor auf seine Rückkehr –, öffnete er die Tür des Steinhauses, dessen Inneres von einem schwachen Kaminfeuer beleuchtet wurde. Leise trat er ein, aber nicht leise genug, denn einen Augenblick später wurde einer der Vorhänge, die die Lager abteilten, beiseitegeschoben und eine schlaftrunkene Lehen schaute hervor. Als sie ihn sah, wirkte sie jedoch mit einem Schlag sehr wach.

»Nahim!«

Im nächsten Moment bereute sie bereits ihren freudigen Aufschrei. Hastig schlug sie sich die Hand vor den Mund und verschwand wieder hinter dem Vorhang, um einen aus den Träumen geschreckten Tanil in den Schlaf zu flüstern. Nahim verharrte reglos, um ja kein störendes Geräusch zu verursachen, das den Jungen vielleicht endgültig geweckt hätte. Zu gern wollte er Lehen eine Weile für sich allein haben. Dann schlich sie hervor, nur mit einem seiner Hemden bekleidet, wie er erfreut feststellte. Bevor Lehen ihn jedoch zur Begrüßung umarmen konnte, hielt er sie auf Distanz.

»Warte«, flüsterte er. »Lass mich erst die klammen Sachen ablegen.«

Voller Ungeduld sah Lehen ihn an, und er kam gerade einmal dazu, den Umhang zu öffnen, da umschlang sie ihn auch schon mit beiden Armen und riss ihn an sich. Einen Augenblick lang stand Nahim stocksteif da, so wunderbar fühlte sich die Umarmung an. Dann streifte er schnell den Umhang ab, um sie erwidern zu können.

»Du bist wirklich furchtbar kalt«, murmelte Lehen, während sie seinen Mantel öffnete, um sich besser an ihn schmiegen zu können.

»Dafür bist du verlockend warm«, erwiderte Nahim, der krampfhaft darüber nachdachte, wie er bloß aus seinen hohen Reitstiefeln herauskommen sollte, ohne Lehens Umarmung dafür aufgeben zu müssen.

Lehen lehnte sich ein Stück zurück und zwischen ihren Brauen bildete sich eine steile Falte. Das Wort »verlockend« hatte scheinbar zu viel über seine Bedürfnisse verraten. So weit waren sie beide allem Anschein nach noch nicht, auch wenn Lehen sich über seinen unerwarteten Besuch nach wochenlanger Trennung sehr freute. Aber Nahim fühlte sich außer Stande, sich zurückzuhalten, denn er hatte sich während dieser Zeit mehr als je zuvor nach ihrer Nähe gesehnt. Nicht einmal, als er damals mit der Bitte zu seinem Vater gereist war, mit Lehen in Montera leben zu dürfen, hatte sie ihm derartig gefehlt. Wie sie nun in seinem leicht durchscheinenden Hemd vor ihm stand, warm war und einladend duftete, konnte er sich nicht länger zusammenreißen.

Obwohl da immer noch die missbilligende Falte war, senkte Nahim seinen Kopf und suchte ihre Lippen. Als sie die Berührung zuließ, aber keine Anstalten machte, seinen Kuss zu erwidern, sagte er: »Eigentlich solltest du an meiner Stelle vor Kälte zittern, ich würde dich nämlich sehr gern auftauen.«

Lehen kicherte tatsächlich verhalten. Ermutigt von dieser Reaktion ließ Nahim seine eiskalten Finger unter das Hemd und über ihre weich geschwungene Pobacke gleiten. Wie erhofft, quiekte sie kurz auf und schlug ihm vor die Brust. Allerdings mehr spielerisch als fest.

»Ist das Gästelager leer, oder habt ihr dort einen Besucher untergebracht?«, fragte er hoffnungsvoll.

Lehen zögerte. »Ich weiß nicht, ob es klug von mir wäre, dir das zu verraten.«

»Also steht es leer.«

Nahim ließ seinen Mantel zu Boden gleiten, dann hob er Lehen hoch und trug sie zum Lager, bevor diese auch nur einen protestierenden Laut von sich geben konnte. Vorsichtig ließ er sie auf das nach Heu duftende Bett nieder, wobei Lehen versuchte, den Saum des Hemdes über ihre Oberschenkel zu ziehen – als wären sie das erste Mal zusammen. Diese kleine Geste sorgte fast dafür, dass Nahim sich vergaß. Er stemmte sich auf seine Oberarme und sah die unter ihm liegende Frau an. Die vor Aufregung geröteten Wangen, das feine Haar mit dem tiefen Goldton, die Art wie ihre Brust sich senkte und die rundlichen Formen ihres Körpers, die sich unter dem dünnen Stoff abzeichneten – nie wieder wollte er darauf verzichten müssen.

»Nahim.« Lehens Stimme war nicht mehr als ein Wispern. »Es gibt etwas, das ich dir sagen muss. Etwas, das mir zugestoßen ist und das dir gewiss nicht gefallen wird. Aber ich glaube, ich sollte es dir beichten.«

138

Kurz schloss er die Augen, dann zog er sich entschlossen das Hemd über den Kopf. »Später.« Als Lehen seine Umarmung erwiderte, spürte er, dass es ganz gleich war, was sie ihm sagen wollte. Nichts würde ihn mehr von ihr trennen.

»Wann hast du der Zeichnung auf deiner Haut etwas Neues hinzufügen lassen?«

Nahim zuckte zusammen, als Lehens Stimme hinter ihm erklang. Sie hatte sich so erschöpft in die Decken geschmiegt, dass er sie schlafend wähnte. Er saß auf dem Rand des Lagers und mühte sich mit dem zweiten Stiefel ab, dann blickte er auf die schwarzen Linien auf seinem Unterarm. Die frischeste Spur, die nicht mehr als ein weich geschwungener Bogen war, stach ihm ins Auge. »Es kommt mir wie eine Ewigkeit vor, dabei ist es noch gar nicht so lange her. Ich habe die Linie selbst gestochen, kurz bevor wir uns in Achaten wiedergesehen haben.«

»Und was soll der Bogen bedeuten?«

Lehen kletterte aus dem Bett, hockte sich vor Nahim hin und packte den Stiefel bei der Ferse. Nahim starrte sie bloß an, seine Gedanken waren schlagartig ganz woanders. Aber dann blinzelte sie ihm ungeduldig zu, sodass er seinen Fuß mit einem Ruck befreite. Er ließ sich auf den Rücken fallen und gab Lehen die Gelegenheit, ihn aus seinen Hosen zu schälen, bevor sie beide unter die wärmenden Decken schlüpften. Nahims Hand glitt bereits über ihre Hüfte, hinab in die Senke ihrer Taille, als ihm die Antwort auf ihre Frage einfiel.

»Als ich an der Zeichnung gearbeitet habe, wollte ich sie eigentlich abschließen. Stattdessen ist dieser Bogen entstanden, den ich nie begriffen habe. Aber jetzt weiß ich, wofür er steht.«

Lehens Finger wanderten durch sein Haar, spielten mit einzelnen Locken, so wie sie es schon immer gern getan hatte. »Verrätst du es mir?«

»Es heißt, die Hügel von Montera sind geschwungen wie die Rundungen einer schönen Frau … meiner schönen Frau.«

Lehens Lippen glitten vor Überraschung einen feinen Spalt auseinander, während sich auf ihren Wangen ein rötlicher Hauch ausbreitete, als sie den Sinn seiner Worte begriff.

Nahim musste lächeln. »Ihr gehört beide zu mir: Montera und du, Lehen. Um uns herum herrscht das reinste Chaos, aber ich bin noch nie so glücklich gewesen. Und vor allem war ich mir einer Sache noch nie so sicher. Das hier ist das Leben, das ich führen möchte, mit dir und dem Jungen, in diesem Land.«

Zunächst nur vorsichtig, dann immer strahlender erwiderte Lehen das Lächeln, bis es sich in ein Lachen verwandelte, das sie in Nahims Halsbeuge zu dämpfen versuchte, damit Tanil nicht aufwachte. Überglücklich schloss Nahim sie in seine Arme und zog sie auf sich herauf. In diesem Augenblick wollte er sie auf jedem Flecken seiner erhitzten Haut spüren, mit ihr verschmelzen, um dieses Gefühl, zusammenzugehören, nie wieder zu vergessen.

Doch plötzlich versteifte sich Lehen und stützte sich auf ihrem Ellbogen auf. »Du meinst, du willst auch ein Leben mit Tanil? Dann gibt es etwas, worüber wir sprechen sollten.« Lehen stand die Sorge, mit ihrer Eröffnung alles zu zerstören, was sie seit ihrer Ankunft in Montera so mühsam wieder zusammengefügt hatten, ins Gesicht geschrieben. »Der Schnee …«, setzte sie zögerlich an.

Es schmerzte Nahim, ihre Unsicherheit zu sehen. »Tanil ist dafür verantwortlich, dass der Frühling in diesem Jahr keinen Einzug hält. Das ist es doch, was du mir sagen willst. Es ist seine Magie, die den Schnee herbeiruft.«

Die Augen vor Erstaunen aufgerissen, nickte Lehen.

»Ich habe mir schon so etwas Ähnliches gedacht. Da mir aber kein Grund einfallen will, warum Tanil so etwas tun sollte, habe ich den Gedanken wieder beiseitegeschoben. Warum sollte er einen solch eisigen Winter in Montera Einzug halten lassen? Er stammt zwar aus dem NjordenEis, aber es wird doch wohl kaum daran liegen, dass er Schnee und Eis vermisst?«

»Nein«, erwiderte Lehen, die Stimme rau vor Aufregung. »Er liebt Montera, und ich vermute, er ist sich bewusst, dass er dem Land und seinen Bewohnern nichts Gutes mit der Kälte antut. Es muss also einen triftigen Beweggrund geben, auch wenn er sich mir nicht erschließt. Willst du Tanil trotzdem?«

Das war die entscheidende Frage, Nahim spürte es mit jeder Faser. »Ja«, sagte er bestimmt. »Tanil gehört zu uns, und was auch immer das Problem sein mag, wir werden eine Lösung finden.«

Ein Beben durchfuhr Lehens Körper, als würde eine Kette gesprengt, die sie bislang umfangen gehalten hatte. »Ich bin so froh«, sagte sie schwach. »Ich hätte es nicht ertragen können, mich zwischen euch beiden entscheiden zu müssen.«

»Das brauchst du nicht«, sagte Nahim und zog sie an sich.

Vennis brauchte einen Augenblick, bevor er es wagte, die brennenden Augen zu öffnen. Nun, das Wandeln war zwar tatsächlich erträglicher als noch vor einigen Jahren, aber angenehm war es deshalb lange noch nicht. Zu seiner Verwunderung landete etwas Kühles in seinem Gesicht, und als er endlich die Augen öffnete, sah er Schneefall und Bäume. Olivenbäume unter einer weißen Decke.

Vor Schreck taumelte Vennis einen Schritt rückwärts. Irgendetwas war fehlgeschlagen, schoss es ihm durch den Kopf. Verfluchtes Maliande! Es hatte ihn in eine falsch zusammengesetzte Welt gebracht. Anders konnte es gar nicht sein, denn Montera und Schnee passten genauso wenig zusammen wie NjordenEis und Gluthitze. Außerdem war Vennis fest davon ausgegangen, dass das Maliande ihn nach Achaten oder ins Haus von Kohemis bringen würde. Denn Nahim hatte mit seiner Familie endgültig gebrochen, als er sich für ein Leben an Lehens Seiten entschieden hatte. Montera würde er bestimmt weiträumig meiden.

Davon war Vennis überzeugt, auch wenn der Hangbauer Balam Trubur nicht gewusst hatte, welchen Weg Nahim eingeschlagen hatte. »Hauptsache weit weg. Und da soll er auch für den Rest seines armseligen Lebens bleiben, dieser treulose Hurensohn, der meine Lehen ins Unglück gestürzt hat.«

Die Enttäuschung über Nahims Rückzug und die Sorge um seine Tochter hatten Balam derartig lebendig in den Augen gestanden, dass Vennis es nicht über sich gebracht hatte, seinen Neffen in Schutz zu nehmen, auch wenn der keineswegs allein verantwortlich für die Trennung gewesen war. Gegenüber einem besorgten Vater halfen solche Einschätzungen wenig, also hatte Vennis geschwiegen. Zum einen war Vennis froh über diese unerwartete Nachricht gewesen, weil sie bedeutete, dass es entschieden einfacher sein würde, Nahims Hilfe einzufordern. Zum anderen hatte es ihm im Herzen wehgetan, dass diese Liebe offensichtlich gescheitert war. Er kannte Nahim gut genug, um zu wissen, wie viel Unglück geschehen sein musste, dass er sich von Lehen abwandte.

Das alles schien ihm in diesem Augenblick jedoch nebensächlich, denn bei seinem Versuch, vom Westend aus zu

Nahims Aufenthaltsort hin zu wandeln, war ganz eindeutig
etwas schiefgegangen. Das wurde ihm noch klarer, als er das
Knarren einer Tür in seinem Rücken hörte.

Hastig drehte sich Vennis um die eigene Achse. Aus einem
Steinhaus, wie sie die einfachen Bauern in Montera be-
wohnten, trat ein Junge hervor und sah ihn neugierig mit
seinen kohlschwarzen Augen an.

Vennis schlug die Lider nieder, aber als er sie wieder öffnete, stand dort noch immer der kleine Njordener. Ein Ächzen kam über seine Lippen, dann hörte er eine vertraute
Stimme aus dem Haus ins Freie dringen.

»Tanil, was auch immer es da draußen Spannendes zu sehen gibt, du machst jetzt die Tür zu. Im Gegensatz zu dir
macht uns die Kälte nämlich sehr wohl etwas aus.«

Einen Moment später erschien Nahim im Türspalt und
packte den Jungen bei den Schultern, um ihn ins Haus zu
ziehen. Als er Vennis erblickte, schossen sein Brauen vor Erstaunen in die Höhe, dann stürmte er voran und riss seinen
Onkel derartig ungestüm in seine Arme, dass sie beide fast
im Schnee gelandet wären.

»Vennis!«, brachte Nahim überschäumend vor Freude hervor. »Ich kann es einfach nicht fassen. Bist du es wirklich?
Du siehst aus wie ein gerupftes Huhn. Sag bloß, du bist hierhergekommen, um Dasam zu besuchen. Das wäre ja wirklich ein glücklicher Zufall, mehr als glücklich.«

Anstatt zu reagieren, stand Vennis nur wie erstarrt da.
Selbst als sein Neffe ihn, sichtlich über seine Fassungslosig-
keit belustigt, ins Haus führte, konnte er sich immer noch
nicht zu einer Begrüßung durchringen. Das kann doch alles nicht sein, das Maliande spielt mir einen Streich, kreisten unablässig seine Gedanken. Erst ein Glas Rotwein, das
ihm – ein weiterer Schock – Lehen reichte, brachte ihn einigermaßen zur Besinnung.

»Ich bin so unsagbar glücklich, dich zu sehen.« Nahim hatte seinen Stuhl direkt neben den von Vennis gestellt, seinen Wein in einem Zug ausgetrunken und strahlte nun über das ganze Gesicht. Zwar war Nahim deutlich hagerer geworden seit ihrem letzten Treffen und unter seinen Augen hatten sich tiefe Schatten eingegraben, als hätte er nicht allzu viel Schlaf bekommen, trotzdem sah er gut aus. Von ihm ging eine Energie aus, wie sie nur Menschen verströmten, die gerade frisch verliebt sind.

»Du freust dich also, mich zu sehen?«, fragte Vennis ungläubig. Als er seinen Neffen das letzte Mal besucht hatte, war es ihm vorgekommen, als würde Nahim viel dafür geben, ihn schleunigst wieder loszuwerden.

»Mehr als du dir vorstellen kannst. Ich dachte, du wärst tot.«

Bei diesen Worten stellte nicht nur Vennis sein Weinglas mit einem Poltern auf den Tisch. Auch Lehen schien kaum fassen zu können, was sie da hörte. »Du hast gedacht, Vennis wäre tot? Warum hast du mir nichts davon gesagt?«

Nahim griff nach der Hand der Frau, die er – laut seinem Schwiegervater – verlassen hatte. Besorgt, liebvoll. »Ich konnte mir nach dem, was Badramur getan hatte, nicht sicher sein. Vennis war in Previs Wall, als Präae …«

Weiter kam er nicht, weil Vennis Einhalt gebietend sein Hand hob. »Warte bitte einen Moment, bevor du mich vollends durcheinanderbringst. Du hast nicht nur von dem Drachenangriff auf Previs Wall erfahren, sondern weißt auch, dass die Prälatin dahintersteckt?«

Nahim nickte, die Freude über das Wiedersehen war endgültig aus seinem Gesicht gewichen. »Das ist eine sehr düstere Geschichte. Lehen, Tanil und ich waren Zeuge, wie Badramur das Geheimnis der Drachen erfahren und sofort davon Gebrauch gemacht hat.«

»Aber wie ist es ihr gelungen, Präae für ihre Pläne zu missbrauchen?«Vennis stockte. »Lalevil«, beantwortete er sich die Frage selbst.

Nahim verzog das Gesicht. »Ich weiß nicht, womit, aber Badramur hat sie erpresst.« Kaum hatte er die Worte ausgesprochen, senkte er rasch den Kopf, wodurch sein Gesicht im Schatten lag. Trotzdem sah Lehen ihn prüfend an.

Er kennt das Mittel, mit dem Lalevil erpresst worden ist, nur allzu gut, dachte Vennis. Die Drachenreiterin hatte schon immer eine Schwäche für den jungen Monteraner. Vielleicht liebte ihn Lalevil sogar, falls es in ihrem Herzen neben Präae noch ausreichend Platz gab.

Vennis räusperte sich, um das unangenehme Schweigen zu brechen. »Sieht ganz so aus, als wäre in unser aller Leben sehr viel Unerwartetes passiert. Lasst uns doch der Reihe nach erzählen, was geschehen ist. Aber zuallererst solltet ihr mir vielleicht einmal diesen jungen Herrn hier vorstellen.«

»Das ist unser Sohn Tanil«, sagte Nahim mit Stolz und einer Spur Unsicherheit, als wäre er es einfach noch nicht gewohnt, von seinem Sohn zu sprechen.

Tanil, der bislang auf der Bank gehockt und mit einem Stück Faden ein kompliziertes Netz zwischen seinen Fingern gesponnen hatte, blickte auf und schenkte Vennis ein Lächeln, bei dem seine Zahnlücke aufblitzte. Vennis erwiderte es, ohne zu zögern.

»Manche Leute bekommen Kinder, andere bekommen sie geschenkt«, sagte er und legte seinem Neffen die Hand auf die Schulter, der ihm in diesem Moment mehr wie sein eigener Sohn erschien als je zuvor. »Willkommen in der Familie, kleiner Mann.«

Lehen gab einen leisen Aufschrei von sich, doch als Vennis sie anblickte, hatte sie bereits die Hand auf den Mund gepresst. Sie war keine Frau, die leichtfertig ihre Gefühle zeigte, dafür war sie viel zu beherrscht. Umso mehr rechnete Vennis es ihr hoch an, dass sie sich nicht abwandte, sondern sogar ein ersticktes »Danke« hervorbrachte.

»Tanil, warum nimmst du nicht die Stute, die ich letzte Nacht hierhergebracht habe, und reitest zum Hof der Sasimirs?«, schlug Nahim vor. »Sag Dasam Bescheid, dass wir Besuch bekommen haben. Unser Freund wird sicherlich Augen machen, wenn er sieht, wer hier so plötzlich aufgetaucht ist. Sieh aber zu, dass dich mit dem Pferd keiner sieht, ja?«

Der Junge war so schnell von der Bank aufgesprungen, dass er ins Straucheln geriet, die Finger immer noch im Fadennetz verschlungen. Mit einem Naserümpfen betrachtete er das Muster, und im nächsten Moment zerfiel es zu Asche. Zurück blieb ein schwacher Geruch von Schnee.

Vennis lehnte sich so ruckartig vor, dass er hart mit der Brust gegen die Tischplatte stieß. Doch er schien den Schmerz nicht einmal zu bemerken. Auch Tanil machte sich nicht viel aus dieser heftigen Reaktion auf sein kleines Kunststück, sondern holte sich noch eine Liebkosung von Lehen ab, die ihn aufforderte, eine Jacke überzuziehen, wenn auch bloß für ihr Seelenheil.

Als der Junge zur Tür hinaus war, fand Vennis allmählich seine Sprache wieder. »Sieht wirklich ganz danach aus, als ob wir einiges zu besprechen hätten. Aber zuvor hätte ich gern noch ein Glas Wein. Oder am besten gleich eine ganze Flasche.«

Es war Vennis, der mit seiner Erzählung schloss, wie er gemeinsam mit Tevils und Jules ins Westend gereist war, nur um zu erfahren, dass Nahim sich dort nicht länger aufhielt. Es war bereits später Abend, dennoch stand das Essen weitgehend unberührt auf dem Tisch. Zu erschütternd waren die Nachrichten, die sie miteinander ausgetauscht hatten. Tanil war in der Zwischenzeit gemeinsam mit Dasam in das Steinhaus zurückgekehrt, der sich ohne viel Aufhebens in die Runde setzte, während Tanil sich vor den Kamin legte und einschlief.

»Du bist also mit dem Maliande, das Maherind dir in Previs Wall gegeben hat, damit wir beide nach Achaten gehen können, zu mir gewandelt? In der Absicht, mich zum Orden zurückzuholen?«, brachte Nahim es auf den Punkt. »Du hättest dir wirklich keinen schlechteren Zeitpunkt aussuchen können, mein Freund.«

»Ja, das scheint mir auch so.« Vennis saß leicht in sich zusammengesunken da, zwischen den Fingern seine Pfeife, die einen angenehm süßlichen Duft verbreitete. »Aber ganz gleich, in welcher Lage Montera sich auch gerade befinden mag, ich brauche trotzdem deine Hilfe. Jetzt, und nicht erst, wenn du dich offiziell gegen Faliminir durchgesetzt hast. Wenn wir nicht etwas gegen die aufziehende Nördliche Achse unternehmen, ist es ganz egal, wer über Montera die Herrschaft hat. Die Magier werden auf solche Feinheiten keinerlei Rücksicht nehmen, wenn sie Rokals Lande an sich reißen.«

»Ist es denn so sicher, dass von der Nördlichen Achse eine Gefahr für uns ausgeht?« Nachdem Lehen dem unruhig schlafenden Tanil eine Decke übergelegt hatte, hatte sie sich dicht neben Nahim gesetzt, der sogleich seinen Arm um ihre Schultern legte. Eine vertrauliche Geste, der zugleich etwas Vorsichtiges anhaftete, wie man es oft bei jungen Paaren sah, die einander noch fremd waren. »Die Magie des Westgebirges ist doch uralt und auch recht wenig im Verhältnis zu einem ganzen Land, das nur aus Magie besteht. Außerdem verrät der Mythos aus dem NjordenEis kaum etwas über die Absichten der Magier.«

»Das stimmt«, bestätigte Vennis, der Lehens verständige Art stets schätzte. »Findest du es aber nicht bedenklich, dass die Drachen sich einer solchen Mühe unterzogen haben, um eine Barriere gegen die Nördliche Achse zu bilden? Die meisten von ihnen haben sich ins NjordenEis zurückgezogen, sind schlafende Wächter geworden, anstatt ein Leben im Westgebirge zu führen, das ihrer eigentlichen Natur entspricht. Sie halten sich vom Maliande fern, um den Magiern keinen Grund zu liefern, sich Rokals Lande genauer anzuschauen. Nun, damit haben sie ja auch richtig gehandelt, wie die Ereignisse zeigen: Ein einmalig ausgespienes Drachenfeuer hat ausgereicht, um ihr Interesse zu wecken. Und wenn dir das noch nicht Beweis genug ist, dann denk an das, was euch im Saal der Prälatin zugestoßen ist.« Ohne es direkt auszusprechen, wanderten alle Blicke zum schlafenden Tanil hinüber.

»Das Maliande wandelt sich, es hat an Macht zugelegt«, setzte Nahim zögernd an. »Ist es das, worauf du hinauswillst?«

Die Narbe an Vennis' Kinn leuchtete rot auf und spannte, als er die Lippen fest aufeinanderpresste. »Ja, wenn ich mir überlege, was in den letzten Jahren alles geschehen ist, möchte ich behaupten, dass das Maliande beginnt, seine ganz eigenen Fäden zu spinnen. Es ist mit Rokals Lande verschmolzen, und nun verschmilzt es mit den Geschöpfen, die hier leben. Es verändert uns alle: Menschen, Elben, Orks.«

»Und Dämonenbeschwörer«, setzte Lehen die Aufzählung fort, um sich im nächsten Moment kräftig auf die Zunge zu beißen.

Vennis entging nicht, dass Nahim schlagartig alle Farbe aus dem Gesicht wich. »Der Junge …«

Doch weiter kam er nicht, weil er sofort von Nahim unterbrochen wurde. »… ist unser Sohn. Versuch ja nicht, ihn irgendwie in diese Sache hineinzuziehen. Tanil hat genug durchmachen müssen. Er ist nur ein Kind, in dem eine Magie verrücktspielt, die in einem menschlichen Körper eigentlich nichts zu suchen hat. Bei uns beiden Wandlern ist es doch genau dasselbe. Und das ist auch schon alles, verstanden?«

Vennis hob beschwichtigend die Hände.

»Was ist eigentlich ein Dämonenbeschwörer?«, fragte Dasam nachdenklich, als habe die Auseinandersetzung eben gar nicht stattgefunden. Seit seiner Ankunft hatte der alte Bauer nur schweigend am Tisch gesessen und sich die Berichte angehört.

»Eine gute Frage, an deren Beantwortung schon jede Menge Leute gescheitert sind.« Auf Vennis' harte Züge schlich sich tatsächlich ein Lächeln. »Der stolze Anführer dieser Gruppe von Gescheiterten heißt übrigens Kohemis, und man spricht ihn besser nicht darauf an, warum all seine Bemühungen und geistreichen Ansätze an diesem Gegenstand abgeprallt sind. Nach wie vor gibt es bloß jede Menge Theorien über den Ursprung der Dämonenbeschwörer. Den Orden, dieses Geheimnis auch nur annähernd ergründet zu haben, kann sich bislang niemand an die Brust stecken. Vielleicht waren die Dämonenbeschwörer einst die ersten zugezogenen Menschen, die mit dem Maliande in Berührung gekommen sind, oder sie sind dunkle Verwandte der Elben, obwohl man sich in der Nähe eines Elben mit solchen Spekulationen besser zurückhalten sollte.«

»Diese Spekulationen helfen jetzt allerdings keinen Deut weiter«, betonte Nahim, dem das Unwohlsein bei der Wendung, die das Gespräch genommen hatte, immer noch deutlich ins Gesicht geschrieben stand. Er war aufgestanden und ging – soweit ihm das in dem engen Raum überhaupt möglich war – auf und ab, die Arme um sich geschlungen, als würde er frieren. Aber es war wohl vielmehr die innere Zerrissenheit, die ihm zu schaffen machte. »Wir können uns jetzt erst einmal darauf einigen, dass von der Nördlichen Achse eine Bedrohung für Rokals Lande ausgeht. Von welchem Ausmaß sie ist, das herauszufinden, ist Aufgabe des Ordens. Nichtsdestotrotz drehen sich die Uhren in der Zwischenzeit weiter, Vennis. Ich habe Faliminir einen Fehdehandschuh ins Gesicht geworfen, da kann ich mich jetzt nicht einfach dem Orden zur Verfügung stellen. Außerdem brauchen mich Lehen und Tanil, ich könnte sie hier nie einfach so zurücklassen, schon gar nicht in Zeiten einer solchen Bedrohung. Es tut mir leid.«

Vennis kaute auf dem Mundstück seiner Pfeife herum, eine Unart, die er eigentlich schon vor langer Zeit abgelegt hatte, aber jetzt konnte er nicht anders. Zu viel stand im Augenblick auf dem Spiel, und er wusste nicht, welche von den vielen Interessen, die er vertrat, an die erste Stelle rücken musste: die Belange des Ordens? Die Zukunft Monteras? Das gerade erst wiedergefundene Liebesglück seines Neffen, der nun obendrein eine Familie hatte? Wie sollte sich ein Mann da entscheiden, wenn ihm die Vernunft das eine und sein Herz das andere sagte?

Es war Lehen, die ihm die Entscheidung abnahm. Sie hatte Nahims nervösen Lauf unterbrochen, indem sie sich ihm einfach in den Weg gestellt hatte. Ein trotziger Anflug huschte über Nahims Züge, dann senkte er seine Stirn gegen Lehens, und Vennis glaubte, ein tiefes Ausatmen zu hören.

»Vielleicht kannst du beides tun: dem Orden helfen und die Richtlinien in Montera festlegen«, sagte sie sanft. »Faliminir weiß seit letzter Nacht, was du getan hast. Du hast ihm deine Bedingungen gestellt, nun muss er erst einmal auf den Boten aus dem Osten warten. Nach allem, was ich über deinen Vater erfahren habe, wird er nicht Hals über Kopf auf deine Offerte reagieren, sondern sich erst einmal einen Plan zurechtlegen, wie er dir am besten begegnen kann. Es gibt also eine gewisse Atempause, die du doch für die Belange des Ordens nutzen könntest. Wenn ich das recht begriffen habe, dann erlaubt das Maliande dir, an jeden Ort zu gehen, den du auswählst. Du kannst also kommen und gehen, wie es dir gefällt, richtig?«

Ein Schaudern lief über Nahims Rücken, das Vennis nur allzu gut nachvollziehen konnte. Das Wandeln, das ihnen das Maliande ermöglichte, war alles andere als angenehm. Trotzdem brachte er ein trockenes »Ja, das kann ich« hervor.

Lehens Finger wanderten zärtlich über seine Oberarme. »Dann tu es.«

»Du hast keinen Begriff davon, wie die Berührung des Maliandes ist«, hielt Nahim stöhnend dagegen, dem die Vorstellung, die nächsten Tage unentwegt mit dem magischen Elixier in Berührung zu kommen, sichtlich zusetzte.

Lehen ließ sich von seinem Zaudern jedoch nicht beeindrucken. »Seit meiner Zeit in der Burgfeste weiß ich wahrscheinlich mehr über die Berührung des Maliandes als so manch anderer. Oder hast du das etwa vergessen?«

Widerwillig schüttelte Nahim den Kopf. »Wie könnte ich? Aber es ist doch nicht bloß die Vorstellung, was mir Beklemmendes bevorsteht, wenn ich mich dem Orden zur Verfügung stelle. Ich will nicht schon wieder von dir getrennt werden. Mein Platz ist bei dir und Tanil.«

Trotz der Schwere des Gesprächs gelang es Lehen zu lächeln. »Das stimmt – und den wird dir auch niemals jemand streitig machen. Wir werden auf dich warten, bis du deine Aufgaben erfüllt hast. Glaub mir, ich kann mir auch keinen ungünstigeren Zeitpunkt vorstellen, um von dir getrennt zu werden, nach der letzten Nacht. Nur sieht es ganz danach aus, dass wir nicht mehr viele von solchen Nächten erleben werden, wenn die Nördliche Achse sich weiter über dem Himmel von Rokals Lande ausbreitet.«

Eine Weile sah Vennis dem eng umschlungenen Paar zu, dessen mittlerweile geflüsterten Worte er nicht mehr verstehen konnte. Aber das brauchte er auch gar nicht, er konnte auch anhand ihrer Zugewandtheit erkennen, dass gerade ein Band zwischen ihnen geknüpft wurde, das stärker war als alle Zweifel und Ängste. So fiel es ihm auch schwer, schließlich wieder das Gespräch aufnehmen zu müssen.

»Wir werden Maliande brauchen, um unsere Pläne in die Realität umsetzen zu können. Wir brauchen sogar mehr als nur eine Phiole zum Wandeln, da wir Tevils im Westend aufklären und anschließend schleunigst nach Achaten gelangen müssen.«

Sich bei den Händen haltend, kehrten Nahim und Lehen zum Tisch zurück. In den Augen des jungen Mannes schimmerte Liebe, aber auch eine Art Schicksalsergebenheit, die Vennis schmunzeln ließ. Während es ihm vermutlich niemals gelungen wäre, seinen Neffen umzustimmen, hatte Lehen nicht mehr als ein paar Worte und Berührungen gebraucht.

Nahim strich sich eine Locke, die sich aus dem Band gestohlen hatte, hinter die Ohren. Ein Mal, noch ein zweites Mal, um dann aufzugeben. »Wir werden einen ganzen Vorrat an Maliande brauchen, denn ich kann Lehen und Tanil nicht alleine hier in Montera lassen. Dasam sollte möglichst rasch in den Osten aufbrechen, denn er weiß am ehesten, was zu tun ist, falls Faliminirs Antwort eintrifft, bevor ich zurückgekehrt bin.«

»Soll ich die beiden mit mir nehmen?«, fragte Dasam, der sich die ganze Zeit über abwartend verhalten hatte, wohl ahnend, dass die Entscheidungen nicht bei ihm lagen.

Lehen kam Nahim mit einer Antwort zuvor: »Wenn es tatsächlich gelingen sollte, ausreichend Maliande in unsere Hände zu bekommen, dann würde ich gern mit Tanil ins Westend gebracht werden. Ich vermisse meine Familie, außerdem muss ich dort noch einige Dinge klären.«

»Das halte ich für eine gute Idee.« Vennis konnte beinahe spüren, wie sich alles zusammenfügte, und das erste Mal seit vielen düsteren Wochen verspürte er etwas wie Hoffnung. »Von allen Orten in Rokals Lande ist das Westend gewiss der sicherste, was auch immer geschehen mag. Nirgendwo anders kann man weiter entfernt sein vom Maliande und den Kreisen, die es zieht.«

Kapitel 10

Widerwillig ging Nahim auf den schweren Lehnstuhl zu, der hinter dem Schreibtisch aufragte. Mit spitzen Fingern zog er den Stuhl zurück, um auf ihm Platz nehmen zu können. Die Schubladen glitten auf und erzeugten dabei ein schabendes Geräusch, das an seinen Nerven zerrte. Er wusste nicht, was mehr Druck auf ihn ausübte: die Furcht, dass jeden Augenblick aufgeschreckte Wächter zur Tür hineinstürzen könnten, oder die Tatsache, dass der Lehnstuhl Faliminirs Geruch verströmte – jene Mischung aus Zitronenöl und altem Leder, die Nahim seit seiner Kindheit mit Unterdrückung verband. Sicherlich drängte es ihn, endlich seinem Vater gegenüberzustehen, aber als Herausforderer und nicht als überführter Dieb.

Die letzte Lade des Schreibtisches brachte ein Kästchen mit einem Elbenschloss zum Vorschein, bei dessen Anblick Nahims Herz schneller klopfte. Nachdem er die vertraute Kombination, die Faliminir zu seiner Verwunderung nicht geändert hatte, eingegeben hatte, glitt der Deckel mit einem hellen Ton auf. Zu seiner Enttäuschung barg das Kästchen jedoch nichts als ein Bündel Schuldscheine. Also ein weiterer Fehlversuch. Ein Seufzen unterdrückend, warf Nahim das Bündel ins Kaminfeuer und blickte dann zu Vennis hinüber, der nicht mehr als ein Schatten am Ende des länglichen Raumes war. »Sieht nicht gut aus«, flüsterte er.

Vennis schob lautlos einige Steine der Mauer, hinter denen sich seit alters her ein Geheimversteck verbarg, zurück in die Fugen, bevor er an den Schreibtisch herantrat. »Nein, sieht es nicht«, bestätigte er Nahims Vermutung. »Ich hätte darauf schwören können, dass Faliminir das Maliande in diesem Raum aufbewahrt. So hält er es schließlich mit allen wertvollen Dingen.«

»Mit Papieren und Münzen vielleicht, aber das Maliande wird er wohl an einem speziellen Ort untergebracht haben, einen, den seine Familie nicht kennt.« Nahim hielt inne, dann lachte er bitter. »Wer kann es ihm verübeln? Schließlich ist gerade sein eigener Sohn bei ihm eingebrochen, um ihn zu bestehlen.«

»Für ein schlechtes Gewissen haben wir jetzt keine Zeit. Wir müssen das Maliande finden«, drängte Vennis, dem der Sinn wenig danach stand, ausgerechnet jetzt über Familienbelange zu schwadronieren. Sie hatten deutlich länger als gedacht gebraucht, um in Faliminirs Arbeitszimmer zu gelangen. Zwar stellten die Wachen des Guts keine sonderliche Herausforderung dar, aber sie waren allein wegen ihrer Anzahl eine Gefahr gewesen. Dass es den beiden Männern trotzdem gelungen war, unbemerkt einzudringen, war dem nächtlichen Schneesturm und Nahims hervorragenden Kenntnissen des Haupthauses geschuldet.

»Das ist erst das zweite Mal in meinem Leben, dass Feuer in diesem Kamin brennt«, dachte Nahim laut nach.

»Bei diesem verfluchten Wetter muss sich eben selbst ein Eisklotz wie Faliminir gegen die Kälte schützen.«

Mit einer lautlosen Bewegung huschte Nahim zum Kamin hinüber und betrachtete eingehend das lodernde Feuer. Alles sah genauso aus, wie er es in Erinnerung hatte. Und doch musste es irgendwo in diesem Raum ein Versteck geben, das neu war, sodass er nicht darüber Bescheid wusste. Entschlossen krempelte er den Ärmel seines Hemdes hoch.

»Nicht doch, Nahim. Du wirst dich noch verletzen«, schaltete Vennis sich ein.

Doch dieser setzte sein Vorhaben bereits in die Tat um: Trotz der sengenden Hitze schob Nahim seine Hand den Kaminschacht hinauf, den Schmerz in den Fingerspitzen und auf der Haut ignorierend. Aber ganz gleich, wie sehr er sich auch abmühte, er konnte nichts Ungewöhnliches an dem glühenden Gestein ertasten.

»Wir müssen das Feuer löschen«, stellte er enttäuscht fest.

»Blödsinn.« Vennis zog ihn vom Kamin fort und betrachtete den angesengten Arm. »Faliminir lässt das Feuer brennen, weil er es ansonsten schlicht nicht aushalten würde in diesem Gemäuer. Es ist erbärmlich kalt, mein Freund, deshalb brennt das Feuer. Du wirst hier keinen Unsinn veranstalten, der noch die Wachen auf den Plan ruft.«

Nahim war jedoch nicht bereit, den Gedanken aufzugeben. Zu schrecklich war die Vorstellung, das Anwesen mit leeren Händen verlassen zu müssen. »Maliande verträgt große Hitze, es entstammt den brennenden Tiefen des Westgebirges. Es könnte in der Glut des Feuers versteckt sein …«

»Auch wenn Feuer dem Maliande nichts anhaben kann, so gilt das noch lange nicht für den Flakon, den es braucht, um es aufzubewahren.«

»Elbenmagie?«

Ergeben stieß Vennis einen Seufzer aus und griff eigenhändig nach dem Schürhaken, um die brennenden Scheite auseinanderzurücken. Vollkommen gebannt starrten die beiden Männer in die Glut, die an jenen Stellen gleißend aufleuchtete, wo sie neue Nahrung fand, während sie an anderen Stellen blassgrau erstarrte. So bemerkten sie zu spät, dass die Zimmertür sich öffnete und ein bulliger Schatten eintrat.

»Nahim und Vennis, da schau an.«

Wie auf Kommando sprangen beide Männer zurück, und

Nahim griff nach dem Holzstab, den er in Ermangelung eines Schwertes mit sich führte, bevor er erkannte, wer eingetreten war. Sein ältester Bruder Lime stand regungslos in der Tür und stierte ihn aus zusammengekniffenen Augen an. Er war in einen bodenlangen Morgenmantel gehüllt, die Kapuze noch auf dem Kopf. Nahim wollte zum Sprung über den Schreibtisch ansetzen, doch zu seiner Überraschung legte Lime den Zeigefinger über seine Lippen, dann schloss er behutsam die Tür hinter sich.

Eine Weile standen alle drei Männer da, einander musternd, während sich eine unerträgliche Spannung aufbaute. Als Lime sich endlich räusperte und umständlich die Kapuze zurückschob, merkte Nahim, dass er tatsächlich die Luft angehalten hatte.

»Wir dachten, du wärst nach deinem unvermuteten Auftritt vorletzte Nacht in den Osten zurückgekehrt. Zumindest behauptete Drewemis das mit den paar knappen Sätzen, die aus ihm rauszuholen waren. Vor Zorn ist er noch verstockter als sonst gewesen. Du hättest ihm nicht das Pferd stehlen sollten, du weißt doch, wie er ist.«

Nahim zog vor Verwunderung den Kopf nach hinten. Lime sprach zwar leise, aber man konnte trotzdem etwas aus seiner Stimme heraushören. Oder vielmehr nicht heraushören: Da war nicht diese typische Gereiztheit, das Bedürfnis, sich stets und überall aufzuspielen, damit nur niemand vergaß, wie wichtig er war. Konnte es tatsächlich sein, dass die letzten Jahre Lime Demut gelehrt hatten? Wie er so mit hängenden Schultern und einem üppigen Bauch dastand, glaubte Nahim es beinahe. Diese Beobachtung passte auch zu der gleichgültigen Reaktion, die Lime angesichts ihres Einbruchs an den Tag legte.

»Nun gut«, sagte sein älterer Bruder schließlich in die Stille hinein. »Wie seid ihr beiden denn in Faliminirs Arbeitszimmer gelangt, ohne entdeckt zu werden? Ich werde Morgen wohl ein Wörtchen mit der Wache sprechen müssen und mir wäre wohler zu Mute, wenn ich wüsste, wen ich anzuschreien habe. Nicht, dass das eigentlich zu meinen Aufgaben zählt, aber Drewemis liegt nach seiner Nacht im Wald mit einer schweren Erkältung im Bett.«

Vorsichtig bewegte sich Nahim auf seinen Bruder zu, der jedoch weder zurückwich noch Anstalten machte, ihn auf Distanz zu halten. Bei ihrer letzten Begegnung hatte er Lime niederschlagen müssen, weil der versucht hatte, ihren Vater umzubringen. Trotzdem machte er sich allem Anschein nach keine Sorgen, dass Nahim ihm in diesem Moment etwas Böses wollte.

»Lime, ist alles in Ordnung mit dir?«, fragte Nahim zögernd.

»Nein, hier ist rein gar nichts in Ordnung, weder mit mir noch mit Montera.«

Die Stimme klang so erschöpft, dass Nahim sich innerlich zusammenkrümmte. Dabei war dies nur ein weiterer Beweis dafür, was Faliminir nicht nur seinem Land, sondern auch den Seinen antat. »Seit du damals geflohen bist, geht es mit der einst stolzen Familie Faliminir den Bach runter. Nur zählt meine Meinung ja nicht mehr, obwohl mir eigentlich kraft meiner Geburt ein Mitbestimmungsrecht zusteht. Aber die Tradition tritt Faliminir dieser Tage noch schlimmer mit Füßen, als wir es von dir gewohnt gewesen sind. Insofern bist du tatsächlich der Sohn deines Vaters. Ihr habt beide die Neigung, alles nach euren persönlichen Bedürfnissen auszurichten, ohne Rücksicht auf Verluste.«

Bei diesem Vorwurf stieß Nahim laut die Luft aus und spielte kurz mit dem Gedanken, ob er Lime nicht vielleicht doch einen weiteren Denkzettel verpassen sollte.

»Ich unterbreche diesen geschwisterlichen Disput ja nur

ungern«, mischte Vennis sich gerade noch rechtzeitig ein. »Aber ich wüsste gern, ob du vorhast, die Wachen zu rufen, Lime.«

Lime warf Vennis einen langen Blick unter schweren Lidern zu. »Nein, habe ich nicht«, sagte er schließlich gedehnt. »Diesen Überfall hat Faliminir sich selbst zuzuschreiben. Das würde alles nicht geschehen, wenn er sich an die Regeln hielte, die unsere Familientradition vorschreibt. Außerdem würde ich meinen Bruder doch niemals an dieses Wächterpack aus Achaten ausliefern, das sich bei uns einquartiert hat. Bin ich etwa Drewemis?«

»Das ist eine erfreuliche Nachricht«, brachte Nahim heiser hervor, dem der Unglaube deutlich ins Gesicht geschrieben stand.

Lime hüstelte umständlich und streckte den Rücken durch. Für einen kurzen Moment schimmerte der alte Lime durch, jener pedantische Besserwisser, den sein Vater im Stillen stets nur den Buchhalter genannt hatte. »Allerdings muss ich sagen, dass ich mich euch sofort in den Weg stellen werde, falls sich euer Vorhaben gegen die ursprünglichen Interessen Monteras richten sollte. So etwas könnte ich natürlich keineswegs zulassen. Also, was habt ihr vor?«

»Wir wollen Faliminirs Maliande-Vorkommen in unseren Besitz bringen«, sagte Nahim, noch ehe Vennis ihn davon abhalten konnte.

»Aha.« Nachdenklich massierte Lime seine Unterlippe zwischen Daumen und Zeigefinger, während sich zwischen Nahims Schulterblättern ein Gefühl auszubreiten begann, als habe ihm jemand Schnee unter das Hemd geschoben. »Nun, meinen Segen habt ihr. Schließlich hat alles Unglück in dem Moment angefangen, als Faliminir zum ersten Mal dieses Teufelszeug in den Händen gehalten hat. Als hätte die Prälatin der Burgfeste ihn mit dem Maliande verhext.«

»Wer weiß, vielleicht hat sie das ja tatsächlich«, antwortete Nahim und zuckte mit den Schultern, als Vennis ihm einen scheelen Blick zuwarf. Im Zweifelsfall mussten Lügen schließlich erlaubt sein.

»Nun, wenn ihr das Maliande finden wollt, sucht ihr jedenfalls am falschen Platz.«

Nahim wartete, doch mehr brachte Lime zu diesem Thema nicht hervor. »Und wo ist dann der richtige Platz?«

Zu Nahims Unbehagen war Lime weiterhin mit seiner Unterlippe beschäftigt. Der Geste wohnte etwas Zwanghaftes inne, sodass Nahim das Bedürfnis verspürte, die Hand notfalls gewaltsam niederzudrücken. Hauptsache, sein Bruder ließ dieses schwachsinnig anmutende Geknete endlich sein.

Glücklichweise kam Lime rechtzeitig zu einem Schluss: »Faliminir wird deinen Forderungen nachgeben müssen, die du Drewemis diktiert hast, richtig? Er hat den ganzen gestrigen Tag in seinem Lehnstuhl gesessen und kein einziges Wort von sich gegeben, so wütend ist er gewesen. Den Flakon mit dem Maliande, den du ihm überlassen hast, hat er zwischen seinen Händen gehalten, als wolle er ihn zerdrücken. Das ist das erste Mal gewesen, dass Faliminirs Augen nicht dieses Leuchten angenommen haben, wenn sich Maliande in seiner Nähe befand. Deine Nachricht kam zum richtigen Zeitpunkt, vermute ich einmal. Auch wenn er es mir nicht erzählt, so weiß ich doch ganz genau, dass ihm die Prälatin mit ihren Forderungen im Nacken sitzt. Schließlich bin ich immer noch der Verwalter hier, ich kenne alle Ein- und Ausgänge.«

»Worauf willst du hinaus?«, fragte Nahim, obwohl sich ihm bereits ein Verdacht aufdrängte. Es brauchte nicht viel Erfahrung mit Lime, um zu ergründen, wie er dachte. Er war durch und durch Traditionalist.

»Wenn Faliminir auf deine Forderungen, die Uhren in Montera zurückzudrehen, eingeht und es euch gemeinsam gelingen sollte, die Verträge mit der Prälatin aufzulösen, dann will ich meinen Platz in dieser Familie zurückhaben.«

»Einverstanden, aber unter einer Bedingung.«

»Eine Bedingung?« Widerwillen breitete sich auf Limes Gesicht aus, aber das kümmerte Nahim nicht. Wenn sie sich in diesem einen Punkt nicht einig werden sollten, dann würden sie ohnehin keinen gemeinsamen Weg beschreiten können.

»Wenn es uns tatsächlich gelingen sollte, Faliminirs Pläne zu stoppen und die Wut Achatens zu überstehen, wird diese Familie trotzdem nicht zu den althergebrachten Spielregeln zurückkehren. Ich will mein Leben in Montera führen, aber keineswegs als der Diener des Familienoberhauptes. Wenn ich mit meiner Frau und meinem Kind in dieses Haus ziehe, dann als jemand, der unser Gut führt und sich als Sprecher Monteras versteht, so wie es ursprünglich einmal gewesen ist.«

»Du erwartest also, dass ich weiterhin den Verwalter gebe, der jedes Mitsprachrecht verloren hat?«

Bevor Lime sich in seine Unzufriedenheit hineinsteigern konnte, schüttelte Nahim den Kopf. »Mir geht eine ganz andere Lösung durch den Kopf, eine Doppelspitze wie in Previs Wall. Wir beide sollten unsere Talente zum Wohl des Landes verbinden, als Wiedergutmachung für den vielfältigen Schaden, den Faliminir angerichtet hat. Wenn alles wieder zur Ruhe gekommen ist, dann sollten wir uns eine Lösung einfallen lassen, wie man Montera künftig vor einem solchen Machtmissbrauch schützen kann. Die Tradition unserer Familie fußt schließlich auf dem Wohl des Landes und nicht auf der prallen Geldbörse Faliminirs.«

Vermutlich waren es vor allem die letzten Worte, die Lime

zustimmen ließen. »Auch wenn es mir nicht gefällt, so muss ich doch zugeben, dass wir Faliminirs den Menschen hier etwas schulden.«

»Demut zum Beispiel«, schlug Vennis vor.

Lime verzog kurz das Gesicht, sprach dann jedoch weiter. »Wir machen es so, wie du es vorgeschlagen hast, Bruder. Aber willst du wirklich die Vorherrschaft über die Ländereien aufgeben?«

»Ja, will ich«, erwiderte Nahim gereizt. Vermutlich wäre das Erste, was Lime nach einem Sieg über Faliminir tat, eine Kostenaufstellung. »Hör mal, Lime: Jetzt ist aber nicht die Zeit für solche Details. Wenn Vennis und ich uns nicht bald mit dem Maliande davonmachen, können wir auch gleich bei den Wächtern an die Tür klopfen und fragen, in welches Zimmer wir uns einsperren sollen.«

»Schon gut, schon gut.« Lime hob beschwichtigend die Hände. »Die Flakons voller Maliande, mit dem die Prälatin Faliminir für seine Dienste entlohnt, bewahrt er seit deiner Flucht bei sich im Schlafzimmer auf.«

»Faliminir hat Verwendung für ein Schlafzimmer?« Vennis lachte verhalten. »Und ich dachte immer, er würde seine Nächte mit dem Polieren seines Münzhaufens verbringen.« Einen Moment lang starrten die beiden Männer ihn verwundert an, aber Vennis zuckte nur mit der Schulter.

»Allerdings kenne ich das genaue Versteck nicht. Niemand kennt es, nicht einmal Drewemis, was ihn nicht gerade glücklich stimmt. Faliminir hat nur einmal angedeutet, dass das sicherste Versteck manchmal das offenkundigste wäre.«

»Eine Flasche mit Hochprozentigem vielleicht, so halte ich es oftmals mit meinen Maliande-Phiolen«, schlug Vennis vor.

»Nun, ich werde zusehen, dass ich es möglichst schnell herausfinde. Gib mir deinen Morgenmantel, Lime. Vielleicht kann ich die Wachen so auf den dunklen Fluren täuschen, falls ich ihren Weg kreuzen sollte. Ich schlage vor, ihr wartet hier so lange auf mich.«

»Traust du mir etwa nicht?« Lime klang beleidigt und machte keinerlei Anstalten, den Mantel auszuziehen.

Genervt rieb Nahim sich über die Augen und blickte erleichtert auf, als Vennis ihm helfend zur Seite sprang. »Sieh es doch so, Lime: Wir beide passen aufeinander auf. Du kannst mir in der Zwischenzeit ja ein wenig über die Rückstände, mit denen Faliminir der Prälatin gegenüber dasteht, erzählen. Davon würde ich mir gern ein Bild machen.«

Die Vorstellung gefiel Lime offensichtlich, denn er streifte ohne weitere Umstände den Mantel ab und hielt ihn Nahim hin, den Blick bereits fest auf Vennis gerichtet. Sein Bruder nutzte die Chance und verschwand lautlos zur Tür hinaus.

Auf dem Weg zu den im oberen Stockwerk liegenden Gemächern begegnete Nahim zu seiner Erleichterung keiner Menschenseele. Vielmehr lag eine solche Ruhe über dem Haus, dass man meinen konnte, während des tiefsten Winters eine Bärenhöhle im Westgebirge betreten zu haben: Auch wenn die Gefahr schlief, so war sie fast zum Greifen nahe, und nur Narren wähnten sich in Sicherheit.

Als Nahim an seiner alten Kammer vorbeischlich, flammte Sehnsucht auf, aber er widerstand dem Bedürfnis, einen Blick hineinzuwerfen. Früher hatte er es gehasst, dass sich nie etwas in dieser Kammer veränderte. Sie war ihm genauso erstarrt vorgekommen wie das ganze Montera, vor dem er schließlich geflohen war. Doch selbst wenn er jetzt die Zeit gehabt hätte, einzutreten, hätte er es unterlassen. In Zeiten wie diesen konnte er sich keineswegs sicher sein, die Kammer verlassen vorzufinden. Dieses Haus hatte einige Veränderungen erlebt, vielleicht wohnte längst ein Fremder in seinen vier Wänden.

Der Gang endete vor einer doppelflügeligen Tür, deren dahinter liegende Zimmerflucht sich zum Garten hin erstreckte. Der Garten seiner Mutter Negrit, in dem sie mehr Zeit verbracht hatte, als in allen Räumen des Hauses zusammengenommen. Sosehr in Negrit auch ihr Njorden-Eis-Erbe durchgeschienen hatte, wenn es um Blumen und Bäume ging, so war sie kein Kind des ewigen Eises gewesen. Sie hatte den Wachstum, der von den wechselnden Jahreszeiten bestimmt wurde, geschätzt, genau wie sie alles Bunte und Gedeihende geliebt hatte. Ihr Garten war von einer üppigen, wilden Pracht bestimmt gewesen, die man so nirgends im wohl geordneten Montera finden konnte.

Zögernd stand Nahim vor der Tür, die Hand flach an das Olivenholz gedrückt, und glaubte einen Augenblick lang, das Lachen seiner Mutter zu hören. Voller Wärme und weithin schallend. Doch in Wirklichkeit verbarg sich hinter dieser Tür etwas anderes: das kalte Machtzentrum, zu dem sein Vater im Laufe der Jahre geworden war. Seinen Widerwillen unterdrückend, öffnete Nahim die Tür einen Spalt und trat ein.

Zu seiner Erleichterung brannten sowohl im Vorraum als auch im Schlafzimmer die Kamine, sodass er nicht in Gefahr geriet, blind umhertapsend über eine Teppichkante zu stolpern. Alles sah genauso aus wie früher, nicht eine einzige Veränderung konnte Nahim ausmachen. Ohne sich dessen bewusst zu sein, packte er sich unter den Mantel und rieb über seine Brust, als könnte er dem sich ausbreitenden Druck auf diese Weise etwas entgegensetzen. Wo sollte er seine Suche beginnen? Er hatte keine Idee. Geradezu eigenmächtig trugen ihn seine Füße bis vor das wuchtige Eisenbett, und er starrte auf die Züge seines schlafenden Vaters hinab.

Faliminir hatte die mehrlagigen Decken von sich ge-
strampelt und lag mit weit ausgebreiteten Armen auf dem
Rücken. Selbst im Schlaf wirkte er imposant. Der rötliche
Schein des Feuers tanzte auf seinen Haarsträhnen, die in den
letzten Jahren an Farbe verloren hatten. Die Furchen im Gesicht waren tiefer und vielfältiger geworden, seit Nahim ihn
das letzte Mal gesehen hatte. Auch wenn Faliminir dem Alter
noch immer die Stirn bot, so hatte es unleugbar die ersten
Grenzwälle überwunden. Trotzdem hoffte Nahim inständig,
dass sein Vater nicht aufwachen möge, weil er es ungern auf
eine Auseinandersetzung mit ihm hätte ankommen lassen.
Zumindest redete er sich das ein, denn es wollte ihm einfach nicht gelingen, vom Bett wegzutreten und seine Suche
aufzunehmen.

»Du bist nichts anderes als ein verabscheuungswürdiger
Mistkerl«, stieß Nahim im Flüsterton hervor. »Ich werde mir
jetzt dein Maliande nehmen und es dazu benutzen, um dich
vom Thron zu stoßen, Vater.«

Schockiert über sein eigenes Verhalten stand er wie erstarrt da, doch als Faliminir sich nicht rührte, streckte Nahim eine Hand aus und berührte eine der gewellten Haarsträhnen. Dann richtete er sich mit einem Ruck auf und
ging in jenen Raum hinüber, der ganz allein seiner Mutter
zur Verfügung gestanden hatte und dessen breite Fensterfront auf den Garten hinausging. Unschlüssig schaute Nahim sich um.

Was konnte Faliminir damit gemeint haben, dass er das
Maliande an einem offenkundigen Ort versteckt hatte? Kein
geheimer Ort, der vieler Kunstgriffe bedarf wie eine Elben-
schatulle, sondern so offensichtlich, dass niemand ihn überhaupt wahrnahm. Was war das Offensichtlichste in Negrits
alten Räumen? Unschlüssig sah Nahim sich um.

Genau wie beim Garten hatte Faliminir auch in den

Schlafräumen, die er gemeinsam mit Negrit bewohnt hatte und die trotzdem einzig und allein ihren Schriftzug trugen, nichts verändert. Als könnte er die Zeit anhalten, wenn nur kein Trockenstrauß und kein Parfumflakon mehr seinen Platz wechselte. In den mit aufwändigen Schnitzereien verzierten Regalen fanden sich die in Leder gebundenen Romane, die seine Mutter geschätzt und sein Vater offenkundig verachtet hatte. Ein Stück weiter die Zettelkästen, in denen Negrit ihre Beobachtungen über ihren Garten gesammelt hatte.

Nahim hatte die Weigerung seines Vaters, etwas zu verändern, immer als späte Rache an seiner lebensfrohen Mutter angesehen. Nun kam ihm jedoch zum ersten Mal der Gedanke, dass Faliminir seine Frau tatsächlich geliebt haben musste, auch wenn sie beide noch so unterschiedlich gewesen sein mochten. Und Negrit ihn, ansonsten wäre sie wohl kaum bei ihm geblieben. Unwillkürlich rieb Nahim seine Oberarme, als habe ihn ein kühler Luftzug gestreift, dabei wusste er nur nicht, ob diese Erkenntnis ihn traurig oder glücklich stimmen sollte.

Auf jeden seiner Schritte bedacht, trat er an das Regal heran und stellte fest, dass von dem Papier ein muffiger Geruch ausging, den es früher nicht verströmt hatte. Bekümmert lüftete er den Deckel eines Kastens und holte einen mit verblasster Tinte beschriebenen Zettel heraus.

»Die Wurzeln des *Grünen Raspengewächses* sind bekannt dafür, Blutungen gerinnen zu lassen. Bislang habe ich das jedoch nicht überprüfen können, weil die Kinder immer die zitronig schmeckenden Triebe aufessen und die Kaninchen anschließend die Wurzeln ausbuddeln und auffressen. Was soll man da tun?«

Nahim konnte seine Mutter lächeln sehen, während sie diese Zeilen an ihrem Sekretär notierte. Vorsichtig faltete er das Pergament zusammen und schob es als Erinnerung in seinen Mantelärmel. Dann wanderte er an dem Regal entlang, ein Ohr stets beim regelmäßigen Atem seines Vaters. Er blieb vor einem Holzgestell mit Glasbehältern stehen, in denen Negrit Pflanzensamen und -kapseln gesammelt hatte. Die Etiketten waren gelb verfärbt und drohten abzublättern, die Schrift war kaum noch zu lesen.

Der Anblick deprimierte Nahim noch mehr als der unangenehme Geruch der Bücher. Er wollte schon weitergehen, als er aus den Augenwinkeln ein Aufleuchten zu erkennen glaubte. Ehe er sich versah, hatte er einen der hinteren Glasbehälter hervorgezogen und staunte nicht schlecht. Die Innenwände dieses Behälters waren bemalt, sodass man glaubte, er sei bis zum Anschlag mit rotbraunen Kugeln gefüllt. Tatsächlich war er randvoll mit Maliande, das seine ruhigen Kreise beschrieb und so gelegentlich über den Rand der Bemalung lugte.

Mit klammen Fingern schraubte er den Deckel ab und roch an dem Elixier. Sofort fühlte sich seine Nase wie erfroren an, doch das scherte Nahim herzlich wenig. Eine Stimme jagte durch seinen Kopf, die ruhig, aber bestimmt Forderungen stellte. Nahim zuckte zurück, denn sie war ihm äußerst vertraut: Es war seine eigene. Kein Zweifel, es war das Maliande, in das er seine Botschaft an Faliminir gebannt hatte. Obwohl sie das Maliande dringend benötigten, würde er dieses für Faliminir zurücklassen, als Erinnerung an das Angebot seines Sohnes.

Nachdem Nahim den Deckel verschlossen und das Glas zurückgestellt hatte, sah er die restlichen Behälter durch und fand tatsächlich vier weitere mit Maliande, die er umsichtig in einer mit Samt ausgeschlagenen Holzschatulle verschwinden ließ und diese in seiner Manteltasche unterbrachte. Gerade als er sich einem weiteren Holzständer nähern wollte, leuchtete durch die breite Fensterfront Feuerschein auf und schon im nächsten Moment erklang Stimmengewirr. In der Schlafkammer hielt der eben noch gleichmäßige Atem seines Vaters mit einem Mal an.

So beherrscht wie möglich, öffnete Nahim die Balkontür. Er presste sich durch den Spalt und machte sich nicht die Mühe, die Tür zu schließen. Nicht mehr lange, dann würde Faliminir den gleichen Weg wie er einschlagen.

Der unberührte Schnee, den der abgeklungene Sturm mit sich getragen hatte, lag wadenhoch auf dem Balkon und hatte sich auf der steinernen Brüstung zu einem schimmernden Wall aufgebaut. Nahims Hände versanken tief darin, als er sich abstützte. Der Balkon nahm fast die gesamte Hinterseite des Hauses ein, sodass er einige Schritte bis ans eine Ende laufen und sich dann eng an die eiskalte Mauer pressen musste, um den Hof einsehen zu können. Doch die Anstrengung lohnte sich: Bei den Stallungen herrschte Aufruhr, Gestalten liefen mit Fackeln und gezückten Schwertern umher, während andere damit beschäftigt waren, den wild durch den Schnee davonpreschenden Pferden Einhalt zu gebieten, bevor sie in die sternenlose Nacht verschwanden. Inmitten des Wirrwarrs stand ein schwankender Lime, der sich den Kopf hielt und sich die Seele aus dem Leib brüllte.

»Ich sagte doch, dieser dreckige Bauer ist längst mit einem Pferd auf und davon. Entlang der Allee. Warum folgt ihm denn keiner? Dieser Hurensohn hat einen Packen Schuldscheine gestohlen. Hat überhaupt einer von euch eine Vorstellung davon, was die wert sind? Los, los, seht zu, dass ihr ihn einfangt!«

Während Nahim noch zu begreifen versuchte, was sich dort unten im Hof abspielte, erklangen in den Schlafräumen schwere Schritte. Faliminir kam.

Mit einem beherzten Griff schob Nahim den Schnee von

der Brüstung, kletterte auf die freie Stelle, um gerade so die Dachkante mit den Fingern erreichen zu können. Er brauchte seine ganze Kraft, um sich hochzuziehen, doch er tat es keinen Moment zu früh, denn kaum hatte er die Beine über die Kante gezogen, trat Faliminir auf den Balkon, eingehüllt in einen Pelz. Begwegungslos betrachtete er den breiten Rücken seines Vaters, der zunächst die zerfurchte Schneedecke auf dem Geländer prüfte und sich dann dem Durcheinander auf dem Hof zuwandte.

»Hierher«, dröhnte seine kräftige Stimme durch die Nacht. »Ein paar Leute sollen hierherkommen. Jemand war in meinem Zimmer und ist über den Balkon verschwunden. Durchsucht den Garten!«

Obwohl er den Hof von seiner Position aus nicht einsehen konnte, hegte Nahim keinen Zweifel daran, dass einige Männer der Anweisung seines Vaters sofort Folge leisteten. Nicht mehr lange, dann würde es also auf beiden Seiten des Hauses nur so von Menschen wimmeln. Nahim dachte daran, eines der Maliande-Behältnisse hervorzuholen und einfach zu Dasams Hütte zu wandeln. Da er jedoch nicht wusste, ob Vennis die Flucht gelungen war, würde er diesen Plan aufschieben, so lange er nur konnte.

Ohnedies leuchteten die Fackeln der Männer schon bedrohlich nah auf. So schnell er konnte, erklomm er das Dach, wobei seine Finger und Stiefel immer wieder abrutschten, da sich unter der Schneedecke eine Eisschicht verbarg. Inständig betete Nahim darum, dass er keinen Schneerutsch auslöste und dass jeder der Wächter den Blick auf den Garten gerichtet hielt und nicht zufälligerweise zu Faliminirs Schlafgemach hochblickte.

Das Haus ist hoch, keiner wird sich unbegründet die Mühe machen und den Kopf in den Nacken legen, um hier hinaufzuschauen, redete Nahim sich ein, als seine ohnehin klammen Finger vor Aufregung auch noch zu zittern begannen. Endlich erreichte er den First, zog sich darüber hinweg und stieß beim Anblick des steil abfallenden Dachs ein Stöhnen aus. Dagegen verblasste die Gefahr, von einem der Wächter zufällig entdeckt zu werden, schlagartig. Mit Grauen erinnerte er sich an seinen letzten Sturz von einem Dach. Doch im Gegensatz zur Hütte im Westend würde ein Sturz von dem dreistöckigen Herrenhaus keinesfalls glimpflich ausgehen.

Wozu die Aufregung?, bemühte Nahim, sich zu beruhigen. Ich muss nur zusehen, dass ich an das Maliande in meiner Tasche rankomme. Sie werden Vennis schon nicht aufgegriffen haben, ansonsten würden sie mit ihren Freudenschreien längst einen solchen Krawall machen, dass die gerade eingefangenen Pferde sofort wieder ausbrechen würden. Mit jedem weiteren Moment, den ich abwarte, steigt nur das Risiko, als ein Haufen zerschmetterter Knochen zu enden.

Obwohl ihm bei jeder Bewegung in dieser Schwindel erregenden Höhe ein Stich in den Magen fuhr, setzte Nahim sich rittlings auf den First, die Sorge über neugierige Augen verdrängend, und holte die Schatulle hervor. Gerade als er sie öffnen wollte, traf ihn etwas an der Schulter. Vor Schreck glitt ihm das Kästchen aus den Händen, versank zu seinem Glück allerdings nur in der tiefen Schneedecke. Er musste sich gehörig strecken, bevor er es zu greifen bekam. Erst als er es sicher geborgen hatte, betrachtete er seine Schulter, konnte sich jedoch nicht erklären, woher der Aufprall, den er gespürt hatte, stammen könnte.

Unterdessen verteilten sich die umherlaufenden Wächter und die aus dem Bett gezerrte Dienerschaft zu beiden Seiten des Hauses – ein Fackelmeer wie zur Jahreswende. Doch alle Blicke waren zu Boden gerichtet. Endlich war es gelungen, auch das letzte der entflohenen Pferde einzufangen.

Gerade machte sich eine Schar berittener Wächter zum Tor auf, in der Hoffnung, den Dieb einzufangen. Niemand verschwendete nur einen Gedanken an das Dach.

Ratlos blickte Nahim sich um, als jäh vor ihm etwas in der Schneedecke einschlug und eine kleine Lawine in Gang setzte. Zu seinem Erstaunen stellte Nahim fest, dass es sich um einen Schneeball handelte, der vom Glockenturm, der neben dem Herrenhaus aufragte, gekommen sein musste. Nahim kniff die Augen zusammen, um die Gestalt dort in der Dunkelheit ausmachen zu können. Es war niemand anders als Vennis, der ihm ungeduldig zuwinkte.

»Hallo, mein Bester«, nuschelte Nahim vor sich hin, wohl wissend, dass er besser keinen überflüssigen Laut von sich gab.

So schnell es ging, kletterte er auf dem First entlang, froh darum, dass die Anspannung einer Aufregung wich, als wäre er nicht wirklich in Gefahr, sondern würde nur ein spannendes Abenteuer erleben. Gleich wäre er bei Vennis, sie würden gemeinsam das Gut hinter sich lassen und später in Dasams gemütlicher Hütte nur noch über diese nächtliche Kletteraktion lachen.

Doch als Nahim das Ende des Daches erreicht hatte, sank sein Mut wieder: Zwar sah es von Weitem so aus, als würde sich der Glockenturm an das Haus schmiegen, aber in Wirklichkeit gab es einen Spalt zwischen den beiden Gebäuden. Natürlich hatte er das gewusst, aber in seiner Erinnerung fiel der Abstand deutlich geringer aus. Den eigenen Atem in den Ohren dröhnend, blickte Nahim auf eine der scheibenlosen Öffnungen, die dem Treppenschacht Licht spenden sollten. Sie lag leicht erhöht über ihm, und die Entfernung betrug nicht mehr als gut zwei Armlängen. Aus einer aufrechten Ausgangsposition heraus und mit etwas Glück wäre es bestimmt möglich, geradewegs durch das Fenster hindurchzuspringen. Nur wagte Nahim es kaum, die Hände von den Dachschindeln zu nehmen, aus Furcht, das Gleichgewicht auf dem spiegelglatten First zu verlieren.

Während er noch unschlüssig auf die dunkle Öffnung starrte, tauchte Vennis' Gesicht auf. »Worauf wartest du? Dass sie dich bemerken und mit brennenden Pfeilen auf dich schießen?«

»Du hast gut reden, du hockst ja im sicheren Treppenschacht. Wie bist du eigentlich dahin gekommen? Ich dachte, ich hätte dich und Lime sicher verwahrt in Faliminirs Arbeitszimmer zurückgelassen.«

»Frag nicht.« Vennis machte eine wegwerfende Handbewegung, aber dann konnte er doch nicht an sich halten. »Dein Bruder Lime hat sich bei seinen Erzählungen über Faliminirs unredliche Machenschaften derartig in Rage geredet, dass er mit seinem erregten Geplapper die Wachen angelockt hat. Wir konnten gerade noch rechtzeitig die Tür verbarrikadieren und durchs Fenster auf den Hof flüchten. Dann haben wir die Pferde wie die Verrückten aus den Stallungen gescheucht und in dem Chaos, das daraufhin ausgebrochen ist, ist es mir gelungen, mich in den Turm zu verziehen. Beim Tor war nämlich schon kein Durchkommen mehr, da hatten sie als Erstes die Fackeln an. Dass dieser verfluchte Schneesturm auch jetzt schon wieder aufhören musste.« Trotz allem verzog Vennis die Mundwinkel zu einem Grinsen. »Hätte nicht gedacht, dass unser Lime so ein guter Schauspieler ist. Sein Gebrüll, ein diebischer Bauer habe ihm den Schädel eingeschlagen, dürfte bis ins Dorf zu hören gewesen sein.«

Währenddessen holte Nahim die Holzschatulle aus seiner Manteltasche hervor. Mit dem Nagel kratzte er über die Bemalung eines Flakons, und sogleich sendete das Maliande einen weichen Schimmer aus. »Ich habe es tatsächlich gefunden, zumindest vier Phiolen davon. Du wirst nie auf die Idee kommen, wo Faliminir es aufbewahrt. Was hältst du davon, wenn ich dir jetzt eine davon zuwerfe und ich eine andere benutze, damit wir von hier wegkommen?«

Vennis schüttelte den Kopf, das Gesicht mit einem Schlag wieder ernst. »Nur vier Phiolen? Dann können wir nur eine verwenden, wenn du Lehen sicher ins Westend bringen willst und wir von dort auch wieder fortkommen wollen. Du musst springen, mein Freund.«

»Warum springst du nicht zu mir?«, hielt Nahim trotzig entgegen.

Doch die Entscheidung wurde ihnen abgenommen: Unten im Hof war es in der Zwischenzeit verdächtig still geworden, aber was das zu bedeuten hatte, verstand Nahim erst, als die erste Lanze auf dem Dach landete. Überrascht starrte Nahim auf die Spitze, die knapp neben seinem Stiefel eingeschlagen war und nun mit rasch zunehmendem Tempo über die Schindeln herunterschlitterte. So, wie er ihr folgen würde, wenn eine der Lanzen ihn traf.

»Nun komm schon, spring endlich«, forderte Vennis ihn auf und streckte ihm die Arme entgegen. »Ich habe die Turmtür verrammelt, sie brauchen einen Moment, um hier hochzukommen.«

»Fang!« Nahim verstaute das Behältnis mit dem Maliande, dessen Leuchten sie in der Dunkelheit verraten hatte, und warf Vennis die Schatulle zu, der sie auffing und an die Brust drückte.

»Jetzt du.«

Doch Nahim konnte sich nicht rühren. Die Öffnung im Turm schien unerträglich weit weg zu sein. Vor seinem geistigen Auge sah er sich ein um das andere Mal abstürzen. Erst als eine weitere Lanze nur einen Hauch über seinen Kopf hinwegflog, konnte er seine Erstarrung abstreifen.

»Wer ist da unten, der beste Werfer Monteras, verflucht?«

Nahim richtete sich auf und sah eine Lanze, die genau dort einschlug, wo sich eben noch sein Bein befunden hatte. Mehr brauchte es nicht. Er sprang, ohne auch nur einen weiteren Gedanken zu verschwenden, und spürte im nächsten Augenblick Vennis' kräftige Hände, die seinen Brustkorb umfassten. Doch seinen Körper riss es gnadenlos in die Tiefe, seine Stiefelspitzen glitten am überfrorenen Turmgemäuer ab. Vennis stieß einen Schrei aus und hievte ihn ein Stück hinauf. Endlich fanden Nahims Stiefel Halt, und er nutzte den Schwung, um sich auf den Fenstersims zu befördern. Vennis riss erneut an ihm, und er schlug gegen die innere Wand des Treppenschachtes. Funken schlugen vor seinen Augen, während das Brechen vom Holz der Turmtür zu ihnen drang.

Kaum hatte sich Nahim einigermaßen gefangen, da hielt Vennis ihm bereits einen der Glasbehälter mit Maliande hin. »Bring uns von hier weg«, forderte er ihn auf.

Nahims Finger konnten sich gar nicht schnell genug um das Glas legen. Während das Maliande in einem goldenen Funkenregen über ihn zerstäubte, dachte Nahim noch kurz an seine nächste Reise mit dem magischen Elixier. Er musste Lehen und den Jungen aus Montera fortbringen, hier gab es keine Sicherheit mehr. Im Gegensatz zu dem abseits des Geschehens liegenden Westend. Dorthin würde er sie umgehend bringen, bevor er sich ein letztes Mal dem Willen des Ordens überließ.

⚞ Kapitel 11 ⚟

Damir beugte sich im Sattel leicht vor und zog die Stirn nachdenklich kraus. Die Zügel lagen vergessen in seinen Händen, was ihm erst bewusst wurde, als der Rappe einen nervösen Schritt zurücksetzte. Sofort zog er die Zügel mit einer Hand an, mit der anderen klopfte er beruhigend den Hals des Pferdes, das trotzdem aufgebracht schnaubte. Eigensinniges Vieh, dachte Damir, hielt sich jedoch zurück, das Tier seine Ungeduld spüren zu lassen.

Ehrfahrungsgemäß wurde der Rappe nur bockiger, je härter Damir ihn anpackte. In Momenten wie diesen wünschte der Schmied sich, auf seinem Wallach Kalim zu sitzen, den er im Westgebirge zurückgelassen hatte. Nicht mehr lange, dann würde er ihn wiederhaben und dieser, in den Stallungen der Prälatin hochgezüchtete Hengst mit seinem widerspenstigen Temperament würde lediglich ein Schmuckstück sein, das seine Koppel zierte – aber nichts, womit er sich herumplagen musste.

Als der Rappe endlich wieder still stand, betrachtete Damir erneut das weiße Bündel einige Schritte von ihm entfernt, das fast in einer Verwehung des ockerfarbenen Staubs von Siskenland verschwand. Er spielte gerade mit dem Gedanken, abzusteigen und es aus der Nähe zu betrachten, als ein Ork neben ihm auftauchte, so riesig, dass er den Kopf nur leicht in den Nacken legen musste, um dem hoch zu Ross sitzenden Damir in die Augen blicken zu können.

»Is Aas, is für uns«, stellte der Ork fest.

Vlasoll war der Hauptmann des Trupps, was vornehmlich dran lag, dass er selbst unter den massiven Orks als Riese galt. Mehr brauchte es auch nicht, denn das Kommando lag schließlich bei Damir, der keineswegs Wert auf vorwitzige Orks legte.

Damir rümpfte die Nase. Selbst nach den Wochen, die er in Gesellschaft dieser Brut beim Durchqueren der Ebene verbracht hatte, hatte er sich immer noch nicht an ihren eindringlichen Gestank gewöhnen können. Genauso wenig, wie an den Verdacht, dass diese Riesen sich zwar dem Willen eines Menschen unterwarfen, nachdem sie die Kerker des Westgebirges überlebt hatten, ihn aber trotzdem eher für ein künftiges Fressen denn für ihren Anführer hielten. Vor allem, nachdem es die Fähigkeiten dieser Orks überstieg, ausreichend Maderhörnchen zu fangen, um ihren Hunger zu stillen. Zwar führten sie Proviant mit sich, der sich jedoch schon bald als zu schmal rationiert herausgestellt hatte. So viel, wie diese Muskelberge fraßen, konnte keine Karawane mit sich führen.

Bislang hatte der Trupp seinem Unmut keineswegs Luft gemacht – vermutlich verfügten sie auch nicht über einen ausreichenden Wortschatz, oder aber die Wärme, die die Ebene selbst in den späten Wintermonaten ausstrahlte, befriedete diese Kreaturen. Vielleicht kamen Orks mit Hunger auch viel besser zurecht, als sie zuzugeben bereit waren. Nichtsdestotrotz war Damir sich darüber im Klaren, dass selbst diese gezähmten Orks gefährlich waren. Wenn eine Grenze ihres Hungers überschritten war, würden sie die Stärke vergessen, die Achaten sie hatte spüren lassen. Das gierige Blitzen in ihren gelblich verhornten Augen, mit dem sie ihn unauffällig maßen, war Beweis genug.

Außerdem kannte sich Damir zu gut mit Orks aus, um viel auf die Zusicherung der Kerkermeister zu geben, dass die Exemplare, die man ihm für seine Aufgabe zur Seite gestellt hatte, gebrochen und gezähmt waren. Schließlich hatte er vor einigen Jahren seine eigenen Erfahrungen mit diesen Fleischbergen gemacht, von denen behauptet wurde, sie würden keinen einzigen eigenständigen Gedanken zu Stande bringen, und man könne schon froh sein, wenn sie das Schwert richtig herum hielten. Vielleicht mochte es diesem Haufen aus der Burgfeste endgültig ausgetrieben worden sein, auf dumme Ideen, wie dem Verlangen nach Selbstständigkeit, zu kommen. Doch sie waren Vieh genug, um einen Überlebenswillen an den Tag zu legen. Nun, sobald sie das Westend erreicht hatten, würden sie sich vollfressen können, bis sie platzten. Das hieß, sobald sie ihre Aufgabe erledigt hatten. Aber mit leerem Magen kämpft es sich bekanntlich eh besser, dachte der Schmied grimmig.

Erneut wanderte Damirs Blick zu dem weißen Bündel inmitten der Ebene, und er war kurz davor, dem Ork die Erlaubnis zu geben, sich das Aas zu holen, als es sich bewegte. Nur ganz leicht, nicht mehr als ein feines Beben.

»Ich schaue mir das zuerst einmal an«, sagte Damir, saß vom Pferd ab und drückte dem Ork die Zügel in die Pranke.

Sofort spannte der Rappe seine ausgeprägte Halsmuskulatur an und legte drohend die Ohren flach, was ihm der Ork mit einem bestialisch klingenden Knurren vergalt. Vermutlich hätte Vlasoll viel dafür gegeben, dem Gaul zumindest einmal zu zeigen, dass er besser daran täte, sich zu fürchten, anstatt sich gegen ihn aufzulehnen.

Mit Not unterdrückte Damir das Bedürfnis, sich umzudrehen und die beiden seine Peitsche spüren zu lassen. Eine Waffe, die er sich im Keller der Burgfeste zugelegt und deren Wert er schon bald zu schätzen gelernt hatte. Die elegant durch die Luft tanzende Schnur passte sehr viel besser zu ihm als jedes Schwert – ob er nun Schmied war oder nicht.

Es war eine Waffe, mit der man seine Gegner auf Distanz hielt und sie dominierte. Kein ringendes Miteinander wie in einem Schwertkampf. Aber er war zu erschöpft, um seine Kraft für solche Nebensächlichkeiten zu verschwenden. Siskenland raubte einem Mann die Lebensenergie.

Während er langsam einige Schritte auf das Bündel zumachte, überkam ihn ein Verdacht, der ihm das Herz bis in die Kehle schlagen ließ. Seine Hand suchte den geflochtenen Peitschengriff an seinem Gürtel, dann den Griff seines Schwertes. Wenn man auf kurze Distanz angegriffen wurde, war ein Schwert die bessere Wahl. Zum ersten Mal war er froh, die schwere Waffe seit ihrem Aufbruch nicht abgelegt zu haben, obwohl sie ihn bei den endlosen Ritten gequält hatte. Wer will inmitten einer Horde Orks, die größtenteils von erschreckender Größe waren, mit aus dem Maul hervorstehenden Hauern wie bei einem Eber und Oberarmen, die selbst Damirs Schmiedshände nicht umfassen konnten, unbewaffnet sein?

Das Bündel hatte sich nicht wieder gerührt, doch als Damirs Schatten darauf fiel, bäumte es sich ein Stück weit auf, sodass rötlicher Staub aus den Falten rieselte. Eine Hand mit blutig eingerissenen Fingernägeln tauchte auf, als habe sich die Gestalt mit den Händen über den kargen Boden zu ziehen versucht. Sie griff kurz ins Leere, um dann leblos auf den Boden zu sinken.

Bei dieser Geste vergaß Damir sein Schwert. Es war keine Falle, wie er befürchtet hatte.

Er ließ sich auf die Knie nieder und zog einen Dolch aus dem Gürtel hervor, mit dessen Spitze er weißes Leder beiseiteschob, das er für eine Kapuze hielt. Ein Zopf aus schwarzem, buschigem Haar, das mit einem Lederband zusammengebunden war, kam zum Vorschein. Widerwillig packte Damir hinein und drehte den Kopf so, dass er das Ge-

sicht sehen konnte. Zischend zog er die Luft zwischen den
Zähnen ein, als er Belars erkannte. Ihre Lippen waren aufgesprungen, und der allgegenwärtige Staub der Ebene hatte
sich auf ihnen wie eine Kruste festgesetzt. Die geschlossenen
Augen lagen in dunklen Höhlen, während die Wangenknochen ungewöhnlich spitz hervorstachen. Die Haut war nicht
mehr als rissiges Pergament, durchsetzt mit roten Flecken,
die von einem Fieber kündeten. Von ihrem Körper stieg ein
beißender Geruch auf, der Damir zurückweichen ließ.

Unschlüssig hockte er da, bis die Frau mit einem Stöhnen die Augenlider ein Stück weit öffnete. Rötlich, wundgescheuert vom Sand. Obwohl Belars keineswegs bei Sinnen
war, fixierte sie Damir, bis der seinen Gedanken, sie einfach
den hungrigen Orks zu überlassen, aufgab.

»Kluges Mädchen«, sagte er leise, während er die erstaunlich leichte Frau über seine Schulter legte und auf die wartenden Orks zumarschierte. »Es hätte mir klar sein müssen,
dass du als Einzige von den Njordenern das Zeug dazu hast,
den magischen Ansturm auf Achaten zu überleben. Du ent-
scheidest selbst über dein Schicksal, richtig? Dann wären wir
wohl wieder im Geschäft.«

Vlasoll und sein Trupp waren alles andere als zufrieden
mit ihm, als er ihnen erklärte, dass es sich bei der bewusstlosen Frau keineswegs um ihr Abendessen handelte. Als Damir
anfing, ihr Wasser von ihren knappen Vorräten einzuflößen,
ließen sie sogar ein Raunen hören. Doch Damir störte sich
nicht weiter an ihrem Unmut. Allein Belars Existenz war es
gelungen, seine Lebensgeister wieder zu erwecken. Das hatte
er auch dringend nötig, nachdem ihn das Erlebnis in einem
geheimen Audienzsaal der Prälatin bis in seine Grundfesten
verstört hatte. Die anschließenden Verhandlungen, die er mit
der Herrscherin von Achaten geführt hatte, hatten dagegen
kaum Eindruck hinterlassen, da er immer noch zu sehr un-

ter dem Bann des plötzlich brennenden und schmelzenden Gesteins gestanden hatte.

Zweimal zuvor war Damir Magie ausgesetzt gewesen. Beim ersten Mal landete ein Drache mitten auf dem Marktplatz des Westends und machte so all seine Träume zunichte. Beim zweiten Mal war es nur aus der Ferne gewesen, als eine gewaltige Feuersäule den Himmel über dem Westgebirge erleuchtete. Auch er hatte damals eine Berührung gespürt, allerdings nur ganz schwach, kaum der Rede wert. Die Njordener aus dem Schmugglertrupp, mit dem er unterwegs gewesen war, hatten hingegen vollkommen anders auf die Magie reagiert: mit schierer Panik. Sie waren brüllend aus dem Lager davongestürmt, waren kopflos in die Ebene gelaufen, ohne ein Ziel vor Augen zu haben. Erst nach der Sache im Audienzsaal konnte Damir nachvollziehen, was damals in den Njordenern vorgegangen sein musste. Zeuge zu werden, wozu die Magie im Stande war, ließ einen die Dinge aus einer anderen Perspektive sehen. Es wurde einem bewusst, wie unbedeutend man war, wenn man sie nicht beherrschte. Und wie mächtig, wenn sie einem gehorchte.

Es hatte ihn deshalb auch nicht groß verwundert, als sie das Lager der Njordener nach den Geschehnissen im Audienzsaal verwaist vorgefunden hatten. Später auf ihrer Reise in Richtung Westend waren sie dann auf die Kadaver einiger NjordenEis-Leute gestoßen. Was in diesem Audienzsaal geschehen war, hatte sogar die gestandenen Achatener, die den Umgang mit Maliande durchaus gewohnt waren, fast den Verstand gekostet. Da war es nicht weiter überraschend, dass die Schmuggler in ihrem Wahn zu weit in die Ebene vorgedrungen waren, bevor sie wieder einigermaßen klar denken konnten. Vermutlich hatten sich die meisten gar nicht erst wieder so weit erholt, bevor sie vor Durst und Überanstrengung zusammengebrochen waren. Einer von den Njordenern zumindest, den sie mehr tot als lebend aufgefunden hatten, hatte nur Laute von sich gegeben wie ein gepeinigtes Tier. Damir hatte es den Orks überlassen, den Mann von seinen Leiden zu befreien.

Doch Belars war aus einem anderen Eisen geschmiedet als ihre Landsleute. Und selbst wenn Damir einst geplant hatte, seine Geschäftspartnerin bis zum jüngsten Tag in der Ebene auf ihn warten zu lassen, nachdem er das Drachengeheimnis in eine einflussreiche Stellung im Westgebirge umgewandelt hatte, so war er doch glücklich, sie jetzt gefunden zu haben. Vor allem, da der Rabenmann der Feuersbrunst im Inneren der Burgfeste nicht entkommen war. Nicht, dass er den Rabenmann als Freund vermisste. Von Freundschaft waren sie beide meilenweit entfernt gewesen. Aber wer einen schwierigen Kampf auszufechten hatte, tat gut daran, Verbündete an seiner Seite zu haben, auf deren Neigung zum Eigennutz man bauen konnte.

Während die Orks eine wilde, ohrenbetäubende Jagd auf Maderhörnchen veranstalteten, wobei der Krach wohl eher dazu diente, die Frustration über das entgangene Menschenfleisch loszuwerden, flößte Damir der bewusstlosen Belars mit einer ungeahnten Geduld Wasser ein, obwohl sie das Eingeflößte ein um das andere Mal wieder ausspuckte. Während die Sonne unterging, die Orks den gefangenen Maderhörnchen das Fell über die Ohren zogen und sich sofort über das rohe Fleisch hermachten, kam langsam wieder Leben in Belars maskenhaftes Gesicht. Tastend kam ihre Zungenspitze hervor und suchte auf den eingerissenen Lippen nach Flüssigkeit, die ihr Magen bislang nur leidlich behalten konnte.

Als Belars ein weiteres Mal keuchend Wasser auszuspucken drohte, zog Damir rasch den Trinkschlauch fort. Sogleich wurde sein Handgelenk mit einem eisernen Griff

umfasst. Belars funkelte ihn aus ihren entzündeten Augen
an und zwang den Schlauch erneut an ihren Mund, obwohl
sie im nächsten Moment in ein rasselndes Husten ausbrach.
Ein Schwall des wertvollen Wassers versickerte im trockenen
Boden, dennoch lachte Damir und wischte mit dem Ärmel-
aufschlag seines Mantels über ihr nasses Gesicht.

»Sieh an, kannst nicht einmal deinen Kopf selbst hochhalten, aber zuzuschnappen wie eine Schlange gelingt dir trotzdem. Du hast mir gefehlt, meine Schöne«, ließ er sie wissen,
während Belars gierig zu trinken begann.

Bald danach versank sie in einen Schlaf, der von ruhigen
Atemzügen begleitet wurde. Ganz anders als das flache Atmen, das vor ein paar Stunden noch immer wieder abzu-
reißen gedroht hatte. Zufrieden stellte Damir fest, dass seine Partnerin sich allem Anschein nach sehr schnell erholen würde. Und das war auch gut so, denn in wenigen Ta-
gesritten würde sich der nördlichste Ausläufer des Gebirges
am Horizont abzeichnen. Zum ersten Mal seit ihrem Aufbruch aus dem Westgebirge verspürte Damir Vorfreude auf
das Wiedersehen. Es würde spektakulär werden, dafür hatten
seine Verbündeten in Achaten gesorgt.

In den letzten Wochen waren die Lasttiere ihrer Karawane
schwer beladen hinter den Orks hergetrottet. Ihre Ladung
war sorgfältig durch Seile gesichert, denn sollte eines dieser
Pakete herunterfallen, würden sie ein ernsthaftes Problem
haben – das war selbst Damir bewusst, obwohl er von derlei Dingen keine Ahnung hatte. Doch die Alchimisten hatten ihm die Wirkung der Fracht eindrucksvoll demonstriert.
Dagegen nahmen sich die Krummschwerter und Äxte, die
auf den Rücken anderer Lasttiere verstaut waren, regelrecht
harmlos aus.

Endlich würden nicht nur seine alten Wünsche wahr werden, sondern er würde sich sogar einige neue erfüllen. Doch

erst jetzt, da er Belars an seiner Seite hatte, war er sich sicher, dass sein Plan auch wirklich aufgehen würde. Er brauchte jemanden mit Verstand, der jedoch aufgrund seiner Gier an der Leine zu führen war. Und dank der Prälatin verfügte Damir über mehr lockende Güter, als Belars sich vorzustellen in der Lage war.

⚐ Kapitel 12 ⚐

Jules lehnte sich auf der Bank zurück und hielt sein Gesicht in die Sonne, obwohl ihre Strahlen ein ungewohntes Brennen auf seiner Haut hinterließen. Er hatte die Augen geschlossen, vollkommen konzentriert auf das pulsierende Rot, das sie hinter seinen Lidern aufglühen ließen.

Nun, zumindest wünschte er sich sehnlichst, sich darauf konzentrieren zu können, doch Tevils' nölende Stimme in seiner unmittelbaren Nähe machte ihm das Ganze nicht unbedingt leicht. Mit einem Seufzen rückte Jules seine Schultern an der Häuserwand zurecht und schaltete die Ohren auf Durchzug. Er hatte den Frühling bereits in Previs Wall kennen gelernt, aber die Hafenstadt konnte mit diesem Dorf am Hang nicht mithalten. Der Himmel hier war sonderbar blau, die Luft lieblich, und unter der dünnen Schneedecke, die noch vom Spiel des vergangenen Winters kündete, brachen bereits die ersten Frühlingsboten hervor.

Fast wäre Jules eingenickt, da bohrte sich plötzlich ein spitzer Finger zwischen seine Rippen. Einen Aufschrei unterdrückend, wich er zur Seite und plumpste von der Bank. Borif, der zu den Füßen der beiden jungen Männer gelegen hatte, sprang kläffend davon. Geschmeidig wie eine Katze kam Jules wieder auf die Beine. Während ihm nach wie vor rote Flecken vor den Augen tanzten, blickte er sich hastig um, ob auch niemand Zeuge dieser peinlichen Situation geworden war. Dann knurrte er Tevils an, der den aufgescheuchten Hund mit dem Stiefel abwehrte.

184

»Du hast es herausgefordert«, brachte Tevils zwischen zusammengebissenen Zähnen hervor. »Mich derartig zu ignorieren ist einfach eine Frechheit.«

»Sind wir vielleicht ein wenig überheblich geworden, seit wir ein vollwertiges Mitglied des Ordens sind? Der Herr erträgt es nicht, wenn man ihn einen Moment lang nicht beachtet.« Immer noch sah Jules sich um, während er sich leidlich den Matsch vom Hosenboden wischte. Mit zusammengezogenen Augenbrauen betrachtete er anschließend seine schmutzigen Hände. »Wunderbar.«

»Von Allehe ist weit und breit nichts zu sehen, also mach dir mal keine Sorgen wegen deines Aussehens. Sie ist in ihrer Kammer und macht sich hübsch. Rate mal, für wen.«

Mit jedem Wort hatte sich Tevils' Laune verschlechtert. Jules zuckte allerdings nur mit den Schultern, schob Borif beiseite und wischte seine Hände kurzerhand an Tevils Oberschenkeln ab, wo dunkle Spuren auf dem Leder seiner Hose zurückblieben.

»He, du Ferkel!«

»Beschwer dich ja nicht«, drohte Jules ihm und setzte sich neben seinem Freund wieder auf die Bank. »Ich weiß, ehrlich gesagt, wirklich nicht, worüber du die ganze Zeit jammerst. Wir sind doch gerade erst den dritten Tag hier auf dem Hof deiner Familie. Du solltest die paar Stunden, die uns noch verbleiben, genießen. Außerdem: Kraul den Hund, damit er endlich Ruhe gibt.«

Tevils tat, wie ihm aufgetragen, und knetete Borifs zu kurz geratene Ohren durch, bis der Hund ein genüssliches Grunzen ausstieß. Seit sie auf dem Hof der Truburs eingetroffen waren, war Borif nicht von Tevils' Seite gewichen. Selbst nach der tausendsten Liebesbekundung hatte der Hund immer noch nicht genug – und Tevils ebenfalls nicht, auch wenn er es nicht zugeben wollte. Er war überglücklich gewesen, als er durch die Eingangstür seines Elternhauses geschritten war, in deren hartes Holz eine Eibe geschnitzt war – das Zeichen der Familie Trubur.

Ein Teil von ihm war es nach wie vor, während ein anderer Teil bereits sehr genervt von der Enge des Hauses und den Eigenarten seiner Eltern war. Vor allem Bienem machte es ihm nahezu unmöglich, sich als Ordensmitglied zu fühlen. Ganz gleich, was er ihr in Gesprächen unter vier Augen gesagt hatte, er war nichtsdestotrotz ihr »Burschi«, dem vor Magerkeit die Schulterblätter unter dem Hemd hervorstachen, ihr Nesthäkchen, das mal ordentlich bemuttert und gefüttert werden musste. Und außerdem sollte er bitte nicht immerzu dazwischenreden, wenn die Erwachsenen sich unterhielten.

Jules hatte jede erniedrigende Szene mitbekommen, und sein Grinsen war mit jedem weiteren Anschlag, den Bienem auf Tevils' Mannsein unternommen hatte, breiter geworden. Dieser elende Verräter, der sich sein Freund nannte. Wenn man bedachte, was Tevils nicht alles für ihn getan hatte, als er am Boden zerstört gewesen war, war dieses dreiste Grinsen die größte Frechheit überhaupt – noch schlimmer als seine stete Behauptung, alles wäre doch ganz wunderbar im Westend. Mittlerweile zählte Tevils die Minuten, bis er endlich wieder den Fängen seiner Vergangenheit entkam.

»Was war es denn dieses Mal, das dich so aufgeregt hat, dass du mir nicht einmal einen ruhigen Moment im Sonnenschein gönnst?«

Jules' Tonfall verriet, dass er sich nicht im Geringsten vorstellen konnte, warum Tevils andauernd nörgelte. Kein Wunder, denn Jules war ja schließlich auch ganz begeistert von den Truburs. Besonders von Allehe mit ihren goldenen Locken und dem beeindruckenden Dekolletee.

Mit einem Schnauben drehte sich Tevils herum, sodass Jules einen Blick auf seinen Hinterkopf werfen konnte.

186

»Oh«, stieß sein Freund überrascht aus. »Was ist denn mit deinen Haaren passiert?«

»Als ich ein Nickerchen gemacht habe, hat meine Mutter sich klammheimlich an mich rangeschlichen und versucht, mir einen ordentlichen Haarschnitt zu verpassen. Einen *ordentlichen Haarschnitt*, so nennt sie diese Verunstaltung. Glücklicherweise bin ich noch rechtzeitig aufgewacht.«

»Na ja, rechtzeitig …?« Jules zupfte an den unregelmäßigen Fransen, die Tevils' Nacken bedeckten. »Sieht irgendwie aus wie nach einer Explosion.« Da Tevils gequält aufstöhnte, lenkte er sofort ein. »Halb so wild, ich richte das schon wieder.«

Bei jedem anderen wäre Tevils zusammengezuckt, wenn er sein Messer gezogen und damit angefangen hätte, an seinen Haaren zu schneiden. Aber Jules konnte man in solchen Belangen vertrauen. Wenn nicht dem durch und durch eleganten Njordener, wem dann? Nach einigen gezielt ausgeführten Schnitten war Jules auch schon fertig, und Tevils betastete mit einem flauen Gefühl im Magen seinen Nacken.

»Fühlt sich ein wenig dünn an. Himmel, Bienem hat mir wirklich den ganzen Zopf abgesäbelt.«

»Halb so wild«, beruhigte Jules ihn. »Ist bei deinem widerspenstigen Haar vielleicht gar nicht das Verkehrteste.« Als Tevils die Nase rümpfte, zog Jules belustigt die Augenbrauen in die Höhe. »Seit wann ist der junge Herr denn so ausgesprochen eitel?«

»Und das ausgerechnet von dir!«

Dabei war Tevils tatsächlich nicht sonderlich an seinem Äußeren interessiert. Nur stand sein langes Haar für das Leben, das er sich außerhalb des Tals aufgebaut hatte, und dass seine Mutter ihn so mühelos rupfen konnte, gefiel ihm gar nicht.

Nachdenklich kratzte er die feuchten Lehmspuren von

seiner Hose, wobei er sie jedoch eher verwischte. Nachdem ihnen Balam erzählt hatte, dass Nahim das Tal schon vor geraumer Zeit verlassen habe, hatte Vennis nicht gezögert, mithilfe des Maliandes zu Nahim zu wandeln. Wenn Vennis' Hoffnungen sich erfüllten, würde er schon bald mit seinem Neffen an der Seite wieder hier erscheinen, damit Nahim sie alle nach Achaten bringen konnte. Aber Tevils hegte so seine Zweifel, dass Vennis ein leichtes Spiel haben würde. Der junge Monteraner hatte seinen eigenen Kopf, ansonsten hätte er es nicht so lange an der Seite einer Frau wie Lehen ausgehalten. Nun, zumindest mit der Lehen, zu der sie in den letzten Jahren geworden war: eine streitsüchtige, unbeherrschte Person, deren einziger Sinn im Leben darin bestand, sich um jedermanns Belange zu kümmern. Nur um die ihrer engsten Familie nicht, für die war sie blind gewesen.

Tevils hatte seine große Schwester immer geliebt und zu ihr aufgeblickt, auch wenn ihm das erst jetzt bewusst wurde. Dieser Sinneswandel, der sie ihnen allen entfremdet hatte – was mochte der Grund dafür gewesen sein? Bei dem Gedanken, sich nie damit auseinandergesetzt zu haben, krümmte Tevils sich innerlich. Wie hatte er nur derartig unbekümmert durchs Leben gehen können? Nicht, dass sich daran etwas geändert hätte. Letztendlich hatte er sich auch dieses Mal nicht gefragt, wie es Lehen wohl ergehen mochte, weit weg von ihrer Familie und an der Seite Damirs, von dem Tevils keineswegs gut dachte, nachdem der ihn als Junge eine Zeit lang in Obhut gehabt und durchweg nur gedemütigt hatte. Hatte er nicht die Pflicht als Bruder, sich um Lehen zu kümmern, wenn es ihr schlecht ging? Musste er sie nicht davor bewahren, von Damir für seine undurchsichtigen Machenschaften missbraucht zu werden? Was war für einen Mann wichtiger: das eigene Leben zu formen oder sich um seine Familie zu kümmern?

Bevor Tevils zu einem Ergebnis gelangte, packte Jules ihn so fest am Oberarm, dass es schmerzte. Tevils stieß einen Fluch aus und wollte seinen Freund schon abwehren, da bemerkte er Jules' erstarrtes Gesicht. Sein Blick war auf eine Stelle des Hofes gerichtet, an der es nun wirklich nichts Spektakuläres zu sehen gab. Trotzdem war Jules' Körper angespannt wie ein Flitzebogen.

»Was ist denn? Die Schneeglöckchen sind doch hübsch, oder nicht?«

Dann nahm auch Tevils das leichte Flackern der Luft wahr, als würde sie von großer Hitze erwärmt werden. Die Luft schien sich in einem Moment zu verdichten und im nächsten mit einem goldenen Sprühregen auseinanderzufliegen. Ein gleißendes Aufflackern zwang Tevils dazu, die Augen zu schließen. Als er vorsichtig die Lider hob, glaubte er sich geblendet, doch der Eindruck verflüchtigte sich umgehend. Zurück blieb ein leichtes Brennen, das er sofort vergaß, als er die drei Gestalten in der Mitte des Hofes entdeckte, die dort soeben definitiv nicht gestanden hatten.

»Lehen?«, brachte Tevils ungläubig über die Lippen.

Mit steifen Gliedern stolperte er auf seine Schwester zu, die ungewohnt verträumt aussah und die Arme um ein Kind geschlungen hielt, das an sie gedrängt vor ihr stand und ihr bis zur Brust reichte. Für Nahim, der einen Schritt zur Seite getaumelt war und sich vornüberbeugte, wie jemand, der von plötzlicher Übelkeit heimgesucht wurde, hatte er keinen Blick übrig. »Wo kommst du so plötzlich her?«, fragte er seine Schwester atemlos.

»Es ist wunderbar warm hier.«

Die Antwort war nicht mehr als ein zartes Zirpen, passend zu Lehens verschleiertem Blick, mit dem sie gar nicht zu erfassen schien, wo sie eigentlich gelandet war. Unvermittelt verspürte Tevils den Drang, seine Schwester zu berühren, als Bestätigung dafür, dass sie nicht nur ein Trugbild war. Doch noch ehe er die Hand ausstrecken konnte, hörte er ein drohendes Fauchen. Das Kind hatte sich aus der Umarmung gelöst und sah ihn herausfordernd an. Mit lodernd roten Augen, als wäre es nicht mehr als eine Hülle, der es nur mit Mühe gelang, eine innere Feuersbrunst zurückzuhalten. Tevils hielt mitten in der Bewegung inne.

»Lass gut sein, Tanil. Der Bursche mit dem wirren Haar gehört zur Familie«, erklärte sein Schwager, als ginge es lediglich um eine Lästigkeit und nicht etwa um Tevils' Leben.

Schlagartig verschwand das gefahrvolle Glühen, stattdessen blinzelten ihn zwei kohlschwarze Augen freundlich an. Dann bemerkte der Junge Borif, der begeistert über den unverhofften Besuch war. Zunächst wollte der Hund auf Lehen zuspringen, aber dann beschloss er, dass der Junge nach deutlich mehr Vergnügen aussah. Und einen Moment später tollten die beiden auch schon im Hof herum.

»Ist es Bienem abermals nicht gelungen, ihre Verschönerungkünste an deinem Kopf zu Ende zu bringen?«, fragte Nahim, der sich unablässig eine Faust gegen die Leibesmitte presste. »Dieses Mal hat sie dir ja sogar ein paar Haare übrig gelassen.«

Röte breitete sich auf Tevils' Wangen aus, aber dann ging er zum Gegenangriff über. »Das mit dem Wandeln scheint dir mittlerweile ja deutlich besser zu gelingen, Schwager. Vennis hat mir erzählt, dass du früher immer gespuckt hast und stundenlang grün im Gesicht warst.«

Nahim winkte nur schwach mit der Hand ab und trat neben Lehen, die sich sogleich an ihn schmiegte. Die beiden strahlten eine solche Vertrautheit aus, dass Tevils die Trennung, von der ihm die Familie erzählt hatte, plötzlich für ein haltloses Gerücht hielt. Ein Stich setzte ihm zu, weil es ihm noch nicht gelungen war, seine Schwester zu begrüßen. Ungeduldig trat er von einem Fuß auf den anderen, doch das Paar schien seine Anwesenheit völlig vergessen zu haben. Als gäbe es für Lehen nur noch Nahim.

»Wie geht es dir? Hast du den Wandel gut überstanden, Liebling?« Nahims Stimme klang zärtlich.

Lehen lächelte und wendete ihr Gesicht dem Sonnenlicht zu. »Wunderschön«, ließ sie niemanden Spezielles wissen.

»Das Wandeln bringt sie immer etwas aus der Fassung. Das letzte Mal hat die Wirkung einige Tage lang angehalten, aber es besteht kein Grund zur Beunruhigung. Sie ist halt nur etwas verträumt.« Ein Lächeln schlich sich auf Nahims Gesicht, als hätte er nichts gegen eine verträumte Lehen einzuwenden.

»Dann ist ja gut.« Tevils verschränkte die Arme vor der Brust und bemühte sich, würdevoll dreinzublicken. »Wo steckt eigentlich Vennis, sollte der nicht mit euch zu uns ins Tal wandeln?«

Suchend blickte Nahim sich um, dann zuckte er mit den Schultern. »Eigentlich schon. Allerdings hat er einen eigenen Flakon mit Maliande benutzt, weshalb ich fast darauf tippen würde, dass er sich für eine Verschnaufpause im *Roten Haus* entschieden hat. Er hat so einen Äußerung fallen gelassen, dass er lieber nicht dabei wäre, wenn ich Balam und den Seinen gegenübertrete.«

Endlich gesellte sich Jules zu ihnen, auch wenn er Abstand hielt. Er hatte die Arme hinter dem Rücken verschränkt. Vermutlich, weil seine Hände zitterten und er diese Schwäche nur ungern zeigen wollte. Die Njordener vertrugen die Wirkung des Maliandes nicht, selbst wenn sie nur von den Ausläufern eines magischen Geschehens gestreift wurden. »Ihr habt ein Kind aus meinem Volk bei euch. Darf ich fragen, wie es dazu kommt?«

Von einem Moment zum nächsten verlor sich der verklärte Ausdruck auf Lehens Gesicht. »Tanil ist unser Kind«, sagte sie mit einer Schärfe, die keinen Zweifel an der Richtigkeit dieser Worte aufkommen ließ.

»Wie auch immer«, unterbrach Tevils. »Das hier ist mein Freund Jules, der Botschafter des NjordenEis-Volkes in Achaten wird. Und das sind meine Schwester Lehen und ihr Mann Nahim. Ist die Bezeichnung ›Mann‹ eigentlich richtig? Ich habe da etwas von einer Trennung gehört.«

Doch Lehen beachtete ihn nicht, sondern lief zu dem mit dem Hund tobenden Jungen. Zuvor warf sie Jules allerdings noch einen vernichtenden Blick zu, woraufhin dieser tatsächlich zusammenzuckte. Einen Moment lang sah es so aus, als würde er eine Rechtfertigung oder – was Tevils eher vermutete – einen Gegenschlag hervorbringen, aber er riss sich zusammen.

»Seit der Trennung zwischen Lehen und mir ist einiges passiert«, brachte Nahim betreten hervor, als erinnere er sich erst jetzt daran, dass die Familie Trubur ihn alles andere als mit offenen Armen empfangen würde.

»Na, dann sollten wir vielleicht einmal reingehen, damit du Licht ins Dunkel bringen kannst. Auf Lehen und ihren scharfen Verstand können wir wohl vorerst nicht zählen.«

Einen Augenblick standen die drei Männer schweigend da und betrachteten die ansonsten stets würdevolle Frau dabei, wie sie ausgelassen mit Kind und Hund spielte. Dann betraten sie das Haus der Truburs, durch dessen Kamin Qualm aufstieg und verriet, dass es schon bald etwas Gutes zu essen geben würde.

Entgegen Tevils' Vermutung kam Nahim bei der Begrüßung glimpflich davon.

Die Begrüßung fiel zwar laut und lebhaft aus, aber das

lag vor allem an einer überdrehten Bienem, die nach langer Zeit des Darbens nun endlich wieder auf ihre Kosten
kam. Ein solches Übermaß an Unterhaltung hatte das Tru-
bur-Haus schon lange nicht mehr erlebt! Nicht nur ihre
ganze Familie samt einem etwas seltsamen Kind und einem
gut aussehenden Fremden war unter einem Dach versam-
melt, sondern es wurde auch ein wahres Füllhorn von Neuigkeiten ausgetauscht. Allerdings ahnte sie die meiste Zeit
kaum, wovon eigentlich die Rede war, aber gerade das genoss Bienem ausgiebig. Später würde sie die Geschichten so
erzählen, dass auch die Damen aus dem Ort ihr Vergnügen
daran fanden. Geschichten über die schrecklichen Dinge,
die in Rokals Lande geschahen und einen leichten Schauer hervorriefen, zugleich aber das Wohlbefinden steigerten,
weil all dies in weiter Ferne geschah. Dass das Tal keineswegs
von den drohenden Veränderungen unberührt bleiben würde, kam Bienem nicht in den Sinn. Genauso wenig, wie sie
Zeit darauf verschwendete, Nahim wegen seines plötzlichen
Verschwindens zur Verantwortung zu ziehen. Für so etwas
war später noch Zeit.

Auch Balam begnügte sich vorerst damit, Nahim mit
Vorwürfen und Verwünschungen zu überschütten, um ihn
anschließend mit Ignoranz zu strafen. In Wirklichkeit lag
Balam bloß nicht viel daran, sich mit seinem Schwiegersohn
zu streiten, vor allem, da ja letztendlich alles gut ausgegangen
war. Genau wie an Bienem prallten auch an ihm die Gespräche der drei Männer an seinem Küchentisch ab. Er war
viel zu sehr damit beschäftigt, seine älteste, ungewöhnlich
mild gestimmte Tochter an seine Brust zu drücken und dem
kleinen Jungen, den sie mitgebracht hatte, den Hof zu zeigen. Angesichts solcher Freuden erschienen ihm die große
Politik und die geheimnisvollen Achsen, die man vom Tal
aus nicht sehen konnte, als Nebensächlichkeiten.

Die beiden jungen Frauen der Familie – Allehe und Anisa – hingegen hörten aufmerksam zu, während sie eifrig in der Küche werkelten, um für die große Gemeinschaft etwas Essen auf den Tisch zu bringen. Doch immer wieder wurden sie von einer ungewöhnlich liebreizenden Lehen abgehalten, die nutzlos im Weg stand oder eine der Frauen ein um das andere Mal wortlos in die Arme schloss.

Zwischen Tür und Angel gelang es Anisa gerade einmal, ihrem Bruder etwas zuzuraunen. Nach dem kurzen Wortwechsel blickte Nahim überrascht zu Fehan, der in diesem Augenblick den Kamin mit neuen Scheiten fütterte.

Lächelnd legte Nahim einen Arm um die Schultern seiner Schwester. »Wusste ich doch, dass dir das Westend Glück bringen würde«, sagte er leise, dann trat er auf den Ostler zu, um ihm zur Hand zu gehen. Für einen Moment erstarrte Fehan, als wisse er nicht recht, was ihn erwartete. Doch als Nahim einfach nur zu plaudern begann, entspannte er sich zusehends und ging, entgegen seiner Natur, sogar auf das Gespräch ein. Als man sich später zu Tisch setzte, nahm Fehan derartig ermutigt den Platz neben Anisa ein, anstatt sich wie gewöhnlich mit einem vollen Teller in eine Ecke zurückzuziehen.

Bis in die späte Nacht saßen sie im Haus der Truburs beisammen und berichteten, was sich in den letzten Wochen ereignet hatte. Wobei Lehen keine große Hilfe war, da sie sich weigerte, an dem Gespräch teilzunehmen. Sie war viel zu sehr damit beschäftigt, Anisa und Allehe abwechselnd etwas ins Ohr zu flüstern, gerade so als wären die Geschehnisse in Rokals Lande nicht halb so reizvoll wie die Tratsch- und Familiengeschichten, die die beiden Frauen zu bieten hatten.

Letztendlich war die Nachwirkung des Maliandes auf Lehen sogar hilfreich, denn so musste Nahim nur kurz davon berichten, wie Damir sich als Schmuggler verdingte und obendrein Lehen und ihn der Willkür der Prälatin ausgeliefert hatte.

Zur Erleichterung aller zuckte Allehe nur mit der Schulter und sagte: »Warum überrascht es mich nicht, das zu hören. Damir kennt eben nur seinen eigenen Vorteil, alles andere ist ihm fremd. Ich bin froh zu hören, dass jetzt das ganze Siskenland zwischen uns liegt. So soll es meinetwegen auch für den Rest unseres Lebens bleiben.«

Nahim fuhr mit seinem Bericht fort, erzählte von Badramur und wie sie den Drachenangriff auf Previs Wall angeordnet hatte, als endlich Vennis auf dem Hof eintraf, die Stiefel mit Lehm beschmiert und rot gefrorenen Wangen. »Tut mir leid, dass ich jetzt erst komme«, sagte er mit einem verschmitzten Lächeln, das man bei Vennis nur selten zu sehen bekam. »Ich hielt es jedoch für das Klügste, dass ihr erst einmal eure Familienangelegenheiten klärt. Außerdem hilft so ein Bier im *Roten Haus* erstaunlich gut gegen die schlechte Laune, die ich vom Wandeln bekomme. Wobei habe ich euch unterbrochen?«

Nahim machte ein Gesicht, als würde er einen unvermittelten Druck in der Magengegend verspüren. »Wir waren gerade bei der Frage, wie es überhaupt zum Drachenangriff von Achaten aus kommen konnte.«

Als bei Nahims Erklärung der Name Lalevil fiel, stellte Tevils seinen Weinbecher mit einem lauten Knallen ab, äußerte sich aber nicht dazu, dass ausgerechnet seine verehrte Drachenreiterin aus dem NjordenEis die stolze Hafenstadt zu Fall gebracht hatte.

Ganz anders als sein bester Freund: »Und was geschah, nachdem Badramur den Angriff befohlen hatte?« Jules war auf der Bank tief in sich zusammengesunken, den Blick auf den Zigarillo gerichtet, den er schon seit Stunden zwischen seinen Fingern tanzen ließ, weil Bienem ihm das Rauchen im Haus untersagte. Zu Beginn des Abends hatte der Njordener keine Gelegenheit ausgelassen, um mit Allehe zu flirten und gleichzeitig Bienem, die sehr von dem gewandten jungen Mann angetan war, Aufmerksamkeiten zukommen zu lassen. Doch als sich die Gespräche Achaten zuwandten, war seine Miene immer undurchdinglicher geworden, als würde er jedes einzelne Wort genau in sich aufnehmen und einer Prüfung unterziehen.

»Nun, wir wissen doch alle, was daraufhin geschah: Präae hat das Gestein der Residenz von Previs Wall mit ihrem Feuer zum Schmelzen gebracht. Willst du das jetzt noch einmal nacherzählen, weil es so schön war?«, antwortete Nahim eine Spur zu gereizt und funkelte Jules herausfordernd an.

Plötzliches Füßescharren, Räuspern und Geschirrgerücke verriet, dass alle Anwesenden spürten, was für ein schwieriges Thema Jules mit seiner Frage angesprochen hatte. Nur Jules schien der Stimmungswandel zu entgehen. »Ich meinte auch vielmehr, was danach im Audienzsaal der Prälatin geschehen ist.«

»Wir sind geflohen.« Nahim hatte beide Hände auf den Tisch gelegt, sodass jeder sehen konnte, wie er sie zu Fäusten ballte.

»Aber wie?«, beharrte Jules unbeeindruckt.

»Du hast doch gerade erlebt, wie wir auf dem Hof eingetroffen sind: Das Maliande ermöglicht es mir, zu wandeln. Und nicht nur das, ich kann auch noch jemanden mitnehmen. Wenn ich das richtig verstanden habe, wirst du ja eine meiner nächsten Begleitpersonen sein. Ich werde mit dir nach Achaten wandeln, damit du die Höflinge dort mit deinem wachen Geist beeindrucken kannst. Und vielleicht wird sich sogar die Prälatin persönlich über deine Gegenwart freuen. Nicht etwa, weil ihr die diplomatischen Bezie-

196

hungen zum NjordenEis so sehr am Herzen liegen, sondern weil vor gar nicht langer Zeit jemand aus deinem Volk ihr einen großen Gefallen erwiesen hat. Badramur wird dich mögen, du bist Lalevil mit deinem Ehrgeiz nämlich durchaus ähnlich.«

Mit einem Griff zerbröselte Jules den Zigarillo zwischen seinen Fingern, dann sprang er auf, weil er seine innere Aufruhr nicht länger beherrschen konnte. »Entschuldigt mich bitte«, sagte er und steckte sich auf dem Weg zur Eingangstür bereits einen neuen Zigarillo zwischen die zornesbleichen Lippen.

Als die Tür hinter ihm ins Schloss fiel, erhob sich Tevils langsam und blickte seinen Schwager mehr überrascht als empört an. »Das war gemein«, ließ er ihn wissen. »Nicht nur die Sache mit dem Wandeln, die Jules schwer im Magen liegt, sondern auch so zu tun, als wenn dem NjordenEis-Volk nicht über den Weg zu trauen wäre, nur weil Lalevil sich hat erpressen lassen.«

»Ich wollte mir nur nicht von diesem Schlaukopf Löcher in den Bauch fragen lassen. Er wird sich schon wieder beruhigen, schließlich ist er Diplomat. Am Hof von Achaten wird er sich noch ganz andere Dinge anhören müssen, ohne auch nur mit der Wimper zucken zu dürfen. Das war eben quasi schon ein kleiner Vorgeschmack.«

»Aber so ganz von der Hand weisen kannst du Jules' Frage nicht. Es grenzt doch schon an ein Wunder, dass ihr fliehen konntet. Bist du an das Maliande der Prälatin herangekommen, sodass ihr wandeln konntet?« Doch weiter kam Tevils nicht, weil Vennis ihn mit einem eindringlichen Räuspern unterbrach.

»Nahim und Lehens Flucht aus der Burgfeste war sicherlich ein aufregendes Abenteuer, das wir uns alle gern eines Tages beim gemütlichen Beisammensitzen vor dem Kaminfeuer erzählen lassen. Aber im Moment gibt es wirklich wichtigere Dinge, die uns beschäftigen. Es stehen ein paar schwierige Entscheidungen an. Uns ist nur ein Flakon von Faliminirs Vorräten geblieben. Das bedeutet, Nahim wird zunächst nur einen von uns nach Achaten bringen können. Dort muss er zuerst an weiteres Maliande gelangen, was keine einfache Übung sein dürfte, so wie die Dinge zurzeit liegen. Die Prälatin wird jede einzelne Phiole strengstens im Auge behalten. Wir werden also entscheiden müssen, wer dringender in der Burgfeste gebraucht wird: Jules oder ich.«

»Halt!« Tevils war aufgesprungen und fuchtelte mit dem Arm aufgeregt in der Luft herum. »Es muss heißen: Jules, du oder meine Wenigkeit. Schließlich bin ich auch ein Ordensmitglied! Ihr könnt mich hier doch nicht einfach in diesem abseitigen Tal zurücklassen wollen. So nicht, meine Herren. Auch ich habe ein Recht darauf, die Geschicke von Rokals Lande mitzulenken.«

»Beruhige dich, Tevils«, schaltete sich Nahim leicht belustigt über die Empfindlichkeit des jungen Mannes ein. »Das Maliande meines Vaters war dafür benutzt worden, um mit seinen Schergen in Kontakt zu bleiben. Wenn es uns gelingt, in der Burgfeste Maliande zu beschaffen, wird es rein sein, und dann kann ich dich und jemand anderen gleichzeitig mitnehmen. Vorausgesetzt, du wächst über Nacht nicht noch ein weiteres Stück.«

»Ha! Du gehst also einfach davon aus, dass ich nicht derjenige sein werde, den du zuerst mitnehmen wirst. Was bin ich? So etwas wie ein lästiges Anhängsel? Damit liegst du gründlich falsch, mein Freund. Ich habe nämlich auch schon meinen Dienst für den Orden geleistet und bestehe deshalb darauf, gleichwertig behandelt zu werden.«

»Halt den Mund, Tevils.« Jules schloss die Tür hinter sich,

eine beißende Rauchwolke hinter ihm aussperrend. »Du redest dich ganz umsonst in Rage.«

»Fällst du mir etwa in den Rücken?«

»Nein. Ich glaube nur, dass es das Beste ist, wenn Vennis als Erster mitgeht, auch wenn meine Eitelkeit mir etwas anderes einreden will. Aber nach allem, was ich gehört habe, stehen die diplomatischen Verbindungen zwischen dem Njorden-Eis und der Burgfeste im Augenblick nicht an erster Stelle. Den Orden zusammenzuführen muss jetzt oberste Priorität haben. Deshalb sollte mit dem Maliande, das Nahim und Vennis beschaffen können, auch zunächst Maherind aus dem NjordenEis in die Burgfeste geholt werden.«

Sowohl Tevils als auch Vennis starrten Jules an, denn Bescheidenheit war eine Eigenschaft, die er bislang noch nie an den Tag gelegt hatte.

»Allerdings«, fuhr Jules mit einem Grinsen im Gesicht fort, »hat meine vorbildliche Zurückhaltung ihren Preis: Als guter Freund wird Tevils an meiner Seite bleiben und mich mit seiner unterhaltsamen Art darüber hinwegtrösten, dass ich eine solche Chance kampflos aufgebe.«

»Mistkerl«, knurrte Tevils und verschränkte trotzig die Arme vor der Brust. »Du hast doch bloß Bammel vorm Wandeln.«

»Diese Entscheidung ist wirklich löblich und vor allem überraschend selbstlos, Jules.« Vennis erhob sich und streckte seinen Rücken durch. »Dann ist es also abgemacht: Nahim und ich werden so bald wie möglich zur Burgfeste aufbrechen, wobei wir uns noch überlegen müssen, welcher Ort für unsere Ankunft am geeignetsten ist. Es wäre bestimmt keine gute Idee, wenn die Prälatin mitbekäme, dass Nahim sich wieder in ihrer Reichweite befindet.«

»Badramur darf auf keinen Fall erfahren, dass ich mich im Westgebirge aufhalte. Das würde unsere Pläne ohne Zweifel zunichtemachen.« Zwischen Nahims Brauen zeichnete sich eine steile Falte ab. »Das wird schwierig. Die Prälatin muss davon überzeugt sein, dass du allein durch das Siskenland nach Achaten gelangt bist. Aber wenn wir in einem sicheren Abstand zu den Wachposten in der Ebene ankommen, haben wir das Problem, mich unbemerkt in die Burgfeste zu bekommen. Damit unsere Strategie funktionieren kann, muss alles so rasch wie möglich vonstattengehen. Für ein großes Hin- und Hergelaufe durch die Ebene fehlt uns schlicht die Zeit.«

Schweigen breitete sich aus, weil keinem der Anwesenden eine Lösung einfallen wollte. Sie waren viel zu erschöpft, verwirrt, oder – wie Lehen – einfach eingeschlafen. Sie hatte sich schon vor einer Weile so eng an ihn geschmiegt, dass Balam vor Entrüstung ein lautes Schnaufen von sich gegeben hatte. Aber schon bald war ihr Kopf auf Nahims Schulter immer schwerer geworden, und er hatte sie vorsichtig auf seinen Schoß gleiten lassen. Nun strich er ihr die Ponysträhnen aus der Stirn, bevor er sie sanft küsste.

»Hoffentlich kannst du dich bald aus der Umarmung des Maliandes reißen, auch wenn du dich noch so gut darin aufgehoben fühlen magst«, flüsterte er seiner schlafenden Frau zu. »Ich könnte deinen klugen Kopf jetzt wirklich gebrauchen.« Doch Lehen lächelte nur im Schlaf.

≤ Kapitel 13 ≥

Mit entschlossenen Schritten hielt Kohemis auf die Tür seines Gästegemachs zu, blieb dann jedoch davor stehen, weil er sich über seinen pfeifenden Atem ärgerte. Es half alles nichts. Er schloss die Augen und sog Luft in seine widerwilligen Lungen. Ruhig und langsam.

Doch ganz gleich, wie sehr er sich auch bemühte, er bekam einfach nicht ausreichend Luft, sein Brustkorb war wie zugeschnürt. Verdammte Burgfeste, hier gibt es einfach zu viel Gestein, schimpfte Kohemis wie schon unzählige Male zuvor an diesem Morgen − sowie an den Morgen davor.

Vor acht Tagen waren sie in Achaten angekommen, trotzdem hatte er sich immer noch nicht an das allgegenwärtige Gefühl der Enge gewöhnen können. Stattdessen wurde es zusehends schlimmer. Mittlerweile kostete es Kohemis fast seine gesamte Selbstbeherrschung, um das Bild zu ignorieren, wie er eingekerkert in einem kolossalen Steinhaufen saß, während jemand immer weiter Gesteinsbrocken obenauf häufte.

Und das in Zeiten, in denen seine gesamte Aufmerksamkeit der Prälatin und ihren irrwitzigen Plänen gewidmet sein musste. Badramur hatte sich allem Anschein nach die eine oder andere Fehlkalkulation bei ihren Plänen, Previs Wall niederzuringen, erlaubt. Darauf wies zumindest der deutlich schmale Speiseplan hin, den die Bediensteten der hochrangigen Gäste hinnehmen mussten. Das hatte zumindest Aelaris zu erzählen gewusst, der die Speisen der Burgfeste zwar nicht einmal mit der Fingerspitze anrührte, aber trotzdem kaum eine Mahlzeit der Dienerschaft ausließ. Auch wenn der Elbe es niemals ausgesprochen hatte, tat er gern so, als wäre er Kohemis' Diener. Vermutlich, weil ein Diener, der im Auftrag seines Herrn unterwegs war, viele Freiräume besaß. Die Idee hätte direkt von Maherind stammen können, dachte Kohemis ein wenig neidisch. Obwohl der Elbe wegen seiner Erscheinung überall auf maßloses Staunen stieß, liebte er es, die Burgfeste zu erkunden. Ob nun willentlich oder nicht, in diesem Steinhaufen, der Kohemis zunehmend seinen Seelenfrieden kostete, war Aelaris zu einem passablen Ersatz für Maherind geworden. Auch das alte Ordensmitglied vertrat stets die Meinung, man kenne einen Ort nur dann wirklich, wenn man sich auch in seinen dunkelsten Ecken schlafwandlerisch zurechtfand.

Wer nicht ängstlich auf Aelaris reagierte, geriet rasch in den Zauber seiner Elbenmagie. Angesichts dieses Elben, der gänzlich anders als jene grausamen Geschöpfe aussah, gegen die man erst vor einigen Monaten in den Krieg gezogen war, vergaß so mancher wohl sehr gern seine Furcht und beantwortete bereitwillig jede gestellte Frage. Vermutlich in der Hoffnung, sich noch einen weiteren Augenblick in dem Licht dieser wunderbaren Gestalt sonnen zu dürfen.

So nutzte Kohemis nur allzu gern die Informationen, die Aelaris von seinen ausgiebigen Streifzügen mitbrachte. Die Rede war von niedergeschlagenen Aufständen im sogenannten Keller der Burgfeste, weil man die deutlich zu mager ausfallenden Essensrationen nicht länger hinnehmen wollte. Aelaris berichtete von Wilderern, die mit einer Mischung aus Brutalität und Dummheit versucht hatten, die gut bewachten Schafherden zu rauben. Und davon, in welchem hitzigen Ton die angeworbenen Krieger darüber schimpften, dass der üppige Sold einem wenig brachte, wenn es in der

Burgfeste nichts Vernünftiges mehr gab, gegen das man es eintauschen konnte. Da beneidete man fast die Kameraden der Flotte, die mit Bolivian in Richtung Previs Wall in See gestochen waren, um die Hafenstadt notfalls mit Gewalt davon zu überzeugen, Achatens Vorherrschaft anzuerkennen. Große Beschwerden, kleine Beschwerden, sie alle wiesen darauf hin, dass die Macht der Prälatin, die neben ihrer natürlichen Autorität auf ihrem Erfolg beruhte, ins Wanken geriet.

Eigentlich hätte Kohemis über diese Entwicklung glücklich sein sollen, besonders nachdem seine Schwester sich hartnäckig weigerte, ihm eine Privataudienz zu gewähren. Dadurch war er während ihrer Zusammentreffen in Gesellschaft gezwungen, die Geschehnisse in Previs Wall so verschlüsselt anzusprechen, dass es ihr leichtfiel, ihn zu übergehen.

Natürlich war es auch ohne Privataudienz ein Einfaches gewesen, zu der Erkenntnis zu gelangen, dass Badramurs Wille hinter dem Drachenüberfall stand – die gesamte Burgfeste ächzte unter der Vielzahl der umherschwirrenden Gerüchte. Etwas Außerordentliches war zeitgleich mit dem Drachenfeuer im Westgebirge geschehen; etwas, das ein nervöses Zucken in Badramurs ansonsten stets undurchdringlichem Gesicht hinterlassen und auch den schlichtesten Bewohner Achatens wie ein Blitz durchfahren hatte. Im unmittelbaren Herrschaftsbesitz der Prälatin war ein solches Ausmaß an reiner Magie freigesetzt worden, dass die Nachwirkungen unverändert spürbar waren.

Zum Beweis hatte Aelaris den Ärmel seines Hemdes hochgeschlagen, und Kohemis konnte beobachten, wie die golden schimmernden Härchen auf dem Unterarm des Elben magnetisiert abstanden und die Zeichen unter seiner Haut vor Intensität fast hervorzuspringen drohten. Als wären sie nicht länger Spuren aus Blut und Magie, sondern eine eigene Welt aus Zeichen, die dem menschlichen Auge zum ersten Mal wirklich sichtbar gemacht worden war. Sie nahmen Kohemis' Blick gefangen und entführten ihn an einen Ort, für den er keine Worte fand. Immer komplexer wurde die Linienführung, setzte sich zu einem Gemälde zusammen, das er nicht zu begreifen vermochte. Noch nicht, aber bald, wisperten ihm die Zeichen zu. Erst als Aelaris kurz mit der Hand über seinen Unterarm gewischt und auf diese Weise den Bann gebrochen hatte, war Kohemis wieder zu sich gekommen.

»Und ich habe mir schon den Kopf darüber zerbrochen, ob du vielleicht aller Empfindungen beraubt worden bist, nachdem du das Granittor von Achaten durchschritten hast. Plötzlich waren alle Zeichen verschwunden«, hatte Kohemis aufgeregt hervorgebracht und nicht widerstehen können, das dichte Netz aus sich windenden und sich stets aufs Neue erfindenden Linien zu berühren. Aelaris' Haut hatte sich warm und prickelnd angefühlt, weshalb er die Hand ruckartig zurückgezogen hatte.

Doch Aelaris war selbst viel zu sehr von dem lebendigen Gemälde auf seiner Haut fasziniert gewesen, als dass er dieses Zurückweichen bemerkt hätte.

»Ich kann nicht einmal erraten, was für diese machtvolle Entladung verantwortlich gewesen sein mag. Als läge ein Bann darüber, der jeden Zugang zu dem Geschehen verwehrt. Ich kann nur diesem Nachhallen von Magie nachgehen, und das fühlt sich fremd und vertraut zugleich an. Als würde jemand in einer fremden Sprache zu dir sprechen, und du musst feststellen, dass du ihn trotzdem verstehst. Seit wir hier sind, vermag ich die Zeichen jedenfalls einigermaßen zu bannen, damit sie sich niemandem offenbaren, bei dem ich das nicht möchte. Allerdings tue ich das nur ungern, denn sie singen zu mir, erzählen mir Dinge über mich und die Welt, als wäre ich erst jetzt wirklich zum Leben erwacht.«

Plötzlich hatte sich das Gesicht des Elben verzogen, als trage er Sorge, zu viel von sich preisgegeben zu haben. Auch Kohemis hatte nur kerzengerade und mit vor Verwunderung verschlossenen Lippen dastehen können. Sie waren beide schon lange keinem Maliande mehr ausgesetzt gewesen; Aelaris hatte sich sogar unzugänglich für die Magie von Rokals Lande geglaubt. Und nun fühlten sie sich beide mehr als je zuvor von der Magie berührt, wenn auch auf eine bislang unbekannte Weise.

Je länger Kohemis über die ganzen Veränderungen nachdachte, desto froher war er insgeheim, dass die Prälatin ihm bislang eine Privataudienz verweigert hatte. Badramur hatte niemals auch nur eine Spur von Feigheit aufblitzen lassen und schon gar nicht ihrem jüngerem Bruder gegenüber. Dass sie ihn so ungehörig auf Abstand hielt, verriet eher, dass sie es nicht ertragen konnte, auf einige seiner Fragen keine Antwort geben zu können. Eigentlich war Kohemis erleichtert darüber, erst einmal die Lage der Burgfeste wenigstens ansatzweise begreifen zu können, bevor er seiner Schwester als oberstes Ordensmitglied gegenübertrat und Rechenschaft von ihr einforderte. Rechenschaft, die sie ihm, nach allem, was er für sie getan hatte, schuldete – ob Badramur das nun gefiel oder nicht.

Als er am heutigen Morgen aufgewacht war, hatte er den Entschluss gefasst, dass nun endlich die Zeit dafür gekommen war, sich der Prälatin zu stellen. Um seine Absicht zu untermauern, drang er sogar, ohne Anzuklopfen, in Aelaris' Schlafkammer ein, die durch eine Verbindungstür mit seinem Salon verbunden war.

Zu seinem Entsetzen und gleichzeitigem Entzücken fand

er den Elben lediglich mit einem Tuch um die Hüften vor. Kohemis konnte nicht anderes, als ihn anzustarren. Aelaris' Körper war noch viel ansehnlicher gebaut, als er es sich in seinen kühnsten Träumen ausgemalt hatte, und versprach sowohl Kraft als auch Geschmeidigkeit. Die Haut war von einem cremefarbenen Weiß, einem makellosen Grund für die schwarzen Muster. Einfach alles an diesem verfluchten Elben war vollkommen und harmonierte auf bewundernswerte Weise. Kohemis hätte über dieses unfaire Ausmaß an Perfektion verrückt werden können.

»Jede weitere Stunde ist eine verschenkte Stunde«, ließ er Aelaris mit fester Stimme wissen und deutete dann auf das Hemd, das über einer Stuhllehne hing. Der Elbe hob fragend die Brauen, dann verstand er und zog sich den fließenden Stoff über. Kohemis kam nicht umhin, ein erleichtertes Seufzen auszustoßen. »Der Herrin dieses Steinhaufens«, fuhr er fort, »wächst die Situation zweifelsohne über den Kopf, anders lässt sich dieses Spektakel nicht erklären. Allein die Tatsache, dass sie sich bald einem Volksaufstand im Keller wegen der schlechten Verpflegung wird stellen müssen – und das mithilfe von unzufriedenen Soldaten –, ist Besorgnis erregend. Die sind alle wegen des knapp werdenen Maliandes gereizt, dass ich ihr Säbelrasseln bis in meine Räumlichkeiten hinein hören kann. Nun, wundern tut es mich nicht, denn wer möchte schon einem Pulk kriegerischer Elben ungerüstet mit Maliande gegenübertreten, die noch ganz von Sinnen sind wegen dieses ominösen magischen Geschehens irgendwo hier in der Burgfeste?«

Obwohl Kohemis sich durchaus bewusst war, dass er seine Rede der falschen Person hielt, konnte er nicht an sich halten. Zu sehr riss es an ihm, endlich der Prälatin gegenüberzutreten und ihr all dies an den Kopf zu werfen. Dies hier war fast wie eine Generalprobe, und Aelaris hörte ihm auch überaus geduldig zu – schließlich hatten Elben alle Zeit der Welt.

Mit einem Lippenkräuseln fuhr Kohemis deshalb auch fort: »Da braucht es gar nicht erst die politisch brisante Situation mit Previs Wall, das Drachengeheimnis oder das Nachwirken dieser rätselhaften Magie, das wie ein langsam verblassender Hauch über allem liegt. Was es braucht, bin ich, oder vielmehr mein brillanter Verstand. Der allerdings muss mit Informationen gefüttert werden, wenn man ihm eine Lösung abverlangen will. Und genau diese werde ich jetzt von Badramur einfordern. Jawohl!«

Leicht erschöpft von dem Redeschwall packte Kohemis sich an die Brust, und Aelaris nutzte die Gelegenheit, um zustimmend mit dem Kopf zu nicken. »Eine gute Idee«, sagte er schlicht. Als Kohemis Anstalten machte, den Faden wieder aufzunehmen, legte Aelaris das Tuch beiseite und schlüpfte in seine Hosen. Das daraufhin folgende Schweigen ließ ihn beinahe Mitleid haben mit dem stolzen Kohemis, der so tapfer um Fassung rang. »Dass Badramur etwas unternehmen muss, ist ihr sicherlich bereits klar geworden. Aber du könntest dafür Sorge tragen, dass sie das Richtige tut. Sollen wir uns zur frühen Abendstunde wieder in deinem Salon treffen?«

»Du willst mich also nicht begleiten?« Obwohl Aelaris den großen Audienzsaal der Prälatin bislang nach Möglichkeit gemieden hatte, als könnte er den forschenden Blick der alten Frau nicht ertragen, hatte Kohemis gehofft, der Elbe würde ihn zu diesem Treffen begleiten.

Doch Aelaris griff bereits nach seinem Mantel. »In meiner Gegenwart würde es dir vermutlich schwerfallen, etwas Interessantes aus der Prälatin herauszuholen, weil sie viel zu sehr damit beschäftigt wäre, mein Geheimnis lüften zu wollen. Mein Anblick bereitet Badramur Kopfzerbrechen und du wünschst doch ganz bestimmt ihre volle Aufmerksamkeit, oder etwa nicht?«

»Selbstverständlich«, erwiderte Kohemis. Kurz brannte es ihm auf der Zunge, diesem arroganten Elben vor Augen zu führen, dass er auch in seiner Gegenwart durchaus in der Lage sei, die Aufmerksamkeit auf sich zu ziehen. Aber er log nicht gern, darum kehrte er mit einem lapidaren »Bis heute Abend dann« in seine Zimmerflucht zurück.

Während er das Gespräch mit Aelaris rekapitulierte, hatten seine Lungen ausreichend Luft bekommen, und Kohemis gelang es endlich, den Türgriff herunterzudrücken und auf den Flur hinauszuschreiten. Man hatte ihm wirklich ein erstklassiges Gemach zugewiesen, daran herrschte kein Zweifel. Außerdem lag es in einem eleganten Trakt der Burgfeste, der sich durch breite Treppen und Flure, die von der Größe her an Ballsäle erinnerten, auszeichnete. Alles war sehr fein eingerichtet, angefangen von den Gemälden und Wandschirmen, die die blanken Steinwände bedeckten, dem dicken Teppichboden und den großzügig angebrachten Gaslampen, die ein angenehmes Licht verströmten. All das konnte jedoch nicht verschleiern, dass man sich inmitten des Westgebirges befand. Genau wie die Tatsache, dass Badramur ihren Bruder, der die Weite liebte, in einem Teil der Burgfeste untergebracht hatte, der ausgesprochen weit vom Tageslicht entfernt lag.

Entsprechend schlecht gelaunt war Kohemis, als er einen Wandteppich beiseiteschob und mit den richtigen Handgriffen die dahinter liegende Geheimtür öffnete. Mit saurer Miene nahm er eine der Lampen von der Wand und dachte daran, was für ein Glück Maherinds Hang zu von aller Welt unbeachteten Zofen doch war. Ansonsten hätte er sich jetzt mühsam seinen Weg durch Badramurs Leibgarde bahnen müssen. Kurz spielte er mit dem Gedanken, ob eine

Auseinandersetzung mit der Wache nicht seine Stimmung gehoben hätte – im Gegensatz zu diesem stickigen Geheimgang, der so gar nicht nach seinem Geschmack war. Zu guter Letzt entschied er sich jedoch für das Überraschungsmoment. Ohne zu zögern, riss er die Geheimgangstür, die laut Maherind direkt in die Privaträume der Prälatin führte, mit einem Knall auf.

Badramurs Anblick entschädigte ihn für einiges. Die Prälatin saß in einem abgetragenen, dicken Morgenmantel vor dem Kamin, die Füße in Pantoffeln, auf dem Schoß eine Schale mit einem undefinierbaren Brei. Kohemis' saure Miene verzog sich augenblicklich zu einem süffisanten Lächeln.

»Meine Gute, ich hoffe, der Brei ist nicht mehr zu heiß? Vielleicht kann ich mich ja dienlich zeigen und beim Pusten helfen?«

Der beißende Spott prallte an Badramur ab. Mit einem Seufzen stellte sie die Schale auf das Beistelltischchen. »Diese morgendliche Mahlzeit ist der einzige Moment während des gesamten Tages, der mir allein zur Verfügung steht. Ist der von dir gewählte Zeitpunkt also deinem Gefühl für Bosheit geschuldet oder tatsächlich nur ein Zufall?«

»Als dein einziger noch lebender Verwandter sollten mir deine Türen eigentlich zu jeder erdenklichen Tageszeit offen stehen, Schwesterherz. Magst du mir als gute Gastgeberin nicht auch eine Schale mit diesem gräulichen Sekret anbieten?«

»Nein, da ist Butter dran, das würde dir nur deine aufjugendlich getrimmte Figur ruinieren.« Allmählich kam eine Ahnung von Leben ins Gesicht der Prälatin, fast so, als würde sie diesen Schlagabtausch genießen. »Wo steckt denn überhaupt dieser hünenhafte Rotschopf, oder hast du deinen Geliebten etwa nicht als Begleitung für diesen Überfall gewinnen können?«

Kohemis spitzte beleidigt die Lippen, obwohl der eitle Teil in ihm darauf drängte, Badramur zumindest dahingehend im Ungewissen zu lassen, dass Aelaris keineswegs sein Liebhaber war. »Ich wüsste gar nicht zu sagen, wen du mit dieser Unterstellung mehr beleidigst: Maherind oder mich.«

Badramur hustete heiser, und es dauerte einen Moment, bis Kohemis begriff, dass sie lachte. Da er keine Einladung erwartete, sich zu setzen, nahm er auf dem zierlichsten Stuhl Platz. Badramur, seit Kindheitstagen mit Kurzsichtigkeit geschlagen, kniff die Augen zusammen und sah ihren jüngeren Bruder das erste Mal richtig an, seit er auf der Burgfeste eingetroffen war. Nur zu gern erwiderte Kohemis den Blick und musste sich eingestehen, dass seine Schwester sich nicht nur hervorragend gehalten hatte, sondern dass er dieses Zusammensein tatsächlich genoss. So verschieden sie sein mochten und welche unterschiedlichen Wege sie im Laufe ihres Lebens auch eingeschlagen hatten, so hatte es zwischen ihnen doch immer eine Verbundenheit gegeben, die die letzten Jahrzehnte überstanden hatte.

Vielleicht, dachte Kohemis, sind wir beiden Streithähne einander ähnlicher, als wir es uns jemals eingestehen würden. Verbissen stürzen wir uns in jeden sich bietenden Kampf und lassen keine Gelegenheit, unsere eigene Sache voranzutreiben, ungenutzt vorüberziehen. Was für ein seltsames Paar wir abgeben … so alt und doch kein bisschen weise.

»Was geht dir durch den Kopf, Hemi? Alte Erinnerungen?« Verschlagen musterte Badramur ihn.

Allein die Nennung seines Kosenamens aus Kindheitstagen sorgte dafür, dass er die Gedanken abschüttelte wie eine Gans das Wasser. »Für sentimentalen Unsinn habe ich keine Zeit. Du weißt, weshalb ich auf diese – zugegeben – recht unorthodoxe Art bei dir eingedrungen bin: das ganze

Elend, in das du die Burgfeste hineingetrieben hast. Du bist von einem einzigen Durcheinander umgeben, Muri.« Einen Moment hielt Kohemis inne und ließ sich den leicht albernen Kosenamen auf der Zunge zergehen, während seine Schwester sichtlich zusammenzuckte. »Das ist ja auch alles kein Wunder, schließlich hast du es in den letzten Jahren vorgezogen, dich dem Orden zu entziehen und dein eigenes Süppchen zu kochen. Das Ergebnis ist ungenießbar, du bist selbst auf deine alten Tage keine gute Köchin geworden. Aber nun bin ich ja hier.«

Selbstzufrieden lehnte Kohemis sich auf dem Stuhl zurück und schlug zugleich vornehm die Beine übereinander. Badramur rutschte ein wenig tiefer in ihren Ohrensessel und verschränkte die Hände über ihrem rundlichen Bauch, den sie nicht einmal ansatzweise zu verstecken versuchte. Eine solche zur Schau gestellte Bequemlichkeit war Kohemis fremd.

»Ja, jetzt bist du hier und erwartest auch noch, dass ich mich zu allem Überfluss mit dir herumschlage. Obwohl ich die gute Absicht durchaus zu schätzen weiß. Nur ist es so, dass ich auch ohne deine Hilfe bereits eine Lösung für meine Probleme gefunden habe.«

Kohemis verdrehte die Augen. »Ein schlechter Bluff, wirklich. Ich hätte dir deutlich mehr Raffinesse zugetraut, meine Liebe. Ich erwarte ja nicht, dass du mich auf den Knien anbettelst, aber so zu tun, als würdest du bereits über einen Lösungsansatz verfügen, ist – gelinde ausgedrückt – kindisch.«

»Wie du meinst«, erwiderte Badramur und nahm irritierend gelassen die Breischale wieder zur Hand. »Aber warum kommst du heute Vormittag nicht einfach in den Audienzsaal und hörst dir meinen Lösungsvorschlag für die Probleme der Burgfeste an. Oder hast du vielleicht etwas Interessantes geplant, mit dem du dir die Zeit vertreiben willst? Nein, dachte ich mir. Dann sehen wir uns also später.«

Mit diesen Worten richtete sie ihre Aufmerksamkeit auf ihr Frühstück und sah auch nicht wieder auf, als Kohemis mit steifen Bewegungen in Richtung Geheimgang verschwand.

Kapitel 14

Mit langen Schritten, zu denen wohl nur Elben im Stande waren, brachte Aelaris den Weg hinter sich, der von der Burgfeste hinauf ins Westgebirge führte. Er hatte es eilig, dieses gezähmte Gebiet hinter sich zu lassen, das die Menschen auf eine Weise ihrem Willen unterworfen hatten, die ihm zuwider war.

Das Westgebirge war ein stolzes Massiv. Wenn man es erklimmen wollte, musste man Respekt und vor allem Muskelkraft aufbringen. Allerdings zeigten die Menschen auch hier, wie in so vielen anderen Belangen, die Neigung, alles Schöne ihrem Pragmatismus zu unterwerfen. Vermutlich hatte keiner von ihnen einen Moment lang gezögert, als sie ein paar Sprengmeister unter den Zwergen dazu gebracht hatten, Wege und Tunnel in das Gestein hineinzubrechen. Zwar konnte man nun Eselskarren auf Höhen zwingen, die vorher nur für wagemutige Kletterer zugänglich gewesen waren, aber dafür hatten die brutal geschlagenen Furchen das Antlitz dieser Gegend verschandelt.

Vor einigen Tagen schon hatte Aelaris sich hier umgeschaut und vor allem umgehört. Kohemis vermisste seit dem Drachenangriff eins der Ordensmitglieder, das bislang nicht von einem Auftrag im Westgebirge zurückgekehrt war. Eine Frau namens Lalevil, eine Drachenreiterin, nach der die Prälatin bereits einen Suchtrupp ausgeschickt hatte. Aelaris hatte ihm zugesichert, sich auf seinen Gängen nach ihr umzuhören. Nicht bloß, weil Kohemis sich ernsthafte Sorgen um sie machte, sondern weil er es selbst kaum abwarten konnte, dieser Lalevil entgegenzutreten.

Da traf es sich gut, dass er sich bei seinen Wanderungen durch das Herrschaftsgebiet von Achaten ein Bild davon machen wollte, wie es um die Tierbestände bestellt war, da es im Keller schon seit Wochen kein Fleisch mehr zu essen gab. Es dauerte nicht lange, bis er zu dem Schluss gelangte, dass der Burgfeste vermutlich keine Hungerszeit bevorstehen würde, wenn die Ansprüche des Audienzsaals nicht so hoch wären.

Über diesen Punkt hatte Aelaris besonders lang nachdenken müssen, da er ihn mit seinem Elbenverstand kaum begriff. Wie konnten die Menschen einerseits alles dem Primat eines Nutzens unterwerfen, ganz gleich, welche anderen Dinge dabei auf der Strecke blieben, und sich andererseits so ausgesprochen dumm verhalten, wenn es um ihr gesellschaftliches Gefüge ging? Selbstverständlich hatte es sowohl bei den Gahariren als auch bei den anderen Elbenstämmen Hierarchien gegeben, obgleich sie auf vielschichtige Art miteinander verbunden waren. Einfach, weil es den Stamm gestärkt hatte. Aber diese Art von Vergünstigungen für die Oberen, an denen selbst dann festgehalten wurde, wenn sie das Gesamtgefüge gefährdeten, wollten ihm nicht einleuchten. Die Widersprüchlichkeit der Menschen stellte ihn vor unlösbare Rätsel.

Heute wollte er allerdings keinen weiteren Gedanken an die Belange der Burgfeste verschwenden, sondern sich ganz dem Verlangen überlassen, das das Westgebirge in ihm hervorrief: hinaufstürmen, bis der Himmel offen vor einem lag. Alle Gedanken und Sorgen abstreifen. Kurz bereute er es, mit Kohemis ein Treffen für den Abend vereinbart zu haben, denn falls es ihm tatsächlich gelingen sollte, sich ganz auf die Empfindung einzulassen, die die Weite in ihm hervorrief, würde es ihm schwerfallen, so bald in die Burgfeste zurückzukehren. Er sehnte sich nach diesem Zustand, den sich nur ein Geschöpf leisten konnte, dem die Ewigkeit zur Verfügung stand.

Mit jedem Schritt wurde ihm zunehmender bewusst, in welchem Ausmaß er sich auf die Menschen eingelassen hatte, seit er das Haus an der Klippe betreten hatte. Das ständig drohende Gefühl, dass einem die Zeit davonlief, dass man sich eilen musste, denn bevor man sich versah, war das Leben schon vorbei.

Nur zu gern hatte er sich auf dieses Spiel eingelassen, nicht nur, weil er die Veränderungen der Magie von Rokals Lande und die Mission des Ordens für wichtig hielt, sondern auch, weil es ihn davon abhielt, jene Rätsel zu lösen, die er sich selbst aufgab. Ob es nun der fortschreitenden Veränderung zuzuschreiben war, der er seit dem Drachenruf während der Schlacht ausgeliefert war, oder dem Nachhall der Magie über dem Westgebirge, vermochte er nicht zu sagen. Nur, dass die Tage der Verzweiflung, in denen er kaum mitbekam, wie ihm geschah, vorbei waren. Zwar war er noch lange nicht am Ende der Reise angelangt, auf die ihn das Maliande geschickt hatte, aber die Veränderungen weckten nicht länger seine Abscheu. Wenn er sich einen Augenblick der Ruhe gönnte, konnte er spüren, wie etwas in seinem Innersten wuchs und allmählich eine Form annahm. Noch war es zu früh, um danach zu greifen, aber Aelaris zweifelte nicht daran, dass sich ihm das Geheimnis schon bald offenbaren würde.

Gut, er fürchtete sich nicht vor dieser Stunde, doch das Warten machte ihn unruhiger, als er sich eingestehen wollte. Darum verspürte er jetzt mehr als sonst den Drang, sich wie ein Elbe des Westgebirges zu benehmen.

Obwohl er sich bewusst war, dass er die Hirten und Wächter, die ihn ohnehin anstarrten, unnötig durcheinanderbrachte, schritt er noch rascher aus, den Blick fest in die Höhe gerichtet, damit bloß keiner von den Menschen auf die Idee kam, seine Aufmerksamkeit auf sich ziehen zu wollen. Endlich ließ er die festen Wege hinter sich und musste sich einen eigenen Pfad über das ruppige Gestein suchen. Hier unten, wo das Gebirge noch verhältnismäßig zahm war, bot es einem Elben keine sonderliche Herausforderung. Trotzdem genoss Aelaris den Moment, in dem er seine Muskeln und Sehnen auf eine Weise zu spüren bekam wie schon lange nicht mehr.

Bevor er sich versah, hatte er ein Plateau erreicht, das ihm einen Blick ins Tal ermöglichte. Fasziniert stand er an einer abschüssigen Stelle und betrachtete das Farbspiel aus Gestein, Weiden, den mit Feuer geschmückten Zinnen der Burgfeste und der ockerfarbenen Ebene, die in weiter Ferne mit einem staubigen Horizont verschmolz. Zu seiner Verwunderung konnte er sich nicht entscheiden, ob er diesen Anblick nun hässlich oder aufregend finden sollte. Früher hätte sich diese Frage nie gestellt, aber nun schien nichts mehr eindeutig. Oder war seine Wahrnehmung so vielschichtig geworden, dass er sie nicht mehr problemlos auf einen Nenner bringen konnte?

Ein amüsiertes Lächeln schlich sich auf Aelaris' Züge. Jeder anständige Gaharire würde einen Nervenzusammenbruch erleiden, wenn er einen Blick in seine Gedanken werfen könnte. Nun, zumindest gehört dieses Chaos mir, und ich bin nicht gezwungen, es mit jemand anderem zu teilen, so, wie es in einem Stamm üblich ist, dachte er mit bitterer Zufriedenheit.

Während ihn der Blick ins Tal gefangen hielt, drang allmählich ein Geräusch zu ihm durch – ähnlich einem kaum hörbaren Singen. Langsam drehte Aelaris sich um, doch nirgends war jemand zu sehen. Das Singen war flüchtig, und obgleich Elben über ein ausgezeichnetes Gehör verfügen, konnte er es keiner Richtung zuordnen. Erst als er die Augen schloss und sich ganz und gar darauf einließ, begriff er, worum es sich handelte: Es war ein Ort, der zu ihm sang. Oder vielmehr einen Leitfaden für jene ausschickte, die für derlei Feinheiten empfänglich waren. Drachenmagie, sagte sich Aelaris. Nur ihr gelingt es, so rein und gleichzeitig verspielt zu sein.

Während er noch darüber nachdachte, verwandelte sich der Gesang in einen einladenden Duft nach Sonnenschein. Mit einem leisen Seufzen blickte er noch einmal die blanke Gebirgswand empor, die sich am anderen Ende des Plateaus in die Höhe schwang, dann folgte er der Drachenmagie, die seitlich in ein Geröllfeld führte, das nicht besonders einladend aussah. Fast machte es den Eindruck, als sei ein Drache gegen den Fels geflogen und habe eine Lawine ausgelöst, über deren Ausläufer Aelaris nun voller Umsicht kletterte.

Der Weg war beschwerlich, und Aelaris fragte sich, ob sich wohl je ein Achatener die Mühe gemacht hatte, dieses Gebiet zu erkunden. Vermutlich nicht, denn die Menschen machten einen großen Bogen um die von Drachenmagie berührten Höhlen, was reichlich seltsam war, richteten sie doch ihr ganzes Sinnen auf das Maliande aus. Und niemand hatte die Magie von Rokals Lande so beeindruckend einzusetzen vermocht wie die Drachen. Nun, vielleicht zu eindrucksvoll für den Geschmack des Menschengeschlechts, das sich ja gerade erst mit den Möglichkeiten des goldenen Elixiers anzufreunden begann.

Letztendlich reagierte auch Aelaris alles andere als gelassen auf die Drachenmagie, hielt sie ihm doch vor Augen, wozu er niemals in der Lage sein würde. Darum hatte er in der Burgfeste bislang auch nur jene Orte aufgesucht, wo sich

Menschen tummelten. Hier jedoch, weit abgelegen, konnte er dem Reiz nicht widerstehen, vor allem, da sich die Drachenmagie bereits in eine lockende Berührung verwandelt hatte, die seine Haut zum Prickeln brachte. Sie hatte ein Netz um ihn gesponnen und zog ihn unwiderstehlich zu einem Ort hin – das konnte er deutlich spüren, auch wenn er nicht verstand, was an diesem Ort so besonders sein sollte. Alles, was er sah, war Geröll und störrisches Steinbrechkraut, das seine ersten Blätter dem kommenden Frühling entgegenstreckte.

Fast fühlte Aelaris sich versucht, einfach umzudrehen und seinen ursprünglichen Plan wieder aufzunehmen. Aber er musste sich eingestehen, dass ihm dieses verspielte Locken gut gefiel, selbst wenn es ihn ins Leere führte. Es war gut möglich, dass der Drachenort, den diese Magie einst umlagert hatte, schon lange nicht mehr existierte.

Während er sich noch den Kopf über dieses Rätsel zerbrach, wurde das Netz, das ihn umfing, plötzlich von unsichtbaren Händen angezogen, und er sank überrascht auf die Knie.

»Das sind doch alles bloß Steine, hier gibt es nichts Aufregendes zu sehen«, murmelte er genervt, als würde er der Drachenmagie damit verständlich machen können, dass ihr Bestreben sinnlos war. »Was auch immer du mir zeigen willst, es liegt bestimmt verschüttet unter den unzähligen Gesteinsbrocken.«

Kaum waren die Worte draußen, kam Aelaris eine Idee: Er begann, die Steine, ganz gleich, wie schwer oder spröde sie waren, beiseitezuräumen, die schon bald schmerzenden Fingerspitzen und blutenden Schnitte ignorierend. Zu seiner Enttäuschung kam immer nur noch mehr Geröll zum Vorschein, sodass er sich schließlich auf die Fersen hockte und den Schweiß von der Stirn wischte. Es war vergebene Liebesmüh. Was auch immer die Drachen einst an dieser Stelle geschaffen haben mochten, es war nichts anderes als einladende Magie zurückgeblieben, die Wanderer anlocken sollte. Das tat sie nach wie vor, und Aelaris ertrug kaum den Gedanken, nun wieder fortgehen zu müssen. Trotzdem stemmte er sich auf die Beine, musste jedoch im nächsten Moment einen überraschten Schritt zurücktun.

Vor ihm hatten sich die beiseitegeräumten Steine zu einem Portal zusammengefügt, als würden sie eine Spalte in einer Gebirgswand zeigen. Dunkel und gerade breit genug, um Aelaris Durchgang zu gewähren, falls er sich seitwärts hindurchpressen sollte. Ungläubig umrundete der Elbe das Portal, doch zeigte sich ihm auf der anderen Seite das gleiche Bild, nur die Längsseiten boten den Anblick von aufgetürmten Felsbrocken.

Unterdessen hatte sich die Berührung wieder in jenen verheißungsvollen Gesang verwandelt – wie eine Einladung zum Tanz. Nur war sich Aelaris nicht sicher, ob er ihr wirklich folgen durfte. Den Geschichten nach zu urteilen, waren Drachen eigensinnige Wesen, auch wenn sie nie etwas Bösartiges beabsichtigten. Was allerdings nicht bedeutete, dass Drachenmagie ungefährlich war, das hatte er während der Schlacht am eigenen Leib erfahren müssen. Einen Moment lang stand Aelaris noch reglos vor dem Portal, dann siegte seine Neugierde, und er streckte seine Hand aus. Mühelos verschwand sie in dem Schatten der Spalte und das Einzige, das Aelaris zu spüren bekam, war ein Hauch von Wärme.

»Ach, was soll's?«, sagte er sich und trat mit der Schulter voran in den Spalt, der sich seinem Körper geradewegs anzupassen schien. Einen Atemzug später war er hindurch und fand sich in einer Höhle wieder.

Der Grund war sandig und gab unter seinen Stiefelsohlen nach. Er schmiegte sich regelrecht an, und Aelaris ertappte

sich bei dem Gedanken, wie es wohl wäre, sich darauf auszustrecken. Allmählich gewöhnten sich seine Augen an das
Dämmerlicht, und er erkannte, dass die Wände ein weiches
Rund ergaben. Allem Anschein nach war diese Höhle einst
ein Schlafplatz gewesen, ein ruhiger, fast lieblicher Ort. Nur
war Aelaris keineswegs nach schlafen zu Mute. Als hätte er
diesen Satz laut ausgesprochen, fügte sich ein goldener Ton
in das dunkle Grau, als würde die Sonne erste Strahlen über
den morgendlichen Horizont schicken. In der Höhle hell-
te es auf, sodass Aelaris die Form eines Schattens ausmachen
konnte, den er bislang für eine Verwerfung des Bodens gehalten hatte. Dort lag jemand, schlafend zusammengerollt
unter einer Decke oder einem ausgebreiteten Mantel.

Lautlos näherte sich Aelaris der Gestalt, und als er den
schimmernden Griff eines Schwertes aufblitzen sah, langte
er an seinen Gürtel. Zu seinem Ärgernis hatte er seine Waffe jedoch in der Kammer zurückgelassen. Allerdings war ein
Elbe im Kampf einem Menschen auch ohne Waffen überlegen. Und dass es sich um einen Menschen handelte, verrieten die rundlichen Umrisse und der Geruch nach erhitzter
Haut.

Aelaris zog jedoch ein ganz anderer Geruch an. Er war
kaum noch wahrnehmbar, fast eine Erinnerung, und trotzdem erkannte er ihn: herb, mit einer Note von verbranntem
Laub.

Während er sich neben der Gestalt niederkniete, erleuchtete die Höhle in einem weichen Goldton und verlieh den
blassen Wangen der Schlafenden Farbe, als wäre sie bereits
erwacht.

Aelaris musterte die vollen Lippen, die einen Hauch geöffnet waren, die ausgeprägten Wangenknochen und die
markanten schwarzen Augenbrauen, unter denen die geschlossenen Lider leicht vibrierten und von Träumen er-

zählten, zu denen der Elbe keinen Zugang hatte. Sein Blick wanderte zu der hohen Stirn, von der aus sich das widerspenstige schwarze Haar ergoss. Bevor er sich versah, hatte er eine Strähne, die an der Schläfe klebte, beiseitegestrichen. Die Berührung, so flüchtig sie auch gewesen sein mochte, löste ein Verlangen in ihm aus, an das er sich gut erinnern konnte. Zu gut, für seinen Geschmack, und er zog die Hand zurück, als habe er sich verbrannt.

Wie oft hatte er sich diesen Moment vorgestellt? Zuerst hatte er ihn widerwillig verdrängt, musste sich dann jedoch eingestehen, dass die Sehnsucht, diese Frau wiederzusehen, stärker war als sein Wille. In jener Nacht im Verlies unter der Burgfeste hatte sie ihm ein Zeichen eingeprägt. Unsichtbar für andere und für ihn selbst unbegreiflich. Seit dieser Nacht hatte er vieles gesehen und viel Neues gelernt, nur ihr Zeichen war unverändert geblieben. Nun war es an der Zeit herauszufinden, was es bedeutete. Und vor allem: wie man es löschen konnte.

Es war ein schöner Traum, aus dem Lalevil langsam erwachte. So langsam, wie man es sich nur gönnen konnte, wenn der anbrechende Tag nichts Besonderes zu bieten hatte. Mit einem Brummen kuschelte sie sich noch tiefer in die weichen Decken und Kissen und hing den Bildern der Nacht nach.

Freier Drachenflug und schneeweiß glitzernde Unendlichkeit des NjordenEises unter einem Himmel, der keine einzige Wolke zeigte. In ihrem Traum leuchtete er in einem klaren Blau, das sie blendete. Lalevil blinzelte und konzentrierte sich auf ihre Hände, die auf dem schlanken Drachenhals lagen. Keine Handschuhe störten die Berührung des blau schimmernden Schuppenkleides, sodass sie jede noch so kleine Regung Präaes miterleben konnte. Wann war sie jemals mit ihrem Drachen in einem solchen Einklang gewesen? Vermutlich das letzte Mal in Kindheitstagen. In Lalevils Gesicht regte sich etwas – ein Lächeln, oder war es doch ein Anflug von Traurigkeit? Ganz gleich, wie das aufsteigende Gefühl auch heißen mochte, es war der perfekte Drachenflug, ohne ein Ziel, ganz darauf ausgerichtet, das Jetzt anzunehmen.

Obwohl ihre Schulter steif zu werden drohte, weigerte sich Lalevil beharrlich, sich umzubetten und damit möglicherweise den Traum zu verscheuchen. Wenn sie einen Wunsch frei hätte, hätte sie sich gewünscht, nie wieder aufwachen zu müssen. Denn was ihr die Welt jenseits des Schlafes zu bieten hatte, konnte auf keinen Fall besser sein. Dessen war sie sich gewiss. Doch das Gefühl der Verbundenheit mit Präae verflüchtigte sich genauso erbarmungslos wie das strahlende Blau des Himmels einem Goldton wich. Ein Morgengruß, der Lalevil mehr als unwillkommen war. Widerwillig ließ sie sich auf den Rücken gleiten und streckte sich ausgiebig. Sie fühlte sich gestärkt und ausgeruht, auch wenn sie keine Erinnerung daran hatte, wie sie die letzten Tage zugebracht hatte. In ihrer Erinnerung blitzte nur der schöne Traum auf.

Mit einem Anflug von Verwirrung schlug sie die Augen auf und fand sich in einem unbekannten Raum wieder. Oder vielmehr einer Höhle, wie die rundlich gebogene Decke vermuten ließ. Ich muss in einer Kammer der Burgfeste eingeschlafen sein, überlegte sie. Diese alte Drachenmagie stellt doch wirklich die verrücktesten Dinge mit einem an.

Obwohl ihre Glieder noch bettschwer waren, setzte Lalevil sich auf und rieb sich ausgiebig das Gesicht. Als sie sich nach einem Schluck Wasser umsehen wollte, blieb ihr Blick an einer Gestalt hängen, die nur eine Armweite von ihr entfernt saß und sie beobachtete.

Im sanften Licht der Höhle kniete ein Elbe, der jedoch kein Elbe sein konnte. Die Augen blitzten grün, anstatt wie ein Lavastrom zu glühen, sein nicht einmal schulterlanges Haar war wie Kupferdraht und hatte mit den kunstvollen silbernen Flechten der Westgebirgs-Elben nichts gemein. Die ganze Erscheinung war eindeutig männlich – das erkannte Lalevil, ohne eines zweiten Blickes zu bedürfen, wie es ansonsten bei Elben vonnöten war. Was sie jedoch vollends irritierte, war seine makellose Haut, auf der sich kein einziges Zeichen seinen Weg bahnte.

Möglichst unauffällig sah sie sich nach ihrem Schwert um. Das belustigte Lächeln, das sich in den Mundwinkeln des seltsamen Elben abzeichnete, als sie die Hand danach ausstreckte, ärgerte sie. Nun, allem Anschein nach war er nicht bewaffnet, und im Zweifelsfall würde sie den Griff ihres Schwertes schneller erreichen als diesem arroganten Kerl auch nur ein angriffslustiges Zeichen über die Stirn zucken konnte.

Mit einem unwilligen Murren auf den Lippen begann Lalevil, in ihren Manteltaschen zu kramen, und wurde sich allmählich bewusst, dass die Decken, unter denen sie zu schlummern geglaubt hatte, bloß ihr bestickter Mantel war und die weiche Matratze ein anschmiegsamer Sandboden. Zu ihrem Entsetzen konnte sie die Holzschachtel nicht finden, in der sie ihre Zigarillos aufbewahrte. Dafür brachte sie einen Flachmann zum Vorschein und nahm einen kräftigen Schluck. Sogleich kam Leben in ihre Glieder, aber die wattige Wand in ihrem Kopf, die sie von ihren Erinnerungen trennte, verschwand zu ihrem Ärgernis nicht von dem Tauwasser. Dann hielt sie den Flachmann dem Elben hin, der jedoch nur leicht den Kopf schüttelte, wobei das leise sirrende Geräusch seines Haars eine Gänsehaut auf ihre Unterarme zauberte.

»Sind wir uns zufällig schon einmal begegnet?«, fragte Lalevil, obwohl sie wusste, wie albern die Frage war. In ihrem ganzen Leben war sie noch nie einem solch ungewöhnlichen Geschöpf begegnet. Ja, sie hatte nicht einmal davon gehört. Selbst in den Geschichten über Elben, die in den fernen Gegenden der Südlichen Achse leben sollten, wurde ihr Erscheinungsbild immer gleich dem der Elben aus dem Westgebirge beschrieben.

Einen Moment lang sah es so aus, als würde der Elbe sich nicht zu einer Entgegnung herablassen. Dann verstärkte sich der lächelnde Zug um seine Lippen. »Wie lange hast du geschlafen?«

Seine Stimme klang mehr als angenehm, was Lalevil jedoch nicht überraschte. So waren Elben eben, dachte sie missmutig, bei ihnen musste immer alles stimmig sein. Zu ihrem Weltbild zählte ebenfalls, dass den Elben der Platz ganz oben an der Spitze gehörte, eben weil sie derartig erhaben waren, während den Menschen die unteren Ränge gebührten. Lalevil hatte nicht viel übrig für diese Art von Arroganz, auch wenn sie sie – von Angesicht zu Angesicht mit einem dieser anmutigen Geschöpfe – nachvollziehen konnte. Allerdings hatten selbst Elben Schwächen, und eine von ihnen hatte Lalevil vor gar nicht allzu langer Zeit zu ihren Gunsten auszunutzen gewusst. Keine Tat, auf die sie stolz war. Deshalb nahm sie einen weiteren Schluck aus ihrem Flachmann und versuchte die Tatsache zu vergessen, welches Spiel sie mit einem seiner Brüder getrieben hatte. Dieser Elbe machte ohnehin nicht den Eindruck, als wisse er nicht über die Leidenschaft Bescheid, die einen unversehens in eine Falle locken konnte.

»Welchem Stamm gehörst du an?«, versuchte sie erneut, ihm auf die Schliche zu kommen.

»Ich gehöre keinem Stamm an«, erwiderte er knapp.

»Ein Elbe, der keinem Stamm angehört, soso. Dann kommst du aus dem Westen?« Lalevil nahm einen weiteren Schluck aus ihrem Flachmann, um dem Elben Zeit für eine Antwort zu geben, dann noch einen, aber es kam nichts. Stattdessen musterte er sie mit einer Gelassenheit, als sei sie ein Tier, auf dessen nächste Reaktion er gespannt war.

»Nun«, setzte Lalevil an, nachdem das taube Gefühl vom Tauwasser von ihrer Zungenspitze gewichen war. »Warum verrätst du mir nicht einfach, wie ich in diese Höhle gelangt bin und weshalb in meinem Kopf eine unerklärliche Leere herrscht? Bin ich vielleicht die Zeugin eines wundersamen Zusammenspiels von Elben- und Drachenmagie geworden?«

»Eine interessante Idee«, sagte der Elbe.

Dabei glaubte Lalevil etwas in seinen Augen aufleuchten zu sehen, das sie an eine Katze erinnerte, die sich einen Spaß daraus machte, ihre Beute zu beobachten, bevor sie ihre Krallen in sie schlug. Hastig versicherte sie sich, dass sie alles andere als leichte Elbenbeute war, und nahm sich fest vor, es ihrem Gegenüber sogleich bei der ersten Gelegenheit zu demonstrieren. Aber im Augenblick war sie noch zu benommen von den Nachwirkungen des Schlafes und, ehrlich gesagt, auch ein wenig neugierig. Auf wackeligen Knien machte sie Anstalten, ihren Mantel überzuziehen.

»Da du ja kein Interesse an den Tag legst, mich aufzuklären, werde ich mich wohl selbst vergewissern müssen, wo zum Henker ich gelandet bin.«

Zu ihrer Enttäuschung regte sich der Elbe nicht. Sie hatte zumindest mit einem verräterischen Zucken der Augenbrauen gerechnet, wenn er sie schon nicht mit einem Wortschwall zum Bleiben überreden wollte. Doch er begnügte sich damit, sie zu beobachten.

Die Schwertscheide fest in der Hand, hielt sie auf einen

Spalt in der Höhlenwand zu, der wohl der Ausgang sein musste. »Man sieht sich«, sagte sie, ohne sich umzudrehen.

Als sie das Gesicht durch die Spalte steckte, glaubte sie einen feinen Schnitt zu spüren, als wäre sie durch eine Membran getreten. Vor ihren Augen erstreckte sich eine steil abfallende Gerölllandschaft, die ihr in Anbetracht ihrer unsicheren Beine Unbehagen bereitete. Es war Tag, doch der Stand der Sonne war hinter der dichten Wolkendecke nicht auszumachen. In der Tiefe des Tals konnte sie die Feuer der Burgfeste erkennen. Schwer zu sagen, ob die Distanz mehr als einen Tagesmarsch maß, denn den schwierigsten Part würde das Geröll ausmachen. Natürlich würde es ihr gelingen, dieses tückische Feld zu überqueren, aber sie konnte sich nicht dazu aufraffen, die Zuflucht der Drachenhöhle zu verlassen. Es zog sie zurück, obwohl sie eigentlich mit energischen Schritten fortgehen sollte. Verfluchter Elbe!

»Ich heiße übrigens Lalevil«, brachte sie hervor, darauf bedacht, alle Kraft in ihre Stimme zu legen, in der Hoffnung, ihre Unentschiedenheit damit zu übertünchen.

»Das weiß ich.«

Als Lalevil überrascht herumfuhr, saß der Elbe immer noch inmitten der Höhle und änderte auch nichts an seiner Haltung, als sie mit einigen Schritten auf ihn zuging.

»Woher kennst du meinen Namen?«

»Weil er in diesen Tagen in vielerlei Munde ist.« Mit einer geschmeidigen Bewegung richtete sich der Elbe auf, und Lalevil musste sich eingestehen, dass er sie um gut zwei Haupteslängen überragte. Und das, obwohl sie alles andere als eine kleine Frau war. »Auf der Burgfeste spricht man von dir, oder vielmehr über dein Verschwinden. Und Kohemis würde sich wohl sogar zu einem Freudenschrei hinreißen lassen, wenn du endlich vor ihm stehen würdest. Er sehnt sich sehr danach, dich mit Fragen zu überhäufen.«

»Kohemis?«, brachte Lalevil nur schwach hervor. Verzweifelt versuchte sie, aus diesen Worten schlau zu werden, doch das verwirrte sie nur noch mehr.

»Vielleicht solltest du noch einen Schluck aus der Flasche nehmen, die du bei dir hast«, schlug der Elbe eindeutig belustigt vor. Außerdem schwang auch eine Note von Genugtuung mit, die Lalevil sich nicht erklären konnte.

Während sie den Flachmann erneut hervorholte, sagte sie wie zu sich selbst: »Erst kaum ein Wort hervorbringen, und dann so etwas.« Was hätte sie in diesem Augenblick nicht alles für einen Zigarillo gegeben? Der beißende Geruch hätte den Nebel in ihrem Kopf gewiss vertrieben und außerdem hätte sie vorgeben können, lediglich zu rauchen, während sie in Wirklichkeit angestrengt nachdachte. Die vielen Rätsel um sie herum mussten dringend gelöst werden.

»Du hast nicht die geringste Ahnung, was in den letzten Wochen passiert ist, richtig?«

Wütend funkelte sie den unverschämten Elben an. »Natürlich weiß ich ganz genau, was passiert ist. Ich bin mit einem Auftrag des Ordens in Richtung Westgebirge gereist und allem Anschein nach hat sich mein verflixter Drache einen Scherz mit mir erlaubt. Das liegt doch auf der Hand. Sobald sich die Nachwirkung des Drachenzaubers verflüchtigt hat, werde ich mich schon genau daran erinnern können, wie ich an diesen Ort gelangt bin, und dann kann sich Präae auf was gefasst machen!«

Die Bewegung, mit der der Elbe seine Hand vor den Mund führte, war so schnell, dass Lalevil vor Überraschung einen Schritt zurücksetzte und nach dem Griff ihres Schwertes tastete. Doch der Elbe wischte sich nur nachdenklich übers Gesicht, seine erste unbedachte Geste in ihrer Gegenwart.

»Wir sollten jetzt in die Burgfeste zurückkehren«, stellte er

in einem Ton fest, als habe Lalevil nicht das geringste Mit-
spracherecht. »Wenn wir uns beeilen, kommen wir noch vor
Einbruch der Nacht an.«

»Das schaffe ich unmöglich! Bei diesem Steinmeer da
draußen brauche ich bloß einen Fuß falsch zu setzen und
stürze im nächsten Moment in den Abgrund.«

Zwischen den Brauen des Elben zeichnete sich eine tiefe
Falte ab. Dann trat er entschlossen auf sie zu und umfasste
ihren Oberarm. Verblüfft blickte Lalvil auf die schmale, doch
kräftige Hand, deren Berührung sich anfühlte, als läge nicht
der Stoff ihres Mantels dazwischen.

»Wir werden vor der Dunkelheit eintreffen, denn ich werde dich führen.« Mit diesen Worten hielt er auf den Spalt in
der Höhlenwand zu, und Lalevil folgte ihm, zu verwirrt, um
Widerstand zu leisten.

⚑ Kapitel 15 ⚐

Obwohl er sich gerade erst hingesetzt hatte, stand Kohemis erneut auf, um den Salon zu durchqueren. Am anderen Ende des Raums befand sich die Porzellanfigur eines Hirten samt Schafen auf einer Konsole, die er schon einige Male seit seiner Einkehr neu arrangiert hatte. Aber noch immer standen die Figuren nicht richtig zueinander, und diese Feststellung trieb ihn langsam, aber sicher in den Wahnsinn. Er ertappte sich sogar dabei, dass er kurz davor war, das Ensemble mit einem Handstreich auf den Boden zu befördern, einfach weil er nicht dahinterkam, wie sie zueinander stehen sollten, damit es geordnet aussah. Dabei war ihm durchaus bewusst, dass er dieses Drama nur aufführte, um nicht über ein viel größeres nachdenken zu müssen. Damit würde er warten, bis Aelaris zurückgekehrt war. Aelaris, der ansonsten die Verbindlichkeit in Person war, und jetzt auf sich warten ließ, obwohl die Sonne schon vor einigen Stunden untergegangen war.

Kohemis seufzte tief und nahm die Figur des Hirten in die Hand. Warum konnten die Schafe nicht einfach das tun, was man von ihnen erwartete? Vor allem, wenn sich ein Wolf in die Herde eingeschlichen hatte, der sich geschickt unter einem Schafspelz verbarg. Zumindest geschickt aus der Sicht der Schafe, denn Kohemis hatte natürlich sofort begriffen, dass es sich um einen Wolf handelte. In solchen Belangen herrschte bei ihm nie Zweifel.

Während er in Gedanken versunken die zerbrechliche Figur zwischen den Fingern bewegte, bemerkte er gar nicht, dass die Zimmertür aufschwang. Erst als ihn der kühle Luftzug traf, blickte er auf. Zuerst entglitten ihm die Gesichtszüge, dann spitzte er die Lippen.

»Du bist spät dran, meine Freund. Und du, liebe Lalevil, noch sehr viel später. Unerfreulich spät.«

Vorsichtig löste Aelaris den Griff um Lalevils Arm, als würde es ihm schwerfallen, die Berührung aufzugeben. »Ich habe es für das Klügste gehalten, sie nicht auf direktem Weg in die Burgfeste zu bringen. Irgendwie hatte ich den Verdacht, dass die Wachen der Prälatin ansonsten die Chance wahrnehmen würden, sie ihrer Herrin vorzuführen, bevor du mir ihr sprechen kannst. Nicht, dass es viel mit ihr zu besprechen gäbe.«

»Wie meinen?«

Wütend auf die zittrigen Finger, mit denen er die Figur zurück auf die Konsole stellte, fiel Kohemis' Ton ausgesprochen scharf aus. Doch keiner der beiden ließ sich davon beeindrucken. Die Drachenreiterin rieb sich den Oberarm, wobei sie dem Elben vernichtende Blicke zuwarf, während Aelaris ihn mit einer Intensität musterte, als könnte er in seiner Seele lesen. Das gefiel Kohemis gar nicht.

»Könnte einer von euch beiden die Güte besitzen, mich aufzuklären, wo genau ihr herkommt?«, fragte er. »Und dann hätte ich gern einen zackigen Bericht von Ordensmitglied Lalevil über die Geschehnisse der letzten Wochen. Vor allem über jene Neumondnacht vor fünf Wochen. Ich brenne darauf, jedes einzelne Detail zu hören.«

Doch Lalevil warf nur bockig das Haar nach hinten. »Wen kümmern Neumondnächte? Dieser Großkotz hier hat mich keinen Abstecher in meine Kammer unternehmen lassen, aber ohne einen Zigarillo zwischen den Lippen arbeiten meine grauen Zellen nicht.«

»Den Gestank von diesen Dingern würde man bis in den Flur riechen können. Ich habe mir nicht die Mühe gemacht, dich an den Wachen vorbeizuschmuggeln, damit du sie jetzt mit Rauchzeichen anlockst.«

Bevor Lalevil darauf eingehen konnte, ließ Kohemis ein scharfes Zischen vernehmen. Als habe es den kurzen Zwist zwischen ihm und Lalevil nicht gegeben, erwiderte Aelaris seinen fordernden Blick.

»Ich habe Lalevil schlafend an einem Ort gefunden, der von Drachenmagie geformt worden ist. Sie hat keine Erinnerung an ihre Ankunft im Westgebirge.«

Kohemis war froh, die Figur weggestellt zu haben, ansonsten hätte er sie bei dieser Erläuterung bestimmt zerbrochen.

»Es hat also keinen Sinn, bei diesem Thema zu verweilen«, fuhr der Elbe ungerührt fort, obwohl Lalevil ihn mit Zornesmiene am Ärmel zupfte. Sie konnte es nicht ausstehen, übergangen zu werden. Doch in Aelaris hatte sie ein Gegenüber gefunden, das noch sturer war als sie. »Wenn ich dein Gesicht richtig lese, Kohemis, hast du heute eine wesentlich bedeutendere Entdeckung gemacht.«

»Ja.« Mit einem Schlag verließ Kohemis sämtliche Streitlust. Erschöpft schleppte er sich zu einem Sessel hinüber und nahm das Glas mit Portwein, das ihm der Elbe reichte, gern an. »Bei der heutigen Audienz habe ich eine unerfreuliche Bekanntschaft machen müssen. An Badramurs Hof hat sich ein Unterhändler eingefunden, der mit Goldenem Staub handelt. Nicht etwa ein kleiner Schmuggler, dem es gelungen ist, ein paar lumpige Säcke vom NjordenEis hierherzukarren. Wir sprechen hier von einem wahren Quell an Goldenem Staub.«

»Das kann doch nur ein fauler Trick sein.« Offensichtlich hatte Lalevil ihre Verschnupftheit aufgegeben und ihre Zigarillosucht so weit unter Kontrolle, dass sie an der Debatte teilnehmen konnte. »Zum einen kann es niemandem gelingen, große Mengen an Goldenem Staub an sich zu bringen, ohne dass das NjordenEis-Volk davon etwas mitbekommen würde. Zum anderen – selbst wenn das möglich sein sollte – käme niemand an Previs Wall vorbei. Badramur muss sehr verzweifelt sein, wenn sie einem solchen Schwindler aufsitzt. Dann sollten wir uns ernsthaft Sorgen um die geistige Verfassung der Prälatin machen.«

Lalevil wollte mit ihrer Einschätzung fortfahren, aber Kohemis brachte sie mit einer unwirschen Handbewegung zum Schweigen.

»Wie du weißt, lege ich normalerweise viel Wert auf deine Meinung. Aber da du im Augenblick unleugbar keine Ahnung hast, würde ich es begrüßen, wenn du für den Rest der Unterhaltung schweigen würdest. Wenn ich sage, es handelt sich um eine ernst zu nehmende Quelle, dann ist das so.«

Herausgefordert stemmte Lalevil die Hände in die Hüften, doch ihr Herr hatte seine Aufmerksamkeit bereits auf den Elben gerichtet, dessen gleichmäßige Gesichtszüge im Kerzenlicht unerklärlich hell aufleuchteten.

»Badramur hat sich auf einen Handel eingelassen, so viel steht fest«, erklärte er Aelaris mit rauer Stimme. »Heute Abend wollte sie ausschließlich über die Vorteile sprechen, die diese Wendung für die Burgfeste bedeuten. Was sie für den Goldenen Staub zu zahlen hat, war genauso wenig von Belang wie die schlichte Frage, woher der Goldene Staub oder gar der Händler eigentlich stammen.«

»Vielleicht hängt die Herkunft des einen mit der des anderen zusammen. Was gibt es über diesen Unterhändler zu berichten?«

Kohemis nickte zustimmend, da er dem Gedankengang des Elben mühelos folgen konnte, während Lalevil nur verwirrt von einem zum anderen blickte. Ihr wurde gerade bewusst, dass sie deutlich mehr als ihre eigene Ankunft im Westgebirge verpasst hatte. Fremdartige Elben, die sich in der Burgfeste besser als sie selbst auskannten … Ordensoberhaupt Kohemis, der unfassbarerweise sein Haus an der Klippe verlassen hatte, um persönlich das Westgebirge zu besuchen … eine Prälatin, der sie, wenn man dem Elben Glauben schenken durfte, besser erst einmal nicht unter die Augen treten durfte … was, verflucht noch eins, war bloß alles geschehen? Wie hatte sie das alles nur verschlafen können?

»Die Erscheinung dieses Gesandten, der seine Herren nicht benennen möchte, gibt mir fast genauso viele Rätsel auf wie sein Angebot. Eigentlich dachte ich, den besten Überblick über die Völker der Südlichen Achse überhaupt zu haben«, sagte Kohemis mit einer bitteren Note in der Stimme. »Aber ich kann ihn wirklich keiner Himmelsrichtung zuordnen. Von der Figur her unscheinbar, weder zu groß noch zu klein. Da er seine Kleidung unter einem weiten Umhang verbirgt, kann ich nur raten, aber ich würde auf einen schmalen, sehnigen Körper tippen. Ein Körper, in dem er sich nicht zuhause zu fühlen scheint. Allein, wie er sich bewegt: seltsam abgehackt, als würden seine Gelenke nur widerwillig seinem Willen folgen. Doch seinem Gesicht nach handelt es sich keineswegs um einen alten Mann. Eine hohe, ebenmäßige Stirn, flache Wangenknochen, die nach unten in ein perfektes Oval auslaufen. Um den Kopf trägt er ein schwarzes Tuch gebunden, sodass das Gesicht wie eine Maske aussieht. Eine gelbliche Maske ohne jede Pore oder gar Unebenheit. Aber mir ist noch etwas anderes aufgefallen: Sein Schatten flimmert so merkwürdig, als wäre das Licht unstet. Außer mir scheint das jedoch niemand anderen zu beunruhigen. Der Gesandte saß an der Seite der Prälatin und sagte selten etwas. Zumindest glaube ich das, denn an seine Stimme kann ich mich genauso wenig erinnern wie an seine Augen. Aber ich bin mir sicher, dass er während der Audienz nicht durchweg geschwiegen hat.«

Aelaris verengte die Augen zu Schlitzen. »Er hat dich berührt.«

»Nein, hat er nicht!« Kohemis hätte nicht sagen können, warum ihn diese Unterstellung so zornig machte, dennoch tat sie es.

»Doch, du trägst ein Zeichen von ihm, eine Spur von fremder Magie. Was immer auch das Drachenfeuer angelockt hat, es webt eine Magie, die ich nicht kenne. Wir sollten schleunigst herausfinden, was dieser Gesandte als Gegenleistung für den Goldenen Staub gefordert hat. Wenn mich nicht alles täuscht, werden wir wissen, mit wem wir es zu tun haben, sobald wir seine Forderung kennen.«

⚜ Kapitel 16 ⚜

Sanft schmiegte sich das Maliande an ihn, streichelte über Haut und Haar und hüllte seinen Blick in feines Gold. Nahim fühlte sich himmlisch, so leicht und friedlich, dass es ihm verdächtig vorkam. Obwohl er die Übelkeit, die für gewöhnlich mit dem Wandeln einherging, verabscheute, erwartete er sie nun mit großer Ungeduld. Erstaunlicherweise stellte sie sich jedoch nicht ein, obwohl Vennis und er längst in Achaten angekommen sein mussten. Das Wandeln dauerte nicht länger als einen Herzschlag, es war lediglich ein Schritt durch den goldenen Vorhang, den das Maliande webte. Etwas war schiefgegangen, befürchtete er, vielleicht war er im Maliande verhaftet geblieben. Wie sonst ließ es sich erklären, dass seine Glieder schwerelos schienen und das sanfte Gold, das ihn umgab, nicht weichen wollte?

Er nahm all seinen Willen zusammen, spannte seine Muskeln an und streckte den Rücken gegen den sanften Widerstand, der ihn umgab wie eine zweite Haut. Seine Arme bewegten sich schwerfällig, aber dann streiften seine Finger etwas Hartes, und er griff zu. Als er sich hochzog, durchbrach er eine Oberfläche, und augenblicklich breitete sich Kühle auf seinem Gesicht aus. Nach einigem Blinzeln war auch der goldene Glanz fort, stattdessen umgab ihn ein weiches Rot.

Jetzt erst begriff Nahim, wohin ihn das Maliande geführt hatte: In jene unterirdische Kaskadenlandschaft, die Lalevil ihm bei seinem letzten Aufenthalt im Westgebirge gezeigt hatte. Einer der wenigen Orte in der Burgfeste, an denen man unbemerkt auftauchen konnte. Eine gute Idee, obwohl er es vorgezogen hätte, sich außerhalb des Wassers wiederzufinden, denn diese von Drachen geschaffenen Becken übten ihre ganz eigene Magie aus. Das hatte er bereits einmal am eigenen Leib herausfinden dürfen.

Prustend zog Nahim sich aus dem Becken auf den steinernen Rand, wobei ihn das Wasser nur widerwillig freigab. Vielleicht wollte aber auch bloß ein Teil von ihm in den Schutz des Beckens zurückkehren und vergessen, was vor ihm lag. Denn sobald er das Wasser verlassen hatte, stellte sich auch schon die vermisste Übelkeit ein, obgleich sie von der Intensität her längst nicht mehr an die ersten Male nach dem Wandeln herankam. Es wird tatsächlich besser, gestand Nahim sich ein.

Vennis saß nur eine Armlänge von ihm entfernt und blickte voller Neugierde auf die Wasseroberfläche, auf der sich mit einer betörenden Gleichmäßigkeit Kreise ausbreiteten. Mit einer Spur von Neid bemerkte Nahim, dass Vennis von Kopf bis Fuß trocken war. Nun, just in diesem Moment nicht mehr ganz, denn er tauchte einen Zeigefinger in das Wasser. Außerdem war es albern, auf Vennis' trockene Kleidung neidisch zu sein, dachte Nahim, während er sich aus seinem tropfnassen Mantel schälte. Schließlich würden sie beide den See durchqueren müssen, auf dessen Grund sich der Eingang in dieses Höhlenreich verbarg.

»Woher kennst du diesen Ort? Nicht einmal Maherind weiß davon, ansonsten hätte er sofort von ihm berichtet«, fragte Vennis, den es hörbar viel Kraft kostete, sich der Anziehungskraft des Wassers zu entziehen.

»Lalevil hat ihn mir gezeigt.«

Rasch wendete Nahim sich ab, als sein Onkel ihn prüfend mustern wollte. Obwohl er Lehen von der gemeinsamen Nacht mit der Drachenreiterin erzählt hatte, lastete diese

Geschichte weiterhin auf ihm. Vielleicht war es auch gar nicht die eine unüberlegte Nacht, die beinahe so viel zerstört hätte, sondern eher die Frage, womit sich Lalevil hatte erpressen lassen. Bis zu diesen Punkt war Nahim schon einige Male gekommen, und auch dieses Mal weigerte er sich, den Gedanken zu Ende zu bringen. Es führte nur dazu, dass sein Herz ihm durch die Kehle ins Freie zu hüpfen drohte, vor allem, wenn man bedachte, dass er schon bald vor Lalevil stehen könnte. Missmutig machte Nahim sich an seinen hohen Stiefeln zu schaffen, deren vor Nässe dunkles Leder es ihm besonders schwer machte.

»Ich wünschte, mit dem Maliande könnte man nicht nur wandeln, sondern sich auch unsichtbar machen«, begann Vennis laut nachzudenken. »Wie sollen wir bloß an Maliande gelangen oder unbemerkt Kohemis finden? Du hättest uns direkt zu ihm bringen müssen.«

»Und riskieren, dass er gerade mit seiner Schwester gemütlich im Audienzsaal beisammensitzt und über alte Zeiten schwadroniert? Oder er ist auf der Reise aufgehalten worden, und wir würden dann mit ihm irgendwo auf der Handelsroute festsitzen. Die Zeit spielt gegen uns, Vennis.«

»Ja, aber die Tatsache, dass wir zwei gut sichtbare Männer sind, die ihre Anwesenheit in der Burgfeste im Zweifelsfall nicht erklären könnten, auch. Wir hätten doch an dem ursprünglichen Plan mit der Ebene festhalten sollen, selbst wenn es uns unleugbar viel Zeit gekostet hätte.«

Mittlerweile stand Nahim nur noch mit Hemd und Hosen bekleidet da und verwandelte seinen Mantel in ein Bündel für seine restlichen Sachen. Er kannte Vennis gut genug, um zu wissen, dass er eigentlich nicht zum Lamentieren neigte. Die Lage musste wirklich schlecht aussehen, damit es so weit kam.

»Einmal davon abgesehen, dass Badramur dir eine Anreise

ohne Pferd wohl kaum abgenommen hätte, wäre das Risiko zu groß, dass sie dich die nächste Zeit auf der Burgfeste behalten hätte. Du weißt doch, wie so was läuft: Sie braucht bloß den Verdacht zu äußern, du könntest als Spion aus Previs Wall gelten und in Haft genommen werden. Überdies ist dein Neffe, der dir bekanntermaßen sehr nahesteht, unter seltsamen und ungeklärten Umständen verschwunden. Glaub mir, so ist es das Beste.«

Vennis nickte ergeben und folgte Nahim auf dem Pfad zum See, jedoch nicht, ohne sehnsuchtsvolle Blicke zurück auf die Kaskaden aus Wasserbecken zu werfen. Nahim konnte es ihm nicht verübeln. Auch er hätte viel dafür gegeben, in dem einladenden Wasser zu treiben und die Welt um sich herum zu vergessen. Stattdessen erwartete ihn der übel verleumdete Schwarzmarkt im Keller der Burgfeste – falls sie es bis dorthin überhaupt schaffen sollten, ohne den Wächtern in die Hände zu fallen.

Erneut schüttelte Vennis den Kopf, als die Tür eines einschlägig bekannten Hehlers auf sein Klopfen hin nicht wie erwartet aufschwang. »Keiner da, oder sie verstecken sich im letzten Winkel ihres Lochs und halten sich die Ohren zu.«

So hatten sie nun schon vor zwei anderen Türen gestanden, und mit jedem Mal breitete sich die Hitze zwischen Nahims Schulterblättern mehr aus. Dass sie es unbehelligt in den Keller geschafft hatten – vielmehr noch: dass die einzige Wache, die ihren Weg gekreuzt hatte, so gebannt von ihrer eigenen Unterhaltung gewesen war, dass sie sie trotz ihrer nassen Kleidung keines Blickes gewürdigt hatte –, verwirrte ihn nach wie vor. Zwar wurde der Keller in der Regel sich selbst überlassen, nichtsdestotrotz waren an seinen Zugängen stets aufmerksame Posten stationiert, die ein Auge darauf hatten, wer kam und ging. Aber heute? Als hätten die

Wachen geahnt, dass der Schwarzmarkt an diesem Tag eine Ruhepause eingelegen würde. Wobei Ruhepause ein viel zu schwacher Ausdruck war … Der ganze Keller war von einer unnatürlichen Ruhe durchdrungen. In den stets dämmrigen Gewölben und Gängen hielten sich die Bewohner zwar gern in den Schatten auf, und es wurde eher geflüstert als gesprochen, aber einem aufmerksamen Beobachter wurde rasch klar, dass trotzdem stete Bewegung herrschte. Die Keller-Leute hatten im Laufe der Jahre immer mehr Ähnlichkeit mit dem Rattenvolk angenommen, emsig im Dunkeln arbeitend. Nur jetzt war nicht einmal ein entferntes Quieken zu hören, nur das Tropfen von Nahims Mantelsaum.

»Das kann einfach nicht sein!«, entfuhr es Nahim, als Vennis sich zu ihm in den Schatten gesellte. »Ragfort würde doch selbst dann seinen Geschäften nachgehen, wenn seine Mutter neben seinen Stiefelspitzen krepieren würde. Hier stimmt irgendetwas nicht.«

»Wir hätten uns an der Tür des Blinden Srog nicht einfach von seinem Enkel abweisen lassen sollen. Dann wüssten wir jetzt, was gespielt wird.«

Vennis kratzte über seine Bartstoppeln. An der Stelle, wo sich die Narbe über sein Kinn zog, wollte der Bart nicht richtig nachwachsen, sodass er gezwungen war, sich zu rasieren. Mia hatte das bei seinem kurzen Besuch zu begrüßen gewusst, doch er konnte sich nicht mit seinem kahlen Gesicht anfreunden.

»Ja, oder wir hätten uns dieses windige Kerlchen zur Brust nehmen sollen, das uns gleich nach Betreten des Kellers gelb gefärbtes Wasser als Maliande andrehen wollte. So ausgestorben, wie es hier heute ist, hätte er ruhig rumkrakeelen können. Damit hätte er niemanden angelockt. Wo stecken die bloß alle?« Nahim verschränkte die Hände hinter dem Kopf und dehnte seinen verengten Brustkorb. »Gut, bevor wir hier weiterhin Zeit verschwenden, sollten wir uns auf die Suche nach Kohemis machen. Sicherlich ist er in einem Zimmer untergebracht, das auf den Himmel hinausweist. Schließlich braucht er die Weite wie ein Fisch das Wasser.«

Selbst im schwachen Licht der Pechfackel, die er von einer der Wände genommen hatte, sah er, wie Vennis die Stirn krauszog.

»Wenn du das glaubst, beweist das nur, wie wenig du die Prälatin einschätzen kannst. Warum sollte sie unseren Goldfisch Kohemis ohne Not in ein Wasserglas setzen, wenn sie ihn stattdessen auf dem Trockenen zappeln lassen kann? Glaub mir, wir sollten besser bei jenen Gästezimmern mit der Suche beginnen, die am weitesten von der Außenfassade entfernt liegen.«

»Das wäre vermutlich die Erfolg versprechendste Vorgehensweise«, hallte es aus dem Dunkel des Gangs.

Die beiden Männer wirbelten gleichzeitig herum. Die Stimme war leise gewesen, doch von einer Klarheit, die jedes einzelne Wort herausgeschält hatte.

Obwohl es schon lange her war, erinnerte sich Nahim sofort daran, welche Geschöpfe von Rokals Lande zu diesem Kunststück fähig waren, auch wenn er sie noch nie so tief hatte sprechen hören. Als er die Fackel in die Richtung hielt, aus der die Stimme erklungen war, überraschte es ihn nicht übermäßig, dass ein Elbe in den Lichtpegel trat und sich mit bewundernswertem Gleichmut ihren prüfenden Blicken aussetzte. Was Nahim jedoch die Kinnlade herunterfallen ließ, war das Erscheinungsbild des Elben. Wenn er nicht soeben seine Stimme gehört hätte, wäre er einfach davon ausgegangen, bloß einen hervorragend verkleideten Gaukler vor sich zu haben. Einen, der nie einen Elben mit eigenen Augen gesehen hatte – ansonsten hätte er wohl kaum die Zeichen auf der Haut vergessen. Und farbenblind musste er zweifelsohne auch sein – wie sonst sollte dieser Kupferschopf zu erklären sein, der im Feuerschein glühte und zugleich das Licht zurückwarf wie ein Spiegel?

Im Gegensatz zu Nahim hatte sich Vennis deutlich schneller wieder in der Gewalt. »Ich nehme an, es ist der Dunkelheit geschuldet, dass Ihr unser Gespräch mit anhören konntet, und nicht etwa einer bösen Absicht.«

»Ehrlich gesagt, folge ich Euch schon länger. Zuerst aus reiner Neugierde, warum zwei Männer, die sich unleugbar gut im Labyrinth des Kellers auskennen, keine Ahnung davon haben, wo die meisten Bewohner sich heute versammeln. Und wie es aussieht, noch weniger Ahnung davon haben, warum sie heute niemanden auftun werden, der ihnen Maliande verkauft.«

»Freut mich, dass unsere Absichten so leicht für Euch zu durchschauen sind, und mehr noch, dass wir damit zu Eurer Unterhaltung beigetragen haben«, entgegnete Vennis, während sich seine Daumen in den breiten Ledergürtel einhakten, nur einen Handgriff weit von seinem Schwert entfernt. Falls der Elbe diese Drohung wahrnahm, ließ er es sich zumindest nicht anmerken. Ganz im Gegensatz zu Nahim, der darauf sann, die Lage möglichst schnell zu entspannen. Vennis war nicht gerade als großer Elbenfreund bekannt, da ihm ihre oftmals überhebliche Haltung den Menschen gegenüber zuwider war.

»Ihr sagtet *zuerst*. Was haben wir dann getan, das Eure Aufmerksamkeit erregte und Euch veranlasste, sich uns zu zeigen.«

Der Elbe legte den Kopf leicht schief, mit einer Bewegung, der nichts Menschliches innewohnte, so geschmeidig verlief sie. Außerdem erinnerte es Nahim daran, warum Elben so hervorragende Krieger waren: Ihre Bewegungen schienen oftmals an andere Zeitabläufe gebunden zu sein als die der Menschen. In einem Moment hielt ein Elbe das Schwert bloß locker in der Hand, und im nächsten hatte er den Streich auch schon ausgeführt, während das menschliche Auge unbeeindruckt behauptete, dass der Elbe unmöglich so schnell seine Ausgangsposition geändert haben konnte.

»Ich muss gestehen, dass ich ein wenig durcheinander bin. Eigentlich dachte ich, ich würde Eure Namen nicht nur kennen, sondern auch richtig zuzuordnen wissen. Aber jetzt bin ich mir da nicht mehr so sicher.« Wenn Nahim nicht alles täuschte, klang der Elbe belustigt.

»Nun, warum probiert Ihr nicht einfach Euer Glück und nennt uns bei den Namen, die Ihr für richtig gehalten habt?« Vennis machte einen herausfordernden Schritt auf den Elben zu, was diesen nur interessiert dreinblicken ließ.

»Ich hatte es so verstanden, dass Vennis der ältere und ruhigere von den beiden Ordensmitgliedern aus Montera sei, während sein Neffe Nahim gelegentlich zur Kopflosigkeit neige. Entweder hat Kohemis da etwas durcheinandergebracht …«

»Das ist doch wohl ein Scherz«, brach es aus Nahim hervor, er musste sich jedoch zugleich eingestehen, dass eine solche Beschreibung durchaus von Kohemis stammen könnte. Dieser alte Grantler hatte schließlich an allem etwas auzusetzen, weshalb Nahim seine Nähe stets nach Möglichkeit mied. Schließlich hatte er sich nicht von seinem Vater abgewandt, um sich von jemand anderem bei jeder sich bietenden Gelegenheit seine Charakterschwächen vorhalten zu lassen.

»Vermutlich«, antwortete der Elbe leichthin. »Man darf Kohemis' Kritiksucht nicht allzu ernst nehmen. Seine Beschreibungen zielen zwar ins Schwarze, aber er vergisst jedes Mal, auch die guten Seiten zu benennen, sodass seine Charakterzeichnungen hinken.«

»Na, da bin ja beruhigt.« Diese kindische Bermerkung konnte Nahim einfach nicht zurückhalten.

Vennis hatte sich bei der Nennung von Kohemis' Namen merklich entspannt. »Ist es unserem Freund also endlich gelungen, sich seinen Herzenswunsch zu erfüllen und einen Elben sein Eigen zu nennen. Sein ganz persönliches Versuchsobjekt. Mit Euch hat er sich aber auch wirklich ein außergewöhnliches Exemplar zugelegt.«

Zur Verwunderung der beiden Männer reagierte der Elbe keineswegs beleidigt auf diese Unterstellung, sondern legte vielmehr lachend den Kopf in den Nacken. Dem Lachen wohnte etwas so Wohlklingendes inne, dass Nahim sich dabei ertappte, ebenfalls zu lächeln. Elbenmagie benötigt nicht unbedingt Maliande, um gesponnen zu werden, stellte er erstaunt fest.

»Wollt Ihr mit Eurem Lachen die Ratten aus den Löchern locken? Dann nur zu.«

Der Elbe zuckte mit den Schultern. »Es ist niemand da, den ich locken könnte. Aber Ihr habt Recht: Die Verkündigung, bei der alle sind, wird schon bald vorbei sein, und bis dahin ist es sicherlich besser, Euch in Kohemis' Gemächern untergebracht zu haben. Die Prälatin hat ein hohes Kopfgeld auf Euch ausgesetzt, wenn Ihr es wissen wollt, Nahim. Und wir wollen doch nicht, dass jemand Eurer Tropfspur folgt.«

Nahim schluckte laut, dann sah er zu, dass er mit den langen Schritten des Elbens mitkam, während Vennis ein Lachen in seiner Faust erstickte.

»Kopfgeld? Das wird ja immer besser, mein Freund.«

⚜ Kapitel 17 ⚜

Bereits am frühen Morgen weckte Kohemis Lalevil mit einem schneidenden Kommandoton, wobei sie vor Schreck fast von dem Kanapee gefallen wäre, das er ihr zur Nachtruhe überlassen hatte. Während sie kaum wusste, wo sie sich überhaupt befand, fing er auch schon an, ihr einen Vortrag über die Geschehnisse seit ihrer Ankunft in Achaten zu halten.

Dabei konnte sie sich nicht einmal an ihren – wie es sich anhörte – lang zurückliegenden und spektakulären Auftritt in den Kerkergewölben der Burgfeste erinnern. Nichtsdestoweniger musste sie sich eingestehen, dass diese Geschichte sehr nach ihr klang, vor allem der Part mit dem durch und durch widerspenstigen Nahim an ihrer Seite. Der Monteraner hegte eine ausgewiesene Abneigung gegen das Westgebirge, seit er dem Dämonenbeschwörer Resilir begegnet war. Dass es ihr trotzdem gelungen war, seine Begleitung gegen seinen Willen zu erzwingen, darin erkannte sie sich sofort wieder, denn das war ihr Motto: eine Entscheidung treffen und dann immer geradeaus schauen. Für Nahims Gesellschaft hätte sie mehr auf sich genommen, als sie sich selbst eingestehen wollte. Als Kohemis jedoch bei der Zerstörung der Residenz von Previs Wall durch Präae ankam, glaubte Lalevil zunächst, der alte Mann wolle sich über sie und ihre Ahnungslosigkeit lustig machen. Allerdings nur einen Moment lang, denn der Ausdruck auf seinem Gesicht ließ jeden Zweifel aus.

Sie war ausgesprochen erleichtert, als der eigenartige Elbe den Raum betrat, um etwas von einer anstehenden Versammlung zu berichten, zu der die Prälatin aufgerufen hatte.

»Großartig, eine Kundgebung am frühen Morgen. Und das auf nüchternen Magen«, zürnte Kohemis, während er sich hastig seinen Umhang überwarf.

»Du hast doch schon mich zum Frühstück gehabt«, nuschelte Lalevil und sah den beiden Männern hinterher, wie sie durch die Tür verschwanden. Niemand hatte sich die Mühe gemacht, ihr das Thema dieser Kundgebung zu erklären. Stattdessen war man stillschweigend davon ausgegangen, dass sie sich brav an ihr Ausgehverbot halten würde. Was sie auch tat, obwohl es an ihrem Stolz kratzte.

Seitdem versuchte Lalevil, abwechselnd aus Kohemis' Rede schlau zu werden und ihre Erinnerung wachzurufen. Aber keines von beidem wollte ihr so recht gelingen. Hinter ihrer Stirn herrschte Chaos, ein undurchdringliches Gewirr aus vernebelten und zerfetzten Bildern und Geräuschen, die sie unmöglich zuordnen konnte. Sie ahnte, dass da mehr war. Nur war es wie bei einem Traum, den man am nächsten Morgen nicht mehr zu fassen bekam, so sehr man sich auch anstrengte. Je mehr sie sich bemühte, desto mehr nahm das sinnlose Flirren zu, bis sie sich mit beiden Händen den Kopf hielt, in der Erwartung, er würde gleich explodieren.

Es war sinnlos, etwas erzwingen zu wollen, gestand Lalevil sich schließlich ein. Stattdessen fing sie mit etwas an, womit sie rasche Resultate erzielen konnte: mit dem Training ihres Körpers. Sie führte die Hände hinter dem Rücken zusammen und hob die durchgestreckten Arme so weit wie möglich an. Was nicht besonders hoch war, wie sie schlecht gelaunt feststellte. Ihr ganzer Körper war steif und widerspenstig nach den vielen Wochen des Schlafs, genau wie ihr Geist, der ihr beharrlich ihre Erinnerung vorenthielt.

Wenn sie außerdem ehrlich zu sich war, musste sie zugeben, dass sie sich nicht gerade danach sehnte, ihre Erinnerung zurückzuerlangen. Nicht nur, was Kohemis zu erzählen gewusst hatte, sondern auch die Art, wie er sie dabei angeblickt hatte, ließen vermuten, dass sie schon bessere Arbeit für den Orden geleistet hatte. Sie hätte auch einiges dafür gegeben, andere Teile ihrer Vergangenheit zu löschen, zum Beispiel die Art, wie sie die Losung für die Prälatin beschafft hatte. Dann könnte sie den nachdenklichen Blick des Elben auch deutlich besser abtun. In seiner Nähe quälte sie eine Schuld, obwohl er nichts über ihr Handeln im Kerker der Burgfeste wissen konnte.

Obgleich Lalevil ihre Dehnübungen bis zur Schmerzgrenze trieb, gelang es ihr nicht, die Grübeleien abzustellen. Behutsam tastete sie sich zu jener Stelle vor, an der sie mit Präae verbunden war. Zu ihrer Erleichterung stellte sie fest, dass sie nach wie vor die Drachendame spüren konnte. Kurz fühlte sie sich versucht, sie zu sich zu rufen, weil der Anblick dieser wundersamen Kreatur vermutlich das Einzige war, das die Leere in ihrem Inneren zu füllen vermocht hätte – und sie vergessen ließ, als was für ein Werkzeug ihr geliebter Drachen missbraucht worden war. Es war einfach unmöglich, sich damit auseinanderzusetzen. Stattdessen ging Lalevil zur Bar des Salons und schenkte sich ein Glas mit einem bernsteinfarbenen Getränk voll, das ihr beim Schnuppertest am stärksten in der Nase gebrannt hatte. Nachdem sie das Glas ausgetrunken hatte, fühlte sie sich gleich deutlich besser.

»Grübelei hat noch nie etwas gebracht«, ermunterte sie sich, während sich ein wohliges Feuer in ihrem Magen ausbreitete. »Im Spiel bleiben, darum geht es. Wer zu lange zurückblickt, der verpasst die Zukunft. Und ich will die Zukunft, gerade jetzt, da es um alles oder nichts für Rokals Lande geht.«

Gerade als sie sich das Glas ein weiteres Mal nachfüllte, ging die Salontür auf, und Aelaris trat rein.

»Ach, der Elbenmann«, sagte Lalevil so geringschätzig wie möglich und nahm einen großen Schluck, was sie jedoch im nächsten Moment bereute. Denn nach Aelaris traten erst Vennis und dann Nahim ein. Letzter starrte sie nicht minder entsetzt an wie sie ihn. Ein Husten unterdrückend, schluckte Lalevil den Alkohol runter.

»Sieh an, unsere geschätzte Drachenreiterin hat sich also auch bereits eingefunden.« Vennis durchschritt den Raum und maß sie dabei kühl. Als er dicht neben ihr stehen blieb, rechnete sie fast damit, dass er ihr eine Ohrfeige geben könnte, so ablehnend war seine Miene. Doch er schenkte sich nur ebenfalls ein Glas von dem bernsteinfarbenen Getränk ein. »Möchtest du auch etwas zum Aufwärmen, Nahim? Greif zu, solange Lalevil nicht auch noch den letzten Tropfen vernichtet«, sagte er über die Schulter hinweg.

Nahim schüttelte stumm den Kopf. Erst als ihm klar wurde, dass Vennis diese Geste nicht sehen konnte, räusperte er sich: »Danke nein, mir ist schon warm.« Dann setzte er sich endlich in Bewegung, um Lalevil zu begrüßen. »Scheint mir eine Ewigkeit her, seit du zu deinem Auftrag ins Westgebirge aufgebrochen bist. So viel ist seitdem geschehen. Hast du alles gut überstanden?«

Lalevil rechnete fest mit einer Umarmung oder zumindest mit einem freundschaftlichen Schulterklopfen. Doch Nahim blieb ein Stück vor ihr stehen, die Hände in den Manteltaschen.

»Du solltest wirklich was trinken, mein Freund. So steif habe ich dich ja noch nie erlebt.«

Ihre aufgesetzte Munterkeit ging Lalevil selbst gegen den Strich, aber sie konnte es kaum ertragen, Nahim so distanziert zu erleben. Der verdrießliche Vennis war mit einem

Schlag ebenso vergessen wie der Elbe, der die Szene mit ausdruckslosem Gesicht verfolgte. Was war nur mit den Kerlen los?

Entschlossen zog sie Nahim in ihre Arme, aber das Lachen, das der Geste etwas Leichtes geben sollte, erstarb auf ihren Lippen. In dem Moment, als ihr sein Geruch in die Nase stieg, wurde etwas in ihr freigesetzt. Plötzlich glaubte sie, seine nackte, erhitzte Haut auf ihrer zu spüren, den Widerstand seiner Brust gegen ihre, die fiebrige Spannung zwischen ihren Körpern. Ihre Hände berührten nicht länger den klammen Mantelstoff, sondern seine angespannten Oberarme, während sein viel zu schnell gehender Atem ihr in den Ohren klang und sie erregte.

Mit einem Sprung setzte Lalevil zurück und schlug sich die Hände vor den Mund. Zu ihrer Erleichterung stand Nahim nach wie vor bloß stocksteif da, und nichts in seinem Gesicht verriet, dass er soeben auch nur annähernd das Gleiche empfunden hatte wie sie.

»Ich habe Lalevil in einer Drachenhöhle gefunden«, brach Aelaris das Schweigen. »Während ihres langen magischen Schlafs ist ihr die Erinnerung der letzten Wochen abhandengekommen. Sie kann sich nicht einmal mehr daran erinnern, wie sie überhaupt nach Achaten gelangt ist.«

Der Blick, den Nahim ihr daraufhin zuwarf, sprach Bände: Erleichterung und Hoffnung. Doch dafür war es zu spät, Lalevil ahnte, was sich ihr gerade erst offenbart hatte. Zwischen ihnen beiden war etwas vorgefallen, und sie kannte ihr Herz gut genug, um eine Ahnung zu haben, worum es sich dabei gehandelt haben könnte. Trotzdem zwang sie sich zu einem Lächeln.

Vennis fluchte leise. »Das bedeutet also, wir werden nicht erfahren, welches Druckmittel Badramur eingesetzt hat, um ihren Willen zu bekommen. Wunderbar.«

»Das ist doch jetzt auch vollkommen unwichtig«, unterbrach Nahim seinen Onkel ungewohnt harsch. »Im Augenblick hat Badramur keinen Zugriff auf Präae und wohl auch auf sonst keinen Drachen. Das Glück spielt uns zu: Wir brauchen nur noch Maherind hier, dann ist der Orden wieder vereint, und wir können gemeinsam den nächsten Schritt planen. Wir haben den Vorteil auf unserer Seite, weil wir als Einzige genau wissen, was an den Schaltstellen von Rokals Lande passiert. Es läuft doch alles viel besser als erhofft.«

Nach einem Zögern nickte Vennis. »Du hast Recht. Das Einzige, was uns jetzt noch fehlt, ist ausreichend Maliande.«

»Darin dürfte allerdings eine Schwierigkeit bestehen.« Aelaris, der sich bislang abseits der Runde gehalten hatte, trat nun hinzu, und sofort nahm der Druck auf Lalevils Brust zu. Dass die Nähe des Elben eine solche Wirkung auf sie ausübte, verstörte sie zunehmend. Vor allem, da sie nicht wusste, woraus sie sich speiste. Sie verstand Aelaris nicht, aber ihre eigene Reaktion auf ihn begriff sie noch weniger. Elbenmagie, dachte sie, obwohl sie ahnte, dass diese Empfindung ihre Quelle in einer anderen Art von Magie hatte.

Dieses Mal beachtete sie der Elbe allerdings nicht, obwohl seine Augen ihr ansonsten immer folgten. Jetzt war er ganz auf die beiden Männer konzentriert, jene Männer, die im Gegensatz zu ihr vollauf mit den Geschicken von Rokals Lande beschäftigt waren, während sie sich mit ihrem verrückt gewordenen Gefühlsleben herumplagte. Lalevil unterdrückte ein Stöhnen und nahm erneut einen großen Schluck von dem bernsteinfarbenen Getränk.

»Der Grund, warum ich Kohemis nicht auf die Versammlung begleitet habe, sondern im Keller unterwegs gewesen bin, ist der, dass ich Ausschau nach ein wenig Maliande halten wollte. Der Schwarzmarkt ist durch den Boykott von

Previs Wall vollkommen ausgeblutet, und auf den wenigen Flakons, die es noch gibt, hocken die Hehler wie Zwerge auf ihrem Schatz. Aber wen wundert's? Mit jedem weiteren Tag steigt der Wert des Maliandes, und da der Orden rasch in eine Situation gelangen könnte, in der er keine Zeit zum Pokern hat, wollte ich nachschauen, wer von den Hehlern über welche Mengen verfügt.«

»Du bist beim Alten Srog und dem anderen Gesindel eingebrochen?« Vennis' Mund stand vor Ehrfurcht offen.

Aelaris legte mit gespielter Ernsthaftigkeit die Stirn in Falten. »Ich bin doch nicht eingebrochen. Ich bin nur hineingegangen, ohne anzuklopfen, und habe anschließend Acht darauf gegeben, niemanden zu stören. Eigentlich war es nur ein Anstandsbesuch, der allerdings dem Maliande galt. Und das wollte mich nun einmal gern begleiten. Es ist doch bekannt, dass das Maliande zu uns Elben spricht.«

Bevor der Elbe fortfahren konnte, trat Kohemis in den Salon ein – das Gesicht so blass und schmal wie nie zuvor, die Augenlider vor Anspannung zuckend. Was immer er auf der Versammlung zu hören bekommen hatte, hatte ihn empfindlich erschöpft. Nachdem er die Tür mit ausgesuchter Zurückhaltung hinter sich geschlossen hatte, streckte er seinen gebeugten Rücken und ließ den Blick derart mürrisch über die Gesichter wandern, dass niemand es wagte, ihn zu begrüßen oder gar auf ihn zuzulaufen.

»Noch mehr unerwartete Gäste, die es vor Badramur zu verbergen gilt. Wie schön. Ich schätze es ja gesellig. Allerdings hast du mit deinen tropfenden Kleidern einen feuchten Fleck auf meinem Teppich hinterlassen, Nahim. Glücklicherweise fällt mir etwas ein, womit du diesen Fauxpas augenblicklich wiedergutmachen kannst. Mit ein bisschen Wandeln. Aber dazu komme ich später, wenn's recht ist.«

Nahim rang sichtlich damit, eine passend bissige Erwiderung zurückzuhalten, aber auch ihm entging nicht, dass Kohemis schmale Schultern zitterten. Außerdem hatte er das Interesse an dem jungen Mann bereits wieder verloren.

»Du warst gerade bei deiner Suche nach Maliande stehen geblieben, als ich eingetreten bin, Aelaris. Bist du fündig geworden? Ja? Das ist gut, denn wir werden es brauchen und zwar am besten sofort.« Nachdem der Elbe zwei schmale Phiolen hervorgebracht hatte, begann Kohemis zu taumeln und ließ sich gerade noch rechtzeitig in einen Sessel fallen. »Ist das alles?«

»Das ist mehr, als ich selbst zu finden erwartet habe.«

»Aber wir brauchen mehr, deutlich mehr. Nahim muss sofort Maherind zu mir bringen, allein dafür brauchen wir schon eine größere Menge. Wir müssen beweglich sein, davon hängt alles ab. Was eben bei der Versammlung geschehen ist … wir dürfen keinen weiteren Moment verschwenden, alles muss genau jetzt in Bewegung gesetzt werden, sonst sind all unsere Hoffungen für die Katz.«

»Beruhige dich, Kohemis. Es wird sich schon alles finden«, mischte Lalevil sich ein, die das alte Ordensmitglied noch nie so aufgebracht gesehen hatte. Noch mehr Veränderungen konnte sie an diesem Tag einfach nicht verwinden.

»Ah, Ratschläge von der Ahnungslosen, sehr hilfreich.« Mit ungeduldigen Bewegungen zerrte Kohemis eine edel geschliffene Phiole unter seinem Umhang hervor. »Dieses Maliande gehört Maherind und mir. Wir bannen schon seit Jahren die Gedanken, die wir einander mitteilen wollen, in diese Phiole. Nimm sie!«, forderte er Nahim auf, der jedoch zögerte.

»Wenn ihr eure Gedanken dort hineingelegt habt, dann …«

»Jetzt ist nicht der richtige Zeitpunkt für solche Zimperlichkeiten. Es wird dich zweifelsohne zu Maherind bringen, darauf kommt es jetzt an. Also los jetzt.«

Während Nahim die Phiole mit spitzen Fingern an sich nahm, als würde er etwas ausgesprochen Intimes berühren, erschall ein lautes Pochen von der Tür. Drei Faustschläge auf Holz, die alle Anwesenden zusammenfahren ließen – bis auf Kohemis, der sie zweifelsohne erwartet hatte.

»Ordensmitglied Kohemis, hier spricht die Burgwache. Wir haben aus sicherer Quelle erfahren, dass zwei verdächtige Personen sich in der Nähe Eurer Räumlichkeiten aufgehalten haben. Wir würden in Eurem Interesse gern nach dem Rechten sehen, wenn Ihr erlaubt.« Die männliche Stimme ließ keinen Zweifel daran aufkommen, dass die Wache ihrem Auftrag nachkommen würde – so oder so.

»Ja, ja, einen Moment.« Mühsam hievte Kohemis sich aus seinem Sessel und flüsterte Aelaris zu: »Bring Lalevil und Vennis durch den Geheimgang fort, den ich dir gezeigt habe. Aber beeil dich, wenn die Wache niemanden in meinen Räumen findet, wird sehr rasch die Leibgarde der Prälatin kommen und nach dem Rechten sehen. Die kennen den Geheimgang ganz bestimmt und werden euch schon bald folgen. Du weißt, wo du sie am besten verstecken kannst, schließlich hast du dich die letzten Wochen mehr in diesem durchlöcherten Berg herumgetrieben, als Maherind in all den Jahren zusammengenommen. Danach kehrst du gleich zu mir zurück, Badramur wird mit ihrem Verhör nicht lange auf sich warten lassen. Auf Dinge, die hinter ihrem Rücken geschehen, reagiert meine Schwester in der Regel ausgesprochen ungehalten.«

Aelaris nickte. Dann packte er, ohne weitere Zeit zu verschwenden, die protestierende Lalevil am Ellbogen und führte sie ins Nebenzimmer, wo er einen schweren Teppich mit dem Fuß beiseitestieß. Vennis, der ihnen schweigend gefolgt war, half ihm dabei. Dann ließ der Elbe einen Tropfen des gestohlenen Maliandes auf den Boden fallen. Augenblicklich kam es Lalevil so vor, als wäre sie mit voller Wucht gegen eine Steinwand gelaufen, doch diese Reaktion auf das Maliande kannte sie bereits. Zwar reagierte sie deutlich unempfindlicher auf das Zauberelixier als der Rest des NjordenEis-Volkes, aber das bedeutete noch lange nicht, dass es sie gleichgültig ließ.

»Und du? Verschwinde endlich, Junge!«, zischte der alte Mann unterdessen Nahim zu, während die Wache Kohemis erneut aufforderte, die Tür zu öffnen.

Lalevil versuchte, über ihre Schulter noch einen Blick auf Nahim zu erhaschen, aber da war er schon aus dem Salon in eins der anderen Zimmer gelaufen, den geöffneten Flakon vermutlich schon über sein Haupt haltend. Sie verspürte den Drang, ihm zu folgen, sich an ihn zu hängen, bevor das Maliande ihn von ihr fortbrachte. Sie ertrug den Gedanken kaum, schon wieder von ihm getrennt zu werden. Doch dazu kam sie nicht.

Während es erneut und wesentlich ungeduldiger an der Tür klopfte, wies der Elbe mit der Hand auf den blanken Steinboden. »Nach Euch.«

Lalevil wollte ihm gerade mit einem Kopfnicken demonstrieren, was sie von solchen Scherzen hielt, als Vennis einen Fuß auf den Stein setzte und in ihm versank. Mit der Hand deutete er ihr noch, ihm zu folgen.

»Drachendreck«, fluchte sie verhalten.

Aber als Aelaris Anstalten machte, sie von hinten bei den Armen zu packen, tat sie entschlossen einen Sprung. Einen Herzschlag später landete sie auf den Füßen und fand sich in einem silbrig schimmernden Gang wieder. Vor ihr folgte Vennis bereits dem glatten, abwärts führenden Gang. Über ihrem Kopf eine massive Steindecke, durch die gerade Aelaris glitt wie durch eine Wasseroberfläche. Elegant kam er neben ihr auf und schritt auch sogleich an ihr vorbei.

»Drachenpforte«, sagte er im Vorübergehen. »Es ist eine Drachenpforte.«

Lalevil ließ ein gereiztes Knurren hören. »Das ist wohl wahr, genau wie die Tatsache, dass ihr Elben keinen Humor habt.«

Kapitel 18

Seit Nahim den Hof der Truburs durch den goldenen Sprühregen aus Maliande gemeinsam mit Vennis verlassen hatte, war auch die weiche Hülle gewichen, in der Lehen sich so gut aufgehoben gefühlt hatte.

Obgleich sie sich vor sich selbst schämte, hatte sie dieses kleine Geheimnis für sich behalten, und stattdessen weiterhin so getan, als sei sie noch nicht wieder Herrin ihrer Sinne. Zu sehr genoss sie die Zuwendung ihrer Familie, Menschen, die sie mit ihrem überstürzten Aufbruch an Damirs Seite verwirrt, wenn nicht sogar verletzt hatte. Es war einfach wunderbar, wenn Allehe ihrem Charme freien Lauf ließ, weil sie von ihrer Schwester weder Aufforderungen zur Mäßigung noch kritische Kommentare erwartete. Oder Anisa, die sie umhegte wie ein Kind und kein Wort über die Begebenheiten des letzten Herbstes verlor. Oder Balam, der einfach nur froh war, seine Tochter endlich wiederzuhaben – allem Anschein nach glücklich und sogar mit einem Kind an ihrer Seite. Es war schön, inmitten ihrer Familie zu sitzen und sich wohlzufühlen. Der Einzige, dem nicht entgangen war, wie es um sie bestellt war, war Tanil. Der kleine Racker nutzte ihre vorgetäuschte Geistesabwesenheit aus, indem er sie frech angrinsend Leckereien aus der Vorratskammer stibitzte, um sich bei Borif beliebt zu machen. Nun, diesen Preis zahlte Lehen gerne.

Dass in den Nächten seit ihrer Ankunft der Frost zurückkehrt war, überraschte Lehen genauso wenig wie die dichte

Wolkendecke, die vom Norden her aufzog und schon bald das Tal unter sich begraben haben würde. Schnee würde fallen, daran herrschte kein Zweifel. Glücklicherweise erwartete man den Frühling im Westend nicht so bald wie in Montera, wo vermutlich die heiß ersehnte Sonne endlich die letzten Regenwolken vertrieb. Sobald Nahim von seiner Mission zurückgekehrt war, würden sie sich damit auseinandersetzen müssen, dass Tanil den Schnee herbeirief. Aber bis dahin wollte sie ihre Familie beobachten und vor allem selbst wieder ein Teil davon sein.

Nachdem Vennis dem bedrückten Tevils ein um das andere Mal bestätigt hatte, dass seine Dienste für den Orden von großer Bedeutung waren und man ihn so schnell wie möglich nach Achaten holen würde, hatte ihr Bruder beschlossen, das Beste aus seinem Aufenthalt im Tal zu machen. Es gelang ihm auch ganz gut, solange er Bienem aus dem Weg ging, die nur mit den Augenbrauen zucken musste, um das Ordensmitglied wie einen unreifen Burschen dastehen zu lassen. Darum wunderte es auch niemanden, dass Tevils viel Zeit im *Roten Haus* vertrödelte. Obwohl er seinen Freund Jules damit in Verlegenheit brachte, der es zweifelsohne vorgezogen hätte, auf der Küchenbank zu sitzen und mit Allehe zu flirten. Es gehörte zu einer von Lehens Lieblingsbeschäftigungen, die beiden dabei zu beobachten. Schließlich bekam man selten Gelegenheit dazu, zwei Meistern dieses Fachs zuzusehen.

»Ich kann mich einfach nicht entscheiden.«

Allehe seufzte und streichelte über den nass glänzenden Stoff des Kleides, dessen Ausschnitt sie mit Spitze besetzen wollte. Just in dem Moment, als Tevils seinen Freund Jules zum Kreuzweg bei der Mühle mitnehmen wollte, wo sich die jungen Männer des Dorfs vor der letzten Vollmondnacht des Winters trafen. Angeblich um Olves zu spielen. Ein Spiel, bei dem man bunt lackierte Holzkugeln in der dünn gewordenen Schneedecke versenkte, bis man irgendwann zur Mittagszeit unten im Dorf angelangte. Oder vielmehr im *Roten Haus*. Beim Olves wurde zwar viel von Tradition gesprochen, aber in Wirklichkeit ging es darum, einem langweiligen grauen Tag auf den Höfen zu entgehen und möglichst viel Selbstgebrannten zu trinken.

Wie auch jeder andere im Westend wusste Allehe, wie so ein Olves-Spiel ausging: Man sah die jungen Kerle den ganzen Tag nicht, und wenn man Glück hatte, gelang es ihnen vor Anbruch der Dunkelheit auf allen vieren nach Hause zu krabbeln – nur, um ihren Rausch im Stall auszuschlafen. Diese Aussichten gefielen Allehe gar nicht, schließlich konnte Nahim jeden Tag mit einer Phiole voller Maliande zurückkehren und die beiden Männer nach Achaten mitnehmen.

Also hatte Allehe sich auf einem Hocker vor dem Kaminfeuer drapiert, das Lockenhaar glitt ihr wie ein Rankengeflecht den Rücken hinab. Allein diese goldene Fülle hätte es Jules gewiss schon unmöglich gemacht, an ihr vorbeizugehen. Seine Faszination für ihre Haarpracht hatte Allehe kurz nach seiner Ankunft bemerkt, als sein Blick ihr gefolgt war wie eine Motte dem Licht, und sie nutzte dieses Wissen seitdem gnadenlos aus. Lehen vermutete, dass Jules sich sogar freiwillig dem Maliande ausgesetzt hätte, wenn er als Belohnung dafür einmal hemmungslos in diese Pracht hineingreifen dürfte.

Während Allehe betrübt das Kleidungsstück auf die Knie sinken ließ, kniete Jules an ihrer Seite nieder und betrachtete eingehend den Auslöser allen Unglücks. Ein Stück breite Spitze entlang des Ausschnitts oder doch lieber etwas Schmales, das weder ablenkte noch zu viel verdeckte?

Lehen beobachtete, wie ihre Schwester sich kaum merklich vorlehnte und verstohlen an Jules schnupperte, was man ihr keineswegs verdenken konnte. Womit auch immer der Njordener sein Haar bändigen oder sich die Haut einreiben mochte, es verlieh ihm einen sehr anziehenden Duft. An manchen Tagen, wenn der Wind günstig stand, erreichte ein ähnlicher Geruch das Tal. Es roch nach Salz und Wind und gab ihr das Gefühl, als könne sie nicht tief genug einatmen. Balam hatte ihr erklärt, dass es das Meer sei, aber für Lehen roch es nach Freiheit und weiter Ferne.

Unterdessen plauderte Tevils, der noch nicht bemerkt hatte, dass er Konkurrenz um die Aufmerksamkeit seines Freundes bekommen hatte, eifrig vor sich hin. »Bin bislang zwar noch nie richtig mit von der Partie beim Olves gewesen, weil ich damals noch zu jung gewesen bin. Aber ich durfte einmal den Handwagen mit der Versorgung ziehen und aufpassen, dass kein Mann im Schnee zurückbleibt. Ist 'ne wilde Sache, dieses Olves. Du wirst begeistert sein, mein Freund.«

Dabei mühte Tevils sich derartig mit seinem Stiefel ab, dass ihm entging, dass Jules nicht einmal antwortete. Lehen, die ein Stück vom Kamin entfernt Teig rührte, konnte sich ein Grinsen nicht verkneifen. Wenn ihr Bruder weiterhin nicht verstand, was sich da vor seiner Nase abspielte, würde er sich wohl oder übel allein die Beine beim Olves in den Bauch stehen. Jedenfalls sah es ganz danach aus, dass Jules eine Unterhaltung mit einer schönen Frau über ein Kleid der Gesellschaft betrunkener Westendler vorzog – Freundschaftsdienst hin oder her. Vor allem, wenn er dabei so dicht bei ihr knien und zufällig über ihre Oberschenkel streicheln durfte, um den Stoff genauer zu prüfen. Da würde Tevils wohl seinen gesamten Anspruch als bester Freund ausspielen müssen, um den Njordener aus dem Haus zu kriegen.

»Ein wirklich edler Stoff«, erklärte Jules mit Kennermiene. »Ich hätte nie vermutet, dass man so etwas Erlesenes in einem abseits der großen Handelsrouten liegenden Tal finden könnte. Du verfügst wirklich über ein beeindruckendes Geschick, Allehe – sowohl beim Handel als auch bei der Auswahl.«

Allehe errötete zart bei diesem Kompliment, und Lehen trug ein »eins zu eins« auf ihrer gedanklichen Strichliste ein. Ein Mann, der ihre Schlauheit zu loben wusste – das war Allehe bestimmt noch nicht oft untergekommen. Es versprach ein wirklich interessanter Vormittag zu werden. Hoffentlich verbrachte ihre Mutter mit Anisa noch viel Zeit beim Hühnerschlachten. Wenn es nämlich um Jules' Zuwendung ging, vergaß Bienem restlos ihren Anstand und hätte ihm ihre jüngere Tochter vermutlich persönlich auf den Schoß gesetzt, wenn der Rest der Familie sie nicht davon abgehalten hätte.

Dabei ging es den beiden jungen Leuten vermutlich um nichts Ernstes. Schließlich würde Jules schon bald das Tal verlassen und die Wahrscheinlichkeit, dass er jemals zurückkehrte, war ziemlich gering. Sein Platz war da, wo er etwas für sein Volk bewegen konnte – an kaum einem anderen Ort in Rokals Lande konnte er diesem Ziel ferner sein als im Westend. Also kosteten sie das Vergnügen, jemanden Anziehendes und Gewieftes um den Finger zu wickeln, bis zur Neige aus. Für ein solches Maß an Vernunft hatte Bienem jedoch keinen Sinn. Gerade war ihr Damir, den sie immer so besonders hoch geschätzt hatte, endgültig verleidet worden. Nun bot sich ihr ein hervorragender Schwiegersohnersatz – da müsste sie doch verrückt sein, wenn sie die Chance nicht ergriff und Allehe an diesen viel versprechenden jungen Mann vergeben konnte.

Mittlerweile hatte Allehe sich von Jules' Kompliment und der zärtlichen Berührung erholt und leitete einen Gegenangriff ein. »Ja, der Stoff ist ein wirkliches Wunderwerk. Eigentlich ist es eine Verschwendung, ihn für mich zu verwenden. Ich hätte ihn besser für meine Tochter aufheben sollen.«

Lehen hielt mit dem Rühren inne, denn das war jetzt doch eine Spur zu dick aufgetragen. Aber Jules empfand das allem Anschein nach anders. Energisch schüttelte er den Kopf. »Wie kommst du nur darauf? Wer außer dir könnte dieses Rot tragen? Dazu muss man jung und schön sein. Außerdem ist es der perfekte Rahmen für dein Haar. Du musst es unbedingt offen lassen, wenn du dieses Kleid trägst.«

Während sich das Rot auf ihren Wangen vertiefte, schlich sich ein glückliches Lächeln auf Allehes Gesicht. »Alle werden mich auf dem Frühlingsfest anstarren.«

»Das denke ich auch«, erwiderte Jules leise. »Und ich wünschte, ich wäre dabei.«

In diesem Moment hätte Lehen viel dafür gegeben, um Jules' Ausdruck zu sehen. Er wusste durchaus, was hier gespielt wurde. Und ohne Zweifel fühlte er sich bestens unterhalten, worauf Allehe sich einiges einbilden konnte, wenn man bedachte, dass der Botschafter ansonsten in den vornehmen Kreisen von Previs Wall verkehrte. Aber konnte es tatsächlich sein, dass da etwas anderes als Verspieltheit in der Luft lag? Die beiden sind sich so ähnlich, dachte Lehen. Voller Lebenslust und Leidenschaft, brennend für ihre Herzensangelegenheiten. Aber Liebe? Damit hatte Allehe bislang keine guten Erfahrungen gemacht und Jules, wenn sie sich das richtig zusammenreimte, noch gar keine. Plötzlich fühlte sich Lehen alles andere als amüsiert.

Behutsam nahm Jules eine von Allehes Locken und hielt sie gegen den blutrot glänzenden Stoff. »Siehst du, was ich meine? Die Farben harmonieren einzigartig. In diesem Kleid wirst du eine Erscheinung sein. Nichts anderes würde dir gerecht werden.«

Lehen ertappte sich dabei, wie sie vor Anspannung die Luft anhielt und das Bild des vor ihrer Schwester knienden Jules sich ihr für immer einbrannte. Wie seine Schulterblätter im Feuerschein durchs Hemd schimmerten und seine Anspannung verrieten. Wie Allehes Lippen sich leicht öffneten und sie diesen Ausdruck in den Augen hatte, der verriet, wie sich in Jules' Gegenwart etwas vor langer Zeit Zerbrochenes in ihr wieder zusammensetzte. Ohne sich dessen bewusst zu sein, beugte Lehen sich vor, als Jules die Locke zwischen seinen Fingern hervorgleiten ließ, um sie sogleich wieder zu umfassen wie einen Schatz. Ganz leicht umfangen hielt er die Strähne, man konnte es an der Haltung seiner Finger erkennen. Und das, obgleich der Rest seines Körpers aussah, als wartete er nur darauf, endlich vorpreschen zu dürfen. Die Geste war ein sinnliches Versprechen auf mehr, ein Beweis, wie wenig Jules mit den Männern im Tal gemein hatte. Er wusste, dass die Verführung wichtiger war als die Eroberung, wenn man das Herz einer Frau gewinnen wollte.

Einen Herzschlag später wurde der magische Moment zerstört, indem ein dick eingemummelter Tevils mit lautstarken Schritten auf seinen Freund zustapfte und ihm den Mantel hinhielt. »Auf geht's, Njordener. Wir werden diese Dorftrottel dumm aussehen lassen, denn wir können besser werfen, und wir vertragen deutlich mehr Selbstgebrannten. Schließlich sind wir durch Brills harte Schule gegangen.«

Jules senkte seine Stirn auf Allehes Knie, als wolle er sie um Verzeihung bitten, wobei ihm die Lockensträhne langsam entglitt. Allehe blinzelte ein paar Mal hintereinander, als habe man sie aus einem süßen Traum gerissen, dann stierte sie ihren Bruder an, sodass der einen hastigen Schritt zurücksetzte, um sich aus der Reichweite ihrer kleinen, aber nicht zu unterschätzenden Fäuste zu bringen.

»Tevils, du bist einer von den Dorftrotteln«, zischte sie.

»Und kein Orden dieser Welt kann irgendetwas daran ändern.«

So würdevoll wie möglich erhob sich Allehe, legte sich das Kleid wie eine Schärpe über die Schulter und verließ den Raum. Jules blickte ihr mit einem Ausdruck größter Enttäuschung hinterher, und kurz glaubte Lehen, er würde ihr nachstürzen. Dann besann er sich eines Besseren. Vermutlich hatte er schon die eine oder andere Erfahrung damit gemacht, dass es Situationen gab, in denen man Frauen besser nicht zu nahe kam. Stattdessen glitt er geschmeidig in den Stand, woraufhin Tevils noch einen weiteren Schritt zurücksetzte. Jules' Radius war eindeutig größer als Allehes.

»Tevils …« Jules Stimme war leise, aber nichtsdestotrotz äußerst bedrohlich.

»Was denn?«, erwiderte Tevils und zog sich seine Mütze so weit über die Ohren, als wolle er darunter nach Möglichkeit verschwinden. »Wir wollten doch zum Olves. Sei froh, dass ich dich vor Allehe gerettet habe, ansonsten müsstest du das Kleid vielleicht noch anprobieren.«

Weiter kam Tevils nicht, denn sein Freund setzte mit einem mächtigen Sprung auf ihn zu. Es gelang ihm noch gerade, die Flucht in Richtung Tür anzutreten. Draußen stolperte er jedoch über einen dösenden Borif und stürzte der Länge nach hin. Jules zögerte keinen Augenblick, hockte sich auf ihn und begann, seine Rippen mit kurzen Schlägen zu überziehen. Tevils heulte in einer Mischung aus Lachen und Schmerzensschreien auf.

Indessen hatte Lehen ihre Schale auf dem Küchentisch abgestellt und schaute sich das Szenario von der Tür aus an, obwohl es ihrer Meinung nach zwar unterhaltsam, aber kein angemessener Ausgleich für die Kaminszene war. Mit einem Anflug von Melancholie blickte sie über die Spitzen des Waldes, der den Hof eingrenzte, hinauf zum Breiten Grat, über dem sich ein schwarz züngelnder Himmel auftat. Nein, nicht der Himmel war schwarz. Es breitete sich eine mächtige rußige Wolke aus den Tiefen der Ebene aus.

Vor Schreck verengte sich ihr Brustkorb derart schmerzhaft, dass sie panisch ihre Finger hineinkrallte. Und dann hörte sie Tanils Rufen, es hallte laut durch ihren Kopf.

Eine Warnung.

Erst einige schmerzhafte Atemzüge später stürmte das Kind aus den Stallungen, den Mund zu einem Strich verschlossen, obwohl Lehen seine Rufe immer noch durch den Kopf dröhnten, und krallte sich in ihre Röcke. Sie ließ sich zu ihm nieder, wollte beschützend die Arme um ihn legen, als sie seinen Blick einfing. Lodernd rote Flammen züngelten in der Tiefe seiner Iris. Hastig umfing sie ihn und drückte ihn so fest wie möglich an ihre Brust.

»Nicht, mein Liebling«, flüsterte sie in den Wust schwarzer Haare. »Was auch immer gerade geschieht, es geschieht weit weg von uns. Irgendwo in der Ebene. Du brauchst dir keine Sorgen zu machen, und du brauchst mich auch nicht zu beschützen. Alles ist gut.«

Zögernd entspannte sich das Kind in ihren Armen, während in Lehen die Erinnerung daran tobte, wie die Magie ihren Tanil fast verzehrt hätte. In dem Audienzsaal der Prälatin war es ihr gerade noch so gelungen, ihn zu halten, sodass er die Magie freigesetzt hatte, ohne sich selbst aufzulösen. Doch in den letzten Wochen war die Magie in ihm immer stärker geworden, das konnte sie spüren. Ob sie ihr Kind also noch ein weiteres Mal würde halten können, wenn diese Flut an Magie durch ihn hindurchfegte, bevor er gelernt hatte, sie zu beherrschen, wusste sie nicht. Und deshalb würde sie es auch nicht zulassen, dass Tanil sie ein weiteres Mal entfesselte, ganz gleich, was auch geschehen möge.

Im Laufe des Tages schwoll die dunkle Wolke immer weiter an. Ungläubig fanden sich die Bewohner des Trubur-Hofs vor dem Haus zusammen und starrten auf das schwarze Band, das den Himmel mit einer frühzeitigen Finsternis überzog. Irgendwann waren sie ins Haus zurückgekehrt, wo sie kaum dem Bedürfnis widerstehen konnten, die Fensterläden zu schließen, um die Bedrohung wenigstens nicht mehr ansehen zu müssen. Schweigend saßen sie da, bis Balam seiner Verzweiflung Luft machte.

»Gibt es denn überhaupt keinen Frieden mehr! Ist ganz Rokals Lande verrückt geworden? Ich bin Bauer, genau wie mein Vater und meine Großväter vor mir. Ich will nichts anderes als mein Land bestellen und abends die Füße vor dem Kamin ausstrecken. Ich will keine Rußwolken auf der einen Seite des Himmels und keine Magier auf der anderen. Das geht mich alles nichts an, ich will meine Ruhe.«

Diese Litanei setzte er selbst dann noch fort, als Tevils und Jules anfingen, sich leise zu beraten und Lehen die Kinder ins Schlafzimmer brachte, wo sie sie mit einer Dose voller Kekse und Allehes Silberschmuck ruhigstellte. Als sie vorsichtig zur Tür hinausschlüpfte, wurde der Schatz gerade vor dem angreifenden Seeungeheuer unter dem Bett in Sicherheit gebracht.

Tevils fing sie ab und lotste sie in eine abgelegene Ecke, darauf bedacht, dass sein Vater es nicht bemerkte. »Jules und ich wollen zum Breiten Grat aufbrechen, um herauszufinden, was in der Ebene vor sich geht. Allerdings denke ich, es ist besser, dass Papa erst davon erfährt, wenn wir schon auf und davon sind. Unsere Sachen liegen ja abreisebereit im Stall. Ich wollte dir nur noch rasch Bescheid sagen.«

»Erinnerst du dich, was das letzte Mal passiert ist, als es in Siskenland gebrannt hat?«, fragte Lehen ihren Bruder. »Damir hat die Stollen in Brand gesetzt, um sich die dort lebenden Orks untertan zu machen. Nur handelt es sich dieses Mal um ein magisches Feuer.«

»Woher willst du das wissen?« Tevils sah nachdenklich, aber keineswegs überzeugt aus.

Einen Moment lang spielte Lehen mit dem Gedanken, ihren Bruder einzuweihen. Aber was hätte sie ihm sagen können? Dass Tanil auf Magie reagierte, weil er selbst eine unermessliche Quelle davon in sich trug? Nahim hatte sogar Vennis verschwiegen, wozu Tanil in der Lage war. Auch hatte er Jules auf eine ungewöhnlich brutale Weise mundtot gemacht, damit der nicht weiter nachfragen konnte, wie sie dem Audienzsaal entkommen waren. Nahim hatte sich zum Schweigen entschlossen – nicht seiner Familie gegenüber, sondern gegenüber den Mächtigen von Rokals Lande, die in Tanil eine Bedrohung oder eine Waffe sehen könnten. Er sollte ihr Kind sein und nicht mehr.

Unentschlossen musterte Lehen ihren jüngeren Bruder, der in seinem Geburtshaus zwar immer noch den Kindskopf gab, aber sie war sich sicher, dass sich das radikal ändern würde, sobald es ernst wurde. Tevils war gereift, selbst wenn er es in ihrer Gegenwart noch nicht unter Beweis gestellt hatte. Sie hatte es an der Art gesehen, wie ihn die anderen Ordensmitglieder behandelten: wie einen der Ihren. Einen von den Mächtigen. Obwohl sie ihrem Bruder vertrauen wollte, entschied sie sich dazu, Nahims Weg zu folgen.

»Ich kenne Siskenland. Dort gibt es nichts, womit man ein solches Feuer schüren könnte. Außerdem kann der Nordwind der Rußwolke nichts anhaben. Sie steigt schnurgerade in die Luft.«

Tevils sah gehetzt über die Schulter zu seinem Freund hinüber. »Wenn es sich tatsächlich um ein magisches Feuer handelt, dann sollten wir uns umso mehr beeilen.«

Jules stand bereits neben der Eingangstür und bedeutete Tevils mit dem Kopf, sich zu beeilen. Doch Lehen packte ihn beim Arm und grub ihre Fingernägel fest durch den Mantelstoff, damit ihr Bruder sich nicht losmachen konnte.

»Sei doch vernünftig, was willst du denn gegen ein magisches Feuer ausrichten?«

Tevils sah sie mit einer Ernsthaftigkeit an, die sie zuvor noch nie an ihm gesehen hatte. »Ich kann es vielleicht nicht löschen, aber ich kann zumindest herausfinden, wer es entfacht hat. Und vor allem: warum? Das ist nicht nur meine Pflicht als Ordensmitglied, sondern auch als Westendler. Ich werde dieses Mal nicht abwarten, bis die Orks uns überfallen.«

»Und was soll ich Nahim sagen, wenn er in der Zwischenzeit auf den Hof zurückkehrt? Dass er sich in Ruhe die Stiefel ausziehen und es sich vor dem Feuer gemütlich machen soll, denn es dauert ein paar Tage, bis ihr wieder zurückkehrt?«

Zuerst breitete sich ein trotziger Zug auf Tevils' Gesicht aus, dann fluchte er leise, aber bestimmt. »Du hast Recht«, gab er mit deutlichem Widerwillen zu, woraufhin Lehen erleichtert ihre Fingernägel aus dem Mantelstoff befreite. »Jules wird auf dem Hof bleiben, ich schau mir das allein an. Dann findet das große Spektakel in Achaten eben ohne mich statt.«

Sofort schritt er zu Jules und flüsterte ihm etwas zu. Der Njordener wurde blasser, als er ohnehin schon war, und schüttelte vehement den Kopf, bis er schließlich zur Seite trat und Tevils allein zur Tür hinaus verschwinden ließ. Im letzten Moment schlängelte sich Borif noch mit durch die Tür. Als Lehen hinterhereilen wollte, hielt Jules sie am Arm fest.

»Lass Tevils gehen«, forderte er sie mit heiserer Stimme auf. »Er hat die richtige Entscheidung getroffen. Wir sollten ihm das nicht zerstören, nur weil wir Angst um ihn haben.«

»Er ist mein kleiner Bruder«, hielt Lehen dagegen, während ihr die Tränen in die Augen stiegen.

Jules sah sie eindringlich an, und sie konnte sowohl Mitgefühl als auch Sorge in seinem Blick erkennen. Dann gab er sie frei und sagte: »Das mag sein. Aber er ist viel mehr als das.«

Obwohl sie ihn am liebsten angeschrien oder gar geschlagen hätte, nickte Lehen und ging, um ihren Platz am Tisch einzunehmen.

﹏ Kapitel 19 ﹏

Obwohl der Wind mit aller Kraft vom Norden her blies, brauchte sich Damir keine Sorgen zu machen. Dieses Feuer würde sich nicht verteilen und außer Kontrolle geraten. Die grünen Flammen züngelten so gleichmäßig in die Höhe, als würde kein Lüftchen wehen. Mit Genugtuung beobachtete er, wie es sich durch den elenden Boden von Siskenland fraß, als würden die Strahlen der Frühjahrssonne die Schneedecke schmelzen. Immer weitere Schächte, die dieses verräterische Orkpack, das vor einigen Jahren seine Pläne zunichtegemacht hatte, in den Boden getrieben hatten, wurden freigelegt und stürzten schon bald daraufhin ein. Das Drachenfeuer der Alchimisten aus dem Westgebirge hatte bereits ganze Arbeit geleistet und eine tiefe Kuhle in die Ebene geätzt. Es würde sich so lange weiter vom Gestein nähren, bis es mit seiner Antipode in Berührung kam. Nichts anderes konnte dieses Feuer löschen.

Damirs Gedanken wanderten zu jenem Ort, von dem aus die riesige Rauchsäule des Drachenfeuers bereits zu sehen sein dürfte: dem Westend. Mit einer gewissen Erregung stellte er sich vor, wie die Menschen, deren Gesichter er seit Kindheitstagen an kannte, aus ihren Häusern hervortraten und mit weit aufgerissenen Augen auf das Schauspiel starrten, das sich hinter der Südlichen Höhe aufbaute wie ein schwarzer Thron. Der Vergleich gefiel ihm, denn letztendlich versinnbildlichte dieses Feuer seinen Machtanspruch. Das vor ihm liegende Tal war seins – weder meuterische Orks noch Drachen würden ihm dieses Mal etwas entgegensetzen können.

»Brauch's Beschwörung.«

Die krächzige Stimme riss Damir aus seinen Träumen. Wie immer hatte sich Krik von hinten angeschlichen, eine Unart, die er dem kleinwüchsigen Ork auch mit Peitschenhieben nicht abgewöhnen konnte.

Einen Moment blickte Damir noch auf das Gestein, das sich wie ein schützender Wall um das Tal aufhäufte. Durch die grünen und doch glasklaren Flammen, die sich erst in weiter Höhe in dichten Rauch verwandelten, konnte er jeden einzelnen Felsvorsprung und jede andersfarbige Gesteinsschicht erkennen. Das Feuer fraß nicht nur Land, es machte es auch erst wirklich sichtbar. Es mochte von Menschenhand geschürt worden sein, aber es war nichtsdestotrotz Magie.

Damir drehte sich um, woraufhin der schmächtige Ork einen überhasteten Sprung zurücksetzte und dabei fast über einen abgeschlagenen Arm gestolpert wäre – ein blutiges Zeugnis vom Kampf um die Stollen. Doch Damir verspürte wenig Neigung, Krik ausgerechnet jetzt Manieren beizubringen. Es war ohnehin vergebene Liebesmüh.

»Wenn das Feuer beschworen werden muss, warum tust du es dann nicht? Schließlich ist das deine Aufgabe und das Einzige, zu dem du zu Nutze bist.«

Falls dem kleinen Ork die Beleidigung zusetzte, so ließ er es sich nicht anmerken. Ohnehin hing ein Großteil seiner Aufmerksamkeit an dem blutigen Unterarm, über dessen Gelenk die eiserne Manschette von Achaten prangte. Ein im Kampf gefallener Kamerad.

»Soll Schwarzauge zuschauen, wenn Krik's tut?«

»Nein, das ist nicht länger notwendig. Mittlerweile dürfte Belars ihrem Widerwillen zum Trotz begriffen haben, wie man ein Drachenfeuer entfacht. Also sieh zu, dass du deiner Aufgabe nachkommst.«

Damir wartete darauf, dass die stinkende Kreatur endlich loszog, aber der Ork stand mitten in der Bewegung erstarrt da. Geiferfäden lösten sich von seinen Hauern, die im Vergleich zu denen seiner hünenhaften Kameraden mehr an ein Nagetier als an ein Wildschwein erinnerten.

»Krik, setz dich endlich in Bewegung!«

Eine schwefelgelbe Zunge schnellte aus dem Maul hervor und verhakte sich fast an einem abgebrochenen Hauer. Als Damir nach der Peitsche an seinem Gürtel tastete, zuckte die verhornte Augenbraue nach oben, und Krik ließ seine vor Dreck schwarzen Krallen gegeneinanderklacken. »Krik's?«, fragte er in einem flehentlich hohen Tonfall, bei dem Damir vor Abscheu ein Schauer durchfuhr.

»Reden wir von dem abgeschlagenen Arm, auf dem sich schon die Fliegen gütlich tun? Der gehörte einem deiner Kameraden, du widerlicher Dreckshaufen.«

Der Überfall auf den Orkstollen hatte genauso funktioniert, wie Damir es sich erhofft hatte. Blax und sein Haufen mochten zwar einen Deut mehr Hirn in ihren riesigen Schädeln haben als Damirs knapp drei Dutzend Achaten-Orks, aber das hatte ihnen letztendlich wenig geholfen. Seine Leute waren in der eindeutigen Überzahl gewesen und hatten das Feuer bei Sonnenaufgang gelegt – eine Stunde, die kein Ork schätzte. Allerdings musste er den Sisken-Orks lassen, dass sie sich tapfer verteidigt hatten, wie die im ockerfarbenen Staub herumliegenden Kadaver und abgetrennten Gliedmaßen seiner Leute verrieten. Trotzdem waren sie vernichtend geschlagen worden. Nur die Kinder dieser Brut hatten sie verschont. Jetzt kauerten diese kleinen Bastarde aneinandergefesselt in einem Gehege, die Fratzen voller tränenverschmiertem Trotz. Nun, wenn dieser Kampf die größte Herausforderung gewesen sein sollte, der es sich bei dieser Mission zu stellen galt, dann hatten sie jetzt schon gewonnen.

Einige Sisken-Orks waren während des Kampfes entkommen, und Vlasoll hatte darauf gedrängt, sie zu verfolgen, angeheizt durch das bereits vergossene Blut. Aber Damir hatte ihm den Wunsch nicht erfüllt. Sollten die paar elenden Überlebenden ruhig ins Westend flüchten und den Leuten dort vor Augen führen, welche Grauen schon bald von der Ebene in ihr Tal vordringen würden. Wenn er Glück hatte, würden sie auf ihrer Flucht sogar am Trubur-Hof vorbeitrampeln. Diese zweifellos übel zugerichteten Orks erleichterten ihm sein Vorhaben ungemein.

Krik wand sich weiterhin unter Damirs angewidertem Blick, war aber keineswegs bereit, seine Beute aus falscher Scham aufzugeben. »Krik's?«, fragte er erneut.

Damir seufzte. »Gut, schnapp dir den Arm. Schließlich haben sich deine Kameraden auch schon bis zum Anschlag mit Leichenteilen vollgefressen.«

Eifrig beugte Krik sich nach seiner Beute, doch bevor er sie zu greifen bekam, leckte Damirs Peitsche über seine Schulter. Der Ork plumpste auf den Hintern und stieß dabei ein Fauchen aus, das Damirs Vergleich mit einem schäbigen Nagetier bestätigte. Auch wenn ihm beim Anblick der riesigen Orks stets flau im Magen wurde, weil man sich als Mensch gegenüber einer solchen Muskelmasse nur als Unterlegener wähnen konnte, zog er sie den rattigen Mickerlingen trotzdem tausendmal vor. Die Riesen waren in Achatens Kerkern aufs Penibelste abgerichtet worden, während man auf die Unterwürfigkeit der alten Orkrasse einfach vertraute. Damir hatte bereits einmal auf die Folgsamkeit von Orks vertraut, und es hätte ihm fast das Genick gebrochen. Diesen Fehler würde er nicht noch einmal begehen.

Mit einer gekonnten Bewegung ließ Damir die Peitsche um Kriks kaum vorhandenen Hals kreisen und zog fest an. Sogleich quoll die Zunge des Orks hervor, die über und über mit Blasen übersät war. Kurz bereute er es, auf diese Taktik zurückgegriffen zu haben. Dann überwand er seine Abscheu und ging in die Hocke, dass er mit Krik auf Augenhöhe war.

»Du wirst erst fressen, wenn du deiner Aufgabe nachgekommen bist. Du kümmerst dich um das Feuer. Das ist der einzige Grund, warum du überhaupt existierst. Das Feuer soll fressen und seinen Rauch in den Himmel spucken, bis er schwarz eingefärbt ist. Aber es soll sich nicht verselbstständigen – dafür habe ich dich. Wenn du versagst und ich gezwungen bin, das Feuer frühzeitig zu löschen, wirst du dich augenblicklich in ein Fressen für deine Kameraden verwandeln. Hast du das verstanden, Krik?«

Der kleine Ork pustete hilflos die Backen auf, bis Damir die Peitsche lockerte. Mehr als ein ergebenes Fiepen brachte er nicht zu Stande. Mit ungeahnter Schnelligkeit steckte er den abgeschlagenen Arm unter seine Kutte und krabbelte zu den sauber gestapelten Kisten hinüber, in denen die wertvolle Fracht zum Beschwören des künstlichen Drachenfeuers untergebracht war. Mit geschickten Bewegungen holte Krik die notwendigen Substanzen hervor und machte sich ans Werk.

Währenddessen sah Damir schleunigst zu, dass er Abstand gewann, denn nach wie vor war ihm dieser Alchimistenzauber alles andere als geheuer. Ganz gleich, wie viel sich die Gelehrten der Prälatin auch auf ihre Fertigkeit einbildeten, Damir hatte bei ihren Erläuterungen genau zugehört. Ihm war klar gewesen, dass sie sich nur deshalb in Ausführungen ergossen hatten, um die ebenfalls anwesende Prälatin zu beeindrucken, während sie von ihm, dem dahergelaufenen Schmuggler, keineswegs erwartet hatten, dass er auch nur ansatzweise begriff, womit er es zu tun hatte. Doch Damir kannte sich mit Feuer aus, schließlich war er Schmied. Er hatte begriffen, dass die Grundlage dieses grünen Feuers Maliande war – auch wenn die Alchimisten es vermieden hatten, darauf hinzuweisen. Sie waren nicht in der Lage, ein solches Feuer zu schüren. Ihr Drachenfeuer war Maliande, dem sie eine Form verliehen, und es mit einer Antipode, deren Basis zweifelsohne ebenfalls das Maliande war, löschten. Die großen Gelehrten waren nichts anderes als Zauberdiener, das hatte Damir begriffen. Selbst ein dressierter Ork wie Krik konnte die Beschwörung durchführen. Oder eine Njordenerin wie Belars, die eigentlich nichts so sehr hasste wie Magie.

Vor solchen Kunststücken hatte Damir keinen Respekt, vor dem Maliande jedoch sehr wohl. Die Völker von Rokals Lande mochten so tun, als sei die magische Essenz bloß ein Werkzeug, dessen man sich nach Bedarf bedienen konnte. Nur hatte er im brennenden Audienzsaal der Burgfeste eine Magie kennen gelernt, die sich an keine Regel gehalten hatte. Um dieses ungezügelte Maliande zu zähmen, brauchte es Mut und Willenskraft. Aber vor allem eine unschlagbare Rückversicherung.

Was auch immer dem Rabenmann im brennenden Audienzsaal zugestoßen sein mochte, er war nicht zu seinen in der Ebene wartenden Raben zurückgekehrt. Die meisten Tiere hatten sich geweigert, Damirs Befehlen zu folgen, und waren geblieben, um auf die Rückkehr ihres Herrn zu warten. Einige hatten sich ihm angeschlossen, auch wenn nur wegen des Futters, von dem er reichlich mit sich führte. Seine Rückversicherung saß wie erwartet auf dem Trubur-Hof, wie ihm sein gefiederter Botschafter berichtet hatte.

Damir hatte zwar keine Vorstellung davon, wie Lehen und

dem Jungen die Flucht gelungen war, aber das brauchte er auch nicht zu wissen. Das Kind war reine Magie, gefüllt in einen menschlichen Körper. Wer konnte schon sagen, wozu es in der Lage war? Nur einer Sache war er sich vollkommen sicher gewesen: Wenn Lehen und der Junge den Ausbruch der Magie überstanden haben sollten, dann gab es nur einen Ort, an dem sie sich verkriechen würden. Im Westend. Jenem Ort, den niemand von den Mächtigen aus Rokals Lande auf seinem Plan hatte. Jenem Ort, der vom Maliande nach wie vor unberührt schien, obwohl er von Drachen und Orks heimgesucht worden war. Wenn Lehen bei klarem Verstand war, würde sie das Kind dort in Sicherheit bringen.

Der Rabe hatte ihm seine Vermutung bestätigt. Ein Stein war Damir von der Seele gefallen, denn auf diese Karte hatte er alles gesetzt, als er mit seinem Ansinnen vor die Prälatin getreten war. Zuerst hatte er befürchtet, Badramur würde ihn ohne Zögern in den Kerker werfen lassen, aber die alte Herrscherin hatte den Schrecken bereits überwunden und hatte sich für seinen Plan äußerst zugänglich gezeigt.

Nun musste er nur noch beweisen, dass er Lehen wirklich gut genug kannte. Wenn sie diesen Jungen – oder was auch immer er in Wirklichkeit sein mochte – als ihr Kind angenommen hatte, würde sie unter allen Umständen vermeiden, dass er noch einmal seine Magie hervorbrechen ließ. Damir hatte genug gesehen, um zu wissen, dass der Junge schrecklich gelitten hatte, weil er mit seiner Fähigkeit nicht umgehen konnte. Sie hätte ihn fast ausgelöscht. Auf Lehens Liebe zu diesem Kind beruhte Damirs ganzer Plan: Er würde sie davon überzeugen müssen, dass man dem Jungen in Achaten helfen konnte, seine Magie zu beherrschen, so wie man auch das Drachenfeuer beherrschte. Natürlich würde er Lehen bedrohen müssen, auch das wusste er nur allzu gut.

Ohne ausreichenden Druck konnte man bei dieser Frau gar nichts erreichen. Doch die Prälatin hatte ihn in dieser Hinsicht bestens ausgestattet.

Als Damir in das Zelt trat, das zwei Orks auf sein Geheiß direkt nach dem Kampf aufgestellt hatten, zuckte Belars leicht zusammen. Sie saß auf einem Hocker, ein blankes Orkschwert auf ihren Knien liegend. In einer Hand hielt sie einen Putzlappen, und obwohl sie die letzten Stunden vermutlich mit der Reinigung der Klinge verbracht hatte, sah diese immer noch fleckig aus.

»Warum hast du mein Angebot nicht angenommen, eine von meinen Waffen zu nehmen?«, fragte Damir, nachdem er einen kräftigen Schluck aus einem Trinkschlauch genommen hatte.

Anstelle einer Antwort zuckte Belars nur mit den Schultern, aber Damir ahnte auch so, warum. Sie wollte nichts von ihm geschenkt bekommen, sie nahm es ihm ja geradezu übel, dass er sie gerettet hatte. Belars war eine stolze Frau, und sie ertrug es nur schwer, nicht länger mit ihm auf Augenhöhe zu sein.

Während ihrer Reise durch die Ebene hatte sie sich rasch und gut erholt. Zumindest, was das Körperliche betraf. Über alles andere konnte Damir nur mutmaßen, da Belars kaum sprach. Nicht darüber, dass er nicht wie verabredet zum Lager zurückgekehrt war, noch über ihre Gefolgschaft, die durch die im Westgebirge entfesselte Magie umgekommen war.

Ihr Schweigen verwirrte Damir weniger als ihre Weigerung, mit ihm über sein Vorhaben und ihre Rolle darin zu diskutieren. »Du sagst mir, was zu tun ist«, erwiderte sie bloß, wenn er von sich aus damit anfing. Ja, dachte er sich im Stillen, aber das heißt noch lange nicht, dass du auch tust, was ich von dir verlange, nicht wahr?

Gelegentlich glaubte Damir etwas von Belars alter Willenskraft aufflammen zu sehen, wie vorhin im Kampf gegen den Siskenland-Clan. Dass Damirs Gefolge aus Orks bestand, war nämlich das Einzige gewesen, was einen handfesten Streit hervorgerufen hatte, kaum dass Belars ansatzweise dazu in der Lage gewesen war.

»Dreckspack, allen die Hälse durchschneiden!«, hatte sie wie von Sinnen geschrien und versucht, Damir einen Dolch abzuringen, um damit auf die Orkbande losgehen zu können.

Vlasoll, der Hauptmann der Truppe, hatte ihm angeboten, ihr die Zunge herauszuschneiden, weil sie mit dem Schreien nicht aufhören wollte. Damir hatte sich ernsthaft versucht gefühlt, ihm eine Erlaubnis zu erteilen. Schreiende Frauen konnte er nämlich genauso wenig ausstehen wie Leichenteile fressende Orks. Zu ihrem eigenen Besten hatte Belars schließlich doch noch eingelenkt und ihren ganzen Hass und Ekel im Kampf gegen die Sisken-Orks ausgelebt.

Nun säuberte sie also mit größtem Ehrgeiz die erbeutete Klinge und ignorierte dabei die Schnittwunde, die ihr ein Ork an der Schulter beigebracht hatte. Damir hatte mit Engelszungen auf sie einreden müssen, bis sie sich die Wunde von ihm hatte reinigen und nähen lassen.

»Du solltest bald aufbrechen«, nahm Damir das Gespräch wieder auf. »Wenn man erst einmal im Gebirge ist, weicht das Tageslicht eher als hier in der Ebene.«

»Wie du meinst«, erwiderte Belars mit gleichgültiger Stimme, schlug das Schwert in Ermangelung einer passenden Scheide in ein Tuch ein und stand auf. Doch weit kam sie nicht, denn Damir versperrte ihr den Weg.

»Wirst du tun, worum ich dich gebeten habe?«, fragte er sanft.

»Ich schulde dir mein Leben.«

»Das stimmt, aber das ist nicht die Antwort, die ich hören möchte.«

»Du willst diese Frau, deretwegen du mich angelogen hast. Du willst ein ganzes Dorf in Angst und Schrecken versetzen, um ihrer habhaft zu werden.«

Zärtlich streichelte Damir über Belars Hals. Unter ihrer weißen Haut raste der Puls, und er spürte, wie sich die Seitenstränge unter seinen Fingern verhärteten.

»Das nimmst du mir also übel, meine Liebe. Aber du solltest Lehen als das sehen, was sie ist: ein wertvolles Pfand. Diese Frau schuldet mir mittlerweile mehr, als du dir in deinen kühnsten Träumen vorstellen kannst. Das Gute jedoch ist, dass sie etwas hat, mit dem sie sämtliche Schulden mit einem Schlag begleichen kann. Du solltest es wie ich tun, Belars, und nicht zurück, sondern nur nach vorne schauen. Vergiss, was passiert ist, und denk an das, was vor dir liegt. Also?«

Belars stieß ein wütendes Stöhnen aus, als würde sie sich erneut in einen Kampf werfen.

Damir wollte zurückweichen, aber da hatte sie auch schon ihre Hände in seinem Haar vergraben und zerrte ihn zu sich. Er verspürte den Drang, sich ihr zu widersetzen, doch dann gab er nach. Er wollte etwas von ihr, also würde er ihr diesen Beweis der Zusammengehörigkeit zugestehen – wie in alten Zeiten.

Als Belars' Lippen hart auf seine trafen, zuckte er zusammen und er brauchte einen Moment, ehe er ihren stürmischen Kuss erwidern konnte. Als sie an seinem Mantel und Hemd riss, versuchte er, ihre Hände zu fassen zu bekommen und erzählte zwischen den Küssen etwas von »knapp werdender Zeit« und dass sie »schnell machen« müssten. Dabei wollte er bloß nicht ihre rissigen Hände auf seiner Haut ertragen müssen, in die sich der Ebenenstaub eingefressen hatte. Aber sie gab nicht nach, erkämpfte sich wild jedes kleine Stück Stoff, das sie sofort beiseiteriss. Schließlich gab Damir auf, stieß sie auf das Lager nieder und sah zu, dass er auch seine restliche Kleidung loswurde. Mit Belars sprang er noch ruppiger um, doch selbst als sie später verschwitzt und erschöpft unter ihm lag und ihr immer noch gerötetes Gesicht in seiner Halsbeuge versenkte, wollte sich das Gefühl, eigentlich der Unterlegene bei diesem Zweikampf gewesen zu sein, nicht verflüchtigen.

Selbst als Belars bereits nicht mehr als ein ferner Schemen war, der die Anhöhe zum Breiten Grat erklomm, starrte er ihr noch hinterher. Die drei Orks, die dafür sorgen sollten, dass sie sich tatsächlich ihrer Aufgabe widmete, hielten, wie von Damir aufgetragen, einen großzügigen Abstand. Obwohl Belars am gleichen Tag an der Seite dieser Orks gekämpft hatte, mit einer Wildheit, als sei sie eine von ihnen, ertrug sie ihre Nähe nach wie vor nicht und konnte sie regelrecht wittern. Genau das wollte Damir nun vermeiden, denn wenn Belars die Überwachung bemerken würde, konnte er Gift darauf nehmen, das sie nicht tat, worum er sie gebeten hatte. Besonders, da ihr die Aufgabe ohnehin unerträglich zuwider war.

Mit einem unterdrückten Ächzen trat Vlasoll neben Damir – der Hauptmann hatte im Kampf mehrere Pfeilspitzen in seinem massigen Körper hinnehmen müssen. Und auch wenn sie Lederwams und Orkhaut lediglich geritzt hatten, so quälte ihn doch das rötliche Sekret, mit dem die Spitzen bestrichen gewesen waren. Nichts Bedrohliches, soviel stand mittlerweile fest, aber das machte den Juckreiz und die Pusteln, mit denen jede Stelle seines Körpers überzogen war, keineswegs erträglicher.

»Sonne haut ab«, erklärte Vlasoll dem Mann, der im Licht des Drachenfeuers bereits lange Schatten warf. »Orkzeit bricht an«, setzte er hinzu, unsicher, ob er sich hatte verständlich machen können.

»Lass uns noch einen Moment warten, bevor wir aufbrechen«, sagte Damir. »Ich will erst sicher sein, dass Belars tatsächlich nicht entdeckt, dass ich sie beschatten lasse.«

Vlasoll stieß ein abgehacktes Geräusch aus, dass Damir dachte, seine Pusteln würden ihm gerade besonders arg zusetzen. Dann begriff er, dass der Ork lachte. Gleich darauf bestätigte er seine Vermutung.

»Sieht doch nix. Zappenduster ist die Nacht fürs Weißfleisch.«

Unwillkürlich suchte Damirs Hand den Griff seiner Peitsche. Er hasste diesen Ausdruck, den die Orks für Menschen benutzten. Doch er entschied sich gegen eine Machtdemonstration. Derartige Empfindlichkeiten würde nur seine Dünnhäutigkeit verraten, und genau das wollte er tunlichst in der Gegenwart von Kreaturen vermeiden, die sich nur einem Stärkeren unterwarfen.

»Wenn man eins nicht tun sollte, dann Belars zu unterschätzen«, sagte er mit ausgesuchter Ruhe. »Sie hat die Ebene überlebt, sie hat trotz ihres NjordenEis-Blutes gelernt, wie man ein alchemistisches Drachenfeuer schürt, und sie hat gerade einen Kampf gegen Orks in der ersten Reihe überstanden. Sogar einer hirnlosen Kreatur wie dir sollte das klarmachen, aus welchem Holz diese Frau geschnitzt ist.«

Eine Zeit lang stand Vlasoll in einer schiefen Haltung da, als habe ihn jeglicher Lebensfunke verlassen. Damir kannte diesen Zustand bereits zur Genüge; er bedeutete nichts anderes, als dass der Ork nachdachte. Schließlich durchzuckte es Vlasoll, und er sagte: »Deshalb nix vertrauen?«

»Genau«, sagte Damir mit einem Grinsen. »Deshalb vertraue ich Belars auch nur so weit, wie ich sie im Auge behalten kann. Und wenn ich sie nicht im Auge habe, schicke ich ihr eben jemanden hinterher. Sag deinen Leuten, sie sollen sich bereit machen. Wir brechen auf. Wir lassen nur eine Hand voll Wachen zurück, falls hier noch umherstreunende Orks auftauchen sollten, die wir beim ersten Streich nicht erledigt haben. Und vor allem sollen die Kerle auch ein Auge auf diesen Tunichtgut Krik haben. Wegen der Antipode wisst ihr ja Bescheid, falls er es aller Erwartung zum Trotz mit den Beschwörungen vermasseln sollte?«

Vlasoll nickte bloß, dann machte er kehrt und stapfte auf den Pulk lagernder Orks zu, bereits Befehle brüllend. Erneut suchten Damirs Augen den Hang ab, doch es war bereits zu dunkel, um Belars mit ihrem schweren Rucksack noch ausmachen zu können. Also wandte er sich ab, um seine Sachen zusammenzusuchen. Und vor allem, um sich frische Kleidung anzuziehen. Schon bald würde er seine alte Heimat betreten, als der einzige Sieger, den dieses verlassene Tal kannte. So würde es sein, denn dieses Mal würde er keinen Fehler begehen. Auch wenn er nicht viel auf die Vergangenheit gab, so hatte er doch aus ihr gelernt.

TEIL III

Kapitel 20

Die Dunkelheit, die sich über dem NjordenEis ausgebreitet hatte, war von einer Dichte, die selbst das Licht von Maherinds Laterne aufsaugte. Ein lachhaft kleiner Teil des Bodens zu seinen Füßen wurde vom diesigen Schein beleuchtet, aber er hatte keineswegs vor, sich zu beklagen. Genauso sollte es um diese Jahreszeit im NjordenEis sein: tiefschwarze Nacht. Es war ein regelrechtes Geschenk, dass es so wenig zu sehen gab – nur Schnee und noch mehr Schnee. Seine Nerven waren überreizt, sein Kopf schwirrte. Mit jeder Faser sehnte Maherind sich nach Dunkelheit und danach, dass die einzigen Geräusche sein eigenes Atmen und das Brechen der Schneekruste unter seinen Füßen waren. Dass er nur mühsam vorankam, machte ihm nichts aus. Solange er in Bewegung blieb, würde es der schier unerträglichen Kälte nicht gelingen, ihn zu übermannen.

Selbst die Njordener, denen Hitze für gewöhnlich genauso wenig ausmachte wie Frost, hatten bemerkt, dass es unnatürlich kalt geworden war. Allerdings kamen sie kaum dazu, sich Gedanken über die Temperatur zu machen, denn sie waren viel zu sehr damit beschäftigt, den unverhofften Mengen an Goldenem Staub hinterherzujagen. Sie benahmen sich wie Kinder, denen man eine Hand voll Süßigkeiten auf den Boden geworfen hatte. Und wer konnte es ihnen verübeln? Je weiter sich die bleierne Scheibe über ihren Köpfen ausbreitete, desto mehr Goldener Staub fiel herab. Man konnte fast behaupten, dass er noch gleichmäßiger niederrieselte als der allgegenwärtige Schnee. Nur das alte Ordensmitglied konnte diesen Anblick nicht länger ertragen und war froh über jede Pause.

Als wollte die Nördliche Achse Maherind verhöhnen, schoss just in diesem Augenblick ein Eislicht über den Himmel und zog einen goldenen Schweif hinter sich, der sich schon bald als Goldener Staub über den Schnee legen würde. In weiter Ferne hörte er das Horn der Sammler, denen noch immer nicht die Begeisterung für ihre Beute abhandengekommen war. Und das, obwohl alle im Lager restlos von der seit Wochen andauernden Jagd auf den Goldenen Staub erschöpft waren. Während vermutlich sämtliche Augenpaare auf den Schweif gerichtet waren, um abzuschätzen, wo er runterkommen würde, blickte Maherind stur dem Eislicht hinterher, das sogar den Ausläufer der Nördlichen Achse beleuchtete.

Woraus auch immer die Nördliche Achse bestehen mochte, es sah nicht im Geringsten wie Stein aus. Maherind glaubte nicht einmal, dass es sich um eine feste Form handelte. Seine Augen waren zwar nicht mehr die besten, aber er vermutete, in der grauen, blank polierten Scheibe, die mittlerweile fast das gesamte NjordenEis abdeckte, Schlieren zu erkennen. Als handele es sich um etwas Lebendiges oder zumindest um etwas, das ein Eigenleben führte. Ein neues Himmelsfirmament, das von den Bewohnern des Njorden-Eises erstaunlicherweise mit Missachtung gestraft wurde.

Außer Maherind machte sich niemand Gedanken um diese unnatürliche Erscheinung, selbst Kijalan zuckte nur mit der Schulter und widmete sich mit vollem Einsatz der Frage, wie man mit dem unerwarteten Reichtum an Goldenem Staub am sinnvollsten umging. In Previs Wall, dem neuen Verbündeten, würde man Augen machen. Oder war man dem Verbündeten, der einen all die Jahre wie einen Leibeigenen behandelt hatte, vielleicht mit einem Mal überlegen? Warum sollte man ausgerechnet jemandem die Treue halten, wo man zum ersten Mal selbst das Zepter in die Hand nehmen konnte? Außerdem hatte Achaten lediglich die Hafenstadt – oder vielmehr die Residenz mit ihren gierigen Machtinhabern – angegriffen. Das NjordenEis hingegen hatte man in Ruhe gelassen, was sprach also gegen einen direkten Handel?

Maherind konnte den Njordenern diese Überlegungen nicht verübeln, schließlich hatte Previs Wall sie selbst zu verantworten, da man doch Jahrzehnte lang die hingehaltene Hand des NjordenEises ausgeschlagen hatte. Aber solche taktischen und politischen Gedanken erschienen ihm angesichts der aufziehenden Bedrohung nebensächlich. Wenn man von einer überlegenen Macht überrannt wurde, saß man an keinem Verhandlungstisch mehr, so viel stand fest.

Hartnäckig ignorierte Maherind, dass das Kribbeln in seinen Zehen allmählich nachließ. Er würde nicht mehr viel Zeit in der Kälte verbringen können, wenn er verhindern wollte, dass seine Zehen abfroren. Doch der Gedanke an das Zeltlager, wo sich nur Kinder, Alte und ein paar Verantwortliche herumtrieben, während der Rest auf der Jagd nach dem Goldenen Staub war, schmeckte ihm nicht. Zwar mochte er dann einigermaßen im Warmen sitzen, aber er würde mit jedem Atemzug unzufriedener werden. So war es ihm schon die letzten Tage ergangen, und er wollte es nach Möglichkeit vermeiden, jemanden Unschuldiges anzuschnauzen. Da stapfte er lieber durch die klirrende Kälte und ärgerte sich über jedes einzelne Eislicht, das ihn zu verspotten schien.

Obwohl es ihm schwerfiel, so musste er sich eingestehen, dass seine Reise ins Eismeer von Rokals Lande bislang kaum etwas für ihre Mission gebracht hatte. Nun gut, er hatte sich persönlich davon überzeugen können, dass das NjordenEis in schönster Regelmäßigkeit mit den Hügeln überzogen war, die nichts anderes als schlafende Drachen waren. Drachen, die von der anwesenden Nördlichen Achse genauso wenig beeindruckt schienen wie die Njordener, wie Maherind verbittert feststellte. Nicht einer dieser Hügel hatte sich geregt – das hatte man ihm mit Überzeugung berichtet, und Maherind hatte es geglaubt. Man mochte zwar kaum die Hand vor Augen sehen, aber die Njordener hatten einen eigenen Sinn für die Beschaffenheit der Schneedecke. Darüber hinaus war ihm von annähernd jedem aus dem Ältestenrat bestätigt worden, dass niemand eine Erinnerung daran hatte, wie man die Drachen ruft. Und auch zu der Frage, was für ein Bollwerk gemeinsam mit den Drachen gegen die Magier geschaffen worden sei, gab es nur mystische Erklärungen, die Maherind durchaus spannend fand, die ihm jedoch kein Stück weiterhalfen. Zu seinem Elend fand sich auch niemand berufen, diesen Fragen auf den Grund zu gehen.

Die Nördliche Achse hing wie ein gegossenes Firmament über ihnen und ließ Eislicht wie Kundschaftsfeuer hinabgehen, aber von einer Bedrohung ging niemand außer dem Ordensmitglied aus. Sogar auf die ansonsten so klar denkende Kijalan färbte sich die Gelassenheit ihres Volkes ab, auch wenn sie mit Maherind übereinstimmte, dass man diesem Mysterium auf den Grund gehen musste, bevor die sagenumwobenen Magier einen Weg fanden, die Barriere zu umgehen. Aber zunächst einmal, sagte ihr Blick, müssen wir herausfinden, was wir am besten mit den Unmengen an Goldenem Staub anstellen.

Resigniert hielt Maherind die Lampe hoch, um nach dem Zeltlager Ausschau zu halten. Dort waren fürs NjordenEis ungewöhnlich viele Zelte aufgestellt. Der Schnee bildete eine dicke Haube auf den rundlichen Zeltplanen, die gut gegen die Kälte schützte. Obwohl die Njordener kaum unter der Kälte litten, mochten sie es in ihren Behausungen gern warm und gemütlich.

Plötzlich spürte Maherind ein feines Prickeln in seinem Nacken – als würden ihn unzählige kleine Fingerspitzen liebkosen. Niemand kannte die Berührung des Maliandes so gut wie er, da er doch der Erste seiner Art gewesen war, der sich an das goldglänzende Elixier herangewagt hatte. So verwunderte es ihn auch nicht weiter, als der klare Geruch von Schnee sich über das gewöhnliche Maß hinaus verstärkte. Einen Herzschlag lang glaubte er fest, dass gleich Kohemis vor ihm stehen würde. Eine abstruse Vorstellung, doch der Geist seines Gefährten strömte ihm klar und deutlich entgegen, verlosch jedoch schnell wieder.

Stattdessen stand Nahim vor ihm, mit einem abgehetzten Ausdruck auf dem Gesicht. Maherind wollte ihn freudig begrüßen, doch der junge Mann machte ihm ein Zeichen, Abstand zu halten. Dann beugte er sich mit dem Oberkörper leicht vor und stemmte die Hände gegen die Oberschenkel. Maherind hörte ihn tief einatmen, dann hielt Nahim schlagartig inne.

»Verflucht noch mal, warum ist es hier denn so kalt?«, schimpfte Nahim ungehalten. »Ich kann kaum atmen, weil mir die Nase zuzufrieren droht.«

Maherind winkte ungeduldig ab, eine Geste, die wegen seiner vielen Schichten von Kleidung kaum sichtbar war. »Solltest du nicht über die Übelkeit jammern, die dich jedes Mal nach dem Wandeln überkommt, wenn du schon nicht dein Frühstück in den Schnee spuckst?«

»Mittagessen«, antwortet Nahim kurz angebunden, während er sich den Schal über das Gesicht zog, bis nur noch seine dunklen Augen hervorblitzten.

»Wie bitte?«

»Ich müsste die Reste von meinem Mittagessen in den Schnee spucken. Frühstück ist lange her, schließlich ist es tiefste Nacht – jedenfalls in Achaten.«

»Aha.«

Das erklärte zumindest, warum Maherinds Füße abzusterben drohten. Er hatte sich deutlich länger im Freien herumgetrieben, als er gedacht hatte. Aber wer behielt schon die Übersicht in dieser Finsternis und vor allem bei Mahlzeiten, die immerzu aus dem gleichen Eintopf bestanden? Obwohl das Reden eine unangenehme Sache war, weil der Atemdunst sofort auf den Lippen gefror, konnte Maherind nicht widerstehen und fragte: »Was hat es in Achaten denn Leckeres zum Mittag gegeben?«

Nahim blinzelte, als hielte er eine solche läppische Frage angesichts seiner Situation für eine Frechheit. »Möchtest du es sehen? Mir ist nämlich schlecht, auch wenn ich mich nicht lautstark beklage. Ich brauche nur an Essbares zu denken, dann könnte ich schon …«

»Lass gut sein«, beschwichtigte Maherind ihn eiligst. »Wir sehen zu, dass wir in einem der Zelte unterkommen und uns am Feuer aufwärmen. Ein Schluck Tauwasser und die Sache mit dem Wandeln ist überstanden.«

Bei dem Wort Tauwasser stieß Nahim ein elendiges Stöhnen aus, und Maherind sah zu, dass er den jungen Mann unterhakte und mit sich zog. Doch Nahim kam kaum von der Stelle.

»Was ist? Wartest du darauf, dass ein paar hübsche Njordenerinnen dich in Empfang nehmen?«

»Meine nasse Kleidung beginnt steif zu werden«, brachte Nahim durch laut aufeinanderschlagende Zähne hervor.

»Nasse Kleidung? Du willst mich wohl hochnehmen. Kein Mensch, der einigermaßen bei Verstand ist, würde mit nasser Kleidung …«

Maherind unterbrach sich selbst und machte sich daran, seinen Pelzmantel aus Seelöwenfell auszuziehen und Nahim um die Schultern zu legen. Augenblicklich wusste der alte Mann, warum er es so lange im Freien ausgehalten hatte. Dieser Pelz funktionierte besser als die Zelte des Njorden-Eis-Volkes. Trotz Mantel, Weste und allerlei Tüchern wurde ihm nämlich schlagartig kalt, während Nahim sich stockend in Bewegung setzte.

»So ist es gut, Junge«, sagte Maherind, auch um sich selbst anzuspornen. »Da drüben sind die Zelte. Es ist schon eine Schande, dass deine Mutter Negrit dir zwar das Aussehen der Njordener vererbt hat, aber nicht ihre Unempfindlichkeit gegen die Kälte. Weiter, weiter, nur noch ein paar Schritte.«

Obwohl der Eintopf in der Schale mittlerweile nur noch lauwarm war und einen penetranten Geruch nach Fischöl verströmte, hielt Maherind sie mit beiden Händen fest umschlossen. Wenigstens wärmte sie ihn, wenn er ihren Inhalt schon nicht mehr ertragen konnte. In seinen Rücken hatte er sich Felle gestopft, sodass er einigermaßen bequem mit angewinkelten Beinen dasitzen konnte. Gelegentlich bewegte er seine Zehen, die immer noch von dem Öl brannten, mit dem er sie eingerieben hatte, um die Steifheit zu verscheuchen.

Unter einem Haufen Pelze schlief Nahim, nur sein im Feuerschein rötlich schimmerndes Gesicht und ein nackter Arm waren von ihm zu sehen. Genau wie von den beiden Frauen, die an jeder Seite neben ihm dösten.

Maherind war erleichtert gewesen, wie umsichtig ein Volk auf Erfrierende reagierte, obwohl es doch selbst so gut wie nie diesem Schicksal ausgesetzt war. Mit einigen Handgriffen hatten die beiden Frauen Nahim aus seiner steif gefrorenen Kleidung geschält. Mehr als zu einem schwachen Protest hatte seine Kraft nicht mehr gereicht, und während sie ihn mit diesem brennenden Öl einrieben, schlief er ein. Zu beiden Seiten hatten sich die Frauen an seinen Körper geschmiegt, wobei sie dem interessiert dreinblickenden Maherind erklärten, dass man jemanden auf diese Art am besten aufwärmen konnte.

»Aber er schläft doch, wie kann ihm von eurer Umarmung da warm werden?«, hatte Maherind mit einem breiten Grinsen eingeworfen, und die Frauen hatten gelacht.

Behutsam streckte Maherind den Arm aus und berührte Nahims gerötete Wange. Sie war warm und etwas verschwitzt, doch sie fühlte sich keineswegs fiebrig an, wie der alte Mann erleichtert feststellte.

Im Gegensatz zu Vennis hatte Maherind keinen Moment lang gezweifelt, dass Nahim als ehemaliges Mitglied dem Orden zu Hilfe kommen würde. Dafür kannte er ihn einfach zu gut. Das mühsame Ausbalancieren der Mächte, die eigentliche Aufgabe des Ordens – das war nichts für den Jungen gewesen. Nahim hatte die ständigen Auseinandersetzungen mit den Machtinhabern genauso wenig gemocht wie die Berührung des Maliandes.

Auch wenn Nahim es nicht hören wollte, so trug er dennoch ein großes Erbe Faliminirs in sich: seine Verbundenheit mit dem Land und der Ehrgeiz, das Beste daraus zu machen. Glücklicherweise war er seiner Mutter nicht nur in Äußerlichkeiten ähnlich. Negrit hatte ihm ihre unermüdliche Liebesbereitschaft mit auf den Lebensweg gegeben, der sich nicht einmal ein hartherziger Mann wie Faliminir hatte entziehen können. Maherind hatte schon lange vor Vennis begriffen, dass der Junge eine feste Heimat brauchte, etwas, das ihm gehörte und für das er die Verantwortung trug. Das Westend vermochte ihm das zu bieten, nachdem sein Vater in Montera für ihn keinen Platz hatte. Und Lehen war eine Frau, die ihm gerecht werden konnte. Im Westend konnte jemand wie Nahim ein Leben führen, das ihn glücklich machte, ungeachtet der Tatsache, dass Vennis behauptete, etwas würde dem Jungen auf der Seele liegen. Deshalb war Maherind auch klar gewesen, dass Nahim sich auf die Bitte des Ordens einlassen würde. Er würde beschützen, was ihm gehörte.

Nahims Nase zuckte, als würde er etwas Angenehmes riechen. Dann wühlte er sich tiefer in die Pelze, bis einer der Frauen, die neben ihm lag, leise seufzte.

Mit einem Ruck setzte Nahim sich auf und blickte sich verwirrt um.

Maherind winkte ihm zu. »Du solltest dich schleunigst wieder hinlegen, mein Guter. Auf diese Art dringt zu viel kalte Luft unter die Pelze.«

Nahim warf ihm einen scheelen Blick zu, dann betrachte er die Frau, als würde er mit einem Traumbild rechnen, das sich jeden Moment in Luft auflösen musste. Doch die Njordenerin blieb nicht nur liegen, sondern umschlang im Halbschlaf seinen Oberschenkel. Hastig rutschte Nahim ein Stück zur Seite, provozierte damit jedoch einen erstickten Aufschrei, als er gegen die andere Frau stieß. Mit wirr abstehendem Schwarzhaar richtete sie sich auf und wollte ihn an der Schulter zurück aufs Lager drücken, wobei sie in ihrer Landessprache schimpfte, dass er einen empfindlichen Körperteil von ihr gequetscht hatte. Aber Nahim stierte sie nur mit weit aufgerissenen Augen an, bevor er die Flucht antrat.

»Das glaube ich einfach nicht«, knurrte er, während er ruppig an einer Decke riss, auf der Maherind saß. Kaum hatte er sie befreit, konnte er sie gar nicht schnell genug um seinen Körper schlingen.

»Eine bezaubernde Methode, einen Erfrierenden vor

dem sicheren Tod zu bewahren.« Maherind konnte ein Lachen nicht unterdrücken. »Scheint ja wieder alles ordentlich
zu funktionieren, wenn ich das eben richtig gesehen habe.
Nichts abgefroren, Lehen wird sich freuen.«

Nahim funkelte ihn wütend an. »Wenn Lehen jemals davon erfahren sollte, setzt sie mich vor die Tür, bevor du überhaupt zu einer vernünftigen Erklärung kommen kannst. Wo
ist meine Kleidung?«

»Das nasse Zeug? Das trocknet da drüben vor sich hin.
Sicherlich noch klamm.« Maherind deutete auf die auf-
gehängten Sachen hinter den schlafenden Frauen. Nahim
schluckte hörbar, dann machte er es sich neben ihm bequem. »Es ist mir unverständlich, wie einer mit nassen Sachen ins NjordenEis wandeln kann. Du bist schließlich nicht
zum ersten Mal hier.«

Wie hypnotisiert starrte Nahim auf die Schale in Maherinds Händen. »Ist eine lange Geschichte, zu lang, für jemanden mit leerem Magen.«

»Du musst wirklich hungrig sein, wenn du diesen öligen
Fischeintopf appetitlich findest«, sagte Maherind und reichte
ihm die Schale.

Mit wachsender Neugier beobachtete er den essenden
Mann und versuchte, sich selbst eine Erklärung dafür zu
liefern, was geschehen sein mochte, dass Nahim einen solchen Auftritt hingelegt hatte. Zwar fielen Maherind einige
Möglichkeiten ein, doch eine klang verrückter als die andere. Obwohl seine Neugier ihn quälte, wartete er ab, bis Nahim aufgegessen und widerwillig einige Schlucke Tauwasser getrunken hatte. Mit einem glasigen Blick und deutlich
entspannteren Schultern lehnte er sich schließlich zurück
und erzählte Maherind von der Lage in Montera und dem
Abstecher nach Achaten, der schneller als erwartet beendet
worden war.

»Nun, da scheint ja überall Bewegung ins Spiel gekommen zu sein, nur nicht da, wo ich mich aufhalte.« Maherind bemühte sich, es leicht dahinzusagen, trotzdem schwang eine bittere Note mit. »Ich habe nur zu verkünden, dass das Eislicht, wenn ich mich nicht irre, von der Nördlichen Achse herunterfällt. Vielleicht ist es ein Abfallprodukt, eine Art Asche, die das verzehrende Feuer der Magie hinterlässt.«

Maherind kraulte nachdenklich seinen Bart. Diese Idee war ihm eben erst gekommen, und sie klang ihm durchaus plausibel. Darüber werde ich einmal gründlich nachdenken, nahm er sich vor.

»Eine erfreuliche Nachricht ist, dass die Nördliche Achse sich seit einigen Tagen nicht weiter bewegt, als sei sie am Rand des NjordenEises gegen eine unsichtbare Mauer gestoßen. Und dann wäre da noch die Kunde, dass die Drachen trotz ihres Erscheinens ungestört weiterschlafen – im Gegensatz zum letzten Mal, als sie, wenn man den Mythen glauben darf, ein Bündnis mit dem NjordenEis geschmiedet haben, um die Magier zu bannen. Man könnte fast meinen, dass wir die Bedrohung durch die Nördliche Achse überschätzt haben. Nur gut, dass jede Menge in Rokals Lande geschieht, ansonsten hätte sich der Orden mit seiner Schwarzmalerei blamiert.«

Nahim brummte nur, dann legte er seinen Kopf auf den Unterarm und schloss die Augen. Beinahe befürchtete Maherind schon, der junge Mann könnte erneut einschlafen und ihn mit seinen trüben Gedanken alleinlassen, da setzte Nahim an: »Vielleicht ist es wie mit einem Sturm. Im Herzen des Sturms ist es angeblich auch am ruhigsten, während an seinen Rändern alles in Bewegung gerät.«

»Mag sein«, erwiderte Maherind, dessen Gedanken kurz zu seinem leeren Tabakbeutel abschweiften. Wie soll ein Mann bloß klar denken können, wenn er nichts Anständiges zu rauchen hat? Nur noch ein paar Tage, und er würde sich dazu herablassen müssen, das algige Kraut der Njordener zu rauchen. Allein bei der Vorstellung schüttelte es ihn. »Trotzdem denke ich, ist es das Beste, wenn wir uns nach Achaten aufmachen, sobald du dich ausgeruht hast.«

»So einfach wird das leider nicht: Wohin wollen wir denn in Achaten wandeln? Nachdem, was Badramur sich mit dem Eindringen der Wache in das Gästegemach geleistet hat, bezweifele ich, dass Kohemis einen leichten Stand auf der Burgfeste hat. Es war zwar keine Zeit, damit er etwas über das Ergebnis dieser Versammlung erzählen konnte, aber allein dass Badramur ihm die Wache auf den Hals hetzt, spricht eine deutliche Sprache. Der Orden wird von Achaten nicht länger als Partner angesehen, damit haben wir unsere Stellung dort verspielt. Wenn wir jetzt also zu Kohemis wandeln, könnte es durchaus sein, dass wir ihn im Kreise der Leibgarde der Prälatin antreffen. Ich würde nicht nur meine Gabe zu wandeln offenbaren, sondern mich vermutlich just im Kerker wiederfinden.«

Maherind wickelte sein Halstuch ab, weil ihm bei den letzten Sätzen immer heißer geworden war. Es gefiel ihm gar nicht zu hören, dass Kohemis sich vielleicht in einer unangenehmen Lage befand. »Im Kerker? Warum denn das?«, fragte er gereizt.

»Es ist so …«, begann Nahim zögerlich. »Es hat ganz den Anschein, als ob Badramur ein Kopfgeld auf mich ausgesetzt hat.«

»Kopfgeld?«

Nahim nickte verlegen, machte jedoch keinerlei Anstalten, eine Erklärung zu liefern.

»Wunderbar. Unser Joker in diesem Spiel ist also eine Persona non grata in Achaten, dem Dreh- und Wendepunkt in unserem Plan.«

»Du hast dich doch gerade noch darüber beschwert, dass dir die Situation nicht brisant genug ist«, hielt Nahim dagegen.

Zu seinem Erstaunen fühlte Maherind sich tatsächlich ausgesprochen tatendurstig und konnte es kaum erwarten, Badramur und ihrem mysteriösen Unterhändler die Stirn zu bieten. Sobald er Kohemis in Sicherheit wusste. »Du hast Recht. Wenn wir erst einmal in Achaten sind, sehen wir weiter.« In Maherinds Augen funkelte es verräterisch. Er sehnte sich so sehr nach Abwechslung, dass er sogar eine Auseinandersetzung mit der Leibgarde begrüßt hätte.

»Das ist dein Plan?«, fragte Nahim ungläubig. »Na, das ist ja fast genauso schlau, wie mit nasser Kleidung ins ewige Eis zu wandeln. Bist du dir sicher, dass dein berühmter Instinkt nicht eingefroren ist?«

»Der Tag, die Sorge.« Maherind war froh, dass die Vorfreude, die ihn überkam, unter seinem Bart versteckt blieb. Mit einem Ächzen stemmte er sich hoch und holte Nahims Kleidung, die nur noch an einigen Stellen klamm war. »Ich sehe jetzt mal zu, dass ich Kijalan finde. Wir sollten sie einweihen, bevor wir aufbrechen. Und dann nichts wie los, mein Freund! Es sei denn, du möchtest dich noch ein wenig bei den zwei Damen aufwärmen.«

Nahim warf dem alten, sich vor Lachen den Bauch haltenden Mann einen bösen Blick zu, während er sich schleunigst Hosen und Hemd überstreifte, wobei eine der Frauen ihm interessiert zuschaute.

⚶ Kapitel 21 ⚶

Es hatte Nahim nichts ausgemacht, vom zusammengetretenen Ältestenrat des NjordenEis-Volkes ausgeschlossen zu werden, weil er sich weigerte, sich als ordentliches Ordensmitglied zu bezeichnen. Als solches sah er sich nicht, außerdem würde er nichts verpassen, denn er verstand die Sprache der Njordener nur bruchstückhaft, und Maherind würde ihm später schon alles Wissenswerte mitteilen. Ehrlich gesagt, war er sogar ganz froh, außen vor zu bleiben, denn diese endlosen Debatten waren noch nie nach seinem Geschmack gewesen. Lieber nutzte er die Gelegenheit, die Nördliche Achse selbst in Augenschein zu nehmen, die in den letzten Stunden ein wahres Feuerwerk an Eislichtern hatte herabregnen lassen.

Obwohl Nahim sich Maherinds Seelöwenpelz ausgeborgt hatte, weil sein Mantel noch klamm war, begann er sofort zu zittern, als er ins Freie trat. Die Aufregung der letzten Tage forderte ihren Tribut, auch wenn die beiden Frauen sich ausgesprochen erstaunt gezeigt hatten, dass er sich so schnell von der Kälte erholte. Neugierig hatten sie ihn gemustert, aber nicht etwa, weil sie eng an ihn geschmiegt unter den Pelzen gelegen hatten. Solche Intimitäten brachten keine Njordenerin in Verlegenheit. Nahim kannte diesen Blick schon von früheren Besuchen des NjordenEises: Es war sein Aussehen, das diese Frau faszinierte. Denn obwohl er seiner Mutter, die diesem Volk entstammte, ähnlich sah, hatte sich auch das Blut Monteras unübersehbar mit hineingemischt, wie sein dunkelbraunes Lockenhaar bewies. Für gewöhnlich blieb das NjordenEis-Volk unter sich, allein schon deshalb, weil die Previs Waller, mit denen man Handel betrieb, ihnen nur mit Verachtung entgegentraten. Für diese Frauen war sein Anblick vertraut und fremd zugleich.

Schon nach wenigen Schritten drang die klirrende Kälte durch den Schal, den Nahim sich über das Gesicht geschlungen hatte, und biss ihn trotz des streng riechenden Fetts, mit dem er sein Gesicht eingerieben hatte, in die Wangen.

Ungläubig betrachtete er die Unterseite der Nördlichen Achse, die von dem strahlenden Schein der umhersirrenden Eislichter angeleuchtet wurde. Nahim versuchte auszumachen, wie weit diese fremde Welt wohl entfernt sein mochte, gab aber auf. In einem Moment erschien sie ihm zum Greifen nah, im nächsten unfassbar weit weg. Wie eine Illusion schob sie sich in sein Blickfeld, ein Hirngespinst, das sich in Nichts auflöste, sobald man es berührte. Aber du kannst es nicht berühren, schoss es Nahim unvermittelt durch den Kopf. Nicht, weil es so fern ist, sondern weil etwas dazwischen liegt. Eine Barriere. Nahim schluckte, als er an die Geschichte über den Grenzwall dachte, der aus den Seelen des NjordenEis-Volkes geschaffen sein sollte. Was mag wohl geschehen, wenn es den Gesandten der Nördlichen Achse gelingen sollte, diese Barriere zu brechen? Würden dann auch die Seelen zerbrechen, oder handelte es sich dabei doch nur um einen Mythos?

Derartig in Gedanken versunken, hatte Nahim sich, ohne es zu bemerken, weiter vom Lager entfernt als geplant. Voller Unbehagen blickte er zu den Zelten hinüber, die trotz des Eislichts kaum gegen den Schnee auszumachen waren. Nur durch einige Planen, die vor die niedrigen Eingänge gespannt waren, schimmerte blass das Feuer im Inneren der Zelte. Wenn das Eislicht verlöschen sollte, dürfte es schwierig werden, den Rückweg zu finden, gestand er sich ein. Doch gerade als er kehrtmachen wollte, verstärkte sich der Duft von Schnee auf unnatürliche Weise.

Erwartungsfroh wirbelte Nahim um die eigene Achse, um nur nicht den Augenblick zu verpassen, in dem der goldene Funkenregen einsetzte, aus dem niemand anderes als Vennis heraustreten konnte. Es mochte knapp eineinhalb Tage her sein, seit er Achaten verlassen hatte. In dieser kurzen Zeit war es seinem Onkel also gelungen, an weiteres Maliande zu gelangen. Ein gutes Zeichen! Doch noch froher war er darüber, Vennis gleich wiederzusehen, nachdem sie so überhastet auseinandergerissen worden waren.

Zuerst zeigten sich bloß einige golden funkelnde Sprenkel, nicht größer als Tautropfen. Wie aus dem Nichts leuchteten immer mehr von ihnen auf, bis sich eine Gestalt in diesem Sternenfeld abzeichnete. Widerwillig musste Nahim die Augen zukneifen, weil das Licht ihn ansonsten zu blenden drohte. Und als das Strahlen endlich nachließ, brauchte er noch einen Moment, um wieder klar sehen zu können.

Vor ihm stand ein Mann oder vielmehr ein Schemen von bleierner Farbe.

Während Nahim ihn verwundert anblickte, färbte sich der Schemen schwarz, nach und nach zeichnete sich eine Struktur und schließlich sogar ein Gesicht ab, das im Schein des Eislichts gelblich aufleuchtete. Von der grau schimmernden Farbe blieb nur ein Rest in den Augen zurück, die wie Quecksilber glänzten und in deren Mitte die schwarze Pupille fehlte. Der Blick war prüfend und geradezu schmerzhaft, sodass Nahim sich auf die beachtliche Hakennase der Gestalt konzentrierte.

Kaum sah er nicht länger in diese Augen, hatte er ihre Farbe auch schon vergessen, und er spürte, wie ein zwischen ihnen gesponnener Faden riss. Er war dieser Art von Magie früher schon einmal ausgesetzt gewesen: So fühlte es sich an, wenn Elben versuchten, in die Gedanken eines Menschen einzudringen und an der aus Maliande geschaffenen Barriere scheiterten.

Unwillkürlich trat Nahim einen Schritt zurück und verfluchte sich dafür, in den entscheidenden Situationen immer ohne Schwert dazustehen. Und ohne Maliande, denn der einzige Flakon, der ihm geblieben war, war samt seinem Mantel im Zelt zurückgeblieben. Obwohl er sich nicht sicher war, ob ihm eine Waffe oder Magie gegen diese Gestalt überhaupt geholfen hätte. Zumindest schien der Mann, dessen Umrisse sich nun klar und deutlich abzeichneten, ihn keineswegs als Bedrohung anzusehen. Er stand nur regungslos da und betrachtete ihn eingehend, den schwarzen Umhang, der ihm bis über die Füße reichte, fest um die schmale Gestalt geschlungen.

Vom Körperbau könnte er beinahe als Elbe durchgehen, wenn er größer wäre und die harten, aber eindeutig menschlichen Gesichtszüge nicht wären, dachte Nahim. Er ist genauso eine seltsame Mischung, wie ich es bin. Nur eine Mischung woraus?

»Erstaunlich«, sagte eine tonlose Stimme, die Nahim herumwirbeln ließ, weil er den Sprecher in seinem Rücken vermutete. Doch da war niemand. Am fernen Horizont sah er ein weiteres Eislicht herannahen, das die Dunkelheit durchschnitt wie ein gleißender Pfeil. Als er sich wieder umdrehte, stand die Gestalt immer noch regungslos da, aber Nahim war sich sicher, dass sie näher gerückt war. Ein beherzter Sprung und sie könnte ihn berühren. Allein bei der Vorstellung stöhnte er leise auf.

»Was genau ist so erstaunlich?«, brachte Nahim mühsam hervor. »Dass ich gelernt habe, mir nicht in meine Gedanken hineinpfuschen zu lassen? Diese Fähigkeit ist in diesen

Tagen keine Seltenheit in Rokals Lande. Aber das habt Ihr vermutlich schon herausgefunden.«

Weder im Gesicht noch an der Haltung der Gestalt ließ sich eine Reaktion ablesen. Sie stand da, als wäre nichts passiert. Fast wäre Nahim geneigt gewesen, das selbst zu glauben, weil die gesprochenen Worte seiner Erinnerung zu entgleiten drohten wie ein nasser Fisch zupackenden Händen. Doch es gelang ihm, sie zu fassen und festzuhalten.

Die kaum vorhandenen Lippen der Gestalt verzogen sich zu einem maskenhaften Lächeln. Es war keine echte, sondern eine erlernte Regung, so berechnend wie sie ausfiel. »Es ist wirklich bedauerlich, dass Ihr uns nicht in Euren Kopf eintreten lassen wollt, weil dort zweifelsohne interessante Dinge zu finden wären. Ganz anders als bei den keineswegs geschützten Köpfen, denen man in weiten Teilen dieses Landes begegnet.«

»Ich habe schon gehört, dass Ihr in Previs Wall herumgekommen seid. Was hat Euch mehr gereizt, die beeindruckende Hafenanlage oder die Überreste der Residenz? Vermutlich Letzteres, da sie doch sehr anschaulich von der Macht des Drachenfeuers künden.«

Das Lächeln der Gestalt verharrte wie eingefroren auf dem Gesicht, aber es war Nahim deutlich lieber, es anzuschauen, als noch einen weiteren Blick auf die Augen zu werfen.

»Wir freuen uns wirklich sehr, Eure Bekanntschaft zu machen«, ließ die umherirrende Stimme vernehmen. Sie erklang dicht neben Nahims Ohr, als würde ihm jemand etwas zuflüstern. Doch dieses Mal fiel er nicht auf den Trick rein, sich umzudrehen, damit die Gestalt sich ihm unauffällig nähern konnte.

»Die Freude kann ich leider nicht teilen.«

Nahim glaubte, das ferne Echo eines Lachens wahrzunehmen, bei dem sich seine vor Kälte schmerzende Haut noch mehr zusammenzog. Wie weit würde er wohl kommen, wenn er augenblicklich die Flucht antrat? Er hatte so seine Zweifel, dass er weit kommen würde, wenn diese Gestalt ihn nicht gehen lassen wollte. Der Saum des Umhangs bedeckte zwar vollständig den Boden, sodass nicht einmal eine Stiefelspitze sichtbar war, aber vermutlich gab es ohnehin keine Füße, die die Schneedecke berührten. Die ganze liquide Erscheinung erinnerte Nahim auf äußerst unangenehme Weise an einen Dämonenbeschwörer.

Erinnerungen an Resilir wurden wach, wie er damals vor ihm erschienen war gleich einer lebenden Flamme, die nur entfernt an ein menschliches Wesen erinnerte. Als könne er seine Form einfach auflösen und sich in etwas anderes verwandeln. Resilir war einen Hauch über den Steingrund geglitten, was Nahim damals fast um den Verstand gebracht hatte. Aber noch etwas anderes erinnerte ihn an Resilir: Von der Gestalt ging die gleiche erschütternde Macht aus. Es fühlte sich an, als würde der Raum nicht ausreichen, als würde selbst die Luft verdrängt.

»Es freut uns, dass Ihr Euch fürchtet«, fuhr die Gestalt mit ihrem ausdruckslosen Singsang fort, der nachhallte, als würde sie ein vielfaches Echo werfen. »Diese Reaktion verrät sehr viel über Eure Fähigkeiten. Wir müssen gestehen, dass wir im ersten Moment verunsichert waren, als wir anstelle des eigentlich angesteuerten Ziels in Eurer Nähe hervortraten. Euer Ruf war unwiderstehlich, wir konnten uns ihm nicht entziehen, obwohl dieser Ort uns vielerlei Unbehagen bereitet.«

»Und das, obwohl die Heimat so nah ist?« Nahim hätte sich für diese herausfordernde Bemerkung auf die Zunge beißen können, aber dieses Gemisch aus Furcht und Wut ließ ihn allmählich die Nerven verlieren. Wenn er schon nicht entkommen konnte, wollte er wenigstens die Flucht nach vorn wagen. Doch zu seiner Enttäuschung ging die Gestalt nicht darauf ein.

»Eigentlich wollten wir am Rande des Eises erscheinen, um die verabredete Lieferung Goldenen Staubs entgegenzunehmen. Stattdessen … es war eine unerfreuliche Erfahrung, wie willenlose Eisenspäne von einem Magneten angezogen zu werden.«

»Es tut mir leid, und ich verspreche Euch, es nicht wieder zu tun. Wenn Ihr mich jetzt entschuldigen würdet? Ich spüre meine Füße nicht mehr und muss dringend ins Warme.«

Ein weiteres Mal erschall das seelenlose Lachen. »Feuer und Eis verträgt sich nicht.«

»Wie auch immer«, sagte Nahim und wagte es, seinem dröhnenden Herzen zum Trotz, der Gestalt den Rücken zuzudrehen.

Das letzte Eislicht war erlöscht, aber durch die Dunkelheit rieselte nun Goldener Staub. Obwohl er soeben noch von dem Wunsch beseelt gewesen war, Abstand zwischen sich und die Gestalt zu bringen, legte Nahim den Kopf in den Nacken und zog den Schal hinab, woraufhin feiner Staub auf seinen Wimpern und Lippen landete gleich einer liebkosenden Berührung. Einen Herzschlag lang vergaß er die Gefahr, in der er sich befand, und glaubte, Lehens Hand zu spüren, die seine Wange streichelte. Tanils vergnügtes Lachen klang in seinen Ohren, und wie von selbst musste auch er lachen.

Dann spürte er eine Berührung an seinem Arm, von der jedoch nichts Freundliches ausging.

Nahim wurde herumgezerrt, nicht brutal, doch mit ausreichend Kraft, dass er einen Moment brauchte, um sich zu fangen. Die Gestalt stand direkt vor ihm, und die Hand, mit der sie ihn gepackt hielt, erwies sich als ausgesprochen stofflich. Sie war schmal und mit der gleichen wächsernen Haut überzogen wie das Gesicht. Die Finger waren ungewöhnlich lang und endeten in moosig grünen Krallen, die sich in den Seelöwenpelz bohrten, bis sie seinen Arm fanden. Orkkrallen, begriff Nahim.

Mit der anderen Hand holte die Gestalt unter ihrem Umhang eine Phiole mit Maliande hervor, die leuchtete wie ein Elbenstein, und betrachtete sie, ohne eine Miene zu verziehen. »Es ist ausgesprochen erniedrigend, auf diesen Abklatsch von wahrer Magie angewiesen zu sein. Aber wir dürfen nicht wählerisch sein, wenn wir unser Ziel erreichen wollen. Ihr werdet uns doch begleiten?«

»Einen Dreck werde ich tun!«

Mit aller Kraft versuchte Nahim, sich dem Griff zu entreißen, doch die Krallen lockerten sich nicht einmal ansatzweise. In seiner Verzweiflung holte er aus und schlug der Gestalt die geballte Faust gegen die Schläfe. Der Kopf des Mannes glitt kurz zur Seite und saß sogleich wieder gerade zwischen den Schultern. Dabei verrutschte das um die Stirn geschlungene Tuch. Ungläubig blickte Nahim auf eine gräuliche glatte Stelle, die sich sofort in Haar verwandelte, das unter dem Tuch hervorquoll und in geschmeidigen Flechten bis zur Hüfte hinabfiel. Zuerst waren die Strähnen bleifarben, dann färbten sie sich schwarz-blau.

Wie Rabenfedern, stellte Nahim verblüfft fest. Rabenfedern … Orkkrallen … Menschengesicht … Weiter kam Nahim mit seiner Auflistung nicht, denn die Gestalt riss ihn an sich, als wäre er nicht mehr als ein kleines Kind. Nahim spürte, wie die Hitze, die sie plötzlich ausstrahlte, seine Haut auf Wangen und Stirn versengte.

»Es gelingt Euch also nicht, von allein Magie zu entfachen und uns zu entkommen? Das kann eigentlich nicht sein, denn nur überlegene Magie vermag uns gegen unseren Willen anzuziehen, so lautet das Gesetz. Es sei denn …« Die

Stimme, die nun von überallher erklang, hatte zum ersten Mal einen Ausdruck angenommen. Einen voller kühlem Interesse. »Dann wird Euch wohl nichts anderes übrig bleiben, als uns zu begleiten, damit wir in Ruhe der Frage auf den Grund gehen können, warum Ihr Spuren reiner Magier in Euch tragt.«

Entsetzt schnappte Nahim nach Luft, doch seine Lungen drohten zu verbrennen. Diese Hitze war die gleiche, die Resilir in seinen Hallen tief unter dem Westgebirge entfacht hatte. Aber Dämonenbeschwörer brauchten das Gestein des Gebirges, sie waren daran gefesselt, wenn sie ihre Form nicht verlieren wollten. Das kann nicht sein, dröhnte es durch Nahims Kopf, während ihm jede Faser seines Leibes genau das Gegenteil bestätigte, als sich die aus der Gestalt hervorbrechende Glut mit dem Maliande verband. Er spürte, wie der goldene Tropfenregen ihn berührte, versuchte, an einen Ort zu denken, wohin die Magie ihn bringen sollte. Einen sicheren Ort. Doch die Gestalt, von der nur noch ihre quecksilberfarbenen Augen im Funkensturm des Maliandes zu erkennen waren, erzwang seinen Blick.

»Du wirst uns nicht entkommen«, echote die Stimme, bevor auch sie vom Maliande davongetragen wurde.

Kapitel 22

Obwohl Aelaris sich leiser anzuschleichen vermochte als eine Katze, befürchtete er, sich jeden Moment durch ein Geräusch oder eine unbedachte Bewegung zu verraten. Unablässig starrte er auf die Nacken der Wachmänner vor Kohemis' Zimmertür und erwartete, dass ihre Köpfe ganz plötzlich herumschnellten und er entdeckt war. Zum hundertsten Mal an diesem Tag verfluchte er die Gabe der Achatener, mithilfe des Maliandes die Gabe der Elben, Gedanken zu lesen und zu lenken, zu unterdrücken. Was hätte er jetzt nicht alles dafür gegeben, diesen beiden einfach die Idee in den Kopf zu setzen, dass sie jetzt Wachablösung hätten? Aber mit der geglückten Flucht und dem sicheren Unterschlupf für Lalevil und Vennis waren die freien Wünsche allem Anschein nach aufgebraucht.

Aelaris konnte von Glück sagen, dass er es unbemerkt bis zu einer Wandnische geschafft hatte. Von hier aus hatte er die beiden Wachen nicht nur gut im Blick, sondern konnte auch Kohemis' unablässiges Geschimpfe durch die schwere Holztür hindurch hören.

»Arrest – unglaublich! Und dann auch noch zu behaupten, es wäre zu meiner eigenen Sicherheit. Eine Frechheit. Aber das ändert nichts daran, dass Badramur unleugbar dem Altersschwachsinn verfallen ist, wenn sie sich auf einen Handel mit diesem feinen Herrn Gesandten einlässt. Die Hälfte des in Maliande verwandelten Goldenen Staubs ihm zu überlassen, ohne zu fragen, was er damit eigentlich vorhat.

Nein, es will mir einfach nicht in den Sinn, wie man sich bloß aus Gier auf eine solche Dummheit einlassen kann. Da kann sie ihre Seele ja auch noch mit drauflegen, darauf kommt es dann auch nicht mehr an. Aber soll die Herrin dieses verdorbenen Steinhaufens nur machen. Jemand wird schon herausbekommen, was unser unbekannter Freund mit dem Maliande zu tun gedenkt. Auch wenn es keiner glauben mag: Ich bin nicht der Einzige in Achaten, der einen Verstand besitzt. Ganz und gar nicht. Jemand wird dem großen verschwiegenen Unterhändler auf die Schliche kommen, unabhängig davon, dass ich unter Arrest stehe und es zu gefährlich wäre, daran etwas zu ändern.«

»Ich wünschte, wir dürften dafür sorgen, dass dieser alte Knabe endlich den Schnabel hält«, brummte einer der Wächter gereizt, als Kohemis mit seiner Rede von vorne begann. »Immer dasselbe Geschwafel, als würde das etwas an seiner Situation ändern. Warum wiederholt der sich bloß unentwegt?«

Darauf hätte Aelaris dem Wächter eine Antwort geben können, denn im Gegensatz zu ihnen hatte er sehr wohl begriffen, was das alte Ordensmitglied mit seinem nächtlichen Monolog erreichen wollte: seinem Verbündeten mit den spitzen Ohren, die um ein Vielfaches empfindlicher waren als die der Menschen, mitzuteilen, was er von ihm erwartete. Keine Befreiungsaktion, sondern eine Lösung des Rätsels, das den geheimnisvollen Unterhändler umgab. Kohemis wollte, dass sie sich auf die Suche nach dem Gesandten der Nördlichen Achse begaben.

Aelaris hatte genug gehört und kehrte den Weg zurück, den er gekommen war. Eigentlich hatte er sich erhofft, mehr über die Versammlung zu erfahren, deren Ausgang Kohemis so schockiert hatte. Wie es aussah, würde er sich mit der Information begnügen müssen, dass die Prälatin einem

»verschwiegenen Unterhändler«, wie Kohemis ihn genannt hatte, eine große Menge Maliande zugesichert hatte. Der Elbe wagte es nämlich nicht, einen der umherschwirrenden Bewohner anzusprechen. Bereits auf seinem Weg zu Kohemis' Quartier, das sich innerhalb kürzester Zeit in eine luxuriöse Arrestzelle verwandelt hatte, waren ihm nämlich die ungewöhnlich vielen Wachen aufgefallen, die über die gesamte Burgfeste verstreut ihren Dienst taten. Als würden sie nach jemandem Ausschau halten. Für gewöhnlich hätte Aelaris darin eine Herausforderung gesehen, nur schien nun kaum der richtige Zeitpunkt für solche Spielchen zu sein. Also würde er sowohl den Keller als auch die Gesindestuben meiden, obgleich er dort sicherlich leicht etwas über die Versammlung erfahren hätte.

In der Ferne erklang ein Frauenlachen. Aelaris, der gerade den Weg zu dem Versteck eingeschlagen hatte, wo er Lalevil und Vennis untergebracht hatte, blieb stehen. Dieses aufgesetzt Frauenlachen erinnerte ihn an etwas … an jenen Teil der Burgfeste, in den der Geheimgang ihn und die beiden Ordensmitglieder auf ihrer Flucht geführt hatte. Ein ausgesprochen interessantes Viertel, auf das er bei seinen Erkundungstouren bislang noch nicht gestoßen war. Leider. Aelaris, der verborgen in den Schatten stand, gönnte sich einen Moment, in Gedanken dorthin zurückzukehren.

Als die drei zu später Stunde in eine stinkende und lediglich schwach beleuchtete Seitengasse getreten waren, hatten sie nicht schlecht über den Trubel gestaunt. Der Geheimgang war im Vergnügungsviertel der Burgfeste geendet, was zumindest Vennis nicht überrascht hatte.

»Auch höhere Gäste der Prälatin sollen während ihres Besuchs schließlich nicht nur auf ihre offiziellen Kosten kommen, sondern sich auch unerkannt davon überzeugen können, dass Achaten in keiner Weise beim Vergleich mit Städten wie Previs Wall oder Sahila zurückstecken muss«, hatte er trocken erklärt, während der Elbe den Ausgang des Geheimgangs mit einigen Tropfen Maliande in eine nackte Gesteinswand zurückverwandelte. »Das *Glühende Dreieck* erstreckt sich zwischen Keller und dem Handelsumschlagsplatz und ist eine über die Grenzen von Rokals Lande bekannte Attraktion – nicht nur wegen seines Zugangs zu heißen Quellen. Du hast in den letzten Wochen so viele Geheimnisse der Burgfeste aufgedeckt, aber über dieses offenkundige bist du nicht gestolpert, Elbe?«

»Nein, bisher nicht. Vielleicht sollten wir jedoch die Chance nutzen und uns erst noch ein wenig umhören, bevor ich euch an einen sicheren Ort bringe«, hatte Aelaris vorgeschlagen. Die vibrierende Energie, die von diesem Viertel ausging, hatte geradezu einladend gewirkt.

»Sehr gute Idee.« Zum ersten Mal seit ihrem Schlagabtausch im Geheimgang hatte Lalevil ihm Beachtung geschenkt. »Lasst uns in einer Bar Spione spielen. Ich brauche nämlich dringend einen Krug Bier. Oder besser noch, etwas Klares, das in der Kehle brennt.«

Zwischen Vennis' Brauen hatte sich eine steile Falte eingenistet, die noch steiler wurde, als einige bunt und vor allem sehr freizügig gekleidete Damen Aelaris entdeckt hatten und mit einem lockenden Singsang auf ihn zuhielten. »Wir sollten gehen. Mit einer Schnapsdrossel und einem Aufsehen erregenden Elben wird unser Vorhaben, rasch an ein paar Neuigkeiten zu gelangen, bestenfalls auf der Wache des *Glühenden Dreiecks* enden.«

Noch ehe die Damen Aelaris hatten erreichen können, der sie mit unverhohlener Neugierde betrachtete, als wisse er nicht recht, was da auf ihn zukam, hatte sich Lalevil neben ihn gestellt. Mit einem flinken Griff hatte sie ihre Schwertklinge ein Stück hervorgezogen, sodass der Stahl aufblitzte, und ein »Verpisst euch« gezischt. Die Damen hatten, ohne in ihrem Singsang innezuhalten, einen Kurswechsel vorgenommen, der sie in einen Pulk angetrunkener Kammerdiener trieb, die gemeinsam ihren einzigen freien Abend verbrachten und über die unverhoffte Gesellschaft mehr als froh schienen.

»Sieht ganz so aus, als ob du Recht hättest, Vennis. Mit diesem Kerl hier kann man sich nirgendwo unauffällig umhören, geschweige denn etwas trinken. Und das, obwohl ich meine Ehre für einen ordentlichen Schluck Tauwasser geben würde.« Bei der Erwähnung ihrer Ehre hatte Vennis eine Bemerkung machen wollen, doch Lalevil hatte sich hastig Aelaris zugewandt. »Also, Freund Spitzohr, dann führ uns mal in dein Versteck. Hoffentlich taugt es was. Eigentlich traue ich Fremdenführern nicht über den Weg, die nicht einmal den größten Puff einer Stadt kennen.«

Der Ort, den Aelaris als Unterschlupf auserkoren hatte, befand sich bei den Hallen des Schlachthofs, auf dem zu dieser Nachtzeit Ruhe herrschte. Nur der metallisch schwere Duft von Blut hing in der Luft, ganz gleich, wie sorgfältig die steinernen Becken und Blöcke, an denen die Schlachter ihrer Arbeit nachgingen, auch gereinigt werden mochten.

Während zwei Wachen ihre Runde drehten, hielt Aelaris sich hinter einem scharf aufragenden Felszacken verborgen. Vor ihm lag der Bogengang, der zu den Schlachthallen führte. Immer wieder wurde der Weg von riesigen Felszacken blockiert, die den Boden wie spitze Zähne durchstachen. Der Stein war von Drachenfeuer gehärtet worden, weshalb man sie nicht schleifen konnte. Dadurch waren die Meister des Schlachthofs gezwungen, sämtliche Waren und alles Gerät um dieses Nadellabyrinth zu bugsieren. Ob das Menschengeschlecht wohl sehr darunter litt, dem magischen

Erbe der Vorbesitzer dieser Höhlen nicht das Wasser reichen zu können?

Die Wachen, die Aelaris beobachtete, waren bereits bis zu dem schweren Tor, das die Hallen vor neugierigen Augen und Langfingern schützte, gelangt. Einer von ihnen rüttelte an dem kunstvoll gearbeiteten Schloss aus einer Elbenschmiede. Bei der Berührung gab das Schloss einen Klang von sich, der weit durch die Arkaden hallte. Melodiös, fast wie Gesang. Eigentlich handelte es sich um das Signal, dass sich jemand an dem Tor zu schaffen machte. Doch zur rechten Zeit bedeutete es, dass die Wache auf ihrem Rundgang nichts Auffälliges bemerkt hatte. Nun würden sie ihren Weg fortsetzen, um die vielen Spalten und Ritzen in der Felswand zu überprüfen, durch die immer wieder Kinder in die Hallen gelangten, um ihren Familien einen für ihre Geldbörse zu teuren Leckerbissen zu besorgen.

Es kostete Aelaris nur einige Handgriffe, um das Schloss aufschnappen zu lassen. Zweifelsohne war es nicht nur eine Schande, dass die Weißen Celistiden ihr Handwerk an Menschen verkauften, sondern auch noch eine so leicht zu manipulierende Arbeit ablieferten. Geräuschlos zog er den Flügel des Tores hinter sich zu und hielt auf jene Höhlen zu, in denen das Fleisch aufbewahrt wurde. Die Wände waren mit einer Eisschicht überzogen, und als Aelaris eintrat, schlug ihm eisiger Nebel entgegen. Obwohl tiefste Dunkelheit herrschte, fand Aelaris seinen Weg zwischen den gefrorenen Hirschhälften und Schweineköpfen mühelos.

Die Höhle bestand aus zwei aufeinanderzulaufenden Wänden, an deren Schnittstelle sich eine Pforte befand. Die Menschen, denen für diese Drachenkammer lediglich eine praktische Verwendung eingefallen war, hatten sie freilich keineswegs entdeckt. Aelaris hingegen war die Pforte auf seinen Exkursionen durch die Burgfeste gleich ins Auge gestochen.

Genau wie der Drachenreiterin Lalevil, die ohne Zögern ihre warmen Hände über die Schnittstelle hatte gleiten lassen, woraufhin diese eingeschmolzen war, als hätte ein Drache sein Feuer darauf gerichtet. Der dahinter liegende Gang führte auf ein Plateau, das den Nachthimmel und die steil abfallende Fassade der Burgfeste unter ihnen zeigte.

»Von hier aus kommt man nirgendwohin«, hatte Vennis festgestellt. »Zumindest nicht ohne Flügel.«

»Das mag sein. Aber dafür kennt diesen Ort auch niemand außer uns, und in der Nacht kann man unbemerkt ein- und ausgehen, sofern man eine Auge auf die Wachen hat.«

Vennis hatte lediglich genickt und es sich im Windschatten gemütlich gemacht, während Lalevil am Rand des Plateaus stehen geblieben war und in die Ferne geblickt hatte.

Auch jetzt fand Aelaris sie in dieser Haltung vor, mit leicht gesenkten Schultern, aber die Beine ein Stück weit auseinandergestellt. Verloren und trotzig zugleich, den von gräulichem Dunst erstickten anbrechenden Morgen beobachtend.

Aelaris versuchte, dieses Bild von Lalevil mit seinen früheren Eindrücken von ihr übereinzubringen. Damals in dem Saal der Weißen Celistiden, wo er sie das erste Mal gesehen hatte, oder dem aus dem Kerker, als sie ihn in eine Falle gelockt hatte. Aber es wollte ihm nicht gelingen. Seitdem war er ein weites Stück gegangen, und auch Lalevil schien Dinge erlebt zu haben, die sie verändert hatten. Zwar mochte sie sich an vieles nicht mehr erinnern, aber sie war nicht mehr dieselbe, daran hatte Aelaris keinen Zweifel. Vielleicht wäre es das Klügste, die Vergangenheit ruhen zu lassen und uns beide als zwei Fremde zu betrachten, die sich erst vor Kurzem durch einen Zufall begegnet sind, dachte er.

Als hätte sie seinen Blick bemerkt, drehte Lalevil sich langsam um und musterte ihn. Sofort stieg ihm eine verräterische Hitze den Hals empor, und es misslang ihm, die Zeichen unter seiner Haut daran zu hindern, einen schwarzen Funkenregen über seine Wangen zu ziehen. Widerwillig gestand er sich ein, dass es ganz gleich war, wie sehr er sich auch verändert haben mochte – ein Teil von ihm war unabdingbar an diese Frau gebunden. Ein Teil, der sich fremd und verwirrend anfühlte und von dem er nicht wusste, wie er ihn beherrschen sollte.

»Du bist ja schnell zurückgekehrt.« Vennis' Stimme klang schlaftrunken. Als der große Mann sich aufrichtete, knackten seine Knochen, als würde jemand Nüsse aufbrechen. »Wie ist es Kohemis mit der Wache ergangen?«

»Sie haben ihn unter Arrest gestellt. Aber er hat seine Aufträge laut und deutlich hinter der Zimmertür verkündet, weshalb davon auszugehen ist, dass der Geheimgang auch bewacht wird. Ansonsten hätte er sich wohl kaum die Mühe gemacht, sich des Nachts die Beine in den Bauch zu stehen und sich heiser zu rufen.«

Abrupt endete Aelaris, als Lalevil neben ihn trat und ihm Strähnen ihres Haares in sein Gesicht wehten. Trotz des Verlangens, der Frau so nah wie möglich sein zu wollen, machte er einen Schritt zur Seite.

»Nun, es stand zu befürchten, dass Badramur etwas Derartiges unternehmen würde«, sagte Vennis. Dabei rieb er sich über die Arme, als könne er dadurch die Kälte verscheuchen. »Die Prälatin kann also nicht nur auf die Unterstützung des Ordens verzichten, sondern will ihn regelrecht außer Kraft setzten. So weit ist es also gekommen. Was schlägt Kohemis nun vor?«

Nachdem Aelaris berichtet hatte, was er über den Unterhändler wusste, und Kohemis' Worte so getreu wie möglich wiedergegeben hatte, ging Vennis auf dem Plateau auf und ab. Obgleich es der Sonne nicht gelang, sich hinter der

Dunstwand freizukämpfen, war es mittlerweile hell genug, um jede einzelne Sorgenfalte auf seinem Gesicht abzulesen.

»Wir sollen Badramur also sich selbst überlassen und uns stattdessen auf die Fährte dieses Unbekannten setzen. Nun gut, zumindest wage ich zu behaupten, dass der Unterhändler, der mit seinem Angebot die Machtachse von Rokals Lande endgültig durcheinanderzubringen droht, kein ganz so großes Geheimnis darstellt, wie befürchtet. Zumindest beginnen wir langsam die Fäden zu entwirren, auch wenn Badramur dabei ist, unsere Handlungsfreiheit empfindlich einzuschränken.«

So schnell, wie es ging, erzählte Vennis von den Entwicklungen in Previs Wall und dem NjordenEis. Währenddessen schwankte Lalevils Gesichtsausdruck zwischen Unglauben und Verstörtheit. Immer wieder griff sie sich an den Kopf, als würde sie Schmerzen verspüren, aber da Vennis kühl über ihre Qualen hinwegsah, war es schließlich Aelaris, der die Drachenreiterin am Ellbogen packte.

»Was stimmt nicht mit dir, kehrt die Erinnerung zurück?«

Lalevil schüttelte den Kopf und bemühte sich darum, eine beherrschte Miene aufzusetzen, was ihr jedoch gründlich misslang, wie der Elbe fand.

»Erinnerung kann man dieses Chaos hinter meiner Stirn wohl kaum nennen. Mein Gedächtnis ist wie ein Block aus Eis, der in tausend Splitter zersprungen ist. Immer wieder tauchen einzelne Splitter auf und stechen schmerzhaft zu. Aber ich kann sie nicht zuordnen in dem schwarzen Loch, das meine Erinnerung ist. Also wirbeln sie ziellos umher und fangen langsam an, mich in den Wahnsinn zu treiben.« Lalevil hielt plötzlich inne und machte einen Schritt auf Aelaris zu, der geschmeidig auswich. »Kann es nicht doch sein, dass wir uns zuvor schon einmal begegnet sind? Mir ist irgendwie so, obwohl es nicht mehr als eine Ahnung ist.«

Erneut überzog schwarzer Funkenregen das Antlitz des Elben, was er hilflos hinnehmen musste. Erst nach einer unerträglichen langen Pause fand er die Gewissheit, seine Stimme unter Kontrolle zu haben. Ganz gleich, welche Erinnerung Lalevil auch wiederfinden mochte, dass sie einander bereits zuvor begegnet waren, würde sie auf diese Art nicht herausfinden. Schließlich hatte er nicht nur seine Gabe verloren, mit seinem Stamm mental verbunden zu sein, und sich als Person so sehr verändert, dass er mit dem Stamm der Gahariren kaum noch Gemeinsamkeiten aufwies. Sein Äußeres würde ihn genauso wenig verraten und die Zeichen auf seiner Haut erst recht nicht.

Ihre Frage übergehend, wendete er sich Vennis zu, der ungeduldig von einem Fuß auf den anderen trat. »Es ist wirklich ärgerlich, dass ich nicht bei dieser Versammlung dabei gewesen bin. Ich hätte mir diesen Gesandten nur allzu gern genauer angesehen, auch wenn es mir nicht möglich sein sollte, seinen Geist wegen des um Achaten gesponnenen Bannspruchs zu berühren. Auch so wäre es mir nicht entgangen, ob er über eine eigene Form von Magie verfügt. Irgendwie muss er ja mit der Nördlichen Achse in Verbindung stehen. Hier scheint nur die für Elben typische mentale Verbindung möglich zu sein. Nach allem, was ich gehört habe, ist es eher unwahrscheinlich, dass es sich tatsächlich um ein menschliches Wesen handelt, dessen sich die Herrscher der Nördlichen Achse bedienen.«

»Nun, zumindest weist der Gesandte eine Gemeinsamkeit mit meiner und Nahims magischer Fähigkeit auf: Er vermag zu wandeln«, dachte Vennis laut nach. »Außerdem ist er dabei allem Anschein nach in der Lage, große Mengen Goldenen Staub mit sich zu führen. Wie ließe sich ansonsten die Menge erklären, die er der Prälatin angeboten hat?«

»Wir können also davon ausgehen, es mit einem Gesandten der Nördlichen Achse zu tun zu haben. Aber wir wissen weder, um was für eine Kreatur es sich handelt, noch wozu sie im Stande ist. Kann sie nur wandeln, oder besitzt sie noch mehr magische Fähigkeiten? Das wäre ein Faden, den ich aufnehmen könnte«, schlug Aelaris vor.

Vennis nickte zustimmend. »Es wäre mehr als hilfreich, zu wissen, wozu der Gesandte im Stande ist. Aber wie willst du das anstellen?«

Während sich vor dem geistigen Auge des Elben ein Plan entspann, griff er gedankenverloren nach Lalevils Schulter und zog die überraschte Frau an seine Seite, als gefiele ihm die Distanz zwischen ihnen nicht.

»Pfoten weg«, brachte die Drachenreiterin zwischen zusammengebissenen Zähnen hervor, doch Aelaris beachtete ihren Protest nicht weiter.

»Vielleicht gibt es ja einen Zusammenhang zwischen der Ankunft des Gesandten und dem ungeheueren Ausstoß an Magie, der gleichzeitig mit dem Drachenangriff auf Previs Wall in der Burgfeste freigesetzt wurde. Niemand scheint eine Erklärung parat zu haben, es gibt lediglich wilde Vermutungen, wie, dass es sich um einen Elbenangriff oder um ein verheerendes Alchimistenexperiment gehandelt hat. Aber nicht einmal ein Dämonenbeschwörer dürfte zu dieser Art von Machtbeweis in der Lage sein. Ich habe die Auswirkungen über das Meer bis zum Haus an der Klippe gespürt. Zurückgeblieben ist ein pochendes Herz mitten im Gestein. Allerdings ist es mir bislang noch nicht gelungen, einen Zugang zu diesem Ort zu finden, er ist mit einem Bann belegt, den ich nicht zu greifen vermag. Ich nehme seinen Ruf wahr, aber jedes Mal wenn ich versuche, auf ihn zuzugehen, laufe ich ins Leere. Das ist keine Magie, die mir je zuvor begegnet ist, obwohl das so auch nicht ganz stimmt: Es fühlt sich vertraut und fremd zugleich an.«

Mit steifen Fingern holte Vennis seine Pfeife aus den Tiefen einer Manteltasche hervor und begann, auf dem Mundstück zu kauen, das schon arg mitgenommen aussah. Schließlich wog er die Pfeife seufzend in der Hand. »Ohne Tabak ist es irgendwie nicht dasselbe«, sagte er leise zu sich selbst. »Gut, irgendwelche Vorschläge, wie wir diesen mysteriösen Ort trotz des Bannspruchs ausfindig machen könnten? Wandeln fällt leider flach: Wir haben nur noch einen Flakon. Ich möchte mich nur ungern in einem Loch mitten im Gebirge ohne Ausgang wiederfinden, nur weil ich mich zur Wirkungsstätte der geheimnisvollen Magie hingewünscht habe.«

»Wir benutzen einfach mein NjordenEis-Blut als Kompass, um den Weg zu finden.«

Elbe und Mann starrten Lalevil gleichermaßen so verwundert an, dass sie beinahe aufgelacht hätte.

»Es ist doch allgemein bekannt, dass wir Njordener das Maliande meiden wie ein Dämonenbeschwörer das Eis. Es bereitet uns nicht nur schreckliches Unbehagen, sondern droht uns regelrecht aufzulösen. Es hängt irgendwie mit der Geschichte um unsere Seelen zusammen. Was auch immer sich dahinter verbergen mag, ich reagiere durch meine Verbundenheit mit Präae jedenfalls nicht annähernd so empfindlich wie meine Landsleute, aber doch ausreichend, um eine außergewöhnliche Konzentration ausmachen zu können. Wenn es der Elbe nicht auszurichten vermag, werden wir eben meinem Widerwillen folgen müssen. Ich finde es, und du sagst uns, wer oder was genau diesen Zauber veranstaltet hat.« Lalevil streckte Aelaris die Hand entgegen, damit er zuschlagen und ihren Handel besiegeln konnte, aber der Elbe stand nur da und blickte sie verwirrt an. »Was schmeckt dir an meinem Vorschlag nicht?«

»Was ist eine Seele?«

»Ja nun, was bringt euch Elben denn zum Reden und Gehen? Doch wohl kaum dieses verfluchte Maliande. Das, was den Kern von uns allen ausmacht, entspricht eben einer ganz eigenen Sorte von Magie, und mein Volk nennt das Seele.«

»Aber du hast doch gerade gesagt, dass das NjordenEis-Volk keine Seele hat«, hakte der Elbe mit gerunzelter Stirn nach, woraufhin Vennis ein trockenes Lachen hören ließ.

»Unser Freund trifft auf den Punkt. Mit Mythen kann man Elben eben nicht kommen, genauso wenig wie mit Witzen oder den Freuden des *Glühenden Dreiecks*. Das sollest du eigentlich wissen, Ordensmitglied Lalevil.«

Lalevil funkelte den Mann, der in der Rangordnung des Ordens schon seit einiger Zeit nicht mehr über ihr stand, sich aber nach wie vor so benahm, wütend an. Doch Vennis dachte gar nicht daran einzulenken, obgleich sein Verhalten zweifelsohne unkameradschaftlich war. Was genau hatte sie in der Vergangenheit nur getan, um es sich mit ihm so gründlich zu verderben? Denn dass Vennis ihr ablehnend gegenüberstand, war nicht zu übersehen.

»Ich habe nicht gesagt, dass wir keine Seelen haben, sondern dass wir sie sozusagen nicht mit uns führen.« Da Aelaris sie weiterhin verständnislos anblickte, fügte Lalevil ergeben hinzu: »Wie gesagt, unsere Seelen sind so etwas wie unsere ganz eigene Magie, und sie sind eine Verbindung mit dem Eis unseres Landes eingegangen, jedenfalls wenn man dem Aberglauben meines Volkes anhängt. Und bevor deine Augenbrauen vor Verwunderung deinen Haaransatz berühren, kann ich dir noch sagen, dass mich das alles nur am Rande betrifft, weil meine Seele mit einem Drachen verbunden ist. Reicht dir das jetzt als Erklärung, oder wollen wir hier noch mehr Zeit vertrödeln, anstatt uns auf die Suche nach jenem geheimnisvollen Raum zu machen, in dem etwas ausgesprochen Magisches passiert ist?«

Aelaris schloss kurz die Augen, während er versuchte, aus Lalevils Worten schlau zu werden. Ihre Erklärung hatte Sinn, aber er glaubte, etwas hinter dem Bild der im Eis gefangenen Seelen zu sehen, das er noch nicht zu greifen bekam. Noch nicht.

ᴥ Kapitel 23 ᴥ

In Gedanken versunken, wanderte Vennis mit gut vier Schritten Abstand hinter seinen Gefährten her, sich vollkommen auf Aelaris' empfindliche Elbensinne verlassend.

Für gewöhnlich wäre er selbst in der Nähe eines so hellhörigen Wesens auf der Hut gewesen, einfach weil es seinem Verantwortungsempfinden entsprach. Aber ihm gingen so viele Dinge durch den Kopf, dass er beschlossen hatte, sich Aelaris' Führung anzuvertrauen. Gut eineinhalb Tage musste es nun her sein, dass die Wachen an Kohemis' Tür geklopft hatten, woraufhin Nahim und er zwei vollkommen verschiedene Fluchtwege eingeschlagen hatten. Obwohl er sich anhielt, sich auf die vor ihnen liegende Aufgabe zu konzentrieren, fragte er sich, wie es dem Jungen wohl erging. Maherind wird sich schon um ihn kümmern, beruhigte er sich. Trotzdem konnte er die quälende Ahnung, dass Nahim sich keineswegs in Sicherheit befand, nicht abschütteln.

Das Bild, das Lalevil und dieser merkwürdige Elbe ihm boten, machte das Ganze nicht besser. Auf der einen Seite wirkten sie wie zwei Fremde, die sie zweifelsohne auch waren, auf der anderen offenbarten sie eine Vertrautheit, für die es keine Erklärung gab. Lalevil war keine Frau, der man leicht nahekommen konnte. Sich amüsieren oder sich scherzhaft bekämpfen, das ja. Aber ansonsten hielt sie jeden auf Abstand, bis auf diesen verflixten Drachen … und Nahim. Auch ein Punkt, über den Vennis jetzt lieber nicht nachdenken wollte.

Streng ermahnte er sich dazu, zusammenzutragen, was sie bislang über den Gesandten der Nördlichen Achse erfahren hatten und was der Orden daraus machen konnte. Viel war es bislang nicht, musste er sich eingestehen. Er fühlte sich wie ein Tier, das ahnte, dass der Jäger unentwegt Fallen auslegte, wobei er es immer mehr einkreiste. Schon bald würde er sich für einen Fluchtweg entscheiden müssen, wenn er nicht gefangen werden wollte. Doch ob ihm die Flucht gelingen würde, war mehr als fraglich.

Vennis seufzte und wäre fast in den unvermittelt stehen gebliebenen Elben hineingelaufen. Sie hatten das Schlachtviertel hinter sich gelassen, die Ränder des *Glühenden Dreiecks* gestreift, um schließlich in einen schmalen Gang einzuschlagen, der laut Lalevil in der Nähe des Audienzsaals enden sollte.

»Nun schau mich nicht so verächtlich an«, hatte sie Vennis aufgefordert. »Schließlich war es Maherind, der mir diesen Gang gezeigt hat. Nach einer dieser endlosen Sitzungen, die Badramur zu zelebrieren pflegt, gibt es nichts Besseres als ein gepflegtes Kartenspiel. Und im *Dreieck* halten die berühmtberüchtigten Blattkönige Hof.«

Das hatte Vennis ihr auch unumwunden geglaubt, nur verspürte er wenig Lust, Lalevil gegenüber zurückzustecken. Die Drachenreiterin hatte sich aus seiner Sicht zu viel zu Schulden kommen lassen, um jetzt mit Samthandschuhen angefasst zu werden. Fast nahm er es ihr sogar übel, dass sie sich nicht einmal mehr an all die Vergehen erinnerte, die sie sich in ihrem übersteigerten Selbstvertrauen geleistet hatte.

Am Ende des Ganges leuchtete helles Licht auf, das auf einen der üppig mit Kandelabern und Lampen ausgestatteten Empfangsräume hinwies. Zu seiner Verwunderung stellte Vennis fest, dass der Zugang keineswegs verborgen war, wie man es bei dieser Art geheimem Verbindungsgang eigent-

lich erwartete. Stattdessen handelte es sich um eine manns-
hohe Öffnung mitten in der Wand. Ungläubig blickte Vennis
in einen rundlichen Raum, ausgestattet mit Wandteppichen
und eleganten Sesseln zum Verweilen. Ein Lakai mit einem
voller Kristallgläser beladenen Tablett hielt auf sie zu, ohne
sie weiter zu beachten. Gewissenhaft ordnete er die Gläser
auf einem Servierwagen an, der direkt neben der Öffnung
des Geheimgangs stand.

Mit einem breiten Grinsen auf den Lippen begann Lalevil, Handküsse in Richtung des Lakais zu werfen, was diesen
jedoch nicht im Geringsten zu beeindrucken schien. Als er
mit seiner Arbeit fertig war, blieb er sogar noch eine Weile mit gelangweiltem Gesichtsausdruck stehen und kratzte
sich an einer sehr intimen Stelle, bevor er samt Tablett verschwand.

»Das habe ich doch wohl eben nur geträumt«, setzte Vennis an.

»Als Njordenerin ist mir Achaten samt dem Westgebirge zwar suspekt, aber ich liebe die vielen Drachenüberra-
schungen, mit denen es gespickt ist.« Lalevil blinzelte Vennis neckend zu und erntete lediglich ein genervtes Stirn-
runzeln.

»Achaten mag ja ein wahrer Ausbund an Drachenspiele-
reien sein, aber dieser Spiegel ist von Elbenhand geschaffen
worden. Nichts Besonderes übrigens.« Aelaris streckte die
Hand aus.

Zu seiner Verwunderung konnte Vennis sehen, wie eine
bläuliche Linie über die Hand des Elben verlief, als würde
er eine unsichtbare Oberfläche durchbrechen. Dann sprang
der Elbe in einem eleganten Bogen über den Servierwagen
und landete lautlos auf dem mit Pelzen ausgelegten Boden.
Lalevil sprang ihm sofort nach, während Vennis noch versuchte, die Rückseite des Elbenspiegels zu ertasten. Doch

außer der blauen Linie, die sich auch auf seiner Hand abzeichnete, war nichts zu erkennen. Widerwillig setzte er zum Sprung an und spürte beim Aufkommen auch sofort seine Knochen.

Als er einen Blick zurückwarf, sah er einen silbern eingefassten Spiegel. In ihm spiegelte sich ein Mann mit grimmigem Gesichtsausdruck, mit grauen Schläfen und zu Schlitzen verengten Augen, die Hand am Schwertgriff, als erwarte er nichts anderes vom Leben als einen Angriff. Ich sehe ja zum Fürchten aus, stellte Vennis fest.

Lalevil gesellte sich an seine Seite und betrachtete ebenfalls sein Spiegelbild. »Gefällt dir nicht, was du siehst?«, fragte sie ihn mit unerwartetem Ernst.

»Es ist wirklich langsam an der Zeit für mich, ein anderes Leben zu führen, ansonsten verlerne ich noch das Lachen. Seit wann habe ich diese senkrechte Falte auf der Stirn?«

»Ich dachte, damit wärst du auf die Welt gekommen. Das Geburtsmal der von der Verantwortung Heimgesuchten.« Freundlich klopfte sie ihm auf die Schulter. »Die Narbe an deinem Kinn hat übrigens was, lässt dich sehr verwegen aussehen.«

»Mia sagte auch etwas in dieser Art«, erwiderte Vennis und lächelte. Doch die Augen des Mannes, der zurücklächelte, blieben durch und durch ernst.

»Ich störe nur ungern, aber ich höre Schritte auf uns zukommen.« Trotz seiner Worte schien Aelaris keineswegs beunruhigt zu sein. »In welche Richtung sollen wir gehen, Njordenerin?«

Lalevil massierte sich die Schläfen, als verspüre sie einen Kopfschmerz. »Am wenigsten zieht es mich in diesen aufwärts führenden Gang. Also sollten wir diesen Weg einschlagen.«

Langsam arbeiteten sie sich ihren Weg durch die Fluchten

rund um den großen Audienzsaal, wobei sie immer tiefer ins Gestein eindrangen. Hier waren die höheren Beamten und Berater der Prälatin untergebracht, lauter kleine Könige, die Hof hielten. Immer wieder kreuzten Wachen ihren Weg, doch dank Aelaris gelang es ihnen stets, sich rechtzeitig zu verbergen. Dabei kam ihnen zugute, dass dieser Teil der Burgfeste nicht annähernd so stark kontrolliert wurde wie beispielsweise der Keller oder die Marktkammern. Wem es gelungen war, bis in die Vorräume des Audienzsaals vorzudringen, hatte ausreichend Wachposten passiert, um nicht als Gefahr für die Prälatin zu gelten. Außerdem bewegten sich die meisten Gäste in Begleitung von Lakaien, die ihnen den Weg wiesen und ihnen die Wartezeit versüßten. Wenn die beiden Ordensmitglieder an einem solchen Trupp von Gästen vorbeihasteten, nickten sie nur kurz mit gelangweilten Mienen, als wäre es das Natürlichste der Welt, dass sie bewaffnet, mit schweren Mänteln bekleidet und einem Elben an ihrer Seite hier etwas zu tun hatten. Sie strahlten offensichtlich ein solches Selbstvertrauen aus, dass die Lakaien nicht ein einziges Mal auf die Idee kamen, sie zum Stehenbleiben aufzufordern.

Schließlich ließen sie die Waben der Audienzsäle hinter sich. Hier waren die Steinwände nackt, genau wie die Böden und in immer unregelmäßiger werdenden Abständen flackerten Laternen auf. Geröll lag herum, als habe man mit Spitze und Hacke willkürlich Löcher ins Gestein gehauen.

Unsicher hielt Vennis an und blickte in einen niedrigen Gang, der sich in der Dunkelheit verlor. Zu beiden Seiten gingen mehrere Öffnungen ab. »Bist du dir sicher, dass wir richtig sind? Sieht so aus, als beginne hier ein Felslabyrinth.«

»Labyrinth trifft es ziemlich genau«, pflichtete Aelaris ihm bei, der mit seinen geschickten Fingern eine der Wandlaternen abmontiert hatte und sie, ohne sichtbare Verbrennungen davonzutragen, am glühenden Eisenhaken hielt. »Bis hierher bin ich auch schon einmal vorgedrungen. Die Gänge folgen keinem ersichtlichen Muster. Es scheint, als hätte ein verrückter Drache mal hier, mal da gegraben.«

Lalevil zog ihre Unterlippe zwischen die Zähne. »Einer dieser Wege muss zu unserem Ziel führen, das fühle ich genau. Und wir sollten uns besser beeilen, denn wenn es nach mir geht, möchte ich diesen Widerwillen gegen das Maliande gern so rasch wie möglich wieder unterdrücken. Es treibt mich langsam, aber sicher in den Wahnsinn.« Als Aelaris sie interessiert betrachtete, zeigte sie drohend mit dem Finger auf ihn. »Du willst gar nicht wissen, was sich bei mir alles zusammenzieht. Ich fühle mich wie ein gleichgepolter Magnet, der keine Chance hat auszuweichen. Widerlich.«

»Der Gang weckt auch in mir ein ungutes Gefühl«, gab Vennis zu. »Mir ist nicht ganz wohl dabei, allein deine Abneigung gegen das Maliande als Kompass dabeizuhaben. Wirst du den Weg zurückfinden, Aelaris? Mir traue ich das nämlich nicht zu.«

Zuerst zögerte der Elbe, dann nickte er. »Ich denke schon, obwohl mich das verbrannte Maliande, das irgendwo hinter diesem Gestein verborgen liegen muss, irritiert. Es ist dem großen Unbekannten wirklich gründlich gelungen, seine Spuren zu verwischen. Gerade deshalb sollten wir unbedingt zum Kern vordringen und das Geheimnis lösen.«

Lalevil setzte ein tapferes Lächeln auf. »Na, dann wollen wir mal. Aber macht euch bloß nicht zu viele Sorgen um mein Wohlergehen. Ich halte es schon aus, mich von der Magie berühren zu lassen, obwohl es meinen Instinkten widerspricht. Dabei dachte ich, die schrecklichste Berührung des Maliandes hätte ich Badramur zu verdanken. Dieser scheußliche Flakon, voll mit ihren Gedanken, den sie mir aufgezwängt hat.«

Die Worte kamen so leicht von Lalevils Lippen, dass Vennis nie im Leben damit gerechnet hätte, dass die Drachenreiterin im nächsten Augenblick mit einem Stöhnen in sich zusammensinken könnte. Doch genau das tat Lalevil. Bevor sie allerdings in ihrer Bewusstlosigkeit aufschlagen konnte, hatte Aelaris die Laterne abgestellt und sie aufgefangen – mit einer Schnelligkeit, wie sie ausnahmslos Elben zu eigen war.

Zu Vennis' Entsetzen war nur das Weiße von Lalevils Augen zu sehen, während ihr Mund qualvoll nach Luft schnappte. Mit einem flinken Griff packte der Elbe ihre Handgelenke, als ihm ihre Fingerknöchel und Handkanten ins Gesicht zu fliegen drohten. Allerdings versuchte Lalevil gar nicht, ihn zu schlagen, ihre Arme bewegten sich nach einem eigenen Willen. Sie hatte einen Krampf.

»Wir müssen sie sofort wegbringen«, sagte Vennis atemlos. »Wir haben ihr zu viel zugemutet.«

»Es ist weder die Nähe des Maliandes noch der Bannspruch, der ihr zu schaffen macht«, hielt Aelaris dagegen, während er Lalevil wie ein kleines Kind in seinen Armen wiegte, das unkontrollierte Zucken ihrer Glieder nicht beachtend. »Es ist die Erinnerung, die nach ihrem langen Schlaf nun wieder erwacht. Der Gedanke an diesen Flakon, den Badramur ihr aufgezwängt hat, muss eine besonders unangenehme Erinnerung geweckt haben.«

Unvermittelt hielt Aelaris inne und starrte in den dunklen Gang, durch den sie soeben gekommen waren. Zum ersten Mal sah Vennis, wie sich ein schwarzes Zeichen über das Gesicht des Elben ausbreitete. Obwohl er nie auch nur eins der Elbenzeichen zu lesen gelernt hatte, wusste er sogleich, was dieses bedeutete: nacktes Entsetzen. Instinktiv brach ihm den Schweiß aus.

»Er hat sich vor mir verborgen. Wie kann das sein?« Aelaris' Stimme war nicht mehr als ein Hauch, als er sich mit einer leblos in seinen Armen liegenden Lalevil aufstellte.

Gebannt fixierte Vennis den Gang, doch er sah weder den Lichtschein einer Laterne noch hörte er verräterische Schritte. Dafür meldete sich seine Nase und sprach von Schnee.

Dann, vollkommen unvermittelt, trat eine Gestalt aus der Dunkelheit, deren quecksilberfarbene Augen das Licht aus der Laterne zu ihren Füßen reflektierte.

Für den Bruchteil eines Herzschlags fühlte Vennis sich von einem fremden Geist berührt. Zurück blieb allerdings nicht mehr als eine Ahnung der mentalen Finger, die ihn zu fassen versucht hatten. Die Burgfeste war in ein sorgfältig gewebtes Netz aus Maliande gehüllt, das es nicht zuließ, den Geist eines anderen zu berühren – eine absolute Notwendigkeit, wenn man in der Nachbarschaft von Elben leben wollte, ohne eines Tages mit dem fixen Gedanken aufzuwachen, den Kopf in den nächstbesten Fluss zu stecken und nie wieder aufzutauchen.

»Es ist wirklich interessant, an welchen abgelegenen Orten man auf Mitglieder des Ordens trifft«, ließ der schwarz gewandte Mann sie wissen, dessen Schatten wild im Laternenlicht tanzte. »Nur die offenen Bühnen scheint man mittlerweile zu meiden. Das Eingeständnis der Niederlage?«

»Wenn Ihr Euch für Politik interessiert, solltet Ihr wissen, dass die wichtigen Entscheidungen abseits der Bühnen getroffen werden.«

Obwohl Vennis das Herz bis in die Kehle schlug, klang seine Stimme fest. Hinter sich hörte er Lalevil aufstöhnen, als wäre sie gerade aus einem bösen Traum erwacht. Aelaris redete beruhigend auf sie ein. Die Drachenreiterin hätte sich wirklich keinen ungünstigeren Augenblick für die Rückkehr ihrer Erinnerung aussuchen können, dachte Vennis verzweifelt. Doch noch mehr quälte ihn die Frage, welches andere Ordensmitglied diese Gestalt wohl getroffen haben mochte.

»Der Zutritt zu den geheimen Kammern der Prälatin ist uns leider verwehrt«, wechselte die Gestalt scheinbar willkürlich das Thema, während ihre Stimme als verwirrendes Echo durch den Gang hallte. »Der dort gewobene Bann entzieht sich erstaunlicherweise unserer Kenntnis. Ihr könnt Euch sicherlich vorstellen, dass uns das beunruhigt.«

»Warum sollte ich? Ihr habt Euch mir schließlich bislang noch nicht einmal vorgestellt. Was soll ich also über Eure Angelegenheiten wissen?« Die Entgegnung klang selbst in Vennis' Ohren läppisch, nur blieb ihm nichts anderes übrig, als auf Zeit zu spielen. Lalevil musste sich erholen, damit Aelaris sie wieder aus seinen Armen entlassen konnte. Dabei hatte Vennis den Verdacht, dass das trotz der Lage, in der sie sich befanden, noch etwas dauern könnte. Der Elbe schien sie ausgesprochen gern zu halten.

»Die jüngere Ausgabe von Euch zeigt sich im Gespräch mit uns gerade deutlich offener als Ihr. Sie verzichtet im Umgang mit uns auf derartige Spielchen.«

»Die jüngere Ausgabe von mir …«, wiederholte Vennis hilflos, während ihm ein schrecklicher Verdacht kam. »Ihr seid auf Nahim getroffen?«

Die Gestalt rutschte ein Stück näher, eine gleitende Bewegung, die bei Vennis das Verlangen auslöste, möglichst weit zurückzuweichen. Aber in seinem Rücken hörte er Lalevil leise weinen. Auf eine Schwertlänge Abstand hielt die Gestalt an, sodass Vennis ihr maskenhaftes Gesicht genau studieren konnte. Wenn ich es berühren würde, würden meine Fingerspitzen dann ins Leere gleiten oder würde ich ertasten, was sich hinter dieser makellosen Fassade versteckt? Dabei hatte er keineswegs vor, diesem Geschöpf nahe zu kommen, wenn es sich irgendwie vermeiden ließ. Es strahlte eine Energie aus, die ihn entfernt an das Gefühl erinnerte, das ihn nach dem Wandeln überkam.

»Was ist mit meinem Neffen?«, wiederholte Vennis seine Frage, obwohl er sich vor der Antwort fürchtete.

Für einen Moment legte sich ein goldener Film über die silbrigen Augen, dann verzog die Gestalt ihren Mund zu einem Lächeln. »Die jüngere Ausgabe liefert sich gerade einen unhöflichen Schlagabtausch mit uns. Wir finden das amüsant. Weniger amüsant finden wir, dass er Spuren der gleichen Magie in sich trägt, die die geheime Kammer im Felsgestein versiegelt hat. Wir möchten die Quelle dieser Magie gern offenbart bekommen. Wir könnten einen Handel anbieten.«

Vennis glaubte, das Gleichgewicht zu verlieren, während die Erkenntnis über die Magier der Nördlichen Achse an Gewissheit gewann. »Wie viele seid Ihr?«

Das unheimliche Lächeln vertiefte sich. »Einer – viele.«

»*Niemand* wäre wohl die ehrlichere Antwort gewesen, denn mehr vermögen die Herren der Nördlichen Achse allem Anschein nach nicht auszuschicken«, mischte Aelaris sich ein.

Vennis warf einen hastigen Blick über die Schulter und sah zu seiner Erleichterung, dass Lalevil wieder auf eigenen Beinen stand, auch wenn sie den Kopf an Aelaris' Brust gebettet hielt und der Elbe weiterhin fest die Arme um sie schlang. Auf Aelaris' Zügen spiegelte sich keineswegs Abscheu oder gar Furcht angesichts der Gestalt. Er sprach lediglich eine Wahrheit ohne Wertung aus, gerade so, als würde die Gegenwart des Gesandten der Nördlichen Achse ihn nicht berühren.

»Die Elben dieses Landes genießen einige unerfreuliche Privilegien, wie das der Klarsicht«, erklärte der Gesandte, dem das Lächeln vergangen war. »Das wird sich bald ändern.«

»Was meinst du mit *niemand*?«, hakte Vennis nach, ohne die Augen von der Gestalt zu nehmen. Er wollte sie keinen Millimeter näher an sich heranlassen.

»Was wir dort sehen, ist nur eine Hülle und kein echter Vertreter der Nördlichen Achse«, erklärte Aelaris. »Die Magier können Rokals Lande nicht betreten, also schicken sie Hüllen, die mit hiesigem Maliande aufgefüllt werden müssen, um der Magie eine Form verleihen zu können. Habe ich Recht?«

Der Gesandte würdigte Aelaris nicht eines Blickes, sondern konzentrierte sich stattdessen weiterhin auf Vennis. »Wir würden deine jüngere Ausgabe gegen das Wissen um diese Quelle tauschen«, erklärte er, wobei seine Stimme von den Wänden des Ganges mittlerweile so zahlreich zurückgeworfen wurde, dass Vennis sich am liebsten die Ohren zugehalten hätte.

»Du willst mir Nahim als Tauschobjekt anbieten? Was habt Ihr ihm angetan?«

»Noch nichts. Aber wenn Ihr uns nicht die Quelle nennt, werden wir zusehen müssen, dass wir ihm diese Auskunft abringen. Aus seinen Fasern und Knochen herausfiltern, was an Spuren in seinen Eingeweiden zurückgeblieben ist. Er ist von ihr berührt worden, an diesem Ort, der sich dort im Fels verbirgt und uns nicht passieren lassen will.« Obwohl das Gesicht des Magiers mehr denn je zu einer Maske erstarrte, leuchtete etwas wie Gewissheit auf, seinen Willen zu bekommen.

»Vennis, bei allem Respekt für deinen Neffen: Das ist kein Handel, sondern eine Erpressung.« Nun hatte Aelaris' Stimme doch einen besorgten Ton angenommen. »Worin auch immer die Quelle bestehen mag, sie stellt vermutlich den

Schlüssel dar, mit dem sich die Nördliche Achse weiterhin auf Abstand halten lässt.«

»Wir wissen längst, wie man die Grenze, die Ihr Njorden-Eis nennt, überwinden kann, Elbe. Diese Quelle weckt nur unsere Neugier, weil sie so fremdartig ist. Wir kennen ansonsten bereits alles: Orks, Menschen, Elben, sogar die Dämonenbeschwörer und ihre gefiederten Freunde. Es ist ein guter Handel, den wir anbieten, denn wir erfahren so oder so, um welche fremde Macht es sich handelt. Ein guter Handel für einen Mann, der seine Familie liebt.«

»Wenn Ihr uns Menschen so gut kennt, dann solltet Ihr meine Antwort bereits kennen: Man verrät nicht, was man liebt!«

Das Gesicht der Gestalt verschmolz für einen Augenblick zu einer bleiernen Scheibe, um sogleich wieder ihre Form zurückzugewinnen. Dann schossen zwei bleiche Hände mit langen Krallen unter dem Umhang hervor, gruben sich in Vennis' Oberarme und rissen ihn von den Füßen.

Ehe er sich versah, segelte er durch die Luft.

Als er mit voller Wucht gegen die Steinwand schlug, verlor er kurz die Besinnung. Er fand sich auf dem Boden liegend wieder, unfähig, seinen Körper zu spüren. Dann setzte ein betäubender Schmerz in der Schulter ein, mit der er aufgeschlagen war, während seine Beine weiterhin leblos waren. Vennis ahnte, was das zu bedeuten hatte. Doch er verspürte weder Angst noch Verzweiflung, sondern nur eine unendliche Erschöpfung. Er war raus aus dem Spiel – endlich.

In weiter Ferne ertönte das Poltern von schweren Stiefeln sowie Stimmen, die laut Befehle schrien. Mühsam zwang Vennis seine Augenlider nach oben. Trotzdem sah er nur etwas Schwarzes, bis er begriff, dass er den Umhang des Magiers anstierte, der direkt vor ihm stand.

»Das Angebot steht: die Quelle gegen dein Kind«, hallte die Stimme von allen Seiten.

»Unmöglich«, keuchte Vennis und rechnete fest mit dem letzten vernichtenden Schlag des Gesandten. Stattdessen löste sich der dunkle Umhang in einen goldenen Nebel auf, der im nächsten Moment verschwand. Der Gesandte war fort, gewandelt mit einer solchen Natürlichkeit, die Vennis nie für möglich gehalten hätte.

Verwirrt blickte er in Aelaris' grün funkelnde Augen, als der Elbe sich vor ihm niederkniete. »Warum ist er gegangen?«

»Warum hätte er bleiben sollen, da du ihm das Geheimnis um keinen Preis verraten wolltest? Außerdem werden die Wachen gleich hier sein, denen wollte er wohl lieber nicht begegnen.«

»Das gilt auch für uns. Flieh mit Lalevil ins Labyrinth, bevor die Wache uns erreicht.« Der Elbe streckte die Hand nach ihm aus, doch Vennis schlug sie beiseite. »Nein, ihr beide müsst allein gehen! Ich spüre meine Beine nach dem Aufprall nicht, ich brauche einen Heiler. Und falls der nichts ausrichten kann, dann will ich wenigstens bei meiner Frau sein und nicht in dieser verfluchten Burgfeste. Gib mir den Flakon mit Maliande, damit ich von hier fortkomme, und dann seht zu, dass ihr herausfindet, was diesen Gesandten der Nördlichen Achse mit solch einer Angst erfüllt. Das scheint unsere letzte Hoffnung zu sein, wenn wir die Magier aufhalten wollen. Er sagte, sie wissen, wie man das NjordenEis überwindet.«

Kurz befürchtete Vennis, der Elbe würde nicht auf ihn hören, doch dann holte er ein geschwärztes Fläschchen aus seiner Tunika hervor und reichte es ihm.

»Noch etwas, Aelaris.« Obwohl ihn der Schmerz in der Schulter fast die Sinne schwinden ließ, zog Vennis den Elben zu sich herab, damit er ihm ins Ohr flüstern konnte. »Wenn Lalevil nicht mitbekommen haben sollte, was der Gesandte über Nahim gesagt hat, dann verrate es ihr nicht. Ansonsten wird sie sich augenblicklich auf die Suche nach ihm begeben. Das darf aber nicht passieren. Wir müssen dieses Geheimnis vor den Magiern lösen, es könnte sich als der einzige Trumpf herausstellen, den wir noch haben.«

Aelaris nickte, dann lief er auch schon los, packte eine verwirrt dreinblickende Lalevil am Handgelenk und verschwand mit ihr im Dunkeln des Tunnels. Im Schein der zurückgelassenen Laterne erkannte Vennis die Schatten der herannahenden Wachen.

»Es tut mir leid, Nahim«, flüsterte er, während er das Fläschchen entkorkte. »Aber ich bin dir keine Hilfe mehr. Ich kann nur hoffen, die richtigen Züge vorbereitet zu haben. Um Rokals Lande willen, aber auch um deinetwillen.«

Als sich das Maliande zu feinstem Nebel verteilte, zwang er sich mit aller Gewalt, nicht an seinen Neffen zu denken, der sein Schicksal, wo auch immer es ihn hingeführt haben mochte, allein würde meistern müssen. Stattdessen dachte er an Mias liebevolles Gesicht.

Kapitel 24

Lalevil wusste kaum, wie ihr geschah, als sie durch die Finsternis hinter dem Elben herstolperte, der ihre Hand mit eisernem Griff umfasst hielt. Sie hörte das Echo von Männerstimmen, die aufgeregt oder auch wütend klangen. Doch darauf konnte sie sich unmöglich konzentrieren. Schließlich hatte sie kaum begriffen, was soeben vor ihren Augen geschehen war: Vennis, der mit dem Rücken zu ihr stand … herumschwirrende, seltsam ausdrucklose Stimmen … Vennis, der von unsichtbarer Hand emporgerissen wurde und plötzlich an einer anderen Stelle auf dem Boden lag … eine schwarz gewandete Gestalt, die sich in golden schimmerndem Funkenregen aufgelöst hatte … der widerwärtige Geschmack, den das Maliande in ihrem Rachen hinterließ. Bitter, als habe sie ein Stück Metall verschluckt.

Doch ganz gleich, was sich gerade in dem schmalen Felsengang abgespielt haben mochte, sie konnte sich keinen Reim darauf machen. Wie Messerstiche gruben sich die verloren geglaubten Erinnerungen in ihre Wahrnehmung, schufen sich gewaltsam Platz, dass ihr die Gegenwart abhandenkam. Denn die Erinnerung an den Flakon mit Maliande, den Badramur ihr vor ihrer Abreise ins Westgebirge zu den Gahariren überreicht hatte, war um ein Vielfaches lebendiger, als die eben erlebte Realität. Und um ein Vielfaches schrecklicher.

Mitten im Lauf hielt Lalevil an und entriss Aelaris ihre Hand, woraufhin der Elbe ein Geräusch machte, als würde

333

er die Luft durch seine aufeinandergebissenen Zähne ausstoßen. Doch sein Widerwille war Lalevil in diesem Moment gleichgültig, denn sie begriff allmählich, was die Erinnerung ihr zugerufen hatte: Sie war mit einem Auftrag der Prälatin ins Westgebirge gereist und hatte dabei die ganze Zeit großen Kummer verspürt. Aber warum, dass wusste sie immer noch nicht, ahnte nur ungefähr, dass es mit Nahim zusammenhing. Dafür hallte ihr das Gespräch mit einer Elbin namens Esiles durch den Kopf, Wortfetzen setzten sich zu Sätzen zusammen.

Die Elben hatten dem Orden eine Zusammenarbeit angeboten! Und sie hatte die sensationelle Neuigkeit vergessen.

Sie kam nicht dazu, darüber nachzudenken, denn schon entsann sie sich des Soges, den das Maliande der Prälatin auf sie ausgeübt hatte. Badramur hatte sie gerufen, hatte etwas von ihr gewollt. Allein bei dem Gedanken daran glaubte Lalevil zu versteinern, so kalt und leblos wurden ihre Glieder. Nein, sie wollte dieses Geheimnis nicht lüften. Sie hätte vielmehr alles dafür gegeben, damit sich endgültig ein schwarzes Tuch über ihre Erinnerung legte.

Eine schneidend klare Stimme durchbrach das Wirrwarr ihres Geistes. »Wir sind den falschen Weg gegangen, richtig? Für mich fühlt sich das hier zumindest alles vollkommen verkehrt an, als wären wir weiter als je zuvor von unserem Ziel entfernt. Lass uns umkehren, sofort.«

Lalevil brauchte ein paar Atemzüge, um sich zusammenzureißen. »Glaub mir, für mich fühlt sich das auch vollkommen verkehrt an. Das sicherste Zeichen dafür, dass wir auf dem richtigen Weg sind. Ich weiß ja nicht, was sich hier abgespielt hat, aber es muss mehr als außergewöhnlich gewesen sein. Meine Haut prickelt, als wäre sie großer Hitze ausgesetzt, dabei ist es doch kühl in diesem Labyrinth.«

»Heiß? Mir ist eher kalt. Würde mich nicht wundern, wenn die Wände mit Eiskristallen überzogen wären.«

Zu ihrer Überraschung spürte Lalevil Aelaris' Atem auf ihren Wangen, als er zu ihr sprach. Er musste sich genau vor sie gestellt haben. In der Dunkelheit konnte sie nicht einmal seinen Umriss erkennen und fragte sich, was die Elbenaugen wohl zu sehen vermochten.

Unwillkürlich stellte sie ihn sich vor: seine schmale und doch kraftvolle Figur, die ausdrucksstarke Augenpartie und der fein gezeichnete Mund … ein angespanntes Kinn, weil er langsam die Geduld verlor. Warum kam er ihr bloß so vertraut vor? Er war der fremdartigste Elbe, dem sie jemals begegnet war. Soviel stand schon einmal fest. Außerdem weckte sein Anblick nicht einmal die Ahnung einer Erinnerung. Nichts deutete darauf hin, dass sie ihn schon einmal gesehen hatte. Und trotzdem …

»Es ist, wie ich sagte: eiskalt.« Der scharfe Ton in Aelaris' Stimme verriet, dass er tatsächlich kurz davor war, die Geduld zu verlieren. »An keinem Ort, der jemals vom Maliande berührt worden ist, kann es dermaßen verflucht kalt sein.«

»Nun sei doch nicht so stur!«, pfiff sie ihn an. »Diese verwirrenden Eindrücke hängen ganz bestimmt mit dem Bannspruch zusammen. Wenn ich sage, wir haben den richtigen Weg eingeschlagen, dann stimmt das auch. Schließlich ist auf meinen Widerwillen Verlass, im Gegensatz zu deinen offensichtlich leicht in die Irre zu führenden Elbensinnen.«

Aelaris schnaufte beleidigt. »Leicht in die Irre zu führen? Seit wann bist du eine Kennerin von magischen Fähigkeiten, Njordenerin? Ich dachte, deine Kunst besteht darin, das Maliande zu meiden.«

»Genau«, erwiderte sie mit einer gewissen Befriedigung. »Deshalb sage ich ja auch, wo es langgeht. Deine Aufgabe besteht darin aufzupassen, dass ich nicht über einen Stein stolpere.«

Obwohl er schwieg, konnte sie seinen Missmut beinahe körperlich spüren. Ihr Herz schlug ein paar Takte schneller, und die Muskeln in ihren Armen spannten sich rein instinktiv an. Sie lächelte extra breit, für den Fall, dass Aelaris tatsächlich in der Lage sein sollte, ihre Mimik trotz der Dunkelheit zu sehen. Als sie die Hand nach ihm ausstreckte, bekam sie lediglich seine Tunika zu fassen. Eine Zeit lang standen sie reglos da, dann erst erbarmte er sich und nahm ihre Hand, um sie zu führen.

Zu ihrer eigenen Verwunderung stellte sie fest, dass sie ausgesprochen dankbar für den Disput mit dem Elben war. Aealris hatte sie abgelenkt, eine so starke Reaktion hervorgerufen, dass der Griff der Vergangenheit sich gelockert hatte. Vermutlich hätte sie es ihm nicht einmal übel genommen, wenn er sie angeschrien oder bei den Schultern gepackt und durchgeschüttelt hätte. Alles, was sie von der aufsteigenden Erinnerung ablenkte, fühlte sich wie ein Heilmittel an. Denn ganz gleich, wie schwierig die Gegenwart auch sein mochte, sie war nichts im Vergleich zu den vergifteten Versatzstücken, die die Vergangenheit für sie bereithielt.

Unvermittelt blieb Aelaris stehen, und sie rannte gegen ihn. Ohne es zu wollen, atmete sie seinen Geruch ein und sogleich schoss ihr ein Gedanke durch den Kopf, der dort eigentlich nichts zu suchen hatte: Aelaris roch verkehrt. Nicht im Sinne von unangenehm. Ganz im Gegenteil. Aber eine kleine, vermutlich vollkommen verrückte Stimme behauptete nachdrücklich, dass der Elbe anders riechen sollte. Dass seine Haut früher nach Sahne gerochen hatte, fast kindlich rein, und jetzt auf unerklärliche Weise nach Hölzern. Dabei war sie Aelaris zuvor nie so nahe gekommen, dass sie überhaupt hätte sagen können, wie seine Haut duftete. Allerdings

336

war sie einem anderen Elben so nahe gekommen, dachte Lalevil und schluckte schwer.

»Ich weigere mich, auch nur einen Schritt weiterzugehen. Wir sind hier falsch«, behauptete Aelaris in einem sturen Ton, der unleugbar an ein trotziges Kind erinnerte. Fehlt nur noch, dass er mit dem Fuß aufstampft, dachte Lalevil amüsiert.

»Entspann dich. Dein Widerstand beweist doch nur, dass wir dem Zentrum des Bannspruchs schon sehr nahe sind. Er verwirrt dich, versucht dir einzureden, dass du an einer anderen Stelle suchen musst. Warte, ich mache Licht, damit wir uns umschauen können.«

Es brauchte zwei Anläufe, bis es Lalevil gelang, Aelaris ihre Hand zu entziehen. Dann zückte sie eine Dose mit Streichhölzern. Ihr waren nur noch drei Hölzchen geblieben, wie sie mit Unbehagen feststellte. Sobald die kleine Flamme aufleuchtete, sah sie sich hastig in dem Felsengang um.

»Dort drüben, ist das vielleicht eine Fackel?«

Aelaris warf ihr noch ein zorniges Funkeln zu, dann holte er die Fackel mit seiner elbenhaften Schnelligkeit herbei. Erleichtert stellte Lalevil fest, dass noch ausreichend Öl am Holz haftete, um zu brennen.

»Warum sie wohl jemand weggeworfen hat?«

»Vermutlich, weil es hier nichts zu sehen gibt«, erwiderte Aelaris schnippisch, aber Lalevil ging nicht darauf ein.

Stattdessen hielt sie langsam auf den vor ihr liegenden Gang zu, aus dem ihnen ein zunehmend beißender Gestank entgegenwehte. Es roch nach Verbranntem. Die grob behauenen Wände blieben selbst dann noch schwarz, wenn sie den Feuerschein auf sie hielt, denn sie waren mit einer dicken Rußschicht überzogen. Ein Stück weiter schritten sie nicht länger über nackten Stein, sondern über einen fein gewebten Teppich, der jedoch an vielen Stellen versengt war.

Schließlich kamen sie zu einem Durchgang, an dessen Seiten noch die Überreste eines ehemals schmückenden Vorhangs zu erkennen waren. Nun hing der geschwärzte und zerfetzte Stoff wie ein Trauertuch hinab.

»Siehst du«, erklärte Lalevil dem Elben, der ihr widerwillig gefolgt war. »Wir sind auf der richtigen Spur. Dort oben ist Badramurs Zeichen in den Stein gemeißelt, wir steuern also auf ihre Privaträume zu. Geheime Privaträume, wo die Prälatin Gäste empfängt, von denen niemand in der Burgfeste etwas wissen soll. Wen auch immer Badramur hier empfangen hat, der Schuss ist gründlich nach hinten losgegangen. Ihr geheimnisvoller Gast wusste offenbar, wie man ein hübsches Feuerwerk veranstaltet.«

Mittlerweile schien selbst Aelaris sein Missbehagen überwunden zu haben, denn er sah sich mit wachen Augen das Ausmaß der Zerstörung an und durchschritt sogar als Erster den ruinierten Durchgang. Die dahinter liegende Halle, die früher ein Vorraum gewesen sein mochte, offenbarte ein noch größeres Ausmaß an Zerstörung. Allem Anschein nach hatten gierige Feuerzungen mit solcher Wucht über das Mobiliar gestrichen, dass nicht mehr als umgestoßene, fast verbrannte Reste übrig geblieben waren. Lalevil konnte einen verkohlten Stuhl ausmachen, der nur noch zwei Beine hatte, und einen gusseisernen Kerzenständer, in dem jedoch nicht mal mehr die Spur von Wachs zu erkennen war. Aelaris hob die Überbleibsel einer Hellebarde auf. Vorsichtig befreite er das Beil vom Ruß, bis er das Zeichen der Prälatin freigelegt hatte. Eine Waffe ihrer Leibgarde.

Lalevil pfiff durch die Zähne. »Hier hat es jemand verdammt eilig gehabt. Die Leibgarde der Prälatin besteht aus ziemlich zähen Burschen. Die schleudern ihre Waffe vermutlich nicht einmal beiseite, wenn ein Drache mit aufgeblähten Nüstern auf sie zuhält.«

»Fällt dir etwas Erschreckenderes als ein Drache auf dem Kriegspfad ein?« Aelaris legte die zerstörte Hellebarde auf einem umgestürzten Tisch ab und blickte auf das schwarze Loch, wo früher einmal eine Eisentür den Weg versperrt haben mochte, mit denen die Räume der Prälatin für gewöhnlich gesichert wurden. Was auch immer in dem dahinter liegenden Raum geschehen war, es hatte genug Kraft entwickelt, um den Steineingang nicht nur zu erweitern, sondern um auch von der Tür keine Spur übrig zu lassen.

»Ich bin nicht sonderlich phantasiebegabt, aber bei diesem Anblick spuken mir ein paar wirklich unangenehme Vorstellungen durch den Kopf«, flüsterte Lalevil. Dann ertappte sie sich dabei, dass sie sich hinter dem hochgewachsenen Elben in Sicherheit brachte. Was tat sie da, sich verstecken? So weit war es also schon mit ihr gekommen. Den Rücken durchstreckend, mit der Fackel in der einen und dem gezückten Schwert in der anderen Hand, trat sie schnell zur Seite, bevor Aelaris ihren Anflug von Unsicherheit bemerken konnte. »Ich gehe voran«, erklärte sie mit fester Stimme.

»Nur zu.« Aelaris lächelte sie von oben herab an und schnipste mit den Fingern gegen ihre blanke Klinge. »Aber ich befürchte, dort wirst du keine Herausforderung antreffen, mit der du dich später vor deinen Ordensfreunden brüsten kannst. Was auch immer die Magie entfacht hat, es ist fort. Uns bleibt nur die Spurenlese. Keine Zeit für Heldentaten.«

»Du glaubst, ich muss mir etwas beweisen?«

Aelaris blickte sie herausfordernd an. »Etwa nicht? Du bist ehrgeizig, Lalevil. Um deinen Platz im Orden zu sichern, bist du doch mehr als bereit, Grenzen zu überschreiten.«

Hinter Lalevils Stirn bekann es schmerzhaft zu pochen, doch es tauchte keine neue Erinnerung auf, sondern nur das Gefühl, einer erregenden Hitze ausgesetzt zu sein. Kurz glaubte sie zu sehen, wie sich das Gestein hinter Aelaris feuerrot verfärbte. Wie in den Kerkern der Burgfeste. Nur was konnte Aelaris davon schon wissen? »Du kennst mich doch gar nicht«, gab sie ausweichend zurück.

»Tut das denn überhaupt irgendjemand?«

Bevor sie etwas erwidern konnte, war Aelaris auf die schwarze Öffnung zugeschritten, und sie musste sich beeilen, um zu ihm aufzuschließen. Fluchend steckte sie das Schwert zurück in die Scheide.

Die Wände des Ganges wiesen eine andere Beschaffenheit auf als die des Tunnellabyrinths, das sie zurückgelassen hatten. Sie waren gewellt und von einer glatten Oberfläche, als habe man den Stein nicht herausgehauen, sondern ihn wie Wachs eingeschmolzen. Auch hier war alles mit Ruß bedeckt, allerdings schimmerte er fein golden im Licht der Fackel. Die weitläufige Höhle, die sie schließlich betraten, sah genauso aus. Seltsam aufgebläht, mit eingedrückten Wänden und einer sich in die Höhe schraubenden Decke, deren entferntester Punkt nicht vom Fackellicht erreicht werden konnte.

Die Wände spiegelten das Licht wider, sodass Lalevil sich in einem Spiegelkabinett glaubte. Ein Kabinett mit verzerrenden Spiegeln, denn sie bekam keine erschöpft und verstört aussehende Lalevil zu sehen, sondern es flackerte das Bild einer Frau auf, die aus sich heraus zu strahlen schien. Stark und geradlinig, so wie Lalevil in ihrem tiefsten Inneren gern gewesen wäre. Ungläubig trat sie auf die Höhlenwand zu, doch je näher sie ihr kam, desto mehr wich die Frau in die Tiefen des schwarzen Gesteins zurück. Als Lalevil die glatte Oberfläche mit den Fingerspitzen berührte, fühlte sie sich so warm an, als wäre sie lebendig. Hastig zog sie die Hand zurück.

»Was für eine Form von Magie ist das?«, fragte sie, wäh-

340

rend sie einige Schritte zurücktrat, in der Hoffnung, die Frau würde noch einmal erscheinen. Stattdessen sah sie nur ihr eigenes Abbild, ganz schwach, nicht mehr als ein Schimmern auf dunklem Grund. Dann erschien mit einem Mal ein rotes Leuchtfeuer, das mit ihrem Abbild verschmolz, als wäre es ein Feuer, das sie in Brand setzte. Lalevil zuckte zusammen, dann begriff sie, dass es Aelaris war, der neben sie getreten war. Mit gerunzelter Stirn betrachtete er ihre miteinander verwobenen Spiegelungen.

»Ich weiß es nicht, diese Art der Magie fühlt sich vollkommen neu und doch vertraut für mich an. Sie singt zu mir, aber sie hat nichts mit Drachenmagie oder der Berührung durch den Geist eines Elben gemein.«

Mit einer Unsicherheit, die Lalevil dem Elben nie zugetraut hätte, trat er dicht vor die Wand und streckte eine bebende Hand nach dem spiegelnden Stein aus. Als seine ganze Handfläche auflag, stieß Aelaris ein sanftes Seufzen aus.

So leise wie möglich, um ihn nicht zu stören, trat Lalevil neben ihn. Er hatte die Augen geschlossen, und seine leicht geöffneten Lippen bewegten sich, als würde er ein Gedicht oder eine Losung rezitieren, ohne sich dessen bewusst zu sein. Über sein Gesicht bahnten sich unterdessen feine schwarze Linien ihren Weg. Wie mit einer unsichtbaren Feder gezeichnet, rankten sich auf seinen Wangenknochen Schnörkel entlang, streiften seine Augenlider, zeichneten sich an seinen Schläfen ab, die aufgeregt pulsierten.

Vorsichtig berührte Lalevil das Gesicht des Elben und beobachtete, wie die schwarzen Linien auf ihre Fingerspitzen zuhielten, als wollten sie auf sie überspringen. Ein leises Lachen kam bei dieser Vorstellung über ihre Lippen. Dann wurde ihre Hand auch schon gepackt und niedergedrückt. Gerade noch rechtzeitig konnte sie den Drang bändigen, sich freizukämpfen, um Aelaris' Gesicht erneut zu berühren.

Doch seine grün leuchtenden Augen, die sie mit einer solchen Intensität anblickten, brachen den Bann.

Ohne dass sie es bemerkt hatte, war Aelaris aus seiner Versunkenheit aufgetaucht und hatte sich ihr zugedreht. Zu ihrer Verstörung gelang es Lalevil trotzdem nicht, seinen Ausdruck zu lesen. Vielleicht lag es auch daran, dass eine Vielzahl von Gefühlen über Aelaris' Gesicht hinwegstürmte, bis nicht einmal die schwarzen Muster ihnen gerecht werden konnten.

Schnell wandte Aelaris sich ab, und nur das Beben seines Rückens verriet, dass er versuchte, durch ruhiges Atmen seinen inneren Aufruhr unter Kontrolle zu bringen. Obwohl es absurd war, wünschte Lalevil sich, es möge ihm nicht gelingen. Mit einem Schlag sehnte sie sich nach einem unbeherrschten Aelaris, der weder seine Gefühle noch die schwarzen Linien auf seiner Haut unterdrückte. Selbst wenn sie seinem Sturm nicht standhalten sollte. Doch Aelaris gelang das Kunststück, und als er sich umdrehte, verrieten nur noch die verschwitzt glänzende Stirn und die rot gefärbten Wangen seine Gefühlswallungen, aber das mochte auch am Licht der Fackel liegen, die Lalevil fest umklammert hielt.

Aelaris räusperte sich, bevor er zum Sprechen ansetzte. »Zwar sind wir Elben durchaus dazu in der Lage, die Geschichte eines Ortes zu erkunden, aber in diesem Fall kann ich nur raten: In diesem Raum ist eine Form der Magie hervorgebracht worden, die Rokals Lande so zuvor noch nicht kennen gelernt hat. Sie bedurfte nicht der glühenden Tiefen des Westgebirges, um Magie zu spinnen. Sie trug sie bereits in sich. Quelle und Form in einer Hülle, das hat es noch nie zuvor gegeben.«

Lalevil bemühte sich zu begreifen, was der Elbe ihr eröffnete, aber es war zu schwierig. »Jemand oder etwas war hier, das Magie in sich trägt und sie zugleich auch einzusetzen versteht?«

Aelaris nickte bekräftigend. »Eine eigenständige Quelle. Der Gesandte, oder wie auch immer man die Hülle nennen mag, die die Magier geschickt haben, hat das begriffen. Das kann nur bedeuten, dass er zuvor schon mit ihr in Berührung gekommen ist. Selbst wenn es sich auch nur um eine Spur davon handeln sollte.« Aelaris hielt inne, dann zeigte er mit dem Finger auf Lalevil. »Er sprach davon, dass dein Freund Nahim Spuren dieser Quelle in sich tragen würde. Wie kann das sein?«

»Woher soll ich das wissen?« Augenblicklich wünschte Lalevil sich, die Fackel möge endlich erlöschen, damit sie nicht länger dem prüfenden Blick des Elben ausgesetzt war. So feinsinnig Aelaris war, war ihm sicherlich nicht entgangen, was sie für Nahim empfand. Dieser Gedanke gefiel ihr nicht im Geringsten. Dann kam ihr allerdings ein noch unerträglicherer Gedanke in den Sinn. »Dieser Gesandte hat Nahims Weg gekreuzt?«

»So klang es. Aber wir sollten ein Rätsel nach dem anderen lösen. Und das Geheimnis dieser Quelle ergründen, ehe uns die Magier zuvorkommen.«

Unschlüssig, was sie davon halten sollte, rieb Lalevil den Fackelstiel zwischen ihren Händen. In diesem Augenblick hätte sie ihr ganzes Hab und Gut für einen Zigarillo gegeben. Dann nickte sie einsichtig. »Wir sprechen also über eine Maliande-Quelle, die alles bislang bekannte außer Kraft setzt, weil sie nicht an die glühenden Tiefen des Westgebirges gebunden ist. Sie ist neu. Aber du sagtest auch, dass sie dir zugleich vertraut vorkommt.«

Aelaris zögerte merklich, als wäre es ihm mehr als unangenehm, eine ehrliche Antwort zu geben. »Die Magie in Rokals Lande entspringt dem Maliande. Trotzdem ist das hier«, er machte eine weit ausholende Geste, »nicht mit dem Maliande zu vergleichen, das wir Elben in den Tiefen des Gebirges empfangen – das mir zum Schluss nichts mehr zu geben vermochte.« Geschickt wich er Lalevils fragendem Blick aus. »Das Maliande, das diese Felshöhle zum Glühen gebracht hat, erinnert mich an die Veränderungen, die ich selbst erfahren habe. Als würde sich mein Herzschlag mit ihm verbinden.«

»Veränderungen?« Lalevils' Stimme war nicht mehr als ein Flüstern.

»Die Gaben, die das Maliande uns Elben hat zukommen lassen, sind mir verloren gegangen. Alles, was mich als Stammesmitglied ausgemacht hat, ist nach und nach erloschen. Die mentale Verbundenheit mit meinem Stamm, der Gleichklang unserer Zeichen, die äußere Erscheinung. Zuerst dachte ich, das Maliande habe seine Wirkung auf mich verloren, weil ich meinen Stamm verraten habe, aber jetzt sieht es ganz danach aus, dass es mich bloß verändert hat. Mich zu dem Elben gemacht hat, der ich eigentlich sein sollte.«

»Wir sind uns schon einmal begegnet, nicht wahr, Aelaris?« Es gelang Lalevil kaum, die Worte hervorzubringen. Ihre Kehle war wie zugeschnürt.

Aelaris hielt ihrem Blick stand. »Ja, das sind wir. Aber ich glaube nicht, dass wir noch dieselben sind wie damals in den Kerkern unter der Burgfeste. Weder du – noch ich.«

Kapitel 25

Seitdem Tevils sich heimlich fortgeschlichen hatte, um der merkwürdigen Rauchsäule auf den Grund zu gehen, die sich weiterhin über dem westlichen Himmel des Tals ausbreitete und mittlerweile mit der Wolkendecke, die vom Norden her aufgezogen war, verschmolz, hielt Jules es kaum noch im Haus der Truburs aus. Ohne jemandem Bescheid zu geben, war er hinausgelaufen, geradewegs in den Wald hinein, ohne ein klares Ziel vor Augen. In der Nacht war Schnee gefallen, doch das kümmerte Jules genauso wenig wie die Tatsache, dass er nur in Hemd und Hosen losgestürmt war. Er hatte wahrlich andere Sorgen.

Auch wenn er es sich in seiner Eitelkeit nur ungern eingestand, so haderte er doch mit seinem Schicksal, das ihn zur Untätigkeit zwang, während alle anderen einer sinnvollen Aufgabe nachgingen. Nein, mit Eitelkeit allein ließ sich die Unruhe, die ihn erfasst hatte, nicht erklären. Es musste Dummheit sein, die eine solche Sehnsucht hervorrief, sich gemeinsam mit Tevils einer Bedrohung aus Feuer und Rauch entgegenzustellen. Allein bei der Vorstellung schlug Jules' Herz ein paar Takte schneller, und er schritt so hastig aus, wie der zwischen den Bäumen liegende Schnee es ihm erlaubte. Ein kluger Mann hätte seine letzten Stunden im Tal genutzt, um sich wenigstens in Allehes Nähe aufzuhalten, wenn schon der Anstand verbot, ihr den Hof zu machen. Nicht mehr lange, dann würde Nahim auftauchen, um ihn nach Achaten zu bringen. Danach würde er vermutlich nie wieder die Gelegenheit haben, seine Finger in ihrem goldenen Lockenhaar zu vergraben.

Mit einem wütenden Aufschrei hieb Jules mit der Faust nach dem Stamm einer Tanne, doch mehr als einen scharfen Stich in seiner Handkante brachte es ihm nicht ein. Er war nicht dafür geschaffen auszuharren und genauso wenig dafür, einer Verlockung zu widerstehen. Aber war Allehe wirklich nur eine Verlockung, eine von der besonders süßen Art, die einen Mann seine Ziele aus den Augen verlieren ließ?

Jules' Finger glitten über die Rinde, deren raue Oberfläche von einer Eisschicht versiegelt worden war. Die Kälte biss seine Haut, hinterließ einen feinen Film auf seinem Zeigefinger, den er an seine Lippen führte. Das Tauwasser schmeckte harzig und hinterließ auf seiner Zunge eine Ahnung davon, wie dieser Wald wohl im Frühjahr schmecken und duften mochte, wenn die alles erstickende Decke des Winters gelüftet wurde.

Ein verhaltenes Lachen erklang hinter ihm. »Handelt es sich dabei um ein besonderes Ritual aus dem NjordenEis, oder bringt nur dieser eine Baum dich derartig durcheinander, dass du nicht weißt, ob du ihn schlagen oder liebkosen sollst?«

Jules wirbelte herum und sah Allehe an, die ihm ein Lächeln zuwarf. Ob ihre Wangen vor Kälte brannten oder ob dieses Zusammentreffen im Wald sie in Verlegenheit brachte, vermochte er nicht zu sagen. Zu seinem Leidwesen hatte sie sich in einen weiten Mantel gehüllt und Tücher um Schultern und Kopf geschlungen. Ihm war durchaus bewusst, dass außer dem NjordenEis-Volk kein Mensch der Kälte als auch der Hitze gleichgültig gegenüberstand, aber ein Teil von ihm hasste jedes einzelne Stoffstück, das sie am Leib trug. Ihre wunderbaren Rundungen hatten es ihm wirklich angetan.

»In meiner Heimat gibt es keine Bäume. Ich versuche also noch herauszufinden, was ich von ihnen halten soll. Wobei das Liebkosen deutlich mehr Vergnügen bereitet als das Schlagen. Die Rinde des Stammes ist ganz schön hart«, erwiderte er mit gespielter Nonchalance und hoffte, dass weder sein aufgewühlter Blick noch seine Körperanspannung ihn verriet. Wenn das Spiel zwischen ihnen nicht leicht und unverbindlich blieb, dann würde schon bald ein Herz gebrochen werden. Und zum ersten Mal in seinem Leben konnte Jules sich nicht sicher sein, dass es sich dabei nicht um seins handeln würde.

»Dann solltest du das Schlagen lassen und es lieber gleich mit Zärtlichkeiten versuchen«, sagte Allehe leise. Sie hatte ihre Wollfäustlinge in den Manteltaschen verschwinden lassen und nahm Jules' Hand zwischen ihre, um sie zu begutachten. An der Handkante, mit der er den Baum getroffen hatte, zeigte sich bereits ein Bluterguss. Wie eine rot leuchtende Blüte öffnete er sich unter der hellen Haut. »Vermutlich hat dein Versuch, von ihm zu trinken, dich mehr über ihn gelehrt als dieser unbedachte Faustschlag.«

Behutsam führte Allehe seine Hand an ihre Lippen, dann konnte Jules die sanfte Berührung ihrer Zungenspitze fühlen, mit der sie über seine Fingerspitze fuhr. Schlagartig waren sämtliche Sorgen vergessen. Für ihn existierte nur noch diese Frau mit ihren verführerisch warmen Lippen. Langsam beugte er sich vor, küsste ihre Fingerknöchel, dann suchte er sich einen Weg zu ihrem Mund. Als Allehe ein wenig zurückwich, fast neckend, umfasste er sanft ihr Gesicht und küsste sie. Zunächst voller Zurückhaltung, doch schon bald mit einer Hingabe, dass es nichts außer dem süßen Geschmack ihres Mundes gab.

Erst ein verhaltenes Grunzen in ihrer unmittelbaren Nähe unterbrach das Liebesspiel. Kaum hatte das unmenschliche

Geräusch Jules' Ohren erreicht, riss er die protestierende Allehe herum, damit er sie sicher in seinem Rücken wusste. Sogleich legte sich die Kälte auf seine Lippen, und er leckte nervös darüber, während er die Gestalt anstarrte, die nur einige Schritte entfernt zwischen den Bäumen stand.

Das Antlitz war eine Fratze, das aus einem riesigen Maul voller Hauer zu bestehen schien, eingerahmt von zwei kohlblattgroßen, an den Rändern gezackten Ohren. Überzogen von einer hornigen, huckeligen Haut, deren Farbe an verschimmelten Käse erinnerte. An einigen Stellen war sie jedoch gerötet, fast schwarz. Einen hochgewachsenen Mann gut und gern um eine Haupteslänge überragend, ein Kreuz wie ein Bär, die bis zu den Knien baumelnden Arme von einem Umfang, die jedem Baumstamm zur Ehre gereichte. Ein Ork, eine wahrhafte Monströsität von einem Ork.

All das registrierte Jules mit einem Blick, und es beunruhigte ihn fast genauso sehr wie die Tatsache, dass er keine Waffe bei sich führte – während am Gürtel der Kreatur unübersehbar eine schartige Klinge hing. Auch wenn der Ork bislang keinerlei Anstalten gemacht hatte, sie blankzuziehen. Das alles war schon schlimm genug, doch was Jules wirklich beinahe aus der Fassung brachte, war die Intelligenz, die in den von dicken Hornwülsten umgebenen Augen der Kreatur funkelte. Zwar hatte Jules ein solches Vieh noch nie selbst zu sehen bekommen, aber er hatte ausreichend Zeit in Previs Wall und an Tevils' Seite verbracht, um Geschichten über Orks zu kennen. Vor allem über jene neuen Wesen, die das Westgebirge vor einigen Jahren ausgespien hatte. Aber dass sie so beeindruckend groß und kriegerisch waren, hatte er stets für eine Übertreibung gehalten.

Reglos verharrte der Ork zwischen den Bäumen, fast schüchtern, was eigentlich unmöglich sein konnte.

Hinter Jules versuchte Allehe, einen Blick auf das Geschehen zu erhaschen, doch er zwang sie mit dem Arm in seinen Rücken.

»Jules, lass mich los«, forderte sie ihn atemlos auf.

Aus den Augenwinkeln nahm Jules Bewegungen in der Tiefe des Waldes wahr, das Knacken von Unterholz trotz der Schneeschicht, zweifellos hervorgerufen von schweren Füßen, denen es einfach nicht gelingen wollte, keinen Lärm zu veranstalten. Wie schnell können diese aus Muskeln und Masse bestehenden Beine wohl rennen?, fragte sich Jules, während ihm das Blut in den Ohren dröhnte.

»Allehe, wenn ich jetzt gleich meinen Arm wegziehe, möchte ich, dass du, so schnell du nur kannst, zum Hof läufst. Sag, dass wir Orkbesuch haben und ich ihn gerade begrüße. So lange, wie es geht, wenn du verstehst.«

»Nein, das werde ich nicht tun. Ich …«

»Keine Diskussionen«, zischte Jules, wobei er verzweifelt bemüht war, seine gänzliche Autorität in die Stimme zu legen.

Bevor Allehe erneut protestieren konnte, nahm er den Arm weg und begann, langsam auf den Ork zuzugehen. Er hörte Allehe aufschnauben, aber zu seinem Entsetzen hörte er ihre Schritte nicht. Nun tu doch endlich, was ich dir gesagt habe, hätte er fast geschrien. Stattdessen hielt er dem Blick des gewaltigen Orks stand, der nun die Pranken gegeneinanderrieb. Bei einem Menschen hätte Jules das als ein Zeichen von Verlegenheit betrachtet, aber ein verlegener Ork?

»Kann es sein, dass du dich verirrt hast?«

Obwohl sämtliche Instinkte Jules zur Flucht aufriefen, ging er erhobenen Hauptes und mit zu Fäusten geballten Händen auf den Ork zu, ganz so, als gäbe es nicht einen Grund dafür, die Nähe dieses eindeutig überlegenen Gegners zu meiden. Dabei jagten Jules unzählige Gründe durch

den Kopf, einer einleuchtender als der andere. Er blieb erst
stehen, als ihm der penetrante Gestank seines Gegenübers
in die Nase stach.

Ein viehischer Gestank, wie eine ganze Horde Ziegen-
böcke ihn ansonsten verströmten. Aber auch eine scharfe
Note, als wäre das Lederwams des Orks von einem Feuer
angekokelt worden. Auf diese Entfernung erkannte Jules,
dass die schwarzen Striemen auf den Armen und dem Gesicht des Orks keineswegs natürliche Verfärbungen oder gar
Stammestätowierungen waren, sondern verkrustete Schnitte.
Verletzungen aus einem Kampf, der beißende Geruch von
Verbranntem … in Jules stieg ein Verdacht auf. Dieser Ork
und seine Kumpanen, die sich vor seinen Augen im Wald
zu verbergen bemühten, waren den Weg entlanggekommen,
den Tevils eingeschlagen haben musste. Ob sie ihm begegnet waren? Gewiss. Und nun waren sie auf der Suche nach
weiterem Frischfleisch. Der Gedanke ließ Jules seine Furcht
vergessen.

»Nun, was treibst du hier?«, fragte er mit einer gefähr-
lichen Gelassenheit.

Der Ork wrang seine Pranken noch inständiger. Um die
Handgelenke trug er breite Bänder aus Leder und kleinen
Tierknochen, wie Jules feststellte. »Ist gegen die Regel, dass
Orks kommen übern Grat. Weiß Bescheid«, erklärte er mit
seiner tiefen Stimme.

»Und?«

Obwohl Jules den Blickkontakt keine Minute unterbrach,
galt seine ganze Aufmerksamkeit der nackten Klinge, die im
Gürtel des Orks steckte. Wenn er schnell genug war, könnte
er die Klinge an sich reißen und vielleicht sogar einen Schritt
zurücksetzen, bevor die Pranken ihn zu fassen bekämen. Er
dürfte nicht zögern, sondern müsste beherzt zuschlagen. Erst
wenn diese widerliche Kreatur am Boden lag, würde er ihn

fragen, was er Tevils angetan hatte. Erst, wenn er ausreichend dunkles Orkblut zum Fließen gebracht hatte.

»Feuer.« Die Miene des Orks verdüsterte sich. Er schien zu glauben, dass mit diesem einen Wort alles gesagt wäre.

Jules brummte etwas Unverständliches, während er seine Muskeln anspannte. Er trat einen schnellen Schritt vor, doch eine helle Stimme ließ ihn mitten in der Bewegung verharren.

»Ja, Feuer. Haben wir auch schon bemerkt. Habt ihr Orks irgendwas Dummes in der Ebene angestellt?«

Allehe hatte sich mit vor der Brust verschränkten Armen neben ihn gestellt und sah den Ork, der sie gut und gern drei Kopflängen überragte, ungeduldig an. Offensichtlich fürchtete sie den gigantischen Berg aus Muskeln und Klauen nicht, nein, sie war sogar der Auffassung, ihn wie einen Bengel, der etwas ausgefressen hatte, behandeln zu können. Jules kam nicht umhin zu bemerken, dass ihr Fuß ungeduldig auftippte. Diese Geste nahm ihm schlagartig den Wind aus den Segeln.

Der Ork studierte eindringlich Allehes Gesicht, als würde er es kennen. Er beugte sogar seine Schultern, um sie genauer zu betrachten. Zumindest dachte Jules das, bis sich die Nüstern aufblähten, um Allehes Duft aufzunehmen. Feine Strähnen ihres Haars, die ihr Gesicht einkränzten, begannen zu flirren. Aber noch ehe sie in der Nase des Orks verschwinden konnten, verpasste Jules ihm einen entschlossenen Stoß gegen die Brust.

»Hier wird brav Abstand gehalten, ansonsten gibt es Ärger«, warnte er.

Der Ork richtete sich wieder auf, allerdings nicht, ohne Jules ein Grinsen zuzuwerfen. Zumindest wies das Hochzucken der Winkel des lippenlosen Mauls daraufhin. »Darfst nur du, ja?«

Jules zog verwundert die Augenbrauen hoch, dann erinnerte er sich daran, in welcher Situation der Ork sie beide angetroffen hatte, und ihm wurde augenblicklich heiß. Orks und Humor, das passte ungefähr so gut zusammen wie ein Zwerg und Großzügigkeit.

»Bist aus der Trubur Familie, riechst wie sie«, sagte der Ork an Allehe gewandt.

»Ja, ich bin Lehens Schwester. Und du bist?«

»Blax.«

Allehe nickte ernsthaft. »Dachte ich mir schon. Außerdem kenne ich den Befehl, den Nahim dir und deinem Haufen«, Allehe zeigte in die Richtung, aus der immer eindringlicheres Füßescharren erklang, »erteilt hat: Die Orks müssen in Siskenland bleiben, sie dürfen keinen Fuß ins Gebirge setzen. Nun, wie lautet deine Erklärung?«

Obwohl es eigentlich unmöglich sein sollte, wurde Blax derartig blass, dass Jules befürchtete, der Riese könnte einfach umkippen. »Unser alter Herr ist zurück. Mit grünem Feuer. Unsere Stollen brennen. Siskenland brennt.«

»Damir ist wieder da?« Unwillkürlich wich Allehe zurück, die Lippen zitternd vor Unglauben. »Was kann er nur wollen?«

Jules griff nach ihrer eiskalten Hand und zwang sie, ihn anzusehen. Er hatte in den letzten Tagen genug Geschichten über den Schmied des Westends gehört, um sich auch jenen Teil hinzuzudenken, über den beharrlich geschwiegen wurde: dass Damir Allehe verlassen und ihrer Schwester übel mitgespielt hatte. »Vermutlich, was er schon immer gewollt hat: alles.«

Von dem einst stolzen Clan der Sisken-Orks waren nur sieben Mitglieder entkommen. Obwohl keine der Mienen Trauer verriet, so ausdruckslos, wie sie vor sich hinstierten, glaubte Lehen sie doch spüren zu können. Die Überlebenden gehörten ohne Ausnahme der großen Orkrasse an, den Kleinwüchsigen unter ihnen war die Flucht allem Anschein nach verwehrt geblieben. Allerdings hatten auch die gewaltigen Orks einen Tribut zahlen müssen: Alle waren sie verletzt, einer von ihnen sogar so schwer, dass Lehen sich nicht sicher war, ob er die nächsten Tage überstehen würde.

Beim Anblick der Orks auf seinem Hof hatte Balam einen Wutanfall erlitten, den Lehen ihrem Vater gar nicht zugetraut hätte. Es war ihm sogar gelungen, Bienems entsetzte Schreie zu übertönen. Anisa hingegen, die bleich wie die stetig anwachsende Schneedecke war, hatte sich beeilt, Lehens Heilkräuter und Verbandszeug zu bringen, während sie die Orks in den Stallungen unterbrachten.

Blax war geradewegs auf Lehen zugelaufen, als könne er es kaum erwarten, ihr zu erklären, warum er es gewagt hatte, mit seinen Leuten ins Gebirge einzudringen, doch sie hatte nur abgewunken.

»Die Erklärungen können warten«, sagte sie, während sie auf seinem Oberschenkel eine tiefe Schnittwunde mit ausgefransten Rändern reinigte, aus der dickflüssiges schwarzes Blut drang, vermischt mit einem gelblichen Schaum, der hartnäckig an dem Tuch haften blieb.

Die Versorgung der Verletzungen war schwieriger, als Lehen es sich vorgestellt hatte. Allein, weil die lederne Orkhaut ihrer Nadel widerstand, bis sie schließlich aufgab und Anisa, die ihr hilfreich zur Hand ging, bat, ihr eine von Bienems Nadeln zu besorgen, mit denen sie für gewöhnlich Schuhwerk und Lederzeug aufarbeitete. Damit gelang es ihr endlich, die zahlreichen Schnitte zu schließen, wobei sie sich nur um jene kümmern musste, die stets aufs Neue aufbrachen. Denn die meisten Wunden waren bereits von dem grellgelben Schaum geschlossen worden.

»Orks sind Kämpfer, heilen ruck, zuck«, ließ Blax sie wissen, während sie den Streich, den eine schartige Klinge über den Rippenbogen einer Orkfrau geführt hatte, mit einem dicken Faden verschloss.

Dass es sich um eine Orksfrau handelte, war ihr erst auf den zweiten Blick klar geworden, als sie nach dem Öffnen des Lederwams festgestellt hatte, dass die Aushöhlungen im Brustbereich nicht auf schlechte Verarbeitung hinwiesen, sondern einen bestimmten Zweck erfüllten. Erst da war ihr auch das lange, schwarz-grüne Haar aufgefallen, das mit Lederbändern durchflochten war, genau wie die außergewöhnlich langen und spitz zulaufenden Klauen. Als die Orkfrau vor Schmerzen aufstöhnte, dröhnte ihre Stimme jedoch genauso tief wie die ihrer männlichen Kumpanen.

Als Lehen schließlich fertig war und sich leidlich gereinigt hatte, nahm sie eine Laterne in die Hand und machte Blax ein Zeichen, mit ihr ins Freie zu gehen. Die Dämmerung war bereits angebrochen, viel zu früh für diese Jahreszeit. Doch es wollte dem Sonnenlicht nicht gelingen, einen Weg hinab ins Tal zu finden – weder durch die dichte Wolkendecke noch durch die Qualmschwaden, die sich trotz des auffrischenden Nordwinds zäh in Richtung Tal ausbreiteten. In einem windgeschützten Winkel blieben sie stehen. Es war eisig, die frostdurchwirkte Luft kratzte an ihren von der Arbeit verschwitzten Wangen. Allerdings half ihr die Kälte, ihre Gedanken klar auszurichten und zu erkennen, was in dieser verwirrenden Lage das Wesentliche war.

Blax stand abwartend vor ihr, und mit einiger Genugtuung stellte sie fest, dass aus der frisch vernähten Wunde kein Blut mehr hervordrang. Stattdessen war sie mit dem gelblichen Sekret überdeckt – die Orks hatten sich geweigert, sich Verbände anlegen zu lassen. Sie begann also bereits zu heilen. Gute Arbeit, gestand Lehen sich ein. Vielleicht bin ich doch keine so schlechte Heilerin, wie ich immer gedacht habe.

Angelockt vom Schein der Laterne, die sie neben ihren Füßen abgestellt hatte, trat Jules aus dem Haus und kam zu ihnen herüber. Sein dunkles Haar wurde vom Wind mitgerissen, das Hemd bauschte auf, doch Jules kümmerte all dies wenig. Seine Miene verriet unterdrückte Wut. Da der junge Njordener durchaus geübt darin war, sich zurückzuhalten, wirkte seine mangelnde Beherrschung ausgesprochen beunruhigend. Lehen wartete, bis er sich zu ihnen gesellt hatte, dann erst stellte sie die Frage, die ihr am meisten auf der Seele lag.

»Bist du unterwegs meinem Bruder Tevils begegnet, Blax? Er hat sich auf den Weg nach Siskenland gemacht, um herauszufinden, was diese Rauchsäule ausgelöst hat. Du erinnerst dich bestimmt an ihn: hochgeschossen wie ein Birkentrieb, mit wirren Haaren.«

Der Ork nickte. »Beim Kampf um die Mühle, ja. Hatte überall Orkblut, von oben bis unten beschmiert − Blax erinnert sich.« Der Ork schob den mächtigen Kiefer vor, um sich daran zu kratzen. »Nicht begegnet.«

Auf Lehens Brust breitete sich ein dumpfer Druck aus. »Was erwartet meinen Bruder in der Ebene?«

Der Ork kratzte sich weiterhin am Kinn und zuckte mit einem Mal am ganzen Leib zusammen, als Jules sich im Schutz seiner Hände einen Zigarillo ansteckte. »Feuer«, brachte Blax mit krächzender Stimme hervor.

»Und allem Anschein nach deinen Schwager Damir, mit einem Gefolge aus Achaten-Orks«, fügte Jules hinzu, während ihm der Wind den Rauch von den Lippen riss. »Allehe hat die Nachricht nicht besonders gut verwunden. Sie hat sich gemeinsam mit ihrer Tochter im Schlafzimmer eingeschlossen und weigert sich, einen von uns einzulassen. Ich habe ja schon einiges über Damir gehört, aber diese Reaktion gibt mir zu denken. Allehe ist keine Frau, die sich leicht aus der Fassung bringen lässt.«

»Nein, das ist sie nicht«, bestätigte Lehen schwach. Alles in ihr weigerte sich, sich damit auseinanderzusetzen, dass sie schon bald Damir gegenüberstehen würde. Wieder einmal. Sie ertrug den Gedanken nicht, ihm auch nur ein einziges Mal in die Augen blicken zu müssen, seine Stimme zu hören. Nicht, nach allem, was er ihr und ihrer Familie angetan hatte. Und dann schon gar nicht in einer Situation, in der er ihr – erneut – überlegen sein würde.

»Weißt du, was Damir mit dem Feuer im Siskenland bewirken will?«

»Rache«, sagte Blax schlicht.

»Die Prälatin hätte unseren Freund, den Dorfschmied, wohl kaum mit alchemistischem Drachenfeuer ausgestattet und ihm einen Trupp Achaten-Orks an die Seite gestellt, damit er einem unbedeutenden Orkclan die Federn liest«, wandte Jules höhnisch ein. »Es muss einen ordentlichen Grund dafür geben, dass Badramur sich nicht nur mit Damir abgibt, sondern ihm auch eine solche Unterstützung mit auf den Weg gibt. Was könnte es in diesem abseitsliegenden Tal geben, das Badramur erlangen will, dass sie sich auf einen Handel mit einem von Machtgier zerfressenen Hehler wie Damir einlässt?«

Lehens Herz schlug ihr bis in die Kehle hinauf, als ihre Gedanken zu ihrem Jungen wanderten, den sie eindrücklich aufgefordert hatte, bei den anderen Kindern im Haus zu bleiben, ganz gleich, wie neugierig auch immer er auf die Orks sein mochte. Tanil hatte sich nur widerwillig gefügt. Mit Mühe unterdrückte Lehen ein Wimmern. Wenn der Rabenmann erkannt hatte, was in Tanil schlummerte, dann war es nicht von der Hand zu weisen, dass auch Damir – spätestens nach den Geschehnissen in den geheimen Räumen der Prälatin – begriffen hatte, wozu ihr Kind in der Lage war. Tanil war ein Werkzeug der Macht, genau das, wonach Menschen wie Damir und die Prälatin sich verzehrten.

»Vielleicht geht es um Nahim«, mutmaßte Jules unterdessen. »Ich weiß ja nicht, was genau sich bei eurer Flucht aus Achaten abgespielt hat.« Kurz verfinsterte sich die Miene des Njordeners, als er sich daran erinnerte, mit welcher Vehemenz Nahim damals seine Fragerei unterbunden hatte. »Aber es würde mich nicht überraschen, wenn Badramur nun ob seiner Kunst zu wandeln Bescheid weiß. Das macht deinen Gefährten natürlich zu einem ausgesprochen wertvollen Gut. Gerade in bevorstehenden Kriegszeiten.«

Lehen wägte ihre Möglichkeiten ab. Wenn sie eingestand, dass es aller Wahrscheinlichkeit nach Tanil war, nach dem die Prälatin ihre gierigen Hände ausstreckte, dann würde angesichts der Bedrohung durch Damir früher oder später jemand darauf drängen, ihm den Jungen auszuliefern. Schließlich hatte sie schon einmal erlebt, wie weit der Mut der Westendler reichte, als sie sich durch Orks bedroht sahen: Man würde Damir geben, was er forderte, sobald man sich gefährdet fühlte. Tanil war ja noch nicht einmal ein Kind des Tals. Andererseits könnten auch Jules oder vielleicht sogar ihre vor Angst verstörte Schwester Allehe einfordern, dass Tanil der in ihm wohnenden Magie freien Lauf ließ, um die Gefahr zu bannen. Aber das war ganz unmöglich. Die Magie war zu machtvoll in Tanil geworden, als dass er sie entfachen könnte, ohne selbst dabei zu verbrennen. Er war ein Kind und wusste nicht, wie er sie beherrschen sollte. Nur würden solche Bedenken in Anbetracht von grünem Feuer und einer überlegenen Orkarmee schnell beiseitegedrängt werden. Da war sie sich sicher.

Also nickte Lehen nur, während Jules ausführte, welche

Vorteile Nahim der Prälatin einbringen würde. »Ja«, sagte sie voller Furcht, ihre brüchige Stimme könne sie verraten. »Es wird Nahim sein, dessen Herausgabe uns Damir mit Gewalt abpressen will. Deshalb müssen Tanil und ich auch schleunigst fort von hier, denn er wird gewiss versuchen, uns als Pfand in seine Gewalt zu bringen, wenn er Nahim nicht habhaft wird.«

Sie wollte sich umdrehen und zum Haus hinüberlaufen, als sich eine Pranke um ihren Arm legte. Lehen schrie auf und wollte sich losreißen, da bemerkte sie den fürsorglichen Ausdruck in Blaxs von Hornwülsten umgebenen Augen. Verblüfft hielt sie inne.

»Blaxs Orks geben Schutz. Haben schon einmal gewonnen, zusammen.«

Für einen Augenblick gab sich Lehen dem Gedanken hin, Damir tatsächlich die Stirn zu bieten. Vor ihm davonzulaufen, hatte nur dazu geführt, dass sie sich stets aufs Neue vor seinen Füßen wiedergefunden hatte. Selbst wenn sie jetzt mitten in der Nacht nach Tanil griff und mit ihm hinab ins Tal flüchtete, wie weit würde sie kommen? Nicht nur, dass Damir jeden Winkel des Tals wie seine Westentasche kannte, er verfügte – im Gegensatz zu ihr – auch über jede Menge Verbündete.

»Ich weiß nicht, was das Richtige ist«, brachte Lehen schwach hervor. »Niemand kann sagen, wann Nahim zurückkehrt, wann Damir angreifen wird und was er will. Sollen wir standhalten oder fliehen? Ganz Rokals Lande ist aus dem Gleichgewicht geraten, und nicht einmal das Westend bietet Schutz.«

»Leben ist Kampf«, ließ Blax sie mit einer an Unverschämtheit grenzenden Gelassenheit wissen. Obwohl er gerade erst fast seinen gesamten Clan verloren hatte, schien er den bevorstehenden Kampf keineswegs zu scheuen.

»Mag sein, aber ich bin des ewigen Kampfes müde.«

Lehen zog das Tuch enger um ihre Schultern, da sie sich der aufkommenden Kälte plötzlich übermäßig bewusst wurde. Nun brannte sie in ihren Lungen und hinterließ ein taubes Gefühl auf ihren Wangen, als besäße sie nicht länger die Kraft, ihr zu widerstehen.

Jules, der gerade die Reste seines Zigarillos zwischen seinen Fingern zerbröselte, betrachtete sie eingehend. »Dann habe ich dich wohl falsch eingeschätzt. Eigentlich hast du auf mich wie eine Frau gewirkt, die vor keiner Herausforderung zurückschreckt. Oder was soll man ansonsten von jemandem halten, den nicht einmal blutig schwarze, mit gelbem Schleim überzogene Orkwunden in die Flucht schlagen? Dagegen ist eine Auseinandersetzung mit dem Dorfschmied doch wohl wie ein Spaziergang im Sonnenschein.«

»Du kennst Damir nicht, ansonsten würdest du nicht so reden«, erwiderte Lehen bitter.

»Nein, noch nicht. Aber ich brenne regelrecht darauf, ihm endlich zu begegnen.« Jules begann, auf seinen Fersen zu wippen. Wie konnte jemand bei der Aussicht auf einen Kampf nur so vergnügt wirken? Blax jedenfalls ließ sich von der Begeisterung des Njordeners nur allzu gern anstecken und stieß ein zustimmendes Grunzen aus, das auch als Kriegsgebrüll durchgegangen wäre.

Bei so viel Kampfgeist vergaß Lehen die Schwermut, die soeben noch nach ihr gegriffen hatte. »Wenn du glaubst, dass Damir hier persönlich aufschlägt, um sich von dir in seine Schranken weisen zu lassen, dann hast du dich geirrt. Er ist ein hinterhältiger, gemeiner Schuft …«

»… dem dringend eine Abreibung verpasst werden muss«, beendete Jules den Satz für sie. »Klingt ganz danach, als würden wir doch an einem Strang ziehen. Oder hast du etwa ein Herz für gemeine Schufte? Nein? Habe ich mir schon fast gedacht. Also werden wir den guten Damir auf seinen Platz verweisen. Nichts leichter als das.«

»Ist das dein Plan? Damir einfach entgegenzutreten, als ob er nicht mehr als ein dahergelaufener Unruhestifter ist?« Lehen schnaufte abfällig, kam aber nicht umhin einzugestehen, dass Jules' siegessichere Stimmung sie mitriss. Denn in der Tiefe ihres Herzens sehnte sie sich danach, diesem Mann, der ihr so vieles genommen hatte, einen solchen Schlag zu verpassen, dass er auf keinen Fall wieder aufstand.

»Hat doch allem Anschein nach schon einmal funktioniert«, hielt Jules mit einem breiten Grinsen dagegen, sodass Blax nickte, was bei seinem kaum vorhandenen Hals sehr merkwürdig aussah.

Lehen wischte sich mit ihrem Tuchzipfel über das Gesicht, damit ihre Mundwinkel sich nicht ebenfalls nach oben verzogen. »Du vergisst, dass wir damals einen Drachen auf unserer Seite hatten. Ohne Präae sieht die Rechnung schon ganz anders aus.«

»Nun, dafür habt ihr jetzt mich.«

»Als Drachenersatz?«

»Fällt dir ein besserer ein? Für diesen halbseidenen Kerl reiche ich alle Male aus. Es wird mir eine Freude sein, ihm seinen richtigen Platz zuzuweisen. Vorzugsweise einen, an dem es außer Esse und Blasebalg nicht viel zu sehen gibt.«

Obwohl es vollkommen widersinnig war, musste Lehen nun doch lachen. Diesem jungen Mann gelang es mit seinem Geflachse tatsächlich, die harte Rüstung aufzusprengen, die sich aus Furcht um ihre Brust gelegt hatte. Wann hatte sie jemals über Damir gelacht, jenen Mann, dem sie zuerst vor lauter Verliebtheit ergeben war und dann verachtete, ja, sogar hasste? Vielleicht war es an der Zeit, ihn von seinem dunklen Thron zu stoßen. Jenem Thron, den er sich mit Rücksichtslosigkeit und blindem Ehrgeiz erschaffen hatte.

»Und auf welchem Weg wollen wir den Dorfschmied in die Flucht schlagen?«

Zwar lächelte Jules weiterhin, doch sein Blick war mittlerweile ernst geworden. »Feuer bekämpft man am besten mit Feuer. Wir werden ihm klarmachen, dass wir ihm durchaus gewachsen sind.«

»Du meinst einen Bluff?«

»Wenn das das Einzige ist, das wir haben – ja. Schließlich versucht dein alter Freund, uns mit jeder Menge Rauch in die Flucht zu schlagen, oder? Eine alte Diplomatenweisheit besagt, dass nicht alle Kriege auf den Schlachtfeldern ausgefochten werden.«

Jules blinzelte ihr zu, und bevor Lehen sich versah, musste sie abermals lachen. Zumindest hatte sie mit dem Njordener den richtigen Partner an der Seite, wenn Nahim nicht rechtzeitig auftauchte und sie in die Schlacht ziehen musste.

⚜ Kapitel 26 ⚜

War es Tevils schon schwer genug gefallen, sich aus dem Haus seiner Eltern fortzuschleichen, umso mehr war seine Entschlossenheit auf dem Hof seines Cousins Lasse ins Wanken geraten. Er hatte nur eine kurze Zwischenstation machen wollen, um einen warmen Unterschlupf für die Nacht zu haben, bevor er morgen den Breiten Grat überschreiten würde. Doch zu seiner Überraschung hatte er Lasse selbst, und nicht nur ein paar Knechte angetroffen, die während der strengen Wintermonate den Hof intakt hielten, während alle anderen Bewohner die Zeit unten im Westend überbrückten. Doch Lasse, ein Hangbauer durch und durch, war die Warterei auf das Frühjahr zu lang geworden, und er hatte den beschwerlichen Aufstieg durch den Schnee auf sich genommen, um nach seinem Hab und Gut zu schauen. Vermutlich auch, um ein paar Flaschen gelagerten Wein zu trinken, ohne dass seine herrische Frau jeden einzelnen Schluck kontrollierte.

So kam es, dass auch Lasse die bedrohliche Rauchsäule beobachtet hatte, die sich hinter dem Breiten Grat aufbaute. Von seinem Hof aus konnte man sogar einige grün züngelnde Flammen ausmachen – Lehen hatte also Recht behalten, es handelte sich um ein magisches Feuer.

»Und du willst dir den Herd dieses Brandes tatsächlich allein anschauen?«, fragte Lasse und rieb sich nachdenklich sein gespaltenes Kinn.

Obwohl Tevils beim Anblick dieser grünen Flammenzungen der Schweiß ausbrach, nickte er. »Was immer auch der Auslöser sein mag, ich befürchte, dass ein paar Westendler ihm nichts entgegensetzen können. Entweder treibt ein Drache sein Unwesen in der Ebene – was ich allerdings nicht glaube – oder …« Tevils verstummte, weil er sich dieses *oder* einfach nicht vorstellen konnte. Nichtsdestotrotz war er sich sicher, dass er gut daran tat, allein nachzusehen, ohne lauter verängstigte Knechte und Ziegenhirten im Rücken. Vertrau deinem Instinkt, redete er sich gut zu, so wie Maherind es immer macht. Der wäre ganz bestimmt nicht mit einer Nachhut aus Bauernlümmeln losgezogen.

Nachdenklich betrachtete er Borif, der ausgestreckt am Kamin lag und die Wärme genoss. »Eigentlich möchte ich sogar Borif bei dir zurücklassen. Er ist mir hinterhergelaufen, ohne dass ich es bemerkt habe. Vermutlich hofft er auf ein Abenteuer und wird mich mit seiner Kläfferei noch verraten. Ich muss allein gehen.«

»Mir gefällt das nicht«, sagte Lasse, zuckte dann aber einlenkend mit den Schultern. »Vermute allerdings, dass du dich mit solchen Sachen besser auskennst als ich, bist ja schließlich schon weit herumgekommen. Eine Sache möchte ich allerdings klarstellen: Wenn es eine Bedrohung für das Westend gibt, werden meine Leute und ich dieses Mal nicht abwarten, bis ein Drache uns rettet. Dieses Mal werden wir uns wehren. Nur damit du Bescheid weißt.«

Tevils hatte voller Stolz, dass seine Entscheidung anerkannt wurde, genickt und war dann in den grauen Morgen hinausgegangen. Als er jetzt mühsam durch den Schnee zwischen den zunehmend karger werdenden Bäumen stapfte, war er nicht mehr ganz so glücklich über seine Tollkühnheit. Was hätte eigentlich dagegen gesprochen, ein oder zwei von Lasses Männern mitzunehmen? Dass du nicht weißt, was dich hinter dem Grat erwartet. Dass man Magie mit

Dreschflegeln nichts entgegensetzen kann. Außerdem kann ein Mann sich im Fall der Fälle damit herausreden, nur auf Wanderschaft zu sein, während ein bewaffneter Trupp zwangsläufig eine Auseinandersetzung provoziert.

Tevils war derartig in Gedanken versunken, dass er die Frau mit dem Aussehen einer Njordenerin, die über den Breiten Grat direkt auf ihn zukam, zu spät bemerkte. Allerdings erging es ihr nicht besser, sie wirkte fast ein wenig benommen, so wie sie über ihre eigenen Füße stolperte. Auf dem Rücken trug sie einen schweren Rucksack, und ihr Gesicht war trotz des schneidenden Windes gerötet und verschwitzt.

Einen Moment standen sie einander gegenüber wie zwei ahnungslose Duellanten, dann stieß die Frau einen unverständlichen Fluch aus und machte sich daran, ihren Rucksack abzuschultern. Doch Tevils war schneller: Mit einigen Sprüngen war er bei der Frau, deren Schultergurt sich an ihrem Ärmel verheddert hatte und sie mit seinem Gewicht in die Knie zwang. Verzweifelt versuchte sie, an ihr umgegürtetes Schwert zu gelangen, da hatte Tevils es schon am Griff gepackt. Nach einem kurzen – und aus Tevils' Sicht überflüssigen – Gerangel stand er mit ihrem Schwert in der Hand da. Die Njordenerin ließ sich mit einem unsagbar wütenden Blick in den Schnee fallen und zerrte so verbissen an dem Gurt, dass der Ärmel ihres Mantels einriss. Nachdem sie sich endlich von dem Rucksack befreit hatte, verpasste sie ihm einen energischen Tritt, woraufhin er einige Schritte weit durch den Schnee schlitterte.

»Ganz ruhig. Alles ist gut«, sagte Tevils in der Sprache des NjordenEises.

Diesen Satz hatte Jules ihm beigebracht, um die vor den Kutschen angespannten Hirsche zu beruhigen. Zuerst hatte Tevils sich fast die Zunge gebrochen, weil die Sprache äußerst ungewohnte Laute beinhaltete, aber dann war es ihm stetig besser gelungen. Später hatten sich seine Sprachkenntnisse sogar mehr als bezahlt gemacht, denn auf ihrer Reise ins zerstörte Previs Wall waren diese Sätze das Einzige gewesen, womit er den verzweifelten Jules wirklich hatte beruhigen können.

Auch bei der Frau im Schnee erzielten sie diese Wirkung: Der harte Zug um ihren Mund wich Erstaunen, und ihre kohlschwarzen Augen schossen nicht länger hasserfüllte Blitze auf Tevils ab. Derartig ermuntert redete Tevils immer weiter auf die Fremde ein, ihm fielen sogar einige Wendungen ein, mit denen die NjordenEis-Eltern ihre Kinder in den Schlaf sangen. So langsam wie möglich legte Tevils das blanke Schwert in den Schnee, dann hielt er seine Hände hoch, um zu signalisieren, dass er keineswegs vorhatte anzugreifen. Doch diese Geste wäre gar nicht vonnöten gewesen, die Frau achtete allein auf die Worte, die er unablässig formte. Ihre Schultern begannen zu beben, und plötzlich kniff sie ihre Augen fest zusammen, während ihr ein so herzzerreißendes Schluchzen entkam, dass Tevils alle Bedenken schlagartig vergaß. Bevor er sich versah, kniete er vor der Frau und schloss sie in seine Arme. Zunächst schien sie seine Berührung gar nicht wahrzunehmen, dann schmiegte sie sich fest an ihn und krallte ihre Finger in seinen Mantel, als wäre sie eine Ertrinkende und er ihr letzter Halt.

Tevils konnte nicht sagen, wie lange er mit der zitternden Njordenerin im Schnee saß und beruhigend auf sie einredete. Er ging ganz in dem Trost auf, den er ihr spenden konnte und den sie scheinbar so dringend nötig hatte wie die Luft zum Atmen. In seinen Gedanken war kein Platz für Fragen, ihre Bedürftigkeit nahm ihn ganz in Anspruch. Erst als das Zittern nachließ und ihre Atmung ruhiger wurde, begann er sich zu fragen, was eine Njordenerin auf dem Breiten Grat verloren hatte. Unwillkürlich erinnerte er sich an Lehens ausgesprochen knapp gehaltene Erzählung, wie Damir sie mithilfe eines Schmugglertrupps aus dem NjordenEis nach Achaten verschleppt hatte. Sein Blick wanderte zu dem vollgestopften Rucksack im Schnee, während sein Geist mit einer bislang ungeahnten Gewandtheit die Möglichkeiten gegeneinander abwog. Dieses Zusammentreffen konnte kein Zufall sein.

In seinen Armen versteifte sich die Frau, als könnte sie seine plötzliche Befangenheit spüren. Tevils lockerte die Umarmung, sodass er sie mustern konnte. War da eine Ahnung von Schuld in ihrem Blick?

»Warum hat Damir dich über den Breiten Grat geschickt?«

Seine Stimme klang ruhig und gefasst, gerade so, als wisse er ganz genau, welche Ereignisse dazu geführt hatten, dass er auf die Njordenerin getroffen war. Und tatsächlich spürte er die Gewissheit, in die richtige Richtung vorzustoßen, selbst wenn er die Feinheiten nicht kannte. Damir schickte sich zu einem weiteren Schlag gegen das Westend an. Erst das Feuer wie ein drohender Gruß, nun einer seiner Helfershelfer, wenn auch vollkommen aufgelöst und verzweifelt.

»Wenn du Damir kennst und die Rauchsäule bemerkt hast, kannst du dir diese Frage selbst beantworten«, entgegnete die Frau in der Sprache von Rokals Lande.

Obwohl in ihren Worten eine Herausforderung mitschwang, verrieten ihre Augen keinen Trotz, sondern nur Niedergeschlagenheit. Sie würde nicht gegen ihn kämpfen, da war Tevils sich sicher. Sie würde ihn auch nicht davon abhalten, nach dem Rucksack zu greifen oder sie wie eine Gefangene ins Tal hinabzuführen. Nun war Tevils ebenfalls klar, dass er ihr unmöglich etwas antun konnte. Ihr war großes Leid geschehen, und er wollte es nicht noch vergrößern.

»Ich werde dir nichts tun, wenn du mich nicht dazu zwingst. Aber ich muss eine Sache von dir wissen: Was will Damir?«

Die Njordenerin antwortete ihm, ohne zu zögern. »Das, was er immer gewollt hat: diese Frau namens Lehen. Er behauptet zwar, es ginge ihm um das Kind, aber das ist nur wieder eine von seinen Lügen. Damir wird seine Hand nach dieser Lehen ausstrecken, auch wenn es das Ende von ihm und diesem ganzen Tal bedeutet.«

»Und du hilfst ihm dabei?« Tevils konnte es nicht verhindern, wie ein überraschter und gleichzeitig verletzter Junge zu klingen. »Wie kann jemand, der dem stolzen Volk des NjordenEises entspringt, sich von einem Hurensohn wie Damir vor den Karren spannen lassen?«

Die Njordenerin zuckte bei dieser Beleidigung nicht einmal zusammen. »Ich schulde ihm mein Leben«, erklärte sie so leidenschaftslos, als hätte sie es bevorzugt, wenn Damir sie hätte sterben lassen.

Tevils wollte gerade zu einer entrüsteten Gegenrede ansetzen, als er ein dumpfes Pochen hörte. Jemand stapfte durch den Schnee auf sie zu. Mehrere paar Füße, wenn er sich nicht täuschte.

»Deine Nachhut ist im Anmarsch.« Er stand auf und reichte der Njordenerin die Hand, um ihr aufzuhelfen. Doch die Frau achtete nicht darauf, sondern lauschte, als könne sie sich das Geräusch selbst nicht erklären.

»Keine Nachhut für mich«, bestätigte sie auch schon Tevils' Eindruck. »Ich bin allein unterwegs, darauf habe ich bestanden. Ich hasse Orks.«

Tevils bedeutete ihr, leise zu sprechen. Während sie ihr Schwert an sich nahm, sah er sich nach einem geeigneten Versteck um. Aber die Bäume standen so weit oben nicht dicht genug beisammen und waren darüber hinaus auch alles andere als breit genug, um zwei Erwachsene zu verbergen.

Allerdings war es so oder so zu spät. In diesem Augenblick kam der erste Ork in Sicht, ein riesiger Kerl, auf dessen Brust das Zeichen Achatens prangte. Als er Tevils gewahr wurde, stieß er ein markerschütterndes Brüllen aus, ehe er trotz seiner Größe unerwartet geschmeidig auf ihn zuhielt. Er machte sich nicht einmal die Mühe, seinen Krummsäbel zu ziehen, erfüllt von dem Glauben, es bräuchte nicht mehr als zwei Pranken, um mit einem Schlacks wie Tevils fertigzuwerden. Aber Tevils war nicht nur durch Kohemis' unerbitterliche Schule des Schwertkampfes gegangen – er war nach all der angestauten Wut auch überglücklich, auf einen Gegner zu stoßen. Ihm genügten zwei Schwertstreiche, bis der Orks grunzend zusammensackte.

Doch hinter ihm warteten bereits zwei weitere Hünen darauf, dass Tevils ihnen entgegentrat. Und diese beiden waren nicht so blauäugig, ihm unbewaffnet entgegenzutreten.

Tevils gelang es gerade noch rechtzeitig, einer sirrenden Kurzlanze auszuweichen. Wie eine Katze rollte er sich im Schnee ab, um sogleich wieder auf die Beine zu kommen. Ein paar Schritte hinter ihm stand die Njordenerin mit dem blanken Schwert in der Hand und einer Mischung aus Ekel und Wut auf dem Gesicht.

»Wie wäre es mit ein wenig Unterstützung?«, schrie Tevils, während er dem heranpolternden Ork entgegenstürzte und ihn mit einem angetäuschten Angriff aus dem Gleichgewicht brachte. Der Ork glaubte, einen gerade geführten Stich abwehren zu müssen. Doch der Stich erfolgte nicht, Tevils war im letzten Moment an ihm vorbeigesprungen und zielte bereits auf seine ungedeckte Seite. Der Ork strauchelte, wurde jedoch von seinem Kumpanen gerettet, der Tevils' Schwertstoß mit einem gezielten Lanzenwurf verfälschte.

Fluchend ging Tevils auf Abstand und bemühte sich, den Schmerz in seinem Handgelenk zu unterdrücken. Aus den Augenwinkeln nahm er die herannahende Frau wahr, aber sie blieb unvermittelt stehen, das Schwert nutzlos in den Händen haltend.

»Sind das hier wirklich deine Kameraden, NjordenEis-Frau«, schrie Tevils sie an und spuckte auf den Boden, bevor er sich einen erstaunlich schnell ausgeführten Klingenwechsel mit dem einen Ork lieferte, während der andere sich allmählich wieder aufrappelte.

Die Frau machte Anstalten, das Schwert in Angriffsposition zu bringen, da zeigte der Ork mit einer Kralle auf sie. »Wirst tun, was Damir befohlen hat. Sonst Hals durchschneiden, hat er gesagt. Schneide dir Hals durch, Weißfleisch!«

»Was hat Damir dir befohlen, du Brut?«

Gerade war es Tevils gelungen, die ohnehin schartige Klinge seines Gegners zu bersten. Hastig warf er einen Blick auf die Frau. Zu seiner Enttäuschung sah er nur maßloses Entsetzen anstelle von Rachlust.

Der Ork, dem ihr erhobenes Schwert als Beweis für ihren Verrat auszureichen schien, lief mit je einem Kurzschwert in der Hand auf sie zu. »Werd dich fressen, Weißfleisch«, höhnte er die erstarrte Frau an.

Der Ork vor Tevils setzte gerade dazu an, ihm seine Klinge in die Brust zu jagen. Aber Tevils wich ihm leichtfüßig aus und ließ seinen verdutzten Gegner allein dastehen, der kaum glauben konnte, dass der Mensch den günstigen Moment, zum Gegenangriff überzugehen, verstreichen ließ.

Mitten im Lauf ließ Tevils sein Schwert fallen, holte einen Dolch hervor und sprang dem Ork, der in diesem Moment die Njordenerin mit seinen Kurzschwertern in zwei Teile hacken wollte, auf den Rücken. Mit aller Kraft rammte er dem Ork den Dolch in die Kehle und sprang dann zur Seite, als der Riese der Länge nach stürzte und dabei fast die Frau mit sich riss.

»Ich glaube, du schuldest mir jetzt ebenfalls etwas«, brachte Tevils keuchend hervor, als er ihr das Schwert abnahm, um den letzten Ork abzuwehren, der mit einem jaulenden Wutgeschrei auf ihn zuhielt. Tevils nutzte einen günstigen Moment, dem Ork einen ordentlichen Tritt mit dem Stiefel zu verpassen. Der Ork taumelte zurück, das mit Geifer überzogene Maul vor Wut offen stehend. Er riss die Arme über den Kopf, um Tevils mit einem entscheidenden Schlag niederzustrecken. Nur nützt die ganze Muskelkraft wenig, wenn der Gegner schneller ist. Und Tevils war schneller. Seine Klinge führte einen sauberen Schnitt über die Bauchdecke des Orks aus, wo sein Brustharnisch ein Stück hochgerutscht war. Schwarzes Blut und grünlich schimmerndes Gedärm quoll hervor, während der Ork noch voller Unglauben die Waffe über den Kopf hielt. Dann sackte er mit einem schmatzenden Geräusch zusammen.

Tevils holte japsend Luft, während er noch ein paar Bewegungen mit dem Schwert ausführte. Gut, das Handgelenk schmerzte nur. Wenn er es mit Lederstreifen fixierte, würde er es weiterhin einsetzen können. Und dass er es in der nächsten Zeit einsetzen musste, daran hegte er keinen Zweifel.

»Wie gesagt«, wandte er sich an die Njordenerin, »nun schuldest du mir auch etwas. Die entscheidende Frage ist wohl: Wem schuldest du mehr – Damir oder mir, der dich vor einem Tod durch einen Ork bewahrt hat?«

Gemeinsam blickten sie auf die Leiche des Orks, unter dem sich eine schwarze, widerlich stinkende Lache auszubreiten begann, während sich auf dem Achaten-Emblem auf seiner Brust Schneeflocken abzusetzen begannen.

Kapitel 27

Der Tag hatte sich unerträglich in die Länge gezogen. In einem sicheren Abstand zum Trubur-Hof hatte Damir den Orktrupp Halt auf einer kleinen Lichtung machen lassen, das Murren über den stetigen Schneefall überhörend. Fest gehüllt in seinen Mantel hatte er sich auf einen umgestürzten Baumstamm gesetzt und den Hang betrachtet. Er hatte auf grünes Feuer gewartet, mit dem Lasses Alm in Brand aufgehen sollte. Ein Feuer, das bis ins Tal hinein deutlich sichtbar gewesen wäre. Ein klares Zeichen, dass die Gefahr näher rückte und darüber hinaus magischen Ursprungs war.

Doch es war kein Feuer aufgeleuchtet, Belars hatte sich nicht an ihre Abmachung gehalten. Dadurch würde für Damir alles schwieriger werden, sehr viel schwieriger.

Bereits auf ihrer Reise durch die Ebene hatte sich Damir unentwegt den Kopf darüber zerbrochen, wie er den Forderungen der Prälatin und seinen eigenen Wünschen gleichzeitig gerecht werden konnte. Badramur wollte den Jungen, dem es ohne einen Tropfen Maliande gelungen war, ihre Leibgarde in die Flucht zu schlagen und Steinwände einzuschmelzen, als wären sie nicht mehr als feine Bleiplatten, die man über die Glut hielt. Und er wollte unbedingt derjenige sein, der ihr diesen Jungen brachte. Denn er glaubte zu wissen, wie man ihn bändigen konnte: indem man die Frau beherrschte, an deren Rockzipfel der Junge hing, als wäre sie seine Mutter. Das würde ihn zu einer unverzichtbaren Größe im Spiel der Prälatin machen.

371

Aber Damir wollte mehr als das, denn je schärfer sich der Gebirgsausläufer am Horizont der Ebene abgezeichnet hatte, desto häufiger waren seine Gedanken ins Westend gewandert. Zu jenem Ort, der ihn trotz der vielen Reisen der letzten Jahre nie losgelassen hatte. Er war einfach zu dicht dran gewesen, ihn an sich zu reißen. So verführerisch die Möglichkeiten im fernen Achaten auch glänzen und locken mochten – das Westend war die Wiege seines Ehrgeizes und zugleich auch der Ort seiner größten Niederlage. Mit jedem weiteren Schritt hatte ihn die Erinnerung, wie kurz er davor gewesen war, sich zum ungekrönten König des Westends aufzuschwingen, mehr gequält. Was bedeutete es, Handlanger für eine von Verachtung erfüllte Prälatin zu sein, wenn er Respekt und Unterwürfigkeit in den Augen derjenigen lesen konnte, unter denen er aufgewachsen war? Achaten mochte wahren Reichtum versprechen, aber die Herrschaft über ein Dorf und vielleicht sogar über ein ganzes Tal war auch nicht zu verachten.

Allerdings waren all seine Hoffnungen wieder einmal mit den Orks verknüpft. Und die Befehle der Prälatin standen wie eingebrannt auf deren Stirn: Sie sollten Damir dabei unterstützen, das Kind wohlbehalten nach Achaten zu bringen. Im Sinne dieser Aufgabe sollten sie alles tun, was er von ihnen verlangte. Wenn er jedoch falschspielte oder versuchen sollte, sie für eigene Zwecke zu missbrauchen, würden sie kurzen Prozess mit ihm machen.

Hier zeigte sich der Nachteil der riesigen Orks: Sie verfügten über deutlich mehr Verstand als ihre krummbeinigen Vorfahren. Damir musste sich ernsthaft anstrengen, um ihnen keinen Vorwand zu liefern, ihm die Kehle durchzuschneiden und sich Tanil mit Gewalt zu holen. Nicht, dass sie mit einer solchen Strategie Erfolg gehabt hätten. Der kleine Njordener würde sich gewiss nicht ohne Gegenwehr verschleppen lassen. Nur würde Damir leider tot sein, bevor die Orks das herausfänden.

Darum war er ausgesprochen froh gewesen, als er Belars in der Ebene gefunden hatte. Seine einzige Verbündete — zumindest hatte er das zu Anfang gedacht, bis er diese Spur von Hass in Belars' Augen entdeckt hatte, wenn sie ihn ansah. Trotzdem hatte sie sich seinen Wünschen gefügt und die Bestandteile des alchemistischen Drachenfeuers an sich genommen, auch wenn die Spur von Maliande sie fast in den Wahnsinn getrieben hatte.

»Du wirst nicht mit dem Maliande in Berührung kommen«, hatte Damir ihr ein um das andere Mal versichert, während Krik ihr die einzelnen Schritte zur Herstellung aufgezählt hatte wie ein übereifriges Uhrwerk.

»Selbst wenn, es kümmert mich nicht«, hatte Belars gleichgültig erwidert. »Was bleibt mir anderes übrig, als deinen Wünschen Folge zu leisten? Ich habe alles verloren, sogar meinen Stolz.«

Da nun allerdings nicht das verabredete Feuer aufleuchtete, kam Damir der Verdacht, dass sie darauf eine Antwort gefunden hatte. Etwas lief nicht nach Plan, aber hatte er die Zeit, um dem nachzugehen? Unter ihm schimmerte blass die Rauchwolke aus dem Kaminschlot der Truburs im diesigen Dämmerlicht auf, zum Greifen nah. Ein kurzer Gang und er würde herausfinden, ob es wirklich des geplanten Schreckenszenarios bedurfte, um Lehen zu erpressen, oder ob die aus der Ebene aufsteigende Rauchsäule und seine Orks vielleicht ausreichten.

Hinter Damirs Stirn hatte sich ein pochender Schmerz eingenistet und drang mit brennenden Fingern immer tiefer vor. Gewaltsam presste er seine Handballen gegen die Schläfen. Als Vlasoll unaufgefordert neben ihn trat, stieß er deshalb nur ein angriffslustiges Knurren aus.

»Unterschlupf bauen …«, brachte der Hauptmann des Orktrupps gerade noch hervor, ehe Damirs Peitsche ihm Stirn und Wange zerschnitt.

»Ihr verdammtes Pack braucht keinen Unterschlupf«, brüllte Damir, woraufhin der massige Ork tatsächlich zusammenzuckte, denn er erlebte zum ersten Mal, dass sein Anführer die Beherrschung verlor. Das versetzte ihn mehr in Schrecken als der Peitschenschlag. »Rottet euch unter den Bäumen zusammen und wagt es ja nicht noch einmal, mich mit eurem Gewinsel anzugehen. Und falls einer auf die Idee kommen sollte, ein Feuer zu entfachen, weil die Kälte seiner zarten Haut zusetzt, werde ich ihn persönlich darüber rösten. Ich will nichts sehen und erst recht nichts hören von euch, solange ich keinen anderen Befehl gebe.«

Mit Genugtuung beobachtete Damir, wie Vlasoll sich das Blut aus den Augen blinzelte. Dann machte er kehrt und lief, so lautlos es einem Ork überhaupt möglich war, auf seine erstarrten Leute zu.

Damir atmete tief durch und stellte fest, dass der eben noch bohrende Schmerz hinter seiner Stirn wie fortgewischt war. Stattdessen breitete sich dort die Erkenntnis aus, wie es weitergehen sollte. Er würde keinen Moment länger zögern, sondern den einmal eingeschlagenen Weg zu Ende gehen. Auf dem Rückweg würde es ausreichend Gelegenheit geben, um Belars auf die Spur zu kommen.

Geschmeidig wirbelte Damir um die eigene Achse und ließ die Peitsche durch die Luft surren. Wie eine Schlange wand sie sich um Vlasolls ungeschützte Wade und grub sich tief in die dunkle Haut. Der Ork stieß ein schmerzerfülltes Grunzen aus, während er mitten im Lauf innehielt.

Damir gönnte sich noch den Anblick, wie der Hauptmann die Schultern hochzog, übermannt von Schmerz und Demütigung. »Du und drei deiner Leute begleiten mich zum Hof hinunter«, rief er ihm gut gelaunt zu. »Die anderen postieren sich in einem sicheren Abstand, aber nahe genug, dass sie auf Zuruf reagieren können. Wir kreisen unsere Beute ein – und zwar jetzt.«

Wie oft hatte er schon seinen Fuß auf den Hof der Truburs gesetzt? Viele Jahre als Gast, für den die älteste Tochter unübersehbar schwärmte, während er sich mit der Jüngeren längst in den Büschen vergnügte. Schließlich war er der geliebte Schwiegersohn gewesen, der über alle Maßen geschätzte Schmied des Westends, der das Dorf vor den Orküberfällen schützen sollte. Später dann ein seltener Besucher. Und jetzt ein Lügner und Verräter – aber ein Lügner und Verräter mit einem überlegenen Orktrupp und Drachenfeuer in der Hinterhand. Dass das Feuer alchemistischen Ursprungs war und nicht von Drachen stammte, würde hier niemand auch nur erahnen.

Kurz überkamen Damir Zweifel, als sich der friedlich daliegende Hof vor ihm auftat. Er hatte eigentlich mit einer vor Furcht aufgelösten Trubur-Familie gerechnet, bewaffnet mit Heugabel und Schlegeln, wenn sie schon nicht ins Westend geflüchtet war. Brennende Fackeln und Wachen an den wichtigsten Punkten des Hofs. Stattdessen betrachtete er einen im Dunkeln liegenden Hof, dessen Umrisse durch den dichten Schneefall kaum auszumachen waren. Nur das durch die Fensterläden fallende Licht sprach eine Einladung aus. Es schien ihm eine Ewigkeit her zu sein, dass er es das letzte Mal gesehen hatte und doch war es noch in diesem nicht vorbeigehen wollenden Winter gewesen.

Der Frühling lässt dieses Jahr wirklich auf sich warten, dachte Damir, während er zwei der Orks bedeutete, ein Stück zurückzufallen. Es war nie klug, dem Feind seine wahre Stärke zu zeigen. Ob man nun mit alchemistischem

375

Drachenfeuer blendete oder sich wehrloser zeigte, als man
war.

Damir setzte gerade seinen ersten Schritt auf den Hof, als
sich ein Schatten aus den Stallungen löste und auf ihn zu-
trat. Je näher der Schatten kam, desto mehr schälte sich eine
schlanke Gestalt heraus.

Damirs Brauen fuhren in die Höhe, als er einen Schre-
ckensmoment lang glaubte, Belars vor sich stehen zu haben.
Schwarzes Haar umrahmte ein weißes schmales Gesicht mit
den ausdrucksstarken Augen des NjordenEis-Volkes. Doch
es war ein junger Mann, mit einem eng anliegenden Hemd
und Hosen sowie einem Mantel bekleidet, wie ihn nur die
Schneiderkunst in Previs Wall zu Stande brachte. Eine durch
und durch elegante Erscheinung, wie sie dieser Hof vermutlich noch nie zuvor erlebt hatte. Seine kohlschwarzen Augen leuchteten zu Damirs Unbehagen eher neugierig, denn
verblüfft oder gar verängstigt. Er warf lediglich einen kurzen
Blick über Damirs Schulter, um die bewaffneten Orks zu
begutachten, dann unterzog er ihn selbst einer gründlichen
Musterung, die in Damir das Verlangen auslöste, diesen Kerl
mit einem Peitschenhieb zu maßregeln. Aber er besaß genug
Menschenkenntnis, um zu begreifen, dass dieser Mann sich
nicht einfach würde schlagen lassen.

»Ihr habt Euch keine günstige Nacht für einen Anstandsbesuch ausgewählt«, sagte der Njordener ohne jegliche Sprachfärbung. Er setzte ein Lächeln auf, bei dem sich
im Licht von Damirs Laterne senkrechte Grübchen in seine Wange gruben. »Ihr werdet auf Eurem Rückweg durch
kniehohen Schnee den Berg hochsteigen müssen, um zurück in die Ebene zu gelangen.«

»Wer sagt denn, dass wir heute Nacht wieder gehen werden?«

»Wer? Oh!« Der Njordener lachte verlegen auf. »Entschuldigt, ich vergaß mich vorzustellen: Botschafter Jules aus dem NjordenEis. Der Höflichkeit halber müsste ich wohl ›zu Euren Diensten‹ sagen, aber ich befürchte, so viel Disziplin bringt angesichts der gegebenen Situation nicht einmal ein geschulter Diplomat wie ich auf.«

Damir lag eine passende Antwort auf der Zunge, doch er verwehrte sie sich. Er hatte diesem dreisten Burschen schon viel zu lange seine Aufmerksamkeit geschenkt. Eine Sache hatte er in Achaten nämlich gelernt: Der Überlegene entschied über das Gespräch – wie es geführt wird und vor allem, wer das letzte Wort hat. Und Damir hatte in jedem Fall vor, der Überlegene zu sein. Also verzog er verächtlich das Gesicht.

»Jules aus dem NjordenEis also, wie beeindruckend. Wer ich bin, wisst Ihr ja sicherlich bereits. Wenn Ihr dann Euren Angelegenheiten nachgehen wollt, dann könnte ich mich nämlich um meine kümmern. Wie Ihr bereits erwähntet: Das Wetter ist alles andere als günstig heute Nacht.«

Damir wollte weitergehen, aber Jules versperrte ihm den Weg und hob sogar eine Hand. Zu gern hätte Damir seine Selbstbeherrschung schleifen lassen und sie beiseitegeschlagen. Doch ganz gleich, wie groß die Verlockung war, dieser Herausforderung nachzugeben, er würde sich selbst keinen Gefallen tun, wenn er seinen Auftritt mit einer Rauferei wie unter Bauernlümmeln begann. Als Vlasoll hinter ihm ein angriffslustiges Knurren hören ließ, gab er ihm deshalb auch ein Zeichen, sich zurückzuhalten.

»Nur einen Moment, wenn Ihr erlaubt«, bat Jules ausgesucht höflich, auch wenn seiner Höflichkeit etwas Überhebliches innewohnte. Außerdem glomm in den Augen des Njordeners etwas auf, bei dem es sich nur um Vergnügen handeln konnte. Angesichts eines kurrenden Orks kaum nachvollziehbar. »Bevor Ihr Lehen gegenübertretet, um ihr

Euer Angebot zu unterbreiten, wollte ich Euch noch meinen Dank aussprechen. Dafür, dass Ihr Allehe auf so unnachahmliche Weise verlassen habt, die keine Fragen offen lässt. Wäre sie nicht frei gewesen, wäre ich mit meiner Werbung wohl gescheitert. Eine wunderbare Frau.«

Ohne ein weiteres Wort zu verlieren, schritt Damir an Jules vorbei. Der trat sogar ein Stück zur Seite und deutete eine Verbeugung an, woraufhin Damir durch seine Wollhandschuhe hindurch die Fingernägel in die Handfläche grub, um die sich rasant aufbauende Wut wenigstens ansatzweise auszutoben. Wie hatte er nur zulassen können, dass dieser Kerl ihn aus dem Takt brachte? Das Gelingen seines Plans hing nicht unwesentlich davon ab, wie überzeugend er auftrat.

Als Damir ein leises Lachen hinter sich zu hören glaubte, blickte er über die Schulter, sich durchaus bewusst, dass er damit Schwäche verriet. Jules' Gestalt verschwand bereits in der Dunkelheit, doch das Lächeln auf seinen Lippen war trotzdem zu erahnen und ließ Damir stolpern. In diesem Moment schwang die Tür des Trubur Hauses einen Spalt weit auf, und Lehen trat heraus.

Mit ausdrucksloser Miene musterte sie ihn, und plötzlich verdrängte eine grauenhafte Vorstellung jeden einzelnen Gedanken aus Damirs Kopf: Er hatte Lehen falsch eingeschätzt! Entgegen seiner Vermutungen war sie in Anbetracht einer drohenden Gefahr nicht davor zurückgeschreckt, die Magie des Kindes hervorbrechen zu lassen. Daher die Ruhe und Gelassenheit. Auf diesem Hof brauchte man sich nicht vor Drachenfeuer oder Orks zu fürchten, weil man eine machtvolle Waffe besaß und nicht davor zurückschreckte, sie einzusetzen.

Damir schluckte, konnte jedoch vor Entsetzen seine Kehle nicht spüren. Alles Leben wich aus seinen Gliedern, als wäre er bis zum Kinn in eine Schneeverwehung eingebrochen. Ihm blieb nichts anderes übrig, als Lehen anzustarren und darauf zu warten, dass sie den ersten Zug tat – wie immer der auch aussehen mochte.

Doch Lehen stand nur da und sah ihn an, ohne dass ihr Gesicht etwas über ihre inneren Regungen verriet. Endlich seufzte sie, griff nach einem Mantel und zog die Tür hinter sich zu. Im nächsten Moment stand Jules an ihrer Seite und half ihr in den Mantel, wobei er ihr etwas ins Ohr zu flüstern schien. Lehen berührte ihn am Arm und schenkte ihm ein Lächeln. Diese vertrauliche Geste brach Damirs Starre, und er nahm sich fest vor, den Njordener bei der ersten sich bietenden Gelegenheit zu töten.

Erschreckend selbstsicher trat Lehen auf ihn zu. »Hättest du nicht früher kommen können? Nun müssen wir hier in der Kälte und Dunkelheit herumstehen. Also tu mir den Gefallen, und beeil dich wenigstens mit dem, was du vorhast. Raus mit der Sprache.«

Damir zögerte, dann beschloss er, sich auf das Spiel einzulassen. Wenn Lehen so tat, als wären die Fronten bereits geklärt, so konnte er das auch. Selbst wenn er sich damit geradewegs sein eigenes Grab schaufelte.

»Meinetwegen können wir mein Anliegen auch gern drinnen am Kamin besprechen. Wenn wir am Ende unseres Gesprächs angekommen sind, werde ich eh wieder in diesem Haus ein und aus gehen können, wie es mir beliebt. Warum also unnötig frieren?«

»Ach.« Lehen machte eine wegwerfende Handbewegung. »Balam hat sich so schrecklich aufgeregt, als Blax und seine Kumpanen auf unserem Hof eingetroffen sind. Das ist nicht gut für seine Gesundheit. Außerdem könnte Bienem beschließen, kurzen Prozess mit dir zu machen. Das würde mir gar nicht gefallen, da ich doch so neugierig darauf bin zu erfahren, was du dieses Mal ausgeheckt hast. Die Rauchsäule über der Ebene war wirklich beeindruckend.«

Jules, der mit vor der Brust verschränkten Armen neben der Eingangstür stehen geblieben war, nickte zustimmend. »Ein großartiger Zaubertrick.«

»Ihr glaubt also, es handelt sich um einen Zaubertrick?« Damir streifte seine Handschuhe ab, dann seine Mütze und fuhr sich mit der Hand durch das lang gewordene Haar. Mit einem Schlag war ihm glühend heiß.

»Es ist eine Schande, dass dein bezauberndes Aussehen so gar nicht mit deinem schäbigen Charakter zusammengehen will«, sagte Lehen mit einem betrübten Ausdruck. »Das verwundert mich immer wieder aufs Neue.«

»Willst du jetzt wirklich über mein Aussehen reden?«

»Nein, eigentlich will ich mich nur ein wenig über dich lustig machen. Aber da du allem Anschein nach nicht genug Größe dafür besitzt, können wir auch gern direkt auf dein Anliegen zu sprechen kommen. Da du dir doch so viel Mühe gegeben hast, uns alle ordentlich zu erschrecken.«

Lehen war so dicht vor ihn getreten, dass er die Wärme ihres Körpers zu spüren glaubte. Er musste sich herunterbeugen, um ihr ins Gesicht zu sehen. Augenblicklich erinnerte er sich an den Geruch ihrer Haut, als er sie vor einer halben Ewigkeit in der Ebene unter sich gezwungen hatte. Doch bevor diese Erinnerung ihm seine alte Überlegenheit zurückbringen konnte, streckte Lehen die Hand aus und strich ihm übers Haar.

»Schneeflocke«, flüsterte sie ihm ins Ohr.

Damirs Brustkorb zog sich derartig schmerzhaft zusammen, dass er glaubte, nie wieder Luft holen zu können. Fluchtartig trat er einen Schritt zurück, um Abstand zwischen Lehen und sich zu bekommen, doch sie packte seinen Mantelaufschlag und zog ihn zu sich.

»Ich weiß, was du willst. Aber ich werde es dir nicht geben. Du hast dich verrechnet, Schmied. Und zwar nicht das erste Mal. Lauf fort, solange du noch Gelegenheit dazu hast.«

Als Damir Anstalten machte, sich gewaltsam von Lehens Griff zu befreien, hielt sie ihre linke Handfläche hoch. Dort prangte ein schwarzes Auge. Damir kannte die Zeichnung nur allzu genau, denn sie spann sich noch immer über seinen Rippenbogen, und der Anblick von Lehens Hand reichte aus, um die stets rot leuchtenden Narben wie ein Feuergeflecht aufglühen zu lassen. Mit einem Keuchen presste er sich eine Hand gegen seine Seite und wagte es nicht, Lehen erneut zurückzuweisen, als sie sich seinem Ohr entgegenneigte.

»Wirst du gehen?«, fragte sie leise. Dabei hörte er eine gewisse Unsicherheit in ihrer Stimme mitschwingen.

»Ich kann nicht«, erwiderte er, jeden Gedanken an Taktik und Machtdemonstration vergessend. »Ich bewege mich auf einem Weg, der jede Umkehr ausschließt. Ganz gleich, was du mir entgegensetzt, ich werde bis zum Äußersten gehen, um den Wunsch der Prälatin zu erfüllen, denn ansonsten ist mein Leben verwirkt. Die Orks, die mit mir aus Achaten gekommen sind und euren Hof umstellt haben, sind bestens instruiert. Wie du weißt, folgen sie stets dem Stärksten. Und die stärkste Macht in diesem Land ist Achaten. Auch ich folge nur den Befehlen der Prälatin. Sollte ich einen Rückzieher machen, werden die Orks mich töten. Sollte ich sterben, werden die Orks diesen unbedeutenden Landstrich von der Landkarte tilgen. Ich kann nur auf mein Ziel zulaufen, Lehen, und dabei versuchen, möglichst wenig Schaden anzurichten.«

Lehen unterdrückte ein Schluchzen, während ihre Fingernägel sich schmerzhaft in seinen Nacken krallten. »Ich hasse dich von ganzem Herzen. Warum bist du nicht einfach in dem Flammenmeer verendet, das Tanil geschaffen hat, du verfluchter Bastard?«

Einem unwiderstehlichen Impuls folgend, legte Damir ihr einen Arm um die Taille und drückte sie fest an sich, gleichgültig, ob sie ihm dafür ein weiteres Mal das magische Zeichen auf den Leib brennen würde. Doch Lehen ließ ihn gewähren, und es war fast so, als wär sie dankbar für den Halt, den er ihr gab.

»Sieht so aus, als würden wir gemeinsam bestehen oder untergehen, Lehen. Irgendwie verwundert mich das nicht.«

Gegen seinen Willen befreite Lehen sich aus seiner Umarmung und wischte sich über die Augen. »Nein, da irrst du dich. Das hier wird nur dein Untergang sein, dafür werde ich sorgen.«

»Dann solltest du es rasch tun, denn morgen früh bei Sonnenaufgang werde ich mit dem Orktrupp den Jungen holen«, murmelte Damir, als würde er Lehen ein Geheimnis verraten, das nur ihnen beiden gehören sollte. »Entweder lieferst du ihn mir freiwillig aus und begleitest uns nach Achaten, damit der Junge eine Mutter an seiner Seite hat, während man ihm beibringt, seine Magie zu beherrschen. Etwas, das du allein auf keinen Fall leisten kannst. Oder du lässt zu, dass er seine Magie entfesselt, um dich zu beschützen, und uns bei dem Versuch alle vernichtet. Die Entscheidung liegt bei dir.«

»Dann sehe ich dich also morgen, bevor alles zu Ende geht«, erwiderte Lehen. In ihre Stimme hatte sich Müdigkeit und Resignation geschlichen, die Damir fast davon überzeugte, dass sie diesen Schritt tatsächlich gehen würde.

Langsam drehte sie sich um und ging zum Haus zurück, wo der Njordener ihr die Tür öffnete. Bevor er ihr folgte, warf er Damir noch einen Blick zu. Nun, wenigstens war diesem Kerl das Grinsen vergangen. Er mochte zwar nichts von ihrer Unterhaltung gehört haben, aber dafür hatte er alles in Lehens Gesicht ablesen können.

Selbst als die Tür bereits eine Weile hinter den beiden zugegangen war, stand Damir immer noch auf dem verschneiten Hof und fragte sich, wie ihr aller Leben wohl verlaufen wäre, wenn er sich damals für die ältere Tochter der Truburs entschieden hätte. Nein, ganz gleich, wie der morgige Tag ausgehen mochte, der eingeschlagene Weg war der richtige. Wer alles will, muss auch alles riskieren.

So schnell es der Schnee zuließ, verließ er den Hof.

TEIL IV

Kapitel 28

Das rote Lodern wollte nicht nachlassen, sondern wallte mit ungebrochener Kraft auf, verwandelte die Welt in ein Flammenmeer, in dem Nahim ohne Bewusstsein trieb. Der Gesandte der Nördlichen Achse, der ihn im Njorden-Eis überwältigt hatte, hatte ihn in dieses unendliche Rot gestürzt, das aller Hitze zum Trotz so klar wie Schnee duftete. Hier gab es kein Gefühl für Zeit oder Raum. Ob man trieb oder fiel war gleichgültig. Die Regeln waren aufgehoben, aufgezehrt von einem magischen Feuer.

Zumindest dachte Nahim das, bis ihn ein stechender Schmerz durchzuckte. Es dauerte noch eine Weile, bis er begriff, dass der Schmerz von seinem Oberarm ausging. Und kaum begriff er das, spürte er auch schon seinen ganzen klagenden Körper, einschließlich seines aufgewühlten Magens. In seinen Ohren toste ein brüllender Lärm, den er zuerst für sein aufgeregt schlagendes Herz gehalten hatte. Doch das Getöse hatte seinen Ursprung außerhalb von ihm. Es war das brandende Feuermeer.

Diese Erkenntnis brachte Nahim schlagartig zu Bewusstsein. Der Gesandte hatte ihn an einen Ort gebracht, an einen echten Ort. Und er war auch nicht im Sturm des Maliandes ausgelöscht wurden, sondern konnte seine Sinne benutzen. Nun, zumindest seine Ohren.

Mit großer Kraftanstrengung zwang er seine Lider auf und musste feststellen, dass das Rot nicht wich und seine Augen überdies brannten, als habe er zu lange vor einem

Feuer gesessen. Ungeduldig wartete Nahim, aber das Rot blieb, der Ort, an den er verschleppt worden war, weigerte sich, Kontur anzunehmen. Aber je länger er in die blendende Glut blickte, desto mehr Schattierungen tauchten auf. Zunächst nur ganz fein, dann deutlicher, bis die Welt wieder ein Gesicht hatte. Allerdings eins, das Nahim ganz und gar nicht gefiel.

»Alles, nur das nicht«, brachte er über seine ausgetrockneten Lippen, als ihm klar wurde, wo er sich befand. Tief im Inneren des Westgebirges, in einer jener Hallen, wo sich das glühende Gestein auftat – der Heimat des Maliandes.

Unter Qualen setzte er sich auf, das Bedürfnis seines Magens, sich zu entleeren, ignorierend. So schlecht war es ihm nach dem Wandeln schon lange nicht mehr ergangen. Wenigstens war er allein, von dem Gesandten war keine Spur zu entdecken. Vorsichtig zog er die flimmernde Luft ein. Seine trockene Kehle nahm ihm jeden einzelnen Atemzug der glühend heißen Luft übel, aber sie drohte keineswegs, die Lungen zu versengen.

Erleichterung machte sich breit. Er befand sich zwar eindeutig unter dem Westgebirge, allerdings keineswegs so tief, wie er es schon einmal erlebt hatte. Vor Jahren, als er in die Halle des mächtigen Dämonenbeschwörers Resilir gewandelt war, um ihm im Auftrag des Ordens zu beweisen, wozu das Menschengeschlecht unter dem Einfluss des Maliandes im Stande war. Damals hatte er erfahren, was es bedeutet, wenn ein ganzes Gebirge über einem ruht. Und wie es sich anfühlt, einer Magie ausgesetzt zu sein, die einen jeden Augenblick vernichten kann.

Die Erinnerung an Resilir war so überwältigend, dass es Nahim, ohne darüber nachzudenken, gelang, auf die Beine zu kommen. Resilir, der seine steinernen Hallen und damit seine Form aufgegeben hatte, um am unwahrscheinlichsten Ort von Rokals Lande eine neue Gestalt anzunehmen. Reines Maliande, gefüllt in ein Geschöpf des NjordenEises – entweder war Resilir wahnsinnig oder genial gewesen. Nahim wusste es nicht.

Seine schwankenden Beine holten ihn in die Gegenwart zurück. Im letzten Augenblick konnte er sich an der Wand abstützen. Ihm war so unerträglich heiß, dass er gleich zu zerfließen drohte. Entsetzt stellte Nahim fest, dass er immer noch Maherinds Seelöwenpelz und seine kniehohen Lederstiefel trug. Mit einem Fluch auf den Lippen streifte er Handschuhe, Pelz und Schal ab, bevor er zu den Stiefeln hinablangte. Einen Moment lang wurde ihm schwarz vor Augen, und er taumelte rücklings gegen die Wand, deren Hitze umgehend durch den dünnen Stoff seines Hemdes drang und seine Haut an den Schulterblättern ansengte.

»Vielleicht sollte ich die Stiefel doch lieber anlassen«, sagte Nahim zu sich selbst, dem der Gedanke an verbrannte Fußsohlen wenig gefiel. Sein Körper war ohnehin ein einziger Schmerz, als habe man ihn in die Länge gezogen und anschließend wieder zusammengestaucht. Besonders sein Oberarm quälte ihn unablässig.

Obwohl seine steifen Finger ihm den Dienst versagen wollten, knöpfte Nahim sein Hemd auf, damit er es sich über die Schulter streifen konnte. Der in der unterirdischen Halle tosende Wind, der dem aufgewühlten Inneren des Westgebirges entstieg, scheuchte einzelne Haarsträhnen auf, bis sie an seiner verschwitzten Haut an Hals und Schultern kleben blieben. Auf seinem Oberarm hob sich unübersehbar ein roter Handabdruck ab, dessen Fingerspitzen in schwärzlichen Verfärbungen endeten. Es waren die Stellen, an denen sich die Orkkrallen des Gesandten in sein Fleisch gegraben hatten, durch den Pelz hindurch. Die Wunden waren bereits verkrustet, doch Nahim hatte den Verdacht, dass diese Stellen niemals verblassen würden. Der Gesandte hatte ihn gezeichnet, ob nun willentlich oder nicht.

Zögernd umkreiste Nahim den Abdruck mit dem Zeigefinger, bis er sich eingestand, dass er es nicht ertragen konnte, ihn zu berühren. Er fühlte sich verunreinigt, auch wenn die Verletzung nichts anderes tat, als zu schmerzen. Außerdem hatte er im Augenblick wahrlich andere Sorgen als eine Verunstaltung seines Arms. Der Gesandte hatte ihn ins Westgebirge verschleppt, und obwohl Nahim keine Ahnung hatte, was er damit bezwecken wollte, war es vermutlich besser, es gar nicht erst herauszufinden. Er sollte die Chance zur Flucht nutzen, solange sie überhaupt bestand.

Hastig blickte Nahim sich um. Zu seinem Entsetzen befand er sich auf einer schmalen Felsenzunge, die – wie um das Schicksal herauszufordern – über das wogende, von der Magie flüssig gewordene Gestein ragte. Hinter ihm stieg eine schiere Felswand auf, die in einer Stalaktitendecke endete. Durch die flirrende, alles verzehrende Luft hindurch glaubte er auf der anderen Seite der Höhle einen breiten Vorsprung zu entdecken, auf dem sich dunkle Vorrichtungen abzeichneten, wie sie die Achatener zum Gewinnen des Maliandes mithilfe des Goldenen Staubes verwendeten. Er befand sich also in einem der Stollen, die unter der Herrschaft der Burgfeste standen. Denn weder Elben noch Dämonenbeschwörer brauchten derartiges Werkzeug. Nun, in welchen anderen Stollen hätte der Gesandte ihn auch verschleppen sollen? Außerdem hatte er den Ort wirklich gut gewählt, denn es würde Nahim unmöglich sein, von hier fortzukommen. Es sei denn, er lernte fliegen.

Unsicher überschritt Nahim die Felsenzunge bis zu ihrer Spitze und warf einen Blick in die Tiefe. Unter ihm brauste ein Meer aus Glut, einzelne Wellen sprangen empor, als wollten sie nach ihm greifen oder doch wenigstens über die

Unterseite des Felsvorsprungs lecken. Fast lebendig, bewegt von dem Willen, eine Form zu finden. Tosend stieg Lärm auf, und Luft zirkulierte wilder als in einem Sturm.

Je länger Nahim hinabblickte, desto mehr trat ein golden schimmernder Glanz zum Vorschein, ein feines Netz, ausgebreitet über dem Wellenspiel. Es schien über der Glut zu schweben, als habe es nichts mit dem unter ihm liegenden Verderben gemeinsam. Als würde das Maliande auf den Kämmen des Flammenmeeres reiten.

Es ging eine solch grausame Faszination von dem flüssigen Gestein aus, dass Nahim sich an der äußersten Spitze wiederfand, leichtfertig weit vorgelehnt. Der Wind griff sich einen Zipfel seines Hemdes, zerrte ihn vor. Plötzlich schoss eine Welle hinauf, und der Funkenflug erwischte den Hemdzipfel. Mit einer kleinen Rauchsäule ging der Stoff in Flammen auf, wie Nahim voller Unglauben beobachtete. So plötzlich wie die Windböe aufgekommen war, verschwand sie auch wieder, und der versengte Hemdzipfel sank wie eine geschändete Fahne nieder.

Mit einem Sprung brachte Nahim sich in Sicherheit und prallte dabei gegen einen schwarzen Umhang, unter dem sich allem Anschein nach ein so kräftiger Körper verbarg, dass er bei dem Zusammenstoß nicht einmal leicht ins Schwanken geriet.

Nahim schluckte. Der Gesandte hatte sich zwischen ihm und der Zuflucht versprechenden Felswand aufgebaut. Zu seinem Entsetzen überragte ihn die Gestalt um gut drei Kopflängen, doch schon im nächsten Moment befand sie sich auf Augenhöhe mit ihm. Nahim entfuhr ein heiserer Schrei.

»Entschuldigt«, ertönte die singende Stimme. »An diesem Ort voller widerspenstiger Magie fällt es uns manchmal schwer, die Form zu wahren.«

»Wenn Ihr mich nicht sofort vorbeilasst, werde ich bei dieser aufsteigenden Glut ebenfalls Schwierigkeiten bekommen, die Form zu halten. Ich werde nämlich in Flammen aufgehen.«

Ohne einmal zu blinzeln, stierte der Gesandte Nahim an, sodass der sich beinahe versucht fühlte, sich einfach an ihm vorbeizudrängen. Doch die brennende Stelle an seinem Arm überzeugte ihn davon, dass es besser war, dieser Gestalt nicht zu nahe zu kommen. Ein Abdruck dieser Art auf seiner Haut reichte ihm vollkommen.

»Und wieder enttäuscht Ihr uns«, ließ der Gesandte ihn wissen. »Es will Euch also nicht gelingen, sich des Maliandes zu bedienen. Nicht einmal dazu seid Ihr im Stande?«

»Sehe ich etwa aus wie ein verfluchter Elbe, dass ich einfach hinabgreifen und das Maliande aus der Glut herausheben kann? Habe ich spitze Ohren und eine unerträgliche Attitüde? Nein! Wenn Ihr also die Güte hättet, mich vorbeizulassen.« Nahim konnte es selbst kaum fassen, was er da von sich gab. Vermutlich war es nichts anderes als der Mut der Verzweifelten, der ihn in einer solchen aussichtslosen Lage rebellieren ließ. Aber der Mut reichte nicht so weit, dass er herausfordernd auf den Gesandten zugetreten wäre.

»In Euch befinden sich Spuren reinen Maliandes«, beharrte der Gesandte, dessen Farben immer wieder von einem bleiernen Grau überdeckt wurden. Nahim fragte sich, welche Gestalt die Magier wohl in ihrem Reich annahmen. Ob sie überhaupt eine hatten? »Ihr habt uns zu Euch gelockt. Es besteht eine Verbindung, sie greift unablässig nach uns. Wenn Ihr sie nicht geschaffen habt, wer war es dann? Zeigt uns denjenigen und wir lassen von Euch ab.«

Nahim wischte sich den Schweiß von der Stirn und wollte gerade zu einer ausgesucht unhöflichen Entgegnung ansetzen, als er plötzlich unwillentlich in die Knie ging. Ein

Funkenschweif hatte ihn am Rücken getroffen und war mühelos durch sein Hemd gedrungen, um die Haut zu verbrennen. Es fühlte sich an, als habe jemand ihm unzählige feine Schürhaken unter das Schulterblatt gerammt.

»Ich würde Euer Angebot wirklich liebend gern annehmen«, brachte er zwischen zusammengepressten Zähnen hervor. »Nichts lieber als das, aber ich befürchte, ich habe nicht die geringste Ahnung, wovon Ihr redet.«

»Ist das so?«

Ein Beben durchzog die Stimme des Gesandten, als würde der vielstimmige Chor, aus dem sie bestand, durch eine unvermutete Gefühlsregung aus dem Takt geraten. Ob Wut oder Ungeduld der Auslöser sein mochten, war dem maskenhaften Gesicht nicht zu entnehmen.

»Vielleicht sollten wir Euch ein wenig über unser Vorhaben erzählen, damit Ihr die Dringlichkeit unseres Anliegens begreift. Unsere Achse kreuzt nur alle Jahrhunderte einmal über die Eure, und jedes Mal bleibt uns nur eine kurze Dauer, um uns endlich mit Euch zu verbünden. Wir sind zwei Hälften derselben Medaille, doch während wir im Licht der Magie erstrahlen, seid ihr bislang in der Dunkelheit verhaftet geblieben. Unsere letzten Versuche, Euch an unserem Glück teilhaben zu lassen, sind gescheitert, haben sogar dazu geführt, dass die wenige Magie, die wir auf Eurer Achse beheimaten konnten, eine Grenze gebildet hat.«

»Ihr sprecht vom NjordenEis, nicht wahr?« Elendig nach Luft schnappend, richtete Nahim sich auf, während die in Mitleidenschaft gezogene Haut auf seinem Rücken spannte, als würde sie jeden Moment reißen. »Die Barriere, die das Volk dort geschaffen hat, um Euch fernzuhalten.«

Ein Flackern durchfuhr die Gestalt, was bei einem Menschen wohl ein Schaudern bedeutet hätte. »Eis und Feuer vertragen sich nicht.«

Das denkst bloß du, schoss es Nahim durch den Kopf. Er war froh, dass ihm der Wind in diesem Moment einen Schwall Haare ins Gesicht trieb, damit der Gesandte nichts bemerken konnte.

»Diese Grenze macht es uns unmöglich, zu Euch vorzudringen. Deshalb waren wir auch gezwungen, einen Handel mit der Herrscherin des Westgebirges einzugehen: Wir stellen ihr eine große Menge an Goldenem Staub zur Verfügung, der eigentlich nicht mehr als die Asche unserer angewandten Magie ist, die an der Barriere erlöscht. Dafür stellt sie uns die Hälfte des entstehenden Maliandes zur Verfügung. Zu unserer Schande sind wir nämlich dazu gezwungen, die Grenze von dieser Seite aus zu durchbrechen, indem wir auf die hiesige Magie zurückgreifen.«

»Lasst mich raten: Ihr braucht magisches Feuer, um die eisige Barriere einzuschmelzen. Drachenfeuer. Es geht Euch um die Magie von Rokals Lande, auf die macht Ihr Jagd. Das Land selbst und seine Bewohner sind Euch vollkommen gleichgültig. Wir taugen vermutlich bestenfalls als Sklaven, und das auch nur, wenn wir jemals mit dem Maliande in Berührung gekommen sind.«

Der Gesandte ließ ein Seufzen vernehmen, fast ein zärtliches Geräusch. »Ihr wisst einiges über uns und das Maliande – und auf der anderen Seite so gut wie gar nichts.«

»Zumindest besitze ich genug Verstand, um zu begreifen, dass Freunde, die einen mit magischem Licht beglücken wollen, keine hinterhältigen Pläne schmieden, sondern ihr Angebot direkt offerieren würden. Kein heimliches Herumstromern, keine Entführungen und ganz bestimmt auch keine Erpressungsversuche.«

Ein Arm des Gesandten schoss hervor, aber damit hatte Nahim gerechnet und wich ihm geschickt aus. Dabei kam er dem Abgrund jedoch gefährlich nahe.

»Ihr fasst mich nicht noch einmal an!«

»Ach, nein?« Etwas auf dem maskenhaften Gesicht des Gesandten geriet durcheinander, als würden Mund, Nase und Augen in einem neuen Verhältnis zusammengesetzt werden. Das Ergebnis bestand in einem berechnenden Lächeln. »Ihr habt wohl kaum einen Verhandlungsspielraum. Ihr wisst nichts, Ihr könnt nichts …«

»Und trotzdem vergeudet Ihr Eure knappe Zeit mit mir«, führte Nahim den Satz zu Ende. »Wenn ich so wertlos bin, warum überlasst Ihr mich nicht einfach meinem Schicksal und widmet Euch stattdessen der Glückseligmachung Rokals Landes, auf die Ihr angeblich aus seid?«

Erneut streckte der Gesandte die Hand in Nahims Richtung aus, der so weit zurückwich, dass sein Stiefel fast über die Bruchstelle der Felsenzunge rutschte.

»Ich warne Euch: Wenn Ihr versucht, eine Eurer Klauen an mich zu legen, werde ich springen.«

Anstelle einer Antwort schritt der Gesandte bis an den seitlichen Rand der Zunge. Nahim nutzte die Gelegenheit, den Abstand zwischen sich und der aufspritzenden Gischt zu verringern. Der Gesandte streckte einen Arm vor. Kurz schienen noch die schwärzlichen Orkkrallen an den Fingerspitzen einer schmalen Menschenhand auf, bedeckt von etwas, das nur Goldener Staub sein konnte, dann verwandelte sie sich in gleißendes Licht.

Ein Eislicht.

Eine Glutwelle baute sich in der Tiefe mit einem ohrenbetäubenden Lärm auf und brachte den ganzen Kessel in Aufruhr. Nahim sank auf die Knie, erfüllt von der Furcht, dass der aufbrausende Wind ihn von der Felsenzuge reißen könnte. Seine Finger suchten nach Halt auf dem kargen Boden, doch mehr als Brandblasen brachte ihm der Versuch nicht ein.

Immer höher schaukelte sich die Welle, nach oben hin verjüngend, als würde sie sich mit aller Gewalt dem Eislicht entgegenstemmen. Dann ergoss sie sich in den Lichtschein hinein und brach mit einem lauten Knall in sich zusammen.

Nahims Herz schlug wie ein schwerer Hammer gegen seinen Rippenbogen, dass es schmerzte. Als er es endlich wagte, die Hände von den Ohren zu nehmen und den Kopf zu heben, stand der Gesandte unmittelbar vor ihm und blickte auf ihn herab. Sein Ausdruck war reine Herablassung, der einzige Ausdruck, der ihm offensichtlich keinerlei Schwierigkeiten bereitete. Einen Augenblick lang kauerte Nahim noch auf dem Boden, unsicher, ob es ihm überhaupt gelingen würde, sich aufzurichten. Dann zwang er sich auf die Beine. In der hohlen Hand des Gesandten, die nun wieder mit Orkkrallen bestückt war, schwamm eine Lache aus weich schimmerndem Gold. Maliande − so nah, dass Nahim nur die Hand danach auszustrecken brauchte, um dieser Gluthölle zu entkommen.

»Würde Euch dieses Maliande ausreichen, um von hier fortzugehen? Ja, das würde es wohl. Wir wiederholen unser Angebot: Ihr könnt mit dem Maliande hingehen, wohin auch immer Ihr wollt. Aber zuvor müsst Ihr Euer Geheimnis verraten.«

»Ich verstehe nicht, warum es für Euch von so großer Bedeutung ist, wer eine solche reine Magie in sich trägt. Ihr habt doch Euren Plan, die Barriere des NjordenEises zu zerstören, schon fast bis ans Ende geführt. Ihr habt mehr als ausreichend Maliande in Eurem Besitz und wisst, wie man die Drachen ruft. Was kümmert Euch da eine solche Nebensächlichkeit?«

»Als Ihr im NjordenEis weiltet, während wir uns des Maliandes bedient haben, mussten wir zu Euch kommen.

Magie stellt immer die Frage nach der Macht, indem sie eine Form sucht. Einst ist uns ein Hort der Magie verloren gegangen. Lange Zeit dachten wir, er sei verglüht, so wie alles Magische erlischt, das die Achse verlässt.«

»Ihr seid wie die Dämonenbeschwörer des Westgebirges, festgekettet ans Gestein«, flüsterte Nahim ungläubig. »Aber der Drache, der Euch entkommen ist, konnte seine Magie während des Falls bewahren. Er war Euch überlegen.«

Der Gesandte stieß ein schrilles Krächzen aus, das von den Felsenwänden in einem unerträglichen Maß zurückgeworfen wurde. »Überlegen? Keinesfalls! Denn wir haben einen Weg gefunden, die Grenze zu sprengen und uns letztendlich doch noch zu holen, worauf wir so lange haben warten müssen. Und vielleicht sogar noch ein wenig mehr, wenn Ihr endlich Euren Widerwillen aufgebt. Also wählt, bevor wir die Geduld verlieren.«

Der Gesandte streckte beide Arme vor. In der einen Hand das Maliande, die andere zum Schlag erhoben. Die scharfen Orkkrallen brauchten nur herunterzufahren, um Nahim die Kehle aufzuschlitzen. Oder er würde über den Rand der Felsenzunge stürzen.

Doch Nahim kümmerte sich nicht um die Bedrohung, sondern starrte gebannt auf das sich sanft bewegende Maliande in der Hand des Gesandten, als sich plötzlich eine Gewissheit in ihm ausbreitete: Ganz gleich, wie weit der Plan der Herrscher der Nördlichen Achse gediehen war, sie würden nicht gewinnen können. Das Maliande, das einst einen Drachen beseelt hatte, von dem Nahim nicht einmal wusste, ob er überhaupt der Nördlichen Achse entstammte – mittlerweile hegte er den Verdacht, dass die Magier nichts anderes als Schmarotzer waren, unfähig, eigene Magie hervorzubringen –, war vielleicht verloren. Aber es hatte sich im Laufe der Jahrhunderte gewandelt, war eine Verbindung mit

Rokals Lande eingegangen und hatte seine eigenen Blüten getrieben. Nach diesen Blüten gierten die Magier und fürchteten sich gleichermaßen davor. Magie stellt immer die Frage nach der Macht, hatte der Gesandte gesagt. Resilir war keineswegs wahnsinnig gewesen, als er seine alte Form abgestreift hatte. Er hatte bloß als Erster begriffen, dass die Magie bereit war, in Rokals Lande Wurzeln zu schlagen. Also hatte er sie ins NjordenEis getragen, um ihr eine Seele einzuhauchen. Und dieses Geschöpf, das dabei entstanden war, hatte ihn berührt – wie könnte er es verraten?

»Nun, habt Ihr Euch entschieden?« Die erhobene Krallenhand des Gesandten zitterte leicht, als könne sie es kaum erwarten, herabzufallen.

»Ja«, sagte Nahim und trat ohne Zögern einen Schritt nach hinten.

Er sah noch den Ausdruck absoluter Ungläubigkeit auf dem Gesicht des Gesandten und hätte fast gelacht, da er dieser Gestalt doch zumindest einen weiteren Ausdruck beigebracht hatte. Dann stürzte er in die Tiefe, die gierig ihre glühenden Finger nach ihm ausstreckte. Aber Nahim verschwendete keine Zeit mit Furcht. Er hielt sich an dem schönsten Gedanken fest, den er in seinem Leben kennen gelernt hatte, ehe ihn das Flammenmeer umschloss.

Kapitel 29

W ir haben einen Fehler begangen, Jules.«
Lehen konnte einfach nicht aufhören, ihre Faust gegen den Leib zu drücken, obwohl der Schmerz in ihrem Magen dadurch nur schlimmer wurde. Die Kohle, mit der sie sich das schützende Auge auf die Handinnenfläche gemalt hatte, um Damir zu täuschen, hatte bereits Spuren auf ihrem hellen Kleid hinterlassen. Ein deutlicher Beweis ihres Scheiterns.

»Wir haben gedacht, dass Damir unser Gegner ist, dass wir ihn mit einem Bluff auf Abstand halten könnten. Doch wir haben uns getäuscht. Wir haben es nicht mit dem machtgierigen Schmied des Westends zu tun, sondern mit der Prälatin des Westgebirges. Wir hätten fliehen sollen, als noch die Zeit dazu war.«

Jules stand beim Fenster, dessen Außenlade er ein Stück weit geöffnet hatte, um in die Dunkelheit der Nacht hinauszublicken, die schon sehr bald der Dämmerung weichen würde. Sie hatten die Knechte und die in den Stallungen lagernden Orks über den anstehenden Angriff unterrichtet, die anderen Familienmitglieder jedoch schlafen lassen. Blax hatte nur zustimmend gegrunzt und nach seiner schartigen Klinge gegriffen.

»Schöner Besuch. Hab den dreckigen Gestank des Westgebirges noch in der Nase. Hätten die Achaten-Orks gleich zerhacken sollen. Quatschen nie gut.«

»Wenn deine Nase so gut ist, dann hast du doch sicherlich

auch die Rückendeckung gerochen, von der der gesamte Hof eingekreist war«, hatte Jules nur gereizt erwidert. »Mir sind sie jedenfalls nicht entgangen. Ich würde sagen, vier auf jeden von uns. Unsere drei Kinder mit eingerechnet.«

»Wohin hätten wir denn zu Fuß fliehen können, ohne dass Damir und sein Kriegstrupp uns nicht eingeholt hätten? Wir hatten keine Wahl.« Trotz der trostlosen Worte warf ihr Jules einen erstaunlich gelassenen Blick zu.

Obwohl er von dem Zwiegespräch zwischen Lehen und Damir nur einzelne Worte verstanden hatte, hatte Jules bislang nicht nachgefragt, ob er mit seiner Vermutung richtig gelegen hatte, dass es bei dem drohenden Angriff tatsächlich um Nahim ging. Vermutlich ahnte er bereits, dass es dem Schmied um etwas anderes ging, ganz gleich, wie leise sie miteinander gesprochen hatten. Mit jedem Moment, den Jules weiterhin schwieg, verspürte Lehen dringender denn je den Wunsch, sich ihm zu offenbaren und die Last, die ihr zunehmend den Atem raubte, mit jemandem zu teilen. Die Hoffnung, dass Nahim noch rechtzeitig eintreffen würde, um Tanil und sie zu retten, hatte sie längst aufgegeben. Selbst wenn er noch vor Anbruch der Dämmerung einträfe, würde ihre Familie den angreifenden Orks ausgeliefert sein.

»Ich kann Damir nicht geben, was er will. Es ist einfach unmöglich, egal, was für einen Preis ich dafür zahlen muss«, gestand Lehen.

Jules wischte sich über die Augen und sah mit einem Mal sehr erschöpft aus. »Das habe ich auch schon begriffen. Also wird Damir sich mit Gewalt holen, weshalb er den weiten Weg durch die Ebene auf sich genommen hat. Falls er dazu in der Lage ist, es sich zu nehmen … Und wenn ich mir das richtig zusammenreime, ist er das nicht, oder?«

Lehen hatte den Verstand des jungen Njordeners also nicht unterschätzt. »Damir kann nur Hand an Tanil legen,

400

wenn ich es ihm erlaube. Ansonsten wird der Junge ihn auf eine Art zurückweisen, die uns alle vernichten wird. Die hervorbrechende Magie ist stärker als mein Junge, er kann sie nicht beherrschen.«

Jules' Gesichtsfarbe wechselte von Grau zu einem Grünton, als wäre ihm schlagartig übel. »Ist es das, was in Achaten passiert ist: Hat Tanil Magie eingesetzt, um dich zu beschützen? Hat Nahim seine Magie genutzt, um mit euch zu wandeln?«

»Ja, aber es hätte Tanil fast umgebracht.«

Jules stieß ein raues Lachen aus. »Ein Njordener, der Maliande in sich trägt. Die Gesetze in Rokals Lande sind wirklich endgültig durcheinandergeraten. Was für ein Chaos.« Dann zuckte er mit den Schultern. »Aber heißt es nicht, dass man das Alte zerstören muss, um Neues zu erschaffen?«

»Ich werde mit Damir gehen müssen, wenn ich meine Familie vor dem sicheren Tod bewahren will. Nur befürchte ich, dass es sich lediglich um einen Aufschub handelt, denn in den Händen der Prälatin wird Tanil nichts anderes als eine Waffe sein, die eines Tages auch das Westend vernichten wird.«

Nun, da Lehen endlich ausgesprochen hatte, was ihr unausweichlich, aber keineswegs durchführbar erschien, stiegen ihr mit einem Mal Tränen in die Augen. Blind stolperte sie einige Schritte voran, doch da hatte Jules sie auch schon aufgefangen und drückte sie, wenn auch ein wenig steif, tröstend an sich.

»Vielleicht solltest du auf die Gabe deines Jungen vertrauen, so wie du es schon einmal getan hast«, schlug Jules vor, nachdem sie sich wieder ein wenig beruhigt hatte.

Aber Lehen schüttelte entschieden den Kopf. »Nein, das kann ich nicht. Die Magie hätte uns beide damals fast ausgelöscht. Es wäre nichts von uns übrig geblieben, wenn Nahim ihr nicht im letzten Moment durchs Wandeln eine neue Form gegeben hätte. Wenn Nahim nur hier wäre!«

Jules wollte gerade etwas erwidern, da gellte ein markerschütternder Schrei aus Lehens alter Schlafkammer. Lehen bemerkte kaum, wie sie die Tür aufriss und sich neben den liegenden Tanil auf die Knie fallen ließ. Der Junge hatte sich in einer Ecke auf einem Fell eine Schlafstatt eingerichtet, weil er mit den weichen Betten, in denen Allehe und die beiden Mädchen Alliv und Fleur lagen, wenig anzufangen wusste. Nun lag er auf dem Rücken und starrte mit gequältem Ausdruck die Zimmerdecke an. Als Lehen seine Stirn berührte, glühte sie wie im Fieber.

»Tanil«, sagte sie schwach, das Schlimmste befürchtend. Aus den Augenwinkeln beobachtete sie, wie Jules Allehe samt den Mädchen aus dem Zimmer brachte.

Langsam setzte sich der Junge auf, und Lehen war mit einem Mal, als säße sie keinem Kind, sondern einem Wesen gegenüber, das ihr an Reife deutlich überlegen war. Als Tanil ihr seine schmale Hand auf die Schulter legte, zuckte sie leicht zurück. In der Tiefe seiner kohlschwarzen Augen glühte ein Feuer, nicht größer als der Kopf einer Stecknadel, das sich im nächsten Moment in ein tosendes Flammenmeer verwandelte. Sie schrie auf und schlug sich hastig die Hand vor dem Mund. Sie durfte sich nicht fürchten und nicht zurückschrecken, das hatte sie in der Burgfeste gelernt. Doch die Angst raubte ihr fast den Verstand.

Anstatt, wie befürchtet, von der Magie übermannt zu werden, verdrehte Tanil angesichts ihrer Erstarrung gereizt die Augen und knuffte sie in die Seite.

Lehen blinzelte benommen, dann stieß sie ein Krächzen aus, das entfernt an ein Lachen erinnerte. Da saß es auf einmal wieder, ihr Kind mit den abstehenden Zottelhaaren und den hohen Wangenknochen, über denen sich die fast durchscheinend helle Haut des NjordenEis-Volkes spannte. Er wird eines Tages ein gut aussehender Mann werden, genau wie Nahim. Erneut stieß Lehen ihr Krächzen aus.

Mit einem erstaunlich festen Griff packte Tanil sie an der Schulter und forderte ihren Blick ein. Seine Lippen waren nicht mehr als eine blasse Linie, als würde es ihn viel Kraft kosten, ihre Begriffsstutzigkeit zu ertragen. Lehen holte einmal tief Luft, dann folgte sie Tanils Aufforderung und ließ ihren Geist auf Reisen gehen.

Tanil hatte schon vorher immer wieder einmal diese besondere Bindung zwischen ihnen beiden zum Klingen gebracht, aber jetzt sah sie zum ersten Mal, woraus sie bestand. Wie ein rot leuchtender Drache am Nachthimmel hielt der mentale Faden, den Tanil in ihre Richtung ausschickte, auf sie zu. Erfüllt von dem Feuer, das in ihm brannte. Allerdings fühlte sich die Berührung der Flammen keineswegs schmerzhaft an, denn zwischen ihrem Geist und der rohen Magie spannte sich ein golden glänzendes Netz. Langsam begann es sich zu formen, und ehe Lehen sich versah, erkannte sie vor dem brennenden Hintergrund ein Gesicht. Vor Schmerzen gepeinigt.

Nahim!

Dann verlosch das Bild.

⚜ Kapitel 30 ⚜

Aelaris' Eröffnung, dass er jener Elbe war, dem sie auf perfide Weise ein Stammesgeheimnis entrissen hatte, um sich damit einen Platz in der Nähe der Prälatin zu erkaufen, hatte Lalevil fast von den Füßen gerissen. Wortwörtlich. Kaum hatte Aelaris die Wahrheit ausgesprochen, war sie einige Schritte zurückgetaumelt, als habe er ihr einen Stoß verpasst. Dabei hatte er sich gar nicht weiter um sie gekümmert, sondern seine Handflächen auf die glänzende Steinwand gelegt, als erwarte er einen entscheidenden Impuls vom Felsen. Oder als wäre das, was sich vor fast einem Jahr zwischen ihnen abgespielt hatte, keine weitere Beachtung wert.

Und noch immer stand Lalevil da und stierte ihn an, dabei hatte sie von Anfang an geahnt, jemandem Vertrauten gegenüberzustehen – selbst wenn vom Äußeren her kaum noch Ähnlichkeiten vorhanden waren. Aber so war es ihr schon beim ersten Mal ergangen, als ihr der damals noch silberhaarige Elbe bei einer Versammlung des Westgebirges inmitten von Seinesgleichen aufgefallen war, die sich eigentlich ähnelten wie ein Ei dem anderen. Denn Aelaris hatte sie auf eine Art angesehen, wie Elben es niemals tun: neugierig, fasziniert. Er war schon damals etwas Besonders gewesen, daran hatte sich nichts geändert. Später hatte sie sich seine für einen Elben untypische Faszination zu Nutze gemacht, in einer Form, die ihr fast den Selbstrespekt raubte.

Während Aelaris vollkommen in sich versunken dastand,

hatte sie das Gefühl, ihre Finger zu sehen, wie sie seine Rückenlinie entlangfuhren und ihn berührten – wie damals. Obwohl da seine Tunika und der hervorlugende Kragen seines Hemdes waren, glaubte sie, seine erhitzte Haut zu spüren, die Kanten seiner Schulterblätter, seinen Nacken, über den ihre Fingernägel gewandert waren, wohl wissend, dass er noch nie zuvor auf diese Weise berührt worden war. Sie hatte die Erinnerung an diese Vereinigung verdrängt. Denn ihren unlauteren Absichten zum Trotz, hatte sie sich zu dem namenlosen Elben hingezogen gefühlt. Damals hatte sie der Gedanke, was sie ihm raubte, erregt. Erst später, als Badramur sie mit einer Mischung aus Anerkennung und Verachtung angesehen hatte, war sie sich wie ein schäbiger Dieb vorgekommen. Der ihr ausgelieferte Elbe hatte schließlich nicht gewusst, wie ihm geschah. Dem Aelaris, der heute vor ihr stand, würde so etwas nicht passieren.

»Hasst du mich?«

Zuerst dachte sie, Aelaris würde nicht reagieren, aber dann senkte er leicht den Kopf, ohne jedoch die Augen zu öffnen.

»Warum sollte ich?«

»Bei allem, was ich dir in dem Kerker angetan habe …«

»Redest du von der Verführung oder von der Falle, in die du mich hast tappen lassen? An Ersterer waren wir beide beteiligt, und was den Verrat anbelangt, so war meiner wohl der größere. Du hast nur einen Fremden für deine Zwecke ausgenutzt, aber ich muss mir den Vorwurf gefallen lassen, eine Stammeslosung offenbart zu haben.« Nun öffnete Aelaris seine Augen einen Spalt weit, um sie kühl anzusehen. »Rückblickend würde ich sagen, du warst nur ein Mosaikstein neben vielen anderen, die mein Selbstbild verändert haben. Und bei Weitem nicht der Unangenehmste. Für Hass

reicht es also nicht aus. Ich hoffe, das enttäuscht dich nicht.«
Dann widmete er sich wieder der Steinwand.

Obwohl es lächerlich war, fühlte Lalevil einen Stich in ihrer Brust. »Dann ist es nur ein Zufall, dass sich unsere Wege erneut gekreuzt haben?«

Aelaris gab ein Brummen von sich, als sei bereits alles gesagt. Lalevil fühlte sich versucht, ihn herumzureißen und ihm das Geständnis abzuringen, dass sie nicht wirklich so unbedeutend für ihn war, wie er vorgab. Aber sie besann sich eines Besseren. Sie hatte kein Recht darauf, irgendetwas von dem Elben einzufordern. Vielmehr konnte sie froh darüber sein, dass er nicht einmal genug Interesse aufbrachte, um sie für ihre Taten zu verachten. Schockiert stellte Lalevil fest, dass sie dieser Gedanke schmerzte. Sie ertrug die Vorstellung nicht, Aelaris gleichgültig zu sein. Ausgerechnet sie.

Mit steifen Beinen wandte sie sich ab, halb verzehrt von dem Verlangen, Aelaris gegen alle Vernunft eine Reaktion abzuringen – irgendeine Reaktion, selbst wenn es nur eine Beleidigung oder gar eine Ohrfeige sein mochte –, halb getrieben von einem brennenden Schamgefühl. Plötzlich wünschte sie sich, die Feuersbrunst, die diesen Saal in eine spiegelnde Höhle verwandelt hatte, möge erneut ausbrechen. Oder ein Trupp Wächter mit gezückten Schwertern würde einfallen. Alles war recht, solange sie dem in ihr tobenden Gefühlschaos ein Ende bereiten konnte.

»Hier muss es doch irgendwo eine Tür geben, die zu Badramurs Privaträumen führt«, dachte Lalevil laut nach, während sie begann, die glatten Wände zu untersuchen. »Wenn wir die finden würden, müssten wir nicht nur durch dieses scheußliche Labyrinth unseren Weg zurück suchen, sondern könnten der Prälatin auch gleich einen kleinen Besuch abstatten. Ich hätte da nämlich ein paar Fragen.« Und eine unheimliche Lust auf eine Auseinandersetzung mit ihrer Leibgarde. Aber diesen Gedanken behielt Lalevil lieber für sich.

»Das kann nicht sein.« Aelaris' Stimme hallte rau durch die Höhle.

»Natürlich kann das sein«, hielt Lalevil lautstark dagegen, obwohl ihr nicht klar war, worauf Aelaris eigentlich abzielte. Sie war einfach nur beseelt von dem Wunsch, ihn ihre Verunsicherung nicht anmerken zu lassen.

Doch Aelaris kümmerte sich herzlich wenig um ihre Meinung. Über sein Gesicht kreisten die Zeichen, als hätte er es mit einem Schlag aufgegeben, sie kontrollieren zu wollen. Sein Rücken bebte, als habe er gerade eine große Anstrengung unternommen. Langsam nahm er die Hände von der Wand und betrachtete die Innenflächen so eingehend, dass Lalevil schon befürchtete, er könne sich verletzt haben. Mit einigen schnellen Schritten war sie an seiner Seite. Seine Handflächen waren unversehrt, nur ein schwacher goldener Schimmer lag auf ihnen. Unwillkürlich beugte Lalevil sich über sie und konnte kaum dem Bedürfnis widerstehen, an ihnen zu lecken.

»Maliande«, sagte sie schwach.

»Ja, Maliande.« Aelaris' Augen waren schreckensweit geöffnet, aber zugleich wich ein Lachen von seinen Lippen. Ein ungläubiger, fast amüsierter Ton, der Lalevil sämtliche Sorgen mit einem Schlag vergessen ließ.

»Es ist dir also gelungen, dem Geheimnis auf die Spur zu kommen?«

»Auf die *Spur kommen,* trifft es ganz gut.« Mit einer gedankenverlorenen Geste fuhr Aelaris durch sein metallisch schimmerndes Haar, wobei eine feine Spur Gold auf den widerspenstigen Strähnen zurückblieb. »Die Magie, die hier geformt wurde, hat einen Pfad zurückgelassen – ob nun willentlich oder nicht, kann ich nicht sagen. Aber mir ist zum ersten Mal seit meiner Veränderung so, als könnte ich den Geist eines anderen berühren. Als wäre der Grund für meine Veränderung, diesen Geist zu erreichen.«

»Du kannst den Schöpfer dieser Magie erreichen?« Lalevil stieß einen Freudenschrei aus. »Du kannst denjenigen erreichen, der Badramur in Angst und Schrecken versetzt und den Gesandten der Nördlichen Achse aufgescheucht hat? Worauf wartest du, noch? Nur zu!«

Allerdings hatte sich die Begeisterung bei Aelaris bereits merklich gelegt und zwischen seinen schmal geschwungenen Brauen zeichnete sich eine tiefe Kerbe ab. »Ich habe nicht die geringste Ahnung, wen ich auf diesem Weg erreichen würde. Oder was geschieht, sollte der Schöpfer dieses Pfades wenig Gefallen daran finden, dass ich plötzlich in seine Gedanken eindringe.«

»Nun hör aber auf. Was bist du: Mann oder Maus?«

Aelaris lächelte wenig beeindruckt angesichts dieser Herausforderung. »Ein Elbe, der eigentlich davon ausgegangen ist, dass die Zeit der mentalen Verbindung für ihn ein für alle Mal Vergangenheit sei.«

Mit einem Seufzen drehte er sich erneut der Wand zu, doch bevor er seine Hände auflegen konnte, packte Lalevil ihn beim Handgelenk.

»Wärst du jetzt auch in der Lage, meine Gedanken zu erforschen? Ich meine, mithilfe des Maliandes, das du gewonnen und dir gerade ins Haar gerieben hast.« Es sollte leicht dahingesagt klingen, geriet aber eher verzweifelt, wie sie sich eingestehen musste.

Ein gezackter Pfeil schoss von Aelaris' Kehle hinauf bis zu seinem linken Auge, wo er verschwand. »Warum sollte ich das wollen, da dir deine Gedanken doch ins Gesicht geschrieben stehen?«

»Tatsächlich?« Einen Moment verfluchte sich Lalevil dafür, sich nicht hinter der Rauchschwade ihrer Zigarillos verstecken zu können.

»Ja«, sprach Aelaris ungerührt weiter. »Du lechzt danach, dass das Spiel endlich in die nächste Runde geht, damit die Drachenreiterin zeigen kann, was in ihr steckt. Ganz gleich, ob der Geist des Elben dabei zerschmettert wird.« Zwar setzte Aelaris zu einem Lächeln an, aber Lalevil entging die gewisse Bitterkeit um seine Mundwinkel nicht.

»Wenn das alles ist, was du mit deinen Augen siehst, solltest du wirklich froh sein, jetzt wieder auf das Gedankenlesen zurückgreifen zu können!«

Eigentlich war dies der perfekte Moment, um sich mit einer stolzen Drehung abzuwenden und seines eigenen Weges zu gehen, dennoch konnte Lalevil den Griff um Aelaris' Handgelenk nicht aufgeben. Unter der Haut spürte sie seinen Puls rasen, als wäre seine distanzierte Haltung lediglich eine Farce. Unversehens wurde ihr Ton sanfter. »Ich glaube nicht, dass unser geheimnisvoller Freund dir etwas antun wird, wenn du ihm auf dem mentalen Pfad folgst, den er zurückgelassen hat. Außerdem: So mächtig wie er ist, dürfte es doch für ihn ein Leichtes sein, dich abzuweisen, ohne dir ein Leid anzutun.«

»Da ist vermutlich etwas dran.« Kurz glaubte Lalevil, Aelaris würde sich vorlehnen und die Distanz zwischen ihnen endlich überwinden. Aber da verhärteten sich seine Züge bereits wieder. Mit einer geschmeidigen Bewegung entzog er sich ihrer Berührung und legte seine Handflächen auf die Felsenwand, woraufhin das goldene Schimmern in der Tiefe des Steins auf sie zuzuströmen schien. »Und ein weiteres Mal bekommst du deinen Willen, Njordenerin. Du kannst stolz auf dich sein.«

Lalevil entfuhr ein verletztes Aufkeuchen, das Aelaris jedoch nicht mehr erreichte. Auf seinen Gesichtszügen hatte sich eine Ruhe ausgebreitet, die man ansonsten nur bei Schlafenden beobachten kann. Das goldene Schimmern im Felsen verwandelte sich in ein Leuchten, als wäre die Wand nicht mehr als eine dünne Glasscheibe, hinter der ein Eislicht aufblitzte. Doch es durchbrach die Wand nicht und spiegelte sich auch nicht auf Aelaris' weißer Haut wider, die nun über und über mit feinsten Zeichnungen übersät war, als wäre er die beschriebene Seite eines Buches. Dann schlich sich ein Ausdruck vollkommener Verwunderung auf sein Gesicht, bevor er einen schnellen Schritt zurücktrat und Lalevil einen Blick zuwarf, der sie beinahe aus der Fassung brachte.

»Wir müssen fort von hier«, sagte Aelaris heiser. »Sofort!«

Lalevil schüttelte den Kopf, als könne sie auf diese Weise den Nebel fortscheuchen, der sich hinter ihrer Stirn ausgebreitet hatte. »Was hast du gesehen?«

»Dass wir keine Zeit zu verlieren haben.« Aelaris brüllte vor Ungeduld.

Ehe Lalevil sich versah, hatte er sie bei den Oberarmen gepackt und drückte so fest zu, dass sie vor Schmerzen fast aufgeschrien hätte. Doch es war der Ausdruck in seinen Augen, der sie innehalten ließ: Er war von einer Eindringlichkeit, die sie noch nie zuvor an jemandem gesehen hatte. »Was soll ich tun?«, fragte sie nur.

»Ruf den Drachen, mit dem du verbunden bist.«

Unvermittelt stiegen Lalevil Tränen in die Augen. »Nein. Präae hasst das Westgebirge.«

»Wenn sie ihren Schuppenleib nicht sofort hierherbewegt, wird es in einigen Stunden nichts mehr geben, das sie hassen kann.«

Lalevil schluchzte auf. »Nein.« Der Griff um ihre Arme wurde so fest, dass sie damit rechnete, die Knochen würden dem Druck gleich nachgeben. Trotzdem schüttelte sie unverwandt den Kopf. »Nein.«

»Mir fehlt schlicht die Zeit, um mit dir zu verhandeln. Ruf jetzt diesen Drachen. Zwing mich bitte nicht dazu, dir ernsthaft wehzutun.«

»Du verstehst mich nicht. Präae schläft, und sie will sich nicht von mir wecken lassen. Sie hat sich von mir abgewendet.« Noch nie war Lalevil etwas so schwergefallen wie dieses Geständnis.

Mit einem Wutschrei hieb Aelaris auf die Felswand ein. Dann lehnte er mit der Stirn dagegen, während er hingebungsvoll fluchte. Über sein Handgelenk floss ein dünner Blutstreifen, der sich mit den schwarzen Zeichen zu einem Muster verband.

»Das Maliande auf deiner Handfläche …«, setzte Lalevil zögernd an, während sich die Vorstellung dessen, was sie gleich tun würde, qualvoll in ihre Brust eingrub. »Ich könnte es benutzen, um Präae auch gegen ihren Willen hierherzurufen.«

Ohne zu zögern, streckte Aelaris ihr seine verwundete Hand hin, auf deren Fläche sich Blut, Zeichen und Maliande vermengten. Lalevil nahm seine Hand wie einen Kelch zwischen die ihren und führte sie an die Lippen. In ihr brandete der angeborene Widerwillen gegen die Magie auf, während sie sich zugleich danach sehnte, Aelaris' Haut zu berühren. Sie glaubte, ihre Lippen würden erfrieren, aber als sie einatmete und das Maliande aufnahm, war es, als würde sie einen feurig-heißen Trunk nehmen, der sie in einen gleißenden Strom verwandelte. Sie war nicht länger Lalevil, sondern ein Gedanke, der zielstrebig auf unsichtbaren Pfaden wandelte, bis er fand, wonach er suchte.

Der Drache erwachte. Soeben waren Präaes Gedanken nicht mehr als Träume von einem endlosen Flug gewesen – nun waren sie mit dem Willen ausgefüllt, Lalevil aufzufinden.

Weinend schlug Lalevil auf dem Boden auf, am ganzen Leib unkontrolliert zitternd, als habe sie ihren Drachen nicht gerufen, sondern umgebracht. Und so war ihr auch, als habe sie einen Teil von sich selbst getötet. In ihrer Trauer nahm sie kaum wahr, wie Aelaris neben ihr niederkniete und sie auf seinen Schoß zog. Er wog sie in den Armen und flüsterte ihr etwas zu, doch nichts vermochte sie zu trösten. Ein weiteres Mal hatte sie Präae ihren Willen aufgezwungen, und damit hatte sie die besondere Verbindung zwischen ihnen verraten. Wie sollte sie mit dieser Schuld leben?

Während Lalevil an ihren Tränen zu ersticken glaubte, nahm das Leuchten im Innern der Felswand unaufhörlich zu, bis selbst sie es nicht länger ignorieren konnte. Und während sie grob Tränen und Haarsträhnen fortwischte, zeichnete sich in der Tiefe der Gesteinswand die Silhouette eines Drachen ab. Zuerst nicht mehr als ein tiefschwarzer Schatten, der jedoch rasant schnell an Konturen gewann, bis man glaubte, durch eine Membran auf einen in einem goldenen Meer schwimmenden Drachen zu blicken, der auf sie zuhielt. Schließlich stieß Präae ihr Haupt gegen die gläserne Linie. Das Gestein glitt auseinander, als wäre es tatsächlich nicht mehr als ein Wasserspiegel. Mit unendlich langsamen Bewegungen befreite sich Präae von der Wand: Dem Haupt folgte die erste Pranke, dann die zweite, bis sie fast die ganze unterirdische Halle mit ihrem Leib ausfüllte. Lalevil hatte aufstehen müssen, um dem letzten Hinterlauf Platz zu machen, und stand nun eng an Aelaris gedrängt da, der kaum noch zu atmen schien.

Sofern ihr das möglich war, streckte Präae sich und schüttelte ihr goldenes Schuppenkleid aus, als müsse sie die letzten Spuren von Müdigkeit vertreiben. Dann schenkte sie Lalevil ein Blinzeln mit einem ihrer brunnengleichen Augen.

Lalevil stieß ein ungläubiges Geräusch aus, woraufhin Aelaris mit einem Ruck wieder zu atmen begann. Allerdings nur kurz, denn Präae winkelte einen ihrer Flügel an, als wolle sie sie beide damit niederdrücken. Die Drachendame setzte ihre Flughaut wie einen Schild ein, was Lalevil jedoch erst begriff, als grünes Feuer die Halle erfüllte. Präaes Feuer begann, den Felsen um sie herum zu verzehren.

⚓ Kapitel 31 ⚓

Obwohl Kohemis auch die zweite Nacht lauthals redend an der Tür verbracht hatte, bis ihm die Stimme versagte, konnte er sich nicht dazu durchringen, sich eine Pause zu gönnen oder gar das Frühstück anzurühren, das man ihm wie einem Sträfling aufs Zimmer gebracht hatte. Nun, er pflegte auch ansonsten im Salon seines Gästequartiers zu frühstücken, weil er – genau wie seine Schwester – keine Gesellschaft am frühen Morgen vertrug. Und in der Regel ließ er das Frühstück unangetastet wieder in die Küche zurückgehen, abgesehen von der heißen Schokolade, der er nicht widerstehen konnte.

Aber am heutigen Morgen verzichtete er aus Prinzip, so wie er auch auf die anderen Mahlzeiten verzichtet hatte. Sein Stolz war angegriffen worden, die Ehre des von ihm mitbegründeten Ordens in den Schmutz gezogen und mit Stiefeln getreten worden. Je länger Kohemis darüber nachsann, desto weniger spürte er das Zerren in seinen alten, müden Knochen, die sich unbedingt ein wenig auf dem Sofa ausstrecken wollten. Wenigstens für einen Moment.

Kohemis warf dem Sofa gerade einen sehnsüchtigen Blick zu, als die Salontür geöffnet wurde und Badramur eintrat. Zu seiner Verwunderung verzichtete sie darauf, sich von einer Leibgarde begleiten zu lassen – vermutlich fühlte sie sich ihrem Bruder in jeglicher Hinsicht überlegen, notfalls auch bei einem körperlichen Kräftemessen. Seine Schwester musterte ihn, dann das Frühstückstablett und lächelte.

»In einen Hungerstreik zu treten, halte ich angesichts deiner abgemagerten Figur für keine gute Idee. Ich gebe dir maximal zwei Tage, dann klappst du zusammen. Aber vielleicht legst du es ja darauf an, ein unterdrückter Hilferuf, dass man dir endlich die Zügel aus der Hand nimmt, weil du der Verantwortung nicht gewachsen bist.«

Kohemis ließ ein gereizt klingendes »Tzz« vernehmen, dann goss er sich einen Becher nicht mehr ganz so heiße Schokolade ein.

Badramur war diese Handlung nicht einmal ein spöttisches Hochziehen der Augenbraue wert. Sie machte es sich auf dem Sofa bequem und legte sogar ihr linkes Bein hoch, das ihr schon immer Schwierigkeiten bereitet hatte. »Von der Wache – die ich übrigens nur zu deinem eigenen Schutz habe aufstellen lassen – wurde mir berichtet, dass du ausgesprochen viel Zeit vor der Tür mit Selbstgesprächen verbracht hast. Muss ich mir Sorgen um deinen Geisteszustand machen, Hemi?«

Statt einer Antwort rümpfte Kohemis nur die Nase.

»Das ist, glaube ich, das erste Mal, dass ich dich sprachlos erlebe.« Umsichtig drapierte Badramur das Wolltuch um ihre Schultern. »Obwohl das nicht ganz richtig ist. Du hast mich schon einmal mit Schweigen bestrafen wollen, als ich dich in dein Zimmer gesperrt habe, weil du mir unbedingt meine erste Liebschaft auf grausame Weise verderben musstest.«

»Drei Wochen lang hast du mich bei Wasser und Brot eingesperrt, bis Papa von seinen Reisen zurückgekehrt ist und fast die halbe Dienerschaft entlassen hat, weil sie dir dein Treiben gestattet hat. Dabei war der Bursche, den du als Liebschaft bezeichnest, ein ausgemachter Gauner, wie ich dir zweifelsohne bewiesen habe«, brachte Kohemis krächzend hervor. Seine Stimme hatte sich offensichtlich noch nicht wieder richtig von seiner Litanei erholt. »Außerdem war er nicht nur deine erste, sondern auch deine letzte Liebschaft, wenn ich mich recht erinnere.«

»Ich war noch nie gut im Teilen, schon gar nicht mit meinem kleinen Bruder. Diese einmalige Erfahrung hat mich einiges gelehrt. Dass es mehr Spaß macht, mit Männern Geschäfte als Liebe zu machen und dass mein kleiner Bruder sehr weit geht, wenn er beweisen will, dass er Recht hat.«

»Was in der Regel auch der Fall ist.« Allein dieser Satz richtete Kohemis' Selbstvertrauen auf, auch wenn er an die alte Geschichte nur ungern zurückdachte. Vielleicht hatte er es damals tatsächlich etwas übertrieben, um seiner Schwester vorzuführen, dass die Aufmerksamkeit ihres Liebhabers nicht ihr allein galt. Dabei war es ihm ausschließlich um die Wahrheit gegangen. »Nur, dass du in diesem Fall nicht auf die schmierigen Avancen eines Betrügers reingefallen bist, der dir lediglich dein Herz gebrochen hat – was, unter uns gesagt, keinen großen Verlust darstellt. Aber in der jetzigen Angelegenheit darfst du keinen Fehler begehen. Wenn du dich wirklich auf den Handel mit dem Gesandten einlässt, wird das die letzte Entscheidung sein, die du als Prälatin der Burgfeste fällst.«

Badramur seufzte und nahm sich einige Haferplätzchen vom Frühstückstablett, ohne jedoch von einem zu kosten. »Diese Meinung hast du auf der Versammlung bereits laut und deutlich verkündet. Mein Magen rebelliert immer noch, wenn ich an diese unangenehme Situation denke. Hast du ernsthaft erwartet, ich würde wegen deiner wirren Geschichte über böse Magier, die bislang nur von der Macht des magisch unbegabten NjordenEis-Volkes zurückgehalten werden, Glauben schenken? Und wage es ja nicht, jetzt den Vergleich zu meinem verflossenen Liebhaber zu ziehen, den ich auch niemals in den Armen eines Mannes geglaubt hätte.«

Erschöpft sank Kohemis in einen Sessel. Er war ratlos, da half alles Leugnen nichts. »Was bleibt mir dann noch zu sagen?«

Zu seiner Verwunderung wurden die Züge der Prälatin weicher. »Schau, Hemi. Natürlich sind du und deine Ordensleute für den Ausgleich zwischen den menschlichen Mächten, aber das ist nun einmal eine veraltete Ansicht. Sie war hilfreich, solange wir Menschen uns noch gegen die Übermacht des Verbunds von Olomin zur Wehr setzen mussten. Diese Aufgabe gehört allerdings der Vergangenheit an. Nun geht es darum, dass wir Menschen unser Kräfteverhältnis ordnen. Ob es dir nun gefällt oder nicht, aber die Burgfeste hat sich als die überlegene Macht herausgestellt. Es ist meine Aufgabe als Prälatin, diese Stellung zu untermauern. Dafür brauche ich größere Mengen an Maliande, der besten Währung von Macht. Es muss mir gelingen, diesen verrückt gewordenen Stamm der Gahariren in Schach zu halten, bei denen die seltsamsten Veränderungen vor sich gehen. Was mir allerdings immer noch tausend Mal lieber ist als das plötzliche Verstummen der Dämonenbeschwörer, die sicherlich auch nichts Gutes im Schilde führen. Und ich muss nach der Vorherrschaft von Previs Wall greifen, bevor es der Hafenstadt gelingt, sich wieder aufzurappeln. Das Maliande, das ich durch meinen Handel mit dem Gesandten erhalten habe, wird nämlich nicht ewig ausreichen.«

Mit einem Schlag war Kohemis wieder hellwach. »Was hast du vor?«

»Unsere Flotte in den Hafen von Previs Wall einlaufen lassen und die Kapitulation fordern. Bolivian wartet nur noch auf meinem Befehl.«

»Previs Wall wird sich nicht kampflos unterwerfen, das weißt du ganz genau – Drachenfeuer hin oder her!«

»Meine Flotte braucht kein Drachenfeuer, um das, was

von der Hafenstadt übrig geblieben ist, in die Knie zu zwingen. Dazu braucht es nur meinen Befehl. Aber wenn es dich beruhigt, lass dir versichert sein, dass wir nicht mit großer Gegenwehr rechnen. Ohne ihre politische Kaste ist Previs Wall vermutlich froh, wenn unsere Schiffe landen. Du siehst, dem Handel mit dem Gesandten zuzustimmen, war keineswegs meine letzte Amtshandlung. Gleich jetzt werde ich eine weitere ausführen und Bolivian den Befehl zum Einlaufen erteilen.«

Mit Entsetzen sah Kohemis zu, wie Badramur einen Flakon mit Maliande hervorbrachte, in dessen Glas mit schwarzer Schrift der Namenszug »Bolivian« eingelassen war. Badramur warf ihm einen siegessicheren Blick zu, dann entkorkte sie den Flakon und richtete ihre ganze Aufmerksamkeit auf das goldene Elixier, über das sie eine Nachricht übermitteln wollte, die sie endgültig zur Herrscherin des Menschengeschlechts von Rokals Lande machen sollte.

Kohemis wartete noch einen Augenblick und fragte sich mit schwerem Herzen, wann genau seine Schwester wohl dem Größenwahn verfallen war. Dann nahm er die aus Silber bestehende Schokoladenkanne und zog sie seiner Schwester über den Kopf. Der Flakon fiel Badramur, als sie in sich zusammensackte, aus den Händen, und das Maliande versickerte im dicken Teppichboden. Vorsichtshalber hob Kohemis den Flakon auf und warf ihn ins lodernde Kaminfeuer. In dieser Hinsicht wollte er kein Risiko eingehen. Sollte Bolivian doch auf Befehle warten, bis er schwarz wurde.

Mit Widerwillen beugte Kohemis sich über seine bewusstlose Schwester und tätschelte ihr die Wange. Badramur regte sich leicht und ließ ein leises »Herein« hören. Mehr jedoch nicht. Also beschloss Kohemis, sie einfach eine Weile schlafen zu lassen. Plötzlich schlugen die um die Feste verteilten Hörner an und verkündeten einen Angriff. Ruckartig richtete sich die Prälatin auf.

»Ein Drachenangriff?«, brachte sie krächzend hervor, während ihre Hand an die Stelle fuhr, wo die Silberkanne sie getroffen hatte. »Unmöglich.«

Doch noch ehe Kohemis zu einer Begründung ansetzen konnte, verfärbten sich die massiven Felswände um sie herum grün und wurden dann so durchsichtig wie Flaschenglas. Er konnte plötzlich in sein Schlafzimmer sehen oder in die Kammer, die Aelaris noch bis vor zwei Tagen bewohnt hatte, und in den dahinter liegenden Berg mit all seinen Schichten. Seinen ganzen Mut zusammennehmend, schob er mit der Schuhspitze den Teppich beiseite, um festzustellen, dass auch der Boden durchsichtig geworden war. Mit pochendem Herzen blickte Kohemis in eine unendliche Tiefe, die ihn dazu aufforderte, einzutauchen. Was jedoch unmöglich war, denn der Stein war so massiv wie immer.

Badramurs heller Angstschrei riss ihn aus seiner Betrachtung. Ihr ausgestreckter Zeigefinger zeigte auf die Wand, hinter der Wachen aufgescheucht umherliefen, während eine der Leibwachen offensichtlich endlich den Mut gefunden hatte, die Tür zu Kohemis' Gemächern gegen den Befehl seiner Herrin zu öffnen. Doch all das kümmerte Badramur nicht. Sie starrte auf den riesigen goldenen Drachen, der durch die durchsichtig gewordenen Felswände der Burgfeste glitt, als wären sie tatsächlich nicht vorhanden. Die Prälatin sah aus, als wäre sie kurz davor, den Verstand zu verlieren.

Kohemis kniff die Augen zusammen, um schärfer sehen zu können. »Wer hätte gedacht, dass Präae und ihre Zaubertricks tatsächlich einmal zu etwas nutze sein könnten«, sagte er leise.

◈ Kapitel 32 ◈

Mit einem lautlosen Schrei kam Lehen zu sich und stieß sich sofort vom Boden ab, um Abstand zwischen sich und Tanil zu bringen. Die Verzweiflung, die sie bei Nahims Anblick verspürt hatte, drohte einen Moment lang in Zorn umzuschlagen. Etwas in ihr wollte Tanil dafür bestrafen, was er ihr gezeigt hatte. War sie nicht schon verzweifelt genug, musste es immer noch schlimmer werden? Doch dann sah sie ihr Kind vor sich sitzen, die schmalen Schultern und die tief in Schatten liegenden Augen, in denen sich neben dem goldenen Funkeln ein solcher Kummer spiegelte, dass sie den ihren sofort vergaß.

Hastig schlang sie die Arme um Tanil und zog ihn an ihre Brust, was der Junge ohne Widerstand geschehen ließ. Allein dieses Verhalten jagte Lehen einen Stich ins Herz, denn Tanil war niemand, der Umarmungen länger als ein paar Sekunden ertrug. Jetzt aber schmiegte er sich an sie, als könnte er ihrem Herzschlag nicht nahe genug sein.

»Was geschieht mit Nahim?«, fragte sie, obwohl sie die Antwort fürchtete.

Anstelle einer Entgegnung versteifte Tanil sich unnatürlich stark in ihren Armen. Sie griff ihm unter das Kinn und zwang ihn, ihr sein Gesicht zu zeigen. Er hatte die Augen geschlossen, und aus seiner Nase floss ein Rinnsal Blut. Er hatte sich auf die Suche nach einer Antwort gemacht, auf seine Weise.

In Lehen stieg Panik auf wie eine alles mit sich reißende

Flut. Instinktiv versuchte sie, den mentalen Faden wieder aufzugreifen, den Tanil zwischen ihnen beiden gesponnen hatte, doch es gelang ihr nicht. Tanils Geist hatte einen Pfad beschritten, auf den er sie nicht mitnehmen wollte. Wozu auch immer die in ihm schlummernde Magie ihn befähigte, jetzt drohte er ihr verloren zu gehen. Entweder brach die Magie aus ihm hervor wie ein alles auslöschendes Feuer oder sie fraß ihn von Innen heraus auf, davon war sie überzeugt.

Voller Verzweiflung wollte Lehen seinen Namen schreien, da verzog sich Tanils Mund mit einem Mal zu einem Lächeln.

»Was …«, brachte Lehen gerade noch heraus, dann bemerkte sie den goldenen Funkenflug, der die Schlafkammer auszufüllen begann.

Die Funken fuhren zusammen, verdichteten sich zu einem Nebel, bis er die Konturen einer liegenden Gestalt annahm. Lehens Blick hing an dem unter dem Leib hervorlugenden Unterarm fest. Oder vielmehr an den dunklen Tintenspuren, die in einem sanften Bogen ausliefen.

Nahim lag wie ein Schlafender auf Tanils Lager aus Pelzen: gelöst und friedlich. Seine Haut war gerötet und von Kopf bis Fuß mit einem schwachen Goldglanz überzogen. Unsicher, ob es sich nicht vielleicht um ein Trugbild handelte, streckte Lehen die Hand aus und fuhr seine sich im Kerzenlicht abzeichnende Wirbelsäule entlang. Seine Haut war unerklärlich heiß und so verschwitzt, dass die dunklen Locken auf ihr festklebten. Er verströmte einen Geruch nach Mann und Verbranntem. Das eine Schulterblatt war von vielen kreisförmigen Verletzungen überzogen, lauter kleine Liebesmale eines Feuers. Die Berührung seiner Haut brachte Lehens Fingerspitzen zum Kribbeln. Sie kannte dieses Gefühl, es ging eigentlich vom Maliande aus.

Nahims Lider begannen zu flackern. Als Tanil, der sich neben dessen Kopf gehockt hatte, Anstalten machte, die Augenlider notfalls mit Gewalt hochzuzerren, riss Nahim sie auf und funkelte den Jungen an. »Finger weg«, schimpfte er, woraufhin er einen Hustenanfall bekam und sich mühsam aufsetzte.

Tanil kicherte, bevor er aufs Bett kletterte, damit die beiden Erwachsenen mehr Platz hatten.

Lehen rutschte dicht an ihren Mann heran und streichelte ihm den Arm, bis sich der Husten gelegt hatte. Dann griff sie nach einem Krug Wasser vom Nachttisch, den Nahim gierig leerte. Erschöpft lehnte er sich mit dem Rücken gegen den Bettrahmen, um sich sogleich mit einem schmerzverzerrten Gesicht aufzusetzen.

»Diese verfluchten Verbrennungen tun vielleicht weh«, ließ er sie mit heiserer Stimme wissen, das Gesicht von einer Verwirrung gezeichnet, als wisse er nicht recht, was eigentlich los war.

Lehen konnte ein leises Lachen nicht unterdrücken, denn Nahim bot einfach einen zu göttlichen Anblick mit seinem Lockenhaar, das ihm offen über die golden schimmernden Schultern hing. »Wollte deine Kleidung nicht mit dir zusammen wandeln?«, fragte sie.

Vollkommen verwirrt blickte Nahim an sich hinab. »Sie muss wohl verbrannt sein, als ich in die Glut gestürzt bin. Schade um die Stiefel.«

»Du bist in eine Glut gestürzt?« Allein bei der Vorstellung zog sich Lehens Brustkorb zusammen.

Nahim bemerkte ihre entsetzte Reaktion nicht, denn er war viel zu sehr damit beschäftigt, seine immer noch geröteten Finger zu studieren. Tanil beugte sich interessiert herunter und leckte kurz über die Fingerknöchel, was Nahim kommentarlos geschehen ließ. Der Junge setzte eine nachdenkliche Miene auf, dann begann er, mit dem Nagel an den Fingern zu kratzen.

»Tanil!«, sagte Lehen streng und verbarg Nahims Hände zwischen den ihren. Ihr Mann entlohnte es ihr mit einem zärtlichen Lächeln. »Sag mir jetzt bitte endlich, was passiert ist«, forderte sie ihn auf.

»Wenn ich das nur wüsste. Eigentlich müsste ich tot sein.«

»Was?« Lehens Stimme überschlug sich.

Nahim warf ihr einen entschuldigenden Blick zu, dann lehnte er seine Stirn gegen die ihre, bis sie sich wieder beruhigt hatte. »Ich dachte, ich hätte keine andere Wahl. Ich bin vom Gesandten der Nördlichen Achse in die glühenden Tiefen des Westgebirges verschleppt worden. Er wusste, dass es in Rokals Lande eine Form der Magie gibt, die über jede Vorstellungskraft hinausgeht und dass ich von ihr berührt worden bin. Er wollte, dass ich ihm Tanil ausliefere. Also habe ich mich entschieden.«

»Und bist in die Glut gesprungen?«

Nahim nickte kaum wahrnehmbar. »Aber ich habe sie niemals berührt. Stattdessen hat sich allem Anschein nach das über der Glut verteilte Maliande in meine Haut eingebrannt und ließ mich wandeln.« Nahim studierte Lehens Gesicht, dann sagte er: »Allem Anschein nach wäre es klüger von mir gewesen, dir zu erzählen, dass ich genau gewusst habe, was ich da tat.«

Lehen lag eine ausführliche Verwünschung gleich neben der feurigsten Liebesbekundung auf der Zunge, doch sie brachte keinen einzigen Ton hervor. Sie konnte nur dasitzen und darauf warten, dass der innere Bann endlich der Erleichterung wich. Schließlich hatte sie ihren Nahim zurück, ein wenig gerupft, aber doch im Großen und Ganzen wohlbehalten. »Ich weiß nicht, was ich tun soll: dich beschimpfen oder küssen«, brachte sie schließlich hervor.

Nahim nahm ihr die Entscheidung ab, indem er ihr einen sanften Kuss gab, den sie nur allzu gern erwiderte.

Mit einem leicht scharrenden Geräusch ging die Tür auf und streifte Lehens Zehen. Überrascht sprang sie Nahim auf den Schoß. Jules stand im Türspalt und betrachtete die Szene zu seinen Füßen nachdenklich, dann blickte er zu Tanil, der mit geschlossenen Augen und im Schneidersitz auf dem Bett saß, als würde er einer Aufgabe nachgehen, die höchste Konzentration verlangte.

»Interessant«, brachte der Njordener tonlos hervor, ehe er eintrat und die Tür hinter sich zuzog.

Eilig kletterte Lehen von Nahims Schoß herunter, was dieser nur widerwillig zuließ, und holte ein altes Hemd von Balam aus der Kleidertruhe am Ende des Bettes hervor. Vorsichtig zog Nahim sich das weite Hemd über, darauf bedacht, die Verbrennung dabei möglichst wenig zu berühren.

»Was ist das da auf deiner Haut?« Jules deutete mit dem Zeigefinger auf Nahims Brust, bevor der das Hemd zuknöpfte. Dabei verzog der Njordener das Gesicht zu einer Grimasse, als würde er etwas Ekelhaftes anschauen.

»Maliande, was sonst?«, antwortete Nahim mit einem Achselzucken.

Jules schüttelte sich vor Widerwillen. »Sieht nicht so aus, als hättest du einen Flakon mitgebracht, um wieder von hier fortzuwandeln. Dafür fehlten dir ja allem Anschein nach die Taschen.«

Nahim verdrehte die Augen und setzte sich neben Tanil. Als der Junge nicht reagierte, legte er ihm eine Hand auf den Kopf und senkte selbst die Lider.

Jules zögerte noch einen Moment, dann wandte er sich an Lehen. »Die Sonne wird bald aufgehen. Ich habe Allehe und Anisa in den bevorstehenden Angriff eingeweiht, nun verbarrikadieren sie gemeinsam mit Fehan die Fenster. Nicht, dass das viel bringen wird.«

»Himmel – Damir! Den hatte ich glatt vergessen.«

»Das habe ich gesehen«, erwiderte Jules kühl. »Jetzt, da Nahim hier ist, könnte er sich ja auch noch Hosen anziehen und ein Schwert zur Hand nehmen, wenn er schon kein Maliande mitgebracht hat, um den ganzen Hof mit Sack und Pack von hier fortzubringen. Damir wird auf uns niederfallen wie ein Hammer auf den Amboss.«

Offenbar unter großen Anstrengungen riss Nahim sich von Tanil los und blickte fragend in die Runde. »Was ist denn los? Ist dieser verdammte Schmied etwa wieder aufgetaucht? Das kann doch wohl nicht wahr sein!«

Noch ehe jemand reagieren konnte, drang Damirs Stimme zu ihnen hinein. »Lehen, man mag die Sonne vor Rauch und Schneegestöber nicht sehen, aber sie geht gerade auf. Also, wie lautet deine Entscheidung?«

Lehen zuckte zusammen, dann wandte sie sich an Nahim, der bereits auf die Beine gesprungen war und mit einem Fluchen auf den Lippen in der Kleiderkiste wühlte. Er fand eine Lederhose, die früher einmal Tevils gehört haben mochte, und zog sie an.

»Damir ist gekommen, um Tanil zu holen. Die Prälatin …«, setzte Lehen zögerlich an.

»Er will Tanil? Ich werde diesem Hurensohn jetzt endgültig seinen dreckigen Hals umdrehen.«

Das Herz schlug Lehen wild in der Brust, als sie sich vor der Tür aufbaute, damit der aufgebrachte Nahim nicht hinausstürmen konnte. Unterdessen ertönte Damirs Ruf ein weiteres Mal.

Jules tippte gegen Lehens Oberarm. »Ich werde Damir sagen, dass du gleich kommst. Vor lauter Ungeduld begeht er ansonsten noch einen Fehler und hetzt seine Orks los.«

Elegant zwängte Jules sich durch den Spalt und zog die Tür rasch hinter sich zu, bevor Nahim sie zu greifen bekam. Lehen stellte sich erneut vor die Tür.

»Lass es mich bitte erklären, bevor du rausstürmst und dich womöglich noch umbringen lässt: Die Prälatin will nach einer Möglichkeit suchen, die Tanil lehrt, mit seiner Magie umzugehen. Es ist ein Angebot, das wir wohl kaum ausschlagen dürfen. Oder möchtest du, dass das Westend von einer ewigen Eisschicht überzogen wird, weil Tanil seine Fähigkeiten nicht kontrollieren kann? Draußen liegt kniehoher Schnee – wie in Montera. Verstehst du?«

»Du willst Tanil tatsächlich der Prälatin überlassen?«

Lehens Kehle schnürte sich unwillkürlich zu. »Ich werde ihn nach Achaten begleiten.« Nahim wich zurück, als habe sie ihn geohrfeigt, doch Lehen beugte sich vor und sagte leise: »Ich habe keine andere Wahl. Wenn ich mich nicht auf diesen Handel einlasse, werden entweder die Orks an Damirs Seite uns alle töten oder Tanil wird es tun. Du weißt, was in der Burgfeste passiert ist. Und dieses Mal wird es schlimmer sein. Er darf keine Angst verspüren, ansonsten verlieren wir ihn. Ansonsten verlieren wir alles.«

Nahim sah sie so eindringlich an, dass sie seinem Blick kaum standhielt. Dann nickte er, seine Lippen derart fest aufeinandergepresst, dass sie nicht mehr als zwei blasse Linien waren. »Gut, wir werden mit Damir aufbrechen. Aber wir werden nicht nach Achaten mit ihm gehen. Wenn wir weit genug in der Ebene sind, werden wir uns Tanils Macht stellen müssen. Ich sehe ein, dass wir es in der Nähe deiner Familie nicht riskieren können, seine Magie wachzurufen. Aber du weißt genau wie ich, dass wir ihn auf keinen Fall Badramurs gierigen Klauen ausliefern dürfen. Versprich mir das.«

Ausweichend warf Lehen einen Blick auf Tanil, der weiterhin selbstversunken auf dem Bett hockte. Sie griff nach

der Verbindung zwischen ihnen und bekam zu ihrer Überraschung eine beruhigende Rückmeldung, als würde er ihr
einen Kuss auf die Wange geben. Mehr jedoch nicht. Ihr
Kind war in seiner eigenen Welt und bekam in diesem Augenblick kaum mit, was geschah.

»Du siehst Tanil also lieber tot als unter Badramurs Einfluss?«, fragte Lehen leise.

»Ich sehe ihn lieber tot als versklavt von der Nördlichen
Achse.«

Lehens Mund formte sich zu einem erstaunten O, dann
begriff sie allmählich. »Der Gesandte, dem du ausgeliefert
warst … Auch er wollte Tanil.«

Nahim sah zu dem Jungen hinüber, der in seiner Selbst-
versunkenheit jünger aussah, als er eigentlich war. Tanils
sonstiger Tatdrang, sein eigensinniges Naturell und seine
kantigen Seiten waren wie fortgewischt und hatten etwas
Zartes und unendlich leicht zu Zerstörendes übrig gelassen.
Die ansonsten immer blassen Wangen leuchteten rosafarben,
und die Lippen waren einen Spalt weit geöffnet. In Nahims
Augen glomm ein Schmerz auf, den Lehen selbst nur allzu
gut kannte. Wie konnte es nur so schwer sein, die Liebe für
ein Kind auszuhalten? Als könne der Brustkorb den vielen
durchdringenden Gefühlen nicht standhalten, als würde man
erlöschen, wenn diesem Geschöpf etwas zustieß.

Ein feiner Nerv unter Nahims Mundwinkel zuckte.
»Wenn ich mich nicht irre, wird die Nördliche Achse schon
bald den Versuch unternehmen, die Barriere des Njorden-
Eises zu überwinden. Spätestens zu diesem Zeitpunkt wird
Tanil seine Magie hervortreten lassen, dann helfen nämlich
auch die dicksten Schneewolken und die größte Kälte nicht
mehr, um sich vor den Magiern zu verbergen. Der Junge
weiß es, schau ihn dir an. Er hat sich bereits auf die Suche
nach einer Antwort gemacht, wenn du mich fragst.«

»Was kann denn unser Kind schon gegen eine Übermacht wie die Nördliche Achse ausrichten? Nahim, komm zur Vernunft!«

Nahim machte ein scharfes Geräusch, als er einatmete. »Magie folgt ihren eigenen Regeln, das solltest du mittlerweile begriffen haben. Ob uns das nun gefällt oder nicht. Ich werde jetzt rausgehen und Damir sagen, dass wir ihn gemeinsam mit unserem Kind begleiten werden. Kümmere du dich so lange um Tanil. Wir werden den Hof und das Westend hinter uns lassen. Und sobald sich die erste Gelegenheit bietet, werde ich diesen Bastard eigenhändig umbringen.«

»Nicht, wenn ich dir zuvorkomme«, sagte Lehen entschieden, dann gab sie die Tür frei.

Mit weit ausholenden Schritten stürmte Nahim an dem vollständig versammelten Trubur-Haushalt vorbei. Dabei ignorierte er Bienems hysterische Fragen und schob den puterrot angelaufenen Balam im Nachthemd einfach beiseite. Nur vor Anisa blieb er stehen, weil sie ihm sein Schwert hinhielt. Kurz berührte er das kalte Metall, dann zog er die Finger zurück.

»Das werde ich nicht brauchen«, erklärte er seiner Schwester mit fester Stimme. Anisas Kehle zuckte sichtbar, ein Zeichen dafür, dass sie die Tränen nur mühsam zurückhielt. »Ich werde versuchen, einen Kampf auf dem Hof zu umgehen. Du brauchst dir also keine Sorgen zu machen.« Erneut erscholl Damirs Ruf, voller Ungeduld und unverhohlener Aggressivität. Nahim verzog das Gesicht. »Das heißt, falls mein Temperament nicht mit mir durchgeht und ich ihn einfach mit bloßen Händen erwürge. Wo steckt eigentlich Tevils, dieser Taugenichts?«

Anisa presste das Schwert fest vor ihre Brust. »Er ist vor

einigen Tagen aufgebrochen, um einem Feuer in der Ebene nachzugehen und ist seitdem nicht wiedergekommen.«

»Warum überrascht mich das nicht? Vermutlich hat er auf dem Rückweg bei seinem Cousin Lasse vorbeigeschaut, um dessen Weinvorräte zu inspizieren. Und ich dachte schon, aus ihm sei endlich ein Mann geworden, auf den man sich verlassen kann.«

Nahim griff bereits nach der Türklinke, als Allehe an seine Seite trat. Ihre Augen waren geschwollen, als habe sie die halbe Nacht über die Lider gerieben, ohne eine Träne zu vergießen. Nicht einmal das rötliche Lampenlicht in ihrer Hand vermochte ihrem Gesicht einen Hauch von Lebendigkeit verleihen. Ihre Stimme zitterte, als sie Nahim anbot: »Ich werde dich begleiten. Ich schulde euch allen etwas, weil ich diesen Menschen in unsere Familie gebracht habe. Es ist meine Pflicht, ihm entgegenzutreten.«

»Was sollte das denn bringen?«, erwiderte Nahim sanft, der in diesem Augenblick großen Respekt vor der jungen Frau empfand. »Vermutlich würdest du ihm nur vor die Füße spucken. Und damit wäre in dieser Lage keinem geholfen.«

»Soll er ein weiteres Mal davonkommen, nach allem, was er uns angetan hat?«

»Damir wird nicht davonkommen, das verspreche ich dir«, antwortete Nahim so leise, dass nur Allehe es verstehen konnte. Dann schob er sie vorsichtig, aber entschlossen zur Seite. Sie warf ihm noch einen Blick zu, der voller Stolz war, aber auch eine Verletzung offenbarte, die vermutlich nie verheilen würde. Wie hatte Damir ihnen allen nur so übel mitspielen können?

Draußen peitschte der Nordwind Nahim entgegen, trieb ihm Schneeflocken in die Augen, die sich wie Nadelstiche anfühlten. Es mochte Tagesanbruch herrschen, wie Damir behauptet hatte, doch der Hof versank in Dunkelheit und Schneegestöber. Selbst Jules, der neben der Eingangstür auf ihn gewartet hatte, verschränkte die Arme vor der Brust, wenn auch nur um zu verhindern, dass ihm der offen stehende Mantel von den Schultern gerissen wurde.

»Ich mache das allein«, erklärte Nahim und kam damit Jules zuvor, der gerade etwas sagen wollte. »Geh und kümmere dich um die anderen. Besonders Allehe braucht jetzt jemanden, der ihr das Gefühl gibt, weder für Damirs Taten verantwortlich zu sein, noch ihn bestrafen zu müssen.«

»Sieh mal, als Diplomat bin ich für solche heiklen Situationen ausgebildet worden«, erwiderte Jules hartnäckig. »Du brauchst mich, allein schon, weil du kurz davor bist, vor lauter Wut die Beherrschung zu verlieren. In dieser Verhandlung sollten Kühle und Taktik walten.«

Nahims Blick wanderte zum Zentrum des Hofes, während er den Wunsch niederkämpfte, Jules einfach anzuschreien. Dort stand eine windschiefe Gestalt, allein und mit einer Sturmlaterne in der Hand. Nur einige Schritte von ihnen entfernt, dennoch schien eine ganze Welt dazwischen zu liegen. Er musste sich Damir allein stellen, das war er sich und seiner Familie schuldig.

»Du wirst mit deiner Hitzköpfigkeit noch alles verschlimmern«, setzte Jules nach.

»Das mag sein. Du wirst trotzdem reingehen und mir diese Angelegenheit überlassen. Damir gehört mir.«

Ohne eine Antwort abzuwarten, ging Nahim los.

Damir stand mit gespreizten Beinen da, leicht vornübergebeugt wegen des Windes. Sein Mantel wurde von einem breiten Ledergürtel zusammengehalten, an dem Waffen befestigt waren: ein Schwert, ein Dolch und eine Peitsche, die er noch nie zuvor an dem Schmied gesehen hatte. Allerdings passte diese Waffe ausgezeichnet zu seiner Trebernatur. Seine Hände steckten in feinen Lederhandschuhen, die kaum gegen die Kälte taugten, aber dafür hervorragend den Schwertgriff halten oder die Peitsche führen würden.

Nun ärgerte sich Nahim darüber, seine Waffe abgelehnt zu haben und in einem Aufzug vor Damir zu treten, als sei er gerade erst aus dem Bett gefallen. Plötzlich wurde er sich seiner nackten Füße bewusst, die Spuren im Schnee zurückließen, die sogleich verweht wurden.

Damir musterte ihn im zittrigen Lichtpegel. »Schau an, ich habe mich schon gefragt, wo du abgeblieben bist. Dabei hätte ich mich doch bloß darauf verlassen müssen, dass du genau im falschen Moment wieder auftauchst. So ist es immer mit dir.«

»Seltsam, dabei hatte ich bei unserem letzten Treffen den Eindruck, dass du dich sehr darüber gefreut hast, mich zu sehen. Vor allem, als ich wehrlos auf dem Boden vor dir lag und du nach Herzenslust zutreten konntest. Oder hattest du mich da eher als Ware begriffen, die du an die Prälatin verscherbeln kannst, denn als Menschen?«

Damir ließ sich zu einem trägen Lächeln herab. »Da ist etwas dran. Und auch heute geht es im Grunde ja um eine zu verhandelnde Ware. Bekomme ich, was ich verlange?«

»Ja«, antwortete Nahim, wobei ihm seine Stimme vor Anspannung fast den Dienst versagte. »Und obendrein sogar noch ein wenig mehr. Du bekommst nämlich Lehen und mich als Zugabe.«

Das Lächeln auf Damirs Zügen erfror. »Dich?«

»Glaubst du etwa, ich ließe dich, den Viehtreiber Achatens, allein mit meiner Frau und meinem Kind losziehen?«

»Das glaube ich nicht, das weiß ich. Denn ich werde dich auf keinen Fall in meiner Nähe dulden.« Obwohl er sich dessen kaum bewusst schien, wanderte seine Hand zum Peitschengriff. »Ich habe mich bereit erklärt, Lehen wegen

Tanil mitzunehmen. Und natürlich für den Fall, dass es mir auf unserer Reise durch die Ebene zu langweilig wird.«

Nahim legte den Kopf schief. »Wie meinst du das?«

Eine Empfindung tauchte auf Damirs Gesicht auf, die den geschäftsmäßigen Ausdruck endgültig fortwischte. Sie offenbarte ein Verlangen, das stärker war als jede Vernunft.

Nahims Magen zog sich krampfhaft zusammen. Es war ein Fehler gewesen, Damir gegenüberzutreten. Er hätte diesen Verhandlungspart Jules überlassen sollen, anstatt seinem Stolz nachzugeben. Denn selbst jemand wie Damir, der stets auf seinen Vorteil aus war, beherrschte seine Gefühle nicht vollkommen. Die Lust, Nahim zu demütigen und ihn auf seinen Platz zu verweisen, war bei dem Schmied seit jeher sehr ausgeprägt gewesen.

»Sie hat es dir also nicht erzählt?«

Die Qual in seiner Leibesmitte weitete sich immer mehr aus, nicht einmal seine vor Kälte schmerzenden Finger oder das Haar, das der Wind ihm unablässig ins Gesicht peitschte, nahm er noch wahr. »Was hat Lehen mir nicht erzählt?«

Damirs Augen waren nicht mehr als Schlitze, und er kostete merklich jeden Augenblick aus. »Das sie mir mindestens genauso sehr gehört wie dir.«

»Das ist eine Lüge«, sagte Nahim, doch er glaubte seinen eigenen Worten nicht. Ein alter Verdacht, den er nie auszusprechen gewagt hatte, stieg nun mit brachialer Gewalt auf. Damir war der erste Mann in Lehens Leben gewesen, und seitdem hatten sich ihre Wege immer wieder gekreuzt. »Lehen liebt mich, für dich hat sie nichts als Hass übrig.«

Damir beugte sich vor, sodass Nahim nicht mehr als die Katzenaugen des Schmieds sehen konnte. »Hass ist ein sehr starkes und bindendes Gefühl. Vermutlich war sie mir in den letzten Jahren näher als dir. Warum sonst hättest du sie wohl für diese Drachenreiterin verlassen? Weil Lehen dir trotz aller Liebe nicht verbunden gewesen ist. Ich stand immer zwischen euch. Aber du brauchst wegen deiner Affäre kein schlechtes Gewissen zu haben, denn Lehen stand dir in nichts nach. Ich habe es sehr genossen, als sie unter mir lag …«

Weiter kam der Schmied nicht, denn Nahim verpasste ihm einen so kräftigen Stoß gegen die Brust, dass er zurücktaumelte. Damir schrie wütend auf, ließ die Laterne fallen und griff nach seiner Peitsche. Jetzt erst bemerkte er, dass Nahim seinen Dolch in der Hand hielt. Der holte auch bereits damit aus, und Damir konnte im letzten Moment noch so weit zurückweichen, dass die Klinge nur seinen Mantel durchschnitt und die Haut seiner Brust kratzte. Keuchend warf er die Peitsche zu Boden und holte das Schwert hervor, um einen Dolchstoß abzuwehren, der auf sein Herz zielte.

Wie aus weiter Ferne erschall Orkgebrüll. Doch Wind und Schneegestöber täuschten hinsichtlich der Entfernung, denn Damirs Orks waren rund um den Hof postiert und riefen nun zum Angriff. Sie hatten den Kampf ihres Herrn mit angesehen und daraus den Schluss gezogen, dass die Verhandlungen gescheitert waren. Nun würden sie sich mit Gewalt holen, was Damir auf friedlichem Weg nicht gelungen war.

»Bist verrückt?«, brüllte er Nahim an, der einen weiteren Angriff startete, als habe er noch nie davon gehört, dass ein Dolch gegen ein Schwert nichts auszurichten vermag. »Vlasoll und seine Kumpanen werden den Trubur-Hof dem Erdboden gleichmachen.«

In diesem Moment gelang es Nahim endlich, einen Treffer zu erzielen, auch wenn lediglich Damirs Rippenbogen in Mitleidenschaft gezogen wurde. Nahim wollte bereits nachsetzen, da bemerkte er die Schatten, riesengroß und Waffen schwingend, die auf den Hof rannten. Damir keuchte auf und presste eine Hand auf die Verletzung. Doch der Ausdruck auf seinem Gesicht sprach Bände: Nahim begriff, dass er einem Gegner gegenüberstand, in dem die Kampfeslust gerade erst erwacht war. Im selben Augenblick hob Damir seine schwere Waffe an und ließ sie auf Nahim niederfallen, der gar nicht erst versuchte, zu parieren, sondern sofort den Rückzug antrat. Währenddessen nahm er aus den Augenwinkeln wahr, wie die Stalltüren aufgerissen wurden und Orks herausstürmten.

»Blax?«, schnaufte Nahim ungläubig, als der riesige Ork über den Hof jagte, seine Waffe durch die Luft schlagend, als könne er es nicht erwarten, endlich Fleisch und Knochen zu durchschlagen.

Mit einer unvorstellbaren Wut stürzten die Sisken-Orks den Eindringlingen entgegen, denen es plötzlich unmöglich war, den Hof einzunehmen. Sie waren eingekeilt zwischen den massiven Stallungen und dem rasch dahineilenden Fluss, der eisiges Gebirgswasser mit sich führte. Wer in dieses Wasser stürzte, verlor fast umgehend die Beherrschung seiner Gliedmaßen und wurde von der Strömung mitgezerrt, das galt selbst für die Orks. Von hinten drängte der Nachschub der Achaten-Orks nach, während die vorderste Front sich kaum gegen die tollkühnen Angreifer wehren konnte. Kampfesgebrüll mischte sich mit Flüchen und Kreischen, als die ersten Getroffenen niedersanken.

Mitten im Lauf riss Nahim sich von dem gewalttätigen Treiben los, als ein Lichtschein seine Aufmerksamkeit erregte. Die Eingangstür des Hauses war aufgestoßen worden, und Gestalten kamen hervor. Nahim wollte schreien, dass sie die Tür schleunigst wieder schließen sollten, aber da stolperte er über einen unter der Schneedecke verborgenen Gegenstand und schlug der Länge nach hin. Hinter seinen Augenlidern stoben vor Schmerzen rot leuchtende Flecken auf, doch er biss die Zähne zusammen und drehte sich auf die Seite. Gerade im rechten Moment, denn Damirs Schwert schlug nur einen Fingerbreit neben seinem Kopf im Schnee ein. So trennte es nur einige von Nahims Locken ab, anstatt seinen Schädel zu spalten.

»Warum, verflucht noch eins, musst du es einem immer so schwer machen?«, fauchte Damir ihn an, während er die Waffe erneut anhob.

Nahims Atem drohte sich zu überschlagen, während seine Augen an der dunklen Klinge hingen, der er wohl kaum ein weiteres Mal ausweichen konnte. Er kniff die Augen zusammen und konnte sich des kindlichen Wunsches nicht erwehren, sich hinter Damir und nicht vor ihm zu befinden. So deutlich, dass er es regelrecht vor sich sehen konnte.

Ein merkwürdiges Kribbeln breitete sich auf seiner von Maliande überzogenen Haut aus, als würde er der Glut in der Tiefe des Westgebirges abermals ausgesetzt sein.

Als Nahim die Augen wieder öffnete, stand er tatsächlich hinter Damir und starrte auf dessen bebenden Rücken. Mit einem Krachen traf das Schwert auf den gefrorenen Grund. Der Schmied senkte vor Verwunderung die Schultern, als habe ihn plötzlich seine ganze Kraft verlassen. »Was, verdammt …«, brachte er hervor, verstummte jedoch sofort. Nahim konnte sich lebhaft seinen Gesichtsausdruck vorstellen, wie er auf den eingedrückten Schnee anstelle eines toten Mannes blickte, denn zweifelsohne war Damir mindestens so überrascht wie er selbst.

Ich bin gewandelt, schoss es Nahim durch den Kopf. Einfach so. Ungläubig starrte er auf seine Hände, die im trüben Dämmerlicht golden glühten.

Vor ihm machte Damir Anstalten, den Kopf langsam in seine Richtung zu drehen. Nahim streifte sein Erstaunen rasch ab und verpasste dem Schmied einen so kräftigen Schlag in den Nacken, dass dieser lautlos in sich zusammensank. Hastig entwand er dem Bewusstlosen das Schwert, während er sich selbst zuraunte, dass Damir nun endlich bekam, was er verdiente. Doch noch während er die Klinge in Position brachte, um den verhassten Schmied zu enthaupten, wurde Nahim bewusst, dass er es nicht auf diese Weise tun konnte. Er war kein Scharfrichter, auch wenn er es sich in diesem Fall noch so sehr wünschte.

Plötzlich durchbrach ein Achaten-Ork die Verteidigungslinie und hielt auf ihn zu. Nahim fuhr herum, fand mit seinen nackten Füßen im Schnee kaum Halt, als er die zustoßende Lanze fortschlug. Der Ork ließ die Waffe fallen, als wäre sie ihm ohnehin nur im Weg, packte Nahim stattdessen einfach bei der Kehle und riss ihn empor. Während er verzweifelt versuchte, dem Ork das Schwert in den Leib zu rammen, weiteten sich die Augen des Orks plötzlich, und er zog seine Pranke mit einem erstaunlich hohen Schrei zurück.

Wie ein Katze kam Nahim auf allen vieren auf und krabbelte schleunigst rückwärts. Der Ork warf indessen etwas Jaulendes im hohen Bogen durch die Luft.

»Borif!«, schrie Nahim entsetzt und glücklich zugleich. Dann sprang er auf, rammte dem in die Knie gesunkenen Ork das Schwert in den Nacken und hielt dann auf den Hund zu, der sich bereits wieder aufrappelte. »Du alter Orkquäler, wo kommst du denn auf einmal her?«, brachte er hervor, als Borif an ihm emporsprang und ihm über das Gesicht leckte. Dann stürmte der Hund auf die anderen kämpfende Orks zu, als würde ihn dort ein Fest erwarten.

Nahim nahm Damir ins Visier, doch Anisa baute sich mit einem ungläubigen Gesichtsausdruck vor ihm auf, ließ sein Schwert fallen und packte ihn fest bei den Oberarmen. »Was hast du da eben getan?«, fragte sie fasssungslos.

»Anisa, ich muss zu Damir …«

»Du bist verschwunden und dann bist du wieder aufgetaucht. Direkt hinter Damir, einfach so. Wie bei einem Zaubertrick.« Seine Schwester klang, als wäre sie kurz davor, den Verstand zu verlieren.

»Nun ja.« Verzweifelt versuchte Nahim, ihre Hände abzuschütteln, ohne ihr dabei wehzutun. Doch Anisas Finger krallten sich hartnäckig in seine Haut, als hätte sie die Kontrolle über sie verloren.

An ihnen liefen Jules und noch zwei andere Knechte mit gezückten Waffen vorbei, während Balam hinterherstolperte, als würde ihn ein unsichtbares Band zurück in die Sicherheit des Hauses reißen wollen. Auch Fehan wollte an ihnen vorbeieilen, aber Nahim konnte ihn gerade noch packen.

»Kümmere dich um Anisa, ansonsten wird sie noch von einem Ork angefallen, ohne dass sie etwas davon mitbekommt.«

Mit einer raschen Bewegung legte Fehan Anisa den Arm um die Schultern, während er eine Axt bereithielt, um jeden Angreifer die Stirn zu spalten. Dieser Anblick flößte Nahim ausreichend Vertrauen ein, dass er sich endgültig von seiner Schwester befreite. Ein Blick über die Schulter zeigte ihm, dass sich Sisken-Orks und Hofbewohner tapfer gegen die Übermacht der Achaten-Orks behaupteten. Aber auf Dauer würde auch der Mut der Verzweifelten nicht ausreichen.

Schon brachen zwei schwer bewaffnete Achaten-Orks durch die Abwehr und hielten auf sie zu. Hastig bückte Nahim sich nach seinem in den Schnee gefallenen Schwert, um für einen Kampf mit den beiden Orks gerüstet zu sein. Doch zu einem Kampf kam es nicht. Denn hinter der dichten Reihe aus Achaten-Orks loderte jäh ein grünes Flammenmeer auf und forderte dort bereits die ersten Opfer, wie wilde Schmerzensschreie verrieten. Ungläubig beobachtete Nahim, wie das Feuer den Achaten-Orks jegliche Rückzugsmöglichkeit abschnitt und sie nach und nach einkreiste.

Als Nahim eine Mischung aus Lachen und Schnaufen hörte, wandte er nur widerwillig den Kopf von diesem Schauspiel ab. Neben ihm stand ein verschwitzter und nach Luft ringender Tevils, der sich mit den Händen auf den Oberschenkeln abstützte. Andere Schemen eilten an ihnen vorbei. Auf die Schnelle glaubte Nahim, Lasse und seinen Hofverwalter zu erkennen.

»Ich dachte schon, ich schaffe es nicht mehr rechtzeitig zum Spektakel hier zu sein. Borif war eindeutig schneller als ich. Was für ein Anblick! Dieses alchemistische Drachenfeuer hat es wirklich in sich.«

»Alchemistisches Drachenfeuer?«, echote Nahim verständnislos.

»Ja, klar.« Tevils presste sich die Faust gegen die Brust, als wollte er seine Lungen zwingen, wieder ordentlich zu arbeiten. »Das haben Belars und ich gelegt. Dann habe ich mich durch den Wald gequält, um rechtzeitig hier zu sein, damit die Achatenbrut in diesem Feuer röstet, während Belars es unter Kontrolle hält. Reife Leistung, was?«

Nahim konnte nur ungläubig nicken, wohingegen Anisa in ein befreiendes Lachen ausbrach. »Ein Morgen voller Wunder«, sagte sie. Tevils stimmte kurz übermütig ein, dann zog er sein Schwert blank und hielt auf die Kämpfenden zu, dicht gefolgt von Fehan.

Nahim spielte mit dem Gedanken, ihnen nachzueilen, als er sich an sein eigentliches Ziel erinnerte. Doch Damir lag nicht länger bewusstlos im Schnee. Er war fort, nur seine Spur im Schnee verriet, welchen Weg er eingeschlagen hatte.

Unter Flüchen rannte Nahim auf die weit offen stehende Tür des Trubur-Hofs zu. Die Wohnküche lag verlassen da, die Tür zur Schlafkammer stand speerangelweit offen. Nahims Blut rauschte ihm mit solcher Gewalt durch die Ohren, dass er weder das schrille Weinen der beiden verängstigten Mädchen in einer Ecke noch Anisas entsetzten Aufschrei neben sich hörte, als sie hinter ihm eintraf. Er sah nur die blutüberströmt am Boden liegende Allehe, die Wange aufgeplatzt von etwas, das sehr an einen Peitschenschlag erinnerte. Ein leeres Bett. Und das offene Fenster der Schlafkammer, durch das Schneeflocken hineintrieben. Sonst nichts.

Anisa kniete neben Allehe nieder und bettete deren Kopf auf den Schoß. Die junge Frau spuckte einen Schwall Blut aus und griff nach Nahims Fuß. »Ich bin nicht gegen ihn angekommen«, brachte sie mühsam hervor.

»Es tut mir so leid, dass ich mein Versprechen nicht gehalten habe, Allehe. Ich werde es jetzt sofort einlösen.«

Mit festem Griff brachte Nahim das Schwert in Position, schloss die Augen und dachte an das einzige Ziel, das er noch kannte. Erneut breitete sich das Kribbeln auf seiner Haut aus, und das Maliande ließ ihn wandeln. Als er die Augen wieder öffnete, zögerte er keine Sekunde, sondern riss die Waffe entschlossen nach oben.

Damir blinzelte, öffnete den Mund, doch kein Ton kam über seine Lippen. Reglos stand er da, bis Nahim die Klinge befreite und der schräg von unten geführte, klaffende Spalt von seinem Ohr bis tief in seine Schläfe hinein sichtbar wurde.

Eilig warf Nahim das Schwert beiseite, denn in diesem Moment brach der Schmied zusammen. Gerade noch so gelang es Nahim, das leblose Kind, das Damir über seiner Schulter getragen hatte, aufzufangen. Obwohl seine Arme vor Anstrengung zitterten, drückte er Tanil fest an sich und trat erst einige Schritte zurück, bevor er mit dem Jungen in die Knie sank. Um ihn herum herrschte Dunkelheit, die sich hartnäckig zwischen den Baumstämmen des Hangs hielt. Weiter oberhalb konnte Nahim den von grünem Feuer erleuchteten Hof erahnen.

Neben ihm befreite sich eine lautlos weinende Lehen von der Peitschenschnur, die Damir ihr um Hände und Hals gewickelt hatte, und kroch zu ihnen hinüber.

»Es ist vorbei«, brachte Nahim atemlos hervor und streckte die Hand nach ihr aus.

Lehen ergriff sie, doch mit der anderen Hand drehte sie vorsichtig Tanils Kopf zur Seite, sodass sie ihm ins Gesicht blicken konnten. »Nein, ist es nicht.« Dann erstarb ihre Stimme.

Nahim begriff sofort: Hinter Tanils geschlossenen Lidern leuchtete ein verräterisches Rot auf, und jetzt bemerkte er auch die unnatürliche Hitze, die vom Körper des Kindes ausging.

»Tanil, wach auf«, forderte Nahim ihn eindringlich auf. »Tanil, komm schon, wach auf!«

Doch der Junge reagierte nicht. Stattdessen begann der Schnee unter Nahim zu tauen, und er hörte das Knacken in den Bäumen, als sich jähe Hitze in ihnen ausbreitete.

»Lehen, du musst mit ihm sprechen, ihn beruhigen. So wie du es in der Burgfeste getan hast. Er hört auf dich.«

»Damir hat ihn einfach niedergeschlagen. Mit dem Peitschengriff ausgeholt und zugeschlagen. Tanil ist in sich zusammengesunken, als wäre kein Funken Leben mehr in ihm«, entgegnete Lehen, wobei ihre Finger unentwegt über die Wange des Kindes streichelten. »Da, wo er jetzt ist, kann ich ihn nicht erreichen. Diesen Pfad in sein Inneres kann ich nur beschreiten, wenn Tanil ihn mir zeigt. Aber du kannst von hier fortgehen, Nahim. Bring dich in Sicherheit, bevor dieser Ort in Flammen aufgeht.«

Unwillkürlich suchte Nahims Geist nach einem sicheren

Ort, zu dem er wandeln konnte, doch ihm fiel kein einziger in Rokals Lande ein. Jeder Fleck auf der Karte war mit Vernichtung, Unheil und Krieg überzogen. Und selbst wenn ihm ein Ort eingefallen wäre, hätte es ihm nichts genützt. Lehen würde Tanil um keinen Preis zurücklassen, auch wenn er die Welt in Brand steckte. Und er würde nicht ohne sie gehen.

»Ich gehöre dort hin, wo du bist«, flüsterte er ihr zu.

Fast erwartete er Protest, aber Lehen weinte nur und schmiegte sich an ihn. Langsam beugte Nahim sich hinab und gab seiner Frau einen Kuss auf das Haar, auf das die über Stämme und Geäst züngelnden Flammen einen roten Schein warfen.

Kapitel 33

Unverändert hing die bleierne Scheibe über dem NjordenEis. Weder gelang es der Nördlichen Achse, die unsichtbare Grenze zu überwinden, noch driftete sie unverrichteter Dinge ab. Stunde um Stunde fielen Eislichter herab, doch der Rausch der ersten Wochen war verklungen, die Njordener zogen nur noch gelegentlich aus, um den Goldenen Staub aufzuklauben. Mittlerweile schimmerten die Weiten des ewigen Eises, als würden sie von der Sonne geküsst. Dabei war die Sonne schon seit Monaten hinter der undurchdringlichen Wolkendecke verborgen.

Obwohl er den Anblick der Nördlichen Achse allmählich leid war, legte Maherind erneut den Kopf in den Nacken. Wie ein unwillkommener Gast hing sie dort oben und pochte lautlos gegen die Eingangstür.

Fröstelnd zog Maherind den Pelz enger um sich – zweifelsohne ein gutes Stück, wenn er auch nicht wusste, welches Tier es einmal gewesen sein mochte. Trotzdem dachte er sehnsüchtig an den Seelöwenpelz, mit dem Nahim vor knapp zwei Tagen spurlos verschwunden war. Seitdem hatte er nicht aufgehört, draußen herumzustromern. Nicht einmal der Hunger hatte ihn zurück in die Zelte treiben können. Etwas bahnte sich an, das konnte er mit jeder Faser seines Körpers spüren. Sein Instinkt, auf den er immer viel gehalten hatte, flüsterte es ihm unentwegt zu. Aber was würde passieren? Nun, Maherind hatte nicht die geringste Ahnung, und das trieb ihn langsam, aber sicher in den Wahnsinn.

Erneut grübelte er darüber nach, wohin Nahim verschwunden war. Das Maliande, das der Junge mitgebracht
hatte, war im Zelt bei seinem durchnässten Mantel geblieben. Wie ließ es sich also erklären, dass Maherind mitten im
Nirgendwo Spuren des magischen Elixiers gefunden hatte?
Es war ihm nicht schwergefallen, die Stelle zu finden, von
wo aus Nahim ins Unbekannte aufgebrochen war – ohne
ihn, wie er bitter dachte. Die Njordener, die ihn bei seiner
Suche unterstützt hatten, hatten sich nämlich schlicht geweigert, in diese bestimmte Richtung zu gehen. Daher hatte Maherind gewusst, dass dort Magie gewirkt worden war.
Die entscheidende Frage war bloß: wie? Nahim musste sich
ein wenig von dem Elixier abgefüllt haben, genug, um damit
wandeln zu können. Eine andere Erklärung gab es nicht.

Maherind seufzte, wobei ihm die Kälte sogleich über Lippen und Zunge glitt, als könne sie es nicht ertragen, dass sich
etwas ihrer Macht entgegensetzte und Wärme versprühte. In
den letzten Stunden hatte Maherind es allerdings aufgegeben, sich über Eis und Frost, die an seinen alten Knochen
nagten, Gedanken zu machen. Sein Zustand schien ihm vollkommen unwichtig, gemessen an der Tatsache, dass Rokals
Lande und mit ihm die Südliche Achse kurz davon stand, das
Gleichgewicht zu verlieren. Fast erwartete er, die Bleischeibe würde mit einem ohrenbetäubenden Bersten die unsichtbare Barriere durchbrechen und sich einfach auf das Land
legen. Und er würde dastehen und nichts dagegen ausrichten können.

Unwillkürlich ballte er die Hände zu Fäusten.

»Hier treibst du dich also herum.«

Obwohl ihm Kijalans Stimme in diesen Tagen mehr als
vertraut war, zuckte Maherind zusammen. Unaufmerksam-
keit gehörte eigentlich nicht zu seinen Schwächen. Dass er
ihr Herannahen nicht bemerkt hatte, bedeutete entweder,

dass sein Gehör eingefroren war, oder dass er tatsächlich langsam alt wurde. »Hast du mich vermisst?«

»Eigentlich eher Sorgen gemacht. Heute ist kein guter Tag, die Hirsche und Hunde sind nervös, und unsere Alten reden bloß wirres Zeug. Niemand sollte jetzt allein sein, wir versammeln uns alle im Lager. Außerdem treibst du dich schon viel zu lange im Freien herum. Es ist so kalt, dass selbst mein Volk es spürt. Ein alter Herr wie du …«

»Ho ho ho«, unterbrach Maherind sie. »Hinweise auf das Alter einer Dame schicken sich zwar nicht, aber so viele Jahre sind wir beide wohl kaum auseinander.«

Kijalans Züge versteinerten, allerdings verriet ein Zucken ihrer Mundwinkel, dass sie nur mühsam ein Lächeln unterdrückte – was Maherind ihr hoch anrechnete.

»Wie auch immer. Es wäre einfach beruhigend, wenn du jetzt mit mir ins Zelt zurückkehren würdest. Die Neuigkeiten, die Nahim mitgebracht hatte, haben einiges verändert und der Ältestenrat würde gern deine Meinung zu einigen Punkten hören.«

Nachdenklich kratzte Maherind sich an der Brust, wobei er den Maliande-Flakon streifte, den er an einem Lederband um den Hals trug und der ihn mit Kohemis verband. »Reden …«, sagte er halblaut, als wisse er nicht so recht, was er davon hielt. Erst als Kijalan ungeduldig die Hand nach ihm ausstreckte, nickte er zustimmend. »Geh schon einmal vor, ich komme gleich nach.«

Zuerst sah es so aus, als würde Kijalan sich weigern, ohne ihn ins Lager zurückzukehren. Dann machte sie jedoch mit einem Achselzucken kehrt und lief durch den Neuschnee.

Maherind wartet einen Moment, dann zog er seine Fäustlinge aus und holte umständlich den Maliande-Flakon hervor. Er war so dicht davor gewesen, mit Nahim nach Achaten zu wandeln. Dorthin, wo die Prälatin und der Botschafter der Nördlichen Achse ihr Bündnis geschmiedet hatten, über dessen Auswirkungen er lediglich spekulieren konnte. Und dort war auch Kohemis … der Gedanke schmerzte und erfreute ihn zugleich.

Das Maliande zwischen seinen Fingern strahlte eine wundersame Wärme aus, und er fragte sich, ob es ihn während der letzten Stunden in der Eiseskälte wohl vor dem Erfrieren bewahrt hatte. Überrascht hätte es ihn nicht, schließlich hatte das Maliande schon mehr als einmal Eigenheiten offenbart, die er so niemals vermutet hätte. Voller Zärtlichkeit erkundete er die geschliffenen Kanten des Flakons, der ihm so vertraut war nach all den Jahren, die er mit Kohemis verbracht hatte.

Das Wissen, wie man seine Gedanken ins Maliande bannt, war für sie beide vermutlich die bedeutendste Erkenntnis gewesen. Sie war nicht nur die Grundlage, auf der die Macht des Ordens aufgebaut war, sondern hatte auch für Nähe zwischen den beiden Männern gesorgt, die zwei restlos verschiedene Leben führten. Maherind, stets auf Reisen durch Rokals Lande, die einzelnen Puzzleteilchen sammelnd, die Kohemis dann zu einem Bild zusammensetzte. So waren sie stets in Verbindung geblieben und einander nähergekommen, als wenn sie die Jahre Seite an Seite verbracht hätten. In jenen fernen Tagen, als er gegen alle Bedenken den Fuß des Westgebirges erkundet hatte, wäre er nie auf die Idee gekommen, dass die Entdeckung, die er in den glühenden Tiefen machte, nicht nur Rokals Lande verändern, sondern seinem Leben auch einen Sinn verleihen würden. Es war die Belohnung für seine endlosen Wanderungen gewesen, stets getrieben von dem unerklärlichen Verlangen, das richtige Leben für sich zu finden. Damals, als er das erste Maliande in einen Flakon füllte, war ihm so gewesen, als hätte er sein Ziel endlich erreicht. Aber vollständig geworden war er erst, als Kohemis ihm in einer lang zurückliegenden Sommernacht die Hand gereicht hatte.

Träge, beinahe sinnlich zog das Maliande an den Innenseiten des Flakons seine Kreise, als sehnte es sich danach, befreit zu werden und eine Form anzunehmen. Maherind konnte der Versuchung nicht widerstehen und öffnete den Verschluss für einen Moment. Wie warmer Atem legte sich der Dunst auf sein Gesicht, und seine Barthaare, die vom Eis verklebt waren, stellten sich auf, dass es prickelte. Die Berührung war zärtlich, und er rechnete fest damit, sogleich mit einem von Kohemis' Gedanken beglückt zu werden, die nur ihm galten. Stattdessen tauchte Kohemis' Vision von der nahenden Bleischeibe auf.

Maherind sah die Nördliche Achse mit einer größeren Klarheit, als wenn er tatsächlich zu ihr hinaufblickte. In der Vision traten einer nach dem anderen die blassen Monde unter ihr hervor. Eislichter, das müssen die Eislichter sein, begriff er. Die Überreste der an der Barriere zerschellenden Magie, die versucht, von der Nördlichen Achse nach Rokals Lande durchzudringen. Doch die Monde erschienen viel zu groß und mächtig, um bloß ein am Himmel verpuffendes Eislicht zu sein, dessen Goldener Staub auf das NjordenEis hinabrieseln würde.

Im nächsten Moment leuchtete eine Spiegelung des Mondes neben ihm auf. Maherind zuckte vor Schreck derartig zusammen, dass die Vision kurz ins Schwimmen geriet. Die Spiegelung war so nahe, als bräuchte er nur die Hand auszustrecken, um sie zu berühren. Langsam füllte sich die Spiegelung mit Magie, blendete ihn mit jedem Herzschlag mehr, bis Maherind begriff, wer diese Monde waren: Die Magier waren kurz davor, das Bollwerk, geschaffen aus der Magie des NjordenEis-Volks, zu überschreiten.

Die Magier sind wie Monde, dachte Maherind, plötzlich von Klarsicht erfüllt. Monde werden angezogen von einem größeren Planeten. Wird Magie vielleicht von stärkerer Magie angezogen? Kreuzt die Nördliche Achse ausgerechnet jetzt über uns, da das Maliande beginnt, die alten Grenzen zu sprengen und bislang unbekannte Möglichkeiten zu offenbaren? Maherind schnaubte, beschwingt von dem regen Gedankenfluss. Das Maliande hatte einen Wandel durchlebt, all die Veränderungen in den letzten Jahren unter den Menschen, Orks und Elben. Außerdem die Aufdeckung des Geheimnisses, wie man den Willen eines Drachen leiten kann, oder die Verschiebung der Machtachse im Westgebirge, nachdem der mächtigste Dämonenbeschwörer Resilir seine Hallen verlassen hatte ...

Es war viel geschehen, trotzdem konnte Maherind sich nur schwerlich vorstellen, dass das Maliande deshalb stärker war als ein ganzes Reich, das sich der Magie gewidmet hatte. Präaes Drachenfeuer am Himmel über Rokals Lande war zweifelsohne ein Machtbeweis für jene Magie gewesen, die auf der Südlichen Achse gesponnen wurde. Aber sollte das wirklich ausreichen, um die Nördliche Achse nicht nur auf Distanz zu halten, sondern ihr tatsächlich auch die Stirn bieten zu können? So oder so, es hatte ganz den Anschein, als sei jetzt der Zeitpunkt gekommen, da sich zeigen würde, wer mehr Gewicht auf die Waage brachte.

Mit dieser Gewissheit fand Maherind sich zu seiner Überraschung in einer tiefen Dunkelheit wieder. Die Eislichter, die bis eben unablässig den Himmel gekreuzt und alles mit einer golden schimmernden Schicht überzogen hatten, waren verschwunden. Nur noch ein einzelner Schweif verglomm einsam und warf schales Licht. Doch mehr brauchte es nicht, denn Maherinds Augen fanden eine andere Lichtquelle, unweit der Stelle, wo Nahim ins Unbekannte gewandelt war.

Herzrasen und Kurzatmigkeit ignorierend, hielt Maherind auf das Licht zu und schon kurz darauf erkannte er, um was es sich handelte: ein kreisrunder Wirbel aus Goldenem Staub. Durch die Schlieren hindurch konnte er eine Figur erkennen. Maherind musste ihr nicht erst nahe kommen, um zu wissen, wie sie aussehen würde. Tevils hatte ihm den Gesandten der Nördlichen Achse lebhaft beschrieben.

Regungslos stand die Gestalt da, die beiden Arme vorgestreckt, als würde sie den tanzenden Goldenen Staub dirigieren.

»Bewundert ihr die Überbleibsel Eurer Macht?«, fragte Maherind mit donnernder Stimme, während er sich abmühte, die verbleibende Distanz zu überwinden.

»Überbleibsel – fürwahr.« Eine Stimme umrundete Maherind wie eine zu Ton gewordene Schlange. Ein Echo, hinabgeworfen von der Nördlichen Achse über seinem Kopf. »Aber ein Überbleibsel, dem man Leben einhauchen kann. Ordensmitglied Maherind, Ihr habt sicherlich Verständnis dafür, dass wir Euch bitten müssen, nicht näher zu treten.«

»Träum nur weiter«, knurrte Maherind und beschleunigte sein Tempo, obwohl seine Knie ihm den Dienst zu versagen drohten.

»Wollt Ihr wohl anhalten? Nein. Nun denn.«

Plötzlich verlor der Gesandte alle Farbe, es war, als liefe sie zum Saum seines Gewandes herab in den Schnee, um sich dort mit dem Goldenen Staub zu vereinigen. Maherind bemerkte gar nicht, dass er stehen blieb und Zeuge wurde, wie sich ein weiterer bleifarbener Gesandter erhob. Der vergeudete seine Zeit nicht, sondern schritt bereits auf den alten Mann zu, während sich sein Gewand schwarz einfärbte. Erst als die Dublette des Gesandten direkt vor Maherind zum Stehen kam, erhielt es seinen elfenbeinfarbenen Anstrich.

»Zurück mit Euch!«, forderte die körperlose Stimme, die nun von überallher erschallte. Ein vielstimmiger, brüllender Chor.

Der Befehl umtoste Maherind, der unwillkürlich die Hände an die Ohren presste, als könnte die Stimme ansonsten zu tief in ihn eindringen und ihm ihren Willen aufzwingen. Seinen Blick hielt er jedoch fest auf die goldenen Schlieren gerichtet, die der Gesandte in immer größeren Kreisen durch die Luft tanzen ließ. Dort musste er hin, dessen war er sich ohne jeden Zweifel bewusst.

Doch noch ehe er einen weiteren Schritt tun konnte, versperrte ihm der neu geschaffene Gesandte den Weg.

Maherind wurde gepackt und durch die Luft geschleudert, als wäre er nicht mehr als eine Feder. Sein Aufschlag auf den mit einer Eisschicht überzogenen Schnee fiel überraschend weich aus. Trotzdem hörte Maherind das Knacken von Knochen, Schmerz flammte in seinem Brustkorb auf. Er konnte keine Luft holen, als seien seine Lungen plötzlich versiegelt. Maherind zwang sich, die Ruhe zu bewahren. Obwohl auch nur die kleinste Bewegung ihm fast die Sinne raubte, gelang es ihm, nach und nach einzuatmen. Es sind nur ein paar gebrochene Rippen und Schnittwunden, redete er beruhigend auf sich ein. Nichts, was du nicht schon einmal erlebt hast. Also, jetzt ganz langsam aufsetzen und dabei weiteratmen, als sei nichts geschehen.

Mühsam hob Maherind seinen Kopf an und sah, dass die Schlieren aus Goldenem Staub bereits bis zu ihm reichten. In trägen Bewegungen breitete er sich aus wie feinster Nebel, der in jede Lücke vordringt. Ungläubig spürte Maherind, wie der Goldene Staub sich über sein vor Kälte taubes Gesicht legte und es gleich einem Kuss erwärmte. Er glitt unter die Schichten aus Pelz, Wolle und Filz, bis er fand, wonach er suchte: Der Flakon mit Maliande, den Maherind um den

Hals trug, wurde schlagartig heiß und begann zu pochen, als wäre es ein lebendiges Herz.

»Sieh an. Er führt etwas von unserer Magie mit sich.«

Einer der Zwillings-Gesandten war vollkommen lautlos neben Maherind getreten. Sein Gewand und die glänzenden Haarsträhnen, die unter dem Kopftuch hervorquollen, flirrten umher, als würden unsichtbare Hände nach ihm greifen. Ein verrückt gewordener Schatten umtanzte seine Füße, als wollte ihn die Dunkelheit verschlingen und noch mehr Gesandte gebären. Alles an der Gestalt war in Bewegung, sodass man fast glauben konnte, sie würde sich jeden Moment auflösen.

»Von Eurer Magie?« Obwohl es sich anfühlte, als würde seine Brust mit einem schartigen Messer aufgeschnitten, lachte Maherind. »Die Magie, die sich mit Rokals Lande vereint hat, gehört Euch nicht. Sie ist vielmehr auf der Flucht vor Euren gierigen Händen. Nun gehört sie zur Südlichen Achse, sie ist eine Verbindung mit diesem Land eingegangen. Sie ist zum Maliande geworden. Das könnt Ihr wohl kaum leugnen.«

Während Lippen und Nase des Gesandten ihre Lebendigkeit verloren hatten und nun mehr als je zuvor maskenartig aussahen, waren die Quecksilberaugen von einer erschreckenden Klarheit. Doch Maherind wich ihrem Blick nicht aus.

»Die Magie gehört immer demjenigen, der stark genug ist, sie an sich zu nehmen und ihr eine Form zu verleihen.«

Die Zähne zusammenbeißend, dass es knarrte, richtete Maherind sich auf dem Ellbogen auf. »Das heißt dann also, dass wir, die bloß Hinterwäldler in magischen Belangen sind, Euch schon seit Jahrhunderten überlegen sind. Denn so, wie es aussieht, könnt Ihr nicht Hand an das legen, was uns gehört.«

»Bislang nicht, nein. Aber das werden wir jetzt ändern.«

Die Quecksilberaugen begannen, von innen heraus zu strahlen. Die Konturen des Gewandes lösten sich allmählich auf, alle Farbe war bereits entwichen. Unterdessen durchzog der Goldene Staub die Luft so dicht, dass es aussah, als wäre endlich die Sonne hinter dem Wolkenmeer hervorgebrochen und würde einen neuen Morgen verkünden.

»Möchtet Ihr uns als Zeichen Eures guten Willens nicht das Maliande überlassen, das Ihr bei Euch tragt?«, erklang die Stimme des Gesandten süßlich.

»Kommt ganz darauf an, wofür Ihr das Maliande verwenden wollt.«

»Oh, wir werden etwas tun, was Ihr schon lange vor uns hättet tun sollen: die schlafenden Drachen rufen und ihnen unseren Willen zuraunen. Es erstaunt uns übrigens zutiefst, dass es Euch und Eurem Orden gelungen ist, alle Fäden aufzugreifen. Allerdings blieb es Euch offensichtlich verwehrt, das Netz zu erkennen, das sie bilden. Da sind wir klar im Vorteil, denn wir brauchten nur zu nehmen, was man uns in Rokals Lande überaus freiwillig anbot: das Geheimnis, wie man das grüne Drachenfeuer aufflammen lässt, und mehr als ausreichend Maliande im Tausch gegen die Asche unserer Magie, die ausgerechnet das Eisvolk mit solchem Eifer für uns zusammengetragen hat, da wir die Kälte nur schwerlich ertragen. Aber nun wird es ja warm werden, nicht wahr? Wir sind nirgends auf nennenswerten Widerstand gestoßen – einmal abgesehen von Euch und Eurem Orden. Das war unerfreulich, hat aber auch keinen Schaden angerichtet. Wie nanntet Ihr Euch doch soeben durchaus passend? Hinterwäldler.«

Mit abgehackten Bewegungen gelang es Maherind endlich, auf die Füße zu kommen, auch wenn er dabei bedenklich schwankte. Über ihm hatte sich die bleierne Scheibe der Nördlichen Achse rötlich verfärbt wie ein zorniger

Abendhimmel. Sie vibrierte leicht. Glutrote Adern durchzogen sie, und ihre Hitze schien bis zu Maherind hinabzustrahlen. Seine Kleidung klebte verschwitzt an seinem Rücken, und er streifte die Fäustlinge ab. Der glitzernden Schneedecke konnte die sich unvermittelt ausbreitende Wärme jedoch nichts anhaben.

»Nun, wenn Ihr die Zeit aufwendet, mich mit Hohn zu überschütten, kann die Arbeit des Ordens wohl nicht so nutzlos geblieben sein. Ein strahlender Sieger gibt sich schließlich nicht mit seinen künftigen Sklaven ab.«

»Wir brauchen keine Sklaven. Sobald die Drachen die Barriere zwischen unseren Welten mit ihrem Feuer eingeschmolzen haben, werden wir uns an Magie nehmen, was dieses Land zu bieten hat. Alles, was jemals vom Maliande berührt worden ist, ihm eine Form verliehen hat, wird zu Asche werden. Aber wie Ihr seht, haben wir selbst für Asche Verwendung.« Der Gesandte wies auf die Schlieren aus Goldenem Staub, die mittlerweile das gesamte NjordenEis überzogen. »Wir werden sie als Leiter für das Maliande benutzen, das die Prälatin uns großzügigerweise überlassen hat, ohne allzu viele Fragen zu stellen. Wir werden die Drachen rufen – vor Euch!«

Erfüllt von Entsetzen blickte Maherind auf die vielen Hügel, die sich unter der Schneedecke des NjordenEises abzeichneten. Schlafende Drachen – niemand hatte sie je gezählt. Und niemand wusste, wie viele sich tief im Inneren des Eises verbargen. Wenn es dem Gesandten gelang, sie zu wecken und ihnen seinen Willen aufzuzwingen, würde Rokals Lande unter ihrem Feuer schmelzen wie die Residenz von Previs Wall. »Nein«, brachte er mit brüchiger Stimme hervor, musste sich jedoch im nächsten Moment seine Hilflosigkeit eingestehen. Es gab nichts, was er dem Gesandten entgegensetzen konnte.

In seiner Verzweiflung griff Maherind nach dem Gesandten, der mittlerweile nicht mehr als ein bleifarbener Schemen war. Doch die Gestalt zerfloß unter seinen Händen und spaltete sich in zwei neue auf. Maherind glaubte ein Lachen um sich kreisen zu hören, während die beiden Gestalten sich immer weiter teilten. Die Schemen umtanzten ihn, dass ihn schwindelte.

Unterdessen breitete sich ein samtig schimmernder Glanz über die Schlieren aus. Sie verloren ihr unstetes Glitzern und verdichteten sich, sodass die Atmosphäre des Njorden-Eises von einem neuen Element erfüllt wurde: dem Maliande. Ein Ruf durchfuhr das Eis, ließ es bersten und knacken. Maherind sank auf seine Knie, mitgerissen von dem Beben. Der Schnee schmolz dahin. Das Eis wurde durchsichtig wie Glas und offenbarte die im Schlaf eingerollten Drachenleiber, ganz überzogen mit der Farbe des Maliandes.

Verzweifelt holte Maherind den Maliande-Flakon hervor und öffnete ihn. Sogleich brach das hallende Lachen der unzähligen Gesandten ab, als befände er sich unvermittelt hinter einer Trennwand. Hier gab es nur Kohemis' vertraute Stimme. Maherind lauschte seinen Worten und scherte sich nicht darum, als klauenartige Hände ihn packten und fortschleuderten.

Kapitel 34

Immer wieder aufs Neue rief Lehen Tanils Namen, laut, aber auch im Geist. Die Hoffnung, ihn auf diese Weise zu erreichen, wie er es stets bei ihr getan hatte, wollte einfach nicht erlöschen. Er ist mein Kind, dachte sie, während sie ihm über das fiebernde Gesicht streichelte, als wolle sie ihn sanft aus einem bösen Traum wecken. Wenn ich ihn nicht erreichen kann, wer dann?

Sie hörte das Knacken von brennendem Geäst und gefrorenem Boden, der wider alle Naturgesetze plötzlich von Hitze erfüllt war. In Achaten war es ihr gelungen, beruhigend auf Tanil einzureden, ihn darin zu bestärken, sich der Magie zu überlassen. Aber jetzt brachte sie weder das eine noch das andere fertig. Damirs Angriff hatte die Magie wachgerufen, aber es war kein Tanil mehr da, der ihr eine Form geben konnte. Sie würde ihn verbrennen, dessen war sich Lehen sicher.

Sie stieß einen kummervollen Schrei aus, woraufhin Nahim sie noch fester umschlang. Doch obgleich er sie mit seinem Körper umgab wie ein Schild, spürte sie ein wildes Zerren an sich, wie damals in der Burgfeste, als sie kurz davor gewesen war, ausgelöscht zu werden. Dieses Mal geht es so unglaublich schnell, dachte sie. Wahrscheinlich ist es auch besser so. Sie schmiegte sich an die Brust ihres Mannes, in Erwartung, dass die ungezügelte Magie sie jeden Augenblick vernichten würde.

Doch es kam anders.

Anstatt ihr ein letztes zärtliches Wort zuzuflüstern, gab
Nahim sie plötzlich frei und lieferte sie jenem Zerren aus.
Zu ihrer Überraschung war es jedoch keine Hitze, die sie
streifte, sondern Kühle. Als würde ihr jemand frische Luft an
einem Sommertag zufächeln. Voller Unglauben beobachtete
Lehen, wie die Funken im Geäst auseinanderfuhren und erloschen. Feine Zweige, große Äste, halbe Baumstämme verloren ihre Farbe und zerfielen im nächsten Augenblick zu
Asche und gaben den Blick auf den dunkelgrauen Himmel
frei.

Nein, nicht auf den Himmel, sondern auf einen mächtigen Drachenleib, der langsam wie eine Feder auf die Lichtung sank.

»Präae und ihre Auftritte, unglaublich. Was soll ich sagen –
es geht doch nichts über Drachenmagie«, sagte Nahim mit
einem Lachen in der Stimme. Schnell griff er an Tanils Stirn
und wurde sogleich wieder ernst. Das Kind glühte nach wie
vor, und hinter seinen Lidern pochte tiefrote Glut.

Präae senkte ihr Haupt, das von der Größe eines gewaltigen Findlings war. Sie machte einen langen Hals, und ihre
Nüstern zuckten, als sie Witterung aufnahm. Dann stieß sie
einen glockenhellen Laut aus, der den Kummer von Lehen
nahm so wie die Sonne den Schatten tilgt. Sie streckte ihre
Hand aus und berührte das von handtellergroßen Schuppen
gesäumte Drachenmaul. Dabei stellte sie erstaunt fest, dass
die Schuppen keineswegs von metallischer Härte waren, obwohl sie wie glatt geschlagenes Silber glänzten. Das Schuppenkleid war anschmiegsam und von einer angenehmen
Wärme, angesichts der gerade erlebten Hitze beinahe kühl.

»Kannst du seine Magie nehmen und sie in eine Form
bannen, bevor sie uns vernichtet?«, fragte Lehen den Drachen, der sich mit vollendeter Eleganz vor ihr auf den Boden legte.

Zwei Schatten glitten von Präaes Rücken und traten auf sie zu.

»Das würde Präae vermutlich gern tun, wenn der Junge den Wunsch äußern würde. Ansonsten wird sie ihn auf keinen Fall anrühren. Drachen zwingen niemandem ihren Willen auf, schon gar nicht einem Quell reiner Magie. Die Nähe dieses kleinen Kerls raubt mir fast den Verstand und dabei bin ich für eine Njordenerin so gut wie immun gegen das Maliande«, sagte eine Frau, die sich neben sie kniete. Lehen hatte sie noch nie zuvor gesehen, doch ihr schwante, um wen es sich handelte.

»Lalevil«, bestätigte Nahim auch schon ihre Vermutung. »Was hat das zu bedeuten?«

»Das wirst du Aelaris fragen müssen.«

Lalevil deutete auf den schlanken Mann, auf dessen hellem Gesicht Schatten einen verwirrenden Tanz aufführten. Dann erst begriff Lehen, dass es keineswegs Schatten, sondern lebendige Zeichen waren. Sie erzählten von der Welt um sie herum, von jedem zu Asche zerfallendem Ast und der Hoffnung auf Lehens Gesicht. Als wären die Zeichen auf der Haut des Elben zu einem Abdruck von Rokals Lande geworden.

Aelaris streckte seine Hand nach Tanil aus, hielt jedoch sogleich inne, als er Lehens Gesichtsausdruck bemerkte. »Vielleicht kann ich dein Kind erreichen«, sagte er mit einer Ruhe, die auf Lehen ansteckend wirkte. »Es ist eine Gabe der Elben, andere Wesen auf mentalem Weg zu berühren.«

Lehen zögerte. In ihren Augenwinkeln bemerkte sie, wie die Hitze sich wieder aufzubauen begann und die Luft zum Flirren brachte.

»Dein Junge hat nach mir gerufen, weil er allein nicht den Weg durch das Meer der Magie in seinem Inneren finden kann. Ich werde also durch die von ihm geöffneten Tore schreiten, um ihm den Pfad zu zeigen, auf dem er dem Maliande eine Form nach seinen Vorstellungen geben kann. Dann würde sich die freigesetzte Energie nicht länger gegen ihn richten. Du brauchst dir keine Sorgen zu machen, dass ich ihm wehtue. Das verspreche ich dir.«

Lehen spürte Nahims Hand auf ihrer Schulter und spürte, wie er kurz zudrückte, um ihr seine Zustimmung zu signalisieren. Dann blickte sie in Tanils Gesicht, dessen Züge von der inneren Glut kaum noch auszumachen waren. »Hilf ihm, einen Weg zu finden, dieses Feuer zu bändigen«, sagte Lehen. »Bitte.«

Aelaris nickte, legte seine Hände an die Schläfen des Jungen und schloss die Augen. Dann betrat er jene Pfade, die ihm das Maliande so lange Zeit verweigert hatte. Doch was Aelaris nun sah, hatte wenig zu tun mit den eng gesteckten Wegen, auf denen die Gahariren wandelten. Der Elbenstamm sah nur sich selbst und auch nicht einmal das umfassend, während Aelaris alles erblickte, worauf das Maliande gewirkt hatte. Als würde seine Seele auf einem Drachenflug über Rokals Lande gleiten und nichts entginge ihr. Zum Zentrum dieses Landes war der Geist des Jungen geworden, der ihn gerufen hatte, bevor er sich selbst verlor. Aelaris wusste trotzdem, was er zu tun hatte, so klar, wie er das lodernde Feuer der Magie vor sich aufbrausen sah.

﹌ Kapitel 35 ﹋

Mit unendlichem Gleichmut überließ Tanil sich dem
sanften Auf- und Abwogen des Meeres. Gemächlich
rollte eine gleißend rote Welle nach der nächsten an. Sie tru-
gen ihn auf ihren Kämmen, die Berührung wie Samt und
Seide. Er trieb dahin, wohlig gefangen im Strudel der Glut.
Der lila-schwarze Himmel über ihm pochte im gleichen
Rhythmus wie sein Herz, lullte ihn ein, bis er sich ganz dem
Spiel der Wellen überließ. Alles war gut, so oder so.

Träge blinzelte er und hätte somit fast das Aufleuchten
verpasst, das aus der Bodenlosigkeit des Meeres aufstieg. Nur
ganz kurz, wie aus sehr weiter Ferne. Doch Tanil hatte es gesehen: Tief im Bauch des Flammenmeeres stieg ein Signalfeuer auf und erlosch auf halbem Weg an die Oberfläche.
Tanil lauschte und glaubte ein Nachhallen wahrzunehmen.
Es war anstrengend und sorgte dafür, dass sein Herz nicht
länger im Gleichtakt mit dem Himmel schlug. Deshalb bemühte er sich schleunigst, das Ganze zu vergessen, damit die
alte Ruhe wieder einkehrte. Dieses wunderbare Gefühl, wie
kurz vor dem Einschlafen.

Ein weiteres Signalfeuer stieg auf und erlosch erneut.

Knisternde Blitze zuckten über die Wellenkämme, brei-
teten ein Netz über den Flammen aus. Tanil beobachtete,
wie das Meer mit einem goldenen Schein überzogen wurde. Nur die Fläche um ihn herum blieb frei, als warte sie auf
eine Einladung. Doch wollte er das wirklich, von diesem
flüssigen Gold berührt zu werden? Das Wogen des Flam-

menmeeres hielt ihn geborgen, warum darauf verzichten? Es war doch so schön.

Zum dritten Mal kündigte sich ein Signalfeuer an. Tanil stieß einen ungehaltenen Schrei aus und ließ sich in die Fluten hinabsinken, dem Feuer entgegen. Er würde es endgültig auslöschen, damit er seine Ruhe wiederfand. Doch jedes Mal, wenn er die Hand nach ihm ausstreckte, wich es zurück, als wolle es ihn necken. Tanil reckte sich und strampelte wie wild, aber das Signalfeuer war immer einen Herzschlag schneller und lockte ihn in die Tiefe, in der sich das Flammenrot in Schwarz verwandelte.

Tanil nahm seine ganze Kraft zusammen und setzte zu einem Sprung an. Er bekam das Licht zu fassen, es klebte regelrecht an seinen Händen und riss ihn aus der Dunkelheit.

Entsetzt schnappte Tanil nach Luft, als würde er plötzlich ertrinken. Doch seine Lungen füllten sich mit rauchdurchsetzter Luft und einem Duft, der ihm in den letzten Monaten so vertraut geworden war, wie der Klang ihrer Stimme und das Gefühl ihrer Umarmung. Tanil öffnete die Augen und erblickte anstelle von Lehen ein fremdes Männergesicht, umrahmt von einem kupferroten Haarkranz und nur einen Hauch von dem seinen entfernt. Das Signallicht hat eine Form angenommen, stellte Tanil amüsiert fest. Wenn er es wollte, verwandelte sich der Fremde wieder in ein Licht — ein Licht, das ihm den Weg wies. Genau das wollte es, das war sein Ziel. Aber wohin sollte er gehen? Er hatte es während seiner Zeit im Flammenmeer vergessen.

Tanil wollte sich aufrichten und stellte fest, dass er von Armen gehalten wurde. Lehens Arme. Sie war also doch da. Ihr Gesicht tränenverschmiert und neben Freude auch von Erschöpfung gezeichnet. Tanil wollte ihr etwas Beruhigendes mitteilen, aber als er den Faden aufgriff, den er zwischen ihnen beiden gesponnen hatte, ging er vor seinem geistigen Auge in Flammen auf.

Mit Gewalt drohte er in das Flammenmeer in seinem Inneren zurückgeschleudert zu werden, doch im selben Moment tauchte das Signalfeuer auf und wies ihm den Weg, an dessen Ziel flüssiges Gold darauf wartete, in eine Form gegossen zu werden. Nun erinnerte Tanil sich wieder daran, welche Aufgabe auf ihn wartete. Kurz wanderten seine Gedanken zu Lehen, und er verspürte den Wunsch, zu ihr zurückzukehren. Aber er wusste schon seit Längerem, dass er nicht wirklich bei ihr sein konnte, solange er die Glut in seinem Inneren nicht beherrschte. All das Eis und der Schnee, die er gerufen hatte, hatten sie nicht besänftigen können. Nun war sie hervorgebrochen und hatte ihn mit sich gerissen. Würde ihn erneut mitreißen, wenn er sich nicht schleunigst auf den Weg machte.

In Tanils Wesen war seit seiner Geburt eine Frage verankert, der er sich bislang nie zu stellen gewagt hatte: Was war er – reine Magie oder ein Magier, also ein Beherrscher? Er trug beides in sich und wollte weder das eine noch das andere sein, wenn er wirklich eine Wahl gehabt hätte. Also entschied er sich für den Weg, der es ihm erlauben würde, zu Lehen zurückzukehren, indem er das Flammenmeer versiegelte: den Weg des Magiers, der das Gold am Ende des Weges nimmt und es formt. Also machte Tanil sich auf und folgte dem Signalfeuer.

Kapitel 36

Auch dieses Mal schlug Maherind weich auf, denn Schnee und Eis des NjordenEises verwandelten sich wegen der unvermittelten Hitze rasant in Wasserfluten. Seinen schweren, vom Tauwasser durchnässten Kleidern zum Trotz kämpfte er sich auf die Beine, den Flakon immer noch fest im Griff. Sofort umrundeten ihn wieder die unzähligen Gestalten des Gesandten, zischten unablässig auf ihn ein.

»Gleich werdet Ihr sehen, wozu die ursprüngliche Magie dieses Landes taugt, wenn der Drachenatem über sie hinwegfegt. Eingeschmolzen wird sie werden, so wie dieses angeblich ewige Eis. Seht Ihr, die Drachen haben unseren Ruf erhört und erwachen!«

Einige Hand breit über Maherind segelte ein riesiger Drachenleib vorbei, ehe er sich in den Himmel schraubte, um sich dort mit den anderen gerade erst erwachten Drachen zu versammeln. Es waren so viele und ihre Ausmaße derartig, dass die Nördliche Achse nicht mehr zu sehen war. Ihre brennenden Nüstern erzeugten ein so starkes Licht, dass Maherind seine Augen mit der Hand beschatten musste. Die Drachen umschlangen einander in einem eleganten Tanz, wobei ihre gegeneinanderreibenden Schuppenkleider wundervoller als jede Musik erklangen. Wie konnte es nur sein, dass es einen Weg gab, diese Wesen zu beugen?

Die Antwort lag in der Luft, die durchwirkt war vom Maliande, jenem Maliande, das den Willen der Magier in sich trug und zu den Drachen sang.

Maherind konnte beobachten, wie sich das Feuer in den Nüstern grünlich verfärbte, und dann setzten die Drachen es auf ein geheimes Signal hin frei. Unterhalb ihrer dicht an dicht gepressten, goldschuppigen Leiber breitete sich ihr Feuer aus. Maherind rechnete fest damit, dass es ihn jeden Moment treffen und vernichten musste. Aber stattdessen sammelte es sich zu einer Scheibe aus grünem Glas, als würde es auf eine unsichtbare Barriere treffen. Eine Wand, in der sich bereits erste feine Sprünge abzeichneten. Die Magie des NjordenEis-Volkes, die sie mithilfe der Drachen zu einem Grenzwall geformt hatte, begann zu erlöschen. Es war nur eine Frage der Zeit, bis sie zerbrechen würde und damit der Einzug der Nördlichen Achse begann.

Seine Verzweiflung unterdrückend, blickte Maherind auf den Flakon zwischen seinen Händen, seiner letzten Verbindung zu Kohemis, bevor die Magier über Rokals Lande herfallen und sie alle vernichten würden. Kohemis hatte den Schlüssel gesehen, mit dem man die Magier hätte bannen können, doch sie hatten ihn nicht gefunden. Mit einer Drehung des Handgelenkes befreite Maherind das Maliande, in das jene Vision über die Abwehr der Magier eingeprägt war, und es vermischte sich mit dem Maliande, das die Atmosphäre geschwängert hatte. Dann schloss er die Augen und erwartete bloß noch das Ende.

Kapitel 37

Das letzte Stück des Weges hatte Tanil allein zurücklegen müssen, denn das Signalfeuer war zurückgeblieben, bis nur noch ein fernes Glimmen an es erinnerte. Doch es verharrte, als würde es auf Tanils Rückkehr hoffen.

Das Ende des Weges war aus jenem Gold gesponnen, das als Maliande bezeichnet wurde. Es lag wie ein Tuch vor ihm, gebettet über rot glühendem Stein, das die Landkarte von Rokals Lande nachbildete. In dem Augenblick, als er seine Fingerspitzen auf das Tuch legte, konnte er mit einem Schlag alles erkennen, was das Maliande je berührt hatte. Er sah das Westgebirge gleich einem emsig dröhnenden Bienenbau mit all den von der Magie geküssten Elben, Dämonenbeschwörern, Orks und Menschen, die flüchtigen Spuren über Montera, die schlafende Hafenstadt Previs Wall, das grüne Glühen in der Ebene und über dem Westend, das jedoch nur ein schwacher Abklatsch des gesammelten Drachenfeuers war, das über dem NjordenEis hing wie eine grüne Kuppel, die jeden Moment einzubrechen drohte. Aber er sah noch etwas anderes: einen winzigen goldenen Punkt am Hang über dem Westend und einem ganzen Kontinent aus Blei. Sie beide würden ihr magisches Gewicht messen müssen.

Mit einem beherzten Griff nahm Tanil das Maliande auf, und es passte sich sofort jeder noch so kleinen Bewegung an. Die Magie in seinen Händen war wie ein fein gewebtes Tuch, doch groß genug, um sich über ein ganzes Land zu erstrecken. Es war ein Teil seiner Selbst, er konnte es nehmen

und formen. Er war der lebende Beweis dafür, dass das Maliande ein Teil von Rokals Lande war. Er hatte den Körper
eines Njordeners, dem ursprünglichen Volk dieses Landes,
aber seine Seele war dem Maliande verschrieben, ihm hatte
es alle seine Geheimnisse offenbart. Ein fremder Name lag
Tanil auf der Zunge – Resilir. Er hatte dem Maliande Blut
und Seele gegeben, auch wenn er dafür selbst erloschen war.
Nein, nicht ganz, denn ein kleiner Teil von ihm lebte in Tanil fort. So, wie sich alles in ihm sammelte, das je vom Maliande berührt worden war.

Nachdenklich betrachtete Tanil das goldene Tuch in seinen Händen. Was sollte er bloß damit tun? Währenddessen
begann sich an seinem Ende ein grünliches Licht aufzutun.
Es war der Moment, in dem das Drachenfeuer über dem
NjordenEis niederging und die Barriere, die die Nördliche
Achse ferngehalten hatte, einriss. Fast zu spät bemerkte Tanil den Schatten, der sich vor ihm auftat, dessen bleifarbenes
Kleid mit der Dunkelheit verschmolz. Eine Hand, die noch
nie vom Leben berührt worden war, kam hervor, und wollte
nach dem Tuch greifen, doch Tanil hielt es fest.

»Gib es uns!«, forderte eine vielschichtig tönende Stimme.

Tanil legte den Kopf schief. Er hatte es nie für nötig gehalten zu sprechen, obwohl die unzähligen Sprachen der
Südlichen Achse durch seinen Geist streiften. Er sah auch
keinen Grund, ausgerechnet jetzt damit anzufangen. Mit
einem furchtlosen Ruck brachte er das Tuch an sich. Als die
Gestalt mit einem Knurren auf ihn zuspringen wollte, warf
er ihr das Tuch einfach über den Kopf und packte es bei den
Rändern zusammen. Er hörte ein atemloses Keuchen, spürte
Klauen, die kraftlos nach ihm packten. Doch Tanil ließ nicht
nach, auch dann nicht, als die Gestalt unter seinen Händen
zerschmolz und wie flüssig gewordenes Blei in der Dunkelheit versank.

Die Messung der Gewichte war vorüber.

Zärtlich legte Tanil das goldene Tuch zusammen und versteckte es zwischen seinen Handflächen, bis nur noch ein schwaches Leuchten zu erkennen war. Dann spähte er nach dem Signalfeuer, das auf ihn gewartet hatte. Doch bevor er zu ihm ging, damit es ihn hinausgeleiten konnte, warf er noch einen letzten Blick auf das goldene Tuch. Dann verbarg er es endgültig zwischen seinen Händen.

Kapitel 38

Ein jähes Beben durchfuhr Nahims Körper und Seele, ließ ihn aufschreien, obgleich der Berührung nichts Schmerzhaftes innewohnte. Es war, als zerfiele er in kleinste Teile, die zugleich wieder zusammengesetzt wurden. Aber etwas fehlte, das wusste Nahim instinktiv. Etwas war aus ihm herausgezogen worden, das zu ihm gehörte und doch wieder nicht.

Vollkommen außer Atem, während das Blut durch seine Adern schoss, als habe er im Traum gerade einen bodenlosen Sturz erlebt, sah er in den anderen Gesichtern die gleiche Verwirrtheit. Aelaris hielt sich stöhnend die Schläfen, während Lalevil stocksteif dasaß, bevor sie in wildes Gefluche ausbrach und auf den Rücken des Elben einschlug.

»Was hast du angestellt, du verdammter Spross einer Bergziege?«

Aelaris brauchte einen Moment, bis er sich des Angriffs erwehren konnte. »Angestellt? Ich habe dem Jungen den Weg gewiesen, wie ich es versprochen hatte.«

»Und wohin führte der Weg? In die tiefsten Abgründe deiner schwarzen Elbenseele? Das hat sich eben grauenhaft angefühlt, mir stehen immer noch sämtliche Haare zu Berge.«

»Ich weiß nicht, was du von mir willst, Drachenreiterin!«

»Ach, nein? Dann lies doch meine Gedanken!«

Doch Aelaris schnaufte nur unwillig und auch ein wenig hilflos.

Selbst Präae, die nun zu einer überschaubaren Größe eingeschrumpft war, schien erstaunt dreinzublicken und ließ kleine Dampfwolken aus ihren Nüstern aufsteigen. Der Einzige, an dem alles spurlos vorbeigegangen war, war Tanil, der sich gerade ausgiebig streckte, als habe er die gesamte Aufregung der letzten Stunden verschlafen. Unbeholfen streichelte er Lehen übers Haar, der immer noch Tränen über die Wangen liefen, dann hielt er sich seinen knurrenden Magen.

Über ihnen riss die Wolkendecke auf, und eine im Zenit stehende Sonne sendete ihre warmen Strahlen aus. Nahim warf einen Blick um sich. Sie saßen auf einer Lichtung unterhalb des Trubur-Hofes, deren Grund jetzt aus verbranntem Erdreich bestand. Die Bäume in ihrem Umkreis waren zu Stümpfen niedergebrannt, das Astwerk bis weit in den Wald hinein von Brandspuren überzogen. Asche wurde vom Wind mitgerissen, der bereits eine Ahnung von Frühlingsduft mit sich trug. Wie eine Blume streckte Nahim sich dem Sonnenlicht entgegen und wurde sich unvermittelt bewusst, wie lange er diesem gleißenden Licht nicht mehr ausgesetzt gewesen war.

»So was«, hörte er Lehen sagen. »Der goldene Glanz, der sich in deine Haut gebrannt hatte, ist fort.«

Neugierig betrachtete Nahim seine Hände, deren helle Haut mit Dreck und Blut überzogen war. Der goldene Schimmer, den das eingebrannte Maliande zurückgelassen hatte, war tatsächlich nicht mehr zu sehen. Erleichterung machte sich in Nahim breit, während die Sonne die Wolkenberge auseinandertrieb.

»Wir sollten zusehen, dass wir zurück auf den Hof kommen und die restlichen Orks verscheuchen, die Tevils uns übrig gelassen hat. Obwohl ich so meine Zweifel habe, dass wir auch nur einen Einzigen antreffen werden. Der junge

Kerl hatte so ein Leuchten in den Augen, als könnte er es mit einer ganzen Garnison Achaten-Orks allein aufnehmen.«

»Tevils ist zurückgekehrt?«

Lehen sprang auf die Füße, als wolle sie sofort losstürmen, um sich mit eigenen Augen davon zu überzeugen. Aber dann verharrte sie und blickte zu jener Stelle, wo sie Damirs Leichnam zurückgelassen hatten. Doch dort lag nicht mehr als ein verkohlter Überrest, der von der eben noch tobenden Feuersbrunst erzählte.

Resolut riss sie den Blick los und griff nach der Hand ihres Mannes. »Ich bin froh, dass die Flammen seinen Leichnam nicht vollends aufgezehrt haben, sonst könnte ich niemals glauben, dass Damir der Vergangenheit angehört. Aber jetzt möchte ich nach vorne schauen, und wenn es auf dem Hof keine Orks mehr für uns geben sollte, dann vielleicht wenigstens etwas zu essen. Ich glaube, Tanil fällt schon fast vom Fleisch.«

Lachend legte Nahim ihr den Arm um die Schultern, als sie sich noch einmal umwandte. »Ihr seid natürlich alle herzlich eingeladen, Präae kann wieder auf der Kastanie sitzen, die es ihr das letzte Mal so angetan hatte. Seid unsere Gäste.«

Zum ersten Mal sah Lalevil ihr direkt in die Augen. »Bist du dir sicher, dass du mich ebenfalls in deiner Nähe haben möchtest?« Nahim kannte die Njordenerin gut genug, um zu wissen, wie viel Kraft und Stolz sie diese Frage kostete.

»Ja«, sagte Lehen. »Von meiner Seite aus steht nichts zwischen uns.«

»Na, dann.« Lalevil lächelte schüchtern. »Von meiner Seite aus erst recht nicht. Vielen Dank.« Dann hakte sie sich bei Aelaris unter, was dieser mit einer verdrießlichen Miene zuließ, und rief Präae zu: »Pass auf, dass du mit deinem Schwanz nicht noch die Bäume umhaust, die stehen gelieben sind. Du machst heute einen ausgesprochen verträumten Eindruck, meine werte Drachendame.«

Präae schnaubte ein weiteres Paar Wölkchen hervor, den Blick fest auf Tanil gerichtet, der gerade ein paar geröstete Maronen aus dem festen Boden herauslöste und die Schalen knackte. Großzügig bot der Junge die Kerne der Drachendame an – fast wie ein Friedensangebot. Nach einem kurzen Zögern holte sie Präae sich mit ihrer langen Zunge.

Epilog

Der Vormittag war bereits weit fortgeschritten, als Nahim sich von seinen Pflichten davonstahl, um ein wenig die Sonne auf der Bank vor dem Haus zu genießen. Es hatte ihn viel Mühe und Arbeit gekostet, Dasams Hütte auf dem Olivenberg in ein Haus aus Monteras orange-rosafarbenem Stein mit dem typischen Holzschindeldach auszubauen, aber es hatte sich gelohnt. Von hier oben hatte man einen wunderbaren Blick über das Land. Vielleicht nicht genauso bestechend wie vom Glockenturm des alten Herrenhauses, was ihn jedoch nicht weiter störte. Schließlich kam es ihm nicht so sehr darauf an, Montera zu überblicken, sondern an seinem wichtigsten Kreuzweg zu sitzen. Im Zentrum des Landes, aber nicht als Zentrum der Macht.

Gerade als er es sich auf der Bank vor dem Haus bequem machen wollte, trat Lehen heraus und musterte ihn mit vor der Brust verschränkten Armen. Auf ihrem braun gebrannten Gesicht breitete sich ein Lächeln aus. »Sagtest du beim Frühstück nicht etwas über jede Menge Aufgaben, die dich heute erwarten würden? Besteht eine davon vielleicht darin, Vennis mit den Zahlenkolonnen allein zu lassen, die dein Bruder Limes vorbeigebracht hat?«

Leider entsprach das der Wahrheit. Also legte Nahim all den Charme, den er aufbringen konnte, in sein Lächeln und deutete auf den freien Platz neben sich. Lehen zog mahnend die Augenbrauen hoch, doch dann entschied sie sich anders und schmiegte sich an seine Seite. Liebevoll spielte er mit ihrem offenen Haar, von dem sie lediglich die Seitenpartien im Nacken zusammengefasst hatte – eine bei den Monteranerinnen beliebte Art, die Haare zu tragen. Lehen hatte erstaunlich schnell das Erscheinungsbild der hiesigen Frauen übernommen, wobei besonders die weit ausgeschnittenen Blusen und das Mieder ihre Rundungen betonten, wie Nahim nicht satt wurde festzustellen.

»Ich wünschte wirklich, ich könnte mit dir hier draußen sitzen bleiben und die Zeit verstreichen lassen. Nur leider bin ich nicht so schurkisch veranlagt wie du«, sagte Lehen zwischen zwei Küssen, die Nahim ihr stahl. »Mia wartet auf mich in der Küche … eigentlich wäre ich heute ja allein mit dem Kochen dran, aber sie traut meinen Künsten nicht wirklich über den Weg, wenn es um Wildschweine geht. Eigentlich wollte ich auch nur einmal nach deinem Arm sehen.«

Widerwillig entließ Nahim seine Frau aus der Umarmung und sah ihr dabei zu, wie sie den leichten Verband von seinem Unterarm abwickelte. Als er Aelaris vor einigen Monaten das letzte Mal gesehen hatte, hatte der Elbe für ihn ein passendes Endstück für seine Zeichnung auf dem Unterarm gefertigt. Ein schwungvoller Strich, der so viel wie *Alles ist gut«* bedeutet. Am gestrigen Abend hatte er sich schließlich dazu berufen gefühlt, es sich von Lehen in die Haut stechen zu lassen.

»Nun, um die Tinte herum sieht die Haut zwar noch gerötet aus und ist auch geschwollen, aber den Verband brauchst du wohl nicht mehr«, sagte Lehen, wobei sie vorsichtig die frisch gestochene Stelle berührte.

»Das habe ich dir doch gleich gesagt, du große Heilerin.«

Bevor es Nahim gelang, seine Lippen an Lehens Halsbeuge zu versenken – eine Stelle, die jeden Widerstand bei ihr sofort brach –, war sie bereits aufgesprungen. »Pflichten«, brachte sie ein wenig atemlos hervor. »Genau, ich habe Pflichten.« Dann beugte sie sich leicht vornüber, als wolle sie Nahim daran erinnern, dass ihr die monteranische Kleidung wirklich ganz hervorragend stand. »Und ich werde mich heute Nacht ganz schrecklich an dir dafür rächen, dass du mich fast in Versuchung geführt hast.« Mit schwingenden Röcken machte sie kehrt und verschwand im Haus.

Mit einem Seufzen streckte Nahim sich auf der Bank aus, verschränkte die Arme hinter dem Nacken und spürte den warmen Stein auf seinen Unterarmen, froh, die Ärmel hochgekrempelt zu haben. Neben ihm stand ein Becher mit frischem Wasser, in dem ein Minzeblatt schwamm, drinnen rumorte es in der Küche, wo schon bald das Essen aufgetragen werden würde. Borif, der es vorgezogen hatte, mit ihnen zu ziehen, hatte sich auf seine Füße gelegt, denn in diesen Tagen konnte es dem alten Hund nie warm genug sein. Besser konnte es nicht werden, gestand Nahim sich ein. Er mochte die Wärme, die Helligkeit und den wunderbaren Duft aus Pinien und Lorbeer, der sich mit dem Zitronenöl vermischte, das Lehen ihm so gern ins Haar rieb. Es roch nach Zuhause und nach allem Guten in der Welt.

Fast wäre Nahim eingedöst, da hörte er Hufgetrappel. Jemand kam den Olivenberg herauf, ein wenig zu schnell für den gewundenen Weg, sodass es Nahim nicht schwerfiel, den Namen des Reiters zu erraten. Außerdem wedelte Borif nur schlapp mit dem Schwanz, statt zu bellen. Eigentlich hätte er aufstehen und Lehen Bescheid geben müssen, dass sie Besuch erwarteten. Oder dem Reiter zumindest entgegengehen. Aber dafür war Nahim einfach viel zu faul. Erst als das Pferd mit einem Wiehern vor ihm zum Stehen kam, öffnete er widerwillig ein Auge.

Tevils grinste ihn über das ganze Gesicht an, wobei ihm die Narbe, die quer über sein Nasenbein verlief, etwas Wildes verlieh. Vielleicht lag es auch an dem kurz geraspelten Haar, das verriet, dass Tevils vor einigen Monaten dem Trubur-Hof einen Besuch abgestattet hatte. Normalerweise hatte Anisa ein Auge auf Bienems Schneidewut, so wie sie generell ein Auge auf die Belange des Trubur-Hofs hatte, aber dieses Mal war die Schere offensichtlich schneller gewesen. Nahim grinste. Irgendwie wollten Gesicht und Haar nicht recht zu der edlen Kleidung passen, die der junge Mann trug.

»Ich hoffe, ich störe dich nicht, Schwager. Alte Männer brauchen bekanntlich ihre Mittagsruhe.« Tevils schwang sich aus dem Sattel, kraulte den Hund hinter dem Ohr und ließ sich neben Nahim auf die Bank fallen, um sogleich aufzustöhnen. »Drachendreck, ist diese Bank vielleicht hart.«

»Oder du bist zu lang im Sattel unterwegs gewesen. Aber mach dir keine Sorgen, mit der Zeit wird das Hinterteil vom Reiten taub – zumindest hat Maherind das immer behauptet.«

Tevils verdrehte die Augen. »Ja klar, und wenn man lange genug schwimmt, bekommt man Flossen. Diese Weisheit könnte auch von Maherind stammen, nachdem er sich schimpfend und prustend aus dem geschmolzenen Njorden-Eis gerettet hat. Der Herr des Treibholzes.«

»Es war ein Walknochen, auf den er sich gerettet hat, und kein Treibholz«, korrigierte Nahim ihn, allerdings nicht sonderlich nachdrücklich. Er fühlte sich viel zu entspannt, um sich auf eine ernsthafte Plänkelei mit Tevils einzulassen. Dass Maherind und die Njordener das Drachenfeuer überlebt hatten, das schließlich das gesamte Eis geschmolzen hatte, erschien ihm immer noch wie ein Wunder. Aber Drachen waren halt eigensinnige Kreaturen, selbst unter dem Einfluss von Magiern. »Wie geht es unseren beiden älteren Herren im Haus an der Klippe?«, erkundigte er sich.

»Erstaunlich gut, wenn man sie gemeinsam antrifft. Da

wahren sie die Form. Aber jeder für sich ...« Tevils machte eine vage Bewegung mit der Hand. »Maherind jammert über den Mangel an Herausforderungen, was ich ihm nicht wirklich abnehme. Schließlich ist er vollauf damit beschäftigt, nicht über seine eigenen Zehen zu stolpern, so blind wie er mittlerweile ist. Und Kohemis ist eine schlimmere Diva als je zuvor. Als müsse er mit jeder Menge Attitüden den Verlust der Ordensspitze ausgleichen. Diese zwei alten Kerle.«

Obwohl die Worte harsch ausfielen, hörte Nahim doch die Zärtlichkeit aus ihnen heraus, die Tevils so sorgfältig vor ihm zu verbergen versuchte. Dabei kehrte er fast genauso häufig im Klippenhaus ein wie hier auf dem Olivenberg, wenn nicht sogar ein wenig häufiger.

»Die Ruhe in Rokals Lande schmeckt den beiden also nicht. Nun, damit sind sie wohl die Einzigen, die sich darüber beschweren.«

»Ja, wem es doch zu langweilig geworden ist, hat sich schließlich auf Reisen begeben«, schob Tevils mürrisch hinterher.

»Du hast also nichts Neues von unserer tapferen Drachenreiterin gehört, seit sie mit ihrem Elben in Richtung Westen aufgebrochen ist?«

»Nein, habe ich nicht. Aber warum sagst du *ihrem* Elben. Sie sind nur Reisegefährten! Du kennst doch Lalevil, ihr Herz schlägt einzig und allein für ihren verrückten Drachen. Und der hockt im Westgebirge wie ein zufriedenes Kaninchen im Bau. Hätte es nie für möglich gehalten, dass die Drachen das Westgebirge eines Tages wieder für sich entdecken könnten, wo es in diesem Steinhaufen doch ansonsten niemanden mehr hält. Sogar die Orks bevorzugen mittlerweile die Ebene, weil es sich dort leichter buddeln lässt. Na, wenigstens brüten die Drachen wieder.«

Tevils sah so bekümmert aus, dass er Nahim beinahe leidtat. Nach dem Geschmack des jungen Mannes waren die Abenteuer in Rokals Lande viel zu schnell vorbeigegangen. Als hätte das Leben mit dem Verlust des Maliandes auch seinen Zauber verloren. Am liebsten hätte er ihm die Schulter getätschelt und verraten, dass im Laufe der Jahre ganz andere Dinge in seinem Leben an Bedeutung gewinnen würden. Aber er hielt sich zurück. Das würde Tevils bestimmt von ganz allein herausfinden. Stattdessen hielt er ihm seinen Becher zum Trinken hin.

»Wein?«, fragte Tevils hoffnungsfroh.

»Nur Wasser, aber wenn du Wein möchtest, können wir auch reingehen. Lehen und Vennis werden sich freuen, dich zu sehen.«

Mit einigen Schlucken trank Tevils den Becher leer und stellte ihn geräuschvoll auf der Bank ab. »Wie geht es dem alten Haudegen? Ist er es nicht langsam leid, nur auf seinem Hintern zu sitzen und sich von Mia umsorgen zu lassen?«

Nahim stieß ein empörtes Schnauben aus und schlug Tevils auf den Hinterkopf. »Als ob Vennis nur herumsitzen würde. Lass ihn das hören, und unser Freund wird dir zeigen, dass er keine Beine braucht, um einen Lümmel wie dir in den Hintern zu treten.« Als Tevils sich mit einem dreisten Grinsen die Stelle rieb, wo Nahims Hand ihn getroffen hatte, fühlte er sich auch schon versöhnlicher. Das freche Mundwerk war eben Tevils Art, mit dem Unbill des Lebens umzugehen. »Ich wüsste, ehrlich gesagt, nicht, was ich ohne Vennis an meiner Seite machen sollte«, fuhr Nahim gelassener fort. »Mein Bruder Lime geht ganz in seiner Verwaltungswelt auf, nun da er sich seines Status in Montera sicher ist. Faliminir fühlt sich nur noch für den Garten verantwortlich, den meine Mutter einst angelegt hat, und Drewemis hat es vorgezogen, sich aus dem Staub zu machen, anstatt den im Osten von Montera angerichteten Schaden wiedergutzumachen.«

»Ich hatte auf dem Ritt zum ersten Mal seit Langem das Gefühl, wieder durch das alte Montera zu reiten. Die Mühen scheinen sich also zu lohnen.« Tevils spielte mit den Zügeln in seinen Händen, während er seiner Stute Lale beim Grasen zusah.

Nahim nickte und widerstand dem Drang, Tevils einen ausführlichen Bericht über den Status der Wiederinstandsetzung von Montera zu geben. Seinem Lieblingsthema der letzten Jahre, dessen war er sich nur allzu gut bewusst. Aber es verschaffte ihm unendliche Zufriedenheit, seine Heimat im alten Glanz erstrahlen zu sehen, auch wenn einige Narben nie gänzlich verheilen würden.

Plötzlich tauchte Tanil mit drei großen Bachforellen in der einen und Eremis' Strick in der anderen Hand auf. Der alte Hengst wieherte erfreut, als er Tevils' Stute sah, und Tanil stimmte kichernd in die Begrüßung ein. Der Junge trug lediglich eine Hose, deren Beine er bis zu den Knien hochgekrempelt hatte, und die Sonne hatte seinen Schultern einen goldenen Schimmer verpasst. Zu mehr Farbe war seine helle NjordenEis-Haut nicht im Stande. Seit dem letzten Sommer war der Junge ordentlich in die Höhe geschossen, sodass er nun fast auf Augenhöhe mit Nahim war. Ein hagerer Bursche mit einer Lücke zwischen den Schneidezähnen, die er oft und gern bei seinen vielen Lächeln offenbarte, die er den Mädchen auf dem Markt von Montera zeigte. Und die Mädchen hatten angefangen zurückzulächeln, wie Lehen bei den letzten Besuchen festgestellt hatte.

»Unser Junge ist ein richtig hübscher Kerl geworden, mit jeder Menge Charme. Tanil braucht einfach keine Worte, um Herzen zu erobern, wenn du mich fragst«, hatte sie mit vor Aufregung geröteten Wangen gesagt.

»Hübsch?« Nahim hatte seinen Ohren nicht zu trauen gewagt. »Der Junge besteht doch nur aus Armen und Beinen … und dieser Zahnlücke.«

»Ja eben«, hatte Lehen erwidert und ihn angesehen, als könne er das Offensichtliche nicht erkennen.

Auch jetzt begnügte Tanil sich mit einem Lächeln zu Tevils Begrüßung und übernahm die Zügel der Stute, nachdem er seinem Vater die Forellen in die Hand gedrückt hatte. Gemeinsam blickten sie ihm hinterher, wie er mit den Pferden in Richtung Stall verschwand, eine fröhliche Melodie summend. Borif erhob sich schwerfällig und lief dem Jungen hinterher.

»Man könnte glatt neidisch werden über ein solches Maß an Gelassenheit«, sagte Tevils und folgte Nahim zum Brunnen seitlich des Hauses, wo er sich dranmachte, die Forellen auszunehmen. »Wenn man bedenkt, wozu Tanil in der Lage ist …«

Nahim warf ihm einen strengen Blick zu, der den jungen Mann sofort verstummen ließ. »Wozu Tanil in der Lage *war* – bitte sprich von seiner Gabe nur in der Vergangenheit. Jetzt ist er nichts anderes als ein Junge unter vielen, und so wird es auch bleiben, verstehst du mich, Schwager?«

Beschwichtigend hob Tevils die Hände, konnte jedoch nicht widerstehen, noch ein wenig bei dem Thema zu verweilen. »Das Maliande mag aus Rokals Lande verschwunden sein, seit die Nördliche Achse bei ihrem Versuch, sich auf das NjordenEis zu senken, zerschellt ist. Ich glaube allerdings nicht, dass es einfach verpufft ist, wie allerorts behauptet wird.« Da Nahims Miene immer düsterer wurde, beeilte er sich rasch zu sagen, was ihm seit jenen Tagen auf der Zunge brannte: »Hast du nie darüber nachgedacht, dass Tanil das Maliande in sich gebunden hat? Verborgen, tief in seinem Innern?«

»Und wenn schon? Was würde das ändern? Möchtest du es aus ihm herausschütteln, damit die Welt für dich wieder ein wenig interessanter wird?« Nahims Ton fiel so ungewöhnlich harsch aus, dass Tevils zusammenzuckte. »Wenn dir langweilig ist, geh und hilf deinem Freund Jules bei seinen Geschäften als zweite Hälfte der Doppelspitze des Großen Nordens. Da gibt es mehr als genug zu tun, wie man so hört. Besonders da Allehe in anderen Umständen ist und sich damit als seine Beraterin zurücknehmen muss. Mit ihrer widerspenstigen Alliv hat sie ohnehin genug um die Ohren. Oder geh auf Reisen, wenn du keine innere Ruhe findest. Mach es wie Lalevil! Es heißt, die Südliche Achse stecke voller Wunder, man muss sie nur entdecken.«

»Du hast mich falsch verstanden.« Tevils schluckte und spürte, wie er rot anlief. So wütend erlebte man Nahim selten, das war ihm klar. »Tanil soll Tanil bleiben. Niemand vermisst das Maliande … nun, zumindest nicht allzu sehr. Obwohl es schön war, in einer Welt voller Magie zu leben.«

Nahim nahm sich die Zeit, seinen Kiefer zu entspannen und die Finger zu strecken, die er zu Fäusten geballt hatte, bevor er antwortete. Denn eigentlich hatte Tevils Recht: Das Maliande hatte auf seinem Weg, in Rokals Lande eine Heimat zu finden, sowohl dunkle als auch leuchtende Blüten hervorgebracht. Auch ihn schmerzte der Gedanke, dass die Drachen nun wieder einfache Felsenformer in den Tiefen des Gebirges waren, anstatt mit ihrer schillernden Erscheinung den Himmel zu zerschneiden. Und dass die einst stolzen Elben zu einem wandernden Volk auf der Suche nach ihren Ursprüngen geworden waren, da ihnen nichts anderes geblieben war. Auf der anderen Seite waren die einst mächtigen Dämonenbeschwörer in ihren Höhlen zu Stein erstarrt, und die Orkclans führten ein friedliches Leben, sofern man sie in Ruhe ließ. Das Menschengeschlecht selbst war viel zu kurz vom Maliande berührt gewesen, um größere Umstellungen wahrzunehmen, wenn man einmal davon absah, dass die einst größte Machtbastion, die Burgfeste, nicht länger existierte.

»Niemand weiß, was die Zukunft bringt. Nur im Augenblick braucht Rokals Lande das Maliande nicht«, sagte Nahim sanft, als täte ihm sein Zorn auch schon wieder leid. »Aber dafür weiß ich ganz genau, was ich brauche: dieses Land, dieses Haus, mit allen Menschen in ihm, die ich liebe.« Nahim nahm die Forellen und hielt auf den Seiteneingang des Hauses zu. Mit dem Kopf bedeutete er Tevils, der mutlos dastand, ihm zu folgen. »Na, komm schon rein. Es ist an der Zeit, die anderen Familienmitglieder zu begrüßen. Deine Schwester wird Augen machen, sie hat dich seit deinem letzten Besuch sehr vermisst.«

Tevils brummte zustimmend, brauchte dann aber noch einen Moment, um seine Fassung zurückzuerlangen. Ganz gleich, wie viele Orks er erschlagen und wie viele Meilen er auf seinen Reisen zurückgelegt haben mochte, seiner Familie gelang es weiterhin spielend, dass er sich wie ein Bauernlümmel fühlte, der nur Stroh zwischen seinen Ohren hatte. Bekümmert ließ er seinen Blick über den Hof wandern. Alles, was er sah, sprach von Liebe und Fürsorge, Dinge, um die es in einem Leben vermutlich gehen sollte. In diesem Moment trat Tanil auf den Hof und winkte ihm zu. Tevils setzte zu einem Lächeln an und hob ebenfalls die Hand, als er das goldene Schimmern auf den nackten Schultern des Jungen bemerkte. Zuerst hielt Tevils es für einen Streich, den ihm das Sonnenlicht spielte, aber dann zuckte er mit den Achseln. Nun, ein wenig Magie konnte im Leben auch nicht schaden, selbst wenn es nur ein Schimmern war.